De zondares

Petra Hammesfahr

DE ZONDARES

UIT HET DUITS VERTAALD DOOR
HENRIËTTE M. VAN WEERDT-SCHELLEKENS

DE GEUS

Tweede druk

Oorspronkelijke titel *Die Sünderin*, verschenen bij Rowohlt
Oorspronkelijke tekst © Rowohlt Verlag GmbH, Reinbek bei Hamburg 1999
Eerste Nederlandstalige uitgave © Henriëtte M. van Weerdt-Schellekens
en De Geus bv, Breda 2004
Deze uitgave © De Geus bv, Breda 2005
Omslagontwerp De Geus bv
Omslagillustratie © Hollandse Hoogte/Photonica/Gary Isaacs
Foto auteur © Hergen Schimpf
Drukkerij Haasbeek bv, Alphen a/d Rijn
isbn 90 445 0751 6
nur 332, 305

Niets uit deze uitgave mag verveelvoudigd en/of openbaar gemaakt
worden door middel van druk, fotokopie, microfilm of op welke wijze
dan ook, zonder voorafgaande schriftelijke toestemming van De Geus bv,
Postbus 1878, 4801 bw Breda, Nederland. Telefoon: 076 522 8151.
Internet: www.degeus.nl

Verspreiding in België via Libridis nv, Industriepark-Noord 5a,
9100 Sint-Niklaas

De zondares

I

Op een warme dag begin juli besloot Cora Bender dat ze dood wilde. 's Nachts was Gereon met haar naar bed geweest. Op vrijdag- en zaterdagavond ging hij regelmatig met haar naar bed. Ze kon het niet over haar hart verkrijgen om hem dat te ontzeggen want ze wist maar al te goed hoezeer hij het nodig had. En ze hield van Gereon. Het was meer dan liefde. Het was dankbaarheid, onvoorwaardelijke trouw, het was iets wat geen grenzen kende.

Gereon had haar de kans gegeven zo te zijn als ieder ander – een normale vrouw. Daarom wilde ze dat hij gelukkig en tevreden was. Vroeger had ze ervan genoten wanneer hij aanhalig deed, maar sinds een halfjaar was dat passé.

Uitgerekend op kerstavond was Gereon op het idee gekomen om een radio op de slaapkamer te zetten. Het moest een heel mooie nacht worden. Op kerstavond waren ze tweeënhalf jaar getrouwd; sinds achttien maanden hadden ze een zoontje.

Gereon Bender was zevenentwintig jaar, Cora vierentwintig. Gereon was bijna een meter tachtig lang en slank gebouwd. Hoewel hij niet sportte omdat hij daarvoor niet genoeg tijd had, kwam hij over als een sportieve, door en door getrainde man. Vanaf zijn geboorte had hij een witblonde haardos, die in de loop van de jaren nauwelijks donkerder was geworden. Zijn gezicht was knap noch lelijk, het was een alledaags gezicht. Gereon Bender was helemaal een alledaagse man.

Ook Cora Bender vertoonde geen opvallende uiterlijke kenmerken, afgezien van een litteken op haar voorhoofd en de vele littekens aan de binnenkant van haar ellebogen. De snee op haar hoofd had ze bij een ongeval opgelopen; dat de binnenkant van haar ellebogen een en al litteken was, kwam door een lelijke ontsteking die door injectienaalden was veroorzaakt toen ze in het ziekenhuis was behandeld, had ze Gereon uitgelegd. Ze had ook gezegd dat ze zich niet kon herinneren hoe dat precies gekomen was. Dat laatste was de waarheid. De dokter had indertijd gezegd dat ernstig hoofdletsel dikwijls gepaard ging met een black-out.

Haar leven vertoonde een zwart gat. Daarin verschool zich een smerige, duistere zaak. Dat wist ze, hoewel ze zich niet kon herinneren wat er precies was voorgevallen. Een paar jaar geleden was ze nachtenlang telkens opnieuw in dat zwarte gat gevallen, vier jaar geleden voor het laatst. In die tijd kende ze Gereon nog niet. En op de een of andere manier was ze er toentertijd in geslaagd het gat te dichten. Dat ze er opnieuw in zou kunnen vallen, daar was ze niet op verdacht geweest sinds ze met Gereon getrouwd was. En toen gebeurde het toch – uitgerekend op kerstavond.

Aanvankelijk was alles in orde, zachte kerstmuziek en de liefde van Gereon die langzamerhand dwingender en intenser werd. Toen gleed hij langzaam langs haar buik naar beneden en werd het vervelend. En toen hij met zijn gezicht tussen haar benen dook en haar zijn tong liet voelen, begon de muziek aan te zwellen. Ze hoorde de snelle roffel van een drumstel, een basgitaar en de hoge, schrille klanken van een keyboard – slechts een fractie van een seconde, een tel later was het alweer voorbij. Dat korte ogenblik was echter al genoeg.

Er knapte iets in haar – je kon ook zeggen dat er iets opensprong als een hermetisch gesloten kluis die met een lasapparaat wordt bewerkt. Het was een onwerkelijk gevoel. Alsof ze niet meer in haar eigen bed lag. Ze had het gevoel dat ze met haar rug op een harde onderlaag lag en dat ze iets in haar mond had, alsof een heel dikke duim haar tong naar beneden duwde; en ze had het afschuwelijke gevoel dat ze stikte.

Als in een reflex kwam ze overeind. Ze slingerde haar knieën om Gereons nek en knelde haar dijen aan weerszijden tegen zijn hals. Het scheelde niet veel of ze had zijn nek gebroken of hem gewurgd. Ze had het niet eens in de gaten, zover was ze op dat moment heen. Pas toen Gereon haar reutelend en naar adem snakkend in haar zij kneep en zijn nagels diep in het zachte vlees van haar middel boorde, kwam ze van de pijn weer tot zichzelf.

Gereon hapte naar lucht. 'Ben je wel goed snik? Hoe haal je het in je hoofd?' Hij wreef over zijn nek, hoestte, bevoelde zijn keel en staarde haar hoofdschuddend aan.

Hij begreep haar reactie niet. Ook zij had geen idee van wat er opeens zo walgelijk en afstotelijk was geweest. Zo afschuwelijk dat ze een seconde lang had gemeend dat ze de tong van de dood voelde.

'Ik vind dat gewoon niet prettig', zei ze en ze vroeg zich af wat ze had gehoord. De muziek speelde nog steeds, zacht en gevoelig. Een kinderkoor zong: 'Stille nacht, heilige nacht. Davids Zoon, lang verwacht.' Wat zouden ze anders zingen op zo'n avond?

De totaal onvoorziene aanval had Gereon alle lust ontnomen. Hij zette de radio af, deed het licht uit en trok het dekbed op tot onder zijn kin. Hij zei geen welterusten en mompelde slechts knorrig: 'Dan niet!'

Hij viel algauw in slaap. Zij zou later niet hebben kunnen zeggen of ze ook in slaap gevallen was. Op een gegeven moment zat ze recht overeind in bed, maaide met haar vuisten om zich heen en schreeuwde: 'Hou op! Laat los! Laat me los! Hou op, stelletje smeerlappen!' En tegelijkertijd flitsten het woeste geroffel van het drumstel, de basgitaar en de schrille tonen van het keyboard door haar hoofd.

Gereon werd wakker, pakte haar bij haar handen, schudde haar door elkaar en schreeuwde ook. 'Cora! Hou op! Wat is dat voor flauwekul?' Ze kon niet stoppen en ze kon maar niet wakker worden. Ze zat in het donker vertwijfeld te vechten tegen iets wat langzaam op haar af kwam, iets waarvan ze slechts wist dat ze er krankzinnig van werd.

Pas toen Gereon haar een paar stevige tikken op haar wangen had gegeven, kwam ze weer bij haar positieven. Hij wilde weten wat er met haar aan de hand was. Of hij haar soms iets had aangedaan. Ze kon nog niet helder genoeg denken om hem onmiddellijk antwoord te geven. Ze staarde hem alleen maar aan. Enkele seconden later ging hij weer liggen. Ze volgde zijn voorbeeld, draaide zich op haar zij en probeerde zichzelf wijs te maken dat het slechts een normale nachtmerrie was geweest.

Maar toen Gereon de nacht daarop het verzuim wilde goedmaken, gebeurde het opnieuw, hoewel er deze keer geen radio in de slaapkamer stond en hij ook geen aanstalten maakte om datgene met haar te doen wat hij als het toppunt van liefde beschouwde. Eerst kwam de muziek, iets harder en langer, lang genoeg om te beseffen dat ze dat liedje nog nooit had gehoord. Toen viel ze in het zwarte gat, waaruit ze gillend en met rondmaaiende armen opschrok. Niet dat ze wakker werd – dat lukte haar pas toen Gereon haar door elkaar schudde, haar op de wangen sloeg en haar bij haar naam riep.

De eerste week van januari gebeurde het twee keer, de tweede week nog een keer. Toen was Gereon vrijdags te moe. Dat beweerde hij althans. Maar 's zaterdags zei hij: 'Zo langzamerhand ben ik die komedie spuugzat.' Misschien was dat die vrijdag al de reden geweest.

In maart stond Gereon erop dat ze naar de dokter ging. 'Geef toe dat dit niet normaal is. Je moet nu eindelijk iets ondernemen. Of moet dat soms altijd maar zo doorgaan? Nou, in dat geval ga ik op de bank slapen.'

Ze ging niet naar de dokter. Een dokter zou haar gegarandeerd hebben gevraagd of ze die eigenaardige nachtmerrie kon verklaren of in elk geval kon uitleggen waarom ze die altijd alleen maar kreeg als Gereon gemeenschap met haar had gehad. Een dokter zou waarschijnlijk in het gat zijn gaan peuteren, zou haar aangepraat hebben dat je dergelijke dingen naar de oppervlakte moest halen. Een dokter zou niet hebben begrepen dat er dingen zijn die te afschuwelijk waren om ze echt tot je bewustzijn te laten doordringen. Ze probeerde het bij een apotheek. Ze raadden haar een licht slaapmiddel aan. Daarmee bereikte ze in elk geval dat ze niet meer begon te gillen en om zich heen te meppen, zodat Gereon veronderstelde dat alles nu weer in orde was. Dat was niet het geval.

Het werd elk weekend erger. In mei al was de angst voor de vrijdagavond net een dier dat haar langzaam van binnenuit verscheurde. Begin juli was de vrijdagmiddag een hel.

Ze zat in haar kantoortje. Dat was niet meer dan een hoek die van de rest van het magazijn was afgeschermd. Boven haar bureau brandde een lamp en aan de rand van de lichtkring stond een faxapparaat dat datum en tijd aangaf.

4 jul. 16:50! Nog tien minuten en dan zat haar werktijd erop. Nog vijf uur voordat Gereon zijn hand naar haar zou uitstrekken. Het liefst zou ze tot maandagmorgen zijn blijven zitten. Zolang ze achter haar bureau zat, was ze vakbekwaam en clever, de ziel en motor van het bedrijf van haar schoonvader.

Een familiebedrijf, alleen zij, haar schoonvader, Gereon en een werknemer, Manni Weber. Een installatiebedrijf, verwarming en water, dat niet zonder haar kon.

Ze was trots op haar baan, had hard moeten knokken voor haar plekje op de hiërarchische ladder.

Op hun trouwdag had haar schoonvader van haar geëist dat ze de administratie op zich nam. En hij accepteerde geen nee. 'Wat bedoel je, dat kan ik niet? Je hebt toch ogen in je hoofd! Kijk maar in de boeken, dan leer je het vanzelf. Of dacht je soms dat je hier op je luie achterwerk zou kunnen gaan zitten?'

Op haar luie achterste zitten had nooit in haar aard gelegen. Dat zei ze ook. En de oudeheer knikte. 'Dat is dan geregeld.'

Tot dan toe had hij in zijn vrije tijd zelf de administratie moeten doen. Haar schoonmoeder kon amper met de telefoon overweg. Tot veel meer was zíj aanvankelijk ook niet in staat.

Nooit gaf de ouwe haar een advies, nooit maakte hij haar erop attent hoe hij het zelf tot dan toe had aangepakt. En op de boeken afgaan – dat had wel gekund als de boekhouding helemaal op orde was geweest. Soms leek het wel of de ouwe zich over haar onbeholpenheid verkneukelde. Maar zo onbeholpen bleef ze niet lang.

Ze begreep al snel wat belangrijk was en sloeg zich er doorheen. Niets kreeg ze voor elkaar zonder er veel moeite voor te moeten doen, zelfs om de kantoorhoek met een houten schot van de rest van het magazijn te laten afschermen moest ze een heel gevecht leveren.

Het eerste jaar zat ze daar in haar hoekje met uitzicht op het grote magazijn dat niet verwarmd en altijd smerig was; aan een afgedankte keukentafel waar ze het gevoel had alsof ze bij haar moeder was. Ze had niet de moed om tegen te stribbelen, hoewel de ouwe haar nooit een cent loon betaalde. Ook Gereon kreeg alleen zakgeld. Ze hadden vrije kost en inwoning. Gereons auto stond op naam van de zaak. Als ze verder nog iets nodig hadden, moest Gereon erom vragen.

Zelfs tijdens haar zwangerschap genoot ze geen enkel voorrecht en ook werd het haar in geen enkel opzicht wat comfortabeler gemaakt. Tot op het allerlaatste moment zat ze in de hoek van het magazijn. Toen de weeën begonnen, maakte ze net een offerte voor de aanleg van een centrale verwarming; staande voor de tafel omdat ze vanwege de pijn in haar rug niet meer kon zitten. Haar schoonmoeder werd hysterisch omdat het zo vlug ging. Een paar hevige krampen, toen brak haar water en voelde ze een ontzettende druk in haar onderbuik.

Ze was niet van plan geweest in het ziekenhuis te bevallen. Maar toen riep ze toch: 'Ik heb een ziekenauto nodig! Bel een ziekenauto!'

Haar schoonmoeder stond er werkeloos bij en wees naar de tafel. 'Je bent nog niet klaar. Maak dat maar liever eerst af. Zo erg kan het niet zijn. Een kind krijg je heus niet in tien minuten. De bevalling van Gereon heeft een hele dag geduurd. Vader wordt woedend als dat vanavond niet af is. Je weet toch hoe hij is.'

Dat wist ze maar al te goed. Ze woonden immers vanaf hun trouwdag onder hetzelfde dak. De ouwe was een tiran, een uitbuiter. Haar schoonmoeder was een onderdanig mens, het type dat naar boven likte en naar beneden trapte. Gereon kreeg uitsluitend bevelen naar zijn hoofd en zijzelf was een slavin; voor een prikje gekocht op de markt, uitsluitend voor de illusie van een keurig leven, zo goed als gratis.

En zoals ze daar voorover gekromd naast die oude keukentafel stond, midden in de viezigheid, met haar ogen gericht op de plas vruchtwater om haar voeten, met één hand tussen haar benen geklemd, voelend hoe haar buik daar naar voren welfde, vond ze het opeens welletjes. Maak dat maar liever eerst af? Nee!

In het ziekenhuis vond ze de tijd om in alle rust over haar leven na te denken en te begrijpen dat ook dat zogenaamd keurige milieu zijn onverwacht kwalijke kanten had, dat alle hoop dat haar dromen in deze omgeving vanzelf bewaarheid zouden worden, ijdel was. Het was alleen nog de vraag hoeveel ze mocht riskeren. Maar met een kind in haar armen was het gemakkelijker; daar lag zeven pond hulp voor elke eis.

Toen ze enkele dagen later terugkwam, begon ze haar denkbeelden te verwezenlijken. Toen kreeg ze de naam een brutaal en nietsontziend schepsel te zijn. Een wijf met haar op de tanden, zei de ouwe dikwijls. Dat was ze absoluut niet, maar ze kon zich desnoods wel zo gedragen. En om toestemming vragen baatte immers niet.

Ze richtte haar kantoor in, compleet met een bureau, een dossierkast en verwarming. Ze permitteerde zich nog meer vrijheden, betaalde Gereon en zichzelf een salaris. De ouwe kreeg een aanval van razernij en noemde het hondsbrutaal en hebzuchtig. 'Waar heb je geleerd geld uit de portefeuille van een ander te graaien?'

Haar hart leek uit haar borst te springen van angst maar ze diende hem stevig van repliek. 'Ofwel we krijgen salaris net als iedereen of we gaan elders aan het werk. Kies maar. Je kunt ook eens informeren naar wat er in andere bedrijven wordt betaald. Dan kom je er wel achter dat je er nog goed van afkomt. En zeg nooit meer dat ik uit jouw portefeuille graai! Ik werk voor mijn geld!'

Het was moeilijk geweest om tegenover de oudeheer op haar stuk te blijven staan. Het was haar gelukt; ruim een jaar geleden had ze hem zelfs een eigen huis afgedwongen. Meer dan eens had ze ondanks het kind gevreesd dat hij haar de deur zou wijzen. 'Ga maar weer terug naar waar je vandaan gekomen bent.' Gereon zou er dan slechts bedremmeld bij hebben gestaan. Hij had haar niet één keer moreel gesteund, had nooit zijn mond opengedaan, was nooit voor haar opgekomen.

Kort na de geboorte van het kind was ze tot het pijnlijke inzicht gekomen dat ze aan hem geen enkele steun had. Inmiddels speelde dat geen rol meer. Zo was hij nu eenmaal, hij deed zijn werk, wilde verder met rust gelaten worden – en vrijdags en 's zaterdags een beetje liefde! Daar kon ze niet tegen vechten, omdat de liefde iets goeds, iets moois, iets heel natuurlijks en normaals was.

4 jul. 16:52! Ze moest nog een factuur maken. Die had ze laten liggen om er de allerlaatste minuten wat afleiding aan te hebben. Een nieuwe verwarmingsketel. Gereon had hem afgelopen woensdag samen met Manni Weber geïnstalleerd. Volgende week moesten er nog twee worden geplaatst. Op grond van de nieuwe milieuverordening moesten de mensen hun oude installatie vervangen. Die verordening was al wel een paar jaar van kracht, maar veel mensen waren voor de kosten teruggeschrokken en hadden voorlopig afgewacht totdat de brandweer dreigde de oude ketel af te keuren en buiten bedrijf te stellen.

Ergens was dat een eigenaardige mentaliteit. Ze wisten precies wat hun te wachten stond. En ondernamen niets! Alsof zo'n oude verwarmingsketel zijn emissiewaarden van de ene dag op de andere geheel uit eigen beweging aan de nieuwe, strengere norm zou aanpassen, alsof een gat in het binnenwerk zich van de ene minuut op de andere weer zou kunnen sluiten.

Vier jaar geleden was dat wel gebeurd. Niet van de ene minuut op de andere, het had een paar maanden geduurd. En toen was Gereon nog niet in haar leven verschenen. Hij had het dagenlange reparatiewerk in één klap weer kapotgemaakt.

4 jul. 16:57! Behalve de factuur viel er niets meer te doen. Afgelopen vrijdag had ze zich nog eventjes met de salarisadmini-

stratie kunnen bezighouden. Dat was slechts illusie maar hoe dan ook iets wat de paniek in toom had weten te houden. Het was niet alleen angst, niet simpelweg een gevoel van onbehagen. Het was een grauwrode mist die haar hele brein doordrong, die tot in elk hoekje en gaatje doordrong en al haar zenuwen blokkeerde.

Weekend! Met stramme vingers trok ze het vel papier uit de typemachine en controleerde de specificaties nauwkeurig. Er viel niets te corrigeren, ze moest alleen haar bureau nog een beetje opruimen. Ten slotte sloeg ze het blad van de kalender om naar de volgende week. Maandag! Nog twee keer een eeuwigheid – zoiets als twee keer sterven. En dat terwijl ze al halfdood was.

Haar benen gehoorzaamden haar niet. Houterig liep ze via het kantoortje en het magazijn het erf op. De zon stond als een babygezicht aan de wolkeloze hemel te lachen. Het licht was zo verblindend dat haar ogen begonnen te tranen. Dat had waarschijnlijk echter niet veel met het licht te maken.

Aan de straat stond het huis van haar schoonouders. Hun eigen huis stond op de plek waar vroeger de tuin was. Het was een groot, modern ingericht huis. De keuken was een droom van wit, gebleekt eikenhout. Normaliter was ze apetrots op alles. Momenteel had ze geen gevoelens van trots of zelfbewustzijn. Alleen maar angst, die waanzinnige angst om gek te worden. Gek zijn was in haar ogen erger dan de dood.

Tot even voor zeven uur hield ze zich bezig met het huishouden. Gereon was er nog niet. Vrijdags ging hij regelmatig met Manni Weber naar een kroeg en dronk dan een of twee pilsjes, nooit meer dan twee, of als het er meer waren, alcoholvrij. Klokslag zeven uur zagen ze elkaar bij haar schoonouders, waar ze dan aten.

Om acht uur gingen ze naar hun eigen huis. Hun zoontje nam ze mee en ze stopte hem meteen onder de wol. Ze hoefde het kind alleen maar in bed te leggen. Een schone luier had haar schoonmoeder hem al omgedaan en ze had hem ook zijn pyjamaatje al aangetrokken.

Gereon ging voor de televisie zitten, keek eerst naar het journaal en toen naar een film. Om tien uur kreeg hij een nerveuze blik in zijn ogen. Hij rookte nog een sigaret. Voordat hij die aanstak, zei hij: 'Eentje steek ik er nog op.'

Hij was gespannen en onzeker. Al wekenlang wist hij niet meer hoe hij zich moest gedragen. Na enkele minuten drukte hij de sigaret uit en zei: 'Ik ga alvast naar boven.' Voor hetzelfde geld had hij haar met een zweep kunnen afranselen of iets anders afschuwelijks kunnen doen.

Ze kwam nog maar net uit haar stoel overeind, toen hij even later om haar riep. 'Cora, kom je? Ik ben klaar.'

Hij had zich gedoucht en zijn tanden gepoetst. Hij had zich nog een keer geschoren en wat aftershave op zijn huid gedept. Schoon, geurig en knap stond hij daar bij de badkamerdeur. Hij had alleen een slip aan. Onder de dunne stof stond zijn erectie duidelijk afgetekend. Hij grijnsde verlegen en streek met zijn hand over zijn nek, omdat zijn haar daar bij het douchen nat geworden was. Toen vroeg hij aarzelend: 'Of heb je geen zin?'

Ze had gemakkelijk nee kunnen zeggen. Dat flitste haar ook door het hoofd. Alleen was het probleem daarmee niet uit de wereld. Uitstel was geen afstel.

In de badkamer was ze snel klaar. Op het planchet boven de wastafel lag het doosje met het slaapmiddel. Het was een sterker middel dan ze voordien had gehad en de verpakking was nog nauwelijks aangebroken. Met een half glas water nam ze twee pillen in. Toen, na enig aarzelen, slikte ze de overige zestien tabletten in de hoop dat het genoeg zou zijn om er een eind aan te maken. Ze liep de slaapkamer in, ging naast Gereon liggen en dwong zichzelf om naar hem te glimlachen.

Zonder veel omhaal deed hij zijn best om het maar vlug tot een goed einde te brengen, bracht zijn hand naar het doel, schoof een vinger bij haar naar binnen en onderzocht de mogelijkheden. Die waren er niet. Sinds zijn poging haar daar te kussen, waren ze er niet meer. Daar was hij intussen aan gewend en hij had een glijmiddel aangeschaft dat hij zachtjes inmasseerde voor hij op haar ging liggen en bij haar binnendrong.

En op dat moment begon de waanzin. Het was doodstil in de kamer, afgezien van Gereons adem, eerst ingehouden en daarna hijgender en luider. Behalve die ademhaling was er niets. En desondanks hoorde ze het, als werd het door een onzichtbare radio gespeeld. Na een halfjaar was het ritme even vertrouwd als haar eigen hartslag; het razendsnelle tromgeroffel, begeleid door de akkoorden van de basgitaar en de hoge, schrille tonen van het keyboard. Toen Gereon sneller begon te bewegen, nam het volume toe totdat ze dacht dat haar hart zou exploderen. Toen was het voorbij, heel plotseling en precies op het moment dat Gereon van haar afrolde.

Hij draaide zich op zijn zij en viel vrijwel meteen in slaap. Zij staarde in het donker en wachtte tot de zestien pillen hun werk zouden doen.

Haar maag leek wel met vloeibaar lood gevuld, brandde en rommelde alsof hij in vuur gedompeld was. Toen kwam het heet en bijtend haar keel in. Ze wist ternauwernood de badkamer te bereiken en begon te braken. Daarna huilde ze zichzelf in slaap, huilde zich door de droom heen die haar die nacht in duizend stukken scheurde, huilde nog steeds toen Gereon haar bij haar schouder schudde en niet-begrijpend aanstaarde. 'Wat is er met jou aan de hand?'

'Ik kan niet meer', zei ze. 'Ik kan gewoon niet meer.' Aan het ontbijt was ze nog steeds misselijk en ze had barstende hoofdpijn. Dat had ze dikwijls in het weekend. Gereon repte met geen woord over wat er die nacht was voorgevallen en keek haar enkel wantrouwend en twijfelend aan.

Hij had koffie gezet. Die was iets te sterk uitgevallen en daarvan kwam haar gekwelde maag nog meer in opstand. Gereon had ook het kind uit zijn bedje gehaald en zat hem op zijn schoot een snee witbrood te voeren die hij dik had besmeerd met boter en jam. Hij was een goede vader en zorgde zo vaak hij maar tijd had voor het kind.

Door de week zorgde haar schoonmoeder voor het kind en

sliep het ook bij haar schoonouders, op de kamer die vroeger van Gereon was geweest. In het weekend nam ze hem dan mee naar hun eigen huis. En zoals hij daar bij Gereon op schoot zat, leek het kind haar het beste wat ze in haar leven had gepresteerd.

Gereon veegde hem de jam van zijn kin en uit zijn mondhoeken. 'Ik kleed hem wel even aan', zei hij. 'Je zult hem wel mee willen nemen als je boodschappen gaat doen.'

'Ik ga vandaag een beetje later', zei ze. 'En in deze hitte neem ik hem liever niet mee.'

Het was pas negen uur en de thermometer wees al vijfentwintig graden aan. De pijn in haar hoofd drukte haar ogen bijna uit hun kassen. Ze kon amper nadenken, ze moest het zorgvuldiger voorbereiden en uitvoeren. Een spontane beslissing zoals vannacht was niet goed, dan hield ze met te veel dingen geen rekening. Terwijl Gereon het gras maaide, haalde ze bij haar schoonmoeder een sterke pijnstiller die je alleen op doktersrecept kunt krijgen. Daarna sopte ze haar keuken, de badkamer, de trap en de hal secuurder dan ooit. Alles moest er spic en span uitzien.

Om elf uur bracht ze haar zoontje naar haar schoonmoeder en liep met twee lege boodschappentassen naar de auto. De auto leek haar de gemakkelijkste oplossing. Maar toen ze wegreed, verwierp ze die gedachte weer. Gereon was op de auto aangewezen. Hoe kon hij maandag anders bij de klanten komen? Het lag ook niet in haar aard om iets te vernielen wat zo veel geld had gekost als een nieuwe auto.

Op de automatische piloot reed ze naar de supermarkt. Terwijl ze haar winkelwagentje vulde, woog ze andere mogelijkheden tegen elkaar af. Er viel haar niet onmiddellijk iets in. Bij de slagerijafdeling stonden een stuk of tien vrouwen te wachten. En ze vroeg zich af hoeveel van hen reikhalzend naar de avond uitzagen en hoeveel van hen het precies zo zouden ervaren als zij. Niet een! Daarvan was ze overtuigd.

Zij was een uitzondering. Ze was altijd al een uitzondering geweest, de buitenstaander met het stempel op haar voorhoofd. Cora Bender, vijfentwintig jaar oud, fragiel en slank, drie jaar getrouwd, moeder van een zoontje van amper twee, dat ze bijna staande had gekregen toen ze amper goed en wel in de ambulance was gestapt.

Een stortbevalling, hadden de artsen gezegd. Haar schoonmoeder was een andere mening toegedaan. 'Alleen iemand die met Jan en alleman naar bed is geweest, is van onderen wijd genoeg om op die manier van een kind af te komen. Joost mag weten wat ze vroeger allemaal heeft uitgespookt! Veel fraais kan het niet zijn geweest als haar ouders niks meer met haar te maken willen hebben. Ze zijn niet eens op de bruiloft geweest. Dan vraagt een mens zich toch af: waarom niet?'

Cora Bender, schouderlang kastanjebruin haar dat zo over haar voorhoofd viel dat de snee in het bot en het rafelige litteken erdoor aan het oog werden onttrokken. Een knap, smal snoetje waarop een zoekende, onzekere uitdrukking van zelfverwijt lag, alsof ze slechts had vergeten om een bepaalde boodschap in haar winkelwagentje te leggen. Kleine handen waarmee ze de duwstang van het wagentje zo vast omklemde dat haar knokkels wit en puntig uitstaken. Bruine ogen die onrustig over de boodschappen in het wagentje gleden, die de bekers yoghurt natelden en bij de kartonnen schaal met appels bleven hangen. Zes appels, dik en sappig, op een gelige schaal. Golden Delicious. Daar hield ze van. Ze hield ook van het leven. Maar dat bestond voor haar niet meer. Strikt genomen was er nooit van een leven sprake geweest. En toen kreeg ze opeens een idee, hoe ze een einde aan dat leven kon maken.

's Middags, toen de ergste hitte achter de rug was, reden ze naar het Otto Maiglermeer. Gereon zat achter het stuur. Hij had niet erg enthousiast op haar voorstel gereageerd maar hij had er ook geen bezwaar tegen gemaakt. Hij maakte zijn wrevel op een andere manier kenbaar en had niet in de gaten dat ze daardoor alleen maar vastbeslotener werd. Een kwartier lang reed hij rond op de stoffige parkeerplaats die vlak bij het toegangshek lag.

Verderop waren er wel parkeerplaatsen vrij. Daar attendeerde ze hem meermalen op. 'Ik heb geen zin om de hele santenkraam zo'n eind te slepen', zei hij.

Het was heet in de wagen. Onderweg had hij haar verboden de raampjes open te draaien. Het kind zou best eens verkouden kunnen worden als het tochtte. Bij het wegrijden was ze rustig. Van dat rondjes rijden werd ze nerveus. 'Zet hem nou maar ergens neer', eiste ze. 'Anders is het niet meer de moeite waard.'

'Waarom heb je zo'n haast? Op een paar minuten zal het heus niet aankomen. Misschien rijdt er iemand weg.'

'Onzin. Om deze tijd gaat toch nog niemand naar huis. Zoek nou eindelijk een plek of laat mij uitstappen, dan loop ik alvast vooruit. Dan kun jij hier wat mij betreft tot vanavond rondjes blijven rijden.'

Het was vier uur. Gereon vertrok zijn gezicht maar hij zweeg en reed een eind achteruit hoewel hij wist dat ze daar niet tegen kon. Toen parkeerde hij eindelijk in, zo dicht tegen een andere auto aan dat het portier aan haar kant niet helemaal open kon.

Ze wurmde zich naar buiten, opgelucht vanwege het briesje dat over haar voorhoofd streek. Toen stak ze haar bovenlichaam weer in de verstikkend hete auto, pakte de schoudertas, hing die over haar schouder en bevrijdde het kind uit het kinderzitje op de achterbank. Ze zette hun zoon naast de auto neer en liep naar achteren om Gereon te helpen uitpakken.

Ze hadden alles bij zich wat je voor een middag aan het meer nodig had. Niemand mocht achteraf vermoeden dat het opzet was geweest. De plaid en de parasol klemde ze onder haar arm met de schoudertas. De twee opvouwbare stoelen pakte ze in één beweging in haar andere hand. Gereon hoefde alleen de badlakens, de koeltas en het kind voor zijn rekening te nemen.

Ze knipperde met haar ogen tegen de zon. Schaduw was er op de grote parkeerplaats nergens. Er stonden slechts een paar struiken aan de rand, eerder stoffig dan groen. Haar zonnebril lag onder in de schoudertas. In de auto had ze die niet opgezet, ze had alleen de zonneklep naar beneden geklapt. Onder het lopen sloegen de stoelen tegen haar been. Een metalen onderdeel stak uit en schuurde hinderlijk tegen haar blote huid, zodat er een rode streep zichtbaar werd.

Gereon was inmiddels bij het toegangshek en wachtte daar op haar. Met zijn ene arm wees hij naar het ijzeren hek en legde het kind iets uit. Hij had alleen een korte broek en sandalen aan. Zijn bovenlijf was naakt, de huid was bruin en glad. Hij had een goed figuur, brede schouders, gespierde armen en een smal middel. Ze wist zeker dat hij met zijn uiterlijk binnen de kortste keren een andere vrouw zou vinden. Toen ze bij het hek kwam, bleef hij staan en maakte ook geen aanstalten om iets van haar over te nemen.

De entreekaartjes moest je op de parkeerplaats tegelijkertijd met het parkeergeld betalen. Zij had de kaartjes bij zich. Ze zette de vouwstoelen naast zich op de grond en begon in de schoudertas naar haar portefeuille te zoeken. Haar hand wroette door luiers en schoon ondergoed heen, kwam twee appels, een banaan en het pak koekjes tegen, voelde een plastic lepel voor de yoghurt en vervolgens voelde ze het lemmet van het schilmesje tussen haar vingers. Bijna had ze zich gesneden. Eindelijk voelde ze het leer, deed de portefeuille open, kreeg de entreekaartjes te pakken en liet die aan de vrouw bij het hek zien. Toen pakte ze de vouwstoelen weer op en schoof achter Gereon aan het poortje door.

Ze moesten een heel eind over het platgetrapte gras lopen, tussen talloze plaids, gezinnen en spelende kinderen door slingeren. De riem van de schoudertas sneed in haar vlees. De arm waaronder ze de plaid en de parasol geklemd hield, begon langzamerhand lam aan te voelen. En haar been deed zeer op de plaats waar de metalen delen van de stoel haar huid kapotschaafden. Dat was maar buitenkant, dat stoorde haar niet meer. Ze had met haar leven gebroken, het enige waar ze nog op lette was dat ze zich normaal gedroeg en niets deed wat Gereons argwaan zou kunnen wekken. Hoewel het onwaarschijnlijk was dat hij een verraderlijk gebaar of een bepaalde zin correct zou hebben geïnterpreteerd.

Eindelijk stond hij stil op een plaats waar althans nog de illusie van schaduw bestond: een armetierig boompje met een lichtdoorlatende kruin, dat zijn bladeren liet hangen alsof het sliep. Het stammetje was nog niet eens zo dik als een arm.

Ze legde de plaid, de tas en de stoelen op het gras, klapte de parasol open en zette hem met de punt in de aarde, spreidde de plaid daaronder uit, klapte de stoeltjes uit en zette ze naast de plaid neer. Gereon zette het kind op de plaid en schoof de koeltas naar achteren tot onder de parasol. Toen hurkte hij neer, trok het kind zijn schoenen, sokken en het dunne shirtje uit en trok het kleurige broekje naar beneden.

Het kleintje zat daar in een wit slipje met de luier eronder. Met zijn bolle kapseltje zou hij bijna voor een meisje kunnen doorgaan. Ze keek naar hem en vroeg zich af of hij haar zou missen als ze er niet meer was. Waarschijnlijk nauwelijks, hij bracht immers het grootste deel van de tijd bij haar schoonmoeder door.

Het was een vreemd gevoel om daar tussen al die mensen te staan. Achter hen lag een grote familie, verspreid over meerdere plaids. Vader, moeder, opa, oma, twee meisjes van ongeveer vier en vijf jaar in bikini's die met ruches waren afgezet. In een wipstoeltje lag een baby te trappelen.

Net als in de supermarkt vroeg ze zich af wat er in het hoofd van die andere mensen omging. De oma speelde achter het boompje met de baby. De beide mannen lagen in de zon te soezen. Opa had een krant op zijn gezicht gelegd, de vader had een pet op waarvan de klep zijn ogen aan het gezicht onttrok. De moeder maakte een geagiteerde indruk. Ze riep een van de beide meisjes toe dat ze haar neus moest afvegen en zocht in een tas naar de papieren zakdoekjes. Rechts van hen stonden twee ligstoelen waarin een ouder echtpaar lag. Links was een stuk gras waar niemand lag. Daar speelde een stel kinderen met een bal.

Ze trok haar T-shirt over haar hoofd uit en liet haar rok op haar voeten glijden. Ze had er een badpak onder aan. Toen zocht ze in de schoudertas naar haar zonnebril, zette hem op en ging in een van de stoelen zitten.

Gereon zat al. 'Zal ik je even insmeren?' vroeg hij.

'Dat heb ik thuis al gedaan.'

'Maar op je rug kun je niet overal bij.'

'Ik zit toch ook niet met mijn rug in de zon.'

Gereon haalde zijn schouders op, ging achterover zitten en deed zijn ogen dicht. Ze keek uit over het water. Ze werd er als door een strak gespannen stuk elastiek naartoe getrokken. Het zou voor een geoefende zwemster vermoedelijk niet eenvoudig zijn. Maar als ze van tevoren een flink eind zwom en zich daarbij tot het uiterste inspande... Ze kwam weer uit de stoel, zette haar zonnebril af en zei: 'Ik ga het water in.' Het was nergens voor nodig om hem dat te vertellen. Hij deed niet eens zijn ogen open.

Ze liep het grasveld en de smalle strook zand over en waadde door het ondiepe water aan de kant. Het water was koel en schoon. Toen ze erin dook en het water zich boven haar hoofd sloot, voer er een aangename rilling door haar leden.

Ze zwom naar de afscheiding tussen het bewaakte strand en het open water en zwom daar een eindje langs. Plotseling kwam ze in de verleiding om het meteen te doen – over de afscheiding heen en wegzwemmen. Verboden was dat niet. Ook op de andere oever lagen een paar plaids en groepjes mensen, die geen entree wilden betalen en die het niet uitmaakte dat ze tussen stenen en struikjes moesten liggen. Maar de strandwacht in het houten torentje op het verharde deel van het strand hield ook die kant in de gaten. Alleen kon hij niet alles zien en niet snel genoeg ter plaatse zijn als er ver weg iets gebeurde. Bovendien was het een vereiste dat iemand om hulp riep of ten minste met zijn armen zwaaide. Als er in de krioelende menigte gewoon een hoofd naar beneden zakte...

Naar verluidt was er in het meer ooit een man verdronken. Het lijk hadden ze nooit gevonden. Of dat waar was, wist ze niet. Als het zo was, moest die man nog daar beneden zijn. Dan zou ze daar met hem kunnen wonen, tussen de vissen en de algen. Het zou zeker heel mooi zijn in een wereld van waterdruppels, waar geen liedjes en geen boze dromen bestonden, waar het alleen maar bruiste en geheimzinnig groen of bruin was. De man in het meer had op het laatst gegarandeerd geen tromgeroffel gehoord.

Alleen zijn eigen hartslag. Geen basgitaar en niet de schrille klanken van een keyboard. Alleen het suizen van zijn eigen bloed in zijn oren.

Bijna een uur later zwom ze terug, hoewel ze dat moeilijk vond. Maar het grootste deel van haar krachten was ze in het water al kwijtgeraakt. En opeens had ze er behoefte aan nog een poosje met haar kind te spelen, hem misschien uit te leggen waarom ze weg moest. Het kleintje begreep het immers niet. Ook wilde ze onopvallend afscheid nemen van Gereon.

Toen ze op hun stekje terugkwam, was het oudere echtpaar rechts van hen verdwenen. Alleen de twee ligstoelen stonden er nog. En de plek links van hen was niet meer vrij. De spelende kinderen en hun bal waren in de verste verte niet meer te bekennen. Er lag nu een lichtgroene plaid, zo dicht bij haar vouwstoel dat het aluminium onderstel van haar stoel er tegenaan stond. Midden op de plaid stond een grote radiocassetterecorder waaruit jengelende muziek in de middaghitte doordrong.

Om het apparaat heen zaten vier mensen, allemaal ongeveer even oud als zij en Gereon. Twee mannen, twee vrouwen. Twee stellen! Het ene stel zat rechtop met opgetrokken benen en praatte alleen maar. Ze zag de beide gezichten en profil. Het tweede stel had vooralsnog geen gezicht. Ze lagen languit, de vrouw onder, de man boven op haar.

Van het hoofd van de vrouw was alleen het haar te zien, heel lichtblond, bijna wit – en heel lang, het reikte tot op haar heupen. De man had een stevige bos donker haar dat in zijn nek krulde. Zijn gespierde benen lagen tussen de gespreide benen van de vrouw. Hij hield zijn handen om haar hoofd heen. Hij kuste haar.

Bij die aanblik kromp haar hart onverhoeds ineen. Ze had moeite met ademhalen, voelde het bloed in haar benen zakken. Haar hoofd werd leeg. Alleen om haar hoofd weer te voelen bukte ze zich onder de parasol en pakte een handdoek. En uitsluitend om het kabaal te overstemmen waarmee haar hart weer begon te bonzen, streelde ze het kind over zijn bolletje, zei iets tegen hem, diepte de rode plastic vis uit de schoudertas op en gaf die aan het kind.

Toen draaide ze haar stoel om, zodat ze met haar rug naar de mensen met de radio gekeerd zat. Desondanks had ze de aanblik van hen nog steeds op haar netvlies. Slechts zeer geleidelijk vervaagde het beeld en werd ze rustiger. Wat het stel achter haar deed, ging haar niet aan. Het was een normaal, onschuldig vermaak en de muziek was niet eens storend. Iemand zong een Engelstalig liedje.

Behalve de muziek hoorde ze een hoge vrouwenstem en een rustige mannenstem, waarschijnlijk de stemmen van het stel dat rechtop zat. Uit zijn woorden maakte ze op dat hij de vrouw nog niet lang kende. Hij noemde haar Alice. Die naam deed haar denken aan een boek dat ze in haar kinderjaren had gehad. Eén dag! *Alice in Wonderland*. Gelezen had ze het niet. Daar was ze in die paar uur niet aan toegekomen. Vader had haar verteld waar het over ging. Maar wat vader had verteld – dat was niet meer waard dan de belofte die hij haar eens had gedaan: 'Ooit wordt het beter.'

De man achter haar stoel vertelde dat hij een eigen praktijk wilde beginnen. Hij had een aantrekkelijk aanbod gekregen om tot een groepspraktijk toe te treden, legde hij Alice uit. Van het liggende stel was niets te horen.

Gereon gluurde langs haar arm heen en grijnsde. Automatisch wierp ze een blik over haar schouder. De donkerharige man was overeind gekomen. Hij zat op zijn knieën, nog steeds met zijn rug naar haar toe, naast de witblonde vrouw van wie hij het bovenstukje van haar bikini had uitgetrokken; hij had zonnebrandolie tussen haar borsten gegoten. De plas olie was duidelijk te zien. Hij was bezig de olie uit te smeren. De vrouw rekte zich onder zijn handen ongegeneerd uit. Ze leek er duidelijk van te genieten. Toen ging de vrouw ook zitten. 'Nou jij', zei ze. 'Maar eerst zetten we fatsoenlijke muziek op. Van dat gejengel val je gewoon in slaap.'

Naast de benen van de witblonde vrouw lag een kleurige

stoffen zak. Ze stak haar hand erin en haalde er een cassettebandje uit. De man met het donkere haar protesteerde: 'Nee, Ute, niet dat bandje. Dat is niet eerlijk. Waar heb je dat vandaan? Geef hier!' Hij deed een uitval naar de arm van de vrouw. De vrouw liet zich achterover vallen en de man viel boven op haar. Ze stoeiden en rolden bijna van de plaid af.

Gereon grijnsde nog steeds.

Vervolgens lag de man onder, de vrouw zat schrijlings op hem, stak haar arm met het cassettebandje in de lucht, lachte en hijgde: 'Gewonnen, gewonnen. Wees nou geen spelbreker, schatje. Die muziek is fantastisch.' Ze boog naar de cassetterecorder toe. Haar lange, witblonde haren streken over de benen van de man, terwijl ze het bandje in de cassetterecorder deed en op een knop drukte. Toen draaide ze de volumeknop hoger.

Bij de zin 'wees nou geen spelbreker' en bij het woord 'schatje' had ze een steek in haar hart gevoeld en was er iets in haar binnenste in beroering gebracht. Toen de eerste maten van de muziek weerklonken, liet de witblonde vrouw zich voorover vallen en nam het gezicht van de man in haar beide handen. Ze kuste hem en wiebelde met haar heupen op zijn schoot.

En Gereon kreeg een nerveuze blik in zijn ogen. 'Zal ik je nu insmeren?' vroeg hij.

'Nee!' Zo fel had ze het niet willen zeggen. Maar wat die vrouw daar deed en de reactie van Gereon daarop maakten haar woedend. Abrupt stond ze op. Het werd tijd om afscheid te nemen van het kind. Dat wilde ze in alle rust doen, niet met zo'n wijf in haar onmiddellijke nabijheid dat haar overduidelijk onder de neus wreef waar het bij haar op stukgelopen was.

'Ze zouden in elk geval de muziek wel wat zachter mogen zetten', zei ze. 'Harde muziek is hier verboden.'

Gereon keek haar misprijzend aan. 'Vandaag of morgen wordt hier het ademen nog verboden. Doe toch niet zo opgefokt. Ik vind die muziek gezellig en de rest ook. Zij heeft in elk geval peper in haar kont.'

Zijn woorden lieten haar koud. Ze nam het kind op haar arm

en greep met haar vrije hand naar de rode vis. Het gevoel van het warme, stevige lijfje tegen zich aan, de dikke luier onder het witte broekje, het mollige armpje om haar nek en het babysnoetje zo vlak bij haar ogen, het deed haar goed en kalmeerde haar.

In het ondiepe water vlak bij de oever zette ze haar zoontje neer. Hij kromp ineen. Het water was koud nadat hij zo lang in de warmte had gezeten. Na enkele seconden ging hij op zijn hurken zitten en keek naar haar op, met knipperende oogjes tegen de zon. Ze gaf hem de rode vis aan, hij dompelde hem onder water.

Het was een knap kind, een rustig kind. Hij zei niet veel, hoewel hij over een betrekkelijk grote woordenschat beschikte en duidelijk kon spreken, in korte zinnen. 'Ik wil eten.' 'Papa moet werken.' 'Oma maakt pudding.' 'Dat is het bed van mama.'

Op een keer, kort nadat ze in hun eigen huis waren getrokken, hij was toen net een jaar oud, had ze hem bij zich in bed genomen, op een zondagmorgen. Hij was in haar armen weer in slaap gevallen. En het voelde innig, warm aan toen ze hem zo vasthield.

En nu, nu ze daar rechtop naast hem stond, op zijn smalle, witte ruggetje neerkeek, op zijn vuistje dat de rode vis door het water draaide, op zijn gebogen kopje met het bijna witte haar, zijn tengere nekje, nu kwam dat gevoel terug. Als ze niet al genoeg redenen had gehad, zou ze het alleen voor hem hebben gedaan. Opdat hij vrij en onbezwaard kon opgroeien. Ze hurkte naast hem neer en kuste hem op zijn schoudertje. Hij rook schoon en lekker fris, naar zonnebrandcrème. Gereon had hem ingesmeerd terwijl zij aan het zwemmen was.

Ze bleef een halfuur met het kind in het ondiepe water, vergat de twee stellen op de groene plaid, vergat alles wat het afscheid zou kunnen verstoren. Toen werd het grasveld langzamerhand leger, het liep tegen zessen, en ze begreep dat het de allerhoogste tijd werd. Als ze het kind niet bij zich had gehad, zou ze zijn weggezwommen, zonder ook nog maar een gedachte aan Gereon te verspillen. Het hulpeloze kereltje alleen op de oever achterlaten, dat kon ze niet over haar hart verkrijgen. Misschien zou hij haar achternakomen.

Ze nam hem weer op haar arm, voelde op haar buik, door haar badpak heen, zijn nu koele beentjes en zijn natte broekje, zijn mollige armpje weer om haar nek. De rode vis hield hij bij de staartvin stevig vast.

Toen ze naderbij kwam, zag ze dat er op de groene plaid niets was veranderd. De muziek klonk nog even hard als tevoren. Het ene stel zat te praten zonder elkaar aan te raken. Het andere stel lag weer.

Ze trok zich er niets van aan, deed het kind een schone luier om en trok hem een droog onderbroekje aan. Toen wilde ze gaan maar werd daar nogmaals van weerhouden.

'Ik wil eten', zei het kind.

Op een paar minuten kwam het niet aan. Ze was met alle vezels geconcentreerd op de laatste ogenblikken met haar zoon. 'Waar heb je zin in? Yoghurt, een banaan, een koekje of een appel?'

Hij hield zijn hoofdje scheef alsof hij diep over haar vraag nadacht. 'Een appel', zei hij. En zij ging weer in de stoel zitten en pakte een appel en het schilmesje uit de schoudertas.

Gereon had haar stoel verschoven terwijl ze weg was. Ze zat nu niet meer met haar rug naar de plaid gekeerd. De plaid bevond zich naast haar, zodat hij beter langs haar heen kon kijken. Hij zat met zijn benen uitgestrekt en met zijn handen op zijn buik en deed net alsof hij naar het water keek, maar in werkelijkheid keek hij met een scheef oog naar de borsten van de witblonde sloerie. Zo eentje zou hij vast en zeker uitkiezen als ze er niet meer was.

Dergelijke gedachten hadden haar woedend moeten maken, maar dat was niet het geval. Ze werd er niet eens verdrietig van. Het deel van haar dat tot voelen in staat was, was al dood, ergens in de laatste zes maanden gestorven zonder dat iemand het had gemerkt. Ze dacht slechts na over een manier om het zichzelf gemakkelijker te maken.

Niet tegen het water vechten. Op de plaats waar de afscheiding begon, stak een kleine, met struiken begroeide landtong uit in het meer. Op die plek zou ze meteen uit het gezichtsveld van de anderen weg zijn. En dan naar het midden van het meer zwemmen. Meteen duiken. Dat zou haar krachten ondermijnen.

Uit de recorder bonkte een drumsolo. Hoewel ze er geen notitie van nam, dreunde hij na in haar hoofd. Ze hield de appel stevig in haar hand, voelde het trillen in haar nek, voelde hoe de spieren van haar schouders zich spanden. Het werd hard in haar rug, en koud, alsof ze niet in de warme buitenlucht zat maar op een koude ondergrond lag. En iets als een heel dikke duim gleed in haar mond. Precies als met Kerstmis, toen Gereon het extra mooi wilde maken.

Ze slikte onbeheerst, bracht het schilmesje in de juiste positie en sneed de appel in vier stukken. Drie ervan legde ze op haar gesloten benen.

Achter haar zei de inmiddels vertrouwde stem van Alice: 'Daar zit een hoop vuur in.'

De zittende man antwoordde: 'Daar acht niemand hem nu nog toe in staat. Het is ook al vijf jaar geleden. Dat waren Frankies wilde weken. Langer dan een paar weken heeft het namelijk niet geduurd. Hij wordt er niet graag aan herinnerd. Maar ik vind dat Ute gelijk heeft. De muziek is fantastisch, daar hoeft hij zich niet voor te schamen. Het waren drie vrienden, helaas zijn ze nooit verder gekomen dan het cafécircuit. Frankie zat achter het drumstel.'

Frankie, dat echode even na in haar hoofd. Vrienden, café, drumstel, dat bleef hangen.

'Was jij erbij?' vroeg Alice.

'Nee,' kreeg ze ten antwoord, 'ik kende hem in die tijd nog niet.'

Gereon rekte zich uit in zijn stoel en wierp een blik op het stuk appel in haar handen. 'Hij eet vast en zeker niet alles op. Geef de rest maar aan mij.'

'De rest eet ik zelf op', zei ze. 'En daarna ga ik nog een rondje

zwemmen. Pak maar een andere appel, er zit er nog een in de tas.'
Tot slot een stuk appel! Golden Delicious, die had ze als kind al heel lekker gevonden. Alleen al bij de gedachte liep het water haar in de mond.

Op de plaid van de buren kwam de witblonde vrouw overeind. Dat zag ze vanuit haar ooghoeken. 'Wacht even', zei de vrouw en ze drukte een knop op de recorder in. 'Ik spoel het bandje een stuk vooruit. Wat we tot nu toe hebben gehoord is niets vergeleken met "Song of Tiger"! Dat is het beste wat jullie ooit hebben gehoord.'

De donkerharige man rolde zich op zijn zij en greep weer naar de arm van de vrouw. Voor het eerst zag ze zijn gezicht, het kwam haar niet bekend voor. Ook zijn stem ging bij haar precies als eerst het ene oor in en het andere uit toen hij opnieuw, en deze keer feller, protesteerde. 'Nee, Ute, nu is het genoeg geweest. Dat nummer niet. Doe me dat niet aan.' Hij leek het serieus te menen. Maar Ute lachte en weerde zijn handen af.

Cora dacht aan haar huis. Dat haar schoonmoeder gegarandeerd elk hoekje en gaatje zou doorzoeken en niets zou kunnen vinden om op te vitten. Alles was brandschoon. De administratie was ook in orde. Niemand kon stiekem over haar vertellen dat ze een slodervos was geweest.

Een partje van de appel had ze van het klokhuis ontdaan en zo dun mogelijk geschild. Ze hield het kind het partje voor en pakte meteen het tweede kwart van de appel om ook daar het klokhuis uit te snijden. Op dat moment begon de muziek weer te spelen, nog harder dan voordien. Ze wilde niet opvallend naar die mensen kijken maar gluurde desondanks vanuit haar ooghoeken opzij en zag hoe de witblonde vrouw zich achterover liet vallen. Ze hield de man met beide handen aan zijn schouders vast en trok hem mee naar beneden. Ze zag hoe hij zijn ene hand in het witblonde haar strengelde. Hoe hij eraan trok en het hoofd van de vrouw in een hem welgevallige positie bracht. Toen kuste hij haar. En het drumstel…

De stukken appel vielen in het gras toen ze opsprong. Gereon kromp ineen toen ze begon te schreeuwen. 'Stop, stelletje smeerlappen! Hou op! Laat haar los! Je moet haar loslaten!'

Bij de eerste zin had ze zich opzij gegooid en zich op haar knieën laten vallen, bij de laatste zin had ze het mesje al een keer in het lichaam van de man gestoten.

De eerste steek trof hem in zijn nek. Hij gilde het uit, rolde met zijn bovenlijf over de grond en probeerde haar bij haar pols te grijpen. Die kreeg hij ook te pakken en hield hem een of twee seconden stevig omklemd. Tegelijkertijd keek hij haar aan. En toen liet hij haar los en keek haar alleen nog maar aan. Hij mompelde iets. Ze kon hem niet verstaan. De muziek stond te hard.

En dat was het! Dit was het liedje uit haar hoofd, het liedje waarmee de waanzin een aanvang nam. Het schalde over het platgetrapte gras, rakelings langs ontstelde gezichten en verstarde lijven.

Met de tweede steek raakte ze zijn keel van opzij. Hij sperde zijn ogen wijd open maar gaf geen kik meer, greep slechts met één hand naar zijn keel en keek haar daarbij recht in haar ogen. Het bloed spoot tussen zijn vingers door, even rood als het plastic visje. De witblonde vrouw zette het op een krijsen en probeerde onder zijn benen weg te kruipen.

Ze stootte het mes weer in hem en nog eens. Een steek in zijn keel. Een steek in zijn schouder, een steek door zijn wang. Het mes was klein maar heel puntig en vlijmscherp. En de muziek stond zo hard. Het liedje vervulde haar hele hoofd.

De man die tot dat moment alleen met Alice had zitten praten, schreeuwde iets. Het klonk als: 'Hou op!'

Natuurlijk! Daar was het immers om begonnen. Ophouden! Hou op, stelletje smeerlappen! De zittende man stak een hand uit alsof hij haar in de armen wilde vallen. Maar dat deed hij niet. Niemand deed iets. Het leek wel alsof ze allemaal in de tijd waren gestold. Alice drukte beide handen tegen haar mond. De witblonde vrouw jammerde en krijste beurtelings. De kleine meisjes in de bikini's met ruches klemden zich aan hun moeder vast. De grootvader haalde de krant van zijn gezicht en kwam overeind. De grootmoeder pakte de baby met een ruk op en drukte hem tegen haar borst. De vader maakte aanstalten om op te staan.

Toen was Gereon eindelijk overeind gekomen en stortte zich het volgende moment op haar. Hij sloeg haar met zijn vuist op haar rug, wilde de hand met het mes pakken, toen ze opnieuw haar arm ophief. Hij brulde: 'Cora! Hou op met die flauwekul! Ben je gek geworden?'

Nee, nee, ze was helemaal helder in haar hoofd. Alles was goed. Alles was in orde. Het moest zo gebeuren. Dat stond voor haar als een paal boven water. En de man wist het ook, het stond in zijn ogen te lezen. 'Dit is mijn bloed dat voor uw zonden vergoten wordt.'

Toen Gereon zich op haar wierp, schoten de zittende man en de vader van de kleine meisjes hem te hulp. Ze hielden haar elk bij een van haar armen beet, terwijl Gereon haar het mesje uit haar vingers rukte, haar met zijn ene hand bij haar haren greep, haar hoofd naar achteren trok en haar meerdere malen met zijn vuist in haar gezicht stompte.

Gereon bloedde uit twee of drie wonden in zijn arm. Ze had met het mes ook naar hem uitgehaald, hoewel ze dat niet had willen doen. De zittende man schreeuwde Gereon toe dat hij moest ophouden. Dat deed hij uiteindelijk ook. Maar hij hield haar met een ijzeren greep bij haar nek vast en drukte haar gezicht op de bebloede borst van de man.

Het was stil in die borst. Ook voor het overige was het bijna stil. Nog een paar ritmes, een laatste drumsolo en toen was het bandje afgelopen. Er volgde een klik. Op de recorder sprong een knop omhoog, het was voorbij.

Ze voelde de greep van Gereon, de verdoofde plekken op haar gezicht daar waar zijn vuist haar had getroffen, het bloed onder haar wang en de smaak van bloed op haar lippen. Overal in het rond hoorde ze gemompel. De vrouw met het witblonde haar jammerde.

Ze strekte haar hand uit om die op het been van de vrouw te

leggen. 'Wees maar niet bang', zei ze. 'Hij zal jou niet slaan. Kom. Laten we gaan. Laten we verdwijnen. We hadden hier niet heen mogen gaan. Kun je alleen opstaan of zal ik je helpen?' Op haar eigen plaid begon het kind te huilen.

2

Ik heb als kind niet vaak gehuild, één keer maar. En dat was geen huilen, ik schreeuwde het uit van angst. De afgelopen jaren heb ik er nooit meer aan gedacht, maar ik kan het me nog tot in detail herinneren. Ik bevind me in een halfdonkere slaapkamer. Voor het raam hangen gordijnen van dik, bruin textiel. Ze bewegen. Het raam zal wel open zijn. Het is koud in de kamer. Ik heb het koud.

Ik sta naast een lits-jumeaux. De ene helft is netjes opgemaakt, de andere helft, bij het raam, is een bende. Er stijgt een muffe, zurige lucht uit op, alsof de lakens al lange tijd niet meer verschoond zijn.

Ik vind het niet prettig in die kamer. De kou, de stank van het zweet van maanden, een kale loper op kale houten planken. Op de plek waar ik zojuist vandaan gekomen ben, ligt een dik tapijt op de vloer en daar is het lekker warm. Ik trek aan de hand die mijn hand omsluit. Ik wil weg.

Op de opgemaakte helft van het bed zit een vrouw. Ze heeft een jas aan en houdt een baby in haar armen. De baby is in een deken gewikkeld, ik moet naar de baby kijken. Het is mijn zusje Magdalena. Ze hebben me verteld dat ik nu een zusje heb en dat we naar haar gaan kijken. Maar ik zie alleen de vrouw in de jas.

Ik ken haar helemaal niet. Het is mijn moeder die ik lange tijd niet heb gezien. Een halfjaar. Dat is lang voor een klein kind. Zo ver gaat mijn herinnering niet terug. Nu moet ik bij die vrouw blijven die alleen maar oog heeft voor het wurm in de deken.

Haar gezicht jaagt me angst aan. Het is een hard gezicht, grauw en verbitterd. Haar stem klinkt precies zoals de vrouw eruitziet. Ze zegt: 'De Heer heeft ons onze schuld niet vergeven.'

Ze slaat de deken open en ik zie een piepklein, blauw gezichtje.

De vrouw gaat door: 'Hij heeft ons op de proef gesteld. Die proef moeten we doorstaan. We zullen doen wat Hij van ons verwacht.'

Dat ik die woorden toen kon onthouden, geloof ik niet. Ze hebben ze later dikwijls tegen me herhaald, ik denk dat ik ze daarom nog zo precies weet.

Ik wil daar weg. De rare stem van de vrouw, het piepkleine blauwe gezichtje in de deken, daar wil ik niets mee te maken hebben. Ik trek weer aan de hand die de mijne omsluit en ik begin te schreeuwen. Iemand tilt me op en spreekt me geruststellend toe. Mijn moeder! Ik ben er heilig van overtuigd dat de vrouw die mij op de arm neemt, mijn echte moeder is. Ik klamp me aan haar vast en ben opgelucht wanneer ze me weer meeneemt naar een plaats waar het warm is. Ik was nog heel klein, achttien maanden. Dat is gemakkelijk na te gaan.

Toen Magdalena geboren werd, in het ziekenhuis in Buchholz, net als ik, was ik een jaar oud. We waren in dezelfde maand jarig. Ik op 9 mei en Magdalena op 16 mei. Mijn zusje was blauw toen ze ter wereld kwam. Meteen na haar geboorte is ze naar het grote ziekenhuis in Eppendorf gebracht, waar ze aan haar hart werd geopereerd. Bovendien constateerden de artsen dat Magdalena meer afwijkingen had. Natuurlijk hebben ze haar proberen te helpen maar daarin slaagden ze maar ten dele.

In het begin beweerde men dat Magdalena maar een paar dagen, hoogstens een paar weken, in leven zou blijven. De doktoren wilden niet dat moeder haar mee naar huis nam. En moeder wilde Magdalena niet alleen laten, ze bleef ook in Eppendorf. Maar een halfjaar later leefde mijn zusje nog steeds en de artsen konden haar daar niet eeuwig houden. Ze lieten haar naar huis gaan om daar te sterven.

Die zes maanden woonde ik bij de buren, de familie Adigar. Als peutertje was ik er vast van overtuigd dat dat mijn familie was. Dat mijn echte moeder, Grit Adigar, me alleen naar de buren had gebracht omdat ze niet te veel met me te stellen wilde hebben. Dat deed ze niet meteen, eerst nam ze me nog een keer met zich mee naar huis. Helaas niet meer voor lang.

Details uit die periode kan ik me niet meer herinneren. Ik heb dikwijls gewenst dat ik me van die weken en maanden bij Grit en haar dochtertjes Kerstin en Melanie ten minste nog iets zou kunnen herinneren.

Grit was nog heel jong, ze moet destijds begin twintig zijn geweest, had op haar zeventiende haar eerste kind gekregen en toen ze negentien was het tweede. Haar man was slechts zelden thuis. Hij was een heel stuk ouder dan zij, een zeeman die heel goed verdiende. Grit had altijd geld genoeg en ze had ook altijd tijd genoeg voor haar dochters. Het was een vrolijk, ongecompliceerd mens, zelf bijna nog een kind.

Ik heb dikwijls meegemaakt hoe ze onverhoeds een van haar dochtertjes beetpakte, met haar op de grond rolde en haar dan zo kietelde dat ze onder haar handen lag te kronkelen, te joelen en te kraaien en bijna stikte van het lachen. En ik geloof tot op de dag van vandaag dat ze dat ook ooit bij mij heeft gedaan in die tijd dat ze voor me zorgde. Dat ik met Kerstin en Melanie speelde. Dat Grit me 's avonds op schoot nam en me knuffelde, net als haar eigen kinderen. Dat ze me 's middags cake voerde of me een leuk verhaaltje vertelde. En dat ze tegen me zei: 'Je bent een lief kind, Cora.'

Die zes maanden zijn echter uit mijn herinnering verdwenen. Ook die paar weken dat ik nog bij Grit was nadat moeder met Magdalena uit het ziekenhuis was gekomen, zijn uit mijn geheugen gewist. Alleen het gevoel staat in mijn geheugen gegrift, het gevoel dat ik werd geloosd, dat ik werd verbannen, uit het paradijs verdreven. Omdat alleen onbevlekte engelen in het paradijs worden toegelaten, die naar de letter van Gods woord leven, die geen van zijn geboden in twijfel trekken, niet tegen hem in opstand komen en de appel aan de boom van de kennis van goed en kwaad kunnen zien hangen zonder de wens te koesteren er een hap van te nemen.

Ik kon dat niet. Ik was gemakkelijk te verleiden, een zwak, zondig mensenkind dat de gekoesterde verlangens niet onder controle had, dat alles wilde hebben wat het onder ogen kreeg.

En met zo iemand wilde Grit Adigar niet onder een en hetzelfde dak leven, dacht ik.

Daarom moest ik moeder zeggen tegen een vrouw die ik niet kon uitstaan, en vader tegen de man die ook in dat huis woonde. Maar hem vond ik wel heel aardig. Hij was ook een zondaar. Moeder noemde hem dikwijls zo.

Bij mij zaten de zonden van binnen, bij vader zaten ze van buiten. Ik heb ze dikwijls gezien als ik in bad zat en hij naar de wc moest. Ik weet niet hoe ik erachter gekomen ben dat dat ding zijn zonde was. Misschien omdat ik zoiets niet had en Kerstin en Melanie Adigar evenmin. En omdat ik mezelf heel normaal vond, moest er bij vader iets te veel zijn. Daarom had ik met hem te doen. Ik kreeg dikwijls de indruk dat hij van die schandvlek af wou.

Mijn vader en ik sliepen in dezelfde kamer. En op een keer werd ik 's nachts wakker omdat hij zo onrustig was. Ik meen dat ik toen drie was, heel precies weet ik het niet meer. Ik was erg aan vader gehecht. Hij kocht nieuwe schoenen voor me als mijn oude schoenen knelden. Hij stopte me 's avonds in bed, bleef bij me tot ik in slaap gevallen was en vertelde me verhalen over vroeger. Van heel lang geleden, toen Buchholz nog een piepklein, straatarm dorpje op de hei was, niet meer dan een paar boerderijen. Dat de grond zo slecht was en dat de dieren zo mager waren dat ze na de winter niet zelf naar de wei konden lopen. Ze moesten er heen gesleept worden. En hoe toen de spoorbaan werd aangelegd. Hoe alles beter werd.

Ik hield van dat soort verhalen. Ze hadden iets van hoop in zich, leken bijna een belofte in te houden. Als een arm dorpje op de hei kon uitgroeien tot een mooi stadje, dan kon ook al het andere beter worden.

In die tijd had vader me op een avond over de pest verteld. En toen ik daarna op een keer wakker werd – hoorde ik vader kreunen en ik dacht aan de pest en was bang dat hij ziek geworden was. Maar toen zag ik dat hij zijn zonde in zijn hand had. In mijn ogen leek het net of hij die eraf wilde rukken. Dat lukte hem niet.

Ik dacht dat het vast en zeker wel zou lukken als we met ons tweeën zouden trekken. Dat zei ik hem ook en ik vroeg of ik hem moest helpen. Hij vond dat niet nodig, stapte uit bed en verdween in het donker naar de badkamer. En ik dacht dat hij zijn zonde eraf wilde snijden. Op de badkamer lag een grote schaar.

Maar de eerstkomende zaterdag zag ik dat zijn zonde nog aan zijn lijf zat. En… nou ja, ik zou ook bang zijn geweest om iets van mezelf af te snijden wat aan mij vastgegroeid zat. Ik wenste hem uit de grond van mijn hart toe dat de zonde er vanzelf zou afvallen, vergaan of weg etteren, precies zoals een splinter in de bal van mijn hand. Die was er ook uitgegaan nadat het was gaan zweren.

Toen ik dat zei, glimlachte vader, stopte het hele zaakje weer in zijn broek, kwam naar de tobbe en waste me. 'Ja,' zei hij, 'laten we maar hopen dat-ie er afvalt. Daar kunnen we om bidden.'

Of we dat hebben gedaan, weet ik niet meer. Ik neem echter aan van wel. Bij ons thuis werd voortdurend gebeden om dingen die we niet hadden of waar we vanaf wilden – zoals zin in frambozenlimonade. Daar had ik dikwijls ontzettende zin in.

Ik weet nog dat ik op een keer – ik zal toen een jaar of vier zijn geweest – bij moeder in de keuken was. Dat ze mijn echte moeder was, geloofde ik nog niet. Iedereen zei het, maar ik wist al hoe je moest liegen. En ik dacht altijd dat iedereen loog.

Ik had dorst. Moeder gaf me een glas water. Het was gewoon leidingwater. Dat vond ik niet lekker. Er zat geen smaak aan. Moeder nam het glas weer weg en zei: 'Dan heb je ook geen dorst.'

Ik had wel dorst en ik zei dat ik liever frambozenlimonade wilde. Grit had frambozenlimonade. Moeder vond het niet prettig als ik bij de buren was. Maar ze had geen tijd om belangstelling te tonen voor mijn doen en laten. En ik nam elke gelegenheid te baat om bij haar weg te glippen en naar mijn echte familie te gaan.

Ook die dag was ik bij de buren wezen spelen. Toen wilde Grit ergens op bezoek gaan. Ze had heel veel vrienden en kennissen.

Die nodigden haar dikwijls uit omdat haar man vaak lang van huis was. Grit riep haar kinderen binnen om ze te wassen en schone kleren aan te doen. Ik had gevraagd of ik ook mee mocht en had ten antwoord gekregen dat 'mijn moeder' dat niet goedvond. Ik moest naar huis.

Dat weet ik nog precies. Het was vroeg in de middag, eind juli of begin augustus. Buiten was het heel warm. Het raam van de keuken stond open, alles baadde in het felle zonlicht, in alle sjofelheid, in alle armoede, die niet veroorzaakt werd door financiële problemen.

Vader werkte in Hamburg op een kantoor aan de vrijhaven. Daar vertelde hij me soms over. Ik wist al op mijn vierde dat hij goed verdiende. We hadden het veel beter kunnen hebben. Vroeger leefden mijn ouders er ook beter van en hadden ze zich wat meer veroorloofd. Ze waren toen vaak in Hamburg gaan dansen, eten en dergelijke.

Maar vanaf de geboorte van Magdalena had vader veel geld voor zichzelf nodig. En het ziekenhuis kostte ook een heleboel. De artsen in Eppendorf stonden ervan te kijken dat Magdalena nog in leven was. Ze lag vaak in het ziekenhuis, soms lang omdat ze weer geopereerd moest worden, soms maar een paar dagen voor onderzoek. Moeder was altijd bij haar. En voor moeders bed en eten moest vader betalen. Als ze dan weer thuiskwamen, was het altijd: een paar weken nog, hooguit een paar maanden.

We leefden met de dood onder één dak. En moeder vocht voor elke dag. Ze verloor Magdalena geen seconde uit het oog, ook 's nachts niet. Daarom sliep vader bij mij op de kamer. We hadden op de bovenverdieping maar twee kamers en een grote badkamer. Toen ze het huis kochten, dachten ze dat ze nooit kinderen zouden krijgen en dat ze die tweede kamer zelf als logeerkamer konden gebruiken.

Moeder stond achter het fornuis toen ik haar om limonade vroeg. Het was een elektrisch fornuis. Een koelkast hadden we ook. Maar voor de rest bestond onze keukeninrichting nog uit de oude, lompe houten meubelen die ze direct na hun huwelijk hadden aangeschaft. Alles in huis was oud, moeder ook.

Die bewuste dag was ze al vierenveertig, een grote vrouw met een mager gezicht. Ze zag er veel ouder uit dan ze was. Voor zichzelf had ze geen tijd. Haar haren vielen in grijze slierten tot op haar schouders. Als het te lang werd, knipte ze er een stuk af.

Ze had een kleurige jasschort aan en stond in een pan te roeren. Het glas water had ze in de gootsteen gezet. Ze keerde zich naar me om en vroeg: 'Frambozenlimonade?'

Ze had een zachte stem en ze sprak ook altijd heel zachtjes, zodat je gedwongen was heel goed te luisteren. Ze schudde haar hoofd alsof ze absoluut niet begreep hoe ik op zo'n absurd idee kon zijn gekomen. Toen ging ze op haar rustige, gezapige manier verder: 'Weet je wat ze onze Verlosser aangereikt hebben toen hij bijna gestorven was en zei: ik heb dorst? Ze brachten een spons die in azijn was gedoopt naar zijn lippen. Met een beker water zou hij gelukkig zijn geweest; dat zou zijn lijden hebben verzacht. Maar hij klaagde niet en vroeg al helemaal niet om frambozenlimonade. Welke les kun je daaruit trekken?'

Het zal zeker niet het eerste gesprek van dien aard zijn geweest dat ik met moeder voerde of zij met mij. Want het antwoord kende ik al van buiten. 'Dat onze Verlosser altijd tevreden was.'

En ik was nooit tevreden. Ik was een lastig kind, koppig, opvliegend, egoïstisch. Ik wilde alles – en alles alleen voor mij. En als niemand het me belette, pakte ik het gewoon. Moeder had me uitgelegd dat dat de reden was waarom Magdalena zo ziek was. Magdalena was immers uit moeders buik gekomen. En kort daarvoor had ik in moeders buik gezeten. En ik had alle kracht die moeder in zich had en die toereikend was geweest voor minstens drie kinderen, zoals ze me dikwijls zei, helemaal alleen opgebruikt. Er was voor Magdalena niets overgebleven.

Het kon mij niet schelen dat moeder zoiets vertelde. Ik wilde wel niet per se een slecht mens zijn maar zolang het om mijn zusje ging, was het niet zo belangrijk of ik wel lief was. Ik hield niet van Magdalena. In mijn ogen was ze net zoiets als een stuk hout. Ze kon niet lopen en niet praten. Ze kon niet eens fatsoenlijk huilen.

Als ze pijn had, piepte ze. Het grootste deel van de dag lag ze in bed en af en toe een uurtje op een stoel in de keuken. Maar dan had ze wel een heel goede dag.

Natuurlijk mocht ik niet hardop zeggen wat ik dacht. Ik moest precies het tegenovergestelde zeggen. Daar was ik echter heel goed in. Ik zei altijd alleen maar wat de mensen wilden horen. Moeder was tevreden over mijn antwoord. 'Vind je zelf ook niet dat je een voorbeeld zou moeten nemen aan onze Verlosser?' vroeg ze. Ik knikte enthousiast. En moeder zei: 'Ga Hem dan maar om kracht en genade vragen.'

Ik had nog steeds dorst. Maar ik wist dat ik zelfs het glas leidingwater niet meer van haar zou krijgen zolang ik niet had gebeden en liep naar onze woonkamer.

Die was al even sjofel en ouderwets ingericht als de keuken. Een versleten bank, een laag tafeltje op dunne, scheefstaande poten en twee fauteuils. Maar als mensen de kamer binnenkwamen, hadden ze nooit oog voor de haveloze meubels.

Hun blik viel altijd als eerste op het altaar in de hoek bij het raam. Eigenlijk was het niet meer dan een kast waarvan vader het bovenste stuk had moeten afzagen. Ervoor stond een harde houten bank waar je uitsluitend op mocht knielen. Op de kast lag een kleed waar kaarsen op geborduurd waren en daarop stond altijd een vaas met bloemen. Meestal waren het rozen.

Ze waren peperduur, maar moeder kocht ze met plezier, ook wanneer ze niet uitkwam met haar huishoudgeld. Als je de Verlosser een offer bracht, moest dat je hart van vreugde vervullen, zei ze. Mijn hart raakte nooit vervuld van vreugde. Het was vervuld van het vermoeden dat ik door mijn echte moeder weggegeven was. Mijn echte moeder, Grit Adigar, was waarschijnlijk al lang geleden tot het besef gekomen dat ik een slecht mens was. Ze wilde niet dat Kerstin en Melanie daaronder te lijden zouden hebben en uiteindelijk even ziek zouden worden als Magdalena. Daarom had Grit me naar die vrouw gebracht die precies wist hoe je van een slecht mens weer een goed mens maakt.

Maar als ik iedereen liet zien dat ik een goed kind was, als ik ijverig bad en niet zondigde, althans niet zo dat iemand het in de gaten had, dan mocht ik vast algauw weer voor altijd bij mijn echte familie wonen, dacht ik.

Dat iedereen er werkelijk van overtuigd was dat ik het zieke kind Magdalena een nieuwe dag zou kunnen bezorgen, kon ik me niet voorstellen. Ik wist met de beste wil van de wereld niet hoe ik dat voor elkaar zou moeten krijgen. Bovendien zou dat hebben betekend dat ik nooit meer naar huis mocht en eeuwig bij die rare vrouw en onze Verlosser zou moeten blijven.

Hij stond op de kast, tussen de vaas bloemen en vier kandelaars met lange, witte kaarsen. Staan kon je het echter niet echt noemen. Hij was met minuscule spijkertjes aan een dertig centimeter hoog houten kruis bevestigd. Bovendien was hij daar met zijn rug op vastgeplakt. Op een keer toen moeder niet in de buurt was had ik hem van de kast gepakt en goed bekeken.

Ik wilde alleen maar zien of hij zijn ogen opendeed. Moeder beweerde dat hij zijn blik diep in de harten van de mensen kon laten neerdalen en alle zonden en begeerten kon zien. Maar hij deed zijn ogen niet open, hoewel ik hem heen en weer schudde, zijn doornenkroon en zijn van smart gebogen hoofd probeerde te bewegen en op zijn buik klopte.

Dat hij erachter kwam wat voor streken ik uithaalde, geloofde ik niet. Ik had geen ontzag voor hem. Wel voor moeder, die mij dwong voor hem neer te knielen, drie keer per dag of nog vaker, om hem om genade, kracht en erbarmen te bidden. Mijn hart moest hij zuiver maken. Ik wilde geen zuiver hart. Ik had een gezond hart, dat vond ik genoeg. Hij zou mij kracht geven om te kunnen afzien. Op een dergelijke kracht zat ik al evenmin te wachten.

Altijd maar afzien – van snoepjes, frambozenlimonade en andere lekkere dingen. Bijvoorbeeld van de taart waar Grit Adigar geregeld mee bij ons aan de deur kwam. Ze bakte hem zelf, elke zaterdag eentje, dik bestrooid met suiker. 's Maandags kwam ze dan bij ons met een bord met daarop drie of vier stukken. Het gebak was dan inmiddels wel een beetje verdroogd maar dat gaf niet. Moeder sloeg het aanbod altijd af. En mij liep het water in de mond als ik alleen al het bord zag.

Als ik er te lang naar keek, zei moeder: 'Je zet weer een begerige blik op.' Dan stuurde ze me naar de woonkamer en dan knielde ik in de hoek voor het kruis op de kast waaraan de Verlosser zijn bloed voor onze zonden had vergoten.

Ze raakte van de wijs toen ze naast de dode man neerknielde, zijn bloed zag en merkte hoe ontzet de anderen waren. De vrouw met de witblonde haren wilde zich niet door haar laten aanraken, ze wilde niet dat ze haar overeind hielp en naar een andere plek bracht. Ze sloeg met haar beide handen naar haar toen ze te dicht bij haar been kwam. De zittende man zei dat ze Ute met rust moest laten. Dat deed ze toen. Ute ging haar niets aan.

Ze bood Gereon haar excuus aan voor de steekwonden in zijn arm. Hij stompte haar opnieuw in haar gezicht. En de zittende man – hij zat allang niet meer, hij lag op zijn knieën tegenover haar en onderzocht de dode man, maar omdat het een tijdloos moment was, iets voor de eeuwigheid, moest hij de zittende man blijven – schreeuwde tegen Gereon: 'Laat dat, verdomme nog aan toe! Hou nou eindelijk eens op!' En Gereon schreeuwde: 'Ben je gek geworden? Waarom heb je dat gedaan?' Dat wist ze niet en op de een of andere manier vond ze dat pijnlijk.

Ze zou graag alleen zijn geweest met het lijk, een paar minuutjes maar, om in alle rust naar hem te kijken, om te genieten van de gevoelens die zijn aanblik in haar losmaakte; dat gevoel van tevredenheid, de grenzeloze opluchting en de trots. Alsof een vervelend karweitje dat ze lange tijd had uitgesteld, nu eindelijk was afgehandeld. Bijna had ze gezegd: 'Het is volbracht!' Die woorden sprak ze niet uit, ze zat daar maar en voelde zich geweldig.

Daar kwam ook geen verandering in toen de eerste politieagenten kwamen. Ze waren met hun vieren, geüniformeerde agenten. Een van hen wilde van haar weten of het schilmesje van haar was. Toen ze daar bevestigend op antwoordde, vroeg hij of ze de man daarmee had gedood.

'Ja natuurlijk', zei ze. 'Dat was ik.'

En de politieman verklaarde dat ze haar moesten arresteren, dat ze geen verklaring hoefde af te leggen, dat ze recht had op een advocaat, enzovoort.

Ze stond op. 'Hartelijk dank', zei ze. 'Ik heb geen advocaat nodig. Het is allemaal in orde.' Dat was ook zo. Het was allemaal opperbest. Die fantastische gevoelens, die juichende stemming, die innerlijke harmonie, iets dergelijks had ze nog nooit ervaren.

Een van de politieagenten sommeerde Gereon om schoon ondergoed voor haar uit de schoudertas te pakken en hem haar legitimatiepapieren te overhandigen. Hij stond haar niet toe ze zelf uit de tas te halen. Ze mocht alleen haar rok en T-shirt meenemen. Aan een handdoek dacht ze niet.

Gereon begon in de tas te rommelen en schreeuwde opnieuw: 'Je bent compleet gestoord. Je hebt mij ook gestoken.' Ze antwoordde hem rustig en beheerst. Vervolgens gaf Gereon haar ondergoed aan de politieagent. Die restte niets anders dan het aan te pakken en met een neutrale gezichtsuitdrukking aan haar te geven.

Ze stonden haar toe zich te wassen. Twee geüniformeerde agenten begeleidden haar naar het personeelstoilet dat zich in het lage gebouwtje bij de ingang bevond. De wastafel was smerig, in de spiegel die erboven hing, kon je jezelf nauwelijks zien; hij was bespat met talloze druppels water. Desondanks zag ze haar gezicht helder en duidelijk voor zich. Ze voelde aan haar rechterslaap. Daar was de huid opengebarsten. Het ooglid was dik opgezwollen. Ze kon aan die kant slechts door een smal spleetje gluren. Dat vond ze niet erg.

Ze likte met de punt van haar tong over haar bovenlip, proefde bloed en dacht aan de houten gestalte in de hoek van de woonkamer, aan de rode kleur op handen en voeten, de wond in de zij waarvandaan verscheidene rode strepen naar beneden liepen. Al toen ze vier was, had ze geweten dat het maar verf was. Maar het bloed van de man, het bloed op haar gezicht, op haar lijf, dat was echt. En dat was de verlossing.

Alles was rood. Haar badpak, haar armen, haar handen, zelfs haar haren zaten onder het bloed. Ze zou het graag zo hebben gelaten. Maar ze wilde de politieagenten niet kwaad maken, draaide de kraan open, maakte haar handen en armen schoon, hield haar hoofd onder het dunne straaltje en keek hoe het bloed in de wasbak liep. Vermengd met water leek het heel licht van kleur, bijna als de frambozenlimonade destijds. Terwijl het helemaal geen limonade was geweest maar dikke siroop, verdund met water.

Ooit had moeder gecapituleerd en een concessie aan de begeerten gedaan. Eén glas zoet water per dag. Strikt genomen twee, een voor haar en een voor Magdalena. In gedachten zag ze zich weer aan de oude keukentafel staan met het tafelblad vol krassen en sneden. Ze zag hoe ze aandachtig toekeek hoe moeder siroop in twee glazen schonk en er met zorg op toezag dat er in beide glazen evenveel belandde. En ze zag zichzelf snel naar het glas grijpen waarin misschien een tiende millimeter meer siroop zat en ermee naar de kraan lopen, voordat moeder het minuscule verschil zou opmerken en haar naar de hoek van de woonkamer zou jagen.

Ze had er in geen jaren aan gedacht en nu was het alsof het gisteren was gebeurd. Vader met zijn inspanningen om de zonde van zijn lijf te rukken en de oude verhalen over Buchholz, altijd alleen maar vroeger, alsof er geen vandaag en geen morgen bestond. Moeder met de kleurige jasschort, haar haarslierten en het kruis. En Magdalena, het doorschijnende blauw porseleinen gezicht, door de altijd aanwezige dood getekend met intensiteit en gaafheid. De boetende Magdalena, een hoopje zwakte dat leed voor de zonden van anderen.

Het was voorbij. De Verlosser had zijn bloed vergoten, de schuld van de mensen op zich genomen en door zijn dood het pad naar de hemel voor hen geëffend. Ze zag zijn gezicht voor zich, zijn blik, zijn inzicht in het waarom, zijn begrip, zijn vergiffenis. En zijn smeekbede: 'Vader, vergeef het haar want ze weet niet wat ze doet.' Geen mens kon alles weten!

Ze waste ook haar badpak uit, gebruikte het bij wijze van spons om er haar borst en buik mee schoon te maken. Het water veegde ze er met haar handen af. Er was wel een handdoek, hij hing aan een haakje naast de wastafel. Maar het leek wel of hij er al weken hing, zo smerig was hij. Daarna kleedde ze zich aan. Het ondergoed en het T-shirt plakten op haar huid, werden vochtig en doorschijnend. Een ogenblik lang aarzelde ze, keek langs haar lichaam naar beneden. Haar borsten stonden afgetekend onder de dunne stof. Zo kon ze niet naar buiten. Voor de deur stonden de politiemannen te wachten, mannen! Het zou wel een provocerende indruk maken als ze hun zo onder ogen kwam. Moeder zou een toeval krijgen, moeder zou zich gedwongen zien de kaarsen voor het huisaltaar aan te steken, haar op de knieën te krijgen…

Ze begreep niet waarom dat haar opeens zo helder voor de geest stond. En waarom het zo belangrijk was! Ze moest het beeld met geweld van zich afschudden en kon het desondanks niet van zich afzetten. De vlammetjes van de kaarsen dansten voor haar ogen door. Ze knipperde onbeheerst met haar ogen om het beeld te verdrijven. Toen dat niets uithaalde, rukte ze de deur open en wendde zich tot een van de agenten. 'Hebt u een jasje voor mij?'

Ze waren allebei in overhemd, hadden geen uniformjasje aan en keken elkaar even aan. De jongste boog verlegen zijn hoofd. De andere, die vermoedelijk begin veertig was, slaagde erin haar in de ogen te kijken – en niet naar haar borsten die door de natte stof heen schemerden. Hij scheen te weten wat het punt was. 'U hebt geen jasje nodig', zei hij op vaderlijke, zachte toon. 'Daarginds zitten er een paar die minder aanhebben dan u. Bent u zover? Kunnen we gaan?'

Ze knikte slechts.

Hij hield zijn ogen op haar gezicht gericht en vroeg: 'Wie heeft u zo toegetakeld?'

'Mijn man', verklaarde ze. 'Maar dat heeft hij niet kwaad

bedoeld. Hij was erg zenuwachtig en hij heeft zijn zelfbeheersing verloren.' De diender fronste zijn wenkbrauwen alsof die informatie hem verbaasde. Hij pakte haar bij haar elleboog maar trok zijn hand onmiddellijk weer terug toen ze ineenkromp. 'Laten we gaan', zei hij.

En eindelijk doofden de vlammen van de kaarsen.

Gedurende de tijd die zij op het toilet had doorgebracht, was het terrein vrijwel geheel ontruimd. Alle mensen die geen ooggetuige van het voorval waren geweest, waren verdwenen. Alleen ver naar achteren, waar zich de groene plaid met de dode man moest bevinden, stond nog een groep mensen.

Het was even na zevenen. Op het terras bij het lage gebouw bevonden zich ongeveer twintig personen. En iedereen staarde haar aan toen ze naderbij kwam. Ze vond het onprettig die bange, vragende gezichten te zien.

De resterende drie mensen die op de plaid hadden gelegen, zaten een eindje verwijderd van de anderen. De zittende man probeerde de twee vrouwen te troosten. Ute duwde zijn hand weg. Ze jammerde onophoudelijk. Bij hen stond een vrij jonge man in een joggingpak. Hij stelde vragen en schreef de antwoorden op. Er kwamen twee ambulancemedewerkers het terras op. Ute werd weggebracht. Alice ging achter haar aan.

Het leek wel een film. Overal was het een drukte van belang en zij keek slechts toe. De oudere agent bracht haar naar een stoel en zorgde dat een van de verplegers naar haar gezicht keek, vooral naar het langzaam dichtzwellende oog. Hij was heel vriendelijk en bleef naast haar staan terwijl zijn jongere collega naar de man in het joggingpak liep en enige woorden met hem wisselde.

Gereon was er ook nog. Hij had het kind op schoot en bekeek het verband om zijn arm. De man in het joggingpak liep naar hem toe en zei iets. Gereon schudde wild van nee. Toen stond hij op en liep naar de zittende man. Haar keurde hij geen blik waardig. Hij keek haar ook niet na toen ze even later, geflankeerd door de twee politiemannen, op het ijzeren hek af liep.

Vlak bij de ingang stonden twee surveillancewagens en nog een auto in de schaduw van enkele bomen. Ze bedacht opeens dat de auto van Gereon een heel eind verderop in de blakende zon stond. Ze bleef staan en wendde zich tot de oudste van de beide agenten. Hij maakte een rijpere indruk op haar en leek over meer levenservaring te beschikken dan zijn collega. 'Zou u alstublieft willen zeggen hoe u heet?'

'Berrenrath', zei hij automatisch.

Ze bedankte hem met een knikje en zei met klem: 'Hoor eens, meneer Berrenrath: u moet nog eens teruggaan om met mijn man te praten. Zegt u tegen hem dat hij alle portieren en raampjes van de auto tegen elkaar open moet zetten en niet moet vergeten de raampjes weer dicht te draaien voordat hij vertrekt. Dat vergeet hij gegarandeerd. Ik ken hem. Hij denkt nooit aan zulke dingen. En de kleine heeft gevoelige oren, hij is al dikwijls ziek geweest. Als hij hoge koorts heeft, krijgt hij vaak stuipjes.'

Berrenrath knikte slechts, deed het achterportier van de surveillancewagen open en beduidde haar dat ze moest instappen. De jonge agent liep om de wagen heen, ging achter het stuur zitten, draaide zich naar haar om en verloor haar niet uit het oog. Zo te zien was hij bang van haar.

Ze zou hem graag gerustgesteld hebben, alleen wist ze niet hoe ze hem dat moest zeggen. Het was voorbij! Dat zou hij niet hebben begrepen. Ze begreep het zelf ook niet. Ze voelde het alleen – alsof ze het met het bloed van de man op haar voorhoofd had geschreven: VOORBIJ!

Berrenrath ging inderdaad terug. Hij bleef niet lang weg. Toen hij vervolgens naast haar kwam zitten, zei hij: 'Uw man zal ervoor zorgen.'

Ze had het gevoel dat ze losgeweekt was van alles, een beetje geïsoleerd en verdoofd door het gevoel van triomf – als was ze weggezwommen en onder water gedoken. Het was een heel goed gevoel. Helaas beperkte het zich tot haar buik en de omgeving van haar hart. In haar hersenen verspreidde zich heel geleidelijk en sluipend iets wat het gebeurde vanuit een andere gezichtshoek wilde beschouwen; door de ogen van de mensen die voor een relaxte middag naar het meer waren gekomen.

Opeens dacht ze aan het kind zoals het daar op die plaid had zitten huilen. Het arme kereltje had het ook moeten aanzien. Ze troostte zich met de gedachte dat hij nog te klein was om alles te onthouden. Hij zou vergeten wat hij had gezien. Hij zou haar vergeten. Hij zou bij Gereon en haar schoonouders opgroeien. Haar schoonmoeder was lief voor hem. Ook de oudeheer, dat lompe blok beton, ging met zijn kleinzoon even behoedzaam om als met een ongekookt ei.

De rit duurde niet lang. En ze was zo in gedachten verzonken dat ze absoluut niet zag hoe ze reden. Toen de auto stopte, toen Berrenrath uitstapte en haar sommeerde om uit te stappen, kwam ze een moment bij haar positieven en zakte meteen weer weg in ideeën over haar toekomst om zich maar niet met het verleden te hoeven bezighouden.

Levenslang! Dat was haar duidelijk. Per slot van rekening had ze een moord gepleegd. Dat was haar ook duidelijk. Ze moest gestraft worden. Maar wie het kruis had ervaren, die kon niet worden afgeschrikt door tralies. Het idee van een cel kwam haar absoluut niet bedreigend voor. Geregelde maaltijden en werk in de keuken of in de wasserij, misschien op een kantoor wanneer ze zich goed gedroeg en iedereen liet zien wat ze allemaal kon.

Het kon niet veel anders zijn dan de drie jaar met Gereon. Of ze nu door haar schoonouders of door een paar bewaaksters op de vingers werd gekeken, dat maakte geen verschil. Alleen de weekends vervielen. Nooit meer een sigaret die met het laatste dovende, nog nagloeiende puntje in de asbak het startschot voor de waanzin was.

De eerstvolgende keer dat ze weer bij haar positieven kwam, zat ze op een stoel in een lichtgeverfde ruimte. Her en der stonden er nog een paar stoelen, in het midden bevonden zich twee bureaus waarop tussen een schrijfmachine en een telefoon een warwinkel van papier lag. Het irriteerde haar. Graag zou ze de rotzooi hebben opgeruimd en ze vroeg zich af ze de politieagenten om toestemming zou moeten vragen.

De jongste stond naast de deur, Berrenrath stond bij een groot raam waar twee potplanten stonden weg te kwijnen. Er viel nog genoeg zonlicht naar binnen om haar ogen te irriteren. En ze was haar zonnebril vergeten. Rechts naast de potplanten lagen enkele dossiers. Het dossier Cora Bender, dacht ze vluchtig. Het zou wel een dun dossier worden. Alles was immers duidelijk. Natuurlijk moesten ze haar een paar vragen stellen en…

Er had echt iemand voor die planten moeten zorgen. Dit was deerniswekkend. Ze hadden waarschijnlijk de hele middag in de blakende zon gestaan, er zaten bruine vlekken op de bladeren. De aarde was vast en zeker kurkdroog.

'Hoor eens, meneer Berrenrath', zei ze. 'U moet die planten daar bij het raam vandaan halen. Ze kunnen niet tegen de zon. Het is hetzelfde als wanneer ze onder een brandglas zouden staan. Waarschijnlijk hebben ze water nodig. Mag ik eens kijken?'

Berrenrath scheen verbluft te zijn, na enkele tellen knikte hij aarzelend.

Tegen de muur naast de deur stond een kast met een wastafel. Op het aanrecht ernaast stond een oud koffiezetapparaat. In de kan daarvan had zich een lelijke bruine laag gevormd. Die werd zeker nooit goed afgewassen. Naast het apparaat stond een gebruikte beker. Die waste ze zorgvuldig schoon, toen pakte ze de kan en wilde die ook schoonmaken.

'Laat u dat', zei Berrenrath. 'Gaat u alstublieft weer zitten.'

'Nou moet u eens goed luisteren', protesteerde ze. 'U hebt gezegd dat ik de planten water mag geven. En die beker was vies. Het kan toch geen kwaad als ik de boel een beetje schoonmaak?'

Berrenrath zuchtte en haalde zijn schouders op. 'Verzorgt u die planten voor mijn part maar. Maar schoonmaken is uw taak niet.'

'Dan niet,' zei ze, 'ik bedoelde het goed.'

Ze vulde de beker met water en liep naar het raam. De aarde was inderdaad kurkdroog. De beker zette ze eerst op de vensterbank neer, daarna droeg ze de twee planten naar het bureau, schoof onopvallend twee stoelen op hun plaats en stapelde wat papieren keurig op zodat er wat ruimte ontstond en het er wat opgeruimder uitzag. Toen haalde ze de beker en goot het water op de aarde.

De agenten keken vol ongeloof naar haar toen ze de beker voor de tweede keer liet vollopen. 'Dat water was broodnodig', zei ze toen ze weer op de stoel plaatsnam.

Een volle minuut was het stil. Ze probeerde haar gedachten op een rijtje te houden en zich op de eerstvolgende gebeurtenis voor te bereiden. Het verhoor! Hoe zoiets in zijn werk ging, wist ze wel. Dat had ze in films gezien. In feite draaide het alleen om een bekentenis. Dat was voor de politie het belangrijkste punt. Dus was een verhoor in haar geval overbodig, ze had al bekend, de bekentenis hoefde alleen maar op papier te worden gezet en te worden ondertekend. Gek dat niemand daarvoor zorgde. Ze wendde zich opnieuw tot Berrenrath. 'Waar wachten we eigenlijk op?'

'Op de bevoegde functionarissen', zei hij.

'Bent u niet bevoegd?'

'Nee.'

Ze glimlachte naar hem. Het was bedoeld als een charmante glimlach maar vanwege haar kapotgeslagen gezicht was het maar een scheef lachje. 'Hoor eens: dat is toch kolder. Een politieagent is een politieagent. Ik zou het prettig vinden als we dat meteen zouden kunnen afhandelen. Schrijft u maar op wat ik gezegd heb. Ik zal het ondertekenen en dan kunt u naar huis.'

'Laten we nou maar op de bevoegde functionarissen wachten', zei Berrenrath. 'Ze kunnen elk moment hier zijn.'

Natuurlijk kwamen ze niet. Ze had dikwijls op films gezien dat ze een verdachte in onzekerheid lieten om zijn weerstand te breken. Alleen begreep ze niet waarom ze dat bij haar deden. Ten eerste was ze niet alleen verdacht, het was zonneklaar dat ze schuldig was. Ten tweede was ze niet van plan om problemen te maken.

Van het wachten werd ze alleen maar zenuwachtig. Ze moest weer aan Gereon denken. Dat hij op het terras aan het meer had gedaan alsof ze een wildvreemde was die hem niets aanging. Maar dat begreep ze. Voor Gereon moest het een vreselijke schok zijn geweest. Je hoefde je alleen maar in zijn situatie te verplaatsen. Hij wilde immers helemaal niet naar het meer. Het was veel te heet, had hij tijdens het middageten gezegd toen zij het uitstapje had voorgesteld. Hij hield ook niet van zwemmen. En toen had ze zijn hele wereld in een paar seconden geruïneerd. Geen wonder dat hij daarna als een wildeman op haar los ranselde. Zou hij al thuis zijn? Wat zou hij zijn ouders hebben gezegd? Ze zouden wel stomverbaasd zijn geweest dat hij alleen met het kind thuiskwam.

Ze zag het voor zich. De vragende gezichten. 'Waar is Cora gebleven?' De stem van haar schoonmoeder. De oudeheer zei nooit veel als er familieaangelegenheden in het geding waren. En Gereon, bleek, met dat witte verband en het kind op zijn ongedeerde arm, vroeg eerst of iemand hem wilde helpen met het leeghalen van de kofferbak. Zijn moeder liep met hem naar buiten. Buiten, waar die ouwe hem niet kon horen, zei Gereon: 'Ze heeft een man neergestoken.'

En later zouden ze samen in de woonkamer zitten. Gereon bracht in chronologische volgorde verslag uit, hoewel er niet veel te melden was. Zijn moeder jammerde wat de buren wel niet zouden zeggen als het hun ter ore kwam. Zijn vader vroeg slechts wat de gevolgen zouden zijn voor het bedrijf en wie nu de administratie moest doen.

Het liep tegen negenen toen de deur eindelijk openging. Het beeld van Gereon en zijn ouders verdween ogenblikkelijk. De man in het joggingpak die haar op het terras aan het meer al opgevallen was, betrad de ruimte. Hij stelde zich voor. Ze vergat de naam onmiddellijk weer en probeerde de man te taxeren. Hopelijk zou hij zich niet met nodeloze vragen bezighouden.

Dat was precies wat hij wel deed! Hij nam achter de schrijfmachine plaats en vroeg haar hoe ze heette, ook haar meisjesnaam. Alsof hij aan haar identiteit twijfelde. Hij wilde weten hoe oud ze was, wanneer ze getrouwd was, of ze betaald werk had of niet. Allemaal dingen die met de zaak helemaal niets te maken hadden. Vervolgens wilde hij ook nog van alles weten over haar schoonouders, haar ouders en broers en zusjes.

Tot aan haar schoonouders antwoordde ze hem met tegenzin maar conform de waarheid. Toen zei ze: 'Mijn ouders zijn dood, broers en zusjes heb ik nooit gehad!'

En hij bekeek de planten op het bureau, informeerde of ze van planten hield, vroeg zonder overgang of ze pijn had, of er een dokter naar haar moest kijken of dat ze zin had in een kop koffie. Ze wierp een snelle blik op de schrijfmachine en zei overal nee op.

Het kostte haar moeite zich te concentreren en rustig te blijven. Tegen alle verwachting in scheen het toch een langdurige aangelegenheid te worden. De man in het joggingpak legde uit welke misdaad haar ten laste werd gelegd, alsof ze dat niet wist. Hij noemde enkele wetsartikelen, somde vervolgens haar rechten op, herhaalde wat Berrenrath aan het meer al had gezegd. Dat ze geen verklaring hoefde af te leggen, enzovoort.

Op dat moment viel ze hem in de rede. 'Dank u zeer, dat heb ik meneer Berrenrath al gezegd, het is niet nodig. Ik heb geen behoefte aan een advocaat. Ik stel voor dat u meteen meeschrijft. We kunnen gelijk beginnen.'

Dat konden ze niet. De man in het joggingpak zei dat ze op de chef moesten wachten, dat hij al in het gebouw was.

Weer verstreek er ruim een kwartier. Ze werd er beroerd van dat ze verder niets kon doen dan op die stoel zitten en naar de lichtgeverfde muren kijken. Aan nietsdoen was ze niet gewend, dat leidde maar tot piekeren. Zoals die middag in de supermarkt toen ze dacht de oplossing te hebben gevonden.

In zeker opzicht was het toch ook waanzin. Onwrikbaar vastbesloten zijn om zelf te sterven en vervolgens onverhoeds iemand anders te lijf gaan. Alleen omdat die witblonde vrouw – haar naam schoot haar even niet te binnen – dat lied had gedraaid. Ze had beter kunnen vragen waar die vrouw dat nummer vandaan had. En of iemand haar kon uitleggen hoe dat lied in haar hoofd was beland.

Niemand zei iets. Het enige geluid was het druppelen van de

kraan. Die had ze niet stevig genoeg dichtgedraaid nadat ze voor de tweede keer water in de beker had gedaan. De mannen keken er niet naar om. Berrenrath hield zijn ogen op de deur gericht. Zijn jonge collega stond met zijn handen op zijn rug. De man in het joggingpak bladerde de notities door die hij op het terras aan het meer had gemaakt.

Wat zouden de getuigen hem hebben verteld? Dat ze de man als een dolle te lijf was gegaan! Die indruk moesten de mensen wel hebben gehad. Opeens begreep ze waarom ze zo ruim de tijd namen. Omdat ze het niet begrepen, omdat ze net als Gereon wilden weten waarom.

Toen ze dat eenmaal besefte, veranderde haar hart in een brok lood. Haar hersenen vulden zich met grijsrode mistflarden. Ze voelde dat ze klamme handen kreeg en dat haar handen begonnen te trillen. Van haar oorspronkelijke opluchting, de juichende stemming en het gevoel van triomf was geen greintje meer over. Ze moest een zinnige verklaring bedenken.

Toen de deur eindelijk openging, begon ze in zichzelf te tellen – achttien, negentien, twintig – en hoopte dat ze daar wat rustiger van zou worden. De man die binnenkwam leek begin vijftig. Hij maakte een slome, goedhartige indruk, groette even, niemand speciaal, en knikte naar de beide politieagenten. Berrenrath knikte terug en gebaarde daarbij met zijn hoofd op een merkwaardige manier in haar richting. De man in het joggingpak stond op en ging met Berrenrath en de andere politieman weer naar buiten.

Weer wachten, zich afvragen wat het drietal voor de deur te bepraten had, wat dat rare knikje te betekenen had. Had die jonge agent in elk geval maar iets gezegd. De stilte was onverdraaglijk want die heerste alleen buiten. Het leek bijna wel een gewone zaterdagavond. In haar hoofd was het niet stil. Daar weerklonk dat liedje. De druppelende kraan klonk bijna hetzelfde als het drumstel. Op dat liedje volgde telkens de droom. En nu sliep ze niet! Als die mannen niet gauw terugkwamen…

Het duurde maar tien minuten. Maar dat waren zeshonderd

seconden; en elke seconde was een nieuwe gedachte. En elke nieuwe gedachte vrat aan haar verstand. Wat haar het meeste zorgen baarde, waren de gevoelens die het doden in haar had gewekt. Elk normaal mens zou ontdaan, wanhopig zijn en door schuldgevoel worden gekweld als hij zoiets had gedaan. En zij had zich er prima bij gevoeld. Dat was niet normaal.

Eindelijk kwamen ze terug. De man in het joggingpak ging weer achter de schrijfmachine zitten. Berrenrath ging weer naast het raam staan. De chef ging tegenover haar zitten. Hij lachte haar vriendelijk toe en stelde zich voor. Zijn naam verstond ze evenmin als alles wat hij verder nog zei. Alles in haar binnenste spande zich. Korte, nauwkeurige antwoorden. En een begrijpelijk motief om te voorkomen dat ze zouden denken dat ze gek was.

Berrenrath had iets in zijn hand, haar portefeuille. Waar hij die zo opeens vandaan had gehaald, wist ze niet. Ze had er niet op gelet. De hele procedure werd nogmaals herhaald. Naam, meisjesnaam, geboorteplaats, burgerlijke staat, beroep, ouders, broers en zussen.

'Zijn we hier een quiz aan het doen?' stoof ze op. 'Dan komt u wel laat in het spel, voor die antwoorden heb ik mijn punten al binnen. Of wilt u er alleen achter komen of ik mijn verstand wel bij elkaar heb? Geen zorgen, ik heb ze nog allemaal op een rijtje. Het valt me op dat ze me deze zelfde vragen voor de derde keer stellen. Ik wil u een voorstel doen. Stel die vragen voor de afwisseling eens aan uw collega. Die heeft alles al opgeschreven. Bovendien heeft hij daar mijn papieren.'

Het speet haar dat ze Berrenrath zo denigrerend 'hij daar' had genoemd. Dat had hij niet verdiend. Hij was tot nu toe echt heel aardig geweest. En het zou zeker ook verstandiger zijn om zich beleefd en bereidwillig op te stellen. Maar ze was immers bereidwillig, alleen moesten ze een beetje opschieten. Als het in dit tempo zo doorging – dat hield ze niet lang meer vol.

Niemand reageerde op haar brutale opmerking. Alleen de jonge agent fronste even zijn wenkbrauwen. Berrenrath kwam met haar portefeuille naar het bureau. De man in het joggingpak pakte hem aan. Ze begon te beseffen dat ze zijn naam niet had kunnen onthouden, ook de naam van de chef niet. Ze probeerde zich de naam te herinneren maar elke gedachte bleef hangen in het gezicht van de dode man. En ze mocht niet zeggen: 'Sorry, ik was er even met mijn gedachten niet bij en ik heb uw naam niet verstaan.' Dan zouden ze haar immers ter plekke als gestoord hebben beschouwd.

De beide geüniformeerde agenten verlieten het vertrek. Ze zou het prettig hebben gevonden wanneer Berrenrath was gebleven, hij was zo begrijpend. Ze wilde er niet om vragen. Ze mocht niet de schijn wekken hulp nodig te hebben. De man in het joggingpak opende de portefeuille, nam haar legitimatiebewijs eruit en overhandigde dat aan de chef. Toen bekeek hij haar rijbewijs, stokte even en sloeg zijn ogen op.

Haar gezicht was de steen des aanstoots, daarvan was ze overtuigd. Het ziekelijke, grauwe gezicht op haar rijbewijs, het gezicht van een oude vrouw. Een ogenblik lang vreesde ze dat hij daarover zou beginnen. Hij zweeg. En zij trok met een snelle beweging het haar van haar pony in fatsoen om te voorkomen dat het litteken zijn aandacht zou trekken. De chef had ondertussen de gegevens in haar legitimatiebewijs bestudeerd, hief eveneens het hoofd en keek haar aan. 'Cora Bender', zei hij. 'Cora, dat klinkt als een roepnaam. Of is Cora uw volledige naam?'

Hij had een prettige, warme, zware stem die op menigeen vast en zeker een kalmerende uitwerking had. Zij werd er echter niet rustiger van. Ze kreeg haar handen niet onder controle. Het beven was erger geworden. Ze omvatte met haar rechterhand stevig haar linkerhand die in haar schoot lag.

'Nu moet u eens goed luisteren', zei ze. 'Ik wil geen onbeleefde indruk maken, maar ik vind dat het al laat is. Laten we dat gekibbel maar achterwege laten.'

De chef glimlachte. 'We hebben ruimschoots de tijd. En ik vind een beetje gekibbel wel ontspannend. Hoe voelt u zich, mevrouw Bender?'

'Prima, dank u.'

'U bent gewond.' Hij wees op haar gezicht. 'Laten we er eerst een arts bij halen.'

'Hou me die witteschortenmaffia in vredesnaam van het lijf!' siste ze hem toe. 'Een ambulancemedewerker heeft er al naar gekeken, het lijkt erger dan het is. Ik heb wel ergere dingen meegemaakt.'

'Wat dan?' vroeg de chef.

'Ik zou niet weten wat u daarmee te maken hebt', antwoordde ze.

'Nou ja, mevrouw Bender,' zei hij rustig maar op besliste toon, 'als u het per se zo wilt, kan ik het ook over een andere boeg gooien. Waarschuwt u me alstublieft als u pijn hebt of wanneer u anderszins het gevoel hebt dat iets u in de weg zit. U mag ook een seintje geven als u zin hebt in een kop koffie of als u iets wilt eten. Maar vraagt u het wel vriendelijk. Dat klinkt beter.'

Ze had hem kwaad gemaakt, bewoog ongemakkelijk met haar schouders, liet haar ogen rollen, althans haar linkeroog dat niet opgezwollen was. 'Hoor eens, het spijt me dat ik uit mijn slof geschoten ben. Ik wil u geen last bezorgen. Ik ben alleen nogal zenuwachtig en wil dit graag achter de rug hebben. Waarom moet ik eigenlijk tot drie keer toe vertellen hoe mijn man heet? Dat doet toch helemaal niet ter zake. Maak nou maar proces-verbaal op van mijn bekentenis, laat mij dat ondertekenen, dan wil ik daarna met alle plezier een kop koffie met u drinken.'

Toen de chef even knikte, zette de man in het joggingpak een klein, zwart kastje op het bureau. Ze kromp ineen toen ze zag dat het een cassetterecorder was. De man drukte op een knop. Voordat ze het kon verhinderen hield ze beide handen tegen haar oren gedrukt.

Op dat moment leken de vlammen uit haar hoofd te slaan. Ze waren op de hoogte! Iemand had hun over dat liedje verteld. En nu wilden ze haar dat opnieuw laten horen. Joost mocht weten wat dat voor gevolgen zou hebben. Misschien zou ze wel opnieuw opspringen en een van hen de eerste de beste bloempot naar het hoofd smijten.

Maar er volgde geen muziek, er volgde helemaal niets. En de beide mannen staarden haar argwanend aan. 'Is er iets niet in orde, mevrouw Bender?' informeerde de chef.

Ze glimlachte krampachtig, deed haar handen naar beneden en verklaarde haastig: 'Nee hoor, alles is in orde. Ik kreeg alleen eventjes zo'n akelig drukkend gevoel op mijn oren. Van het water, denk ik. Ik heb gedoken en… Maar het is alweer over. Echt, ik versta u heel goed.'

Toen stak hij eindelijk van wal. Hij hield zich niet lang meer met wetsartikelen bezig, formuleerde het zo bondig mogelijk. 'Mevrouw Bender, u hebt even na achttien uur aan de oever van het Otto Maiglermeer een man vermoord. Er waren verscheidene mensen in de onmiddellijke nabijheid die het gebeuren hebben gezien en die een getuigenverklaring hebben kunnen afleggen. Van enkele van die verklaringen is al proces-verbaal opgemaakt. Het wapen waarmee het misdrijf is gepleegd, is in beslag genomen. Tot zo ver is de zaak helder. We willen u desondanks nog graag enkele vragen stellen. U hebt het recht om te weigeren een verklaring af te leggen. U hebt recht op een advocaat…'

Voor hij verder kon gaan, hief ze haar hand op en viel hem in de rede. Ze deed haar best deze keer een vriendelijke toon aan te slaan. Het zwarte kastje was een recorder, dat had ze inmiddels begrepen. Daarmee werd elk woord opgenomen om een en ander later voor alle mogelijke mensen af te kunnen spelen. Iedereen kon horen wat ze had gezegd. En iedereen kon daar zijn eigen conclusies uit trekken.

'Dat is me allemaal al bekend', zei ze. 'En ik heb u al twee keer gezegd dat ik geen advocaat nodig heb. Ik leg een bekentenis af. Ik zal ook schriftelijk verklaren dat u geen druk op mij hebt uitgeoefend en dat u mij meerdere keren op mijn rechten hebt gewezen enzovoort. Oké?'

'Oké', herhaalde de chef. 'Als u het zo wilt hebben.' Hij zat voorovergebogen en hield zijn ogen strak op haar gevestigd.

Ze haalde diep adem en dacht erover na hoe ze het zo kon formuleren dat al in de eerste zin duidelijk was dat er met haar niets mis was; lichamelijk en uiteraard op de eerste plaats geestelijk. Het trillen van haar handen had ze nu prima onder controle. Ze hoefde enkel haar ene hand stevig genoeg op haar andere hand te drukken, dan viel het amper op. Bovendien keken ze niet naar haar handen, alleen naar haar gezicht. Na twee seconden zei ze met vaste stem: 'Ik heb kort na achttien uur aan de oever van het Otto Maiglermeer een man doodgestoken. Ik heb dat met het mesje gedaan waarmee ik voor mijn zoon een appel heb geschild.'

De chef toverde een doorzichtig plastic zakje op tafel met het bebloede mes erin. 'Is het dit mes?'

Eerst knikte ze slechts, toen schoot haar te binnen dat een knikje niet op band werd opgenomen en zei kort: 'Ja.'

'Had u het mes meegenomen naar het meer om er een appel mee te schillen?' wilde hij weten.

'Ja, natuurlijk. Behalve de appels hadden we niets bij ons waar we het voor nodig konden hebben.'

'Maar in plaats daarvan hebt u er iemand mee doodgestoken', zei de chef. 'Wist u wat er gebeurt als u met dit mes op een man insteekt?'

Ze staarde hem niet-begrijpend aan. Toen begreep ze de bedoeling van zijn vraag en begon te glimlachen. 'Hoor eens: ook al ben ik een beetje zenuwachtig, u moet niet met me praten alsof ik geestelijk gestoord ben. Natuurlijk wist ik wat er gebeurt als ik met dit mes op een man insteek. Ik verwond hem, ik maak hem dood. Ik heb zo op hem ingestoken dat de steken wel tot de dood moesten leiden. En dat wist ik toen ik het deed. Is uw vraag daarmee grondig genoeg beantwoord?'

De chef liet niet merken welke uitwerking deze woorden op hem hadden. Hij wilde slechts weten: 'Als u die steken bewust hebt toegebracht, mevrouw Bender, weet u dan nog waar de eerste steek de man trof?'

Ze glimlachte nog steeds. Weet u dat nog? Dat zou ze nooit van haar leven vergeten – alle andere dingen misschien wel, maar dat niet! 'In zijn nek', zei ze. 'Daarna draaide hij zich om. Toen heb ik op zijn keel gemikt. Het is maar een klein mesje. Ik dacht:

als ik op zijn borst mik, raak ik zijn hart misschien niet. Maar in zijn keel zit de slagader en daar zit ook het strottenhoofd. Daar heb ik op gemikt. En die heb ik ook geraakt. Hij bloedde zo erg dat ik zijn slagader moet hebben geraakt. Maar ik heb hem ook op andere plaatsen geraakt. In zijn gezicht. En één keer ketste het mes af, toen belandde het in zijn schouder.'

De chef knikte. 'Wat was de aanleiding dat u die man hebt vermoord? Dat heb ik toch goed begrepen, dat u de man wilde vermoorden?'

'Ja, dat wilde ik', zei ze met vaste stem. En op dat moment wist ze dat ze dat al heel lang had willen doen. Deze man doden, niet zomaar een man, speciaal deze.

3

Het deed er niet meer toe waarom ze naar het meer was gereden. Het was anders gelopen en het was goed zo. Toen ze erheen reed, was ze niet van plan geweest een man om het leven te brengen en als de vrouw bij de toegangspoort haar zou hebben verteld dat ze met dat doel gekomen was, zou ze gedacht hebben dat die vrouw gek was. Maar op het moment zelf had het zo moeten zijn. Toen ze dat besefte, kalmeerde ze een beetje.

De beide mannen schenen daarentegen op haar korte, bondige mededeling gechoqueerd te reageren. Ze zag het aan hun gezichtsuitdrukking maar kreeg niet de kans om erover na te denken of ze het wellicht niet wat minder sterk had moeten formuleren. Nu ging alles razendsnel. De chef stelde de vragen, de man in het joggingpak zat daar maar en verloor haar geen seconde uit het oog.

'Kende u die man?'
'Nee.'
'Had u hem nog nooit gezien?'
'Nee.'
'Weet u echt niet wie het was?'
'Nee.'

Dat was de waarheid en de waarheid was altijd goed en altijd correct. De chef scheen echter door haar woorden van zijn stuk te zijn gebracht. Hij wierp de man in het joggingpak een geïrriteerde blik toe. Die haalde zijn schouders op, de chef schudde even het hoofd en richtte zich toen weer tot haar. 'En waarom wilde u hem doodmaken?'

'De muziek stoorde me.' Dat was wel niet geheel conform de waarheid maar kwam er het dichtst bij in de buurt.

'De muziek?' herhaalde de chef met een ondertoon van verbijstering die ze heel goed hoorde.

Ze haastte zich haar antwoord toe te lichten zonder melding te hoeven maken van het liedje. 'Ja, ze hadden een gettoblaster bij zich. Die stond heel hard. Toen heeft die vrouw de volumeknop nog verder opengedraaid. Toen ontstak ik in woede.'

De chef schraapte zijn keel. 'Waarom hebt u die vrouw niet gevraagd de muziek zachter te zetten? En als de vrouw de muziek harder had gezet, waarom hebt u dan die man aangevallen?'

Dat was de cruciale vraag. Alleen had ze daar geen antwoord op. 'Dat heb ik haar gevraagd', verklaarde ze. En omdat dat niet met de feitelijke gang van zaken overeenkwam, corrigeerde ze zichzelf onmiddellijk. 'Dat wil zeggen, niet direct gevraagd maar ik heb mijn beklag gedaan. Ze trok zich er niets van aan. Het kan zijn dat ik niet hard genoeg heb gesproken. Ik wilde niet schreeuwen. Ik… nou ja, ik was eigenlijk van plan het water in te gaan. Ik wilde… ik…'

Dat ging hem toch werkelijk geen bliksem aan en het had met de hele zaak ook helemaal niets van doen. Ze hakkelde niet meer en zei energiek: 'Hoor eens: hij lag boven op die vrouw! Zij was voor mij onbereikbaar. Maar ik was ook echt niet van plan haar iets aan te doen, echt niet. Ik wilde hem doodmaken. Dat heb ik gedaan. Dat is geen punt van discussie. Ik ontken het niet. Dat is toch voldoende voor uw dossier.'

'Nee', zei de chef en hij schudde zijn hoofd. 'Dat is niet voldoende, mevrouw Bender.'

'Als u erbij was geweest,' protesteerde ze, 'dan zou u weten dat ze echt over de schreef gingen. U had moeten zien hoe die kerel zich op die vrouw stortte. Dan kun je niet gewoon toekijken. Dan moet je wel iets ondernemen.'

De chef staarde haar aan. Zijn stem klonk nogal streng toen hij zei: 'We hebben het hier niet over een kerel, mevrouw Bender, die zich op een vrouw heeft gestort! We hebben het over een man op wie u zich zelf hebt gestort. En ik zou verdomd graag weten waarom. Hij heette Georg Frankenberg. En nu gaat u me niet nog eens vertellen…'

Wat hij verder nog zei, hoorde ze niet. Er vleide zich een soort sluier over haar oren. Onverwachts dook voor haar geestesoog een gevangeniscel op. Een gevangenbewaarster deed de deur achter haar dicht. Vreemd genoeg had de gevangenbewaarster moeders gezicht en had ze in haar ene hand een brandende kaars in plaats van een sleutel en in haar andere hand een houten kruis. En de gestalte aan het kruis was er slechts op vastgelijmd.

De Verlosser!

Heette hij Georg Frankenberg? Hoe hij heette was niet belangrijk. Desondanks liet ze hem als een echo aan moeders gezicht, de kaars en het kruis voorbijgaan en wachtte of duidelijk zou worden dat er een verband bestond. Ze kreeg het gevoel dat de chef tevreden zou zijn en haar met rust zou laten als ze zou zeggen: 'O, het schiet me opeens te binnen dat ik hem toch kende.'

Maar de echo stierf weg zonder ook maar een spoor achter te laten. Het moest aan haar ogen te zien zijn. In de stem van de chef klonk puur ongeloof door. 'Zegt die naam u echt niets?'

'Nee.'

Hij zuchtte, krabde aan zijn hals en wierp de man in het joggingpak snel een onzekere blik toe. Die hield zich stil en bekeek de planten op het bureau.

Die schenen al een beetje bij te komen. Misschien was het inbeelding maar ze meende te zien hoe de slappe bladeren nieuwe kracht uit de vochtige aarde zogen. Water was gewoonweg levenselixer. Vader had vroeger dikwijls verteld over de harde laag in de grond onder de heide die eerst moest worden doorbroken om te voorkomen dat het water wegliep als het regende.

Het ging nu echter niet om de grond onder de heide en de stem van de chef verhinderde haar met haar gedachten bij vaders verhaal te blijven hangen. 'U wilt ons dus vertellen dat daar een onbekende zat. Een man die u nog nooit had gezien. En alleen omdat hij met zijn vrienden naar harde muziek zat te luisteren, hebt u als een dolle op hem ingestoken.'

'Zoiets mag u niet zeggen', snauwde ze hem toe. 'Ik ben niet gek. Ik ben volkomen normaal.'

De man in het joggingpak schraapte ingehouden zijn keel en schoof zijn notitieblok over de bureaus. Hij boog voorover en fluisterde de chef iets in het oor, terwijl hij met zijn vinger op een bepaalde plaats tikte.

De chef knikte en keek weer op. 'U ergerde zich niet aan de muziek maar aan datgene wat die twee met elkaar uitspookten, nietwaar? U hebt zojuist gezegd dat hij zich op de vrouw stortte. Dat was echter niet het geval. Georg Frankenberg en zijn vrouw liefkoosden elkaar slechts. En het initiatief ging van zijn vrouw uit, dat staat vast. U hebt op hem ingestoken met de woorden: Hou op, stelletje smeerlappen! Daarmee doelde u toch op hen beiden, of niet?'

Van alle woorden bleven er maar twee hangen, gaven haar een brok in de keel. Ze slaagde er slechts met moeite in ze uit te brengen. 'Zijn vrouw?'

De chef knikte. 'Georg Frankenberg was pas drie weken getrouwd. Eergisteren zijn ze van hun huwelijksreis teruggekomen. Ze waren om zo te zeggen nog in hun wittebroodsweken en ze waren stapelverliefd. Dan is het normaal dat je elkaar liefkoost. En ook als dat in de openbaarheid gebeurt, neemt niemand daar tegenwoordig nog aanstoot aan. Alleen u hebt zich daarover opgewonden. Waarom, mevrouw Bender? Hoe kwam u op het idee dat Georg Frankenberg zijn vrouw zou willen slaan?'

Georg Frankenberg? Er klopte iets niet. Iets was anders dan ze intuïtief had verwacht. Het was hetzelfde irritante gevoel als meteen na de moord, toen de witblonde vrouw haar hand had weggeduwd. Zijn vrouw? Ze raakte er totaal van in de war.

'Hoort u eens', zei ze. 'Het heeft geen zin om me zoiets te vertellen en stomme vragen te stellen. Vanaf nu zeg ik niets meer. We kunnen ons een heleboel tijd besparen als u mijn bekentenis opneemt. Ik heb die man gedood. Meer kan ik niet zeggen.'

'Meer wílt u niet zeggen', zei de chef. 'Maar we hebben in ieder geval al een paar getuigenverklaringen. En een van de getuigen heeft verklaard dat u mevrouw Frankenberg na de moord in uw armen wilde nemen. U hebt ook tegen haar gesproken.

Kunt u zich herinneren wat u hebt gezegd?'

Nu was hij woedend. Dat interesseerde haar niet. Georg Frankenberg! En zijn vrouw! Als de chef het zei, moest het wel zo zijn. Waarom zou een politieagent liegen? Daar schoot hij niets mee op. En Gereon had haar niet eens meer aangekeken.

Waarschijnlijk zat hij nu gezellig voor de televisie naar een film te kijken. Dat was zijn leven, werken en films kijken. Het lag echter meer voor de hand dat hij nog steeds met zijn ouders in de woonkamer zat. En dat ze allemaal woedend op haar waren. De ouwe zei: 'Het was een loeder. Dat had ik al meteen in de peiling toen ze hier voor het eerst binnenkwam. We hadden haar moeten terugsturen naar waar ze vandaan kwam.'

En Gereons moeder zei: 'Je moet echtscheiding aanvragen. Dat moet je echt doen, al is het alleen maar vanwege de mensen. Dat ze niet denken dat we met zo'n type iets te maken willen hebben.'

En Gereon knikte ja. Hij knikte ja op alles wat zijn ouders voorstelden. En als er niet iemand was die hem later uitlegde dat het onzin was wat ze wilden, deed hij het ook nog.

Er was nu niemand meer die hem iets uitlegde. Maar hij zou gegarandeerd gauw een ander vinden. Hij zag er goed uit, was jong en gezond. Hij had een huis. Hij verdiende niet slecht, daar had zij nog voor gezorgd. En op een dag zou hij het bedrijf overnemen, baas zijn in zijn eigen onderneming. Hij had een vrouw iets te bieden, en niet alleen financieel.

Hij dronk niet. Hij mishandelde je niet, elke ruzie ging hij uit de weg. Hij kon teder en zorgzaam zijn, jawel, dat kon hij. Ze had nog jaren, decennia, met hem kunnen slapen als hij op kerstavond niet had geprobeerd op die manier met haar te vrijen. Waarschijnlijk kon daar hij elke andere vrouw gelukkig mee maken.

Ze gunde hem een vrouw die hem kon liefhebben, want dat had hij verdiend. Een die het heerlijk vond om het bed met hem te delen. Die koortsachtig verlangde naar het moment waarop hij langs haar lijf naar beneden gleed, die dat ook bij hem deed. Het deed pijn om zich dat voor te stellen maar ze wenste hem van ganser harte toe dat hij echt gauw zo'n vrouw zou vinden. Op zijn manier was hij een brave burgerman. Maar hij was een heel normale man. En zij... was ook normaal. Volkomen normaal! Dat was ze van kindsbeen af geweest. Dat had Grit Adigar indertijd gezegd.

Dat was het ergste wat ik als kind moest zien te snappen: bij ons thuis was niemand normaal. Ik weet niet meer precies op welk moment ik wist dat ik erbij hoorde en dat er voor mij nooit iets zou veranderen. Ik weet ook niet meer of ik vanwege een speciale aanleiding tot dat inzicht kwam of dat ik het geleidelijk ging beseffen. Op een gegeven moment wist ik gewoon dat dat afschuwelijke mens mijn biologische moeder was. Als ik me met haar in de stad had moeten vertonen, zou ik haar hebben verloochend zoals Petrus de Verlosser verloochende. Dat veranderde echter niets aan de feiten, helemaal niets aan dat erbarmelijke leven.

Vader deed zijn best om het wat draaglijker voor me te maken. Maar wat kon hij nu helemaal doen? Toen kwam de dag waarop ik voor het eerst naar school ging.[*] Vader had in Hamburg een schooltas en een blauwe jurk voor me gekocht. Het was een mooie jurk met kleine witte knoopjes op de borst, een wit kraagje en een ceintuur.

Ik moest hem – omdat ijdelheid ook een zonde is – de volgende dag voor het altaar in de woonkamer verbranden. In een zinken emmer. Moeder stond ernaast met een volle kan water om te voorkomen dat het huis in vlammen zou opgaan.

Vader schudde zijn hoofd toen ik het hem 's avonds vertelde. Hij legde me uit dat moeder katholiek was en dat die kerk een beetje strenger was. En later, toen we in bed lagen, vertelde hij me over de eerste school in Buchholz.

---

[*] De *Einschulung*, de dag waarop kinderen in Duitsland voor het eerst naar school gaan, wordt uitbundig gevierd met cadeautjes en zakken snoep.

Die was in 1654 gebouwd, vertelde hij, en bestond uit slechts twee vertrekken. De schoolklas was tevens woonkamer van het onderwijzersgezin. En de mensen stuurden hun kinderen niet naar school omdat ze hen nodig hadden voor het werk op de boerderij. Omdat ze zelf niet konden lezen en schrijven en het daarom niet belangrijk genoeg vonden. Dat vandaag de dag echter iedereen wist hoe belangrijk het was om te kunnen lezen en schrijven, legde vader uit. En dat op school iedereen zelf in de hand had wat er van hem terechtkwam.

Dat was zijn manier om tegen me te zeggen: 'Zie jezelf zo goed mogelijk te redden, Cora. Ik kan je jammer genoeg niet helpen.'

Hij zei dat kleren niet belangrijk waren, waar het op aankwam, was wat je in je hoofd had. De kinderen hadden vroeger in lompen gelopen, zei hij, en ze hadden niet eens schoenen. Nou ja, schoenen had ik wel. En lompen hoefde ik op mijn eerste schooldag ook niet aan te trekken. Desondanks had ik tussen al die mooi uitgedoste meisjes het gevoel alsof ik zo uit de vuilnisbak kwam.

Met mijn nieuwe schooltas op mijn rug, net als alle anderen. Maar in een jurk als een meelzak die moeder speciaal uit de kast had opgediept om mij boete te laten doen. De jurk was ook nog te nauw. Ik rook naar mottenballen en kwam met lege handen op school. Alle andere meisjes hadden zakken snoep in hun handen.

Gelukkig had moeder geen tijd om me de eerste dag naar school te brengen. Toch wisten ze het allemaal. Je kunt je niet voorstellen hoe snel zulke praatjes de ronde doen.

Van de eerste schooldag af was ik een buitenstaander omdat ik een ziek zusje had. Ja, ze leefde nog. De artsen stonden daar elke paar maanden van te kijken maar dat kon Magdalena niet schelen. Ik dacht dikwijls dat ze op die manier wraak op me nam. Ik had in moeders buik al haar krachten opgebruikt; als tegenprestatie leefde ze nu onvermurwbaar door en was er de helft van de tijd niets te eten.

Ik had ook geen vriendinnen. Zelfs Kerstin en Melanie Adigar lieten me op het schoolplein links liggen. Ze waren bang dat ze ook zouden worden uitgelachen. Tijdens het speelkwartier stond ik aan de kant, elke dag, elke week, elke maand. De andere meisjes speelden en ravotten met elkaar. Ik moest mijn geweten onderzoeken, de Verlosser om vergeving en kracht voor mezelf smeken en om genade en een nieuwe dag voor Magdalena.

Sinds ik naar school ging, was ze achteruitgegaan. Ik kwam dikwijls met iets thuis, hoest, verkoudheid of keelpijn. Ze liep geregeld een infectie op, hoewel ik niet bij haar in de buurt kwam. Al had ik maar één keer geniest, dan nog had dat op Magdalena een effect als een mokerslag.

Moeder weet mijn steeds talrijkere ziekten aan het feit dat ik niet meer zo veel tijd had om te bidden. De uren op school vielen immers uit. Dus moest ik in elk geval tijdens de middagpauze mijn plicht doen. Dat deed ik ook. Het besef dat Magdalena echt mijn zusje was, had op de een of andere manier een verlammende uitwerking op me. Dat betekende immers dat ik zolang ik leefde even gebrandmerkt en getekend was als zij.

Ik wenste niet dat ze dood ging – echt niet. Maar ik wilde ook vriendinnen hebben die op het schoolplein met me speelden en 's middags na school bij me thuis kwamen. Ik wilde 's zondags wandelen en met mijn ouders naar de ijssalon. Met mijn moeder, die tijd genoeg had gehad om zich eerst te wassen, haar haar te doen en een mooie jurk aan te trekken. Dat ze ook eens haar nagels zou lakken of lippenstift op zou doen, zoals Grit Adigar, had ik heus niet van haar verlangd.

Ik wilde een vader hebben die kon lachen. Die me niet altijd over vroeger vertelde, over dingen die allang dood en vergaan waren. Die niet 's nachts naar de badkamer hoefde te sluipen om met zijn zonde te worstelen. Die het ook eens over morgen zou hebben of over volgend weekend. Die eens een keer, één keertje maar, zei: 'Als je wilt kunnen we wel naar de dom in Hamburg! Suikerspin eten en in het reuzenrad.'

Ik wilde boodschappen doen met moeder. Ik wou dat ze me in de winkel vroeg of ik een reep chocolade of liever een zak chips wilde. Ik wilde niet altijd alleen maar te horen krijgen dat ik een slecht en begerig kind was.

Het kind dat alle kracht uit haar buik helemaal voor zichzelf had opgebruikt. Verdomme nog aan toe! Dat had ik niet met opzet gedaan. Ik kon toen toch nog niet vermoeden dat er na mij nog eentje zou komen die ook kracht nodig had.

Soms probeerde ik moeder zo ver te krijgen dat ze bekende dat ze het een beetje overdreven had voorgesteld. Dergelijke gesprekken zwengelde ik op een heel gewiekste manier aan. Desondanks was het volslagen zinloos. Als ik moeder uitlegde dat ik mijn verdorvenheid had ingezien en ertegen vocht, keek ze me slechts aan met een blik als wilde ze zeggen: 'Nou, dat zou dan ook wel tijd worden.'

Als ik zei dat de kinderen op school me uitlachten, zei ze: 'De Verlosser is ook bespot. Zelfs nog toen hij bijna dood aan het kruis hing. En hij richtte zijn ogen ten hemel en zei: Vader vergeef het hun, want ze weten niet wat ze doen. Welke les trek je daaruit?'

Wat haatte ik die zin!

Het was niet verstandig moeder ook maar het geringste inzicht te geven in datgene wat ik werkelijk leerde. Lezen, schrijven, rekenen en liegen. Een wit voetje halen bij de juf om ervoor te zorgen dat ze ingreep als de anderen me te hard uitlachten en me ook nog met de vinger nawezen. Mijn zusje haten, dat leerde ik vooral.

Ik haatte Magdalena destijds echt en zo hartstochtelijk als alleen een kind dat kan. Als ik haar in de keuken zag liggen, haar hoorde piepen en kreunen, hoopte ik altijd dat alles zeer deed wat maar zeer kan doen.

Pas op die dag in mei kwam daar verandering in. Ik ging inmiddels al een jaar naar school. Voor mij was het een doodnormale dag. Niemand zei 's morgens iets bijzonders. Met uitzondering van de juf die me tijdens het speelkwartier een hand gaf en tegen me glimlachte: 'Nu ben je ook al zeven jaar, Cora.'

Ik kwam 's middags op het gebruikelijke tijdstip thuis. Moeder deed de deur open en stuurde me meteen naar de woonkamer.

Gegeten werd er niet, er stond geen pan op het fornuis en ook stond er geen broodmaaltijd klaar. Het brood lag boven in de keukenkast achter een deur die op slot zat. De sleutel had moeder altijd bij zich onder het motto: 'En leid ons niet in bekoring!'

Moeder ging weer naar boven om voor Magdalena te zorgen. Begin april had ik haar een verkoudheid bezorgd die ik van school mee naar huis had gebracht en die bij haar maar niet overging. Ze had veel last van neusbloedingen zonder dat moeder haar neus had schoongemaakt en zonder dat Magdalena haar neus gestoten had. Ook als moeder haar tandjes poetste, gaf ze bloed op. Ze moest dikwijls braken, terwijl ze nauwelijks iets at. Over haar hele lijf zaten blauwe en rode vlekken. Haar haren vielen uit. Ze had voortdurend diarree. Moeder durfde niet met haar naar Eppendorf te rijden uit angst dat Magdalena weer moest worden geopereerd. Elke avond als we aan tafel zaten, klonk het: 'Laten we voor morgen bidden.'

Laat in de middag kwam vader thuis. Toen zat ik nog steeds met een knorrende maag onder een boeket verse rozen. Ze waren zo lang dat ze een heel eind boven het kruis uitstaken. Vanwege die rozen hadden we 's zondags alleen soep met groene bonen gegeten zonder ook maar een piepklein stukje worst erin. Vader kwam door de keuken binnen en riep me zachtjes. Ik liep naar hem toe en zag dat hij iets in zijn hand had.

Een tablet chocolade! Alleen al bij de aanblik kwam mijn maag in opstand. Vader kuste me en fluisterde: 'Dat krijg je van mij voor je verjaardag.'

Van andere kinderen in de klas wist ik wat een verjaardag is. En als de dochters van Grit jarig waren, werd er bij de buren een reusachtig feest gevierd, met negerzoenen, chips en ijs. Dat ik ook jarig zou kunnen zijn, daar was tot dan toe nooit over gerept.

Vader legde uit dat ieder mens een verjaardag had en dat bijna iedereen die dag vierde. Dat ze vrienden uitnodigden, taart aten en cadeautjes kregen. Onder het praten verloor hij de deur naar de gang geen seconde uit het oog. Boven ons hoorden we moeder stommelen. Ze had even tevoren geprobeerd bij Magdalena een paar lepels kippensoep naar binnen te krijgen. Na de derde lepel begon Magdalena te braken. Moeder moest haar bedje verschonen. Vervolgens had ze Magdalena naar de badkamer gedragen om haar te wassen.

Toen kwam moeder de keuken binnen. We hadden haar niet de trap af horen komen. Ik had net het eerste stukje chocolade in mijn mond gestopt. Ze kwam binnen en verstarde nadat ze twee passen had gedaan. Haar blik ging heen en weer tussen mijn hand en mijn mond, voordat ze zich tot vader wendde.

'Hoe kun je zoiets doen?' vroeg ze. 'Terwijl de ene geen greintje binnen kan houden, stop je die andere vol met zoetigheid.'

Vader boog het hoofd en mompelde: 'Ze is toch jarig, Elsbeth. Andere kinderen worden overladen met cadeaus, de hele familie komt op bezoek en iedereen brengt iets mee. Kijk alleen maar naar hiernaast. Grit trommelt de hele straat op. En hier…'

Verder kwam hij niet. Moeder schreeuwde niet, dat deed ze nooit. 'Hier', viel ze hem met zachte stem in de rede, 'telt maar één verjaardag, die van onze Verlosser. En tot hem zullen we ons nu wenden, hem vragen ons de kracht te geven de vele bekoringen te weerstaan. Als we niet allen rein van hart zijn, hoe kan hij dan erbarmen met ons hebben?'

Toen stak ze haar hand uit en eiste van mij: 'Geef dat hier en steek de kaarsen aan.'

En toen gingen we met ons drieën gehurkt op het bankje zitten, bijna een vol uur lang. Daarna stuurde moeder me naar bed. Ze vroeg of ik bereid was zonder eten naar bed te gaan. Ze zei dat ik niet gewoon ja mocht zeggen. Ik moest echt bereid zijn een offer te brengen.

Ik rammelde van de honger, maar ik knikte, liep naar boven en kroop zonder mijn tanden te hebben gepoetst in bed. Ik was misselijk, ik had buikpijn en ik hoopte dat ik ook eens een keer echt ziek zou worden. Of dat ik dood zou gaan, misschien van honger zou omkomen.

Het lukte me niet om in slaap te vallen. Ik was nog wakker toen vader de kamer binnenkwam. Het moet zo tegen negen uur zijn geweest. Hij ging altijd om negen uur naar bed als hij vroeg van zijn werk was gekomen, ook in de zomer als het buiten nog licht was. Wat had hij anders moeten doen? Andere mensen keken 's avonds naar een film op tv. Of ze luisterden naar de radio, lazen een krant of een boek.

Zulke dingen hadden we niet in huis. Behalve de boeken, moeders bijbels. Ze had er verscheidene. Een Oud Testament en een Nieuw Testament en een kinderbijbel. Daar stonden ook plaatjes in en alleen de mooie verhalen over de wonderen die de Verlosser had verricht.

Uit dat boek las moeder Magdalena dikwijls voor. Dan liet ze haar de plaatjes zien en vertelde haar dat ze op een goede dag als een rein engeltje op een bankje voor de troon van zijn vader mocht zitten en met de andere engelen mocht jubelen. Tijdens die weken destijds las ze Magdalena niet voor. Die was te zwak om te luisteren. Moeder probeerde het wel maar als ze begon te vertellen of aanstalten maakte om voor te lezen, draaide Magdalena haar hoofd weg.

Toen vader de deur achter zich sloot, hoorde ze hem mompelen: 'Daar komt gauw een einde aan. En dan is het afgelopen met dit circus hier, of ik geef haar een schop onder haar achterste.' Hij sloeg met zijn vuist op zijn hand, had nog niet gemerkt dat ik niet sliep.

Zijn naam was Rudolf Grovian. Sommigen spraken die naam expres verkeerd uit en dan klonk het als 'grove Jan'. Hij was echter geen agressieve man, integendeel; in zijn privé-leven had hij af en toe doortastender moeten optreden, daar was hij zich van bewust. Hij was tweeënvijftig, al zevenentwintig jaar getrouwd en sinds vijfentwintig jaar vader.

Zijn dochter was altijd een recalcitrant, schandalig veeleisend schepsel geweest dat haar ouders helemaal naar haar pijpen liet dansen. Het was zijn schuld. Hij had de opvoeding niet aan zijn vrouw mogen overlaten. Mechthild was te toegeeflijk en te goedgelovig. Ze kon geen grenzen stellen en hechtte blindelings geloof aan alle onzin die ze te horen kreeg. Als hij er vroeger wel eens iets van zei, was haar enige reactie: 'Rudi, laat haar maar, ze is nog zo klein.'

Later was ze groter en liet ze zich niets meer vertellen, door hem al helemaal niet. En Mechthilds standaardzin was: 'Wind je niet op, Rudi, denk aan je gal. Zo zijn ze op die leeftijd.'

Zijn dochter was inmiddels drie jaar getrouwd en liet nu een flinke, aardige jongeman naar haar pijpen dansen. Twee jaar geleden had ze een zoon gekregen en Rudolf Grovian had gehoopt dat ze verstandig zou worden, dat ze zich van haar verantwoordelijkheid bewust zou worden en haar eisen zou matigen.

Uitgerekend die zaterdag had hij met pijn in het hart moeten inzien dat een groot deel van zijn hoop en tijdsinvestering tevergeefs was geweest. Het was het niet waard geweest. Hij was die middag bij zijn schoonzusje op verjaarsvisite geweest. Zijn dochter, schoonzoon en kleinzoon waren uiteraard ook uitgenodigd. Zijn dochter en kleinzoon kwamen wel opdagen, zijn schoonzoon vertoonde zich niet.

Rudolf Grovian ving enkele flarden op van het gesprek van zijn vrouw met hun dochter. Ze deden hem het ergste vrezen. 'Advocaat', dat woord hoorde hij meerdere malen. En hij was niet zo naïef dat hij zichzelf wijsmaakte dat het eventueel om een verkeersovertreding of een geschil over de huur ging.

Hij nam zich voor in de loop van de avond eens een hartig woordje met zijn dochter te spreken, hoewel hij wist dat dat nutteloos was en dat het enige resultaat zou zijn dat hij na afloop last van zijn gal had. En voor het zo ver was, werd hij weggeroepen. Dat was zo af en toe de consequentie van zijn beroep.

Rudolf Grovian was hoofdinspecteur van politie in het district Erftstadt, hij stond aan het hoofd van het Eerste Commissariaat. Hij had – gezien zijn leeftijd en de overeenkomsten – de vader van Cora Bender kunnen zijn. In plaats daarvan was hij de chef die met zijn vragen geen stap vooruit kwam maar achterwaarts schoof. Langzaam maar zeker steeds verder naar achteren, naar het hart van de waanzin waar zij banger voor was dan voor de dood.

Het was voor beide partijen een rampzalige confrontatie: de politieman die in zijn privé-leven een vaak geïrriteerde en soms schuldbewuste vader was, en de vrouw die met de wetenschap leefde dat vaders niet konden helpen, dat alles alleen maar erger werd als ze het probeerden.

Misschien was Rudolf Grovian die zaterdag wat geïrriteerder dan anders. Toch deed hij zijn werk zoals hij dat gewend was: neutraal en afstandelijk.

Toen men hem van het gebeuren aan het Otto Maiglermeer op de hoogte stelde, reed hij naar het politiebureau en trommelde alle beschikbare collega's op om de verhoren af te nemen, ook de collega's die zich anders niet met ernstige misdrijven bezighielden.

Ondanks het feit dat het weekend was, ging hij voortvarend te werk. De hele hermandad werd over de omringende vertrekken verspreid. Hij sprak met iedereen om een eerste indruk van de zaak te krijgen. De mensen deden alle mogelijke moeite om ook de kleinste details te vermelden.

Alles had echter betrekking op de feitelijke toedracht van de moord. Volstrekt onduidelijk bleef wat de aanleiding en het motief van de catastrofe waren. In dergelijke gevallen, dat wist hij uit ervaring, lag de oorzaak ofwel in het verleden ofwel in het karakter van de dader. Met een zaak waarbij een dader in blinde woede op een volstrekt onbekende afstormde, had Rudolf Grovian nog nooit te maken gehad en hem was een dergelijk geval ook nog nooit ter ore gekomen.

Vrouwen verdronken hun kinderen, sloegen hun slapende man de hersens in, vergiftigden of smoorden hun hulpbehoevende moeder als ze ten einde raad waren; als vrouwen een moord pleegden, waren er persoonlijke relaties in het spel. En alles wat Rudolf Grovian tussen zeven en negen uur hoorde, paste in het gebruikelijke patroon.

De belangrijkste verklaring kreeg hij uit de mond van Winfried Meilhofer, vriend en collega van Georg Frankenberg. Evenals het slachtoffer was Meilhofer als arts aan het academisch ziekenhuis van Keulen verbonden. Hij was een nuchter mens die zich ondanks de schok slechts één zin permitteerde die geen betrekking had op de feiten. Als Gods strafgericht was die vrouw over hen gekomen.

Hij was als verlamd geweest, had Meilhofer gezegd, was simpelweg niet in staat er iets tegen te doen. Het had er ook op geleken alsof Frankie die vrouw wel op zijn eentje aankon. Na de eerste steek, die onmogelijk dodelijk kon zijn geweest, had hij haar bij haar pols gegrepen.

Dat werd door een huisvader bevestigd. 'Dat begrijp ik niet. Zo'n grote, sterke kerel. Hij heeft haar toch vastgepakt! En vervolgens liet hij haar weer los. Dat heb ik met eigen ogen gezien. Ze heeft zich beslist niet losgerukt. Hij had haar zonder meer in zijn greep kunnen houden. Maar hij liet zich zonder slag of stoot door haar afslachten. En hoe hij haar toen aankeek! Ik kreeg de indruk dat hij haar kende en precies wist waarom ze het deed.'

De man sprak het vermoeden uit dat Georg Frankenberg Cora Bender kende of herkende, maar daar reageerde Winfried Meilhofer met een schouderophalen op. 'Dat kan zijn, ik weet het niet. Toen wij aankwamen, zaten daar alleen de man en het kind. De vrouw kwam later – ze was wezen zwemmen, geloof ik. Mij viel ze op omdat ze Frankie en Ute zo raar aankeek. Ik had het gevoel dat ze schrok. Alleen geloof ik niet dat Frankie haar had opgemerkt. Ik wilde hem nog op haar attenderen. Maar toen ging ze zitten en schonk verder geen aandacht aan ons. En ik heb verder ook geen aandacht aan haar besteed. Toen het gebeurde... Frankie staarde haar aan en zei iets. Ik heb niet verstaan wat hij zei. Het spijt me, meneer Grovian, dat ik u verder niets kan zeggen. Ik ken Frankie pas twee jaar. En ik heb hem leren kennen als een rustig, bedachtzaam mens. Ik kan me amper voorstellen dat hij een vrouw enige reden voor een dergelijke waanzin heeft gegeven. Hij zal jou niet slaan, zei ze tegen Ute. Frankie was niet het soort man dat vrouwen slaat. Integendeel, vrouwen waren op de een of andere manier heilig voor hem.'

Winfried Meilhofer sprak over een toespeling die Frankie ooit had gemaakt. Dat hij aan het begin van zijn studie een meisje had leren kennen waar hij tot over zijn oren verliefd op was. Vervolgens was dat meisje bij een ongeval omgekomen. Winfried Meilhofer zei: 'Hij heeft het niet met zo veel woorden gezegd maar uit zijn woorden kreeg ik de indruk dat hij erbij was toen dat meisje stierf. En die klap kwam hij niet te boven. Ik geloof niet dat hij daarna nog een relatie heeft gehad. Tot hij Ute zes maanden geleden had leren kennen, leefde hij uitsluitend voor zijn werk. Hij heeft het nooit kunnen verwerken dat hij dat meisje niet heeft kunnen redden.'

Winfried Meilhofer herinnerde zich een voorval dat kenmerkend was voor Frankies houding tegenover vrouwen en werk. Er was een patiënte gestorven, een jonge vrouw – longembolie na een routine-ingreep. Dat was bijna een jaar geleden. Zoiets kon gebeuren. Daar moest je in berusten. Dat kon Frankie niet. Hij ging over de rooie, brak bij zijn pogingen om haar te reanimeren twee ribben van het lijk. Daarna bedronk hij zich en wilde niet naar huis.

Winfried Meilhofer wilde hem niet alleen laten. Ze gingen met hun tweeën naar een kroeg. Er klonk een achtergrondmuziekje. Frankie sprak over de dode patiënte, dat hij niet snapte hoe een jonge vrouw zomaar opeens onder zijn handen kon sterven. Toen begon hij opeens over zijn muziek. Over de wilde weken in zijn leven; over zijn drumstel. Dat een vriend hem daartoe had overgehaald. Dat het een grote fout was geweest, dat hij zich maar beter op zijn studie had kunnen concentreren.

Pas uren later liet hij zich door Winfried Meilhofer naar huis brengen. Hij maakte de toespeling op het meisje van wie hij had gehouden en dat hij door de dood was kwijtgeraakt. Toen liet hij Meilhofer het bandje zien dat Ute aan het meer in de recorder had gestopt. Frankie liet dat bandje ook horen, zat op de vloer en trommelde de maat met zijn vuisten in de lucht mee. 'Ik moet er elke avond naar luisteren', zei hij. 'Als ik deze muziek hoor, is ze bij me. Ik kan haar voelen. En als ik haar voel, kan ik in slaap komen.'

Een merkwaardige man, die Georg Frankenberg, zeer serieus, met een groot verantwoordelijkheidsgevoel, af en toe depressief en met een funeste voorliefde voor snelle auto's. Je ging dan algauw denken dat hij niet zo sterk aan het leven hechtte. Winfried Meilhofer had meer dan eens gevreesd dat hij hem na het weekend niet meer levend terug zou zien. Ute was de eerste die kans had gezien hem uit zijn melancholie weg te sleuren.

Na de informatie over het slachtoffer hoopte Rudolf Grovian van Gereon Bender iets over de voorgeschiedenis van de dader te horen. Vanwege het kleine kind hadden ze de echtgenoot van Cora Bender aangeboden hem naar huis te rijden. Ze wilden achter hem aan gaan en thuis met hem praten.

Daar had Gereon Bender fel tegen geprotesteerd. Hij wilde in de kring van getuigen niet de grote uitzondering zijn. Onder begeleiding van de politie naar huis rijden, onmogelijk! Als iedereen op het politiebureau werd ontboden, wilde hij er ook heen. Het kind vormde geen probleem, zei hij. Het was een heel zoet jochie dat bij zijn vader op schoot aan een koekje knabbelde en maar eenmaal naar zijn moeder vroeg. 'Mama toe.'

Het iele kinderstemmetje stak Rudolf Grovian nog dagen later als een doorn in zijn vlees. En Gereon Bender verklaarde met klem: 'Ik weet niet waarom ze opeens de kluts is kwijtgeraakt. Ik weet sowieso niets. Ze heeft nooit iets verteld, alleen repte ze wel eens over een ongeval dat ze vroeger had gehad. Maar we hadden geen moeilijkheden. Met mijn vader had ze af en toe een beetje mot omdat ze zich van hem niets liet welgevallen. Het spijt me, meneer Grovian, dat ik u niet meer kan vertellen. Wat ze wilde, dreef ze ook door. En ze heeft altijd beweerd dat ze heel gelukkig was met mij.' Dat laatste was vermoedelijk niet geheel conform de waarheid.

Berrenrath, de collega van de politie die als eerste op de plaats van het misdrijf was aangekomen, had iets interessants opgevangen. Toen ze Cora Bender van het lijk van Georg Frankenberg wegvoerden, was haar man flink tegen haar tekeergegaan en had hij haar uitgescholden. Ze was kalm gebleven en had zich nog een keer naar hem omgedraaid en gezegd: 'Het spijt me, Gereon, ik had niet met je moeten trouwen. Ik wist immers wat ik met me meedraag. Nu ben je vrij. Vanaf vandaag zou je trouwens hoe dan ook vrij zijn geweest. Ik was van plan om te gaan zwemmen.'

Een veelzeggende opmerking, vond Rudolf Grovian. Hij had er zijn conclusies uit getrokken en enkele kwesties op een rijtje gezet die naar zijn mening louter bevestigd hoefden te worden: twee verwijzingen naar een vroeger gebeurd 'ongeval' die twee bronnen onafhankelijk van elkaar hadden gegeven; ook al berustten ze slechts op persoonlijke indrukken, dan nog staafden ze de verdenking dat het slachtoffer en de moordenares elkaar niet voor het eerst waren tegengekomen aan het Otto Maiglermeer.

Dat Georg Frankenbergs reactie op de aanval uitsluitend het gevolg zou kunnen zijn van ontsteltenis en shock, was voor Rudolf Grovian aanvankelijk geen punt van overweging. Hij ging van de meest voor de hand liggende verklaring uit.

Toen Cora Bender hem even na negenen onder ogen kwam, zag hij een trillend hoopje mens met een tot bloedens toe geslagen gezicht, één hoopje ellende met een dichtgeslagen oog, terwijl haar andere oog een en al paniek uitstraalde. En Berrenrath had hem er al op gewezen: 'Die is aan het eind van haar Latijn, meneer Grovian. Die wil gegarandeerd haar hart uitstorten. Ze heeft schoon schip gemaakt. Als ik haar haar gang had laten gaan, had ze uw bureau grondig schoongemaakt.' Berrenraths mensenkennis, daar kon je in het algemeen staat op maken.

Rudolf Grovian was ervan uitgegaan dat ze hem binnen de kortste keren in tranen en smekend om begrip het roerend tragische verhaal van een oude liefde en een grote vergissing of zoiets zou vertellen, hetgeen een begrijpelijk motief voor haar misdaad zou zijn.

Al na enkele minuten viel het hem echter zwaar het beproefde concept van rust en vriendelijkheid in acht te blijven nemen. Op dit moment stond hij zowat op het punt om met de vuist op tafel te slaan en deze onnozele gans aan het verstand te peuteren dat er na elke bliksemslag gedonder volgt. 'Is uw vraag daarmee grondig genoeg beantwoord?' Zo veel gevoelloosheid had hij van zijn leven nog niet meegemaakt.

Als een blok graniet zat ze tegenover hem. Het bonken van haar hart kon hij niet zien. En de grijsrode mistflarden in haar hoofd kwamen al evenmin haar oren uit. Zijn laatste vraag had ze nog niet beantwoord. Het leek erop dat ze haar dreigement ten uitvoer wilde brengen. 'Ik zeg niets meer.' Hij zat erop te wachten dat ze een gesloten gezichtsuitdrukking zou krijgen, in overeenstemming met haar woorden. Het liep echter heel anders.

Haar kapotgeslagen gezicht ontspande zich opeens. Haar blik werd naar binnen gericht, de ijzeren greep waarmee haar handen elkaar in haar schoot omkneld hielden, verslapte. Haar handen lagen als vergeten op haar bovenbenen. Een paar minuten zat ze daar uitsluitend aardig en keurig te zijn in haar spijkerrok, haar witte T-shirt en met haar blote voeten in de sandalen. De jonge buurvrouw aan wie je je kinderen zonder enige aarzeling een paar uur toevertrouwt. De ziel van het familiebedrijf van haar schoonvader, moe en doodop na een inspannende dag.

Hij keek haar weifelend aan en zei tweemaal haar naam. Ze reageerde niet. Heel even voelde hij een koude rilling van onbehagen over zijn rug lopen. De sporen van de klappen in haar gezicht zaten hem niet lekker. Dat ze – in weerwil van wat ze herhaaldelijk beweerde – niet helemaal in orde was, stond als een paal boven water. Alleen bracht hij dat eerder in verband met haar lichamelijke dan met haar psychische toestand. Dat haar verstand nog slechts op een smalle richel balanceerde, was voor hem niet te zien. Maar verscheidene harde vuistslagen op haar hoofd…

Winfried Meilhofer had gezegd: 'Ik dacht dat hij haar dood zou slaan.' Je kon niet uitsluiten dat ze een inwendige verwonding had opgelopen waarvan het effect pas uren later aan het licht kwam. Zoiets hoorde je af en toe wel eens na een knokpartij. Stel dat ze hier in elkaar zakte…

Hij had zich niet op haar woorden mogen verlaten. Ze had een dokter nodig. Waarschijnlijk had ze een arts nodig die haar ook vanwege haar zelfmoordplannen – hij vermoedde dat ze die koesterde – aan de tand zou voelen.

Gewoonlijk lag het niet in zijn aard de verantwoordelijkheid af te schuiven maar plotseling wenste hij dat de officier van justitie er was en een besluit had genomen. Doorgaan? Of naar de rechter-commissaris? Of liever in het dichtstbijzijnde ziekenhuis een röntgenfoto van haar hoofd laten maken om te voorkomen dat hij later van nalatigheid kon worden beticht?

De officier van justitie was net met een andere zaak bezig. In een kroeg in Keulen hadden ze iemand opgepakt die er van werd verdacht zijn vriendin een paar weken geleden de schedel te hebben ingeslagen. Rudolf Grovian was aan de telefoon wat wrevelig afgepoeierd. 'Ik zit midden in een verhoor. Ik kom morgenvroeg het dossier wel ophalen. Als u klaar bent met die vrouw, breng haar dan maar naar de rechter-commissaris in Brühl. De zaak ligt toch duidelijk, nietwaar?'

Duidelijk was er volstrekt niets zolang zij beweerde haar slachtoffer niet te hebben gekend. Voor de rechter-commissaris volstonden de getuigenverklaringen echter. Met de rest kon de psychologisch deskundige zich wel bezighouden. Die zou gegarandeerd worden ingeschakeld. Die moest zijn tanden maar op haar stukbijten.

Iets in Rudolf Grovian zei dat hij zo snel mogelijk van haar af moest zien te komen. Ze had iets over zich wat hem woedend maakte en – ook al zou hij dat nooit toegeven – aan het twijfelen bracht. Hoe langer hij zweeg, des te duidelijker voelde hij hem, die eerste lichte twijfel. Stel nou eens dat ze de waarheid sprak.

Kolder! Het was onbestaanbaar dat een echtgenote en moeder van onbesproken gedrag om een futiliteit een volstrekt onbekende man doodstak.

Ze speelde met haar trouwring. Onder haar nagels waren nog

bloedsporen te zien. Ze begon eraan te pulken. Haar handen begonnen weer te beven. Ze hief haar hoofd en keek hem recht in zijn gezicht. Een blik als van een kind, radeloos en verloren. 'Had u me iets gevraagd?'

'Ja zeker', zei hij. 'Maar waarschijnlijk kon u zich niet meer concentreren. Ik geloof dat we er voor vandaag beter mee kunnen ophouden, mevrouw Bender. Morgen praten we verder.'

Dat was de beste oplossing. Misschien was ze na een nacht in de cel te hebben doorgebracht wat toeschietelijker. Misschien zou ze die tijd ook gebruiken om haar oorspronkelijke plan opnieuw ten uitvoer te brengen. Gaan zwemmen! Er waren ook nog andere manieren. Hij moest zijn collega's instrueren haar elke seconde in de gaten te houden. En bij de geringste voortekenen van suïcidaal gedrag was de zaak voor hem sowieso afgehandeld. Precies zoals indertijd, toen zijn dochter aankondigde dat ze trouwplannen had. Hij had een zucht van verlichting geslaakt omdat hij nu eindelijk rust kreeg.

'Nee, nee', verklaarde ze vlug. 'Het gaat goed met me. Soms heb je alleen zoveel aan je hoofd.' Haar handen begonnen heviger te beven en het trillen sloeg ook over op haar armen en schouders. 'Neemt u me niet kwalijk dat ik er met mijn hoofd even niet bij was. Ik moest aan mijn man denken. Hij was erg van de kaart toen het gebeurd was. Ik heb hem nog nooit zo woedend gezien.'

Haar woorden klonken alsof ze een deuk in de auto van haar man had gereden. Ze had nu merkbaar minder energie. Ze keek naar haar handen en scheen totaal geconcentreerd te zijn op het behoud van haar zelfbeheersing. En hij vroeg zich af wat er zou kunnen gebeuren als ze die verloor. Zou ze in tranen uitbarsten? Eindelijk met de waarheid op de proppen komen? Of zou de scène bij het meer zich herhalen?

De twijfel kwam opnieuw opzetten en deze keer wat indringender. Wat, verdomme nog aan toe, wat was ze? Een jonge vrouw die onverhoeds met een onaangenaam deel van haar verleden geconfronteerd was of een van die wandelende tijdbommen die zich voor hun omgeving jarenlang als onschuldige, normale wezens voordeden om vervolgens zonder duidelijke reden te exploderen? Zou ze op hem afstormen?

Hij zat dichterbij dan Werner Hoß, de man in het joggingpak die als een wassen beeld achter het bureau zat. Hij had die zaterdag piketdienst. Normaliter gedroeg Hoß zich niet zo afwachtend. Maar normaliter was hij het ook met hem eens. Deze keer niet.

Toen ze met hun drieën voor de deur stonden terwijl Berrenrath verkondigde dat ze zijns inziens aan het eind van haar Latijn was en hij tegenover Rudolf Grovian kort schetste wat er volgens hem op grond van zijn inschatting van de getuigenverklaringen was gebeurd, had Hoß zijn hoofd geschud. 'Ik weet het niet, dat moet dan wel verrekte toevallig zijn geweest. Een vrouw, doodongelukkig met haar man, wil zich van kant maken en uitgerekend op dat moment struikelt ze over iemand met wie ze vroeger ooit iets heeft gehad. Dan kan ik me nog eerder voorstellen dat er bij haar iets knapte toen ze moest aanzien hoe het echtpaar Frankenberg met elkaar omging.'

Haar stem rukte Rudolf Grovian uit zijn overpeinzingen; het was inmiddels een dun, bang stemmetje. 'Zou ik misschien nu toch een kop koffie kunnen krijgen, alstublieft?'

Hij was in de verleiding om haar verzoek af te wijzen. Hier drinken we pas koffie als we allemaal tevreden zijn. Toe nou maar, meisje! Vertel ons maar wat er in je hoofd omgaat. Je kunt toch niet net doen alsof je een wesp hebt geslagen die van je ijsje wilde snoepen. Je wilde jezelf daarginds verzuipen, klopt dat? Maar toen moest iemand anders eraan geloven. De man was jong en had zich tot taak gesteld levens te redden. En je slacht hem als een hondsdolle hond af. Waarom?

'Wilt u ook iets eten?' vroeg hij in plaats daarvan.

'Nee, dank u wel', zei ze vlug. 'Alleen koffie, alstublieft. Ik heb hoofdpijn. Het is niet erg. Ik bedoel dat ik in het volle bezit van mijn krachten ben. Ik zal morgen echt niet beweren dat ik me zo beroerd voelde dat ik niet meer wist wat ik deed of zei.'

Haar bewering was niet in overeenstemming met de feiten. Het ging almaar op en neer, als in een lift. Van Gereon naar vader, van vader naar moeder, van moeder naar Magdalena, van Magdalena naar de schuld. Ze wilde geen koffie, alleen een pauze om even op adem te komen, om te taxeren hoe hoog de berg was die zo onverhoeds voor haar ogen was opgedoemd.

Er kwam te veel ineens op haar af. Herinneringen en nieuwe inzichten. Van de rust, het genoegen, het gevoel van grenzeloze opluchting in de eerste minuten was niets meer over. Het was niet voorbij, het gat was niet gedicht. Ze zat er middenin, had het gevoel dat ze door zwarte muren omgeven was die onstuitbaar naderbij kwamen.

'Sinds wanneer hebt u hoofdpijn?' Rudolf Grovian stond op met een mengeling van berusting en een hernieuwde beroepsmatige ambitie. Het was een kwestie van intuïtie en ervaring. Doorgaan! Haar stem, haar houding, haar plotselinge inschikkelijkheid, dat kende hij, dat had hij al honderd keer meegemaakt. Eerst werden ze brutaal, dan zagen ze in hoe uitzichtloos hun situatie was en probeerden met een onschuldig verzoek te onderzoeken hoeveel sympathie ze al hadden verspeeld.

Hij liep naar het koffiezetapparaat, pakte de kan en hield hem onder de kraan. Achter zich hoorde hij haar sidderend en diep ademhalen. 'Sinds een paar minuten. Het is echt niet erg.'

'Aan het meer had u dus nog geen pijn?'

'Nee.'

'We kunnen toch maar beter een dokter bellen om eens naar uw verwondingen te kijken', stelde hij voor.

'Nee', zei ze, koppig als een kind dat zijn warme sjaal niet om wil. 'Ik wil geen dokter. En als ik geen dokter wil, mag u die niet bellen. Als ik het niet wil, mag geen dokter me onderzoeken. Dat zou gelijkstaan aan schending van de lichamelijke integriteit.'

Kijk 'ns aan, dacht hij, schending van de lichamelijke integriteit. Hardop vroeg hij: 'Hebt u iets tegen artsen?'

Vanuit zijn ooghoeken zag hij dat ze haar schouders optrok en weer liet zakken. Een paar tellen later zei ze: 'Iets tegen artsen hebben is te veel gezegd. Ik zie er niet veel in. Ze kletsen maar wat. En je moet hen geloven omdat je het tegendeel niet kunt bewijzen.'

'Weet u welk beroep Georg Frankenberg uitoefende?'

Haar stem dreef op een plas vertwijfeling, dat ontging hem niet. 'Hoe zou ik dat moeten weten als ik de man niet kende?'

Dat was de waarheid, de zuivere waarheid. Een onbekende man. Maar zijn vrouw had dat lied! 'Ik spoel het bandje een stuk vooruit…'

En in haar hoofd spoelde iets achteruit. De chef gaf haar geen tijd om erover na te denken hoe, wanneer en onder welke omstandigheden het lied van dat bandje in haar hoofd kon zijn gekomen. Terwijl het belangrijk zou zijn geweest om dat te weten.

'Hebt u vaker last van hoofdpijn?' vroeg hij.

'Nee. Alleen als ik slecht geslapen heb.'

'Wilt u een aspirientje? Ik geloof dat er hier wel ergens een paar liggen.' Hij mocht haar niets geven, zelfs niet zoiets onschuldigs als een aspirientje. Dan zou ze later kunnen beweren dat hij haar iets had laten innemen dat een nadelige uitwerking had gehad op haar vrije wil. Hij vroeg het alleen maar om voor de afwisseling weer eens 'ja' uit haar mond te horen.

En ze zei: 'Nee. Het is lief aangeboden maar aspirine helpt niet. Mijn schoonmoeder heeft tabletjes en daar neem ik er af en toe eentje van in. Die zijn echter alleen op recept te krijgen. Het is heel sterk spul.'

'Dan moet de pijn dus ook heel erg zijn', zei hij terwijl hij koffie in een filterzakje schepte. Hij plaatste de filter op de kan, zette het apparaat aan en draaide zich naar haar om.

'Ja, soms wel, maar nu niet. Echt,' ze schudde haar hoofd, 'het is prima uit te houden. Hoor eens: zou u dat apparaat weer uit willen zetten en eerst de kan willen omspoelen? Die is vuil, ziet u dat laagje daar op de bodem? Dat moet u wegpoetsen. Als u hem alleen met water omspoelt, haalt het niets uit.'

De uitdrukking van walging op haar gezicht was overduidelijk.

Keurig net meisje, dacht Rudolf Grovian in een vlaag van sarcasme waar hij niet voor in de stemming was. 'Ik durf te wedden', zei hij zachtjes, 'dat u de koffiekan telkens heel goed omspoelt.'

'Natuurlijk.'

'En dat alles bij u thuis brandschoon is.'

'Ik heb niet veel tijd om het huishouden te doen. Maar ik hou alles zo goed mogelijk op orde.'

'Uw leven ook?' vroeg hij.

Hoewel ze zich zo ellendig voelde dat ze bijna niet meer in staat was om helder te denken, meende ze te begrijpen waar hij op uit was. Met haar handen omvatte ze automatisch de binnenkant van haar ellebogen die vol littekens zaten. Haar stem klonk hees, zeer defensief. 'Hoe bedoelt u?'

'Precies wat ik zeg. U wilt niet over vroeger spreken. Uw man was toch zeker niet de eerste man in uw leven. Was u gelukkig met hem, mevrouw Bender?'

Ze knikte slechts.

'En waarom hebt u dan een paar uur geleden tegen hem gezegd dat u nooit met hem had moeten trouwen?'

Ze haalde haar schouders op, bracht een van haar handen naar haar mond en begon op de nagel van haar duim te bijten.

'Hij heeft u lelijk toegetakeld', zei Rudolf Grovian en hij wees naar haar gezicht. 'Heeft hij u vaker geslagen?'

'Nee!' De hese toon was verdwenen zonder dat ze had hoeven kuchen. Ze sprak opeens op energieke toon. 'Gereon heeft me nooit een klap gegeven. Vandaag heeft hij dat voor het eerst gedaan. En dat is te begrijpen. Probeert u zich nou eens in hem te verplaatsen! Wat zou u doen als uw vrouw opeens opsprong en met een mes op een onbekende begint in te steken? Dan zou u ook proberen het mes van uw vrouw af te pakken. En als die zich daartegen verzette, zou u haar ook slaan. Dat is heel normaal.'

Rudolf Grovian wreef de bodem van de koffiekan met zijn vingertoppen blinkend schoon, plaatste de kan weer onder de filter en zette het apparaat nogmaals aan, terwijl hij zei: 'Ik kan me niet in de positie van uw man verplaatsen, mevrouw Bender. Omdat mijn vrouw nooit zoiets krankzinnigs zou doen.'

Ze reageerde feller dan verwacht. Ze stampte met haar voet op de grond en schreeuwde: 'Ik ben niet krankzinnig!'

Het was hem niet ontgaan dat ze al eerder op soortgelijke wijze was uitgebarsten. Het feit dat het nu weer gebeurde, zette hem er gewoonweg toe aan op dit spoor de aanval in te zetten. 'Maar de mensen zullen die mening wel toegedaan zijn, mevrouw Bender, als u niet kunt aangeven waarom u het hebt gedaan. Een normaal mens maakt geen onbekende van kant omdat ze zich aan muziek stoort. Ik heb zojuist een hele poos met uw man zitten praten en…'

Ze mompelde iets onverstaanbaars en viel hem daarmee in de rede. Op felle toon eiste ze: 'Laat mijn man met rust! Hij staat hier helemaal buiten.' Ze bond wat in en ging voort: 'Gereon is een aardige vent. Hij is ijverig en eerlijk. Hij drinkt niet. Hij is niet agressief.'

Ze boog het hoofd. Haar stem werd iets minder vast. 'Hij zou nooit een vrouw tot iets dwingen wat ze niet wil. Hij heeft mij ook nooit gedwongen. Gisteren heeft hij zelfs gevraagd of ik zin had. Ik had nee kunnen zeggen. Maar ik…'

Rudolf Grovian vond zichzelf een klein beetje gemeen en begreep het niet zo goed. Cora Bender was een weerloze man als een wild geworden dier te lijf gegaan. Cora Bender was met haar kleine schilmesje als een furie tekeergegaan. Cora Bender vertoonde geen greintje spijt, had totaal geen medelijden met haar slachtoffer. Maar gezien de manier waarop ze daar op die stoel zat en met trillende lippen de kwaliteiten van haar man beschreef, was zij het slachtoffer.

Toen glimlachte ze echter weer, zelfbewust en arrogant, begon met haar gebruikelijke: 'Hoor eens', waardoor hij opnieuw in woede ontstak. 'Ik wens met u niet over mijn man te praten. Dat hij zijn verklaring heeft afgelegd, is genoeg. Dat heeft hij immers gedaan. En die moet hij voor de rechtbank nog eens herhalen. Maar dan moet het ook afgelopen zijn. De rest kunnen we hier wel met elkaar regelen. Ik zie niet in dat buitenstaanders bij deze zaak betrokken zouden moeten worden.'

Strenger dan hij van plan was, zei hij: 'Er worden een heleboel buitenstaanders bij deze zaak betrokken, mevrouw Bender. Ik zal u nu eens zeggen waar het op staat. U kunt of wilt ons niet uitleggen waarom u plotseling uw zelfbeheersing hebt verloren.'

Ze deed haar mond open, hij sprak snel verder: 'Valt u mij nu niet meer in de rede. Ik heb alleen gezegd dat u uw zelfbeheersing verloren hebt. Ik heb niet beweerd dat u gek bent. Tot nu toe heeft niemand dat beweerd. Maar u hebt iets gedaan wat niet te begrijpen valt. En het is onze taak om erachter te komen waarom u dat hebt gedaan. Daar zijn wij wettelijk toe verplicht, of u dat nu leuk vindt of niet. We zullen met een heleboel mensen moeten praten. Met iedereen uit uw naaste omgeving. Uw schoonouders en uw ouders. We zullen iedereen vragen…'

Verder kwam hij niet. Ze maakte aanstalten om overeind te springen, omklemde de zitting van haar stoel met beide handen alsof ze alleen op die manier kon blijven zitten. Haar ouders! Dat resoneerde in haar hoofd.

Als een wilde kat haalde ze naar hem uit. 'Ik waarschuw u! Laat mijn vader met rust. Praat voor mijn part met mijn schoonouders. Die zullen u precies vertellen wat u wilt horen. Dat ik alleen mijn hand kan ophouden, dat ik hondsbrutaal ben. Een snol, mijn schoonmoeder heeft van meet af aan gezegd dat ik een snol ben. Ze kan zo gemeen doen. Altijd zat ze op me af te geven.'

Rudolf Grovian wist niet dat ze gezegd had dat haar ouders dood waren. Er was zoveel te bespreken geweest dat sommige bijzaken verloren waren gegaan. Hij zag dat Werner Hoß hem een seintje gaf. Hij had de indruk dat Hoß een einde aan het gesprek wilde maken. En dat was hij niet van zins. Wie houdt er nu op als het net lekker op gang komt? En ze kwam net op dreef. De gletsjer smolt, als een stortvloed klotsten de watermassa's hem om de oren. Hij snapte onmiddellijk dat hij een teer punt had aangeroerd; ouders, vader. Toen ze verder sprak, besefte hij dat het meer was dan enkel een teer punt.

Hoß krabbelde iets op een stukje papier. 'Ouders dood', las Rudolf Grovian en hij dacht: dat is toch niet te geloven. Tijd om lang na te denken was er niet. Haar stem had al na twee zinnen haar bezieling verloren, ging als een papieren bootje in de goot op en neer.

'Ik heb het kind niet verloren. Het was een stortbevalling. De doktoren zeiden dat dat alle vrouwen kon overkomen. Of je met één man of met honderd mannen naar bed bent geweest, staat daar helemaal los van. Ik ben niet met honderd mannen naar bed geweest. Ik stelde me als kind al voor dat die dingen op zekere dag moeten wegrotten.'

Ze hield de vingers van haar linkerhand met haar rechterhand omklemd en kneedde ze alsof ze ze wilde breken. Rudolf Grovian observeerde haar met een mengeling van fascinatie en triomf. Met haar ogen op de vloer gericht ging ze zachtjes verder: 'Maar met Gereon was het mooi. Hij heeft me nooit ergens toe gedwongen. Hij is altijd lief voor me geweest. Ik had niet met hem moeten trouwen omdat ik… omdat ik… Ik had immers die droom, maar die was al een hele tijd weggebleven. En ik… Ik wou toch alleen…'

Ze stopte opeens, hief haar hoofd en keek hem in het gezicht, haar stem klonk paniekerig en gebroken: 'Ik wilde toch alleen maar een normaal leven leiden met een aardige jongeman. Ik wilde precies wat iedereen heeft. Begrijpt u dat?'

Hij knikte. Wie zou dat niet hebben begrepen? En welke vader zou niet wensen dat zijn eigen dochter datzelfde doel voor ogen had, gelukkig en blij zijn met een aardige, keurige man?

Dat was het ogenblik waarop Rudolf Grovian de zaken vanuit een andere gezichtshoek ging bekijken. Hij merkte het niet, vond nog dagen later dat hij afstand bleef houden, dat hij een betrokken politieman was die ook met de ellende van de dader werd geconfronteerd en medelijden mocht hebben. Medelijden was niet verboden zolang je het doel maar niet uit het oog verloor. Dat deed hij nog geen seconde. Het doel van zijn werk was uiteindelijk zaken op te helderen en bloot te leggen, in donkere hoekjes te snuffelen en bewijzen te zoeken. En het speelde geen rol of zo'n hoek in een gebouw, een bosperceel of in een ziel lag.

Rudolf Grovian stelde er geen eer in een rol op zich te nemen die aan deskundige specialisten was voorbehouden. Het lag evenmin in zijn bedoeling koste wat het kost te bewijzen dat hij het met zijn eerste vermoeden bij het rechte eind had. Hij was slechts iemand die werd geprovoceerd, die de eerste alarmsignalen van een labiele geest over het hoofd zag, die in verleiding kwam en daarvoor bezweek. Uiteindelijk kwam het er voor hem alleen nog op aan te bewijzen dat hij geen schuld had.

Cora Bender kneep haar ogen dicht en stamelde: 'Zo was het aanvankelijk ook. Alles was doodnormaal. Ik vond het fijn als Gereon me liefkoosde. Ik ging graag met hem naar bed. Maar toen... begon het opnieuw. Het was zijn schuld niet. Hij bedoelde het gewoon goed. Andere vrouwen vinden het prettig, die zijn er gek op. Hij kon toch niet vermoeden wat hij aanrichtte toen hij dat met mij deed. Dat wist ik zelf niet eens, tot het zover was. Ik had er met hem over moeten praten. Maar wat had ik hem in godsnaam moeten vertellen? Dat ik niet lesbisch ben? Dat was het punt niet – geloof ik. Ik weet het niet – maar... Ik bedoel, ik weet wel dat niet alleen vrouwen elkaar met hun tong bewerken. Mannen doen dat ook en ze vinden het allemaal fijn. Alleen ik niet. En het hield niet meer op. Ik dacht dat ik het beste kon gaan zwemmen. Dan hadden ze gedacht dat het een ongeluk was. Dan had Gereon zichzelf geen verwijten hoeven maken. Dat is immers het ergste, dat je jezelf verwijten maakt als er iemand doodgaat. Dat je maar niet uit je hoofd kunt zetten dat je het had kunnen voorkomen. Dat wilde ik hem besparen. Als het kind me niet had weerhouden, was er niets gebeurd. Dan was ik allang weggeweest toen zij het bandje een stuk vooruitspoelde.'

Ze begon met haar vuist op haar borst te slaan, haar ogen hield ze gesloten, in haar stem klonk een zweem van hysterie door. 'Het was mijn lied! Het was mijn lied! En ik kan er niet tegen als ik dat hoor. Die man wilde het ook niet horen. Dat niet, zei hij, doe me dat niet aan. Hij wist dat ik in een gat val als ik het hoor. Dat moet hij hebben geweten. Hij keek me aan en heeft me vergiffenis geschonken. Ik kon het in zijn ogen lezen. Vader, vergeef het haar! Ze weet niet wat ze doet!'

Ze barstte in snikken uit. 'O, mijn God! Vader, vergeef het mij! Ik heb toch van jullie allemaal gehouden. Jou en moeder en… Ja, van haar ook. Ik wilde niemand doodmaken. Ik wilde alleen maar leven, heel normaal leven.'

Met een ruk deed ze haar ogen weer open, keek hem met fonkelende ogen aan en zwaaide haar wijsvinger voor hem heen en weer. 'Onthoud dat goed: het was alleen mijn schuld. Gereon staat er helemaal buiten. En mijn vader ook. Laat mijn vader met rust. Het is een oude man. Hij heeft al genoeg meegemaakt. Het wordt zijn einde als u hem dit vertelt.'

4

Vader heeft al die jaren op zijn manier reuze zijn best gedaan. Ook al heb ik hem honderd keer teleurgesteld, ook al gaf ik hem duizendmaal volop reden om me te verachten, toch is hij altijd van me blijven houden. En hij heeft iets voor me gedaan wat geen enkele andere vader zou doen.

Ik doel daarmee niet op wat hij destijds op mijn verjaardag deed toen ik met een hongerige maag in bed lag en hij foeterend binnenkwam, hoewel hij ook toen al iets voor me deed. Toen hij merkte dat ik nog niet sliep, ging hij op de rand van mijn bed zitten en streelde me over mijn haar. 'Het spijt me', zei hij.

Ik was woedend op hem. Als hij mij die stomme chocolade niet had gegeven, had ik ook een bord soep gekregen. 'Laat me met rust', zei ik en ik draaide me op mijn zij.

Maar hij liet me niet met rust. Hij nam me in zijn armen en wiegde me heen en weer. 'Mijn arme meisje', fluisterde hij.

Ik wilde geen arm meisje zijn. Ik wilde ook niet jarig zijn, alleen met rust gelaten worden. 'Laat me met rust', zei ik weer.

'Dat kan ik niet', fluisterde hij. 'Eén verdrietig meisje is toch genoeg. Voor haar kan ik niets doen, dat moeten de doktoren doen. Maar jij bent mijn verantwoordelijkheid. Als je het nog een halfuur uithoudt, slaapt moeder vast en zeker en dan haal ik iets te eten voor je. Je zult wel honger hebben als een wolf.'

Hij bleef meer dan een uur op de rand van mijn bed zitten met zijn arm om me heen en deze keer vertelde hij me geen verhaaltjes over vroeger. Moeder zat beneden nog te bidden voor het slapengaan. Het leek wel een eeuwigheid voordat we haar eindelijk de trap op hoorden lopen. Ze ging naar het toilet en kort daarna werd de deur van de kamer naast ons dichtgedaan. Vader wachtte nog een paar minuten en ging toen naar beneden.

Hij kwam terug met een bord soep. De soep was lauw, maar dat maakte niet uit. Toen het bord leeg was, zette hij het op de grond, stak zijn hand in zijn broekzak en haalde er iets uit. De rest van de chocolade.

Ik wilde het niet pakken, echt niet. Maar vader brak er een stuk af, schoof dat gewoon tussen mijn lippen en zei: 'Vooruit, eet op. Maak je maar niet ongerust, je mag het opeten. Als ik het zeg, mag je het hebben. Het is geen zonde. Ik zou jou toch nooit tot een zonde kunnen verleiden. Je hoeft ook niet bang te zijn dat moeder er iets van merkt. Zij denkt dat de chocolade buiten in de vuilnisbak ligt.' Toen kon ik niet anders.

De volgende dag ging het slechter met Magdalena. En de dag daarop ging ze nog verder achteruit. Vader stond erop haar naar het ziekenhuis te brengen. Moeder wilde niet, maar deze keer liet vader zich gelden. Heel vroeg in de ochtend reden ze weg.

Dat zal ik nooit vergeten. 's Middags kwam moeder thuis – alleen, met de taxi. Vader was bij Magdalena in Eppendorf gebleven om in alle rust met de artsen te praten. Ik was bij Grit Adigar, de buurvrouw. Vader had 's morgens tegen me gezegd dat ik naar Grit moest gaan als er niet werd opengedaan. Ik had een lekkere warme maaltijd gehad en later nog een paar snoepjes, omdat ik mijn huiswerk zo netjes had gemaakt.

Ik was eigenlijk van plan om pas te eten als Magdalena weer thuis was, maar toen bedacht ik dat dat er na de chocolade niet meer toe deed. Ik liep nog op een snoepje te sabbelen toen moeder me kwam ophalen. Natuurlijk zag ze dat ik iets in mijn mond had. Maar ze eiste niet dat ik het uitspuugde.

Ze was anders dan anders. Het leek wel of ze van steen was en haar stem klonk naar van dat witte zand waar niets op kan groeien. Magdalena zou onherroepelijk doodgaan, hadden de artsen gezegd. Nu was er niets meer aan te doen. Ze had de dood dikwijls genoeg uitgelachen, zeiden ze, nu was het definitief afgelopen met haar. Ze zeiden dat ze niet mocht worden behandeld, dat dat slechts pesterij was.

Bij al haar aandoeningen was er nog een bijgekomen. Die had

niets met de verkoudheden te maken die ik mee naar huis had gebracht. Deze ziekte heette leukemie. Kanker, zei moeder. En ik stelde me voor dat Magdalena een dier met scharen in haar buik had dat haar van binnen verscheurde.

Moeder haalde een koffer voor zichzelf en eentje voor Magdalena uit de kelder. Ik moest met haar mee naar boven. Ik moest naast het bedje in haar slaapkamer blijven staan terwijl zij schone kleertjes in Magdalena's koffertje legde en zei: 'Kijk goed naar dat bedje. Zoals het nu is, zo moet het blijven. En jij zult er je leven lang je zusje in zien liggen. Tot aan het einde van je dagen zul jij je moeten afvragen: Was het dat waard? Hoe kon ik mijn kleine zusje laten sterven voor een oppervlakkig genot? En dan nog wel zo'n vreselijke dood.'

Ik geloofde dat. Ik geloofde dat echt. En ik was zo ontzettend bang. Tot dan toe had ik er nooit over nagedacht hoe het bij ons thuis verder zou gaan als Magdalena er niet meer was. Nu deed ik dat wel. Ik keek naar het bedje zoals moeder had geëist. En ik dacht dat ze mij in haar slaapkamer wilde opsluiten om ervoor te zorgen dat ik dat lege bedje levenslang zou zien.

Moeder ging met een taxi terug naar Eppendorf. Ik bleef alleen thuis. Ze had me niet op de slaapkamer opgesloten. Toen vader 's avonds thuiskwam, was ik in de woonkamer. Ik had de kaarsen aangestoken, de hele middag op mijn knieën op het houten bankje gezeten en de Verlosser beloofd dat ik nooit meer iets wilde hebben. Gesmeekt had ik hem dat hij mij dood zou laten vallen en mijn zusje met rust zou laten. En toen ik niet dood op de grond viel, had ik bedacht dat ik moeder moest laten zien welke grote offers ik zou kunnen brengen. Ik was van plan mijn handen te verbranden, net als de blauwe jurk met het witte kraagje, opdat ik nooit meer zoetigheid zou kunnen aanpakken. Maar nadat ik mijn handen even boven de vlammen had gehouden, had ik ze weer weggetrokken. Er zaten alleen maar een paar blaren op.

Vader schrok heel erg toen hij die zag. Hij wilde weten wat moeder had gezegd. Ik vertelde het hem. Eerst werd hij woedend en begon vreselijk te schelden. Dat stomme mens! Die is toch niet goed bij haar hoofd! En zulke dingen meer. Toen ging hij naar Grit Adigar om van daaruit het ziekenhuis te bellen en tegen de artsen te zeggen dat hij van gedachten veranderd was. Dat ze Magdalena moesten behandelen. En als ze daar niet toe bereid waren, zou hij hen bij de politie aangeven en Magdalena naar een ander ziekenhuis brengen.

Toen hij terugkwam, was hij heel stil. Hij kookte voor ons. Soep van sperziebonen uit een weckfles, iets anders was er niet in huis. Toen zette hij nog een klein pannetje op het fornuis en schonk daar melk in. Melk was er altijd. Voor Magdalena. Ik hield niet van melk. Geen melk drinken was voor mij een koud kunstje. Maar ik deed altijd net alsof het een groot offer was. Ik was als kind zo oneerlijk, zo onoprecht, zo verdorven.

Vader haalde een zakje uit zijn broekzak en glimlachte naar me. 'Eens kijken of ik dit kan', zei hij. Het was puddingpoeder. Daar had hij Grit om gevraagd. Hij had gezegd: 'Ik moet haar aan het verstand brengen dat ze kan eten wat ze wil. Juist nu is dat nodig. Maar wat moet ik met Magdalena aan? Het zou het beste zijn als we haar in alle rust lieten sterven. Die behandeling is een kwelling. De artsen hebben me dat omstandig uitgelegd. Dat overleeft ze niet. En dan zal ik verder moeten leven met de gedachte dat ze door mijn toedoen tot haar dood toe gekweld is. Maar ik moet het doen – voor Cora.'

Later heeft Grit me dat verteld, veel later pas. Maar ik heb altijd geweten dat vader van me hield. En ik hield ook van hem. Ik hield zo ontzettend veel van hem.

We bleven destijds lang met ons tweetjes, een halfjaar. Het was een leuke tijd, de mooiste tijd van mijn leven. Voordat vader 's morgens naar zijn werk ging, maakte hij het ontbijt voor me klaar, chocolademelk, een gekookt eitje en boterhammen met worst. Hij gaf me ook altijd een dikke appel of een banaan mee voor in het speelkwartier.

Als ik 's middags thuiskwam, ging ik naar Grit en speelde de hele middag met Kerstin en Melanie. Als we bij hen thuis waren,

waren ze altijd lief voor me. Dan zeiden ze soms zelfs dat ze het vervelend vonden dat ze tijdens het speelkwartier niet met me speelden.

Het leukste was het als vader laat in de middag thuiskwam. Hij lapte de ramen en waste de gordijnen, ik stofte alles af en veegde de keuken. En alles zag er kraakhelder uit. Na het schoonmaken kookte hij voor ons. Elke dag was er vlees of vleeswaren en elke dag was er een toetje. Na het eten bleven we in de keuken. Terwijl we pudding aten, legde vader me uit dat Magdalena niet beter en ook niet zieker werd. Hij beloofde ook dat hij met moeder zou praten en haar zou zeggen dat ze mij een gewoon kind moest laten zijn.

'Het wordt tijd', zei hij op een keer, 'dat degene die voor alle kwaad in dit huis verantwoordelijk is, zich eens schikt. Ik heb me heilig voorgenomen daarvoor te zorgen. Moge God geven dat ik het red.'

De woonkamer kwamen we alleen net voor het slapengaan in. Vader stak nooit kaarsen aan. We knielden in het donker voor het altaar neer en baden voor Magdalena. Moeder had geëist dat we dat zouden doen. Maar we zouden het ook wel uit vrije wil hebben gedaan, denk ik.

Een paar keer reed vader 's zondags naar het ziekenhuis. Mij nam hij niet mee. Ik mocht niet bij Magdalena in de buurt komen, omdat ik haar weer een op zichzelf onschuldige ziekte had kunnen bezorgen. De behandeling waarop hij om mijnentwil had gestaan, had immers succes. Magdalena was echter zo verzwakt dat ze aan een verkoudheid had kunnen sterven.

Als vader bij haar op bezoek ging, was ik bij de buren. Ik kreeg chocolademelk en pasgebakken taart, dik bestrooid met suiker. Ik was gelukkig, eindeloos gelukkig. Vooral als vader uit het ziekenhuis terugkwam en zei: 'Het ziet er naar uit dat ze het gaat halen. Ze bestaat alleen nog maar uit een paar ogen. De artsen zeggen dat ze een tomeloze levenswil heeft. Je zou bijna denken dat ze het bloed alleen nog met haar wil door haar aderen pompt. Zo'n klein, zwak mensje heeft nog niet genoeg kracht in haar lijfje om haar hoofd op te tillen. Je snapt er niets van. Maar ze zijn stuk voor stuk aan het leven gehecht.'

In december kwamen ze weer thuis. Magdalena had geen haren meer. Ze was zo verzwakt dat ze niet mocht afwachten tot ze zelf een grote boodschap moest doen. Moeder zette elke dag een klysma bij haar zodat ze niet hoefde te persen. Magdalena had een hekel aan die klysma's. Ze begon al te huilen als ze moeder met de kan en de slang aan zag komen. En nu huilde ze echt maar dat mocht ze ook niet. Dat was te inspannend voor haar.

Als ze begon te huilen, raakte moeder over haar toeren en joeg mij naar de woonkamer. En dan mocht ik daar niet eens meer uit om mijn huiswerk te maken. De dag daarop had ik dan geregeld mot met de juf. Vroeger had ze me graag gemogen, maar nu vond ze dat ik lui en slordig was geworden. Mijn zieke zusje kon ik niet altijd als excuus voor mijn slordigheid aanvoeren. Een paar keer kreeg ik zelfs een aantekening in het klassenboek.

Grit Adigar raadde me aan mijn huiswerk 's avonds te maken, als moeder me naar bed stuurde. Daar lag ik dan met mijn schriften en boeken op de vloer omdat we geen tafel in de slaapkamer hadden. En dan mopperde de juf over mijn slordige handschrift.

Natuurlijk was ik de Verlosser dankbaar dat hij mijn zusje gespaard had. Maar zo had ik me het verdere leven van Magdalena niet voorgesteld. Soms dacht ik dat het beter zou zijn geweest wanneer moeder me tot het einde van mijn leven in de slaapkamer had opgesloten. Dan had ik minder narigheid gehad.

Elke vier weken moest Magdalena voor nabehandeling naar het ziekenhuis. Moeder ging dan mee. Elke keer bleven ze twee of drie dagen weg. Elke keer wenste ik dat ze niet meer thuis zouden komen. Dat de artsen zouden zeggen dat ze voor altijd in Eppendorf moest blijven, dat ze alleen daar kon overleven. En dat moeder bij haar zou blijven. Ze liet haar immers nooit alleen. En dan zou ik met vader achterblijven. En vader zou weer precies zo zijn als tijdens dat halfjaar. Meer wilde ik niet, alleen dat hij niet zo verdrietig was.

Het was als de nachtmerrie waaruit ze niet kon ontwaken; alleen was het deze keer heel anders. Niets bleef verborgen. Alles glipte haar uit handen, schoot uit haar hoofd en greep om zich heen. Ze hoorde zichzelf praten, over haar verjaardag, over de chocolade. Over haar dagdromen. Vader en ik met ons tweetjes, niemand anders! Ze zag haar vinger heen en weer bewegen, zag als in een soort mist het oplettende, onthutste gezicht van de chef.

Af en toe knikte hij.

En ze kon maar niet stoppen. Ze mocht ook niet stoppen. Ze moest hem ervan overtuigen dat hij vader met rust moest laten. Gereon ook. Gereon had het niet verdiend om lastiggevallen te worden met iets waar hij absoluut niet voor verantwoordelijk was. En vader zou eraan onderdoorgaan als hij hoorde wat er was gebeurd.

Ze vertelde de chef over vader. Niet te veel, vertelde alleen wat voor een hartelijke en zorgzame man hij vroeger was geweest; iemand met een brede belangstelling, bovendien een wandelend heemkundeboek. Ze sprak ook over moeder, over het kruis en de rozen op het huisaltaar, over de houten Verlosser en het bidden. Alleen over de reden repte ze niet. Magdalena.

Ze sidderde over haar hele lijf, alsof ze een stuip had; haar hersenen sidderden mee, waardoor haar hoofd als door een machine bewogen op en neer schokte. Zo veel zelfbeheersing had ze echter nog wel. Magdalena mocht niemand te na komen en al helemaal geen mannen. Elke opwinding, elke inspanning kon voor Magdalena het einde betekenen.

Ze sprak over haar ambivalente gevoelens, over de noodzaak om een goed mens te zijn en over haar verlangen naar een zondig leven, zoetigheid in haar kinderjaren en later de jongemannen en hun magische aantrekkingskracht. Eentje was er vooral heel speciaal geweest. Zo eentje die maar met zijn vingers hoefde te knippen en die bekendstond als Johnny Guitar.

En Grit Adigar had op een keer gezegd: 'Als je oud genoeg bent, moet je net zo doen als ik. Zoek een lieve man, zorg dat hij een kind bij je verwekt, loop samen met hem weg en vergeet dit hele circus hier.' Met Johnny zou ze graag weggelopen zijn. Ze had er meer dan eens over nagedacht hoe het zou zijn als hij een kind bij haar verwekte.

Via haar gedachten aan Johnny kwam ze op Gereon terug. Vertelde over de dag waarop ze elkaar hadden leren kennen. En via Gereon kon ze een normaal leven leiden. Daar wilde ze ook heen. Moest ze heen, met alle geweld. Normaal zijn, een volwassen vrouw die haar kinderjaren allang achter zich had gelaten. Ook dat smerige hoofdstuk in haar leven dat daarop was gevolgd, dat vijf jaar geleden in mei was begonnen en een halfjaar later, in november, was geëindigd; dat hoofdstuk dat zulke duidelijke sporen aan de binnenkant van haar ellebogen en op haar voorhoofd had achtergelaten. Dat hoofdstuk dat niemand mocht aanroeren omdat er dan te veel shit naar boven zou worden gehaald.

Haar schoonmoeder had dikwijls een poging gewaagd. Snol! 'Geen mens weet immers wat ze vroeger allemaal heeft uitgehaald!' En dan die ouwe met zijn stomme uitlatingen: 'Jij hebt ze achter de elleboog. Of dacht je soms dat je me iets op de mouw kon spelden?'

Dat kon ze maar al te goed! Dat had ze van meet af aan geleerd. Als ze wilde kon ze iedereen van alles op de mouw spelden. Ook de chef. Ze had er baat bij toen ze aan haar eerste ontmoeting met Gereon terugdacht. Vier jaar was dat inmiddels geleden. In december zou het vijf jaar geleden zijn. Het was kort voor Kerstmis.

Gereon was in de stad wezen winkelen en had cadeautjes voor zijn ouders gekocht. Met zijn handen vol plastic tassen kwam hij het café aan de Herzogstraße binnen waar zij – op een eerlijke manier! – werkte voor de kost. De eerste keer kwam hij er puur toevallig. Hij ging aan een tafeltje zitten en wachtte op een serveerster. Hij wist niet dat hij zijn bestelling vooraan in de winkel had moeten doorgeven en reageerde verlegen toen ze hem dat vertelde.

'Moet ik nu weer terug?' Blijkbaar vond hij dat vervelend. Hij had het gevoel dat ze hem voor een provinciaal aanzag en kreeg een rood hoofd. 'Zou u me niet iets willen brengen?'

'Ik weet toch niet waar u zin in hebt.'

'Dat maakt niet uit', zei hij grijnzend. 'Koffie en iets met slagroom.'

'Een kannetje of een kop koffie?' vroeg ze.

'Aan een kop koffie heb ik genoeg', zei hij. Dat was typisch iets voor hem, hoge eisen had hij nooit gesteld.

Ze liep naar de winkel en haalde een stuk Schwarzwalder kersentaart voor hem. Hij bedankte haar: 'Lief van u. Wilt u misschien ook iets hebben? Het is op mijn kosten.'

'Hartelijk dank voor het aanbod,' zei ze, 'maar ik ben aan het werk.'

'Ja, natuurlijk.' Hij werd weer verlegen, prikte een groot stuk taart aan zijn vorkje, schoof het naar binnen, begon te kauwen en volgde haar overal met zijn ogen. Als ze in zijn richting keek, glimlachte hij telkens.

Twee dagen later was hij er weer. Deze keer had hij zijn bestelling in de winkel doorgegeven en lachte tegen haar alsof ze een goede bekende was. En voor het weggaan vroeg hij: 'Wat gaat u na werktijd doen? Hoe laat zit het werk er eigenlijk voor u op?'

'Om halfzeven.'

'Zullen we dan nog ergens heen gaan? Samen een pilsje drinken misschien?'

'Ik drink geen bier.'

'Dan iets anders, dat maakt niet uit. Het hoeft u niet veel tijd te kosten. Een halfuurtje maar. Ik zou u graag wat beter leren kennen.'

Hij was stuntelig maar wel zeer direct, hij maakte er geen geheim van dat hij haar aardig vond. Hij was echter absoluut niet opdringerig. Toen ze zijn uitnodiging afsloeg, zei hij schouderophalend: 'Een andere keer dan misschien.'

Tot drie keer toe wilde hij een afspraakje met haar maken, tot drie keer toe wees ze zijn uitnodiging van de hand. Na de derde keer sprak ze met Margret over hem. Dat hij er goed uitzag en naïef was, dat hij iemand was die je er in drie zinnen van kon overtuigen dat de aarde toch plat was en dat schepen na een lange tocht over zee over de rand in het niets vielen.

Ze sprak over haar behoefte om een dikke streep onder haar verleden te zetten en ergens anders, waar niemand haar kende, een nieuw leven te beginnen. Een leven leiden zoals duizenden andere vrouwen. En dat kon alleen met een man die geen eigen mening had. Een man die je kon wijsmaken dat de littekens aan de binnenkant van haar armen het gevolg waren van een lelijke ontsteking, wat in principe ook waar was. En dat litteken op haar voorhoofd was er gekomen toen ze op een auto gebotst was. Margret begreep dat allemaal heel goed.

Ze mocht het alleen de chef niet vertellen. Die zou immers onmiddellijk hebben willen weten wie Margret was en zou ook haar op zijn lijstje hebben gezet van mensen die hij per se wilde spreken. En dat Margret ook nog bij deze affaire betrokken zou raken, dat ging echt te ver.

Margret was vaders jongere zus. In vergelijking met moeder was Margret altijd een jonge vrouw geweest. Jong en knap en modern, met revolutionaire opvattingen over het leven en met begrip voor alle menselijke zwakheden en voor de fouten die een mens kon maken.

Toen Gereon in haar leven verscheen, woonde Cora inmiddels een jaar bij Margret in Keulen, in een kleine, vooroorlogse tweekamerwoning met een piepklein keukentje en een douche die niet breder was dan een handdoek. Als je op het toilet ging zitten, stootte je je knieën tegen de deur. Cora sliep op de bank, meer had Margret haar niet te bieden. De slaapkamer was te klein om er een bed bij te zetten.

Ze wilde ook geen bed. In een tweede bed in dezelfde kamer had ze het niet uitgehouden. Soms vroeg ze zich af wat er van haar terechtgekomen zou zijn als Margret haar niet in huis genomen had toen ze het thuis niet meer uithield. Daar was maar één antwoord op te bedenken. Dan zou ze dood zijn. En eigenlijk leefde ze toch wel graag.

En bij Margret leerde ze dat eindelijk. Margret bezorgde haar dat baantje in het café in de Herzogstraße. En toen Gereon in haar leven verscheen, toen hij maar bleef aandringen en keer op keer een afspraakje met haar wilde maken, zei Margret: 'Je kunt toch gewoon een keer met hem uitgaan, Cora. Je bent een jonge vrouw. Het is heel normaal dat je verliefd wordt op een jongeman.'

'Ik weet niet of ik verliefd op hem ben. Hij doet me alleen aan iemand denken op wie ik ooit smoorverliefd ben geweest. Iedereen noemde hem Johnny. Hoe hij echt heette, ben ik nooit te weten gekomen. Hij leek op de aartsengel uit moeders bijbel, die engel die de mensen uit het paradijs verdreef. Ken je die passage? 'En hun gingen de ogen open en ze beseften dat ze naakt waren!' Zo zag Johnny eruit. Gereon lijkt een beetje op hem. Maar alleen uiterlijk, zijn haarkleur en zo. Gereon is een aardige vent, hij komt uit een keurig milieu. Hij heeft me al iets over zijn ouders verteld. En op zekere dag zal hij willen weten…'

'Onzin', zei Margret. 'Laat hem maar vragen, wij zullen hem wel wat wijsmaken. Je zei toch dat hij niet zo veel hersens heeft. En jij bent niet verplicht hem je levensgeschiedenis op te dissen. Hij zal ook gegarandeerd niet meteen naar je familie informeren. Jongemannen zijn meestal op iets anders uit. Als hij ernaar vraagt, zeg je gewoon dat je het thuis niet meer uithield. Vertel hem maar dat je moeder niet goed bij haar hoofd is maar dat het niet erfelijk is. Dat is nog waar ook.'

'En als hij met me naar bed wil?' Dat mompelde ze binnensmonds, helemaal niet tegen Margret.

Margret had het echter toch gehoord, keek haar oplettend aan, met een begrijpende en medelevende blik. 'Bedoel je dat je dat niet kunt?'

Natuurlijk kon ze dat wel. Daar ging het niet om. Ze vroeg zich dikwijls af hoe dat zou zijn met een aardige jongen. Maar het zou bedrog zijn. Omdat ze geen antwoord gaf, legde Margret op haar eigen besliste toon uit: 'Cora, dat is geen enkel probleem. Als jij geen zin hebt, zeg je gewoon nee.'

Zo simpel als Margret dacht, was het niet. Je kon niet altijd nee zeggen als je een man wilde houden. Ze vond hem leuk. Allereerst omdat hij een beetje op Johnny leek. Zijn uiterlijk. Verder was hij ook heel liefdevol en goedaardig. De eerste avonden bij hem in de auto waren fantastisch.

Twee keer per week haalde hij haar 's avonds bij het café af, reed naar een stil plekje en nam haar in zijn armen. Meestal was het te koud om hun jas uit te trekken, om nog maar te zwijgen van een ander kledingstuk. Gereon oefende echter geen druk op haar uit en nam tot diep in het voorjaar genoegen met zoenen en strelen. Toen pas wilde hij meer.

Ze had het graag nog een poosje uitgesteld. Maar haar vrees dat ze hem kwijt zou raken als ze hem afwees, was sterker dan haar angst dat hij na de vrijpartij teleurgesteld zou zijn. Dat was hij ook niet. Hij voelde zich niet bedrogen of erin geluisd, maar zei slechts: 'Maar maagd ben je niet meer.'

Natuurlijk niet! Op je eenentwintigste was je geen maagd meer. Dan was je al wel met de een of andere man naar bed geweest. Maar dat hoefde ze de chef niet aan zijn neus te hangen.

Ze had alles weer onder controle, was erin geslaagd Margret in haar versie van het verhaal niet te noemen zonder dat er een hiaat gevallen was. Alleen de laatste zin, Gereons constatering, schoot er al uit voor ze het kon verhinderen.

En de chef keek haar aan. Hij wilde meer horen, dat was uit zijn gezichtsuitdrukking duidelijk op te maken. Hij wilde een verklaring hebben voor de dood van de man. Hij zou niet rusten voor hij die kreeg, wilde met Gereon praten, waarschijnlijk zelfs met vader.

Minutenlang was het stil in het vertrek. De man in het joggingpak bekeek zijn cassetterecorder met een twijfelende uitdrukking in zijn ogen. De chef keek haar gebiedend aan. Ze moest hem iets vertellen, zomaar iets. Ook al wilde hij de waarheid niet geloven! Nu haar hoofd een beetje minder vol was en ze weer een beetje verstandig kon nadenken.

En ze bedacht dat ze Gereons opmerking over haar maagdelijkheid en de woorden van Grit Adigar over de mogelijkheid om uit haar ouderlijk huis weg te komen heel goed als basis voor een verhaal kon gebruiken. En een naam voor de hoofdpersoon… Hoe had de chef het ook alweer gezegd? 'Hij heette Georg Frankenberg.' Dan kon wel zijn maar die naam zei haar niets en ze vreesde zich te verspreken als ze die naam gebruikte. Johnny klonk haar vertrouwder in de oren. Als ze datgene wat ze vroeger had gewenst nu eens vermengde met datgene wat over Johnny was verteld. Over hem deden indertijd een paar kwalijke geruchten de ronde. Het was een uitstekende basis voor een verhaal.

'Als ik…' begon ze aarzelend, 'u uitleg waarom ik hem heb vermoord. Belooft u me dan dat u mijn familie niet zult lastigvallen?'

Hij beloofde haar niets en vroeg slechts: 'Kunt u dat dan verklaren, mevrouw Bender?'

Ze knikte. Haar handen trilden weer ongecontroleerd. Ze legde haar ene hand stevig om de andere heen en duwde beide handen in haar schoot. 'Natuurlijk kan ik dat. Ik had alleen gehoopt dat het niet nodig zou zijn. En ik wil niet dat mijn man er iets van te weten komt. Hij zou het niet kunnen begrijpen. En zijn ouders al helemaal niet. Ze zouden zijn leven tot een hel maken als ze het wisten. Omdat hij zich met iemand zoals ik afgegeven heeft.'

Tot dan toe had ze haar hoofd gebogen gehouden. Nu richtte ze zich op, keek hem strak in zijn ogen en haalde een paar keer diep adem.

'Ik heb tegen u gelogen toen ik zei dat ik de man niet kende. Ik wist niet hoe hij in werkelijkheid heette. Maar ik kende hem wel…

Het is vijf jaar geleden. In maart dook hij voor het eerst in Buchholz op. Hoe hij in werkelijkheid heette, wist niemand. Hij noemde zich Johnny Guitar.

Ik had praktisch geen ervaring met mannen. Ik mocht maar zelden uitgaan en moest liegen om een paar uurtjes tijd voor mezelf te hebben. Meestal vertelde ik mijn moeder dat ik onder de blote hemel, zonder de beschutting van een dak boven mijn hoofd, dus direct onder het oog van God, een goed besef had van mijn begeerten en me daar beter op het bestrijden ervan kon concentreren. Van zulke uitlatingen was ze onder de indruk. Toen vond ze het goed dat ik ook op zaterdagavond het huis uitging. Er waren in Buchholz maar weinig uitgaansmogelijkheden voor jongelui. Het stadje lag midden in de natuur, volop fietspaden, cafés en hotels voor recreanten maar geen discotheek. De jongeren gingen meestal naar Hamburg. Dat heb ik nooit gedaan. Hoewel vader me gegarandeerd zijn auto zou hebben meegegeven. Hij was er ook mee akkoord gegaan dat ik mijn rijbewijs haalde. We waren gezworen kameraden, vader en ik. Alleen wilde ik die kameraadschap niet al te zwaar op de proef stellen.

Ik ging altijd de stad in. Daar waren een paar ijssalons en ook een café waar je op zaterdagavond kon dansen. Vrienden of vriendinnen had ik niet. De meisjes van mijn leeftijd hadden bijna allemaal verkering en waren liever alleen met hun vriendje. En wat de mannen betreft, natuurlijk leerde ik af en toe een jongeman kennen maar serieus was dat niet. Ik danste met hen en liet me ook een paar keer op een colaatje trakteren, maar verder gebeurde er niets. Ik was geremd. En als ze in de gaten kregen dat ze bij mij geen poot aan de grond kregen, begon hun belangstelling vanzelf te tanen.

Dat maakte me nooit iets uit. Tot Johnny in mijn leven verscheen. Op een avond in maart. Volgens mij was ik meteen verliefd op hem. Hij was niet alleen. Hij had nog iemand bij zich, een klein, dik mannetje. Ze kwamen geen van beiden bij ons uit de buurt, dat merkte ik toen ik hen hoorde praten. Ze keken rond. Van mij namen ze geen notitie. Ze gingen aan een tafeltje zitten. Een paar minuten later stond Johnny op en liep op een meisje af. Hij danste een paar keer met haar. Later verlieten ze samen het café, samen met die kleine dikkerd.

De zaterdag daarop waren ze er weer, het meisje ook. Ze zat met twee vriendinnen in een hoek. Toen ze Johnny en zijn vriend in het oog kregen, staken ze de koppen bij elkaar en begonnen te smiespelen. Het meisje liep echter niet naar hem toe. Ik had de indruk dat ze met Johnny en die dikkerd niets meer te maken wilde hebben. Johnny keek ook niet meer naar haar om. Het duurde niet lang of hij danste met een ander meisje. Even later verdween hij met haar. De kleine dikkerd ging achter hen aan. En de volgende zaterdag kenden ze elkaar niet meer.

Dat ging een paar weken zo door. Misschien had hun gedrag en meer nog het gedrag van de meisjes mij wantrouwig moeten maken, maar ik zocht er niets achter. Ik was in die tijd echt heel naïef. En smoorverliefd! Ik zou er weet ik wat voor hebben gegeven als ik in elk geval een keer met hem had kunnen praten.

Ik kon amper meer afwachten tot ik 's zaterdags weg kon. Nooit eerder heb ik mijn moeder zo brutaal voorgelogen als in die tijd. Alles draaide alleen nog maar om Johnny. Ik wist dat ik geen schijn van kans bij hem had. Ik wilde ook alleen maar bij hem in de buurt zijn en informeerde zo hier en daar wie hij was. Niemand wist echter iets van hem af. Een paar meisjes wisten te vertellen dat hij muziek maakte. En de meisjes die met hem en zijn vriend waren weggegaan, begonnen te grijnzen als ik hen ernaar vroeg. Een paar keer zeiden ze: Het was een leuke avond. Maar echt niets voor jou.

En toen, op 16 mei, een week na mijn verjaardag, sprak de kleine dikkerd mij aan. Er viel die avond maar weinig te beleven. Ze hadden al een tijdje aan een tafeltje gezeten voor de dikkerd op mij afkwam. Ik danste met hem omdat ik dacht dat hij me daarna zou uitnodigen om bij hen aan het tafeltje te komen zitten. Een misvatting! Hij werd handtastelijk. Ik kon me hem slechts met moeite van het lijf houden. Hij begon grof te worden en schold me uit.

Ik was nogal gedeprimeerd en ging weg. En buiten op de parkeerplaats hoorde ik dat Johnny me riep. Hij excuseerde zich voor het gedrag van zijn vriend. Ik moest hem dat getier maar niet kwalijk nemen. Zijn vriend was een driftkop en had helaas maar weinig geluk bij de meisjes. We bleven een poosje buiten staan praten. Ik kon het nauwelijks geloven. Hij vroeg of ik weer met hem naar binnen wilde gaan. Hij zei dat hij ervoor zou zorgen dat zijn vriend me niet opnieuw lastigviel.

Zo is het tussen Johnny en mij begonnen. Ik vond het een ongelofelijk wonder. De verdenking dat hij slechts naar Buchholz kwam om voor één avond een meisje te versieren, was wel bij me opgekomen maar zo gedroeg hij zich tegenover mij niet. Toen we het café weer binnenkwamen, verdween de dikkerd. We zaten bijna een halfuur met ons tweeën aan een tafeltje te praten. Toen vroeg Johnny of ik zin had om met hem te dansen.

Verder is er die avond niets gebeurd. De dikkerd kwam niet meer opdagen. Toen ik weg moest, liep Johnny met me mee naar buiten. Hij was van plan me naar huis te brengen. Dat kon helaas niet. Als mijn moeder ons had gezien, was ik de deur niet meer uitgekomen. Op het parkeerterrein namen we afscheid. Hij gaf me alleen een hand en vroeg: Kunnen we elkaar nog eens ontmoeten?

Ik zei: Waarschijnlijk ben ik er volgende week zaterdag weer.

Hij glimlachte. Ik ook en het is waarschijnlijk het beste als ik alleen kom. Tot volgende week dan.

Hij kwam inderdaad alleen. En hij was heel terughoudend. Pas na drie weken zoende hij me voor het eerst. Hij was lief en teder en wat ik ook zei, hij toonde begrip. Ook toen ik hem over mijn moeder vertelde, lachte hij niet. Iedereen doet wat hem goeddunkt, vond hij.

Natuurlijk vroeg ik hem naar zijn naam. Hij zei dat hij Horsti heette. Dat vond ik een stomme naam en dus hield ik het op Johnny. Hij zei dat hij meisjes die onmiddellijk bereid waren met je naar bed te gaan, niet kon uitstaan en dat die alleen goed waren voor een avond plezier. Hij zei dat hij nog nooit een meisje als ik was tegengekomen en dat hij van me hield. Alles was volmaakt. Hij was zelfs een tikkeltje jaloers. Enkele keren kon hij het weekend niet naar Buchholz komen. Toen vroeg hij me thuis te blijven om te voorkomen dat iemand anders hem in het vaarwater zou komen.

Ik wist niet veel van hem af. Over zichzelf praatte hij niet graag, slechts af en toe liet hij iets los. Dat hij samen met twee vrienden een band had opgericht en dat ze in een kelder repeteerden. Een van de bandleden was de dikkerd. Johnny zei dat zijn vriend fantastisch keyboard speelde. Zelf drumde hij en een derde speelde basgitaar.

In augustus vroeg hij of ik zin had om eens naar de band te komen luisteren. Zin had ik wel degelijk maar ik wilde niet met de dikkerd in een kelder zitten zonder de mogelijkheid om weg te gaan als hij mij lastigviel. Johnny lachte me uit. Ik ben er toch bij, zei hij. Hij krijgt niet eens de kans om vanuit zijn ooghoeken naar je te kijken.

Het weekend daarop bracht hij hem weer mee. Toen gedroeg de dikkerd zich netjes en ik stemde erin toe om met hen mee te rijden. Het werd een geweldige avond. Ze speelden een nieuw nummer, "Song of Tiger" heette het. Johnny zei dat dat van nu af aan mijn liedje was, want hij had het voor mij geschreven.

Na een uur hielden ze op met spelen. De beide anderen gingen weg en ze kwamen niet meer terug. Johnny gaf me iets te drinken en zette de stereo-installatie aan. Er waren een paar bandjes waarop ze hun muziek hadden opgenomen. We dansten, dronken nog een paar glaasjes en gingen op de bank zitten. En toen is het gewoonweg gebeurd.

Ik wil niet beweren dat hij me verkracht heeft. Het was heel mooi. En ik wilde ook. Ik was een beetje aangeschoten en ik was alleen bang dat ik zwanger zou worden. Ik had nog nooit de pil geslikt.

Johnny zei: Wees maar niet ongerust. Ik pas wel op. Daar vertrouwde ik maar op. En toen bleef mijn menstruatie uit. Ik ging bijna dood van angst. Johnny gaf me geld. Ik moest in de apotheek een zwangerschapstest kopen. Hij zei: Als het positief is, trouwen we gewoon.

De uitslag was positief. Toen ik hem dat vertelde... Hij deed alsof hij er geweldig blij mee was, nam me in zijn armen en jubelde: Ik word vader. Wat zullen mijn ouders opkijken. Morgen zal ik je aan hen voorstellen. Je moet maar iets verzinnen zodat je moeder je laat gaan. En zeg haar ook maar dat het tamelijk laat kan worden. We zien elkaar om twee uur hier op het parkeerterrein. Mocht het een halfuurtje later worden, ga dan niet naar huis. Blijf hier op me wachten.

Dat heb ik gedaan, tot zeven uur 's avonds. Hij kwam niet opdagen. Ik heb hem nooit meer gezien. Al wat ik kon ondernemen om hem op te sporen, heb ik gedaan, maar veel was dat niet. Ik kende zijn echte naam niet en ik wist evenmin waar hij woonde.

Het enige wat ik me kon herinneren was, dat we die avond via de autosnelweg in de richting van Hamburg waren gereden. Maar we zaten toen op de achterbank en ik werd door hem afgeleid. Ik wist niet eens of we in het huis van zijn ouders of bij een van zijn vrienden waren geweest. Wekenlang reed ik rond in de hoop hem te vinden. Ik dacht dat ik onder het rijden wel een of ander detail zou herkennen.

Elke avond als vader van zijn werk kwam, liet hij de auto op de Buenser Weg staan, opdat moeder niets zou merken. Mijn vader vertelde ik dat ik moest oefenen om mijn rijvaardigheid op peil te houden. Dat begreep hij.

Over de zwangerschap kon ik niet met hem praten. En ook niet met iemand anders. Op een gegeven moment begreep ik dat mijn zoektocht kansloos was. Een paar weken heb ik nog gewacht of Johnny contact met me zou opnemen. Hij wist hoe ik heette en waar ik woonde. Ik wilde maar niet geloven dat een mens zo slecht kon zijn. Maar de meisjes met wie hij voor mij was uitgegaan, zeiden allemaal: Dacht je nou echt dat die kerel serieuze bedoelingen had?

Eind oktober merkte ik dat mijn buik dikker werd. En het was mijn moeder opgevallen dat ik dikwijls misselijk was. Ze eiste dat ik me door een dokter zou laten onderzoeken. Toen ben ik van huis weggelopen, ik ben gaan liften. En toen heb ik geprobeerd mezelf van kant te maken. Ik ben voor een auto gesprongen. Toen heb ik de baby verloren. Het was een meisje, dat was al te zien. Met mij was weinig aan de hand, alleen enkele schrammen in mijn gezicht, en die miskraam natuurlijk.

Ik moest weer naar huis. Mijn moeder wilde me echter thuis niet meer hebben. Dat ik had geprobeerd mezelf van het leven te beroven en dat ik daarbij mijn baby had vermoord, was de zwaarste zonde die een mens kon begaan, zei ze en ze gooide me eruit.

Ik ging naar Keulen en vond daar werk. Een jaar daarna leerde ik mijn man kennen, we trouwden. Maar ik ben er nooit echt overheen gekomen. Mijn moeder had immers gelijk. Ik ben een moordenares. Ik heb een onschuldig kind vermoord. Sinds de geboorte van mijn zoon stel ik me voor hoe het zou zijn als hij een ouder zusje zou hebben dat van hem houdt, dat alles voor hem doet en er altijd voor hem is.

Toen ik Johnny vanmiddag met die vrouw zag… Aanvankelijk zat hij met zijn rug naar me toe. Toen dacht ik nog, dat bestaat niet. Maar toen ging hij staan. Ik hoorde hem praten. En toen draaide die vrouw het liedje. Mijn liedje.

"Song of Tiger".

Het kwam… Ik weet niet wat het was. Het ging zo waanzinnig snel. Het was een soort automatisme.'

Bij de laatste zin hief ze het hoofd, keek de chef in het gezicht en voelde de opluchting als een warme vloeistof door haar lijf stromen. Zijn gezichtsuitdrukking had zich verzacht. Hij geloofde het verhaal. Maar het was ook een prima verhaal. En omdat het voor een klein deel op waarheid berustte, kon niemand het weerleggen.

De vooroorlogse tweekamerwoning waar Margret Rosch haar nichtje vijf jaar geleden in december onderdak had verleend, lag aan een drukke straat in Keulen. 's Winters vond Margret dat niet erg. Met even goed luchten 's morgens en 's avonds kon ze dan volstaan. 's Zomers was het er dikwijls niet te harden. Als de ramen openstonden kwam niet alleen het verkeerslawaai naar binnen, ook de stank van uitlaatgassen drong tot in de kleinste hoekjes door. Als de ramen dicht bleven werd het smoorheet. Dan had je bij het binnenkomen het gevoel dat je een broeikas binnenkwam.

Margret Rosch was die zaterdagavond even na negenen thuisgekomen. De middag en het begin van de avond had ze doorgebracht in gezelschap van een vriend die ze al jaren kende. Ze noemde hem nooit anders dan 'mijn vriend'. Met deze Achim Miek, een arts met een eigen praktijk in de binnenstad, had ze al dertig jaar een relatie.

Margret was nooit getrouwd geweest en nu was het niet meer de moeite waard. Na al die jaren als vaste vriendin kon ze in het idee dat ze haar persoonlijke vrijheid zou moeten opgeven niet veel voordelen meer ontdekken, hoewel Achim Miek er momenteel wel op aandrong. Hij was sinds ruim een jaar weduwnaar.

Margret had nooit druk op hem uitgeoefend, nooit het woord 'echtscheiding' uitgesproken. En slechts eenmaal had ze hem gevraagd iets voor haar te doen, niet voor haar persoonlijk – voor haar broer en haar nichtje. Het was vijf jaar geleden, in augustus – en het was illegaal. Dat Achim Miek haar daar uitgerekend vandaag aan had moeten herinneren, vond Margret achteraf gezien een slecht voorteken. Je kon het eerder als chantage betitelen.

Ze had vroeger afscheid van hem genomen dan ze zich had voorgenomen; dit om een meningsverschil uit de weg te gaan. Toen ze haar huis binnenkwam was ze niet bepaald in een goede stemming. Het was er bedompt. Het was echter laat genoeg om alle ramen open te gooien. Er was nu minder verkeer. Buiten was het een paar graden koeler dan binnen.

Ze nam een lauwwarme douche. Daarna maakte ze een lichte maaltijd voor zichzelf klaar; van samen uit eten gaan in het restaurant was helaas niets terechtgekomen. Toen las ze enkele bladzijden in een roman om haar teleurstelling en haar onbehaaglijke gevoel kwijt te raken.

Om halfelf zou er op Duitsland 1 een film beginnen die ze wilde zien. Toen ze de televisie aanzette, was daar net een knappe man aan het woord die met een betrokken gezichtsuitdrukking over het grote voorbeeld, de Verlosser sprak.

Margret vergat ter plekke haar eigen problemen behalve de woorden van haar vriend: 'Vergeet niet wat ik voor je heb gedaan.' Hoe zou ze dat ooit kunnen vergeten? Ze had daar veel meer op het spel gezet dan Achim Miek. Totaal onverwacht voelde ze een blinde woede in zich opstijgen, zag een fractie van een seconde de blauwachtige, lijdende gezichtsuitdrukking van haar jongste nichtje voor zich, hoorde Elsbeths zachte stem een gebed prevelen. De geur van brandende kaarsen prikkelde haar neus. De indruk was zo realistisch dat ze moest niezen.

Ze snoot haar neus, pakte het boek weer en concentreerde zich op de regels, terwijl de knappe man nog een paar minuten verder oreerde. Als je het van zo nabij had meegemaakt als Margret, kon je niet naar die vent luisteren.

En dan had zij het alleen maar heel af en toe meegemaakt. Vier keer per jaar hooguit twee dagen – en niet eens van het begin af aan. Ze was pas regelmatig bij haar broer op bezoek gegaan nadat Wilhelm haar dat nadrukkelijk had verzocht. Destijds was Cora negen jaar. En als Margret de terugreis aanvaardde, sprak ook zij een gebed uit, al even vurig als de gebeden die Elsbeth in de woonkamer prevelde. 'Zorg goed voor Cora, Wilhelm. Je moet iets voor haar doen, anders gaat ze naar de bliksem.'

Elke keer knikte Wilhelm en beloofde: 'Ik doe wat ik kan.'

Of hij dat inderdaad deed en wat hij kon bereiken, wist Margret niet. Ze wist sowieso niet veel van hem af. Een leeftijdsverschil van achttien jaar tussen het door hun moeder vertroetelde jongste kind en haar grote broer.

Toen Margret geboren werd, had Wilhelm al vrijwillig dienst genomen in het leger. In de daaropvolgende jaren was hij maar één keer met verlof thuis gekomen, maar dat kon ze zich niet herinneren. Thuis was destijds Buchholz, het stadje bij de Lüneburger Heide waar Wilhelm later teruggekeerd was. In het voorjaar van 1944 trokken Margret en haar moeder uit hun geboortestreek weg en belandden in het Rijnland, waar moeder nog familie had. Na de verhuizing was de naam van haar grote broer dikwijls gevallen. Margret leerde hem echter pas kennen toen zij tien was en Wilhelm al een gebroken man was.

Er was nooit openlijk over gesproken. Uit de weinige toespelingen die hij in de loop van de jaren had gemaakt, concludeerde Margret dat hij in Polen aan fusillades had deelgenomen, burgers, ook vrouwen en kinderen. Op bevel; als hij zou hebben geweigerd, zouden ze hem vermoedelijk hebben doodgeschoten of opgeknoopt. Wilhelm was niet in staat het in dat perspectief te zien en kon het niet verwerken.

Hij hield het bij zijn moeder en zijn zusje in het Rijnland niet lang uit. Vader was in Frankrijk gesneuveld. En Wilhelm wilde naar Buchholz terug. Misschien hoopte hij daar een deel van de onschuld van zijn jeugd te hervinden.

In plaats daarvan vond hij Elsbeth, een beeldschone jonge vrouw uit Hamburg, een welhaast bovennatuurlijke verschijning met witblond haar en een huid als van porselein; een vrouw met een geschiedenis zoals zo veel vrouwen na de oorlog – een verhouding met een geallieerde soldaat. Elsbeth was zwanger geraakt maar ze had het kind niet ter wereld gebracht. Dat ze de vrucht met behulp van een breinaald had geaborteerd en dat haar dat zelf bijna het leven had gekost, hoorde Margret pas toen Elsbeth al reddeloos verloren was. Dat was echter verklaarbaar. En verklaringen waren in alle opzichten het allerbelangrijkste.

Tijdens de anderhalf jaar dat Cora bij Margret woonde, had Margret daar dikwijls over gesproken. Nachtenlang hadden ze bij elkaar gezeten en over schuld en onschuld, geloof en overtuiging gediscussieerd. Over Cora's ouders, de vele jaren dat ze kinderloos gebleven waren. Hoe Wilhelm aan de zijde van Elsbeth geleidelijk van een zwaarmoedige man in een levenslustige vent was veranderd. Hoe Elsbeth hem in vervoering bracht, hoe ze samen lachten, dansten en hoe de liefde hoogtij vierde. Hoe hij van het leven begon te genieten. Hoe ze op reis gingen, een weekje naar Parijs, drie dagen naar Rome, naar de oktoberfeesten in München en het Prater in Wenen.

Eenmaal per jaar kwamen ze altijd naar het Rijnland. Carnaval in Keulen, dat wilde Elsbeth voor geen goud missen. Dan dronk ze ook wel eens een glaasje. En als het een glaasje te veel werd, werd ze melancholiek, vertelde iets over de liefde, het verdriet en de zware schuld die ze met zich meedroeg.

Toen ze in verwachting raakte, was Elsbeth bijna veertig. Wilhelm liep tegen de vijftig en was zielsgelukkig. Toen Cora was geboren, nodigde hij zijn moeder en zijn zusje uit. Ze moesten hun kleindochter en nichtje, dat geschenk van de hemel, absoluut komen bewonderen. Een mooie baby, kerngezond, met Wilhelms volle, donkere haardos en een gezonde honger. De bevalling had veel gevergd van Elsbeth. Uitgeput lag ze in het ziekenhuisbed, bijna doodgebloed, bleek en zwak, maar al net zo gelukkig als Wilhelm.

'Heb je haar al gezien, Margret? Ga maar met de zuster mee, die wijst je haar wel aan. Ze zeggen hier allemaal dat ze zelden zo'n mooi kind hebben gezien. En ze is zo sterk. Ze kan haar hoofdje al zelf overeind houden. Ik had nooit gedacht dat ik nog ooit een kind in mijn armen zou mogen houden – en dan nog wel zo'n mooi kind. De Heer heeft me vergeven, hij heeft me zo'n groot geschenk gegeven. Voor zo'n kind doorsta je alle bevallingsellende met plezier. Ik herstel wel weer.'

Voordat Elsbeth echter weer op krachten kon komen, raakte ze voor de tweede keer in verwachting, van Magdalena. De kandidate voor de dood. Gebrandmerkt door een open ductus botalli, de verbinding tussen de lichaamsslagader en de longslagader die zich normaal gesproken sluit tijdens de bevalling. Bovendien had ze meerdere septumdefecten: openingen in de scheidingswanden tussen zowel de boezems van het hartje als tussen beide hartkamers. Verder had ze nog vaatafwijkingen, was de linkerhartkamer niet volledig ontwikkeld en vertoonde de buikaorta zakachtige verwijdingen, zogenaamde aneurysma's. Het zieke gedeelte was te groot om het helemaal te verwijderen. Bovendien vermoedden de artsen dat er nog meer vaten waren aangedaan.

Margret was verpleegkundige. Niemand hoefde haar te vertellen dat dat blauwige scharminkeltje geen schijn van kans had – ondanks de zes operaties in het eerste halfjaar. Een van de doktoren had destijds tegen Wilhelm gezegd: 'Wat daar in het borstje van uw dochtertje klopt, is geen hart, het is een Zwitserse gatenkaas. Het lijkt wel of iemand het met een breinaald heeft bewerkt.'

Ongelukkig genoeg had Elsbeth die woorden ook opgevangen of had een nietsvermoedende verpleegster haar hetzelfde verteld.

Hoe weinig levenskansen de artsen haar echter ook gaven, Magdalena logenstrafte hun voorspellingen. Ze ging zelfs de strijd tegen de leukemie aan, een strijd die ze won. Elsbeth schreef dat aan de kracht van haar gebeden toe en legde daar zo veel bezieling in dat het voor elk normaal mens onverdraaglijk werd.

Margret wist hoe het er indertijd in het huishouden van haar broer aan toe ging maar onder het voorwendsel dat ze te ver weg woonde en ze voor haar bejaarde moeder moest zorgen bij wie ze toen inwoonde, had ze er niets tegen ondernomen. De eerste jaren na de geboorte van Magdalena was ze uiterst zelden op bezoek geweest in Buchholz. Even aanwippen, ogen dicht en weer naar huis.

Toen stierf haar moeder en kwam Wilhelm voor de begrafenis naar Keulen – in zijn eentje, Elsbeth kon thuis niet worden gemist. 's Avonds zaten ze samen in het huis, Margret en haar broer die gezien zijn leeftijd wel voor haar vader kon doorgaan. Hij draaide een tijdje om de hete brij heen voordat het hoge woord er vlot uitkwam. Of ze binnenkort niet eens langs wilde komen. En of ze misschien eens met Elsbeth zou willen praten. Een gesprek van vrouw tot vrouw – over de behoeften van een man. Hij vond het moeilijk om daarover te praten. Alleen al uit het feit dat hij dat voor elkaar kreeg terwijl ze elkaar zo slecht kenden, bleek hoe radeloos hij was.

'Ik heb al eens overwogen bij haar weg te gaan. Dat zou echter onverantwoordelijk zijn. En ik wil niet weglopen voor mijn verantwoording. Alleen kan het zo niet doorgaan, dat hou ik niet vol.'

Na een stilte van minstens twee minuten voegde hij eraan toe: 'Sinds Magdalena geboren is, slaap ik op de kinderkamer. Ze wil niet meer dat ik met haar vrij. Ik kan zeggen wat ik wil. Vroeger ben ik dikwijls naar een prostituee gegaan. Ik zag geen andere uitweg. Dat was niet goed, dat weet ik wel. Een poosje geleden ben ik daar dan ook mee gestopt.'

Sinds Magdalena geboren was, was er inmiddels acht jaar verstreken. Wilhelm was negenenvijftig maar zag er een stuk jonger uit. Hij was groot en flink gebouwd. En de manier waarop hij haar aankeek, waarop hij mompelde: 'Het gaat overigens niet alleen om mij, ook om Cora. Ze is nu negen. En ze wordt groter en… Ik ben bang dat haar iets overkomt.' Toen liepen Margret de koude rillingen over de rug, hoewel Wilhelm het beslist niet zo bedoeld had als ze het in eerste instantie opvatte.

Veertien dagen later ging ze op pad en probeerde ze haar geluk bij Elsbeth. Dat was echter vergeefse moeite. Elsbeth hoorde haar genadig aan met haar handen in haar schoot en ze zei: 'Als ik sterk genoeg zou zijn om nog een kind te krijgen, zou ik zijn toenaderingen wel accepteren. Ik ben nog niet in de overgang, ik zou nog zwanger kunnen worden. En hoe moet dat dan? Nee! We moeten allemaal offers brengen. Wilhelm is mijn man. Hij moet zijn lot dragen als een man.'

Er zat voor Wilhelm niets anders op. Vermoedelijk had hij weer zijn toevlucht genomen tot betaalde seks. Heel precies wist Margret dat niet. Er was nooit meer over gepraat. Enkele keren hadden ze het nog over Wilhelms angst om Cora gehad, die zich opeens opvallend begon te gedragen.

Het was heel naar geweest om erover na te denken of Wilhelm het waanzinnige gedrag van Elsbeth tegenover Cora nog wist te overtreffen. Haar eigen broer! Ook al wist hij absoluut niet hoe hij zijn eigen behoeften bevredigd kon krijgen, hij zou zich toch niet aan een kind vergrijpen! En al helemaal niet aan zijn eigen dochter!

Margret kon zich dat niet voorstellen en ze had niet geheel van harte geprobeerd de zaak tot op de bodem uit te zoeken. Ze was op een muur gestuit en ze was er destijds al achter gekomen dat geen mens Cora een uitspraak kon ontlokken over iets wat ze niet kwijt wilde.

Aan het telefoontje in december van datzelfde jaar, aan de stem van haar nichtje aan de telefoon, kon Margret slechts met huiver terugdenken: 'Mag ik naar je toe komen? Ik kan hier niet meer leven. Ik kan helemaal niet meer leven, geloof ik.' En hoe ze vervolgens bij haar op de stoep stond met kapotgestoken armen en die snee op haar voorhoofd. En al die nachten tot diep in maart van het daaropvolgende jaar was Margret uit bed gesprongen en naar de woonkamer gerend. Altijd had ze onmiddellijk Cora's handen beetgepakt om te voorkomen dat ze zichzelf zou verwonden. Afschuwelijke nachtmerries en daarna knallende hoofdpijn en een hardnekkig zwijgen. Cora was niet in staat te praten over wat haar was overkomen; ze sprak slechts eenmaal over een ongeval in oktober.

Ze had hulp nodig gehad, een deskundige dokter, maar niemand mocht haar te na komen. Op Margrets dringende verzoek liet ze zich althans één keer door Achim Miek onderzoeken. De hoofdpijn werd waarschijnlijk door de verwonding aan haar hoofd veroorzaakt, dacht Achim, en hij verbaasde zich erover dat de wond zo goed genezen was in die korte tijd sinds oktober. Wat de nachtmerries betrof, vermoedde hij dat ze een traumatische ervaring had gehad. Dat kon alleen een deskundige boven tafel krijgen. Een goede psycholoog zou waarschijnlijk wel helpen, dacht hij.

Dat wees Cora van de hand. En op de een of andere manier wist ze het zonder hulp te redden. Inmiddels was het niet meer nodig om zich zorgen om haar te maken. Het ging goed met haar. Om de twee weken kwam ze 's zondags langs met Gereon en haar zoontje, vertelde over hun eigen huis en het slopende werk op kantoor.

Margret was elke keer blij wanneer ze hoorde hoe enthousiast Cora zich in de haar onbekende materie had ingewerkt. Gereon Bender was in Margrets ogen niet het type van de ideale schoonzoon. Het was een sukkel. Maar na hun huwelijk had Cora zinvolle bezigheden om handen, geen tijd om te piekeren – en helemaal geen problemen meer. Ze maakte altijd een evenwichtige indruk als ze op bezoek kwamen. Morgen zouden ze ook komen.

Vrijdags had Margret nog met haar nichtje gebeld, zo tegen het middaguur. Toen had Cora's stem wat nerveus geklonken. De laatste tijd was dat op vrijdag vaker het geval. Geen wonder na een hectische week vol stress op kantoor.

Even voor elf uur, toen de film ternauwernood begonnen was, belde Gereon op. Dat had hij tot dan toe nog nooit gedaan. Zodoende was het telefoontje op zich al een slecht teken. Het tweede voorteken die avond. Gereon deed een verward relaas waar Margret in eerste instantie geen woord van begreep: recherche!

Ze dacht dat Cora iets was overkomen. Dat Cora iemand neergestoken zou kunnen hebben, die gedachte zou in de verste verte niet bij haar zijn opgekomen. Cora was op haar manier rebels en misschien kwam ze bij sommige mensen wel wat agressief over, maar in de grond van haar hart was ze zo zachtaardig als een lammetje. En lammetjes maken niemand dood, ze zijn alleen geschikt als offer.

Gereon had allang weer opgehangen toen Margret nog steeds met de telefoon aan haar oor zat en ervan overtuigd was dat ze iets verkeerd begrepen had. Ze probeerde terug te bellen maar er werd niet opgenomen, noch in het huis van haar nichtje, noch bij Gereons ouders. Het duurde een poos voordat ze zich ertoe kon brengen het nummer van de politie in het district Erftstadt op te vragen. Daarna had ze dringend behoefte aan een glas cognac.

Ze werd heen en weer geslingerd tussen niet-willen-weten en de behoefte aan zekerheid, tussen haar verlangen naar rust, een leven zonder problemen, en het besef dat niemand voor Cora zou opkomen. Van Gereon Bender hoefde je niets te verwachten. Hij had in zijn laatste zin duidelijk gemaakt hoe de zaak er wat hem betrof voorstond: 'Die heeft voor mij afgedaan.'

Margret zette koffie en dronk twee kopjes om de cognac te neutraliseren. Toen draaide ze eindelijk het nummer, zei wie ze was en wat ze wilde. Er werden aan de telefoon echter geen inlichtingen verstrekt. Het was ook niet mogelijk haar met de verantwoordelijke politiefunctionaris door te verbinden. Dat zei genoeg.

5

Rudolf Grovian zette de cassetterecorder voorlopig even uit toen ze door een diepe zucht te kennen gaf dat ze nu wel genoeg had verteld. Het was een paar minuten over elven. Ze maakte een vermoeide, uitgeputte en zeer opgeluchte indruk. Hij kende die uitwerking van andere verhoren. De koffie was allang klaar. Hij stond op, liep naar de gootsteen, pakte de beker, waste die onder de kraan zeer zorgvuldig om en deed dat zo dat zij het kon zien. Toen schudde hij hem zo'n beetje droog. Er lag natuurlijk geen theedoek. Als je iets nodig had, was het er nooit.

'Gebruikt u melk of suiker, mevrouw Bender?'

'Nee, dank u, zwart alstublieft. Is hij lekker sterk?'

'Hij is pikzwart', zei hij.

Een zweem van een glimlach trok over haar gezicht en ze knikte.

Hij schonk de beker vol en zette hem voor haar op het bureau. Zijn gedrag strookte nog steeds met de gebruikelijke verhoortactiek. Dat hij zich anders gedroeg dan normaal viel niemand op, zelfs hemzelf niet. 'Wilt u ook iets eten?'

Hij ging weer op de stoel tegenover haar zitten en vroeg zich af waar hij op dit tijdstip nog iets eetbaars zou kunnen opscharrelen. In een flits doemde de overvloedig gedekte tafel van zijn schoonzusje voor zijn geestesoog op. Die avond stonden er gegrilde karbonades op het menu; in combinatie met het ernstige woordje dat hij met zijn dochter had willen spreken, waren die voor zijn gal sowieso te vet geweest.

Hij keek toe hoe ze de beker met beide handen omvatte, hem voorzichtig bij het oor beetpakte en naar haar mond bracht. Ze dronk een piepklein slokje, mompelde: 'In orde, precies goed', en schudde haar hoofd. 'Dank u wel, ik heb geen honger, ik ben alleen tamelijk moe.'

Dat was overduidelijk. Hij had haar een pauze moeten gunnen. Daar had ze recht op. Hij had echter nog maar een paar vragen. In haar verhaal zat geen enkel aanknopingspunt dat het mogelijk maakte haar verklaringen te verifiëren. Geen namen! Met uitzondering van Johnny Guitar en dat idiote Horsti. Geen naam van een café, geen merk of type auto, om van een kenteken maar helemaal te zwijgen. Dat paste bij haar. Vooral niemand bij de zaak betrekken.

Ze moest echter begrijpen dat het zo niet ging. Iets meer dan wat ze tot nu toe te berde had gebracht, had hij wel nodig. Anders zou de officier van justitie gegarandeerd naar zijn voorhoofd wijzen en hem op enkele ongerijmdheden attenderen. Bijvoorbeeld op het feit dat Georg Frankenberg in Frankfurt geboren en getogen was. Pas toen hij in militaire dienst moest, was hij het huis uitgegaan. Daarna was hij aan de universiteit van Keulen gaan studeren.

Buchholz op de Lüneburger Heide! Hoe kon Frankenberg daar in vredesnaam zijn beland? Dat hij uit louter zucht naar avontuur naar het noorden was getrokken, was maar moeilijk voorstelbaar. Rudolf Grovian ging ervan uit dat een van zijn vrienden uit Hamburg of omgeving kwam. Helaas had hij Meilhofer niet om inlichtingen over de twee andere bandleden gevraagd. Op dat moment had hij nog niet kunnen vermoeden dat die enige rol van betekenis zouden kunnen spelen.

Hij vroeg niet of ze zich in staat voelde om nog een paar vragen te beantwoorden maar zei slechts: 'Die koffie zal u goeddoen.'

Het was tamelijk sterke koffie, dat had hij gezien toen hij de beker volschonk. Daarom had hij zelf geen kopje genomen. Sterke koffie was ook niet best voor zijn gal.

Hij zette de cassetterecorder weer aan en begon – niet vermoedend in welke wond hij zat te porren – met het enige concrete punt dat ze had genoemd. 'U hebt Georg Frankenberg dus vijf jaar geleden precies op 16 mei voor het eerst ontmoet.'

Ze keek hem over de rand van de beker met een wezenloze blik aan en knikte. Hij maakte even een rekensommetje. Destijds was

Frankenberg tweeëntwintig jaar en was hij vermoedelijk net aan zijn studie begonnen. Het zomersemester begon in maart en liep door tot half juli. In augustus en september was het grote vakantie. Ze had uitsluitend over weekends gesproken en niet eens over elk weekend.

Een jongeman met een passie voor snelle auto's legde algauw een paar honderd kilometer af en het kon best zijn dat Frankenberg in zijn studententijd een auto had gehad. Deftige oudelui, die hun spruit alles gaven wat voor een leven op stand nodig was! Zijn vader was hoogleraar neurologie en traumatologie! Sinds zeven jaar geneesheer-directeur van zijn eigen privé-kliniek. Hij had zich daar gespecialiseerd in plastische chirurgie. Dan kon je ervan uitgaan dat zoonlief wist in wiens voetstappen hij moest treden.

Maar de zoon zat vol gekke ideeën, zat liever achter zijn drumstel dan in de collegezaal, amuseerde zich iedere week met een ander meisje en maakte uiteindelijk een meisje met een onduidelijke achtergrond zwanger dat niet zo gemakkelijk te krijgen was. Het zou best kunnen dat Frankie inderdaad blij was geweest dat hij vader werd. Voor hetzelfde geld was het niet zo. Echt alles klopte. Rudolf Grovian had genoeg fantasie om zich in de psychische gesteldheid van Georg Frankenberg te kunnen verplaatsen. Een jongeman liet jaren geleden – ofwel omdat hij thuis geen mot wilde of op bevel van hogerhand – zijn zwangere vriendin in de steek. Vermoedelijk had hij op een goed moment gehoord dat ze zich in oktober voor een auto had gegooid. Daarmee was voor hem de hele affaire duidelijk.

Zijn geweten was hem parten gaan spelen en bezorgde hem veel last. Toen hij later over die vriendin sprak, slechts één keer en ook nog in vage bewoordingen, verklaarde hij haar dood, bij een ongeluk omgekomen. Zo kon je het ook stellen. Maar vergeten was Frankie haar nooit. Hoe vaak zou hij zich hebben afgevraagd wat er van haar en zijn kind geworden zou zijn als hij voor haar zou hebben gekozen? En toen ze hem daar aan het meer te lijf ging...

Dat zijn stem een heel stuk zachter klonk, viel hem niet op. 'We moeten ten minste de namen van de twee mannen hebben met wie Georg Frankenberg destijds die band vormde, mevrouw Bender.'

Vermoeid haalde ze haar schouders op. 'Ik weet niet hoe ze heten. Hij betitelde ze allebei slechts als zijn vrienden.'

'Zou u die mannen herkennen?'

Ze haalde diep adem. 'De dikkerd misschien wel. Die ander niet, denk ik. Die heb ik maar één keer vluchtig gezien. Hij was al beneden toen wij kwamen. Er was maar weinig licht en hij zat in de hoek. Toen hij samen met de dikkerd wegging, heb ik niet naar hem omgekeken.'

Dat had hij wel ongeveer verwacht. Het kon echter niet moeilijk zijn om erachter te komen met wie Frankenberg een poosje van een carrière in de muziek had gedroomd. Het volgende punt: 'Wat voor auto had Georg Frankenberg toen u hem leerde kennen?'

Ze staarde in haar beker koffie. 'Dat weet ik niet meer. Toen ik met hem meereed, was dat niet zijn eigen auto, geloof ik. De dikkerd zat achter het stuur.' Na enkele tellen voegde ze er aarzelend aan toe: 'Het was een Golf GTI, zilverkleurig. Het kenteken begon met een B. Misschien BN... Ik weet het niet zeker.'

'En u reed toen naar Hamburg?'

Ze knikte slechts.

'Kan het niet een beetje preciezer, mevrouw Bender? Hoelang duurde de rit? Welke afslag hebben jullie genomen?'

Schokschouderend mompelde ze: 'Het spijt me. Ik heb niet op de weg gelet.'

'U hebt dus geen idee in welke wijk van Hamburg het huis stond?'

Toen ze ontkennend het hoofd schudde, voelde hij de frustratie in zich omhoog komen. 'Kunt u dan in elk geval het huis beschrijven? Was het een vrijstaand huis? Hoe zag de omgeving eruit?'

Ze stoof op. 'Wie heeft daar nu nog iets aan? Dat levert toch niets op! Hoor eens: ik heb bekend dat ik hem heb neergestoken. Ik heb u uitgelegd waarom ik hem om het leven heb gebracht. Zo is het wel welletjes. Waarom wilt u dat allemaal weten? Wilt u dat huis gaan opsporen? Veel succes dan. Hamburg is een grote stad. En het was een groot huis.'

Ze stopte opeens, knipperde nerveus met haar ogen en streek met haar hand over haar ogen alsof ze een onaangename herinnering wilde verjagen. Onverminderd fel ging ze voort: 'Het was een villa met veel groen er omheen. Meer weet ik echt niet. Ik was smoorverliefd en heb meer op Johnny gelet dan op de omgeving of de voorgevel. De gang kan ik wel voor u beschrijven. Dan kunt u bij alle grote huizen aanbellen en vragen of u de gang eens mag zien.'

'Misschien doe ik dat wel', zei hij. 'Als u me vertelt hoe de gang eruitzag.'

'Het was helemaal geen gang', mompelde ze. Opnieuw knipperde ze heftig met haar ogen, zette de koffiebeker weg, bewoog haar schouders alsof ze een stijve nek had en beet op haar onderlip voordat ze eindelijk verklaarde: 'Het was een vestibule, enorm groot en helemaal wit. Alleen op de vloer waren kleine groene stenen tussen de grote witte tegels aangebracht. En er hing een schilderij aan de muur, naast de trap naar de kelder. Dat weet ik nog omdat Johnny me tegen de muur daartegenover drukte en me kuste. En de anderen liepen de trap al af. Ik keek hen na en toen zag ik het schilderij. Ik verbaasde me erover dat iemand zoiets ophangt. Het stelde helemaal niets voor. Het waren alleen verfklodders.'

Het was zo'n goed verhaal geweest. Tot op dat moment! Dat de chef doorvroeg, was wel vervelend. Maar enkele antwoorden kon ze nog wel geven. Een zilverkleurige Golf GTI en een kenteken dat met een B begon. Misschien BN, misschien ook niet. Ze had BM willen zeggen. Op het laatste moment was haar te binnen geschoten dat het kenteken van Gereons auto met BM begon. Dan zou de chef gegarandeerd hebben gemerkt dat ze loog.

Wat de auto betrof had ze niet lang hoeven nadenken. Het was typisch een wagen voor jongelui. Gereon reed een zilverkleurige Golf toen ze hem had leren kennen, maar niet lang meer want het was al een oud beestje. Bovendien meende ze zich te herinneren dat ook de kleine, dikke vriend van Johnny een Golf had. Heel precies wist ze dat niet meer. Het was ook niet belangrijk. Met die twee mannen had ze immers nooit iets te maken gehad.

En het huis, een of ander huis in Hamburg. Je hoefde alleen maar een beetje logisch na te denken. Natuurlijk een vrijstaand huis! Als de kelder als repetitieruimte voor muzikanten was ingericht, moest er rondom wel wat ruimte zijn, anders zouden de buren zich over de herrie beklagen. Bovendien konden de eigenaren van een groot, vrijstaand huis in Hamburg alleen rijke mensen zijn. En rijke mensen hingen schilderijen aan de muur. Hoe ze uitgerekend op een schilderij met verfklodders was gekomen, wist ze met de beste wil van de wereld niet. Maar het was van even ondergeschikt belang als de auto.

De chef onderbrak haar gedachtegang. 'Hoezo de anderen?' vroeg hij. 'Zojuist sprak u alleen over de dikke man en zei u dat nummer drie al beneden was, toen u kwam. Wie stond er dan behalve die dikkerd nog meer op de trap?'

De anderen? Ze realiseerde zich niet dat ze dat had gezegd. Ze drukte een hand tegen haar voorhoofd en probeerde zich te herinneren hoe ze het precies had geformuleerd toen ze het schilderij met die verfklodders te berde had gebracht. Het schoot haar niet te binnen en de chef verwachtte een antwoord. Het moest een logisch antwoord zijn. Een schilderij met verfklodders was niet logisch. Rijke mensen gaven de voorkeur aan degelijke kunst. Haar stem klonk gekweld. 'Ik weet het niet. Een meisje. De dikkerd had ook een meisje bij zich.'

Ze knikte tevreden. Dat was een voortreffelijk antwoord. 'Precies!' zei ze. 'Zo zat het. Anders zou ik namelijk niet in die auto gestapt zijn. Hem vertrouwde ik niet. Ik was het vergeten. Maar het schoot me zojuist weer te binnen. Er was nog een meisje bij ons.'

Ze glimlachte naar hem alsof ze hem om vergiffenis smeekte. 'Maar u moet me niet vragen hoe dat meisje heette. Dat weet ik echt niet. Ik had haar nog nooit gezien. Ze was er die avond voor het eerst. Volgens mij kwam ze niet uit Buchholz. Weet u, de meisjes uit Buchholz waren inmiddels op hun hoede voor Johnny en zijn vriend. Ik weet wel zeker dat geen van hen met ons meegereden zou zijn. Het was een onbekend meisje en ze is later met de dikkerd en die andere vent weggegaan. Ik weet niet waar ze zijn heen gegaan. Misschien zijn ze met de auto weggegaan.'

'Hoe bent u dan thuisgekomen?'

'Johnny heeft me naar huis gebracht. Met de Golf. Die stond voor het huis toen we naar buiten kwamen.'

'Dan kunnen de anderen toch niet met de auto zijn weggereden.'

Ze zuchtte en legde op geprikkelde toon uit: 'Ik zei toch misschien. Misschien waren ze nog in dat huis. Ik weet het niet. Ik ben immers dat huis niet doorgelopen.'

De chef knikte kalm. 'En op de terugreis hebt u niet gelet op de gevel van dat huis of op de route die Johnny reed!'

'Nee, ik was nogal dronken en ben in de auto in slaap gevallen.'

Hij knikte nogmaals en wilde weten: 'Hoeveel maanden was u zwanger toen u de baby kwijtraakte?'

Ze moest eerst even nadenken. Wat had ze ook alweer gezegd? In augustus met Johnny naar bed geweest! Had ze gezegd dat dat in augustus was geweest? Ze kon het zich niet herinneren, ze wist alleen nog dat ze had gezegd: 'In oktober merkte ik dat mijn buik dikker werd…'

Dat was een beetje krap aan; na drie maanden werd een buik nog niet zo dik dat het begon op te vallen. Zou de chef dat niet weten? Nu vooral geen fout maken. Ze schudde haar hoofd. 'Alstublieft, niet opnieuw daarover. Ik kan daar niet over praten. Ik heb er nog nooit over kunnen praten.'

Rudolf Grovian wilde niet te veel druk op haar uitoefenen. Hij wees er alleen fijntjes op dat hij noodgedwongen zijn toevlucht tot andere mensen moest nemen als ze niet meewerkte.

'Hoe oud zijn uw ouders, mevrouw Bender?'

Ze antwoordde automatisch. 'Moeder is vijfenzestig, vader is tien jaar ouder.'

Op dat ogenblik mengde Werner Hoß zich in het gesprek. 'Waarom hebt u mij verteld dat uw ouders dood zijn?'

Secondenlang leek ze van haar stuk gebracht, staarde Hoß vol haat aan en verklaarde op norse toon: 'Voor mij zijn ze dood. En doden moet je met rust laten. Of denkt u daar anders over?'

'Nee', zei Hoß. 'Maar ze zijn immers nog in leven. En als ik merk dat ik op een bepaald punt voorgelogen word, ga ik ook bij andere punten vraagtekens zetten.'

In eerste instantie had Rudolf Grovian Hoß willen zeggen dat hij zich niet in het gesprek moest mengen. Toch liet hij hem voorlopig maar even begaan, eens kijken waar dat toe zou leiden.

'U hebt ons heel veel verteld', zei Hoß. 'En daar zaten een paar dingen bij die op mij wat vreemd overkomen. Dat een drummer zich bijvoorbeeld Johnny Guitar noemt en een grote, sterke man Horsti.'

Ze schokschouderde. 'Vreemd vond ik dat niet, alleen nogal lachwekkend. Maar wie weet nou helemaal waarom iemand zich zus of zo noemt. Daar zal hij zijn redenen wel voor hebben gehad.'

'Kan zijn', gaf Hoß toe. 'En over die redenen zullen we vermoedelijk nooit iets te weten komen. Laten we dus maar weer terugkomen op uw eigen redenen. Waarom wilde u ons doen geloven dat uw ouders dood zijn? Is het misschien zo dat uw ouders ons wel eens een heel ander verhaal zouden kunnen vertellen dan u?'

Ze vertrok haar mond in een soort glimlachje. 'Mijn moeder zal u iets uit de bijbel vertellen, ze is gek.'

'Maar uw vader is toch niet gek', nam Rudolf Grovian de zaak weer over. 'Zojuist hebt u ons verteld dat het een aardige man is. Of was dat soms ook gelogen?'

Zwijgend schudde ze van nee.

'Waarom maakt u zich dan zo druk als ik zeg dat ik met hem wil praten?'

Trillend haalde ze diep adem. 'Omdat ik niet wil dat hij zich opwindt. Hij weet niets van Johnny af. Hij heeft me er destijds een paar keer naar gevraagd maar ik heb hem er niets over verteld. Het was niet gemakkelijk voor hem toen ik weer thuis kwam wonen. Hij maakte zichzelf verwijten. Op een keer zei hij: Het zou voor ons allebei beter zijn geweest als we hier jaren geleden vertrokken waren. Dan zou het niet gebeurd zijn. Maar vader heeft altijd een groot verantwoordelijkheidsgevoel gehad. Hij wilde moeder niet alleen laten met de Verlosser en de boetende Magdalena.'

Die naam zei Rudolf Grovian niets. Hij zag alleen hoe ze haar gezicht als in pijn vertrok. Ze greep naar de koffiebeker en bracht die met een snelle beweging naar haar mond. Ze dronk echter niet, zette hem weer op het bureau en vroeg: 'Kunt u hem met een beetje water aanlengen. De koffie is me zo toch te sterk, ik word er een beetje misselijk van.'

'We hebben hier alleen koud water.'

'Dat geeft niet. Hij is sowieso te heet.'

De schrik was als een bliksemflits door haar hersenen geschoten. Magdalena! Weer was het op het nippertje goed gegaan. De chef reageerde niet en ook de ander kwam niet op de zaak terug met de vraag of dat met die broers en zusjes soms ook een leugen was geweest. Ze streek met haar hand over haar voorhoofd, trok het haar weer goed over het litteken heen, betaste de bloedkorst boven haar rechteroog behoedzaam, wreef met haar hand over haar nek en bewoog haar hoofd. 'Mag ik opstaan en een beetje rondlopen? Ik ben stijf van het zitten.'

'Natuurlijk', zei de chef.

Ze liep naar het raam, keek in de duisternis en informeerde met haar rug naar de mannen toe: 'Hoelang gaat dit nog duren?'

'Niet lang meer, we hebben nog maar een paar vragen.'

Rudolf Grovian zag haar knikken en hij hoorde haar mompelen: 'Dat dacht ik wel.' Iets harder en met vastberaden stem zei ze: 'Oké, laten we maar doorgaan. Hebt u dat ding weer aangezet? Ik heb geen zin om u het hele verhaal morgenvroeg nog eens te vertellen.'

Ze had haar oude manier van doen terug en deed weer even kribbig als in het begin. Dat hij haar gedrag toen nog als agressief had betiteld, leek hem nu wat overdreven geformuleerd. Ze toonde geen zwakte, uitputting of zelfs verwardheid meer. Dat was het enige wat telde. De volgende vraag. Hoe heette het café waar ze Georg Frankenberg alias Horsti of Johnny Guitar had ontmoet?

Het antwoord volgde na enig aarzelen. 'Dat was in de Aladin. Zo noemden wij het vanwege de lampen. Eigenlijk had het geen naam. Ik bedoel, van 's maandags tot vrijdags niet. Dan was het een café voor oude mensen. En 's zaterdags heette het gewoon de Aladin. Daar was ik meestal. Omdat je daar kon dansen.'

Dat konden ze desnoods natrekken. En wanneer had ze die zelfmoordpoging ondernomen? Deze keer volgde er eerst een langgerekte zucht en vervolgens het antwoord: 'Heb ik toch al gezegd, in oktober. De exacte dag weet ik niet meer.'

En in welk ziekenhuis was ze daarna behandeld? Ze antwoordde met haar rug naar hen toe. Haar stem klonk mat. 'Ik ben niet naar het ziekenhuis gegaan. De man die me had aangereden, was arts. Hij heeft me meegenomen naar zijn praktijk. Ik heb u immers al verteld dat ik niet zwaargewond was. Bovendien had hij iets gedronken. Hij was bang om zijn rijbewijs te verliezen en hij was me dankbaar dat ik er geen politie bij wilde halen. Ik ben toen een paar weken bij hem gebleven, tot half november.'

'Hoe heette die arts en waar woonde hij?'

Ze draaide zich om en schudde resoluut het hoofd. 'Nee! Laat u dat alstublieft. Ik praat niet over die arts, dat kan ik niet. Hij heeft me geholpen. Hij zei dat ik… Hij was heel lief voor me. Hij zei dat ik…' Ze begon nog heftiger met haar hoofd te schudden, tegelijkertijd klemde ze haar handen samen, wreef en kneedde ze en deed voor de derde keer een poging. 'Hij zei dat ik…'

Na een korte pauze en enkele hoorbare ademhalingen kreeg ze

het voor elkaar de zin af te maken: '…weer naar huis moest gaan. Maar mijn moeder…'

Ze trok haar schouders samen toen ze er weer aan terugdacht. Hoe moeder voor de open deur stond. Haar wantrouwende blik. Ze zag zichzelf. Een nieuwe jurk, daaroverheen een jas, ook nieuw. En haar schoenen, haar ondergoed waar Grit Adigar zo verbaasd over was geweest, luxe lingerie en kousen, allemaal nieuw. Allemaal betaald door een man die zich verplicht had gevoeld om haar te helpen. Een arts! Dat was geen leugen.

En half november zette hij haar op de trein en stuurde hij haar naar huis hoewel het nog niet goed met haar ging. Integendeel, het ging heel slecht met haar. Van de treinreis had ze slechts een vaag beeld. Waar ze in- en uitgestapt was en hoe ze thuisgekomen was, kon ze zich helemaal niet herinneren. Alleen hoe ze vervolgens voor de deur stond. Zo wiebelig op haar benen, haar hoofd leek wel lood. Behalve dat lood had ze maar één wens in haar hoofd: in bed mogen liggen en slapen. Gewoon alleen nog maar slapen. Ze hoorde haar eigen stem, de smekende toon in haar stem: 'Moeder, ik ben het, Cora.'

En moeders stem, ongeïnteresseerd en onverschillig: 'Cora is dood.'

Zo ongeveer had ze zich vijf jaar geleden in november gevoeld. En nu opnieuw. Ze had het niet over moeder mogen hebben. En in geen geval over die arts.

Rudolf Grovian zag dat ze bijna haar vingers brak met al dat wrijven en kneden. Hij nam aan dat haar weerstand op haar moeder sloeg. 'Het is al goed, mevrouw Bender. U hoeft uw woorden niet te herhalen. Die hebben we al op band staan. De naam van die arts moet u ons echter zonder meer geven. We hebben tegenover die man geen kwaad in de zin. Geen mens zal hem nu nog voor de rechter dagen omdat hij vijf jaar geleden onder invloed heeft gereden. We willen hem slechts als getuige horen. Hij zou uw zelfmoordpoging en uw zwangerschap kunnen bevestigen.'

'Nee!' zei ze gesmoord, en ze klemde haar handen achter haar rug om de vensterbank. 'Wat mij betreft moet u dat maar weer vergeten. Ja, vergeet u maar dat ik dat heb gezegd. Laten we toch gewoon zeggen: Ik heb ooit iets gehad met de man die ik doodgestoken heb. Hij heeft me laten zitten, ik was kwaad op hem. En toen ik hem vandaag tegen het lijf liep, heb ik hem om het leven gebracht.'

Rudolf Grovian legde een flinke portie nadruk in zijn stem. 'Mevrouw Bender, zo gaat dat niet. U kunt ons niet zomaar iets vertellen en vervolgens dwars gaan liggen bij elk punt dat ons de mogelijkheid geeft uw verhaal te verifiëren. Dan moet ik net als mijn collega aannemen dat u ons niet de waarheid vertelt.'

Ze keerde zich weer naar het raam. Er lag iets onherroepelijks in die beweging, wat nog werd onderstreept door haar stem. 'Ik heb gezegd dat u het moet vergeten! Ik heb me niet zo uitgesloofd met als enig doel om u maar iets op de mouw te spelden. U hebt me gedreigd, vergeet u dat niet. Maar nu moet u ophouden. Ik kan niet meer, het gaat niet goed met me. U hebt gezegd dat ik het moest zeggen als het niet goed met me ging en dan zouden we ophouden.'

'Ik heb echter niet gezegd dat u dat als uitvlucht mag gebruiken.'

'Het is geen uitvlucht. Ik kan echt niet meer.' Haar stem, die zo-even nog vast en resoluut had geklonken, klonk nu opeens mat en huilerig. Haar onderlip begon te beven alsof ze een tweejarig kind was dat elk moment in tranen kan uitbarsten.

Hij zag het in de ruit. Zo'n goedkoop trucje, daar trapte hij echt niet in. Dat kende hij van zijn dochter als ze niet op een andere manier haar zin kon doordrijven. En die onderlip. Mechthild noemde dat een lelijk pruilmondje.

'Een paar minuten zal toch nog wel lukken', zei hij. Dat er een scherpe toon in zijn stem doorklonk, kon hij niet voorkomen, dat wilde hij ook niet. Ze moest voelen dat hij zich als het erop aankwam ondanks al zijn consideratie en empathie niet met smoesjes en een weigerachtige opstelling liet afschepen. 'U bent dus vijf jaar geleden in december naar Keulen gekomen. Was er een bijzondere reden waarom u uitgerekend in Keulen wilde komen wonen?'

Hij nam aan dat ze toch iets over de ware identiteit van Frankenberg en diens woonplaats te weten was gekomen. Dat ze naar Keulen was gegaan om hem te zoeken.

En ze zei zachtjes: 'Nee! Ik ben in de eerste de beste trein gestapt en die ging toevallig naar Keulen.'

Tot op dat moment had hij haar geloofd. Dit geloofde hij absoluut niet. 'Wilt u er nog eens over nadenken, mevrouw Bender. Er was wel een reden. Die kennen we al. We willen het echter uit uw mond horen.'

'Daar hoef ik niet over na te denken. Er was geen speciale reden. Ik kende niemand in Keulen. Daar wilde u toch naar toe.'

Ze begreep niet waarom hij daar zo nadrukkelijk naar vroeg, stond in gedachten nog steeds voor de deur van haar ouderlijke woning, zag moeders gezicht, hoorde moeders stem. Cora is dood. Nee! Cora leefde. De man was dood. En Cora begon geleidelijk haar verstand te verliezen. Dat voelde ze nu heel duidelijk, alsof er een handvol water langzaam tussen haar vingers door wegstroomde. Hoe hard ze haar vingers ook samenkneep, ze kon het water niet vasthouden.

Het was niet goed om een leugenachtig verhaal met stukjes van de waarheid te doorspekken. Dan werd de leugen door de waarheid ingehaald en de waarheid hakte als knuppels op je in. En dan werd het één grote chaos. Het schilderij met die verfklodders had ze gewoon uit haar duim gezogen! Dat wist ze best. En desondanks zag ze het in die witte vestibule duidelijk voor zich aan de muur hangen, alleen op de vloer lagen kleine groene steentjes. En het gezicht… Zo vlak bij haar dat ze haar ogen moest sluiten omdat het vervaagde. Dat kon gewoon niet. Johnny kuste haar, precies zoals ze zojuist verteld had. Ze voelde hoe zijn lippen op die van haar gedrukt waren.

Het waren slechts haar eigen vingers die ze tegen haar mond gedrukt hield om het niet op een gillen te zetten. Ze wist dat het haar eigen vingers maar waren. Die wetenschap hielp haar echter geen stap vooruit. Over zijn schouder heen keek ze naar de twee ruggen op de trap!

Een kleine, dikke man en een meisje, samen op weg naar de kelder. Het meisje was blond. Ze had een donkerblauwe zijden blouse aan en een witte rok met een ongelijke zoom. Het was een kanten rok, bijna doorzichtig.

Waar kwamen die details ineens vandaan? Dit moest ze ergens hebben gezien. In een film! Dat was de verklaring. Het kon alleen maar een film zijn geweest. En elke film bevatte dialogen. Het meisje op de trap lachte en riep over haar schouder: 'Komen jullie? Daar kunnen jullie beneden wel mee doorgaan. Daar is het gegarandeerd gezelliger.' Elke film was ook van muziek voorzien. Van beneden af drong een roffel door naar boven. En terwijl ze probeerde op de titel van de film te komen of te achterhalen hoe de scène verdergegaan was, vroeg de chef naar Keulen.

Ze was niet meer in staat zich een logische leugen te binnen te laten schieten. Keulen! Dat was Margret. Zou hij al van haar bestaan afweten? Uit zijn woorden zou je dat kunnen opmaken. Zou Gereon het over haar hebben gehad? Best mogelijk.

Een pauze van vijf minuten. Dat was alles wat ze nodig had. Vijf minuten maar om een plausibel verhaal over Keulen te verzinnen. En als hij haar verzoek zou negeren, moest ze hem gewoon aan zijn belofte herinneren. 'Kan ik misschien iets te eten krijgen voordat we verdergaan? Alstublieft, ik sterf van de honger. Aan het meer heb ik immers niets meer gegeten. Ik was van plan de rest van de appel op te eten. Een Golden Delicious, daar was ik als kind al dol op.'

We hadden een tuin, een volkstuin. We moesten een heel eind lopen om er te komen. In werkelijkheid was het niet ver. Destijds was alles in mijn ogen echter heel groot, heel lang en eindeloos. Iets wat altijd maar doorging en nooit ophield. Ik vond het een verschrikkelijk eind naar de tuin. En dikwijls was ik zo moe dat ik dacht dat ik het niet zou halen. Ik wilde het ook niet halen omdat de tuin één grote verleiding was.

Dat jaar toen Magdalena tegen haar kanker vocht, toen ik begon te bedenken hoe het zou zijn als ze niet meer thuis zou komen, waren we niet vaak in de tuin geweest. Het daaropvolgende voorjaar was er zodoende veel werk. We gingen er bijna elke dag heen, trokken onkruid uit de groentebedden, dat was mijn taak. Vader was ondertussen met een schop of een hark aan de slag. Moeder zorgde voor Magdalena. Het was een zachte lente en moeder dacht dat de frisse lucht goed zou zijn voor Magdalena.

Rechts en links naast onze tuin lagen nog meer volkstuintjes, waar ook fruit groeide. Aardbeien en appelbomen. Tussen de volkstuintjes stonden geen hekken, er was alleen een vore getrokken. De aardbeien stonden zo dicht bij de vore dat ik alleen maar had hoeven bukken. Ik hoefde geen stap op de grond van de tuin van de buren te zetten, echt niet. Soms hingen ze zelfs in de vore.

Ik had ze er tegelijk met wat onkruid af kunnen trekken en ze vlug in mijn mond kunnen steken zonder dat iemand het zag. Dat durfde ik niet. Ik had ondervonden wat er na een tablet chocolade met Magdalena was gebeurd. En dat had vader me nog wel gegeven. Iets wegnemen wat niet van jou is, was echter een van de doodzonden.

Ik was inmiddels acht jaar oud en wist dat er enorme verschillen waren. Dat had ik niet van moeder geleerd, voor wie alle zonden even erg waren. We praatten er op school echter ook over: over de dagelijkse zonden, dat waren de kleine zonden die je vergeven werden als je er meteen berouw over had. Over de middelgrote zonden waarvan je in het vagevuur gelouterd werd als je dood was. Over de doodzonden waarvoor je de hele eeuwigheid lang in de hel moest boeten.

Op school werd er nooit over gesproken dat iemand anders ervoor moest opdraaien of daarvoor moest sterven. Moeder was de enige die dat beweerde. En ik was er niet meer van overtuigd dat moeder het misschien een beetje beter wist dan de juf. De juf was niet katholiek.

Het was een onzekere tijd voor me. Ik wist nooit wie en wat ik moest geloven. Vader zei de ene keer dit, de andere keer dat. De ene avond knielde hij voor het kruis neer om berouw te tonen voor zijn begeerten. De andere avond was hij zenuwachtig, ijsbeerde door het huis of sloot zich in de badkamer op. Als hij dan weer beneden kwam, keek hij Magdalena aan en mompelde: 'Wat heb ik je aangedaan, musje?'

Magdalena was nog zieker dan eerst. Ze moest om de vier weken naar Eppendorf worden gebracht. Daar gaven ze haar vergif, zei vader, en ze bestookten haar met kwade stralen. De dag voordat moeder haar daarheen bracht, huilde ze altijd veel. Ze huilde heel stilletjes en zachtjes, want ze mocht zich niet inspannen. Als ze terugkwamen, ging het zo slecht dat ze geen twee minuten alleen gelaten kon worden.

Af en toe stuurde moeder me naar de slaapkamer om te kijken wat ik had aangericht, opdat ik dat nooit zou vergeten. Dan stond ik naast het bedje en keek ik Magdalena aan. En zij keek mij aan. Ik zou haar graag mijn excuses hebben aangeboden maar ik had geen idee wat ik moest zeggen.

Het was een vreselijke tijd. Vooral het voorjaar. Het was bijna obsessief. Ik vroeg me aan één stuk door af wat er met Magdalena zou gebeuren als ik een aardbei zou pakken. Het gevoel dat het allemaal in mijn handen lag, dat ik erover beschikte of ze zou leven of sterven… Ik moest altijd opletten wat ik deed, wat ik zei en wat ik dacht. Soms werd het me allemaal te veel. Dan zou ik graag in slaap gevallen zijn, iets moois hebben gedroomd en in die droom hebben doorgeleefd.

Toen het aardbeienseizoen ten einde liep, was ik heel erg opgelucht. Ik had weerstand geboden aan de verleiding en ik was trots op mezelf. Ik was vooral trots omdat het scheen te werken. Magdalena kwam geleidelijk weer op krachten. Van de ene dag op de andere was het verschil niet te zien maar van de ene maand op de andere wel degelijk.

Moeder legde haar altijd in een oude wandelwagen en liep dan met haar naar de tuin. En in de lente hing Magdalena nog als een hoopje kleren in de wagen maar het daaropvolgende najaar kon ze al bijna rechtop zitten. Altijd maar een paar minuutjes maar desondanks was het een grote vooruitgang.

Die zomer was er in de tuin niet veel te doen geweest. Toen was het laat op de middag dikwijls nog te heet voor Magdalena. In het najaar gingen we weer elke dag naar de tuin. Als vader van zijn werk kwam, marcheerden we erheen als een kleine processie. Vader voorop met het gereedschap over zijn linkerschouder. In zijn rechterhand hield hij altijd de emmer. Moeder duwde de wandelwagen. Magdalena had een muts op hoewel ze alweer een beetje haar had. Het was echter nog heel dun en bijna wit. Zon op haar hoofd kon ze niet verdragen.

Ik liep achter moeder aan en dacht aan de gele appels. Golden Delicious. Vader had me verteld hoe ze heetten en dat ze heel zoet waren. De boom stond zo dicht bij onze volkstuin dat er veel appels in de vore vielen en een paar zelfs in onze tuin. En ik dacht dat het niet echt stelen was wanneer ze bij ons in de tuin lagen en ik ze opraapte en dat appels nooit zo rampzalig konden zijn als chocolade en snoepjes. Grit zei dikwijls dat fruit gezond was. Ik zou er ook best een paar voor Magdalena kunnen oprapen om ervoor te zorgen dat ze weer gezond werd. Ik wilde ze niet allemaal zelf houden, echt niet.

Onderweg naar de volkstuin liepen we langs een heel drukke straat. En ergens op de stoep stond een grote houten kist waar vroeger het wegenzout voor de winter in werd bewaard. Inmiddels was die kist leeg. Dat had ik van vader gehoord. En toen had ik die droom.

In die droom waren we onderweg naar huis. Magdalena zat in de wagen, ze was helemaal uitgeput, ze had pijn en huilde zachtjes. Moeder stond stil, knielde op straat neer en begon te bidden. Ik liep door. Vader was al ter hoogte van de kist. Ik haalde hem in en we liepen langzaam door.

Opeens hoorde ik een hoop kabaal achter me, gekraak en gegrom. Ik keerde me om en zag een zwarte wolf uit de kist springen. Mij en vader keurde hij geen blik waardig. Hij vloog op moeder en Magdalena af, vloog met een grote sprong de wandelwagen in en had Magdalena ook al verslonden. Naar moeder keek hij niet om.

Hij liep naar de kist terug, sprong erin en voor hij het deksel dichtklapte, keek hij mij aan. Hij lachte als een mens, waarbij hij zijn muil ver opensperde. Hij had het bloed van Magdalena nog aan zijn tanden. Ik had bang moeten zijn. Maar dat was ik niet. Uit de manier waarop hij tegen me lachte, maakte ik op dat hij me wel mocht. Ik zou hem graag als een hond mee naar huis hebben genomen.

Moeder lag naast de lege wandelwagen op haar knieën en had haar handen ten hemel geheven. Vader legde een arm om mijn schouders. Hij lachte tevreden en zei: 'Dat was de hellehond. Een mooi beest, hè? Heb je gezien hoe prachtig zijn staart was? En wat een schitterende tanden. Daar heeft hij ons een groot plezier mee gedaan. Die zijn we kwijt! Definitief. Nu hoeven we niet meer te hopen dat onze zonden eraf etteren. Nu kunnen we er weer van genieten. En dat gaan we doen, Cora. Zal ik je eens iets moois laten zien?'

Het was een duel! Na zijn korte interventie nam de man in het joggingpak verder niet aan het gesprek deel. Hij wekte de indruk niet meer te luisteren. Met het feilloze instinct van een opgejaagd dier zag ze in dat hij het er niet mee eens was. Ze wist alleen niet wat hem stoorde, haar leugens of de aanpak van de chef. Dat aandringen, doorzeuren, aansporen.

Hij wilde iets van haar wat zij niet kon geven. Hij was bijna net zoals moeder destijds. Als dat alles was geweest, had ze het nog wel kunnen bolwerken. Dat had ze van jongs af aan geleerd, de kluit belazeren. Alleen was het deze keer heel anders. Het was of de duvel ermee speelde. Het beeld kreeg ze maar niet van zich afgeschud en het riep weer andere beelden op. Die verdomde verfklodders. En de twee ruggen op de trap. Een man en een meisje.

Ze zag de twee ruggen nu ook op de zitplaatsen voor in een

auto. Alleen waren het daar de ruggen van twee mannen. De ene keerde zich naar haar om en glimlachte tegen haar. Zijn blik hield een belofte in. Johnny Guitar!

Het was allemaal maar verbeelding. Een wensdroom. Wensen konden in je hersenen gemakkelijk worden omgevormd tot beelden en ze konden daar om zich heen grijpen alsof het herinneringen waren. En verder… De stem van het meisje, haar satijnen blouse, haar rok met de ongelijke zoom, de drumsolo. Al die details had ze vermoedelijk ooit ergens gezien en gehoord. In een film! Dat was echt de enige mogelijkheid. Gereon had films bij de vleet bekeken. Bijna elke avond keek hij naar een film. Dat waren er in die drie jaar meer dan duizend. Als ze nou maar op de titel kon komen of kon bedenken hoe het afliep…

De chef gunde haar geen tijd om na te denken. Hij toverde ergens iets te eten vandaan. Alleen een paar koekjes en weer verse koffie. Deze keer moest de andere man hem zetten en ervoor zorgen dat hij niet zo sterk uitviel. Ze hoorde zijn stem als door een dot watten heen. Steeds maar weer Keulen. Waarom ze uitgerekend daarheen was gegaan, wilde hij weten. Bremen of Hamburg lagen toch dichterbij. Waar had ze het geld voor zo'n verre treinreis vandaan?

'Gestolen', mompelde ze en ze keek naar de grond. 'Van mijn moeder. Bijna achthonderd mark. Daar kon ik de trein van betalen en een paar weken van leven. Ik heb meteen werk gevonden en ook onderdak.'

'Waar?'

Ze noemde het adres van Margret. In alle verwarring had ze niet zo snel iets anders bij de hand. Het duurde enkele tellen voordat ze besefte wat ze had gezegd. Op hetzelfde moment werd haar duidelijk hoe zinloos het was. Als hij haar woorden zou natrekken – en dat zou hij gegarandeerd doen – zou hij er al vlug achter komen waar de leugens ophielden en de waarheid begon.

Haar hartslag werd sneller, haar handen werden nat van het zweet. Ze zou Margret in grote moeilijkheden brengen. Ze had een cruciale fout gemaakt. Ze had moeten zeggen dat ze er met

Johnny vandoor was gegaan. Niet meteen. In augustus pas. Augustus was belangrijk. Ze had geen idee waarom. Op het ogenblik wist ze hoe dan ook niet veel, omdat haar gedachten over elkaar heen buitelden.

Zich gewonnen geven! Ze had wel eens van mensen gehoord die tijdens een verhoor instortten, wier weerstand door het stellen van steeds maar weer dezelfde vragen gebroken werd. Zij niet! Ze raapte alle kracht die nog in haar was bijeen. Een laatste beetje reserve was er altijd. Achttien jaren strijd tegen moeder hadden haar sterk gemaakt, hadden haar geleerd verhalen zo te vertellen dat er niets te vragen overbleef. Waarschijnlijk moest ze moeder ook nog dankbaar zijn voor die onvermoeibare training.

Uiterlijk was ze de onherroepelijke berusting. Even het hoofd opheffen, een gekwetste blik werpen in de ogen van de chef en het hoofd weer laten zakken, net als haar stem. Innerlijk was ze een en al ijzeren zelfdiscipline en concentratie tot ze bijna knapte. Haar linkerhand met haar rechter omklemmen, het zweet aan haar rok afvegen. Ze zat allang weer op de stoel. Haar schouders zakten naar beneden. Georg Frankenberg was dood. Hem konden ze niet vragen haar verhaal te bevestigen.

Het kwam er slechts fluisterend uit. 'U komt er toch achter. Ja, er was een reden waarom ik uitgerekend naar Keulen ben gegaan. Ik heb u zojuist niet de waarheid gezegd omdat ik me zo schaamde. Ik ben destijds namelijk een poosje met Johnny op stap geweest. Begrijpt u? Hij heeft me die avond toen we in Hamburg waren helemaal niet naar huis gebracht. De anderen waren weg, we waren met ons tweetjes in de kelder. Hij wilde dat ik bij hem bleef. En ik... ik was immers met hem naar bed geweest en dat was fantastisch. Ik dacht: nu horen we bij elkaar. Dat was in augustus. Had ik u al gezegd dat dat in augustus was?'

De chef knikte en ze loog hem voor dat ze een paar weken samen op stap waren geweest, begin september naar Keulen waren gereden waar Johnny een vriend wilde opzoeken die hij onderweg herhaaldelijk tevergeefs had proberen te bellen om te zeggen dat ze er aankwamen. Eenmaal had hij haar naar de telefoon gestuurd, het nummer had hij op een papiertje geschreven. En later, toen ze weer thuis was, vond ze dat papiertje terug. En toen moeder haar eruit zette, belde ze dat nummer. Ze kreeg een jonge vrouw aan de lijn. Ze vroeg naar Johnny; die naam zei de vrouw helemaal niets. Ze raadde haar aan 's avonds terug te bellen want dan was haar man thuis, zei ze.

Een paar seconden pauze! Ze nam een slok koffie. Bijna ademloos wachtte ze af of ook deze leugen bepaalde beelden bij haar zou oproepen. Er gebeurde niets. Ze beet een piepklein stukje van een koekje af, kreeg het bijna niet door haar keel. Het waren koekjes met een laagje chocolade erop. Elk kruimeltje zou Magdalena's doodvonnis betekend hebben.

De chef sloeg haar aandachtig gade. Ze had weer een fout gemaakt. Een tijdje op stap geweest! Waarmee dan wel? Als de zilverkleurige Golf van de dikkerd was, in welke auto waren ze dan naar Keulen gereden om bij Johnny's vriend op bezoek te gaan?

Voordat de chef daarop terug kon komen, loog ze vlug door. ''s Avonds belde ik terug. De man nam de telefoon op. Deze keer vroeg ik naar Horsti. De man lachte. Hij heet Georg Frankenberg, zei hij. Hoe hij bij dat Horsti gekomen is, weet die sufferd zelf niet. De man vroeg me wat ik van Georg Frankenberg wilde. Ik vertelde hem slechts dat ik met hem bevriend was geweest en hem graag nog eens wilde zien. En de man zei dat ik dan naar Keulen moest komen.'

Op dat moment werd Rudolf Grovian achterdochtig en zag hij zich genoopt alles in twijfel te trekken. Werner Hoß had zijn gezicht helemaal niet zo demonstratief hoeven vertrekken. Hij heet Georg Frankenberg! Dat had hij letterlijk zo gezegd. Hij wist niet wat hij van die formulering moest vinden. Georg Frankenberg werd – behalve door zijn ouders – door iedereen Frankie genoemd, zelfs door zijn vrouw. Dat zette het hele verhaal over die vriend in Keulen op losse schroeven. Desondanks vroeg hij: 'Had die man ook een naam?'

Ze hoorde het wantrouwen in zijn stem. Maar de misser met

die auto was hem kennelijk niet opgevallen. En dat het hem om Margret ging, geloofde ze eigenlijk niet meer. Dat zou hij haar dan toch allang recht in haar gezicht hebben gezegd. Hem ging het uitsluitend om Georg Frankenberg en om de namen van vrienden die haar verhaal konden bevestigen. Ze mocht ook niet per ongeluk of van pure verwarring namen prijsgeven.

'Ja, daar denk ik al over na. Het was een rare naam. Hij wil me op het moment even niet te binnen schieten. Ik ben doodmoe.'

'En het telefoonnummer?'

'Het spijt me, dat ben ik vergeten. Ik heb nooit telefoonnummers kunnen onthouden.'

'Het adres?'

Ze haalde haar schouders op en zei zachtjes: 'Weet ik niet meer. Misschien schiet me morgen weer te binnen hoe die mensen heetten en waar ze woonden. Als je met alle geweld iets uit je geheugen wilt opdiepen, lukt het niet. Zoiets kun je niet afdwingen, weet u.'

'Ja, dat weet ik', zei Rudolf Grovian. 'En als je liegt dat je zwart ziet, heb je sowieso niks aan herinneringen. U bent dus op de uitnodiging van die man ingegaan?'

Ze knikte werktuiglijk. In haar hoofd leek wel een dam te zijn doorgebroken. Uit de plek van de dambreuk schoot een chaotische kluwen beelden en woorden tevoorschijn die nu door haar hoofd kolkte. De vier mensen op die plaid aan het meer. Het liedje. De appels uit de supermarkt en de appels uit de volkstuin. Het verhaal dat ze had verteld en de film waarin een jongeman en een meisje de trap afliepen.

Bovendien spuugde de vulkaan van haar herinnering nog meer stenen uit, overal in het rond. Moeder, vader, Magdalena, Horsti, Johnny, Margret en Gereon. Een heleboel namen. Te veel. Er waren er een paar bij die ze nog nooit had gehoord. Bespottelijke namen, Bokkie en Tijger. Alles in haar gezicht trok alsof ze op het punt stond in tranen uit te barsten. 'Die moeite had ik me beter kunnen besparen. Frankie wilde niets meer van me weten.'

'Wie is Frankie?' vroeg de chef.

Ze kromp ineen. 'Wat?'

'Wie is Frankie?' herhaalde Rudolf Grovian en het kostte hem moeite de vraag op een neutrale toon te stellen. Hij wierp Werner Hoß een triomfantelijke blik toe. Daar had hij op gewacht. Voor hem was dit de bevestiging. 'Frankie wilde niets meer van me weten, zei u, mevrouw Bender. Wie is Frankie?'

Ze was er zich niet van bewust wat ze had gezegd. En dat ze die naam aan het meer had gehoord, was ze vergeten. 'Wat heb ik gezegd? Het spijt me. Ik ben echt doodop.'

Ze sloeg haar ene hand tegen haar voorhoofd. Haar ogen flitsten over het bureau, ze kreeg Werner Hoß in het oog en haar blik bleef op hem gevestigd alsof hij aan deze kwelling een einde kon maken. Het was nog slechts één grote kwelling. Haar hoofd zat zo barstensvol. Als een la waar ze te veel in gepropt had. Nu vloog alles opeens naar buiten.

Alleen het mesje dat ze zo dringend nodig had, kon ze niet vinden. Ze had eerst alles moeten sorteren. En al had ze alles gesorteerd, dan nog zou ze tot de conclusie zijn gekomen dat het mesje niet in die la lag. Het lag op de tafel waar de citroenen werden geschild, goed zichtbaar voor iedereen die binnenkwam. Alleen zij had het niet zien liggen. Omdat zij op de grond lag en de tafel te hoog was. En voor de hoge tafel stond een kleine, dikke man. Hij had wit poeder op de rug van zijn hand gestrooid, likte het af, dronk iets en beet in de citroen.

'Zeg hem dat hij moet ophouden', stamelde ze met haar ogen op Werner Hoß gericht. 'Zeg hem dat hij me nu met rust moet laten, anders word ik gek. Ik zie enkel en alleen gekke dingen, alleen maar stomme dingen. U zult zich kapotlachen als ik u dat vertel.'

Ze schudde zich uit als een hond die net uit het water komt, ze boog het hoofd en keek naar haar handen. 'Er is me ooit iets heel naars overkomen', verklaarde ze. 'Ik kan het me niet herinneren en dat wil ik ook helemaal niet. Ik heb er een muur omheen gebouwd. Achim heeft gezegd dat veel mensen dat doen met aangrijpende gebeurtenissen die ze niet verwerkt hebben. Ze bouwen een muur in hun hersenen en stoppen daar alles wat pijn doet achter weg. Achim zei dat je die muur moet slopen en dat je de dingen daarachter moet verwerken, dat je anders nooit tot rust komt. Ik vond dat met die muur echter een uitstekende oplossing.'

Diep in gedachten knikte ze, hief haar hoofd weer en keek Werner Hoß aan. De rest van haar woorden richtte ze uitsluitend tot hem: 'Een mens heeft in zijn hersenen ontzettend veel plaats. Om te denken heb je nog niet eens de helft nodig, amper veertig procent, geloof ik. Het zou ook best andersom kunnen zijn, dat je zestig procent nodig hebt. Wist u dat?'

Werner Hoß knikte.

Ze schonk hem een melancholieke glimlach. 'Dat is fantastisch, hè? Het is als een zolder waar je alle oude troep kunt neerzetten. Het werkte ook echt – tot Kerstmis. Sindsdien is het er weer. Telkens als ik dat liedje hoorde, kwam het over de muur als de wolf uit de kist. Misschien heeft het iets met de geboorte van de Verlosser te maken. Dat weet ik niet. Ik weet immers niet waar het om gaat. Ik word wakker en er is niets. Er mag ook niets zijn. Het heeft mijn hoofd kapotgemaakt, weet u. Ik kan nu nog voelen hoe het was als ik die droom had.'

De weemoedige glimlach verdween. Na een diepe zucht begon ze enthousiast te praten. 'Het is me als kind al eens overkomen. Maar dat was een andere droom die ik me altijd heb kunnen herinneren. En ik vond het een mooie droom, ik vond het leuk een dier te zijn.'

6

Het was destijds een vreselijke droom, die droom over de wolf. Het was echter tegelijkertijd een prachtige droom. Mijn vurigste wens ging in vervulling. Magdalena was niet meer bij ons en dat was niet mijn schuld. Moeder wilde ook niet meer bij ons zijn. Ze bleef naast de lege wandelwagen liggen. En vader had zijn emmer vol appels. Ik bedacht dat hij tevoren al moest hebben geweten dat het ging gebeuren want anders vulde hij de emmer altijd met groente en aardappels.

Ik werd wakker en voelde me geweldig opgelucht alhoewel ik algauw begreep dat het niet echt was gebeurd. Maar dat vond ik nu juist zo geweldig. Ik wist dat het een van de allerergste zonden was als je iemand dood wenste. Daarvoor moest je een langzame en pijnlijke marteling ondergaan waaraan nooit een einde kwam.

Tot in alle eeuwigheid, zei moeder altijd, zouden honderden duiveltjes mijn vlees met roodgloeiende tangen van mijn lijf trekken, telkens piepkleine stukjes, zodat er altijd genoeg vlees aan mijn lijf zou overblijven om dat eeuwig te kunnen volhouden.

Moeder had me plaatjes laten zien waarop dat met andere mensen gebeurde. Als ik het echter alleen maar droomde, kon ik er niets aan doen en dan was het zeker geen zonde.

Toen ik 's morgens mijn bed uitkwam, voelde ik me nog steeds zo opgelucht. Ik had het gevoel dat het een heel bijzondere dag zou worden. Destijds dacht ik aanvankelijk zelfs dat er een wonder was gebeurd. Een wonder was het echter niet, alles werd alleen wel heel anders.

's Middags moest moeder boodschappen doen. Ze stuurde me naar boven om op Magdalena te passen. Ik ging ook net als anders naast het bed staan en dacht dat ze sliep. Maar toen de voordeur beneden dichtviel, deed ze haar ogen open en vroeg: 'Wil je me voorlezen?'

Het was de eerste keer dat Magdalena iets tegen me zei. Ze zei sowieso bijna nooit iets, hoogstens tegen moeder. Soms had ik wel eens gedacht dat ze helemaal niet normaal kon praten. Ik wist echt niet wat ik moest zeggen.

'Ben je doof of versta je geen Duits?' vroeg ze.

'Wat moet ik dan zeggen?' vroeg ik.

'Helemaal niks, je moet me voorlezen', zei ze op dwingende toon.

Ik wist niet of dat van moeder wel mocht. 'Volgens mij is dat te vermoeiend.'

'Voor jou of voor mij?' vroeg Magdalena. 'Zal ik je eens zeggen wat ik denk? Je kunt helemaal niet lezen.'

Ik was te zeer overdonderd door het feit dat je met haar net zo normaal kon praten als met de kinderen op het schoolplein dat ik helemaal niet nadacht bij wat ik zei. 'En of ik kan lezen. Ik kan zelfs beter lezen dan moeder. Ik lees namelijk luid en duidelijk, ik mompel niet half verstaanbaar. En ik leg de klemtoon ook goed, zegt de juf. De andere kinderen kunnen dat lang niet zo goed als ik.'

'Dat geloof ik pas als je me iets voorleest', zei ze. 'Of wil je dat niet omdat je me niet kunt uitstaan? Geef dat maar gewoon toe. Ik weet dat niemand hier in huis me kan uitstaan. Dat kan me niet schelen. Waarom denk je dat ik tot nu toe mijn mond heb gehouden? Omdat ik niet met idioten praat. Ik spaar dat beetje lucht dat ik heb voor mensen die iets zinnigs te zeggen hebben.'

Toen pakte ik de bijbel van het nachtkastje en sloeg een passage op die moeder dikwijls las, over een wonder dat de Verlosser had verricht toen iemand zijn kleed aanraakte. Ik weet niet of ik een kwaad geweten had omdat ze zei dat we haar niet konden uitstaan of dat ik haar wilde bewijzen hoe goed ik kon lezen. Misschien was ik er ook wel een beetje trots op dat ze tegen me had gepraat.

Ik deed heel erg mijn best. Ze luisterde met haar ogen dicht.

Daarna eiste ze: 'En nu dat verhaal over Magdalena die zijn voeten waste en ze met haar haren afdroogde. Dat verhaal vind ik het mooist.'

Toen ik ook dat verhaal had voorgelezen, zei ze zachtjes: 'Ik ben me toch ook een pechvogel.'

Ik wist niet wat ze bedoelde. En ze zei: 'Nou, bij ons heeft hij immers geen gewaad aan, alleen zo'n klein lapje voor zijn buik. Denk je dat we hem een gewaad aan zouden kunnen doen? Als je hem van de kast af pakt en hem mee naar boven neemt, zouden we het kunnen proberen. We pakken een zakdoek en die raak ik dan aan. En daarna was ik zijn voeten en droog ze ook weer af met mijn haren. Dat moet toch helpen.'

'Je haar is veel te kort', zei ik.

Magdalena haalde haar schouders op. 'Dan moeten we hem er gewoon dicht genoeg bij houden. Ik heb dat altijd al eens willen doen. Ga je hem beneden halen? Of ben je soms bang dat moeder je betrapt op de trap?'

Ik was niet bang voor moeder. Ik wilde alleen niet dat Magdalena iets deed waar ze veel van verwachtte. 'Hij kan je niet helpen', zei ik. 'Hij is immers maar van hout. En Magdalena uit de bijbel was niet ziek. Ze was een zondares.'

'Zondigen kan ik ook', verklaarde ze. 'Zal ik eens een smerig woord zeggen?' Voordat ik haar antwoord kon geven, zei ze: 'Klootzak! Ga je hem nu halen?'

Toen liep ik naar beneden. Ik had opeens zo vreselijk met haar te doen. Ik geloof dat ik die middag voor het eerst inzag dat mijn zusje een normaal kind was. Een doodziek kind dat elk moment kon sterven, dat nooit een leven zou kunnen leiden als ik. Ze kon echter wel praten als ik, denken als ik en voelen als ik.

Ik bracht het kruis naar het bed en gaf het haar. Eerst deden we wat we met de zakdoek van plan waren. Ik pakte een zakdoek van vader, die was groot genoeg. Ik bond hem om zijn hals en Magdalena wreef hem tussen haar vingers. Toen pakte ik in de badkamer een beker voor het tandenpoetsen en deed daar water in. En Magdalena waste zijn voeten. Ik hield het kruis heel dicht bij haar hoofd opdat ze ze met haar haren ook weer kon droogmaken. Helemaal droog werden zijn voeten niet. Zijn benen waren ook nat geworden. Hij was immers nogal klein. En Magdalena wilde niet dat ik hem met de zakdoek afdroogde. Dan werkt het misschien niet, dacht ze.

Nadat ik hem weer naar beneden had gebracht, vroeg ik waar ze vieze woorden had geleerd.

'In het ziekenhuis', zei ze. 'Je kunt je niet voorstellen hoeveel smerige woorden ze daar kennen. En als ze denken dat je slaapt, zeggen ze ze ook. De artsen niet, maar de andere mensen wel. Veel zieke mensen doen echt ordinair. Ik lig bijna altijd bij grote mensen. En die schelden en vloeken want ze willen gewoon niet sterven.'

Ze zweeg even en sprak toen langzaam verder: 'Ik wou dat ik niet meer naar Eppendorf hoefde. Hoewel het er soms leuk is, lang niet zo saai als hier. Ze hebben spelletjes. Als ik in bed kan zitten, brengt de zuster me een spelletje, ze haalt dan ook een paar kinderen op en die doen dan een spelletje met mij. Moeder vindt dat niet goed. Maar ze durft er niets van te zeggen. Op een keer heeft de zuster namelijk op haar gemopperd. Moeder zei dat ik niet mocht spelen, dat ik moest rusten. Toen zei de zuster: Er komt een dag dat ze kan rusten tot ze zwart wordt. En tot het zover is, moet ze spelen zolang ze daar zin in heeft. Dode mensen worden zwart, weet je, en dan krijgen ze wormen en dan rotten ze weg.'

Ze keek me niet aan toen ze dat zei. Ze tekende met een vinger kringetjes op het laken en vertelde nog meer. 'Op een keer was er een meisje, dat was al achttien jaar. Ze heeft me dat allemaal uitgelegd. Ze had ook leukemie maar bij haar sloeg de behandeling niet aan. Ze konden ook niemand vinden die beenmerg voor haar wilde afstaan. Ze zei dat ze niet bang voor de dood was, maar ik ben wel een beetje bang.'

Ze tekende nog steeds kringetjes op het laken. Maar nu hief ze haar hoofd en keek me aan. 'Niet voor de dood', zei ze. 'Het maakt me niet uit als ik doodga. Het is misschien wel beter om dood te zijn en geen pijn meer te hebben. Als je organen toch niet goed werken en je niet eens alleen naar het toilet kunt, is dat echt beter, geloof ik. Alleen… Ik wil niet zwart worden. Ik wil geen wormen krijgen en wegrotten. Kun je je voorstellen hoe afschuwelijk dat is? Ik heb moeder gezegd dat ze me moeten laten verbranden. Dat doen veel mensen. Het is ook helemaal niet zo duur. Maar moeder zei dat dat niet kan. Stof zijt ge, tot stof zult ge wederkeren. De Verlosser is ook niet verbrand.'

Weer zweeg ze en hield haar ogen een poosje dicht. Ik dacht dat ze doodop was van al dat praten. Dat was ook zo, maar ze wilde me met alle geweld nog iets zeggen. Ze wist alleen niet zeker of ik wel te vertrouwen was.

'Wat ik je nu ga vertellen, mag je wat mij betreft tegen moeder zeggen', begon ze. 'Ik haat hem! Ik hoop dat hij begint weg te rotten nu zijn voeten nat geworden zijn. Hout gaat namelijk ook rotten als het nat wordt. Daarom wilde ik hem wassen. Alleen daarom. Je moet niet denken dat ik geloof dat hij mijn hart gezond maakt. Dat soort flauwekul vertellen ze je alleen omdat ze hopen dat je dan braaf je mond houdt en doet wat ze willen. Ik heb er echter geen zin meer in. Zul jij moeder dat vertellen?'

Ik schudde ontkennend mijn hoofd.

'Dan zijn we nu vriendinnen, hè?' vroeg ze.

'We zijn toch zusjes', zei ik. 'Dat is meer dan vriendinnen.'

'Nietwaar', protesteerde ze. 'Vriendinnen vinden elkaar namelijk altijd aardig en zusjes soms niet.'

'Maar ik vind jou wel aardig', zei ik.

Ze vertrok haar gezicht tot iets wat haast een glimlach leek te zijn – maar net niet helemaal. Volgens mij wist ze best dat ik had gelogen. Terwijl ik haar op dat moment echt aardig vond. Dat zei ik ook en ze vroeg: 'Denk je dat we ook eens een keer samen een spelletje zouden kunnen doen?'

'Dat weet ik niet. Wat voor spelletje dan?'

'Ken je het spelletje Ik zie, ik zie wat jij niet ziet? Bij dat spelletje hoef je je niet in te spannen. Dat kun je prima spelen als je in bed ligt.'

Ze legde me uit hoe het spelletje ging en daarna deden we het een poosje. Er was op de slaapkamer niet veel te zien. We begonnen het algauw saai te vinden. We hadden alles al drie keer gehad toen Magdalena voorstelde: 'Laten we het wensspel spelen, dat heb ik zelf bedacht. Het is heel gemakkelijk. Je hoeft alleen maar te zeggen wat je wenst. Maar het moeten wel dingen zijn die je kunt kopen. Dus niet zoiets als veel vrienden of zo. En dan moet je opnoemen wat je ermee wilt doen. Laat ik maar beginnen, dan zie je hoe het gaat.'

Ze wenste als eerste een televisie. Die kende ze van het ziekenhuis. Soms waren daar mensen die een televisietoestel op hun kamer hadden. Dan konden ze van 's morgens tot 's avonds televisie kijken. Bovendien wilde ze een radio en een platenspeler met een heleboel platen. 'Maar wel stereo!' zei ze. 'Ik ben dol op muziek, echte muziek. Niet van die muziek waarbij er alleen maar iemand zingt.'

'Zal ik vader vragen of hij een radio koopt? Er bestaan piepkleine radiootjes die je gemakkelijk kunt verstoppen.'

'Dat haalt niets uit. Als hij er echt eentje koopt, waar zou ik die hier dan moeten verstoppen? Moeder zou hem binnen de kortste keren verbrand hebben. Bovendien geloof ik niet dat hij er een zal kopen. Voor jou misschien, maar voor mij beslist niet. Voor mij steekt hij geen vinger uit. Hij zou willen dat ik dood was.'

'Dat is niet waar!' zei ik.

'Welles', protesteerde ze. 'Als ik dood ben, kan hij met moeder naar bed. Alle mannen gaan met hun vrouw naar bed. Dat vinden ze fijn. Dat heb ik ooit in het ziekenhuis gehoord. Toen vroeg een man aan de dokter wanneer zijn vrouw naar huis mocht en of hij meteen weer met haar naar bed mocht. Zijn vrouw had een hartinfarct gehad. En de dokter zei dat dat nog wel een poosje zou duren. Dat viel die man erg tegen. Daarom is hij altijd zo onuitstaanbaar.'

Helemaal ongelijk had ze niet. Soms was vader inderdaad onuitstaanbaar. Niet tegen mij, alleen maar tegen moeder. Dan schreeuwde hij tegen haar als ze 's avonds zijn eten opschepte. Op een keer gooide hij haar zijn bord soep naar haar hoofd. 'Breng dat vreten maar naar de woonkamer. De Heer stelt immers weinig eisen. Maar ik wil voor mijn goeie geld iets fatsoenlijks op mijn bord.'

Vervolgens rende hij naar boven en sloot hij zich in de badkamer op. Toen ik even daarna op de deur klopte omdat ik naar de wc moest, schreeuwde hij: 'Ga maar in de tuin pissen! Ik kan nu niet opendoen! Ik sta net mijn lul eraf te trekken. Dat kan nog wel even duren. Hij zit verdomd vast.'

Desondanks vond ik hem aardig. En Magdalena vond ik ook aardig, die middag al helemaal. Ik wilde niet dat ze zwart werd en wormen kreeg. Mijn beeld daarvan was al even afschuwelijk als dat van haar. Ik weet nog dat ik dacht dat het maar het beste voor haar zou zijn als mijn droom in vervulling zou gaan. In één hap door een grote wolf verslonden worden, dat ging snel en deed waarschijnlijk ook niet veel pijn.

Die nacht had ik weer dezelfde droom. Hij ging een beetje anders dan de eerste keer. Nadat de wolf haar had opgevreten, kwam hij langzaam naar me toe. Hij liep niet naar de kist terug zoals de eerste keer. Hij bleef voor me staan en keek me aan. Magdalena's bloed droop nog uit zijn bek. En hij drukte zijn bek tegen mijn buik aan. Ik dacht dat hij mij ook zou opvreten. Het leek echter eerder alsof hij vriendjes met me wilde worden.

En toen gebeurde er iets geks. Zijn bek verdween in mijn buik. En dat deed helemaal geen pijn. Ook niet toen hij helemaal in me verdween. Zijn voor- en achterpoten, zijn hele lijf en tot slot zijn dikke staart. En mijn buik was heel, er zat geen gat in. Toen wist ik hoe het zat.

Een paar weken tevoren had ik namelijk op het schoolplein gehoord hoe twee meisjes over een man spraken die 's nachts in een wolf veranderde en mensen opvrat. Overdag was het een heel normaal mens. Dan deed hij zijn uiterste best om lief en aardig te zijn, dan hielp hij iedereen en alle mensen mochten hem graag. Hij vond het verschrikkelijk dat hij zo slecht was en dat hij elke nacht in een wild dier veranderde. Hij kon daar echter niets tegen doen. Het overkwam hem gewoon.

Met mij moest er net zoiets aan de hand zijn en vader wist dat al heel lang. Hij stond naast me op straat, hij had alles gezien en was heel serieus. 'Je hoeft je geen zorgen te maken', zei hij. 'Ik zal er niemand iets over vertellen. Ik dacht al wel dat het er ooit van zou komen. Herinner je je nog dat ik op je verjaardag tegen je zei dat je wel honger zou hebben als een wolf? Toen hield ik er al rekening mee dat je een dier zou worden en dat je haar van kant zou maken voordat ze jouw leven van je afvreet.'

Op dat moment werd ik wakker. Ik voelde me ijzersterk en even machtig als het beest waarover de meisjes op het schoolplein hadden gepraat. Na een paar minuten viel me op dat mijn bed koud werd. Ik had in bed geplast en ik schaamde me zo dat ik moest huilen.

Vader werd wakker, kwam naar me toe, voelde aan het laken en zei: 'Dat is niet erg, Cora. Dat kan iedereen overkomen.'

Mijn nachtjapon en mijn ondergoed waren ook nat. Vader hielp me alles uittrekken. Toen mocht ik bij hem in bed komen liggen omdat het in de kamer zo koud was.

Minutenlang had Rudolf Grovian het gevoel dat hij belazerd was. Hij wist met de beste wil van de wereld niet wat hij met Cora Benders gedrag aan moest. Werner Hoß scheen dat evenmin te weten en hing als gebiologeerd aan haar lippen.

Ze leuterde met een bedrukt gezicht en trillende mondhoeken over de muur in haar hersenen en het dier in haar buik. In het ene geval was het een kreeft met scherpe scharen, in het andere een wolf die kinderen opvrat en in hen kroop. Telkens kroop de wolf weer in de buik van het kind. Dat deed echter geen pijn. Het kon ook geen pijn doen omdat het kind zelf het dier was.

Het was een vreselijk kind. Het plaste in bed om maar bij vader te kunnen zijn. Het had de Verlosser doodgestoken omdat hij maar niet wilde wegrotten. Tot zes of zeven keer toe had het kind het citroenschilmesje in zijn lijf gestoken! En de Verlosser had het kind aangekeken. En hij had gezegd: 'Dit is mijn bloed dat voor jouw zonden vergoten wordt.' En met zijn bloed op het gezicht van het kind was dat kind vrij, verlost van de vloek die de aartsengel had uitgesproken.

Met het bloed van de Verlosser op borst en buik had het kind beseft dat Johnny nooit een engel was geweest. Zijn vriend had hem Bokkie genoemd. Hij was de satan. Hij bracht de vrouw met behulp van de slang in bekoring. En toen het kind op de grond lag, kwam de tijger. In de buik van de vrouw was geen plaats meer voor hem. Toen stopte hij zijn staart in de mond van de vrouw. En toen ze hem beet, sloeg hij toe.

Zijn klauwen waren van kristal, waar veelkleurige lichtstralen in braken. Toen volgde het duister, de grote vergetelheid. En de vergetelheid was de dood. En de dood was de droom. En de droom lag achter de muur in haar brein. Het was allemaal doodeenvoudig; je moest alleen weten hoe het zat.

Nu wist ze het. Nu kon ze alles overzien en besefte ze hoe alles met elkaar samenhing. Nu wist ze zelfs waarom het zo onmenselijk was wanneer Gereon van tevoren nog een sigaretje rookte. Het lag aan de asbak; die had het licht bij haar uitgedaan en haar het liedje in herinnering geroepen.

Ze sprak zo zachtjes dat haar woorden niet door de cassetterecorder konden worden geregistreerd. Desondanks kon Rudolf Grovian, die dichter bij haar zat, haar verstaan en hij voelde zich verdomd ellendig; hulpeloos, onzeker, overvraagd en een beetje woedend. Hij achtte haar alleszins in staat een nummertje waanzin ten beste te geven om haar doel te bereiken, om maar met rust te worden gelaten; helemaal overtuigd was hij daar echter niet van.

Dit is mijn bloed, dacht hij en: vader, vergeef het haar! Hij had zin om te vloeken. De Verlosser en een citroenschilmesje. Satan in de gedaante van een minnaar. Godsdienstwaanzin! Als het waar was wat ze over haar kinderjaren had verteld, moest je daarmee en met nog zo het een en ander wel rekening houden. Dan zou niemand ervan staan te kijken als ze zo meteen vertelde dat een engel des heren haar had bevolen mannen te doden die hun vrouw in het openbaar kusten.

Net op het moment dat hij zijn hand ophief om Hoß duidelijk te maken dat hij een einde aan het verhoor ging maken, huiverde ze, ging weer rechtop ging zitten en verklaarde op kalme toon en op normale geluidssterkte: 'Sorry. Ik was er eventjes met mijn hoofd niet helemaal bij. We waren bij Frankie gebleven, nietwaar? Frankie heette hij! Ik wist niet waar ik die naam van kende. Het schoot me echter zojuist weer te binnen. Die man in Keulen noemde hem zo.'

Ze knikte alsof ze daar zelf bevestiging voor zocht. Op een iets enthousiastere toon ging ze door: 'Nu weet ik ook weer hoe zijn vrienden heetten. Niet die mensen uit Keulen; ik kan me momenteel met de beste wil van de wereld niet herinneren hoe die heetten. Maar wel die twee anderen die samen met ons in die kelder waren. Ik weet natuurlijk niet hoe ze echt heetten. Ik weet alleen hoe ze zich noemden, Bokkie en Tijger.'

Rudolf Grovian kon het niet bevatten en wist ook niet wat hij ervan moest denken. Ze was weer helemaal bij zinnen. En die radicale omslag bracht hem tot de conclusie dat hij het met zijn verdenking dat ze een derderangs toneelstuk opgevoerde, bij het verkeerde eind had gehad. Wat zou ze voor reden kunnen hebben om plotseling op te houden met een geslaagd optreden? Een psychische uitglijer dus. En wellicht al voor de tweede keer die dag. De eerste keer was daar alleen bijgekomen dat haar hand met het mes was uitgegleden.

Hij kon het niet over zijn hart verkrijgen om haar in de rede te vallen, wist niet meer wat hij moest of mocht geloven. Ze vertelde met vaste stem over enkele dagen in Keulen. Over haar vertwijfelde pogingen om Horsti alias Johnny alias Georg en Frankie terug te krijgen. Hoe hij haar de bons had gegeven, zo kil en hardvochtig. Hoe zijn vrienden, dat jonge stel, haar hadden geholpen. Echt bijzonder aardige mensen, vol begrip, die zich op een roerende manier zorgen om haar hadden gemaakt. Morgen zou hun naam haar heus wel te binnen schieten. Vandaag lukte het niet zo met namen, dat was wellicht te begrijpen want het was een afschuwelijke dag geweest.

Enkele minuten na middernacht ging de telefoon die op het voorste bureau stond. Bij het eerste gerinkel krompen ze alledrie ineen van schrik. Ze was nog aan het woord en hield midden in een zin op. Werner Hoß nam zichtbaar opgelucht op, zei slechts: 'Ja', luisterde enkele seconden en wierp Rudolf Grovian een eigenaardige blik toe.

De onderbreking was ook voor haar een opluchting. Ze zag hoe de chef de hoorn overnam. Even op adem komen, de losse eindjes op een rij proberen te krijgen. Het was een chaos in haar hersenen. Op sommige plekken zaten al flinke barsten, daar schemerde iets door. De witte hal met die kleine, groene steentjes op de vloer, de trap en die verfklodders hoorden achter de muur thuis. Ze waren slechts de opmaat naar alles. Onder aan de trap was een ruimte waar licht in allerlei kleuren flikkerde.

Ze was er niet binnen komen vallen maar ze had een blik naar beneden geworpen en ze had wit poeder op de rug van een hand gezien. En dat er in een citroen werd gebeten. Een kristallen klauw. Bokkie en Tijger. Het was vreselijk en tegelijkertijd ridicuul. Nog een wonder dat de chef niet had gelachen.

Heel klein van angst en ongerustheid bekeek ze zijn gezicht. Eerst gleed er een verbaasde uitdrukking over, toen iets zelfgenoegzaams. Dat droop gewoon van zijn stem af.

'Dat hoeft niet', zei hij. 'Komt u morgenvroeg maar. Om tien uur?' Hij luisterde opnieuw aandachtig, glimlachte zelfs. 'Ja, oké, als u dat zo belangrijk vindt. Het is echt niet voor het eerst dat ik een nacht moet doorhalen.'

Nadat hij had opgehangen, knikte hij eerst veelbetekenend naar de man in het joggingpak, alsof hij hem om vergeving vroeg, en vervolgens naar haar. In zijn glimlach lag iets van medelijden. Hij wees op de telefoon. 'Een jong stel?' vroeg hij. 'Vrienden van Georg Frankenberg?' Hij zuchtte en zei lijzig: 'Kom nou toch, mevrouw Bender!'

Toen zei hij op vaderlijk minzame toon: 'Waarom hebt u ons niet gewoon verteld dat uw tante in Keulen woont? U bent vijf jaar geleden in december naar uw tante gevlucht. Er was helemaal geen sprake van een jong stel. Ik had zojuist uw tante aan de lijn, mevrouw Bender.'

Ze schudde haar hoofd. Had ze dat nou maar niet gedaan. Ze voelde hoe er nog meer brokstukken uit de muur vielen en ze merkte hoe ze erover struikelde, hoe ze uitgleed, een paar treden naar beneden. Ze vond nergens houvast. Dat probeerde ze wel door zich aan Margret vast te klampen en te roepen: 'Nee! Dat klopt niet. Mijn tante heeft er niets mee van doen. Ze heeft nooit iets met me te maken gehad. Het schiet me nu opeens te binnen hoe die mensen heetten, die vrouw heette Alice. En die man... wacht even, het ligt op het puntje van mijn tong. Hij heette... Hij was... O, verdomme, godverdomme, waar is het nou gebleven? Net wist ik het nog. Hij... Hij wilde een eigen groepspraktijk beginnen, dat heeft hij me verteld.'

Verdomme, dacht ook Rudolf Grovian, dat was alles wat haar woorden bij hem opriepen. Winfried Meilhofer en Alice Winger, het meer! En ze schreeuwde verder: 'Wat had ik bij mijn tante te zoeken? Denkt u nu echt dat ik een vrouw heb opgebeld die ik nauwelijks kende, om haar te vragen me te helpen?'

'Ja', zei hij; het kwam er gesmoord uit, van pure ontgoocheling en frustratie. 'En dat is niet het enige waar ik op doel. Uw tante heeft me dat zojuist haarfijn uitgelegd. En daarmee rijst bij ons de vraag waar u de namen Frankie, Bokkie en Tijger echt hebt gehoord. Niet van een man in Keulen. U hebt die namen vanmiddag aan het meer opgevangen. Heb ik gelijk?'

Ze staarde hem met een van concentratie gefronst voorhoofd aan. Het leek welhaast of ze ingespannen over zijn vraag nadacht. Ze gaf echter geen antwoord. Alles stond op losse schroeven, alles lag weer open. Als een idioot was hij er ingetuind! En waarom, verdomme? Omdat ze hem nou juist datgene vertelde wat hem aanvankelijk de enig logische verklaring had toegeschenen: een prachtige liefdesgeschiedenis met tragische afloop. Hij zuchtte en maakte een afwijzend gebaar. 'Laten we maar stoppen.'

'Nee!' Ze kon maar moeite blijven zitten, zag hij. Met beide handen omklemde ze de zitting. 'Ik kan dit niet nog eens doorstaan. We maken het nu af.'

'Nee', zei hij eveneens en zeer resoluut. 'Voor vandaag heb ik er genoeg van. Ik ga de collega's roepen. Ze geven u voor vannacht een slaapplaats. Een flinke dosis slaap zal u goeddoen. U zei immers daarnet dat u doodmoe bent.'

'Dat meende ik niet. Ik ben helemaal niet moe', bezwoer ze en ze voegde er in één adem aan toe: 'Wat wilde Margret van u? Waarom heeft ze gebeld?'

'Ze wil met ons praten', zei hij en hij vond het de allerhoogste tijd worden om met een familielid van haar te spreken. 'En dat vindt ze zo belangrijk dat ze daar niet tot morgen mee kan wachten. Ze komt hierheen.'

'U moet haar weer wegsturen', eiste ze op smekende toon. 'Met Margret verdoet u uw tijd alleen maar. Ze kan u niets vertellen. Niemand kan u iets vertellen, behalve ik.'

Rudolf Grovian schonk haar een vreugdeloze glimlach. 'En u hebt voor vandaag genoeg gezegd, vind ik. Het kost ons wel drie dagen om dat allemaal op een rijtje te krijgen. Laten we maar eens kijken of uw tante ons daarbij kan helpen.'

Opnieuw schudde ze het hoofd, deze keer nog heftiger. En weer schoof ze een paar treden naar beneden. 'Dat kan ze niet! Ik heb haar nooit iets verteld. Ik heb daar niemand iets over verteld. Ik schaamde me te erg. U hebt het recht niet om Margret vragen te stellen. Als ik u toch zeg dat ze van niets weet.'

Ze sprong van de stoel af, het hielp niet veel. Haar lijf kwam wel overeind, haar hersenen niet. Die gleden de laatste treden af en belandden midden in het heen en weer flitsende licht. Ze knipperde heftig met haar ogen en smeekte: 'Laat u Margret alstublieft met rust. Ze heeft niets kwaads gedaan. Niemand heeft iets kwaads gedaan behalve ik. Ik ben een moordenares, geloof me. Ik heb een onschuldig kind vermoord. Dat is de waarheid. En Frankie! Hem natuurlijk ook. Maar ik kon toch niet anders dan hem om het leven brengen omdat hij…'

Ze begon te stamelen, gesticuleerde druk met beide handen en hulpeloos alsof ze op die manier het waarheidsgehalte van haar beweringen kon onderstrepen en hem kon dwingen nog een paar minuten tijd aan haar te spenderen. 'Hij heeft… Hij wist niet hoe hij het moest doen. Ik heb hem gezegd dat hij moest oppassen. Hij luisterde niet naar me. Ik heb hem gezegd dat hij moest ophouden. Daar trok hij zich niets van aan. Weet u wat hij heeft gedaan?'

Natuurlijk wist Rudolf Grovian dat niet maar hij kon het zich levendig voorstellen. Waarschijnlijk probeerde ze hem met haar gestamel opnieuw op haar zwangerschap en miskraam vast te pinnen. Wat er toen volgde, had daar echter niets mee te maken.

'Hij heeft zich op haar gestort', hijgde ze buiten adem terwijl ze heftig met haar ogen knipperde. 'Hij heeft haar gekust. En hij heeft haar geslagen. En ondertussen schreeuwde hij: Amen! Amen! Amen! Hij was gek, niet ik. Hij heeft zo lang op haar ingebeukt totdat ze dood was. Ik hoorde haar ribben breken. Het was verschrikkelijk, het was zo afschuwelijk. Ik wilde haar te hulp schieten maar ze hielden me vast. De ene lag op me, de andere hield mijn hoofd vast en stopte zijn ding in mijn mond. Ik heb hem gebeten en…'

Het licht flikkerde nog eenmaal voor het uitging. En ze wist niet meer hoe ze verder moest gaan. De chef staarde haar aan. De man in het joggingpak sprong overeind en was met twee sprongen bij de deur. Hij ging het vertrek uit. De cassetterecorder stond nog aan en had elk woord geregistreerd, ook de rest.

'Roep hem terug!' schreeuwde ze. 'Er mag nu niemand weggaan. Laat me niet alleen. Alstublieft! Dat hou ik niet uit. Help me! In godsnaam, help me. Haal me hier weg. Ik hou het niet uit in de kelder. Ik kan niets meer zien. Doe het licht weer aan. Help me toch!'

Alles vervaagde. De chef stond daar maar en verroerde geen vin. Hij had iets moeten doen. Iets, wat dan ook. Haar bij haar arm pakken, haar hand vasthouden, haar naar de trap terugleiden. Of tenminste het licht weer aandoen zodat ze op eigen houtje de trap kon terugvinden. Het was zo donker, er schoten alleen nog een paar groene, blauwe, rode en gele flitsen door de ruimte die brokstukken uit de duisternis scheurden. 'Loslaten', hijgde ze. 'Ga van haar af, laat haar met rust. Ophouden! Hou op, stelletje smeerlappen! Laat me los!'

Rudolf Grovian was niet in staat om te reageren want hij was te zeer geschokt door wat hij zag en hoorde. Wat ze daar allemaal uitkraamde, deed hem vermoeden dat ze het over een verkrachting had en wat ze daarvóór had gestameld, klonk naar moord. Bovendien had ze gewag gemaakt van een tweede meisje dat zo stom was geweest zich bij hen aan te sluiten. Het was dus toch niet zo uit de lucht gegrepen als hij secondenlang had verondersteld.

Hij zag hoe ze met haar ene hand haar onderlijf afschermde en met de andere haar gezicht alsof ze iets wilde wegduwen. Bovendien kokhalsde ze. Ongetwijfeld beleefde ze op dit moment opnieuw datgene wat ze hem had proberen uit te leggen.

Hij zag hoe ze plotseling haar ene arm ophief alsof ze zich ergens tegen wilde beschermen. Hoe ze met beide handen naar haar hoofd greep en hoorde haar gillen: 'Nee!' Hij zag haar wankelen, zag hoe haar verwrongen, opgeblazen gezicht opeens verslapte. Hij was echter niet snel genoeg bij haar. Hij stond maar twee stappen van haar af en toch lag ze al op de grond voordat hij bij haar kon komen om haar op te vangen.

Het was zo onverhoeds gegaan. Op het eerste moment was hij helemaal niet in staat om te reageren. Toen gaf hij een stomp tegen zijn been. Het liefst had hij zich ook voor zijn kop geslagen, zichzelf een trap tegen zijn achterste gegeven, vooropgesteld dat hij daarbij had gekund. Dit was zijn nachtmerrie. Dat hij er geen arts bij had gehaald ondanks de sporen van de stompen in haar gezicht, ondanks de getuigenverklaring van een jonge dokter: 'Ik dacht dat hij haar dood zou slaan.'

Hersenbloeding, was zijn eerste gedachte. En eindelijk knielde hij naast haar neer en tilde haar hoofd op. Dat hij begon te fluisteren, besefte hij niet. 'Vooruit, kop op, meisje, sta op. Doe me dit niet aan. Vooruit. Toe nou! Het ging toch goed met je.'

Op haar voorhoofd tekende zich een rode vlek af ter grootte

van een handpalm. Met trillende vingers streek hij haar haren weg om te kijken of ze nog meer verwondingen had terwijl hij drommels goed wist dat hij met het blote oog geen ernstige verwondingen zou kunnen ontdekken.

Hij zag echter wel de deuk in het bot van haar schedel en de witte, gekartelde streep direct onder de haarinplant. Ze ademde oppervlakkig maar gelijkmatig. Hij tilde haar linkerooglid op, precies op het ogenblik waarop Werner Hoß het vertrek weer binnenkwam, direct gevolgd door de beide collega's die haar voor de rest van de nacht onder hun hoede zouden nemen. Hoß pakte onmiddellijk de telefoon.

'Ze zakte zomaar in elkaar', zei Rudolf Grovian hulpeloos. 'Ik heb te laat gereageerd.'

Tien minuten later kwam de arts binnen die door Werner Hoß was gewaarschuwd. Voor Rudolf Grovian waren het helse minuten. Nog voordat Hoß opgehangen had, was ze weliswaar weer bij haar positieven gekomen maar er leek geen sprankje leven meer in haar te zitten. Als een lappenpop liet ze zich van de vloer tillen en op een stoel zetten. En toen hij zijn hand op haar schouder wilde leggen, iets tegen haar wilde zeggen, maakte ze zwakke, afwerende gebaren in zijn richting en snikte: 'Ga weg. Waarom bent u niet gestopt? Waarom hebt u me niet geholpen? Het is allemaal uw schuld.'

Vervolgens wendde ze zich tot Berrenrath en smeekte: 'Kunt u hem er alstublieft uitgooien? Hij maakt me gek. Hij heeft mijn muur kapotgemaakt. Dat hou ik niet uit.'

Rudolf Grovian zag zich gedwongen het vertrek te verlaten om haar de kans te geven tot bedaren te komen. Werner Hoß liep achter hem aan de gang op en schraapte enkele keren zijn keel voordat hij vroeg: 'Hoe kon dat nou toch gebeuren?'

'Ja, hoe zou dat nou toch hebben kunnen gebeuren', siste Rudolf Grovian hem toe. 'Dat heeft ze toch gezegd. Ik ben niet gestopt en heb haar muur kapotgemaakt.'

Hoß liet enkele minuten verstrijken voordat hij vroeg: 'En wat vind je van het hele verhaal?'

'Weet ik nog niet. In ieder geval heeft ze het niet uit haar duim gezogen. Ik heb nog nooit meegemaakt dat iemand zo staat op te snijden dat hij tegen de vlakte gaat.'

'Ik ook niet', zei Hoß, duidelijk niet op zijn gemak. 'Terwijl ik gezworen zou hebben dat ze ons belazerde waar we bijstonden.'

Omdat de dokter arriveerde, hoefde Rudolf Grovian geen antwoord te geven. Met hun drieën gingen ze het vertrek weer in. Ze zat nog steeds op de stoel. Berrenrath stond naast haar en had zijn hand op haar schouder gelegd. Of hij haar op die manier wilde troosten of ondersteunen, was niet te zien.

Steun had ze naar het scheen echter niet meer nodig. Ze had de nieuwkomer nog maar ternauwernood in het vizier gekregen of ze legde haar apathische houding af en protesteerde meteen tegen de komst van de pil. Haar stem klonk nog zwakjes want ze was nog suf en verward, maar het ging goed met haar, het ging fantastisch. Ze had geen hoofdpijn en ze had verder ook nergens last van. Een spuitje had ze in geen geval nodig.

De dokter controleerde haar reflexen, stelde na een langdurige blik in haar pupillen als diagnose dat er sprake was geweest van een simpele aanval van zwakte en sprak haar daarbij met grote overredingskracht toe. Dat een injectie goed voor haar zou zijn. Alleen iets om de doorbloeding te stimuleren, een onschuldig versterkend middeltje dat haar weer op de been zou helpen.

Ze lachte hysterisch, sloeg aanvankelijk haar armen over elkaar heen, waarbij ze haar taille met beide handen omklemde. 'Bespaar me dat geouwehoer. Ik weet best waar u op uit bent. U wilt alleen bij mijn armen zien te komen.'

Toen stak ze hem abrupt beide armen toe. 'Alstublieft, ga uw gang. Probeer maar een ader te vinden, dat zal niet meevallen. Wilt u ook een bloedmonster nemen? Doe dat nou maar, anders krijgt u er uiteindelijk nog last mee. Wie weet wat ik me vanmorgen ingespoten heb.'

De dokter klopte een poosje op de binnenkant van haar ellebogen en besloot toen zijn toevlucht te nemen tot de rug van haar hand. Hij maakte een opmerking over een huid als leer, oude littekens en dat hij nog nooit zulke diepe kraters had gezien.

Rudolf Grovian hoorde dat wel maar hij was te zeer opgelucht over haar reactie om ter plekke conclusies te trekken. Een halfuur later zat hij tegenover haar tante.

Voor Margret Rosch was het een moeizame strijd geweest. Op haar strepen blijven staan hoewel het over iets ging waar ze liever niets van zou hebben geweten. Zich niet laten afschepen hoewel dat wel verleidelijk was. Het steeds maar weer blijven proberen totdat ze eindelijk werd doorverbonden.

Ze hield voet bij stuk dat ze haar nichtje wilde zien. Rudolf Grovian hield haar aan het lijntje. Op dit moment lag Cora Bender in een van de kamers ernaast. De dokter was nog bij haar, samen met Berrenrath, die wilde ze er zelf bij hebben. 'Ik neem aan dat iemand van u mij moet bewaken. Wilt u zo vriendelijk zijn om die taak op u te nemen? U bent de enige van dit zootje die iets menselijks over zich heeft.'

Werner Hoß had weer verse koffie gezet. Twee koppen koffie nam Rudolf Grovian mee naar het kantoor waar hij Margret Rosch heen bracht. Ze maakte op hem de indruk dat ze geheel van haar stuk was en erg ontdaan maar wel vastberaden. Een aantrekkelijke persoonlijkheid, midden vijftig, gemiddelde lengte, stevig postuur. Een volle haardos van dezelfde kleur als haar nichtje, kastanjebruin. Ook aan het gezicht was te zien dat ze familie was.

Op de belangrijkste vraag, namelijk of haar nichtje ooit symptomen van een geestesziekte, verwardheid of iets dergelijks had vertoond, schudde Margret Rosch zeer resoluut nee. En voordat ze verdere inlichtingen gaf, eiste ze zelf informatie.

Er was geen enkele reden om de feiten te verheimelijken. In enkele korte zinnen schetste hij haar hoe de zaak ervoor stond. Ze luisterde met een strak gezicht. Toen hij was uitgesproken, kwamen de eerste antwoorden.

De naam Georg Frankenberg zei haar niets. Horsti en Frankie brachten slechts een schouderophalen teweeg. Johnny was daarentegen een begrip voor haar. Cora had een enkele keer over hem gesproken en hem toen als de aartsengel bestempeld die de mensen uit het paradijs verdreef. 'En hun gingen de ogen open en ze beseften dat ze naakt waren.'

Zijn vriend noemde hem Bokkie, dacht Rudolf Grovian, hij was de satan die de vrouw met behulp van de slang in bekoring bracht. En toen kwam de tijger. Hij had klauwen van kristal.

Natuurlijk klonk dat idioot, maar hij had de jaap op haar voorhoofd en het litteken met eigen ogen gezien. Bovendien had ze het ook over een asbak gehad. Je hoefde niet veel fantasie te hebben om je voor te stellen wat zich daar in die kelder had afgespeeld. En iemand die om een avondje naar de disco te mogen had moeten liegen dat in de vrije natuur het oog van God op haar gericht was, zou vermoedelijk ook een vreselijke ervaring wel in bijbelspreuken verpakken.

Of Johnny als Johnny Guitar of Saxofoon bekendstond toen Cora Bender hem had leren kennen en wat ze precies met hem had beleefd, wist haar tante niet. Desondanks bevestigde ze indirect wat Cora gestameld had, evenals de inhoud van de duidelijk verstaanbare passages.

Het was vijf jaar geleden gebeurd. In mei was Margret Rosch gebeld door haar broer. Hij maakte zich zorgen over zijn dochter. Vermoedelijk had ze verkeerde vrienden.

'Ik nam dat niet serieus', zei Margret Rosch. 'In een huis waar een televisietoestel al als het werk van de duivel wordt beschouwd, is elke man per definitie slecht gezelschap.'

Zo ongefundeerd als ze had gemeend, was de vrees van haar broer echter niet, verklaarde ze. In augustus verdween Cora en ze leek drie maanden lang van de aardbodem verdwenen te zijn. Pas in november had een dokter contact opgenomen met Wilhelm.

Volgens die dokter hadden ze Cora een paar weken daarvoor gevonden, ergens op de stoep. Ze was vreselijk toegetakeld en ze was volledig buiten westen. Later vertelde ze dat ze voor een auto gesprongen was. Op basis van haar verwondingen vermoedde de dokter echter dat ze uit een rijdende auto was gegooid.

Rudolf Grovian voelde zich een beetje beter. Wat Margret Rosch verder nog te vertellen had, paste ook in het plaatje. Ze sprak van een trauma. Wat haar nichtje ook was aangedaan, ze was niet in staat erover te praten. Daarmee kon je de zelfmoordpoging en waarschijnlijk ook de zwangerschap naar het rijk der fabelen verwijzen. Hij trachtte op dit punt zekerheid te krijgen. 'Uw nichtje heeft meermalen beweerd dat ze een onschuldig kind om het leven heeft gebracht.'

Margret Rosch lachte nerveus. 'Daar is absoluut niets van waar. Ze had geen kind.'

'Mijn gedachten gaan ook veeleer in de richting van een zwangerschap', zei hij.

'Doelt u op een abortus?' Margret Rosch schudde haar hoofd. 'Dat kan ik me niet voorstellen. Bij Cora niet.'

'Het is wellicht een miskraam geweest', zei hij. 'Als ze mishandeld is, zou dat niet verwonderlijk zijn. Weet u hoe die arts heet die uw nichtje destijds heeft behandeld?'

'Nee. Ik weet evenmin in welk ziekenhuis ze behandeld is.'

'Ze zei dat ze niet in het ziekenhuis is geweest…'

Margret Rosch lachte mismoedig en viel hem in de rede. 'Zei ze! Dat soort dingen moet u Cora niet vragen. Ze heeft die zaak volledig verdrongen. Weet u wat een trauma is?'

Hij dacht aan een muur in haar hoofd die hij met zijn gevraag kapot had geschopt, en knikte even. En Margret Rosch vond: 'Goed, u moet vragen stellen die ze met haar verstand kan beantwoorden. Ik ken een heleboel artsen, ook heel betrokken artsen. Maar geen van hen zou een zwaargewond meisje dat buiten kennis is van het trottoir optillen en mee naar huis nemen. Dat zou getuigen van een gebrek aan verantwoordelijkheidsgevoel. Ik heb geen idee waarom ze u dat zo heeft verteld. Misschien wenst ze zich dat toe, dat er toen iemand voor haar was, iemand die echt eens iets voor haar deed. Ze is altijd nogal op zichzelf aangewezen geweest.'

Dat klonk logisch. De volgende vraag. Hij was de opmerking van de dokter over die kapotgeprikte armen niet vergeten. 'Heeft uw nichtje ooit iets met drugs van doen gehad?'

Het duurde enkele seconden voordat Margret Rosch aarzelend knikte. 'Met heroïne, maar niet lang. Dat moet in die periode zijn geweest. Ik neem aan dat Johnny haar die rotzooi heeft gegeven om haar te laten doen wat hij wilde. In elk geval heeft ze nooit zelf gespoten. Ze wist niet eens hoe je dat doet.'

Margret Rosch zuchtte. 'Toen ze bij mij kwam wonen, was ze er ellendig aan toe. Volgens haar waren het afkickverschijnselen maar daar had het niets mee te maken. Ze had afgrijselijke nachtmerries. Altijd even voor twee uur 's nachts. Daar kon je de klok op gelijkzetten. Ik heb haar geregeld Vesperax gegeven. Voor hetzelfde geld had ik haar druivensuiker kunnen geven. Klokslag vijf voor twee ging ze recht overeind op de bank zitten, sloeg om zich heen en schreeuwde haar longen uit haar lijf. Hou op! Hou op, stelletje smeerlappen! Ze was dan niet wakker, en ook niet wakker te krijgen. Wanneer ik tegen haar praatte, mompelde ze iets over een kelder, over wormen, tijgers en geitenbokken.'

Rudolf Grovian hoorde het met belangstelling aan en voelde weer een pak van zijn hart vallen. Bokkie en Tijger, die namen had hij in het bijzijn van haar tante niet genoemd. En het was één ding om een jonge vrouw met vragen tot waanzin te drijven. Het was iets heel anders om die jonge vrouw zover te krijgen dat er herinneringen bovenkwamen die uiteindelijk een motief opleverden.

'Ik heb haar meermalen dringend verzocht naar een dokter te gaan', ging haar tante verder. 'Dat weigerde ze en ik wilde haar er niet toe dwingen. Ze had echter dringend hulp nodig. Uiteindelijk heb ik psychofarmaca door haar eten gedaan. Na enkele maanden ging het beter met haar, ze sliep 's nachts door en kwam ook lichamelijk op krachten.'

Margret Rosch zweeg enkele tellen en wilde vervolgens weten: 'Ze krijgt toch niet te horen wat ik u hier allemaal vertel, hè? Als u tegen haar zegt dat ik u over die heroïne heb ingelicht, neemt Cora me niet meer in vertrouwen, dat garandeer ik u. Niets vindt ze belangrijker dan dit hele verhaal geheim te houden. Het zou het beste zijn als u het er helemaal niet over hebt. Het is toch ook niet nodig haar dat weer te verwijten. Het is lang geleden. Ze heeft u al een heleboel verteld, waarschijnlijk het begin van het hele verhaal. Johnny zal zich immers niet meteen als een beest hebben gedragen. Misschien kan ik haar ertoe bewegen u ook nog iets over de afloop te vertellen. Ik heb geen idee hoeveel ze zich nog herinnert en of ze zich überhaupt nog iets herinnert. Het zou echter een poging waard zijn. Kan ik haar te spreken krijgen?'

Hij knikte, hield haar weer aan het lijntje en ging langzaam op de tast voorwaarts. Ouderlijk huis, kinderjaren. Hij was uitsluitend uit op een bevestiging dat er van een fanatiek religieuze moeder sprake was geweest en van een vader die niet het lef had gehad om de waanzin te trotseren. Wellicht nog iets over datgene wat hij vagelijk vermoedde. Seksueel misbruik op zeer jeugdige leeftijd?

Hij had echter nog maar nauwelijks de eerste vragen over de kinderjaren van Cora Bender gesteld of er voltrok zich in haar tante een merkwaardige verandering. Haar bereidwilligheid en haar bezieling gingen in een soort algemene gelatenheid over.

'Daar kan ik maar weinig over zeggen. Ik had nauwelijks contact met het gezin van mijn broer. Ik kon niet tegen die idiote denkbeelden van mijn schoonzusje. Als ik bij hen op bezoek was, maakte Cora een normale indruk op me. Mijn schoonzusje hield haar heel strak. Maar Cora speelde het klaar zich tegenover haar moeder staande te houden. Menig kind zou onder die voortdurende druk zijn bezweken, Cora daarentegen... hoe moet ik dat onder woorden brengen? Ze groeide erdoor. Ze is altijd heel volwassen geweest voor haar leeftijd, heel verstandig en ze had een groot verantwoordelijkheidsgevoel. Al op heel jonge leeftijd nam ze huishoudelijke taken op zich. Niet omdat haar dat werd bevolen maar omdat ze inzag dat haar moeder het niet aankon. Je zou kunnen zeggen dat ze de rol van volwassen vrouw op zich nam.'

En hoe zat het met de rol in het echtelijk bed? Al die in het oog springende aanwijzingen! In bed plassen op haar negende. En op haar negentiende aan de heroïne! Seksueel misbruikte kinderen kwamen dikwijls in de drugs terecht, dat wist Margret. Wilhelm was echter een fatsoenlijke vent, dat wist ze ook. En inmiddels was hij een oude man, uitgeput en moe van een erbarmelijk leven. Soms belde hij op: 'Hoe is het met Cora?' Hij was altijd blij als hij te horen kreeg: 'Het gaat goed met haar.'

Bijna een uur lang zat Margret Rosch met Rudolf Grovian te praten. Ze was totaal uit het lood geslagen maar van wat haar verder nog door het hoofd ging, kreeg hij niets te horen. Ook de naam van Magdalena viel niet één keer. Op zeker moment vroeg ze: 'Wanneer mag ik mijn nichtje nu eindelijk eens zien?'

Hij stond op. 'Ik zal eens gaan kijken hoever mijn collega's zijn.'

Die collega's hingen in de hal rond. Hij wilde alleen maar zien hoe Cora Bender eraan toe was. Ze zat weer rechtop toen hij het vertrek binnenkwam. Berrenrath stond bij het raam met de dokter te praten. En de gezichtsuitdrukking van de dokter deed hem onwillekeurig aan de opmerking van Winfried Meilhofer denken: Gods strafgericht.

Op dat moment kreeg hij vermoedelijk een goed beeld van het hele verhaal. De grove verhoormethoden van de politie. Een bewusteloze jonge vrouw met een kapotgeslagen gezicht.

'Uw tante wil u graag even zien, mevrouw Bender', zei hij.

Ze staarde hem aan alsof ze met haar blikken in zijn hersens wilde doordringen.

'Mevrouw heeft rust nodig', protesteerde de dokter.

'Kletskoek', bracht ze daar tegenin. 'U hebt me net nog verteld dat ik van dat middeltje van u weer zou opkikkeren. Dat is ook zo. Ik ben nog nooit van mijn leven zo wakker geweest.' Ze keek omhoog naar Rudolf Grovian. 'Wat heeft ze u allemaal verteld?'

'Ik zal haar gaan halen', zei hij slechts.

Twee minuten later kwam hij weer binnen. Margret Rosch kwam vlak achter hem aan. Hij gebaarde naar Berrenrath en de dokter dat ze weg moesten gaan. Zelf bleef hij, maar hield zich op de achtergrond en stond de twee vrouwen zwijgend te observeren. Margret Rosch bleef midden in het vertrek staan. En hij zag de paniek op het gezicht van Cora Bender, hoorde hoe ze op hese toon kort vroeg: 'Wat heb je hem allemaal verteld?'

'Niets', loog haar tante. 'Maak je geen zorgen. Ik ben alleen hier om jou te zien. Van je geplande bezoek aan mij komt morgen immers helaas niets terecht. Daar had ik me erg op verheugd. Hoe gaat het met de kleine jongen?'

Ze sprak alsof ze bij een zieke op bezoek was, alsof het om een gebroken been ging. Zo vlug liet het wantrouwen van Cora Bender zich echter niet sussen.

'Goed. Heb je echt niets verteld?'

'Nee. Wat zou ik dan gezegd moeten hebben?'

'Weet ik veel! In zo'n situatie vertel je allerlei onzin. Dat heb ik ook gedaan. Over de Verlosser, de boetende Magdalena en al dat soort flauwekul.'

Margret Rosch schudde haar hoofd. 'Nee, geen woord.'

Cora Bender ontspande zich van pure opluchting een beetje en stapte op een ander onderwerp over. Of ze zich had laten paaien of ergens op uit was, durfde hij niet te beoordelen. Het klonk neerslachtig en oprecht en paste bij haar gedrag aan het meer. Berrenrath had hem verteld dat ze zich zorgen had gemaakt over de oren van het kind.

'Heeft Gereon je gebeld?' wilde ze weten.

Margret Rosch knikte en Cora informeerde: 'Hoe is het met hem? Heeft hij iets over zijn arm gezegd? Ik heb hem gestoken, twee keer meen ik. Een van de ambulancemedewerkers heeft hem aan het meer verbonden. Het was een vrij groot verband, zijn hele onderarm zat in het verband. Hopelijk kan hij wel gewoon werken. Het is op het moment zo druk. Manni Weber kan dat nooit op zijn eentje aan. En die ouwe kun je vergeten. Je weet toch hoe hij is. Hij heeft wel een grote waffel, maar hij kan nog geen schroevendraaier van een pijptang onderscheiden.'

Haar tante knikte opnieuw, beet op haar lip en bracht het

gesprek eindelijk op wat er gebeurd was – daar deed ze althans een aanzet toe.

'Heb je iets nodig? Moet ik een advocaat voor je regelen?'

Cora Bender maakte een afwijzend gebaar. 'Laat maar. Maar het zou fijn zijn als je me wat spullen zou kunnen brengen. Wat kleren en spullen om me te kunnen wassen. De gebruikelijke dingen, je weet wel.'

Onverhoeds stoof Margret Rosch op. 'Nee, dat weet ik niet. Wat is dat, de gebruikelijke dingen, als je naar de gevangenis gaat? Dat is niet een soort vakantie. Cora, doe me een lol en vertel die mensen hier de waarheid. Maak je niet ongerust over anderen. Denk nu eens een keer alleen aan jezelf. Vertel hun wat er vijf jaar geleden is gebeurd. Zeg hun waarom je destijds in augustus van huis weggelopen bent. Dat zullen ze begrijpen. Vertel hun alles.'

'Heb ik al gedaan', beweerde ze.

'Daar geloof ik niets van', verklaarde Margret Rosch.

Ze haalde kalm haar schouders op. 'Laat dan maar! Laat me met rust. Beeld je maar in dat moeder gelijk had en dat ik dood ben.'

Ze zweeg enkele tellen. Toen vroeg ze zachtjes: 'Wil jij het vader vertellen? Die hoort het toch, dat kan niet anders. Ik heb liever dat jij het hem zegt. Doe het echter wel voorzichtig. Zeg maar dat ik het goed maak. Ik wil niet dat hij zich opwindt. Hij moet ook niet komen. Dat wil ik niet.'

Margret Rosch knikte slechts en wierp een verlangende blik op de deur. Rudolf Grovian liep met haar mee naar buiten, bedankte haar voor haar komst en het feit dat ze hem geholpen had. Dat meende hij oprecht. Johnny en heroïne, vreselijk mishandeld en uit een rijdende auto gegooid, daar kon hij wel iets mee. En niet te vergeten de brekende ribben van het tweede meisje.

Ook het gesprek van de tante en het nichtje was verhelderend en had onthuld hoe groot de verdringingsmechanismen in de familie waren. Laten we eerst maar eens over het weer praten.

Hij wist vrijwel zeker dat Margret Rosch hem nog wel wat meer had kunnen vertellen. Op zijn minst iets over de Verlosser, de boetende Magdalena en al dat soort flauwekul. Het bevreemdde hem wel dat het er Cora Bender alleen aan gelegen scheen te zijn om zich op die punten van de zwijgzaamheid van haar tante te verzekeren. Terwijl ze daar nota bene zelf al uitvoerig verslag van had gedaan.

In gedachten corrigeerde hij zichzelf. Nee, ze had alleen over het kruis gesproken. Duidelijk kon hij zich voor de geest halen hoe alles in haar gezicht trilde toen ze over de Verlosser in relatie tot de boetende Magdalena had gesproken. En hoe ze het water voor in haar koffie onmiddellijk als afleidingsmanoeuvre had gebruikt.

Hij was niet bijzonder bijbelvast en vroeg zich af welke betekenis een bijbelse randfiguur kon hebben als Georg Frankenberg vijf jaar na zijn optreden als satan met de slang nu als de Verlosser had gefungeerd. Het loonde echter niet de moeite om daarover te piekeren.

Een trauma! Daar had hij aan gewrikt – onwetend en nietsvermoedend. Daarin gaan roeren was toch echt niet zijn taak; niet tegen deze achtergrond. Dat was een klus voor de artsen; die hadden daarvoor doorgeleerd. Een fout maakte hij altijd maar één keer. Nooit zou ze meer voor zijn voeten in elkaar zakken. Je moest je grenzen kennen. Hij had zijn grens bereikt. Dacht hij.

7

Tegenover Margrets bezoekjes heb ik altijd ambivalent gestaan. Ze kwam te sporadisch en bleef niet lang genoeg om echt iets te veranderen. Ze bracht slechts hoop voor vader in huis en nam die weer mee als ze wegging.

Van Margrets bezoekjes in de eerste paar jaren kan ik me nauwelijks iets herinneren. Het kunnen er nooit veel zijn geweest. Toen kwam Margret meestal samen met een stokoude vrouw, mijn grootmoeder. Ze brachten altijd snoep mee. Moeder nam dat in ontvangst en legde het in de kast bij het brood. Waar dat snoepgoed daarna bleef, wisten alleen moeder en de Verlosser. Enig voorrecht leverden die bezoekjes destijds niet op. Daarom ervoer ik ze vooral als overlast. Mijn grootmoeder wilde constant van me weten of ik wel zoet was, vader en moeder gehoorzaamde en altijd braaf deed wat ze van me vroegen. Ik knikte overal ja op en was opgelucht als ze weer vertrokken.

Toen kwam Margret voor het eerst alleen. Grootmoeder was gestorven. Tijdens dat bezoek praatte ze met mij. Ze wilde weten of ik het leuk vond op school. Of ik goede cijfers haalde. Welk vak ik het leukst vond. Of ik het prettig vond om bij vader op de kamer te slapen. En of ik misschien een tekening van vader kon maken want ze had geen foto van hem.

Ik kon helemaal niet goed tekenen en tekende een mannetje voor haar met een hark en een emmer. Margret wilde weten wat dat lange ding naast het mannetje was. Dat legde ik haar uit. Dat was dan ook alles.

De rest van de tijd bracht ze samen met moeder door; althans overdag, want vader moest werken. En daarna deed moeder dagenlang zo vreemd. Ik weet niet hoe ik het moet beschrijven. Ik had de indruk dat ze bang was. Dan was ze flink in de war en stak eindeloze preken tegen me af over de ware zonden, alsof er niet al meer dan genoeg andere zonden waren.

De ware zonden waren de begeerten van het vlees, zei moeder. Daar kon ik niks mee beginnen. Ik was immers pas negen jaar. Ik dacht dat het iets met de rosbief te maken had die ze vanwege Margrets bezoek op tafel moest zetten. Dat had vader geëist. Een dierbare gast kon je niet twee dagen achtereen bonensoep voorzetten. Vader had twee plakken rosbief genomen, ik maar eentje, het kleinste plakje, hoewel Margret me sommeerde: 'Neem nog een plakje, Cora. Of vind je vlees niet lekker?'

Natuurlijk vond ik vlees lekker. Ik dacht echter dat ik na Margrets vertrek de wind van voren zou krijgen als ik nog een plak zou nemen. En zo ging het ook altijd.

En toen, een week nadat Margret was vertrokken, arriveerde er een pakje. Het was winter, kerstvakantie. Dat weet ik nog heel goed. Het pakje kwam 's morgens met de post en omdat vaders naam erop stond, durfde moeder het niet open te maken. Ik legde het op de keukenkast. En 's avond knipte vader met een groots gebaar het touwtje door.

Het bezoek van Margret had hem veranderd. Sinds zij weg was sprak hij onophoudelijk over de nieuwe wind die nu in huis waaide en over de zeven magere jaren die aan de zeven vette voorafgingen. En als er acht magere jaren waren geweest, moesten er ook acht vette volgen. Daarna was hij wel oud genoeg voor de definitieve onthouding, zei hij.

Op een keer zei hij tegen moeder: 'Wie niet horen wil, moet betalen. Anders krijg ik nog eelt op mijn handen.' Grit Adigar zei altijd tegen haar dochters: 'Wie niet horen wil, moet maar voelen', als ze Kerstin of Melanie een tik op hun vingers gaf. Ik vond die rare praat van vader niet in de haak. De mensen bij ons in de buurt vertelden rond dat moeder getikt was. Dat zeiden ze zo hard dat ik het hoorde. Ik was bang dat vader nu ook getikt werd.

Hij maakte me toch een drukte over dat pakje en gedroeg zich alsof er een nieuw hart voor Magdalena in zat. Er zaten wat lekkernijen in waar hij meteen van begon uit te delen hoewel moeder er met een strak gezicht naast stond. Magdalena kreeg een kokertje met chocoladesnoepjes erin. 'Een heleboel kleurige Smarties.' Die kende ik van het schoolplein. Ik kreeg ook zo'n kokertje en wilde het aan moeder geven maar vader hield me tegen.

'Die zijn van jou', zei hij. 'En je eet ze op ook. De rest bewaren we voor Kerstmis. Dan hoeven we het moeder niet aan te doen verlokkende zoetigheden te moeten kopen.'

Behalve de zoetigheden had Margret nog meer ingepakt, alles in bontgekleurd papier met een strik erom. Aan elke strik zat een klein kaartje met onze naam erop. Helemaal bovenop lag een envelop.

Het was de eerste brief van Margret die vader me voorlas. Niet alleen mij, moeder en Magdalena waren ook in de keuken. Moeder had de twee fauteuils uit de woonkamer gehaald en tegen elkaar geschoven zodat Magdalena kon liggen. Het ging die dag niet zo goed met haar.

Margret wenste ons allemaal een vrolijk kerstfeest en een gelukkig en vooral gezond nieuw jaar. Ze vond het jammer dat haar bezoek niet het gewenste resultaat had gehad. Ze hoopte dat moeder nog eens zou nadenken over haar plichten en over het feit dat de Verlosser van zijn discipelen nooit onthouding had geëist. Dat hadden andere mensen later beweerd. Hun was het er echter alleen om begonnen om te voorkomen dat het vergaarde vermogen onder allerlei erfgenamen zou worden verdeeld. En moeder moest er alsjeblieft ook eens aan denken dat vader niet alleen lag in de slaapkamer. Er was niemand bij gebaat als er een ongeluk zou gebeuren. Ze begreep heel goed dat moeder bang was om opnieuw zwanger te worden. Dat was echter tegenwoordig helemaal niet nodig, daar waren genoeg middelen voor. En Margret was ervan overtuigd dat de Verlosser dat soort middelen goedkeurde omdat niemand de geaardheid van een mens beter kende dan hij. En het tweede lam offeren was een verspilling die hij nooit zou billijken.

Vader las dat allemaal hardop voor, toen kwam hij bij de cadeautjes. Voor Magdalena een pop. Het was een stoffen pop met een grappig gezicht dat er met kleurig garen op was gestikt. Grote blauwe ogen en rode wangen, een lachende mond met witte tanden. Het haar was van gele breiwol, die tot dikke vlechten was gevlochten. Margret wenste Magdalena van ganser harte een gezicht als dat van de pop toe, vrolijk en gezond. Magdalena mocht de pop meteen uitpakken. Ik hielp haar daarmee.

Ondertussen gooide vader moeder een heel klein pakje toe en zei: 'Je kunt er het beste mee naar de woonkamer gaan. Laat het hem zien en vraag maar of hij er iets op tegen heeft.' Moeder verroerde zich niet. Het kleine pakje kwam tegen haar schort aan en viel op de grond. Tot slot gaf vader me mijn cadeautje. Het was een boek: *Alice in Wonderland*.

Meer dan de titel heb ik niet kunnen lezen. Die bewuste avond was het al te laat en de volgende dag eiste moeder dat ik het boek in de zinken emmer voor het altaar zou verbranden. Ze eiste het niet op bevelende toon. Ze hield een preek tegen me over Margrets brief en de verdorven ideeën in die brief. Dat ik het meteen moest zeggen als vader zich aan mij zou bekennen.

Ik dacht nog, nu is ze helemaal gek geworden. Ik kende vader immers al zo lang. En dat hij mijn echte vader was, wist ik inmiddels ook heel zeker. Ik leek sprekend op hem en ik dacht allang niet meer dat de familie Adigar mijn familie was. Ik knikte overal maar ja op.

Ik knikte ook toen ze me vroeg of ik ook niet evenals zij vond dat het voor een vervuld leven meer dan genoeg was om het boek der boeken te kennen? Dat kende ik inmiddels van buiten. Moeder had me alle verhalen over de zonden en zondeval van de mensheid verteld tot ze mijn oren uitkwamen. En sinds ik zelf kon lezen, moest ik… Ach, wat doet het ertoe!

Ze stuurde me weg om de zinken emmer te halen, drukte me de lucifers in handen en vervolgens keken we toe hoe het wonderland in een hoopje as veranderde.

Toen vader laat in de middag thuiskwam en hoorde wat er was gebeurd, werd hij woedender dan ik hem ooit had gezien. Hij zei dingen waarvan ik destijds maar de helft begreep. Dat hij er nooit rekening mee had gehouden dat de hoer van een geallieerde soldaat nog eens een wandelend gebedenboek zou worden. Dat er toch een tijd was geweest dat ook zij er wel pap van lustte. En dat ze niet alleen datgene bij zich naar binnen had laten glijden wat daar door moeder natuur voor was bedoeld maar dat ze ook de breinaald met plezier had binnengelaten. Moeder stond er met een volkomen verstard gezicht bij. Op de een of andere manier had ik met haar te doen.

Daarna zaten we nog lang aan de keukentafel, vader en ik, terwijl moeder de afwas deed. Vader vertelde me het verhaal van Alice in Wonderland. Terwijl hij het niet eens kende. Hij verzon ter plekke een compleet ander verhaal van een meisje wier moeder geschift was en het hele gezin krankzinnig wilde maken. Dat het dat meisje thuis niet beviel, maar dat ze niet van huis kon weglopen omdat ze daar nog te jong voor was en geen geld had. En toen creëerde ze haar eigen wereld. Ze verzon mensen en ze praatte met hen, hoewel ze niet bestonden.

'Maar dan was dat meisje toen al even gek als haar moeder', zei ik.

Vader glimlachte. 'Ja, waarschijnlijk wel. Maar hoe zou je ook geestelijk gezond kunnen blijven met zo'n moeder? Als je nooit iets anders ziet en nooit iets anders hoort.'

Magdalena was ook in de keuken. Net als de avond tevoren lag ze in de beide tegen elkaar geschoven fauteuils. Ze had een zware dag achter de rug; twee klysma's die haar alleen maar buikkrampen opleverden en verder geen resultaat hadden gehad. Ze had oplettend liggen luisteren en haar ogen flitsten onophoudelijk heen en weer tussen vader en moeder. Zij kende het verhaal van Alice in Wonderland namelijk wel.

De zuster in het ziekenhuis die ervoor zorgde dat ze af en toe met andere kinderen mocht spelen, had haar op een keer naar een kamer gebracht waar een andere moeder haar kind een boek zat voor te lezen. Dat heeft ze me achteraf verteld. Waar *Alice in Wonderland* echter werkelijk over ging, heeft ze me niet verteld. Ik heb het haar ook niet gevraagd, ik wilde het helemaal niet weten.

Vader glimlachte tegen haar en vroeg: 'Hoe is het vandaag met ons musje?'

Magdalena gaf hem geen antwoord. Ze praatte inmiddels dikwijls met mij en zelden met moeder. Tegen hem zei ze nooit iets. Moeder deed dat voor haar. 'Het gaat niet goed met haar. Hoe zou dat ook kunnen in een huis waar niemand zich aan de geboden van de Heer houdt?'

'Jij houdt je er toch aan', zei vader. Hij was nog steeds heel nijdig. 'Maar laat me dan eerst maar eens zien waar dat gebod staat. Ik kan me niet herinneren ooit te hebben gelezen dat de Heer van een kind eist dat het een boek verbrandt. Voor zover ik weet hebben anderen daarvoor gezorgd. Maar ja, die noemden zich immers ook heren. Van dat herenvolk heb jij te veel opgepikt, vrees ik. Je haalt zo af en toe de methodes door elkaar.'

Moeder keek hem slechts aan. Hij knikte stilletjes in zichzelf, boog het hoofd en bekeek het tafelblad. 'Maar om op je huidige Heer terug te komen', zei hij na een poosje. 'Heeft hij niet gezegd: Zo ge niet zijt als kinderen? Ik bedoel, zoiets zou hij ooit hebben gezegd. En als jij je al letterlijk aan al zijn woorden houdt, dan moet je niet alleen die woorden uitkiezen die toevallig in jouw kraam te pas komen. Kinderen willen ook wel eens iets anders doen dan een kruisteken maken. Als we ooit een kind moeten afstaan – en ooit op een dag zal dat gebeuren, dat weet jij even goed als ik – dan wil ik dat het andere kind zo gezond en onbekommerd is als maar mogelijk is. Ik had naar de doktoren moeten luisteren, dan was alles allang achter de rug geweest. Dan had jij al die apekool van je op het kerkhof kunnen botvieren.'

Ik dacht dat mijn hart stilstond. Wat hij daarmee bedoelde, wist ik heel goed. En Magdalena wist het ook. Vanwege haar frequente opnames in het ziekenhuis wist ze een heleboel over haar ziekte en andere dingen. Ze wist veel meer dan ik. Ze kon niet lezen, niet rekenen en niet schrijven. Ze kende echter woorden als elektrocardiogram, septumdefect, insufficiëntie, aneurysma van de aorta, pathologie en crematorium. En ze wist ook wat die woorden betekenden.

Ze keek vader aan, drukte haar pop dicht tegen zich aan en speelde met de dikke vlechten van breiwol. Het leek erop alsof ze iets tegen hem wilde zeggen. Ze bewoog haar lippen, een paar keer deed ze dat. Er kwam echter geen geluid uit. Ten slotte zag ik dat haar lippen slechts één woord vormden. Klootzak!

Of vader dat er ook uit kon opmaken, weet ik niet. Hij haalde diep adem en zei toen op wat zachtere toon: 'Maar nu we nou eenmaal hiertoe besloten hebben, moeten we ook proberen het voor haar zo draaglijk mogelijk te maken. Een beetje plezier laten beleven, niet altijd alleen maar van dat vrome geklets. Daar heeft ze niets aan. Ik ben ervan overtuigd dat ze het verhaal van Alice in Wonderland ook leuk zou hebben gevonden. En Cora zou haar dat gegarandeerd hebben voorgelezen.'

Moeder verklaarde: 'Ze moet nu gaan rusten. Het is een vermoeiende dag voor haar geweest.' Ze tilde Magdalena uit de fauteuils, nam haar op de arm en droeg haar naar de deur. Vader keek hen hoofdschuddend na. Toen ging hij het tafelblad weer zitten bekijken. 'Dat was mijn zonde,' zei hij zachtjes, 'dat ik een keer niet heb kunnen berusten en niet rustig mijn tijd heb afgewacht. Ik had hem nog beter in een muizenhol kunnen steken.'

Hij richtte zijn blik op mij. 'Laten we maar naar bed gaan, vind je niet? Voor jou wordt het sowieso tijd en ik ben ook moe.'

We gingen naar boven. Moeder was met Magdalena nog op de badkamer om haar te wassen en haar tanden te poetsen. Vader liep de slaapkamer in en haalde de kleren uit de kast die hij de volgende ochtend op zijn werk wilde dragen. Ik ging onze slaapkamer binnen en trok mijn nachtjapon aan. Toen moeder met Magdalena de badkamer uitkwam, ging ik erheen om ook mijn tanden te poetsen.

Moeder bracht Magdalena naar bed en ging weer naar beneden om te bidden. Vader kwam naar me toe, hij was heel gedeprimeerd en stond naast de wastafel toe te kijken hoe ik mijn gezicht waste en mijn haren kamde.

Ik kwam er met de kam niet doorheen. Soms draaide ik met mijn handen krulletjes in mijn haar wanneer ik lang voor het altaar op mijn knieën moest zitten. Vader hielp me de klitten te ontwarren. Toen trok hij mijn hoofd tegen zijn borst en hield het stevig vast. 'Het spijt me zo', mompelde hij. 'Het spijt me zo verschrikkelijk.'

'Je hoeft niet verdrietig te zijn vanwege dat boek', zei ik. 'Lezen vind ik helemaal niet leuk. Ik vind het veel leuker als je me over vroeger vertelt. Je hebt al heel lang niet meer over de spoorlijn verteld en over de oude school en over hoe ze de kerk hebben gebouwd.'

'Daar heb ik jou al veel te vaak over verteld', zei hij. 'Vooral niet over de tijd van nu praten en ook niet over vroeger.'

Hij hield mijn hoofd dicht tegen zijn borst gedrukt en streelde met zijn hand over mijn rug. Toen duwde hij me opeens van zich af, draaide zich om naar de wastafel en zei: 'Het wordt tijd dat het voorjaar wordt. Dan hebben we in de tuin volop werk en dan hebben we geen tijd meer voor domme gedachten.'

Veronderstellen dat Margret haar had verraden, dat zou pas een domme gedachte zijn geweest. Van Margret kon je op aan, ze had zelf immers ook het nodige te verliezen. Aan de angst, de verwarring en de onzekerheid veranderde dat besef echter niets.

Toen Margret samen met de chef het vertrek uitliep, kwam de man in het joggingpak binnen. Met hem bleef ze enkele minuten alleen. Ze hoopte dat hij iets zou zeggen. Twee zinnen maar om dat dode gevoel uit haar hoofd te verdrijven.

Sinds ze was bijgekomen uit haar kortstondige bewusteloosheid was het daarbinnen even nauw en donker als in een graf. Of in een kelder nadat iemand het licht had uitgedaan. Ze wist dat ze iets afgrijselijks had gezien en iets afschuwelijks had gevoeld. Maar wat het ook was dat door de muur in haar hersenen naar buiten gebroken was, het had zich weer teruggetrokken. Alleen dat gevoel was gebleven. En vaders stem spookte maar rond in het donker.

Ze zag hem op de rand van haar bed zitten. Avond na avond was hij naar haar toe gekomen tijdens die paar weken dat ze na haar terugkomst in november nog thuis had gewoond. Ze hoorde hem smeken met zijn stem die zo oud en broos klonk. 'Praat tegen me, Cora. Doe niet zoals zij. Je moet met me praten. Vertel me wat er is gebeurd. Wat je ook op je kerfstok hebt, ik zal je er niet om veroordelen en er nooit een woord over vuil maken, dat beloof ik je. Ik heb helemaal niet het recht om jou te veroordelen. En moeder evenmin. Elk van ons heeft iets op zijn geweten. Nu zal ik jou eens vertellen wat ik heb gedaan en wat moeder heeft gedaan. En dan ben jij aan de beurt. Je moet het me vertellen, Cora. Als je er niet over praat, ga je eraan kapot. Wat is er gebeurd, Cora. Wat heb je gedaan?'

De man in het joggingpak had niet meer dan twee of drie zinnen hoeven zeggen om vaders stem te overstemmen. Hij keek haar echter slechts aan, uit zijn blik spraken medeleven en onzekerheid. Misschien wachtte hij tot zij iets zou zeggen. Toen ze bleef zwijgen, begon hij aan de cassetterecorder te prutsen. Hij nam de cassette eruit en legde hem bij de andere die in de loop van de avond waren verzameld.

Cassettes! 'Ik spoel het bandje een stuk vooruit', had de vrouw aan het meer gezegd. En: 'Dit is het beste wat jullie ooit hebben gehoord.'

Die zin was als een elektrische schok door haar hersenen gegaan en vond ergens weerklank. 'Dat is het beste wat ik ooit heb gehoord', zei Magdalena.

Magdalena lag op bed en hield een minuscule cassetterecorder in haar hand. Van daar af liep een dun snoertje naar een dopje in haar oor. Ze lachte zachtjes en wiegde met haar hoofd heen en weer; alleen met haar hoofd, met iets anders kon ze niet wiegen. Ze neuriede een melodie. 'Bohemian Rhapsody… Is this the real life?' 'Ik ben dol op dit nummer. Wat een stem heeft die Freddy

Mercury, te gek gewoon. Wat zou ik dat graag eens keihard willen horen, zoals in de disco. Maar dan zouden we een enorme stereo-installatie moeten hebben. En als dat ouwe mens daar lucht van krijgt, sluit ze ook nog de stroom af. Heb je de hoofdkraan van de waterleiding nog kunnen vinden?'

De chef kwam terug en vroeg: 'Hoe voelt u zich, mevrouw Bender?'

Ze was met haar hoofd nog bij Magdalena en zei: 'Jammer genoeg niet. Ik haal wel een emmer bij Grit, dan hebben we in elk geval voldoende om ons te wassen.' Toen pas realiseerde ze zich wat de chef had gevraagd en zei ze snel: 'Dank u, uitstekend.'

Ze was ervan overtuigd dat hij nu opnieuw een heleboel vragen zou gaan stellen. Ze herinnerde zich nog dat hij op het einde had willen weten waar ze de namen Frankie, Bokkie en Tijger had gehoord. In het geval van Frankie lag het antwoord voor de hand. Aan het meer. En dat wilde ze hem zeggen.

De waarheid was de enige mogelijkheid. Leugens maakten alles alleen maar erger. Moeder had het haar keer op keer voorgehouden. Moeder had altijd gelijk gehad, dat was nu definitief bewezen. Wie zich de toorn van de Heer op de hals haalde, werd door hem gestraft. De een sloeg hij met stomheid, de ander met geestelijke verwardheid.

De waarheid! De zuivere waarheid! Niets dan de waarheid! Ik kende die man niet. Ik kende hem echt niet, noch van naam noch van gezicht! Ik wist niet waarom ik hem moest vermoorden. Ik weet slechts dat ik het moest doen!

De chef maakte echter geen aanstalten, wisselde een blik met de man in het joggingpak en zei op bezorgde toon iets over rust die ze allemaal dringend nodig hadden. Toen hij het zei, voelde ze de vermoeidheid als lood in haar ledematen. Tegelijkertijd was ze bang alleen gelaten te worden met de flarden herinnering die zich aan haar opdrongen, die als smerige oude poetslappen tegen haar ziel schuurden. Alles in haar binnenste verstijfde, verhardde zich. Ze kon maar ternauwernood opstaan en ze kon de energie niet meer opbrengen om te protesteren.

De chef zorgde ervoor dat ze werd weggebracht. De vriendelijke Berrenrath en zijn collega namen haar mee. Even later lag ze in een smal bed, bijna even dood als Georg Frankenberg en desondanks niet in staat om in slaap te vallen.

Ze lag te piekeren of Margret vader al had gebeld. Waarschijnlijk niet op dit uur van de nacht! Er was geen telefoon in haar ouderlijk huis. Als iemand een dringende boodschap wilde doorgeven, moest hij een van de buren bellen en vader eerst laten ophalen. En Grit Adigar midden in de nacht uit bed bellen… Grit!

Ze voelde zich zo murw. Nooit eerder had ze iets dergelijks gevoeld. En nu greep dat gevoel om zich heen. De hunkering naar vroeger! Nog eens naast het bed van Magdalena zitten en over de buitenwereld vertellen. Over de disco, over wilde muziek, verblindend licht en jongemannen. En Magdalena's vragen beantwoorden. 'Hoe zit dat met cocaïne? Dat schijnt een te gek gevoel te geven. Je beleeft alles veel intenser, vooral seks. Heb jij het al eens geprobeerd? Hoe was het? Vertel op.'

Nog eens voor het altaar neerknielen. Nog eens haar handen vouwen. Nog eens smeken dat de Verlosser haar de kracht gaf om te verzaken, en dat hij Magdalena weer een nieuwe dag mocht geven. En dan even bij Grit binnenvallen, die geregeld vroeg: 'Zo, Cora, heb je al je plichten voor vandaag weer gedaan?'

Alle plichten gedaan! Niet alleen voor vandaag – voor altijd. Een man vermoord: Georg Frankenberg! Een liedje gehoord: Song of Tiger! Een sprookje verteld: Alice in Wonderland! De versie van vader – en creëerde haar eigen wereld. Verzon nietbestaande mensen: Bokkie en Tijger.

Het ergste was nog dat ze merkte hoe haar verstand afbrokkelde, murw werd, poreuzer werd tot je het uiteindelijk tussen twee vingers kon verkruimelen. Tegen vijf uur in de ochtend viel ze eindelijk in slaap.

Rond dat tijdstip lag Rudolf Grovian met zijn armen kruiselings over elkaar onder zijn nek op de bank in de woonkamer. Hij lag naar het donkere plafond te staren en hoorde haar smeken: 'Doe het licht weer aan.'

Om drie uur was hij thuisgekomen, behoorlijk van streek, doodop en een beetje gedeprimeerd door het besef dat hij iets op gang had gebracht wat hij door anderen tot een goed einde moest laten brengen. 'Help me toch!' Hij kon haar niet helpen. Het enige wat hij voor haar kon doen was bewijzen dat Johnny Guitar en Georg Frankenberg een en dezelfde persoon waren.

Werner Hoß betwijfelde dat en wat Hoß aan argumenten aanvoerde, viel niet zo een twee drie te weerleggen. Tot drie keer toe hadden ze samen naar de twee belangrijkste cassettebandjes geluisterd voordat ze naar huis gingen. Het eerste en het laatste bandje. Hoß pleitte voor het eerste bandje. 'Het kwam door dat lied.' Volgens hem was dat de crux. En dat antwoord zette het gestamel op het laatste cassettebandje immers niet op losse schroeven. Het waren alleen heel verschillende dingen. Je kon immers niet weten wat er zich in een hoofd afspeelde dat negentien jaar lang met de bijbel om de oren geslagen was en dat vijf jaar geleden door een kristallen klauw doormidden was gekliefd.

Rudolf Grovian was in bed gaan liggen en had lang liggen woelen, totdat Mechthild eiste: 'Rudi, doe me een lol en ga op de bank liggen. Dan kan ík in elk geval slapen.'

Hij had het zich al lang geleden afgewend met haar over zijn werk te spreken. Mechthild had haar eigen opvattingen over recht, wetten en gerechtigheid. Ze bracht twee middagen per week op de afdeling tweedehandskleding van de caritas door en verdeelde afgedankte jassen en broeken onder maatschappelijke mislukkelingen en andere behoeftigen. Vrijwilligerswerk, dat spreekt vanzelf! En wanneer hij haar vroeger wel eens had verteld dat een van die maatschappelijke mislukkelingen met een schietijzer in zijn hand het filiaal van een of andere spaarbank was binnengewandeld, had Mechthild geregeld gezegd: 'Ach, die arme ziel.'

'Is Marita veilig thuisgekomen?' vroeg hij om maar iets te zeggen en in de hoop dat ze hem zou vragen waarom het zo laat was geworden en wat er aan de hand was geweest. Op de een of andere manier had hij de behoefte om uit haar mond te horen: 'Och, dat arme schepsel.'

'Daar ga ik wel van uit', zei ze.

'Wat heeft ze je verteld? Ze zal je toch wel iets hebben verteld. Ik bedoel, ik meen iets over een advocaat te hebben opgevangen.'

'Rudi,' kwam het er langgerekt en gekweld uit, 'laten we daar morgen in alle rust over praten. Kijk eens hoe laat het al is.'

'Morgen heb ik geen tijd. Ik wil het nu weten.'

'Ze wil scheiden', zuchtte Mechthild.

'Wat?' Het was niet eens de moeite waard om rechtop te gaan zitten. Hij was er al bang voor geweest. 'Het zijn sterke benen die de weelde kunnen dragen', zei hij.

'Rudi', zuchtte Mechthild opnieuw. 'Dat doet ze echt niet voor de lol, neem dat van me aan.'

'Voor mij is het goed genoeg als jij dat gelooft', zei hij. 'Maar jij slikt altijd elk lulverhaal van haar voor zoete koek.'

'Omdat ze gelijk heeft', verklaarde Mechthild nogal resoluut. 'Peter is continu aan het werk. Zij is altijd alleen. Dat is geen leven voor een jonge vrouw.'

'Hoezo? Ik vind dat ze een geweldig leven heeft. Hij heeft zich helemaal op zijn werk gestort en het geld dat hij daarmee verdient, gooit ze met beide handen het raam uit. Dat is toch beter dan met gevouwen handen op je hurken onder een kruisbeeld te moeten zitten.'

'Ja, hallo, wat een vergelijking', zei Mechthild. 'Hoe kom je daar nou bij?'

'Zomaar. Hoor eens, hebben we eigenlijk een bijbel in huis?'

'Ja, nou is het genoeg, Rudi! Het is bijna halfvier.' Mechthild draaide zich op haar zij.

'Hebben we nou een bijbel of niet?' vroeg hij.

'Beneden in de kast', zei ze.

Vervolgens liep hij naar beneden, haalde de halve kast ondersteboven en vond een beduimeld en behoorlijk dun exemplaar. Die moest nog uit de schooltijd van zijn dochter stammen. Hij lag tussen haar oude schoolboeken en de marges waren helemaal vol gepend. Hij ging ermee op de bank liggen en las de passage over de verdrijving uit het paradijs. Hij kon zich nog herinneren dat het toen om een appel ging. En hij vermoedde zelfs dat Cora Bender de appels alleen mee naar het meer had genomen omdat ze van plan was daar tot de jongste dag te blijven zwemmen.

De verdrijving uit het paradijs, uit het familiebedrijf van haar schoonvader en uit het huwelijk met een man die haar tot bloedens toe in haar gezicht sloeg en wie het geen moer kon schelen hoe de politie met haar omging. Toen Gereon Bender zijn verklaring aflegde, had hij met geen woord naar de toestand van zijn vrouw geïnformeerd of gevraagd wat er nu met haar zou gebeuren.

Bij de herinnering aan haar zoontje stond zijn hoofd niet meer naar de boetende Magdalena. Desondanks las hij enkele regels en voelde zich daarna nog gedeprimeerder. Magdalena was een hoer geweest. En zo ontstond er in combinatie met heroïne en haar stukgeprikte armen iets wat hem helemaal niet aanstond.

Om halfzes graaide hij uit de keukenkastjes van alles bij elkaar wat je voor een stevig ontbijt nodig hebt en legde voor Mechthild een kattebelletje op tafel dat hij wilde zorgen rond het middaguur weer thuis te zijn. Langer kon het nooit duren om Cora Bender bij de rechter-commissaris af te leveren, daarvan was hij overtuigd. En dat was precies hetgeen hij van plan was. Dat was ook precies wat hij gisteravond al had moeten doen toen het er voor het eerst op leek dat ze de kluts kwijtraakte. Het was onvergeeflijk dat hij tegen zijn intuïtie in was gegaan.

Om zes uur was hij weer op het politiebureau. Even later kwam Werner Hoß binnen. Ze maakten het dossier voor de officier van justitie in orde, luisterden nog eens naar de cassettebandjes, vooral het laatste, discussieerden er even over en kwamen tot overeenstemming.

'Is het bandje uit de cassetterecorder van Frankenberg eigenlijk veilig opgeborgen?' vroeg hij.

Hoß grijnsde. 'Wou je een poging wagen?'

'Nee', zei hij en hij grijnsde eveneens. 'Ik blijf hier verder van af. Als het echter inderdaad om een eigen compositie gaat...' Hij maakte de zin niet af.

Hoß nam die taak voor zijn rekening en wist de cassette bij de technische recherche op te snorren. Ze speelden een klein deel van het bandje af. Er stond alleen muziek op. Rock, tamelijk woest en wild. Rudolf Grovian vond het chaotisch en continu hetzelfde. Als het echter iets met de muziek te maken had, kon het alleen om het laatste nummer op het cassettebandje gaan. Van Winfried Meilhofer hadden ze gehoord dat de cassetterecorder zichzelf kort na het gebeuren had uitgeschakeld.

'We zouden eens een poging moeten wagen', vond Hoß. 'We spelen een selectie van die muziek voor haar af. Stel dat ze dat nummer er onmiddellijk uitpikt. Mij zou dat niet lukken omdat het allemaal van die herrie is.'

Rudolf Grovian schudde resoluut het hoofd. 'Stel dat aan het licht komt dat we dat bandje voor haar hebben afgespeeld, dan kunnen we de hele zaak vergeten.'

Even voor negen uur kwam een kopie van de uitslag van de lijkschouwing binnen. In totaal zeven messteken. De plaats van de steekwonden kwam overeen met de verklaring die Cora Bender had afgelegd. Een steek in de nek, een steek had de halsslagader aan flarden gereten, een andere had het strottenhoofd geraakt. De rest was betrekkelijk onbelangrijk. Doodsoorzaak: aspiratie. Georg Frankenberg was in zijn eigen bloed gestikt voordat hij dood had kunnen bloeden.

Kort daarna kwam de officier van justitie binnen. Opnieuw werd alles van a tot z doorgesproken.

'Heeft ze bekend?'

'We hebben een verklaring', zei Rudolf Grovian. Hij legde uit hoe hij er tegenaan keek, hij maakte ook melding van het feit dat ze het bewustzijn had verloren. Dat kon hij niet verheimelijken. Bovendien wilde hij de zaak niet mooier voorstellen dat hij was. Hij beschreef hoe perioden van helderheid van geest bij haar afgewisseld werden door momenten van verwardheid en hij beëindigde zijn verhaal met de woorden van Margret Rosch over de nachtmerries.

'Ik wil dat u hier eens naar luistert.' Op een teken van hem zette Werner Hoß de bandrecorder aan. Bij het horen van Cora Benders stem fronste de officier van justitie zijn wenkbrauwen. Op het feit dat ze was flauwgevallen reageerde hij verder niet. Van zijn gezicht was duidelijk af te lezen wat hij daarvan vond. Zoiets mocht gewoonweg niet gebeuren. Hij luisterde secondenlang naar het gestamel op het bandje, mompelde: 'Goeie God' en tikte veelzeggend tegen zijn voorhoofd. 'Is ze...?'

Werner Hoß haalde veelbetekenend zijn schouders op. Rudolf Grovian schudde nadrukkelijk van nee. En de officier van justitie wilde weten of ze misschien had gedaan alsof.

'Nee!' zei Rudolf Grovian. Hij kon het niet laten een steek onder water te geven. 'Als u erbij was geweest, zou u dat niet vragen. Die bandjes moeten worden beluisterd door mensen die er verstand van hebben en die ze ook kunnen interpreteren. En als ik beluisteren zeg, bedoel ik dat ook. Een schriftelijk verslag volstaat in dit geval niet. Ze sleept een heleboel ellende met zich mee.' In een paar woorden schetste hij haar jeugd, het religieuze fanatisme en het ding waarvan ze zich had verbeeld dat het weg zou rotten.

'En dan dit nog', zei hij. 'We zullen ons er morgen mee gaan bezighouden. Veel tastbaars hebben we niet, dat geef ik toe. Alleen die paar zinnen. Maar we moeten minstens navraag doen. Misschien is er in de bewuste periode een jong meisje uit Buchholz verdwenen. Misschien hebben die daarginds zelfs een lijk met gebroken ribben.'

De officier van justitie schokschouderde, bladerde de getuigenverklaringen door en nam het obductieverslag vluchtig door. Toen keek hij op en zei: 'Wij hebben ook een lijk, vergeet dat niet. Ons lijk heeft wel geen gebroken ribben maar dit is voor mij meer dan genoeg. Het komt niet vaak voor dat iemand zich zo nauwkeurig kan herinneren waar hij – of in dit geval zij – iemand heeft geraakt.'

'Wat zegt nauwkeurig nu in dit geval', zei Rudolf Grovian. 'Ze heeft gewoon de plekken opgesomd waar je iemand een dodelijke steek kunt toedienen. Haar tante is verpleegkundige, ze heeft anderhalf jaar bij haar ingewoond. Het is best mogelijk dat ze in die periode wat medische kennis heeft opgedaan.'

De officier van justitie bekeek hem secondenlang met een uitgestreken gezicht. 'Dat zouden dan toch merkwaardige gesprekken zijn geweest daar bij die tante', vond hij. 'Bovendien heeft ze die plekken niet alleen opgesomd, meneer Grovian. Ze heeft ze ook geraakt.'

Dat wist hij inderdaad, ook al had hij het niet met eigen ogen gezien. En hij wist ook dat zulke nauwkeurige verklaringen uiterst zeldzaam, om niet te zeggen zeer uitzonderlijk waren. Bij een moord die in een opwelling wordt gepleegd, wist daarna geen mens precies hoe het was gegaan. En deze moord was in een opwelling gepleegd. Iets anders was absoluut ondenkbaar. Bovendien vond hij het belangrijk dat de officier van justitie tot de conclusie zou komen dat hij het bij het rechte eind had. 'Wilt u eens met haar praten?' stelde hij voor. 'Ik kan haar wel even laten halen.'

De officier schudde zijn hoofd. 'Laat haar maar slapen. Ze heeft zonder twijfel een zware nacht achter de rug. Ik heb zelf ook niet goed geslapen. Ik heb op het moment geen zin in nog meer ellende.'

Klootzak, dacht Rudolf Grovian.

Later die ochtend maakte Berrenrath haar wakker. Dat hij rond die tijd allang thuis in bed had kunnen liggen, wist ze niet. En al had hij haar dat verteld, dan nog zou het haar nauwelijks hebben geïnteresseerd. 's Nachts was zijn vriendelijke houding wellicht van enige waarde geweest; nu was Berrenrath nog slechts een schakel in de ketting waarmee ze met geweld naar het verleden was teruggevoerd en waaraan ze nu gekluisterd zat.

Ze had een smaak van dode muizen in haar mond maar in haar hoofd was ze weer helemaal helder en koud; het leek wel of haar hersenen tijdens haar slaap bevroren waren. Nu zat haar angst in een klomp ijs gevangen – en met die angst alle andere gevoelens.

Ze vroeg een glas water. Dat kreeg ze, mineraalwater. Het deed haar goed, ze dronk met kleine slokjes. Even later bracht Berrenrath haar weer naar het kantoor van de chef.

Daar kreeg ze haar ontbijt voorgeschoteld. De chef was er, en ook de andere man die nu een stoffen broek van een lichte kleur en een overhemd met een onopvallend dessin droeg. De beide heren maakten een oververmoeide indruk. En ze waren oprecht bezorgd.

Op het dienblad dat ze voorgezet kreeg stond een bord boterhammen die met vlees en kaas waren belegd. Ze had geen trek. De chef drong erop aan dat ze in elk geval iets moest eten. Dat genoegen deed ze hem: ze nam een hap van een boterham met salami en slikte die met een heleboel koffie door.

Vervolgens vroeg ze hoe hij heette. 'Het spijt me. Gisteren had ik zoveel aan mijn hoofd. Ik was niet in staat uw naam te onthouden.'

De chef noemde zijn naam maar in dit geval was die voor haar volstrekt onbelangrijk. Hij had haar aan de rand van de waanzin gebracht en haar daarmee duidelijk gemaakt hoe groot zijn macht over haar en haar verstand was. Het was ondenkbaar dat er na hem nog iemand kon komen die sterk genoeg zou zijn om haar dat aan te doen.

Hij legde haar uit dat ze nu naar het kantongerecht in Brühl zouden gaan om haar aan de rechter-commissaris voor te geleiden.

'Daar zult u nog even mee moeten wachten', zei ze en ze keek Werner Hoß aan en verklaarde met een uitgestreken gezicht: 'U zette vannacht immers al de nodige vraagtekens bij het verhaal dat ik u heb verteld. En terecht!'

Ze luisterden beiden met de grootst mogelijke aandacht en hielden haar voortdurend in het oog terwijl ze op rustige en beheerste toon het hele bouwwerk van leugens over Johnny Guitar herriep. Ze besloot haar verhaal met een piepklein nieuw leugentje. Vijf jaar geleden in oktober had ze niet opgelet toen ze de straat overstak en was toen door een auto aangereden.

Ze zag Werner Hoß met een voldaan gezicht knikken. De chef wierp hem een woedende blik toe en schudde zijn hoofd. Toen begon hij over Margret, voorzichtig, omzichtig, waarbij hij als een kat om de hete brij heen draaide. Hij vertelde dat hij van Margret had gehoord dat Cora vreselijk mishandeld was. Zelf had ze daar ook enkele toespelingen op gemaakt, beweerde hij.

Het was een zware klap voor haar toen ze hoorde dat Margret haar had voorgelogen en toch uit de school had geklapt. Dat ze de vuile was naar buiten had gebracht, dat ze had verteld wat ze van vader had gehoord, het einde van het hele verhaal! Vreselijk mishandeld! Terwijl ze haar had geadviseerd om de waarheid te zeggen. Vanaf augustus! De waarheid vormde vanaf augustus geen gevaar meer voor Margret. Denk nu eens een keer alleen aan jezelf! Margret had aan zichzelf gedacht.

'Wat is dat voor flauwekul?' stoof ze op. 'Ik heb daar helemaal geen toespelingen op gemaakt. Of heb ik soms beweerd dat ik mishandeld ben?'

De chef glimlachte. 'Niet met zo veel woorden.' Hij verzocht haar naar een deel van een van de cassettebandjes te luisteren, uiteraard alleen als ze dacht dat aan te kunnen.

'Voor mijn part', zei ze. 'Ik ben er echt voor in de stemming.'

Hij zette de cassetterecorder aan. En zij luisterde naar het gestamel. 'Hij heeft zo lang op haar ingebeukt totdat ze dood was. Ik hoorde haar ribben breken.'

'Mijn hemel,' zei ze, 'dat klinkt inderdaad afschuwelijk. Ik krijg de indruk dat ik behoorlijk in de war was. Maar u hebt me ook wel stevig aangepakt. Dat kunt u niet ontkennen. Die witjas die u me op mijn dak hebt gestuurd, zei dat ik onder zware emotionele druk stond. Dat dat de reden was waarom ik in elkaar ben gezakt. Vraag het maar aan hem als u mij niet gelooft. Of vraag het maar aan meneer Berrenrath, die heeft het ook gehoord. Maar maakt u zich vooral geen zorgen. Ik zal heus geen klacht tegen u indienen. U hebt gewoon uw werk gedaan. Dat begrijp ik wel.'

Rudolf Grovian knikte en wierp Werner Hoß een ondefinieerbare blik toe. Die kon je opvatten als een verzoek om alsjeblieft op dezelfde lijn te blijven zitten of als een bevel om zijn mond te houden, dat kwam op hetzelfde neer. Hij haalde diep adem en probeerde haar gemoedstoestand te taxeren. Ze maakte een volkomen heldere indruk. En als ze wilde, kon ze hem een heleboel werk besparen. Ze hoefde slechts de naam van het meisje te noemen dat de kleine dikkerd voor zichzelf had gereserveerd.

Hij ging uitermate omzichtig te werk en legde haar uit dat hij heel goed begreep waarom ze haar verklaring wilde herroepen: uit angst dat er opnieuw afschuwelijke dingen zouden worden opgerakeld.

Er verscheen een spottende trek om haar mond. 'U begrijpt er geen moer van. Die dikkerd had geen meisje. Johnny was degene die de meisjes versierde. De dikkerd sjokte continu achter hen aan als een hondje dat af en toe eventjes aan een bot mag snuffelen.'

'Dus Johnny bestond wel degelijk', constateerde Rudolf Grovian.

'Natuurlijk. Maar niet voor mij. Die zag mij immers absoluut niet staan.'

Rudolf Grovian zei op enigszins vaderlijk vermanende toon: 'Mevrouw Bender, uw tante zei…'

Verder kwam hij niet. 'Hou toch op met die onzin! Margret weet van toeten noch blazen! Of is ze er soms bij geweest? Vergeet dat gezwam nou maar. Luister maar liever naar het eerste cassettebandje. Toen hebt u de correcte antwoorden gekregen. Ik heb Georg Frankenberg gisteren voor het eerst van mijn leven gezien. En ik heb gehoord hoe de man die bij hem was, over hem sprak. Dat was de reden dat ik u iets over die muziek en die kelder kon vertellen.'

'Nee', wierp hij tegen. 'U hebt jaren geleden al over een kelder gesproken, u hebt erover gedroomd. En toen was uw tante er wel degelijk bij. En de reden dat u vannacht bent flauwgevallen, was niet dat ik u onder druk zou hebben gezet. Ik heb u inderdaad onder druk gezet, dat ontken ik niet. Dat was echter niet de oorzaak van uw inzinking. De herinneringen aan de kelder kwamen bij u boven. U schreeuwde dat u het niet uithield, dat ik u moest helpen, mevrouw Bender. Maar u moet me wel een beetje tegemoetkomen. Uw tante zegt…'

Ze trok een pruilmondje en begon te knikken. Tegelijkertijd grijnsde ze, wat met die verwondingen in haar gezicht een hulpeloze indruk maakte. 'Ik zou u iets over mijn tante kunnen vertellen waar u met uw oren van zult staan klapperen. Mijn tante heeft me toch iets op haar kerfstok, ik meen dat ze dat diefstal noemen. En u kunt in uw ergste nachtmerrie nog niet verzinnen wat ze gejat heeft. Margret heeft u al even erg voorgelogen als ik. Dat kunt u voetstoots van me aannemen. Ze kan het zich absoluut niet permitteren u de waarheid te vertellen. Maar laat dat maar zitten, ik ben niet van plan iemand door de stront te halen. Ik heb een paar keer een nachtmerrie gehad toen ik bij haar woonde, dat klopt. Die nachtmerries hadden echter niets met Georg Frankenberg van doen. Toen speelde er iets heel anders.'

'Dat weet ik,' zei hij, 'bokken, zwijnen en tijgers. Wormen en zo. Je hebt niet veel fantasie nodig om dat te kunnen interpreteren. Ik heb de indruk dat er sprake was van verkrachting.'

Hoe hij erbij kwam om haar een woord in de mond te leggen, had hij niemand kunnen uitleggen. Werner Hoß wierp hem een stomverbaasde blik toe.

En zij schoot in de lach. 'Verkrachting? Wie heeft u dat nou weer wijsgemaakt? Margret?' Ze knikte en schonk hem nogmaals een kort minachtend lachje. 'Wie anders! Wat vervelend dat ze dat alleen tegen u heeft gezegd. Dat had ze beter met mij kunnen bespreken, dan had ik me toch een fantastisch verhaal gehad. Dan zou ik er nu als een lammetje bij zitten.'

Margret heeft dikwijls gezegd dat ik ondanks alles mijn eigen weg wel zou hebben gevonden. In haar ogen leek dat misschien wel zo, maar het was niet mijn eigen weg, het was mijn testbaan. Bewust zondigen! En dan kijken wat er zou gebeuren. Met

Magdalena's leven spelen alsof de dood niet meer is dan een balletje dat je van de ene hand in de andere gooit. Een tijd lang was dat ook zo, een kick. Later werd het gewoonte.

Het begon met kleine dingetjes. Met de droom over de wolf waarbij ik in bed plaste. Ik verlangde er onophoudelijk naar diezelfde droom nog eens te dromen. Omdat hij mij bevrijdde, althans 's nachts eventjes. En de droom kwam telkens opnieuw. Bijna een jaar lang, bijna elke nacht. Het gebeurde ook dat ik 's middags stiekem bij Grit binnensloop en om een snoepje bedelde of om een stuk taart dat ik dan vliegensvlug naar binnen werkte. Als ik dan weer thuiskwam, keek ik altijd naar Magdalena. Altijd was haar toestand onveranderd. Van dagelijkse zonden ging ze dus niet dood.

Ik wilde ook niet dat ze dood ging, echt niet, al was ze een enorme last voor me en al drong ze me het soort leven op dat ik niet wilde leiden. Na die middag met de zakdoek en de natte voeten van de Verlosser wenste ik vaak dat ik meer voor haar had kunnen doen dan met haar praten of haar verhalen uit de bijbel voorlezen.

Ik geloof dat ik inmiddels van mijn zusje was gaan houden. En als ik bij Grit om iets lekkers bedelde... Misschien wilde ik voor mezelf slechts bewijzen dat ik tegen de klippen op kon zondigen zonder dat dat enige invloed had op Magdalena's gezondheid. Als de duiveltjes op zekere dag mijn vlees met roodgloeiende tangen van mijn lijf zouden trekken, was dat uitsluitend mijn probleem.

En toen vond ik op zekere dag een mark op straat. Ik was toen elf jaar en zat al in de hoogste klas. Ik had zelf nog nooit geld gehad. De andere meisjes in mijn klas kregen 's zondags zakgeld van hun ouders. En 's maandags gingen ze na school naar een winkeltje en kochten daar negerzoenen, wijnballen of een ijslolly. Ik werd zo opgevoed dat ik nooit naar dat winkeltje kon.

Het gebeurde 's morgens onderweg naar school. Ik zag het geldstuk op straat liggen. Ik wist dat ik het wel mocht oprapen maar het dan moest afgeven. Ik stopte het toch in mijn zak. Tijdens de middagpauze liep ik van het schoolplein af. Dat was verboden. Ik ging naar de winkel en kocht een ijsje. En toen de juf me vroeg waar ik was geweest, zei ik dat ik kaarsen moest bestellen voor mijn moeder. Alles bij elkaar was dat zeker even erg als een doodzonde.

's Middags treuzelde ik toen ik naar huis moest. Ik was verschrikkelijk bang. Die ochtend ging het helemaal niet goed met Magdalena. En ik… Ach, ik weet niet, hoewel ik toen al groot was, hoewel ik het helemaal niet wilde geloven en enkele mensen me hadden verzekerd dat moeder niet goed bij haar hoofd was, toch geloofde ik het nog steeds – ergens.

Zo'n gedachte zet zich in je hoofd vast. Je kunt het niet bewijzen, maar het tegendeel evenmin. Je kunt er niet veel aan doen. Hooguit kun je steeds iets proberen. Sommige mensen denken dat het ongeluk brengt als ze onder een ladder door lopen. Of dat hun een ongeluk zal overkomen als ze een zwarte kat zien. Ze krijgen het nooit voor elkaar om onder een ladder door te lopen. En als ze een zwarte kat zien, maken ze rechtsomkeert. Ik wilde het echter weten. En toen kwam ik thuis.

Ik belde allang niet meer aan maar liep achterom naar de keuken. Voor ik bij de deur was, hoorde ik moeder zingen.

'Grote God, wij loven u, Heer, wij prijzen uw macht. Voor u buigt zich de aarde en bewondert wat gij hebt volbracht. Gelijk gij voor alle tijden zijt, zo blijft gij in eeuwigheid. Allen die om uw troon heen staan, cherubijnen en serafijnen, heffen voor u een loflied aan. Alle engelen die u dienen, roepen u voortdurend toe: Heilig, heilig, heilig, en worden dat niet moe.'

Als moeder dat lied zong, moest eigenlijk alles in orde zijn. Dat was ook zo. Ik kwam de keuken binnen, Magdalena zat in de fauteuil met het kleine tafeltje over haar benen. Ze zat kippenbouillon op te lepelen – helemaal zelf – en ze gaf me een knipoog: let op wat er nu gebeurt. Het ging veel beter met haar dan 's morgens.

'Ik begin het daarboven verschrikkelijk saai te vinden', zei ze. 'De hele dag maar dat geroep van heilig, heilig, heilig.'

Het ging zo goed met haar dat ze moeder een beetje kon

pesten. Dat deed ze graag omdat ook zij zich dikwijls aan moeder ergerde. Magdalena was geen zachtmoedig kind. Zolang ze nog klein was, had ze nooit veel gekund. Ook toen ze groter werd, kon ze weinig, behalve praten. En moeder stond elke keer weer paf of reageerde gechoqueerd, misschien omdat ze Magdalena, gezien haar toestand, niet naar de woonkamer kon jagen als ze de draak stak met de Verlosser of met moeders opvattingen. Blasfemie noemde moeder dat en dat was ook een doodzonde.

'Hou alsjeblieft op met zingen', eiste Magdalena. 'Dat bederft mijn eetlust. Als ik daarboven niets anders mag roepen, wil ik in elk geval eens iets anders horen zolang ik nog hier beneden ben. Cora moet me iets over school vertellen.'

Over school vertellen, dat was in de loop van de tijd uit ons wensspel voortgekomen, ter vervanging van de televisie. Op school viel dikwijls heel wat te beleven. De ene keer was er een vechtpartij, de andere keer was een van de jongens op het roken van een sigaret betrapt. Op een keer had een meisje zich op het toilet opgesloten en pillen geslikt. Toen was er daarna zelfs een ambulance komen voorrijden. Magdalena vond het spannend als ik dat soort verhalen vertelde.

Dat was haar leven, ze kwam immers nauwelijks het huis uit, behalve elke drie maanden met moeder naar het ziekenhuis. Eens een keertje met haar in de stad gaan wandelen was onmogelijk. En ze schaamde zich als we haar in de wandelwagen meenamen, daar was ze immers al te oud voor.

Vader had voorgesteld een rolstoel voor haar te kopen. Dat wilde ze niet. 'Iemand die drie keer per dag zijn pik wel zou kunnen slaan omdat die mij heeft gemaakt, die hoeft aan mij geen cent te spenderen', zei ze tegen me.

Zo'n verdorven mens als zij dacht, was vader niet. Dat zei ik haar ook dikwijls. Bovendien had ik haar aangeboden met haar in de rolstoel te gaan wandelen. Daar was moeder echter op tegen. Er zou Magdalena onderweg eens iets kunnen overkomen. Dan zou ik niet weten wat ik moest doen.

Ik wilde met alle plezier iets voor haar doen, echt. Toen ik elf was wilde ik dat bijna dagelijks. Ik kon haar echter alleen maar vertellen wat er op school te beleven viel. Als er niets bijzonders was voorgevallen, verzon ik gewoon iets. Het verschil merkte ze toch niet.

Die dag had ik haar kunnen vertellen dat ik geld had gevonden. Ze zou het nooit aan moeder hebben verklapt. Maar we bleven bij moeder in de keuken. Terwijl moeder de tafel afruimde en de afwas deed, vertelde ik Magdalena een zelfverzonnen verhaal. Toen moeder klaar was met de afwas, was Magdalena doodop. Moeder bracht haar naar boven. Toen vader laat in de middag van zijn werk kwam, was ze echter alweer beneden.

En de dag daarop deed ik het weer – erger zelfs. Voordat ik naar school ging pakte ik geld uit moeders portemonnee – twee mark. Tijdens de pauze bleef ik niet op het schoolplein maar ik had de juf wel om toestemming gevraagd. Of ik mocht gaan vragen of de kaarsen al binnen waren. De juf zei: 'Natuurlijk, Cora, ga maar gauw.'

Ik ging naar het winkeltje en kocht een ijsje en een tablet chocolade. Het ijsje at ik ter plekke op. De chocolade verstopte ik in de zak van mijn jas. 's Middags bracht ik de chocola naar de schuur en verstopte hem helemaal achterin onder de oude aardappelzakken.

Toen ik vervolgens naar de keukendeur liep, had ik hartkloppingen. Maar voordat ik de klink naar beneden duwde, hoorde ik Magdalena al praten. Ze zat precies als de vorige dag in de fauteuil en had een bord aardappelpuree en een zachtgekookt ei voor haar neus. Het ging prima met haar. Nadat zij een uur had gerust terwijl ik bad en mijn huiswerk maakte, wilde ze per se met me spelen. Niet Ik zie, ik zie wat jij niet ziet, en ook niet het wensspel, maar een echt spel.

Moeder stuurde me naar Grit Adigar om Mens-erger-je-niet te halen. Voordat ik met de doos onder mijn arm naar onze keuken terugliep, rende ik snel de schuur in en brak een stuk van de chocolade af. Ik legde de chocola op mijn tong en liet hem langzaam smelten. Als ik erop zou kauwen, zou het moeder opvallen.

Magdalena sloeg me gade terwijl ik de pionnen op het bord zette. Ze zag dat ik iets in mijn mond had maar zei niets. Later, toen moeder de keuken uitging, vroeg ze: 'Wat had je daarnet in je mond?'

'Chocolade.'

Magdalena dacht dat ik die van Grit had gekregen. 'Als je het spel terugbrengt, neem je dan ook een stukje voor mij mee? Maar je moet het papier er wel om laten zitten. Je moet het onder mijn kussen leggen. Dan eet ik het op als moeder me naar bed heeft gebracht. Ik zorg er wel voor dat ze het niet ziet.'

Moeder wilde niet dat ze snoepte maar ze beriep zich in dit geval niet op de Verlosser zoals bij mij, maar op de tandarts. Magdalena's tanden waren een groot probleem. Ze waren te zacht. In het ziekenhuis hadden ze een keer een kies bij haar moeten trekken waar een gat in zat. Toen hadden ze haar een spuitje moeten geven. Magdalena kon daar niet tegen. De artsen hadden tegen moeder gezegd dat zoiets niet nog eens mocht gebeuren. Daarom lette moeder er ook zo scherp op dat haar tanden werden gepoetst.

Dat wist ik. En ik wist ook dat je na het tandenpoetsen geen zoetigheid meer mag hebben omdat er anders gaatjes in je tanden komen. Om het klip en klaar te zeggen, ik wist dat ik haar schade berokkende – echt schade berokkende als ik een stuk chocola onder haar kussen zou leggen. Desondanks knikte ik.

Magdalena pakte de dobbelsteen en zei: 'We beginnen! Je hoeft me niet te ontzien, Cora. Ik kan goed tegen mijn verlies.'

Je hoeft me niet te ontzien, Cora! Die zin van haar hoor ik tot op de dag van vandaag. Die zin werd mijn lijfspreuk. Ik ontzag niets of niemand meer, loog de juf en de andere kinderen op school voor en zelfs mijn vader. Ik jatte alles wat los en vast zat. Minstens twee keer per week pakte ik geld uit moeders portemonnee. Ik kocht snoep, verstopte dat in de schuur en pakte iets als ik er zin in had. Als ik de kans kreeg, nam ik ook voor Magdalena iets mee en legde het onder haar kussen. Als mijn voorraadje op was, pakte ik gewoon weer geld.

Aanvankelijk was ik bang dat de mensen uit het winkeltje moeder iets zouden verklappen. Ze deed daar zelf ook boodschappen. En strikt genomen had het hen moeten verbazen dat ik opeens zo veel geld had. Om dat te voorkomen vertelde ik een keer dat Margret me per brief geld had gestuurd en dat Margret had geschreven dat ik dat niet tegen moeder moest zeggen om te voorkomen dat ze het van me af zou pakken en er kaarsen of rozen voor zou kopen. De vrouw in het winkeltje zei glimlachend: 'Ik hou mijn kiezen stijf op elkaar.'

In die tijd begreep ik wat het wil zeggen als je geld hebt. Iedereen was opeens lief voor me, iedereen die me voordien uitlachte of me links liet liggen. Toen ik twaalf werd, pikte ik minstens drie mark per week van moeder, terwijl ik toen ook geregeld wat geld van vader kreeg.

Af en toe verbaasde ik me erover dat moeder dat geld niet miste. Ik weet niet of dat kwam doordat ze in de loop van de tijd slordig was geworden of omdat ik haar ervan had weten te overtuigen dat ik de vroomste mens ter wereld was. Misschien had ik haar daar inderdaad van overtuigd. Ik gaf haar altijd gelijk, ook al kraamde ze de grootst mogelijke onzin uit. Ik hielp haar in de huishouding, deed uit vrije wil de afwas, stofte of haalde de was van de lijn om haar de tijd te geven om voor Magdalena te zorgen.

Ik liet het warme eten staan als ik me 's middags zo had volgepropt met zoetigheid dat ik geen hap meer door mijn keel kreeg. Tegen moeder zei ik dan: 'Ik heb tijdens het zelfonderzoek vanmiddag een begeerte ontdekt. Nu wil ik boete doen.' Moeder vond zo veel zelfinzicht natuurlijk geweldig.

Ik moest telkens knokken om boodschappen te mogen doen. Dan zei ik: 'Laat mij dat maar doen, moeder. Ik ben jong en sterk. Ik vind het geen punt om zware dingen te dragen. En u hebt al uw krachten voor Magdalena nodig.'

En dan zei ik nog dat ik liever naar de Aldi ging omdat de boodschappen daar goedkoper waren. 'Je mag de kooplieden immers niet verleiden om zich te verrijken.' En moeder vond dat ik een grote steun voor haar was en dat ik veel van de Verlosser had geleerd. Af en toe zei ze dat ze trots op me was.

En als ik Magdalena vertelde wat ik moeder allemaal op de mouw had gespeld, zei ze: 'Je moet haar zo veel mogelijk verneuken. Stompzinnigheid moet bestraft worden.'

Magdalena dacht dat ik alleen maar dat hele eind naar de stad liep om haar te kunnen vertellen of er ergens iets aan de hand was geweest. De werkelijke reden waarom ik liever naar de Aldi ging, heb ik haar nooit gezegd. Omdat je daar gemakkelijker kon jatten en omdat Woolworth daar vlakbij was.

Ruim de helft van de spullen die ik mee naar huis sleepte, was niet betaald. Bij de Aldi jatte ik snoep en een deel van de levensmiddelen die ik van moeder moest kopen. Bij Woolworth stal ik haarspelden, lippenstiften en andere rommel die ik gemakkelijk in mijn zak kon steken maar waar ik zelf niets aan had. Die spullen verkocht ik op het schoolplein.

Ik kon zo goed jatten, dat geloof je niet. Ik zag er keurig netjes en onschuldig uit, niemand zocht ook maar een greintje kwaad achter me. Veel mensen wisten wie ik was. De vrouw die bij de Aldi meestal achter de kassa zat, woonde bij ons in de straat. In haar ogen was ik alleen maar 'dat arme kind'. En een van de verkoopsters bij Woolworth was een goede vriendin van Grit Adigar, dus daar was het al even simpel.

Niemand heeft er ooit iets van gemerkt. Ook de meisjes niet die spullen van me kochten. Hun hoefde ik alleen maar te vertellen: 'Mijn tante heeft me weer een pakje gestuurd. Maar wat moet ik met die rommel? Mijn moeder geeft me een stevige aframmeling als ze ziet dat ik lippenstift op heb.' Dan waren ze allemaal blij want ze kregen de spullen van mij voor de helft van het geld.

Ik had destijds een heleboel geld. Mijn zakgeld van vader, het geld dat ik uit moeders portemonnee had gestolen en mijn inkomsten van het schoolplein. Bovendien gaf ik nauwelijks een cent uit. Ik potte alles op, zowel het geld als het snoepgoed.

Dikwijls had ik zo veel zoetigheid in de schuur liggen dat ik het in mijn eentje niet op kon. 's Zomers smolt de chocolade onder de oude aardappelzakken. Daarna nam ik dikwijls iets mee naar school en gaf het weg aan de andere kinderen. Dan was ik hun boezemvriendin en ze vochten erom wie er in de pauze met me mocht spelen.

Bovendien speelde ik onverdroten met Magdalena's leven. Het was hetzelfde als met de ladder. Je hebt een moedige bui en loopt onder de ladder door en er gebeurt niets. En dan doe je het telkens opnieuw. Vroeg of laat raak je ervan overtuigd dat het ongeluk dat je zou kunnen overkomen, helemaal niet bestaat. Je kunt je lot echter evenmin te slim af zijn als een moeder die niet goed bij haar hoofd is. Vroeg of laat, wanneer geen mens er meer rekening mee houdt, slaat het toe.

Lange tijd leek ik geen invloed te hebben op Magdalena's gezondheid. Wat ik ook deed of naliet, het maakte voor haar gezondheid niet uit. Het was maar hoe je er tegenaan keek. De leukemie was ze te boven gekomen. Na vijf jaar kon je gerust van volledige genezing spreken, aldus de artsen.

Moeder schreef de genezing uiteraard aan onze gebeden toe omdat zelfs de artsen zeiden dat het een wonder was. En dat terwijl ik helemaal niet meer bad. Ik knielde voor het kruisbeeld en verzon daar verhalen voor Magdalena.

Op een keer vertelde ik haar dat ik nu een echte vriendin had. Ik was toen bijna dertien en had met gemak een vriendin kunnen kopen. Ik had achthonderd mark in de schuur verstopt en wist dat Magdalena zich in dat opzicht had vergist. Met geld was alles te koop.

Dat van die vriendin vond ze spannend. Ik moest het meisje voor haar beschrijven. Elk detail wilde ze weten. Hoe groot is ze? Is ze dik of mager? Ziet ze er leuk uit? Praten jullie ook over jongens? Is ze wel eens verliefd geweest op een jongen? Denk je dat je het voor elkaar zou kunnen krijgen om haar hier eens langs te laten lopen? Dan kan ik haar zien.

Op een middag zaten we op de slaapkamer voor het raam. Van

daar af kon je op straat kijken. Magdalena zat op het bed en ik stond bij het raam op te letten. Toen ik een echt knap meisje op straat zag lopen, haalde ik Magdalena naar het raam. Ik hield haar met mijn ene arm vast en klopte op het raam. Dat wekte de aandacht van het meisje. Ze keek omhoog. Ze schudde haar hoofd en vond ons waarschijnlijk een stel stomme meiden.

En ik vertelde Magdalena dat mijn vriendin precies wist hoe voorzichtig we moesten zijn vanwege moeder. Dat dat de enige reden was waarom ze het hoofd schudde. Magdalena geloofde alles.

Toen ik op een keer de halve middag had verbeuzeld met boodschappen doen, vertelde ik haar dat mijn vriendin me had meegenomen naar de ijssalon en me daar had getrakteerd op een aardbeiencoupe met slagroom. En dat ze me toen enthousiast over een jongen had verteld op wie ze smoorverliefd was maar dat die jongen daar niets van afwist.

De volgende dag vertelde ik haar dat we die jongen een brief hadden geschreven. En dat mijn vriendin me had gevraagd de jongen die brief stiekem toe te spelen. Leugens! Leugens! Leugens! Soms had ik het idee dat mijn leven één grote leugen was.

8

Geleidelijk begon Rudolf Grovian woedend te worden, niet op haar maar op zichzelf. De waarschuwing van haar tante – dan neemt Cora me niet meer in vertrouwen – schoot hem door het hoofd. Verdomme, dat had hij verkeerd aangepakt. Maar het moest toch mogelijk zijn om opnieuw een voet tussen de deur te krijgen. Hij probeerde het een tijd lang op alle mogelijke manieren; alleen wist hij de juiste toon niet te treffen. Als hij over Margret begon, zou het enige effect zijn dat hij nog een paar extra grendels op de deur aanbracht.

Op zijn vragen in welk opzicht haar tante tegen hem gelogen had en wat Margret Rosch gestolen zou kunnen hebben dat zo erg was dat je het in je ergste nachtmerrie nog niet zou kunnen verzinnen, antwoordde ze: 'U doet uw werk maar mooi alleen. U wordt ervoor betaald, ik niet.'

Hij kwam op het belangrijkste punt terug. Als Johnny bestond, was hij dan dezelfde persoon als Georg Frankenberg? Daar gaf ze geen antwoord op. Daardoor zag hij zich genoodzaakt opnieuw te dreigen, hoewel hij dat absoluut niet van plan was geweest. 'Mevrouw Bender, dan zal ik waarschijnlijk toch eens met uw vader moeten gaan praten.'

Ze glimlachte. 'Als ik u was zou ik het liever bij mijn moeder proberen; die vrat de waarheid, samen met anderhalve kilo bijbelverhalen. Maar dan zou ik wel voor een stevig matje onder mijn knieën zorgen.'

Vervolgens nipte ze van haar koffie. Er lag iets onherroepelijks in de beweging waarmee ze haar kopje terugzette en ze keek naar hem op. 'Dit was zeker alles, hè?' Mag ik me omkleden voordat u me aan de rechter-commissaris voorgeleidt? Mijn kleren zijn nat van het zweet. Ik heb ze in bed aangehouden en gisteren had ik ze ook al aan. Ik zou ook graag even mijn tanden poetsen.'

Op dat moment had hij ontzettend met haar te doen. Ze had er altijd helemaal alleen voorgestaan. En dan zou ze uitgerekend hem moeten geloven als hij haar zijn hulp aanbood? En afgezien daarvan, wat had hij haar nu helemaal te bieden? Een aantal jaren achter de tralies. Op zo neutraal mogelijke toon zei hij: 'Uw spullen zijn er nog niet, mevrouw Bender. We hadden uw man gisteren verzocht wat spullen voor u op te halen. Tot nu toe is hij nog niet komen opdagen.'

Onverschillig haalde ze haar schouders op. 'Hij zal ook niet komen. Ik had toch gezegd dat Margret dat moest doen.'

Een halfuur later arriveerde Margret. In de tussentijd had hij nog drie keer geprobeerd wat meer te weten te komen. Wie was het tweede meisje? De eerste keer probeerde hij het op kalme toon. Ze opperde: 'Vraag het mijn moeder maar. Maar u zou het voor hetzelfde geld ook eens bij mijn vader kunnen proberen. Als u hem vertelt dat ik verkracht ben terwijl een ander meisje doodgeranseld werd, zal hem dat zeker goeddoen.'

De tweede keer drong hij wat meer aan. Ze keek Werner Hoß aan en informeerde: 'Heeft uw chef soms een hoorapparaat nodig of houdt hij zich alleen maar Oost-Indisch doof? Hij heeft een groot probleem, nietwaar? Op mij komt hij over als een grammofoonplaat waar een barst in zit.'

De derde keer smeekte hij bijna. En zij bekeek het koffiezetapparaat en wilde weten: 'Is dat ding een afdankertje van thuis? Kunt u zich voor hier op kantoor geen nieuw apparaat permitteren? Zo duur zijn die dingen immers niet. Bij sommige apparaten komt het water echt aan de kook. Dan smaakt de koffie een stuk beter. Zo eentje heb ik gekocht. Ik zal het missen. Of denkt u dat ik in de cel mijn eigen koffiezetapparaat mag hebben? Dan vraag ik wel iemand om het thuis op te halen. Als u dan een keertje op bezoek komt, krijgt u ook een kopje. U komt toch wel bij me op bezoek, hè? Dan maken we er een gezellige middag van met koffie en indianenverhalen. We zullen eens kijken wie van ons tweeën daar het beste in is.'

Het was een hele beproeving voor hem en hij voelde iets wat op opluchting leek toen er eindelijk op de deur werd geklopt en haar tante binnenkwam. Margret Rosch had een koffertje meegebracht. Werner Hoß nam het aan en doorzocht de inhoud. Veel zat er niet in: twee nachthemden, een paar handdoeken en washandjes, zeep, twee blouses, twee simpele rokjes, een paar stelletjes ondergoed, twee panty's, een paar schoenen met halfhoge hak en een foto van haar kind in een lijstje.

Het was een vredige foto die op een terras was gemaakt. Het jochie zat op zijn hurken op de grond met zijn ene hand op een grote, groene tractor en hij knipperde met zijn ogen tegen het felle zonlicht en de camera.

Ze maakte een afwijzend gebaar toen Werner Hoß de foto bij de rest van de spullen legde. Haar gezicht was verstard, haar stem klonk gevoelloos en onpersoonlijk en de blik die ze haar tante toewierp was ijzig. 'Neem die maar weer mee!'

Margret Rosch die 's nachts zo'n energieke indruk op hem had gemaakt, kwam nu hulpeloos en timide op hem over. 'Waarom nou? Ik dacht dat je de foto van de kleine graag bij je zou willen hebben. Dat is toch wel toegestaan, nietwaar?' Bij de laatste zin wierp ze Grovian een vertwijfelde blik toe. Hij knikte slechts.

'Die foto wil ik niet hebben', zei Cora. 'Neem hem maar weer mee.'

Als een bedeesd kind pakte haar tante de foto van de blouses af en stopte hem in haar handtas.

'Heb je mijn pillen voor me meegenomen?' vroeg Cora.

Margret Rosch knikte, greep weer in haar tas en haalde er een doosje medicijnen uit. En Rudolf Grovian meende te begrijpen waarom hij geen voet meer tussen de deur had kunnen krijgen. 'Die zijn niet toegestaan', zei hij.

'Maar die heeft ze nodig', protesteerde Margret Rosch. 'Ze heeft vaak last van knallende hoofdpijn. Dat is het gevolg van ernstig hersenletsel. Ze heeft u gisteren toch over dat ongeluk verteld.' Het accent lag overduidelijk op het voorlaatste woord.

Hij nam het doosje van haar over. 'Ik geef het wel aan de

bewaarders. Als ze het medicament nodig heeft, krijgt ze het. In de voorgeschreven dosering.'

Margret Rosch deed een stap naar voren om haar nichtje te omhelzen.

'Laat dat!' zei Cora bijna achteloos. 'Je kunt maar het beste doen alsof ik dood ben. Daar heb je toch niet per se mijn lijk voor nodig, of wel soms? Als je wel een lijk nodig hebt, ga dan maar naar jullie mortuarium, daar liggen er altijd wel een paar.'

Rudolf Grovian had de indruk dat ze dat echt hatelijk bedoelde. Haar tante reageerde navenant. Margret Rosch slikte eens flink, liet haar armen zakken en liep zonder afscheid te nemen naar de deur. Nog geen seconde later viel de deur achter haar dicht. Met een knikje seinde hij Werner Hoß dat hij ook weg moest gaan. Toen hij met haar alleen was, ondernam hij een laatste poging.

'Zo', zei hij. 'Nu zijn we onder ons, mevrouw Bender. En nu gaan we eens als volwassen en verstandige mensen met elkaar praten. Daar bij het meer is het niet gelukt. Met pillen zal het ook niet lukken. En andere mogelijkheden kunt u al helemaal uit uw hoofd zetten. Een mogelijke ontsnapping, daar zal ik een stokje voor steken. Ik zou maar naar het verleden vluchten als ik u was.'

Ze reageerde niet.

'Ernstig hersenletsel', zei hij bedachtzaam. 'U hebt een tamelijk diep litteken op uw voorhoofd. Dat duidt erop dat het geen oppervlakkige verwonding was, maar dat het bot geraakt is. Dat is me vannacht opgevallen. Voordat u flauwviel had u het over een kristallen klauw en over het feit dat u het zo afschuwelijk vond wanneer uw man van tevoren een sigaretje rookte. Omdat de asbak dat allemaal weer in herinnering riep. Gaat u me nu dus niet opnieuw wijsmaken dat u door een auto bent aangereden.'

Ze leek te gniffelen. 'U vertel ik helemaal niets meer. Als ik de rechter-commissaris iets vertel, hebben we allemaal nog iets aan ons weekend. Wat vindt uw vrouw er eigenlijk van dat u hier almaar doorgaat? Of bent u niet getrouwd?'

'Jawel.'

'Oké.' Ze gniffelde niet slechts, ze grijnsde. 'Zet uw vrouw dan maar in de auto en ga een leuk uitstapje met haar maken nadat u mij hebt afgeleverd. Het is immers heerlijk weer. Rijdt u maar naar het Otto Maiglermeer. En u kunt meneer Hoß ook maar het beste meenemen. Hij kan u een interessant plekje laten zien. Daar is gisteren namelijk iemand van kant gemaakt. Stelt u zich eens voor, die arme kerel is afgeslacht, alleen maar omdat hij en zijn vrouw aan het knuffelen waren en intussen een beetje naar muziek luisterden. En toen was er zo'n stomme trut en die beviel dat niet en toen raakte ze in paniek.'

Hij probeerde het op autoritaire toon. 'Mevrouw Bender, die geintjes zou ik maar achterwege laten. Hoe bent u aan dat litteken gekomen?'

Ze werd grof. 'Ach, lik me reet!'

Een nieuwe poging om haar door middel van haar eigen angsten tot een uitspraak te verlokken. 'Volgens mij bent u daar niet zo dol op. Gisteren hebt u zoiets gesuggereerd, of heb ik u toen niet goed begrepen?'

Ze staarde hem aan; haar ongedeerde oog lag als een donker gat in haar gezicht. Hij zou graag weten wat er in dat gat gloeide, woede of paniek. Enkele seconden dacht hij dat hij nu de juiste toon had aangeslagen. Toen wees ze naar de rechterkant van haar hoofd. 'Hier zit een nog groter litteken. Wou u het zien? Het zit wel onder mijn haar. Alleen is er niet veel van te zien. Ze hebben het gewoon nogal opgelapt.'

'En hoe komt u aan dat letsel?'

Ze haalde haar schouders op, de grijns vond de weg terug naar haar kapotgeslagen gezicht. 'Dat heb ik u toch uitgelegd. Als u me niet gelooft, is dat uw probleem. Ik ben met mijn hoofd keihard tegen de motorkap geslagen. Meer kan ik u niet zeggen. Ik was high toen het gebeurde. Die witjas heeft u toch verklikt wat er met mijn armen aan de hand is. En Margret zal gegarandeerd ook hebben gezegd wat er destijds met me aan de hand was. Ik heb drugs gespoten.'

Ze strekte haar linkerarm uit en wees op de binnenkant van

haar elleboog. 'Ik ben niet voorzichtig genoeg geweest en hygiëne vond ik ook niet belangrijk. Toen is de boel verschrikkelijk gaan ontsteken. Er vielen complete gaten in. Ziet u wel? Het is helemaal bobbelig.'

Ze streek met een vinger van haar rechterhand over het weefsel met al die littekens. 'Ik heb alles geprobeerd wat er maar te krijgen was', verklaarde ze. 'Hasj, cocaïne, op het laatst heroïne.' Ze lachte zachtjes en voegde eraan toe: 'Maar maakt u zich vooral geen zorgen. U hebt niets gemist. Ik ben al jaren clean. Gisteren was ik even schoon als u. En als ik me heb gewassen, ruik ik ook weer schoon. Wilt u me alstublieft wijzen waar ik me kan omkleden?'

Ze had op een heel achteloze toon gesproken. Door haar vijandige houding kreeg haar stem een roestige ondertoon. En hij had geen flauw idee hoe een getraumatiseerd mens zich voelt. De vergelijking met de muur leek hem wel adequaat. Wat hem bij zijn dochter niet lukte, kreeg hij bij haar wel voor elkaar: zich niet van de wijs laten brengen; kalm en uiterlijk onbewogen blijven, begrip en geduld. Hij stelde zich gewoon voor dat zij voor een muur stond en dat ze alles wat daarachter verborgen zat met hand en tand tegen zijn klauwen verdedigde. 'Waarom hebt u ons vannacht niet meteen verteld dat u verslaafd bent geweest?'

Weer haalde ze haar schouders op. 'Omdat ik vond dat u dat niet aanging. Het is een paar jaar geleden en het staat helemaal los van deze zaak. Mijn man weet er niets van. Ik had gehoopt dat hij het nooit te weten zou komen. Toen ik hem leerde kennen, was het allang achter de rug.'

'Heeft het iets met Georg Frankenberg te maken? Heeft die u dat spul gegeven?'

Ze richtte haar blik op het plafond en draaide met haar ogen. 'Tegen wie is uw onderzoek eigenlijk gericht, tegen mij of tegen hem? Wat wilt u die arme donder verder nog allemaal in de schoenen schuiven? U wilt hem met alle geweld als een misdadiger bestempelen, hè? Past het soms niet in uw wereldbeeld dat een vrouw iemand van kant kan maken, alleen omdat ze zich aan keiharde muziek ergert? Zal ik u eens iets vertellen? Eigenlijk was ik van plan die vrouw neer te steken. Die man had gewoon pech omdat hij toevallig bovenop lag.'

Rudolf Grovian glimlachte. 'En omdat u de indruk had dat hij de vrouw te lijf ging. Omdat u vreesde dat hij haar wellicht zou slaan. Deed dat u denken aan wat er destijds in die kelder is gebeurd?'

Ze gaf niet meteen antwoord. Pas na enkele seconden en een diepe zucht die deed vermoeden dat ze psychisch aan het einde van haar Latijn was, zei ze laconiek: 'Als u met alle geweld aan dat verhaal wilt blijven vasthouden, zoekt u dat maar mooi zelf uit. Vraag het gewoon maar een paar mensen. U vraagt toch zo graag. Waarom zou ik uw plezier vergallen?'

Voor ze was uitgesproken, pakte ze een blouse, een rok, een stel ondergoed en haar tandenborstel van het bureau. Ze vroeg niet opnieuw om toestemming. Ze ging gewoon naar de deur.

Hij liep achter haar aan. Werner Hoß sloot zich bij hen aan. Op de gang probeerde hij het nog een keer. 'Mevrouw Bender, u bent er echt niet bij gebaat als u zo koppig blijft doen. Als Georg Frankenberg...'

'Wie doet er hier koppig?' viel ze hem in de rede. 'Ik beslist niet. Ik vind het alleen niet leuk dat u maar door blijft zeuren. U ziet toch wat het resultaat is. Een heleboel shit! Ik had u toch zo'n enig verhaal verteld. Het begon echt romantisch. En op het einde was het aandoenlijk. Een dode baby. Dode baby's zijn altijd aandoenlijk, smerig zijn ze nooit. De waarheid is smerig. De waarheid zit vol wormen en maden, wordt zwart en stinkt een uur in de wind. Ik hou niet van viezigheid en niet van stank.'

'Ik ook niet, mevrouw Bender. Ik ben echter wel erg gesteld op de waarheid. En in een geval als dit zou het immers alleen maar gunstig voor u uitpakken als u eerlijk tegen ons bent.'

Ze schoot even in de lach. 'Maakt u zich geen zorgen over wat voor mij gunstig uitpakt. Dat is mijn zorg, als kind al. Ik ben tamelijk jong op een hellend vlak terechtgekomen. Op een gegeven moment raakt een mens dan helemaal op het slechte pad.

Daar hebt u uw waarheid. Niemand hoefde mij iets te geven, en al helemaal geen drugs. Wat ik wilde hebben, heb ik gewoon gepakt.'

Terwijl ze zich – met de deur open – zo goed en zo kwaad als het ging, waste en omkleedde, stond hij, met Werner Hoß als getuige, op de gang; hij luisterde aandachtig naar de geluiden die duidelijk maakten waar ze mee bezig was en liet de nachtelijke dialoog tussen hem en Margret Rosch telkens opnieuw door zijn hoofd gaan.

Uiteindelijk begon hij zichzelf schizofreen te vinden, hij begon achter de onschuldige zinnen gecodeerde boodschappen te vermoeden en in de geschokte en bezorgde tante een boodschapper van de dood te zien. Maar schizofreen of niet, hij moest de inhoud van het koffertje nog eens heel goed bekijken. Hij zou er zijn hand voor in het vuur steken dat Margret Rosch meer voor haar had meegenomen dan pillen en dat dat de enige reden was waarom ze zich niet van haar stuk liet brengen. Misschien was dat doosje pillen niet meer dan een geraffineerde zet om de aandacht af te leiden van een scheermesje of iets dergelijks.

Haar hersenen waren nog steeds een harde, bevroren klomp ijs waar niemand een stuk van af kreeg, dat niemand kon ontdooien. Al ging de chef nog zo tekeer. Alleen achter haar ribben voelde ze een pijnlijke gloed. Margret had die foto niet mee mogen brengen.

Het had een hevige steek teweeggebracht toen ze het kind weer zag, zo vrolijk en onschuldig. Toen ze had omgekeken was hij het laatste geweest wat ze zag. De vrouw van Lot was daarna in een zoutpilaar veranderd. Zij was alleen innerlijk verstijfd, even stijf en koud als moeder destijds toen ze met Magdalena op bed zat en over de grote schuld sprak die de Heer haar niet had vergeven.

Het jochie zat echter veilig bij zijn grootouders. Als haar schoonouders beschouwde ze hen niet meer. En op een goede dag zouden ze hem wellicht vertellen dat zijn moeder dood was. Als ze hem dat vertelden, was dat de waarheid. De chef kon haar achter zo veel grendels zetten als hij wilde, zij wist wat haar te doen stond. Ze wist ook hoe! En Margret leek ook te hebben geweten dat de mogelijkheden in een cel beperkt waren, dat je je toevlucht moest nemen tot iets wat er doodnormaal en onschuldig uitzag. Als de verdachte eenmaal dood was, zouden ze het onderzoek gegarandeerd staken. Waarom zouden ze dan nog in de beerput blijven roeren?

Tijdens de rit naar Brühl zwegen ze. Werner Hoß reed, de chef had achterin naast haar plaatsgenomen. Hij leek eindelijk te hebben begrepen dat hij bij haar nul op het rekest kreeg, hoe hij ook dreigde, bedelde of huilde, en al zou hij haar op zijn knieën smeken.

Bij de rechter-commissaris ging het verrassend snel. De chef zette op nuchtere toon uiteen wat haar ten laste werd gelegd. Ze hoorde alles met een uitgestreken gezicht aan. De rechter vroeg of ze daarop iets te zeggen had. Ze verklaarde dat ze er al van alles over had gezegd en dat ze niet voortdurend in herhaling wilde vallen. En de rechter verordende dat ze in voorarrest werd gesteld. Hij wees haar nogmaals op haar rechten. Daarmee was alles achter de rug.

Ze had nog een kleine schok voor de boeg, want de chef doorzocht haar koffer uiterst minutieus. Zelfs de voering betastte hij zo zorgvuldig dat het leek of hij vermoedde dat daar een paar zandkorreltjes in waren verstopt. En ten slotte nam hij de panty's in beslag.

'Wat is dat voor waanzin?' protesteerde ze. 'U hebt het recht niet om u mijn spullen toe te eigenen.'

'Ik heb het recht om een heleboel dingen te doen', zei hij. 'En voor kousen is het toch te warm. U hebt nu ook geen kousen aan.'

Toen liet hij haar alleen. Het middageten at ze in haar cel op. Het smaakte niet slecht. Vergeleken met datgene wat moeder vroeger op tafel had gezet, was het zelfs uitstekend.

En daar was ze beland en was ze blijven steken. Alsof het verleden het eigenlijke doel van haar leven was geweest en ze nog eens overduidelijk onder ogen moest zien wat voor een slecht mens ze was geweest. Daarmee vergeleken waren de herinneringen die tot dan toe boven waren gekomen nog betrekkelijk onschuldig.

Met regelmatige tussenpozen, kort op elkaar, hoorde ze een geluid achter de deur. De chef had inderdaad opdracht gegeven om haar in de gaten te houden. Als hij zich echter verbeeldde dat hij haar kon dwingen naar het verleden te vluchten, vergiste hij zich toch enorm.

Haar woede jegens hem was als een bezemsteel in haar rug. En haar hersenen, nog altijd stijf bevroren, produceerden glasheldere gedachten. Ze wachtte tot de volgende zou komen om haar een paar vragen te stellen. Lang hoefde ze niet te wachten.

Op maandagochtend werd ze tegen tien uur opgehaald en voor verhoor naar de officier van justitie gebracht. Het was een jonge man, heel vriendelijk. Voor zich had hij een stapel papieren die hij met haar wilde doorspreken. Hij wees haar op het feit dat haar verklaring zoals ze die had gegeven, waardeloos was. Dat hij die pas kon accepteren als ze de namen van de beide andere mannen zou noemen. Niet die stompzinnige namen Bokkie en Tijger. Hij moest hun werkelijke naam hebben. De naam van het meisje uiteraard ook. Het was alleen maar voor haar eigen bestwil, zei hij.

Bijna had ze gelachen. Beeldde deze knaap zich echt in dat hij wist wat goed voor haar was? 'Heeft meneer Grovian u dan niet gezegd dat ik al die onzin gisteren heb herroepen?'

De officier van justitie schudde ontkennend het hoofd. Ze keek hem onzeker aan en slaagde erin berusting in haar stem te laten doorklinken. 'Wat moet ik dan nu voor de rechtbank zeggen, wat adviseert u me?'

'De waarheid', zei de officier van justitie.

Eerst knikte ze gedeprimeerd, toen verklaarde ze zachtjes: 'Dat is dan wel een verdomd klein beetje. Ik was pisnijdig op die vrouw.'

'Wat heeft die vrouw dan gedaan waardoor u in woede ontstak?' vroeg de officier van justitie.

'Eigenlijk niets', mompelde ze. 'Mijn man vond haar geil. Ze had peper in haar kont, zei hij. Ik heb altijd mijn best gedaan om te zorgen dat hij tevreden over me was. En dan komt er zo'n trut en heeft hij alleen oog voor haar. En niet voor het eerst. Hij keek altijd zijn ogen uit als we bij het meer waren. En daarna las hij mij altijd de les, dat ik zo preuts was en zo truttig. Soms wilde hij dan dat ik dingen deed die ik niet wilde. Ik had al zo'n vermoeden wat me 's avonds te wachten stond. En daar had ik gewoon schoon genoeg van, begrijpt u wel? Ik wilde een van die verdomd oneerbare vrouwen een lesje geven dat haar zou heugen. Het lukte me echter niet om bij haar in de buurt te komen. En toen dacht ik…'

Over zijn schouder heen keek ze naar een onbestemd punt op de muur. 'Ik dacht gewoon, het maakt toch niet uit of ik haar of die vent te grazen neem. Hij vond het immers ook leuk. Ze zijn toch allemaal hetzelfde, die smeerlappen.'

Nu vond de officier van justitie het welletjes. Hij informeerde nog naar de steken, heel minutieus uitgevoerd noemde hij ze. Toen ze daar met een schouderophalen op reageerde, wilde hij weten waar de verwondingen aan haar hoofd vandaan kwamen. Ze herhaalde wat ze de chef op het laatst had verteld. Volgepompt met heroïne de straat op gelopen, recht voor een auto. En die barmhartige Samaritaan, die bestond helemaal niet; dat die dronken arts de auto had bestuurd, had ze van a tot z verzonnen. Ze was voor haar verwondingen in het streekziekenhuis in Dülmen behandeld.

Ze moest glimlachen toen ze dat zei, want ze wist niet eens of er in Dülmen wel een streekziekenhuis was. Manni Weber was in Dülmen geboren en getogen, zijn oma woonde er nog steeds. Een jaar geleden had Manni Weber haar enkele dagen onbetaald verlof gevraagd. Zijn oma was gevallen en lag nu met een gebroken dijbeen in het ziekenhuis. Waar precies had Manni Weber niet gezegd.

De officier van justitie glimlachte niet. 'Dat zullen we natrekken', zei hij.

Ze dacht dat hij haar nu eindelijk een bekentenis zou laten ondertekenen. Maar nee. Alles moest immers nog een keer opnieuw opgetekend worden, vond hij. En daarmee moesten ze maar liever wachten totdat haar verklaring nagetrokken was. Dan kon ze daarna voor de rechter-commissaris een bekentenis afleggen en die ondertekenen.

Vroeg in de middag was ze in haar cel terug. De halve middag zat ze erover te piekeren hoe ze een einde aan het hele drama zou kunnen maken. Uiteindelijk kwam ze op het idee van de papieren zakdoekjes. Die had ze wel niet, maar ze zouden haar zeker een pakje geven als ze erom vroeg. Papieren zakdoekjes waren even onschuldig als een rondje gaan zwemmen. Toen het avondeten werd gebracht, vroeg ze erom.

'Bent u verkouden?' wilde de bewaarster weten.

Ze knikte en snotterde een beetje. 'Ik zal u zo meteen een paar zakdoekjes brengen', zei de bewaarster en ze ging verder met haar ronde.

Ze at een beetje. Ze voelde zich best prima, ze had geen trek maar verder voelde ze zich prima. Nadat ze het dienblad opzij had geschoven, knielde ze voor het bed op de vloer neer en vouwde haar handen.

Het was voor het eerst sinds lange tijd en het lukte alleen maar omdat er geen kruisbeeld hing. Een onzichtbare Verlosser om vergeving vragen voor haar laatste zonden was niet zo moeilijk. Daarbij zag ze het bebloede gezicht van de man voor zich. Georg Frankenberg! En zijn blik… Hij had haar vergeven, dat stond vast.

Iets in haar was er nog altijd heilig van overtuigd dat het goed en juist was geweest om hem te doden. Dat iets moest de waanzin zijn. Frankie, dacht ze. Een liefdevolle man! Drie weken getrouwd. Zelf was ze drie jaar getrouwd. De drie was een magisch getal. Dat besefte ze opeens, alleen begreep ze in eerste instantie niet wat er zo opmerkelijk was aan het getal drie. Tot het haar vervolgens te binnen schoot…

Er stonden drie kruisen op Golgotha. En de beide mannen die

samen met de Verlosser werden gekruisigd, hadden de doodstraf verdiend. Die in het midden was daarentegen zonder schuld.

Als een gloeiend ijzer trof haar die gedachte, boorde zich tussen haar schouderbladen en trok deze naar elkaar toe, kroop omhoog in haar nek en nog verder naar boven, drong in haar hersenen en bracht de bevroren klomp tot ontdooiing. Hoe had ze dit ook maar een seconde lang uit het oog kunnen verliezen? De Verlosser was van alle smetten vrij geweest, zo rein en onschuldig als nooit een mens kon zijn. Minutenlang sidderde ze als in een stuip. Het was als stond vader naast haar: 'Wat heb je gedaan, Cora? Wat heb je gedaan?' En boven vaders hoofd zweefde het kruis met de onschuldige man.

Toen ze er eindelijk in slaagde van de vloer op te staan, schuifelde ze naar de wastafel. Toen ze even later het dienblad kwamen ophalen, stond ze nog steeds haar handen te wassen en dacht ze niet aan papieren zakdoekjes. De bewaarster had er evenmin aan gedacht.

Rudolf Grovian was die zondagmiddag een paar uur aan het Otto Maiglermeer geweest. Niet omdat zij hem dat had geadviseerd en hij had zijn vrouw ook niet bij zich. Op het moment dat hij in zijn auto stapte, was Mechthild al op weg naar Keulen. Ze had met de lunch op hem gewacht en natuurlijk hoopte ze ook dat hij met haar mee zou gaan. Het idee dat hij enkele uren zonder iets nuttigs te kunnen doen in het huis van zijn dochter zou zitten terwijl hij de plaats waar het misdrijf was gepleegd, niet eens in ogenschouw had genomen…

Alleen was er behalve het water en een krioelende mensenmenigte niets te zien. Een beetje in de zon zitten en de omgeving of de sfeer op zich laten inwerken, had evenmin zin. Hij voelde zich gedeprimeerd en werd heen en weer geslingerd tussen zijn eigen overtuiging en de mening die Werner Hoß was toegedaan, namelijk dat Johnny, Tijger en Bokkie niets te maken hadden met Georg Frankenberg.

Hij zat op het platgetrapte gras en keek naar de halfnaakte

mensen, jongeren en oude mensen, mannen, vrouwen en kinderen. Een echtpaar op leeftijd liep hand in hand naar het water. De man was waarschijnlijk wel zo'n beetje aan zijn pensioen toe. En hij kon zich niet meer herinneren wanneer hij met Mechthild voor het laatst hand in hand had gelopen. Vroeger hadden ze er dikwijls over gesproken wat ze zouden gaan doen als hun dochter niet meer thuis woonde. Eens een weekendje weg, gewoon op de bonnefooi, lekker een paar dagen naar het Zwarte Woud of naar de kust, maar daar was tot nu toe niets van terechtgekomen.

Een eindje van hem af waren een man en een jongetje met een bal aan het spelen. Het jochie was slechts iets groter dan Rudolfs kleinzoon en trapte de bal onhandig in zijn richting. Hij ving hem op en gooide hem terug. De jongen lachte tegen hem en het schoot hem door het hoofd dat zijn kleinzoon het lachen binnenkort wel zou vergaan. Of misschien ook niet!

Vermoedelijk zou Marita met haar zoontje weer in haar ouderlijk huis komen wonen als het huwelijk inderdaad op de klippen liep. Dat was een ontnuchterend besef voor hem en het drong al het andere naar de achtergrond! Het zou uit zijn met de rust in huis. Hij zag niet op tegen wat lego in de woonkamer, had er niets op tegen dat een kind bij hem thuis af en toe lachte of huilde, maar de gezellige avonden op de bank zouden tot het verleden behoren als zijn dochter weer thuis woonde.

Hij zag het voor zich zoals het vroeger was: de tafel in de woonkamer bezaaid met nagellak, lippenstiften, mascara en al die andere rotzooi die ze op haar gezicht smeerde. Wel honderd keer, wel duizend keer had hij haar dringend verzocht zich alsjeblieft in de badkamer op te tutten. Maar nee hoor! Daar was zogenaamd te weinig licht en Mechthild zei dan: 'Laat haar toch, Rudi. Is dat nou nodig, dat gedonder elke avond?'

Bijna een uur later zat hij bij zijn dochter, vastbesloten om te redden wat er te redden viel. Zijn schoonzoon was niet thuis. En zijn pogingen werden verijdeld met de woorden: 'Bemoei je er niet mee, Rudi, je hebt geen idee wat er aan de hand is.'

Mechthild zat met de jongen op schoot en zei keer op keer: 'Ja, maar hoe moet het dan...' Geen enkele keer kreeg ze de kans om haar zin af te maken. Over de vraag hoe het dan moest, had Marita al grondig nagedacht. Er was geen sprake van dat ze weer bij haar ouders zou intrekken. Haar grote huis inruilen tegen een kamer in haar ouderlijk huis, alle verlokkingen van de grote stad tegen de kleinburgerlijke, duffe atmosfeer, daar had ze geen trek in. In financieel opzicht was het geen enkel probleem, Peter moest uiteraard dokken. Drieduizend per maand had Marita in haar hoofd.

'Een beetje minder kan ook', zei Rudolf Grovian.

'Een beetje meer ook', zei zijn dochter. 'Hij verdient meer dan genoeg en dan weet hij tenminste waar hij zo hard voor werkt.' Vervolgens vergat ze zijn aanwezigheid en sprak weer uitsluitend met haar moeder. Het gesprek ging over het feit dat ze totaal geen aandacht kreeg, over onoverbrugbare tegenstellingen, over een man die aan niets anders dacht dan aan bits en bytes, RAM en ROM, internet en zulke nonsens, met wie je geen zinnig gesprek meer kon voeren om nog maar te zwijgen van een gezellige avond in een discotheek.

'Zo gaat dat nou eenmaal als een man werkt en in zijn beroep iets wil bereiken', zei Mechthild zwakjes. 'Je moet je woede als vrouw zo af en toe verbijten. Maar daar staat toch ook een heleboel tegenover.'

Ja, luiers, potten en pannen en voor de afwisseling eenmaal per week de peuterspeelzaal. Rudolf Grovian kon het niet langer aanhoren, hij maakte aan één stuk door vergelijkingen met Cora Bender. Zijn dochter en Cora, dat was een verschil van dag en nacht, ze verschilden als water en vuur. De een had zijn advies niet nodig, wilde niet eens weten hoe hij erover dacht. Bemoei je er niet mee, Rudi. Wat moest een man doen wanneer hij in zijn privé-leven voortdurend te horen kreeg dat hij zich koest moest houden? Zo iemand had toch geen andere keus dan zich op zijn werk te storten?

Dat deed hij maandagmorgen om acht uur ook; die avond praatte hij uitvoerig met de officier van justitie en dinsdags had hij inmiddels genoeg munitie om haar opnieuw met haar leugens te confronteren en een beetje aan haar muur te morrelen. Behoedzaamheid voor, consideratie na. Hij had haar geprovoceerd en zij hem. Zij had zich schuldig gemaakt en nu was hij aan zet. Dat was ze hem verschuldigd.

Tegen het einde van de middag kwam hij haar cel binnen. Hij zag hoe ze schrok toen ze hem zag en hij schrok ook. In die twee dagen was ze veranderd in een afgestompt hoopje ellende dat tot geen enkele reactie meer in staat scheen te zijn.

Hij stak van wal met het streekziekenhuis in Dülmen. Dat had hem slechts een telefoontje en wat tijd gekost. Op maandagmiddag had hij een persoonlijk gesprek gehad met de vader van Georg Frankenberg. Ute Frankenberg was nog zo van streek dat ze niet kon worden verhoord. Ze hadden hem geen toestemming gegeven met haar te praten. Vermoedelijk zou ze hem echter sowieso niet veel kunnen vertellen, want ze had haar man pas zes maanden voor de bruiloft leren kennen.

'En ik kan me nauwelijks voorstellen', zei hij licht glimlachend, 'dat hij met zijn vrouw over zijn vroegere avontuurtjes heeft gesproken.'

In gedachten hoorde hij de officier van justitie al zeggen: 'Met alle respect voor uw betrokkenheid, meneer Grovian, maar ik moet u dringend verzoeken bij uw onderzoek wat minder subjectief te werk te gaan. Laten we er maar liever van uitgaan dat de vrouw haar slachtoffer inderdaad niet kende.'

Dat bestond niet, ze moest hem hebben gekend! Hij had in de loop van de afgelopen dagen enkele details boven water gekregen die daarop wezen. Als bewijs kon je dat niet bestempelen, dat zou overdreven zijn. Feiten, dat was een beter woord. En tot die feiten behoorde ook het lijk van een jong meisje.

Zo'n meisje was inderdaad gevonden – met twee gebroken ribben! In Buchholz was in de betreffende periode niemand als vermist opgegeven. Ze had echter immers ook gezegd dat ze dat meisje in Buchholz voordien nog nooit had gezien. Het meisje kon overal als vermist zijn opgegeven. In Lüneburg hadden ze slechts één dossier over een onbekende vrouwelijke dode van vijftien tot hooguit twintig jaar oud.

Vijf jaar geleden, in augustus, hadden ze haar skelet in de buurt van een niet voor het publiek toegankelijk militair oefenterrein gevonden. De doodsoorzaak hadden ze niet meer kunnen vaststellen. Geen verwondingen aan de schedel; strottenhoofd en tongbeen waren intact. Naar de mening van de forensisch pathologen-anatomen die het lichaam hadden onderzocht, was het mogelijk dat de ribben pas later gebroken waren; misschien door dieren. Dat gebeurde wel vaker.

Het lijk moest minstens drie maanden in de openlucht hebben gelegen. Naakt! Er waren geen kledingstukken gevonden noch iets anders wat tot identificatie had kunnen bijdragen. Ze hadden het geprobeerd met oproepen in de pers, zonder enig resultaat. De collega's die de zaak onderzochten, gingen ervan uit dat het meisje had gelift. Als je echter in overweging nam dat Cora Bender en haar hulpvaardige tante om het hardst hadden gelogen, was het absoluut voorstelbaar dat het om het meisje uit de kelder ging. Daar had je niet veel fantasie voor nodig, alleen een beetje mensenkennis, intuïtie en een goed geheugen waarmee je terloopse opmerkingen registreerde en er op het beslissende ogenblik de juiste betekenis aan hechtte.

Stel dat Cora Bender zich al in mei en niet pas in augustus had laten overhalen tot een ritje met Johnny en diens kleine, dikke vriend, dan klopte het. En op de een of andere manier was het toch raar hoe zij en haar tante telkens weer over augustus waren begonnen.

Hij was van plan de hulp van het Bundeskriminalamt, de landelijke Duitse recherche, in te roepen en te vragen alle gevallen van vermissing na te trekken. Als hij had geweten hoe het vermoorde meisje heette, zou het een stuk gemakkelijker zijn geweest.

Twee namen had Winfried Meilhofer 's maandagsmorgens tegenover hem genoemd, Ottmar Denner en Hans Böckel. 'Zeggen die namen u iets, mevrouw Bender?'

Ze schudde haar hoofd. Hij glimlachte opnieuw. Voortdurend blijven glimlachen, vriendelijk zijn en pogingen doen om het raadsel op te lossen dat zowel zij als haar tante augustus noemden als bron van het kwaad. Omdat zij wisten dat dat lijk was gevonden! Daar had hij een eed op durven doen. Omdat ze niet met dat meisje in verband wilden worden gebracht, omdat ze vreesden dat de hel zou losbreken als de politie hen daarmee in verband zou brengen. Omdat! Als! En honderd vraagtekens.

'Maar mij wel!' zei hij, 'Hans Böckel, dat lijkt op Bokkie. Ottmar Denner zou wel eens Tijger kunnen zijn. Denner schreef de muziek voor het bandje, hebben ze me verteld. En componisten richten graag een monument voor zichzelf op. Een nummer op dat cassettebandje heet "Song of Tiger". Weet u nog wel? Dat noemde u "uw liedje".'

De officier van justitie had hem uitgelachen. Bokkie en Tijger, wat een onzin! Dat was even waardeloos als het streekziekenhuis in Dülmen. En zij schudde slechts opnieuw van nee. Onverstoorbaar sprak hij verder. 'Het lijkt mij ook van belang dat Ottmar Denner uit Bonn afkomstig is. Hij heeft samen met Georg Frankenberg in Keulen gestudeerd en woonde in die tijd nog bij zijn ouders. Hij had in die tijd een zilverkleurige Volkswagen Golf GTI, het kenteken begon natuurlijk met BN. We zijn momenteel bezig te achterhalen waar hij nu woont. Dat is echter niet zo eenvoudig. Het schijnt dat hij naar het buitenland is gegaan. Om ontwikkelingshulp te doen.'

Hij had met de ouders van Ottmar Denner gesproken, een paar uur geleden pas. En was daar niets wijzer geworden. Ze beweerden niet te weten waar hun zoon momenteel verbleef, in Ghana, Soedan of Tsjaad. Ook hadden ze geweigerd hem een foto van hun zoon te geven. Waar had hij die voor nodig? Werd Ottmar Denner ergens van verdacht? Hij had een kleine, dikke man tegenover zich gehad, een wilskrachtige vader die wist wat zijn rechten waren en ook die van zijn zoon.

En Rudolf Grovian had zich voorgesteld dat hij enkele foto's voor haar op tafel kon leggen, vijf of zes of zeven. Dat hij haar kon verzoeken de kleine dikkerd aan te wijzen. Ho maar! Maar zoals de zaken er nu voorstonden, vermoedde hij dat ze bij het zien van een foto ook alleen maar haar hoofd zou hebben geschud.

Over Hans Böckel waren ze nog niets naders te weten gekomen. Rudolf Grovian ging ervan uit dat Böckel degene was die uit het noorden van Duitsland afkomstig was. Maar stel dat er al een relatie bestond tussen Hans Böckel en een huis in Hamburg, ingeschreven had hij daar nooit gestaan. En een studiegenoot van Frankenberg kon hij ook niet zijn geweest. Bij de universiteit was hij nooit als student ingeschreven geweest.

In plaats daarvan was er een verklaring van de vader van Georg Frankenberg. Rudolf Grovian had zijn moeder niet te spreken gekregen. Ze verkeerde nog in shocktoestand. En professor Johannes Frankenberg wist met de namen Denner en Böckel niets te beginnen. Dat gedoe met die muziek was een kort leven beschoren geweest, het was een gril van slechts enkele weken. Georg had destijds algauw ingezien dat zijn tijd te kostbaar was voor zulke onbenulligheden.

Vijf jaar geleden in mei verbleef Georg Frankenberg bij zijn ouders, in zijn vaders privé-kliniek waar hij vanwege een gebroken arm was behandeld. Georg Frankenberg had op 16 mei zijn arm gebroken, dat bleek uit zijn medisch dossier. Dat was precies op de dag waarop Cora Bender – volgens de eerste versie van haar verklaring waar de vondst van het lijk zo prachtig in zou hebben gepast – hem 's avonds in een café in Buchholz wat beter zou hebben leren kennen.

Zijn vader had verklaard dat Georg Frankenberg dat bewuste weekend thuis was. Hij zou vrijdagsavonds gekomen zijn en was 's zaterdagsmorgens ongelukkig gevallen, vlak bij het ziekenhuis van zijn vader. Het was echter een geluk bij een ongeluk dat het slechts om een ongecompliceerde breuk ging. En omdat het vlak bij zijn vaders privé-kliniek was gebeurd, was het niet nodig een andere arts in te schakelen.

Voor de officier van justitie was de verklaring van professor Johannes Frankenberg voldoende om het feit dat Cora Bender haar verklaring herroepen had, te bestempelen als een moment van inzicht hoe het werkelijk gegaan was. Rudolf Grovian was een andere mening toegedaan. Bij hem had het tijdstip waarop Frankenberg zijn arm had gebroken, een hevige beroering teweeggebracht. Dossiers kon je manipuleren als je de baas van je eigen ziekenhuis was en als je wist dat je zoon niet vrijuit ging. Uitgerekend 16 mei! Een andere datum zou nauwelijks zijn argwaan hebben gewekt, maar...

'Professor Frankenberg is een alom gerespecteerd man', legde hij haar uit. 'Het zal niet zo gemakkelijk zijn om zijn verklaring te weerleggen. We kunnen slechts hopen dat Ottmar Denner en Hans Böckel uw verklaringen bevestigen als we hen hebben weten op te sporen.'

Tot dat moment had ze alleen maar zitten luisteren, inwendig gedacht dat hij naar de pomp kon lopen en hem heimelijk om zijn vasthoudendheid bewonderd. Niets kon hem tegenhouden, hij liet zich door niets of niemand afschrikken, hij schrok er niet eens voor terug om de vader van haar slachtoffer lastig te vallen.

Toen hij het over de zilverkleurige Volkswagen Golf GTI had, beving haar een gevoel van paniek. Ze was echter algauw weer gerustgesteld. Het was gegarandeerd toeval dat de vriend van Johnny eenzelfde soort auto had als een vriend van Georg Frankenberg. Het was gewoon typisch zo'n auto die jongelui hadden. De chef keek haar afwachtend en oplettend aan.

'Niemand kan tegenover u iets bevestigen', zei ze. 'Ik heb u gewoon een sprookje verteld.'

Rudolf Grovian had haar stem twee dagen niet gehoord. In zijn herinnering klonk die stem nog vastberaden, vijandig, kil en onverschillig, zoals bij de rechter-commissaris. De rauwe klank, gespeend van elke emotie, en haar ineengedoken houding waarschuwden hem dat hij voorzichtig moest zijn.

Bedachtzaam schudde hij het hoofd. 'Nee, mevrouw Bender, sprookjesfiguren laten geen lijken achter in de buurt van een voor het publiek afgesloten militair terrein. Ik heb het meisje gevonden dat samen met u in die kelder was. Een dood meisje met twee gebroken ribben, mevrouw Bender. En u hebt haar ribben horen breken.'

Dat had hij tot het einde bewaard, een schot voor de boeg voor het geval ze nergens op reageerde. Misschien maar een proefballonnetje. Wanneer ze inderdaad pas in augustus en niet al in mei… was het lijk voor hem totaal onbelangrijk. Een proefballonnetje scheen het gezien haar reactie echter niet te zijn, veeleer een vuurpijl. Van de ene seconde op de andere kwam ze tot leven. Hij zag hoe ze naar adem snakte voordat ze dreigend uitbracht: 'Laat me toch met rust met die onzin! Gebruik je hersens eens, man. Ik kan helemaal niks gehoord hebben met al die herrie. Als het zo was gegaan als ik u heb verteld. Dat was niet zo. Maar laten we nu eens aannemen dat het wel zo gegaan is. Dan waren er vijf mensen geweest en keiharde muziek. Ik weet niet hoe het klinkt als ribben breken. Zo veel kabaal kan dat echter onmogelijk maken.'

Haar handen begonnen te trillen. Ze klemde haar rechterhand om de linker heen. Dat kende hij nog van 's nachts. Het waren de eerste alarmsignalen. Of – na de ervaringen die hij tot nu toe met haar had opgedaan gaf hij er de voorkeur aan het zo bestempelen – de voorboden van een waarheid waarmee ze niet geconfronteerd wilde worden. Zijn verstand schakelde over op maximale waakzaamheid en stak tegelijkertijd een waarschuwende vinger naar hem op. 'Hou op, Rudi. Laat dit aan de artsen over.' Zijn hart sloeg enigszins over.

'U bent een…' snauwde ze hem op hese toon toe. Ze leek niet op het juiste woord te kunnen komen of misschien vond ze dat te ordinair. In plaats daarvan informeerde ze: 'Vind u het eigenlijk wel netjes wat u doet? U loopt zijn vader lastig te vallen. Dat is het toppunt van onbeschoftheid! Wat zal dat erg zijn geweest voor die arme man. Heeft hij nog meer kinderen?'

Hij schudde zijn hoofd en keek toe hoe haar gezichtsuitdrukking voortdurend veranderde, hoe ze haar handen wrong en kneedde. Haar stem brak, haar schouders zakten naar beneden, haar hoofd ook. 'Dan moet u hem met rust laten. Wat gebeurd is, is gebeurd. Er is niemand bij gebaat als u erachter komt dat er een meisje dood is. Oké, er is een meisje gestorven, maar daar heb ik niets mee van doen. Ik heb alleen een man op mijn geweten.'

Toen ze haar hoofd weer hief en hem recht in zijn gezicht keek, ging er een rilling door zijn leden. Het was iets in de manier waarop ze keek. Het duurde even voordat hij het een plek kon geven. En dat lukte hem alleen omdat haar woorden zijn indruk bevestigden. Krankzinnigheid!

'Een onschuldige man', zei ze. 'En hij zal niet op de derde dag verrijzen. Hij zal zwart worden, wormen krijgen en wegrotten. Als u zijn vader met alle geweld lastig moet vallen, zeg hem dan dat hij hem moet laten cremeren. Zult u dat doen? U moet het doen. En u moet mij iets beloven. Als het mij op zekere dag overkomt, wil ik niet gecremeerd worden. Zorgt u daarvoor. Ik wil een anoniem graf. U mag me ook bij een militair oefenterrein leggen. Legt u mij maar gewoon naast dat meisje.'

Militair oefenterrein, dacht hij. Zo had hij het niet genoemd. Hij kwam er echter niet op terug. Hij rilde nog steeds bij het zien van haar blik. Dat kon toch niet! Ze had haar zintuigen volkomen in bedwang gehad hoewel het haar tot zondagmiddag sterk had aangegrepen, ze was onder de ernst van haar daad een tijd lang in de war geweest en ze was vastbesloten om daar de consequentie uit te trekken, maar ze was niet krankzinnig. En dat ze in die twee dagen haar verstand zou hebben verloren... Nee, dat was onmogelijk. Ze was slechts aan het einde van haar Latijn.

Hij stapte op een ander onderwerp over, begon over haar kind te praten in de hoop dat er zoiets als vechtlust in haar zou worden gewekt. Een tweejarig jochie! Of ze ook niet van mening was dat zo'n klein kind zijn moeder nodig had?

'Wie heeft er nou de pest nodig?' bracht ze daar tegenin.

'Niemand', zei hij. 'En er is ook niemand die wormen nodig heeft of staarten van wolven en tijgers in zijn buik. Het spijt me, mevrouw Bender, ik had gehoopt dat we als normale mensen met elkaar zouden kunnen praten. Als u dat echter niet kunt of wilt, heb ik daar begrip voor. Ik ben waarschijnlijk ook niet de juiste man voor uw problemen. Daar heb je deskundigen voor. Binnenkort zal er wel een bij u langs komen.'

'Wat heeft dat te betekenen?' wilde ze weten. En nog voordat hij antwoord kon geven, vloog ze op. 'Ik wil niks te maken hebben met deskundigen. Stuurt u me in vredesnaam geen psychiater op mijn dak. Ik zal u eens iets vertellen: Als er hier zo iemand komt opdagen...!'

Wat er dan zou gebeuren, legde ze niet uit, ze brak haar zin halverwege af, wiste haar voorhoofd met de rug van haar hand af en glimlachte. 'Och, waar maak ik me druk om! Ik hoef immers met niemand te praten. En al helemaal niet met een psychiater. Nou moet u eens goed luisteren: voor mijn part stuurt u een dozijn van die witjassen op me af, maar vertelt u hun er maar meteen bij dat ze een spel kaarten mee moeten brengen, dan vervelen ze zich niet zo.'

Haar uitbarsting had een bevrijdende uitwerking op hem. Hij bleef zich even vriendelijk opstellen als voorheen en informeerde of ze soms liever met een vrouw wilde praten dan met een man. Misschien zou hij op dat punt iets voor haar kunnen doen. Ze gaf hem geen antwoord meer.

Hij wilde afscheid nemen en liep naar de deur met de woorden: 'Ik kan niet verhinderen dat er een psycholoog of psychiater bij wordt gehaald. Dat beslist de officier van justitie. En ik vind dat een terechte beslissing.'

Daarmee brak het ijs definitief in stukken.

'Zo, vindt u dat!' snauwde ze hem toe en ze versperde hem de weg. 'U vindt dat het doel werkelijk alle middelen heiligt. Eerst zet u me met mijn familie onder druk en nu weer met die vervloekte deskundige van u. Dacht u nu werkelijk dat die meer uit me weet te krijgen dan u? Ik weet wat u wilt horen. 't Is best hoor, dat kunt u krijgen. Laten we de overheid maar wat geld besparen. Zo'n deskundige moet immers betaald worden en heeft gegarandeerd een heel ander uurloon dan een installateur.

Ze moeten later toch niet zeggen dat ik het land nodeloos op kosten heb gejaagd.'

'U hoeft me niets te vertellen, mevrouw Bender.'

Ze begon te stampvoeten. 'Maar nu wil ík het, verdomme nog aan toe. Nu wil ik het en nu zult u luisteren. Wilt u meeschrijven of kunt u alles zo wel onthouden? Frankies vader heeft niet tegen u gelogen. Ik heb Frankie niet in mei leren kennen, dat is pas later gebeurd. Misschien was het in augustus, ik weet het niet meer zo precies. Ik was al een tijd aan de drugs, ik was continu van de wereld en heb heus niet op de kalender gelet.'

Ze begon te snotteren en bette de onderkant van haar ogen met haar vingers. 'Hebt u misschien een pakje papieren zakdoekjes voor me? Daar had ik al om gevraagd maar ze zijn vergeten me een pakje te brengen. Misschien moet ik dat betalen, ik heb geld bij me.'

Hij tastte in de zak van zijn colbert, vond een aangebroken pakje en reikte het haar aan. Ze pakte er een zakdoekje uit, bette daar oppervlakkig haar ogen mee droog en stak het zorgvuldig bij de rest terug. Intussen glimlachte ze naar hem. 'Dank u wel. En neemt u me niet kwalijk dat ik een beetje geschreeuwd heb. Dat was niet zo bedoeld. Ach, nonsens, natuurlijk was het wel zo bedoeld. Het is knap klote als je niet eens meer het recht hebt om je eigen shit in de doofpot te houden. En het is een enorme hoop shit, dat zeg ik u maar liever meteen.'

Hij glimlachte eveneens. 'Ik heb het beslist nog wel erger gezien.'

Ze haalde haar schouders op. 'Kan wezen, maar ik niet.' Toen spanden haar schouders zich. 'Oké,' begon ze, 'waarschijnlijk was het augustus. Ik heb aanvankelijk gezegd dat het in mei was omdat ik me schaamde. Ik heb me namelijk meteen al de eerste avond met hem ingelaten en ik ben als een klit aan hem gaan hangen. Hij had stuff en hij had genoeg geld om me regelmatig van dat spul te voorzien. Dan hoefde ik daar niet meer achteraan. Bij wijze van tegenprestatie eiste hij dat ik met hem naar bed ging. Dat vond ik best, ik heb het uit vrije wil gedaan. Maar na een paar weken wilde hij dat ik ook met zijn vrienden naar bed ging.'

Ze lachte bitter. 'Dat heb ik gedaan. Ik heb alles gedaan wat hij van me wilde. Hij wilde toekijken, samen met dat meisje. Ik weet niet hoe ze heette, eerlijk niet. Maar dat doet er ook niet toe. Het was zo'n stomme trut die hij van thuis had meegebracht. Hij heeft haar niets gedaan. Hij heeft haar absoluut niet geslagen. Ik wilde alleen dat hij dat deed. Hij was smoorverliefd op haar en wilde haar laten zien wat voor een geweldige vent hij was, dat hij alles met me kon uithalen.'

'Was dat in augustus?'

Ze schudde ontkennend haar hoofd. 'Nee, in oktober.'

'En waar was u met hem? Thuis was u niet.'

Weer schudde ze het hoofd. 'Soms hier, soms daar. In Hamburg of Bremen, meestal sliep ik op straat. Soms gaf hij me geld voor een kamer. Hij kwam in het weekend, dan zwierven we met ons tweeën rond. En één keer zijn we in dat fantastische huis geweest. Dat was op die avond dat het gebeurd is.'

'Wat is er precies voorgevallen?' Hij wist niet of hij haar moest geloven of niet. Ze sprak rustig en beheerst; haar stem had een gelaten ondertoon. Het klonk oprecht.

'Ik was zwanger van hem. En hij zei dat hij voor een goede dokter zou zorgen die alles in orde zou maken maar dat ik dan moest doen wat hij wilde. Ik huilde een beetje maar ik wist dat dat weinig zin had. Dus heb ik maar toegegeven.'

Weer lachte ze hardop maar het had meer weg van snikken. Haar ogen schoten heen en weer door het kleine vertrek alsof ze werd opgejaagd. Meermalen streek ze zich nerveus over het voorhoofd. 'Weet u hoe ik me voelde? Ik lig daar op de grond en laat me door die twee kerels bespringen. En die slet zit met hem op de bank en eist dat ik nog een keer, deze keer met hen allebei tegelijk...' Ze kokhalsde en het duurde een paar tellen voordat ze verder kon praten. 'Ze zei: Bederf onze lol nou niet, schatje. En toen zei ze tegen een van die twee: Geef haar maar een snuif coke, dan wordt ze wat relaxter.'

Ze huiverde, toen vonden haar ogen eindelijk de weg naar zijn gezicht. Haar stem had weer een vaste en beheerste klank. 'Ze hielden me vast en pompten me vol drugs. Ik dacht dat ze me met die troep wilden vermoorden. Ik heb me verzet. Toen hebben ze me geslagen en geschopt, tegen mijn hoofd en in mijn buik. En toen begon ik opeens te bloeden. Ik denk dat ze toen bang werden want ze smeerden hem allemaal. Mij lieten ze daar liggen. Op de een of andere manier heb ik de straat weten te bereiken. En toen ben ik tegen die auto aan gelopen. En de enige mazzel aan het hele verhaal was dat de man die me aanreed, arts was. Hij zag dat ik een miskraam had. Hij zag ook dat ik high was. Maar nu is het echt genoeg. Zo meteen vraagt u me zeker weer naar zijn naam. En die zult u uit mijn mond nooit horen.'

'Waarom niet, mevrouw Bender? Die man heeft immers helemaal niets op zijn kerfstok. En op dit moment lijkt hij de enige te zijn die uw verhaal zou kunnen bevestigen.'

Ze keek weer langs hem heen naar de muur en mompelde: 'Dat zal hij beslist niet doen. Hij zal beweren dat hij mij nooit heeft gezien.'

'Waarom zou hij dat beweren?'

'Omdat het een smeerlap was. Hij heeft aan me gezeten; toen wist ik helemaal nog niet wat hij van plan was. Toen dacht ik nog dat hij me alleen maar wilde onderzoeken. Op een keer werd ik 's nachts wakker en toen lag hij zich naast mij af te trekken. En van tevoren had hij aan me zitten frunniken. Wilt u nog meer weten?'

Hij zag hoe haar hand zich om het pakje zakdoekjes klemde, hoe haar ogen begonnen te glanzen. 'Het was een geile ouwe bok', bracht ze met horten en stoten uit. 'Als hij in de kamer was, stonk alles naar zweet. Ik zal u eens iets vertellen! Als ik die ploert ooit nog onder ogen krijg, en dat gebeurt als ik u vertel hoe hij heet, slacht ik hem net zo af als Frankie. Ook al staat de hele rechtszaal vol politie, niemand krijgt de kans me dat te beletten. En wilt u me nu met rust laten.'

Ze draaide zich om, legde haar arm tegen de muur en verborg haar gezicht erin. Ze huilde. Het was de eerste keer dat hij haar zag huilen. In een reflex legde hij zijn hand op haar schouder, hij had behoefte om iets troostrijks te doen of te zeggen. Ze schudde zijn hand weg en snikte: 'Rot op, man. U hebt geen idee wat er gebeurt als ik met u praat. Het komt allemaal terug. Het komt allemaal weer tot leven. Dat kan ik niet verdragen. Ga nou toch. Verdwijn. En laat mijn vader met rust. Het is een oude man, hij is ziek, hij is… Hij heeft me nooit iets misdaan. Hij kon er toch ook niets aan doen dat hij op zijn leeftijd nog steeds zijn behoeften had. Alles was enkel en alleen mijn eigen schuld.'

9

Het kwam door al dat snoep. Wanneer ik me volpropte, stond ik er nooit bij stil dat die troep ergens moest blijven. Toen ik dertien was, werd het duidelijk zichtbaar. Ik was dik geworden. Babyvet, zei Margret en plaagde me daarmee wanneer ze op bezoek kwam. Ik wilde niet dik zijn en dus probeerde ik die troep niet meer te eten. Dat was alleen niet zo simpel want ik kon niet ophouden met jatten.

Wat het jatten van geld betrof, ging het om steeds grotere bedragen. Soms zat ik het in de schuur na te tellen. Dan fantaseerde ik dat ik daarmee op een goede dag weg kon lopen, ver weg. Ik weet nog dat ik twaalfhonderdachtentachtig mark bij elkaar had. Toen pakte ik het kleingeld, liep naar het station en vroeg wat een kaartje naar Hamburg kostte. 'Ik wil nu geen kaartje kopen', zei ik. 'Ik wil alleen weten wat het kost.'

De man achter het loket vroeg: 'Enkele reis of retour?'

'Enkele reis', zei ik. 'Ik kom nooit meer terug. En kunt u me ook zeggen wat een bootreis kost?'

Hij lachte. 'Dat ligt eraan waar je heen wilt. Vliegen gaat vlugger. Dan moet je echter voor elke kilo overgewicht extra betalen.'

Overgewicht, dacht ik terwijl ik bij het loket vandaan liep. En met die acht mark liep ik naar de ijssalon en schrokte een grote vruchtencoupe met slagroom naar binnen. Vervolgens ging ik naar de wc en stak een vinger in mijn keel. Dat deed ik van toen af aan elke keer als ik iets zoets had gegeten.

Magdalena was van mening dat ik daar in elk geval mee moest stoppen. 'Dat is een ziekte', zei ze. 'Daar zijn al mensen aan doodgegaan. Koop liever andere dingen voor dat geld.' Ze dacht dat het alleen om het zakgeld ging dat ik van vader kreeg. 'Hippe kleren', zei ze. 'Die kun je ook in de schuur verstoppen. Dan kleed je je om als je weggaat en voordat je weer binnenkomt. Als je iets leuks hebt om aan te trekken, zul je zien dat je ook weer van jezelf kunt houden.'

Ik kon me niet voorstellen dat kleren iets zouden kunnen veranderen. Ik was veel te dik, ik vond mezelf lelijk en plaste nog steeds in bed. Niet meer elke nacht maar nog wel dikwijls, hoewel ik allang niet meer over de wolf droomde. Ik werd gewoon niet wakker als ik moest plassen.

Meestal merkte ik pas dat de hele boel weer nat was als vader ernaar keek. Hij stond dikwijls twee, drie keer per nacht op en kwam dan direct naar mijn bed toe. Hij stak zijn hand dan altijd meteen bij mij onder de deken.

Soms verbaasde ik me erover dat hij zo veel geduld met me had, dat hij nooit begon te schelden, er nooit een woord aan vuil maakte. Mijn bed stonk, onze hele kamer stonk omdat mijn matras zo dikwijls nat werd en eigenlijk nooit goed kon drogen. 's Zomers zette ik hem overdag op de smalle kant voor het raam. En later kocht ik een plastic beddenzeil.

Op de een of andere manier werd ik alleen van buiten volwassen, maar daar gebeurde dat dan ook wel radicaal. Ik kreeg borsten en okselhaar en ook van onderen kreeg ik haar. Als vader tegelijk met mij naar bed ging, schaamde ik me. Ik wilde me niet meer uitkleden waar hij bij was. Dat viel hem niet op. Als ik naar de badkamer ging om me daar uit te kleden, kwam hij achter me aan omdat hij me nog iets wilde vertellen. Dat er op het werk iets was voorgevallen of dat er iets niet in orde was met de auto. Met moeder kon hij niet over zulke dingen praten en dus besprak hij gewoon alles met mij. Dat vond ik ook wel gaaf, maar dat hij keek terwijl ik me uitkleedde, dat beviel me niet.

Vervolgens werd ik ook nog ongesteld. Ik wist niet veel over wat er met me gebeurde. Natuurlijk was ik wel voorgelicht, dat was op school gebeurd. De zuiver biologische kant van het verhaal, hoe je zwanger wordt. Margret had er ook wel eens met me over gepraat. Al met al had ze zich er echter alleen van vergewist dat ik enigszins was voorbereid op mijn eerste menstruatie.

Toen Margret er met me over sprak, wist ik allang wat me te wachten stond. Moeder had me grondig geïnstrueerd. Dat ik op moest passen dat ik niet voor een man de poort naar de hel zou openen. Dat de vloek van Eva me binnenkort zou treffen. Een vloek was het inderdaad.

Ik had ontzettende krampen als ik begon te menstrueren. Al dagen voordien was ik zenuwachtig, ik voelde dat het eraan kwam en ik zou het liefst in een hoekje weggekropen zijn, maar ik moest naar school. En ik wilde geen vrij vragen van gymnastiek omdat het anders opviel.

Ik vroeg Grit Adigar wat ik kon doen als we zwemmen hadden. Dat was elke twee weken, de ene week hadden we gymles in de gymzaal, de andere week gingen we naar het zwembad. Ik kon toch niet met maandverband het water in. Grit stelde me voor om tampons te gebruiken. Ze legde me uit hoe je die moest inbrengen. Ik vond het weerzinwekkend maar ik deed het wel en ik waste mijn handen daarna net zo lang met heet water tot ze dik en rood waren.

De andere meisjes in mijn klas waren er laaiend enthousiast over. Ze vonden zichzelf volwassen en schepten daar over op. Ze hadden het er ook over als er jongens bij waren. 'Ik ben net ongesteld.' Dat scheen de jongens een kick te geven.

Toen gebeurde dat met dat tijdschrift. Ik had er op het schoolplein een meisje mee zien lopen. '*Bravo*, het tijdschrift voor jonge mensen'. Natuurlijk wilde ik het onmiddellijk hebben. Ik verstopte het in de schuur. En 's middags, wanneer Magdalena moest rusten, las ik het. Er stonden een heleboel artikelen in die me interesseerden. Over muziek, zangers en popgroepen, over acteurs en make-up. Er stonden ook brieven in van mensen die advies vroegen.

Er stond een brief in van een meisje dat maar een jaar ouder was dan ik maar dat al een vriendje had. Hij had een eigen kamer waar ze ongestoord hun gang konden gaan. Als ze alleen waren, raakte hij haar aan en liet hij zijn vinger in haar slipje glijden. Dan werd zijn penis stijf en haar broekje nat. Het meisje wilde weten of dat wel normaal was. Ze geneerde zich voor het feit dat ze van onderen vochtig werd maar haar vriendje vond dat juist fijn. Hij was al wat ouder, zeventien geloof ik.

In het antwoord op die brief stond dat het heel normaal was als je slipje nat werd. Voor een man was dat een teken dat de vrouw seksueel opgewonden was. Hij wist dan dat ze klaar was om gemeenschap te hebben.

Mijn hemel, wat schaamde ik me. Ik vroeg me af wat vader wel van me zou denken. Misschien dacht hij wel dat ik hem probeerde te versieren. Ik voelde me vreselijk ellendig. Opeens was alles helemaal anders, was alles verkeerd.

Toen vader die avond thuis kwam, moest ik meteen weg. Ik kon me er niet toe zetten om bij hem in de keuken te zitten. Toen hij binnenkwam, voelde ik mijn gezicht al warm worden. Hij merkte dat er iets niet in orde was met mij. Magdalena merkte het ook. Vader ging na het eten weer met de auto weg. Moeder ging naar de woonkamer. Ik ging de afwas doen. Magdalena bleef bij me in de keuken en wilde weten wat er zo-even met me aan de hand was geweest. 'Je kreeg opeens een kop als een biet.'

Ik vertelde haar over die brief. Aanvankelijk vertelde ik alleen dat. Ze dacht dat ik een vriendje had en drong er bij me op aan haar meer te vertellen. Alles wat we tot nu toe hadden gedaan.

'Ik ben nog nooit op die manier aangeraakt door een jongen', zei ik. 'En ik laat me ook nooit meer door iemand op die manier aanraken.'

'Wat bedoel je met nooit meer?' vroeg ze. 'Dat wil toch zeggen dat iemand dat al eens heeft gedaan! Stel je niet zo aan, Cora. Vertel op.'

Ik wilde niet, maar ze drong net zo lang aan tot ik het haar uiteindelijk toch vertelde. Ze luisterde aandachtig en toen ik uitgepraat was, zei ze: 'Laat me eens precies zien hoe hij je aangeraakt heeft.'

Nadat ik haar dat had laten zien, lachte ze me uit. 'Dat telt niet! Daar hoef je je niet druk om te maken. Hij heeft alleen maar gevoeld of je in bed hebt geplast. Dat heeft niets te betekenen, per slot van rekening is hij je vader. Dat is precies hetzelfde als wanneer moeder of een dokter je aanraken. Ga maar na hoe vaak moeder bij mij daar onder zit te friemelen als ze me een klysma geeft of me wast. Als daar iets achter stak, zou ze lesbisch moeten zijn. En de artsen maken het al helemaal bont, dat kun je je niet voorstellen. Als ze een urinemonster van je moeten hebben, wachten ze niet tot je naar de wc moet. Ze brengen gewoon een catheter in. Nee, geloof me maar, vader heeft niets gedaan wat niet mag. Seksueel misbruik is heel iets anders.'

Dat had ze van een jonge vrouw gehoord met wie ze in het ziekenhuis ooit een kamer had gedeeld. Die vrouw had getippeld, ze was ook aan de heroïne verslaafd en had enorm gezopen. Nu was haar lever kapot. Ze had Magdalena verteld dat ze dat aan haar vader te wijten had. Hij had zich al aan haar vergrepen toen ze nog niet eens naar school ging. Eerst met zijn vinger en toen echt.

'Dat heeft hij toch niet gedaan, hè?' wilde Magdalena weten.
Ik schudde ontkennend het hoofd.
'Zie je wel', zei ze. 'Je hoeft je echt geen zorgen te maken. En als je me niet gelooft, moet je het Margret maar eens vragen.'

Dat wilde ik niet. Als vader niets verkeerd had gedaan, waarom zou ik het Margret dan moeten vragen? Dat ik iets ergs had gedacht, was mijn probleem. Ik dacht ook dat vader een oude man was, veel te oud om zoiets nog te doen. Wat een misvatting.

Dat waren de echte zonden, de begeerten van het vlees. Het ging niet om een stuk rosbief. Het ging om een oude man die zijn seksuele driften niet onder controle kreeg. Die zich al tot me had bekend, zoals moeder het uitdrukte, toen ik nog niet wist dat de mensheid in twee soorten, mannen en vrouwen, was verdeeld. En toen ik dat wel heel goed wist, gebeurde het opnieuw.

In april, drie weken voor ik veertien werd, werd ik 's nachts wakker. Ik moest naar de wc. Mijn eerste reactie was blijdschap dat ik het niet al in bed had laten lopen. Ik liep in het donker naar de badkamer; dat vader niet in bed lag, viel me niet op. Op de badkamer deed ik het licht aan en toen zag ik hem voor de wastafel staan met zijn pyjamabroek en zijn onderbroek op zijn enkels. Hij had zijn penis in zijn hand en bewoog zijn hand op en neer. Ik wist wat hij aan het doen was. De jongens op school noemden dat aftrekken.

Die uitdrukking vond ik ordinair. En dat mijn vader het deed nadat ik vastbesloten was hem als een onschuldige oude man te beschouwen, vond ik schandalig. En wat nog schandaliger was, was dat ik wel moest toekijken, ik kon niet anders. En het allerergste was dat hij gegarandeerd wist dat ik er was, want ik had de deur opengedaan en het licht aangeknipt. Hij ging echter gewoon door. En zijn gezicht erbij, de geluiden die hij uitstootte, het was stuitend.

Opeens draaide hij zich met een ruk naar me om. 'Maak dat je in bed komt!' tierde hij. 'Wat loop je hier als een geest rond te spoken?'

Ik schreeuwde terug: 'Ik moet naar de wc!'

'Pis dan in bed', schreeuwde hij. 'Dat doe je anders immers ook.'

Hij maakte zo veel herrie dat het onvermijdelijk was dat moeder en Magdalena er wakker van zouden worden. Dat interesseerde hem echter niet. Ik vond het gemeen van hem dat hij dat keihard riep. Ik kon er toch niets aan doen dat ik in bed plaste. Hij zei altijd dat ik er niets aan kon doen. 'Dat zijn de tranen van de ziel', zei hij. En dan ging hij naar de badkamer, misschien om dezelfde reden als vannacht.

Ik ging de slaapkamer weer in en wierp me op mijn bed. Dat ik naar de wc moest, was me helemaal ontschoten. Een paar minuten laten kwam hij achter me aan. Hij kwam naast me op bed zitten en streelde me over mijn haar. Hij had zijn handen gewassen. Ik rook de zeep.

Hij staarde me aan met een blik alsof hij me wilde slaan. In plaats daarvan begon hij te huilen en stamelde: 'Het spijt me.'

Hij jammerde als een driejarig kind dat zijn knie heeft opengehaald. Dat vond ik bijna nog weerzinwekkender dan dat andere. Nadat hij weer gekalmeerd was, zei hij: 'Ik hoop dat je het zult begrijpen als je groter wordt. Tegen de natuur kun je niet ingaan. Wat moet ik dan? Er zijn vrouwen die het tegen betaling doen. Maar dan is het niet meer dan een zakelijke transactie. Als ik alleen ben, kan ik in elk geval fantaseren dat er iemand bij me is die van me houdt. Ieder mens wil het gevoel hebben dat er iemand van hem houdt, ook als je al oud bent.'

'Ik heb vroeger heel veel van je gehouden', zei ik en ik was het liefst ook in huilen uitgebarsten.

Zoals ik al had gevreesd, waren moeder en Magdalena wakker geworden van het kabaal. 's Morgens aan het ontbijt keek moeder me wel op een eigenaardige manier aan maar ze vroeg niet wat er aan de hand was geweest. Toen ik 's middags uit school kwam, wilde Magdalena het wel weten en drong telkens aan zodra moeder de keuken uit was: 'Vertel nou! Wat heeft hij gedaan? Heeft hij nu toch met zijn vinger bij je binnen gezeten? Of heeft hij hem er echt bij je ingestoken?'

Ik schudde mijn hoofd. Wat er echt was gebeurd, wilde ik haar niet vertellen. Dat was ook niet nodig. Magdalena kon zich wel voorstellen wat ik had gezien. Ze wist allang waarom hij 's nachts naar de badkamer sloop.

Vader had dikwijls op de deur van de slaapkamer van moeder en Magdalena geklopt en tegen moeder gezegd dat hij nu weer hetzelfde ging doen als die vent uit de bijbel die zijn zaad op de aarde spoot. Of ze het met haar geweten overeen kon brengen dat hij voortdurend op die manier moest zondigen.

Magdalena maakte zich daar vrolijk over. 'Hij is nog tamelijk fit, die oude kerel van ons, maar dat zijn er veel meer op zijn leeftijd. De oudjes zijn dikwijls het ergst, neem dat maar van me aan. Vooral als ze niet zo vaak kunnen als ze willen. Vertel op nou. Heb je echt precies gezien hoe hij het deed?'

Ik was niet in staat erover te praten. Dagenlang was ik totaal in de war. En vooral 's nachts! Vader kwam een paar dagen heel laat thuis. Meestal lag ik al een poosje in bed zonder de slaap te kunnen vatten. Soms dacht ik dat ik misschien iets liefs tegen hem moest zeggen als hij eindelijk kwam. Dat ik nog steeds van hem hield. Ik had al zo dikwijls over van alles en nog wat tegen hem gelogen, een leugentje meer of minder deed er niet toe.

Als ik echter zijn voetstappen op de trap hoorde, als hij de klink van de deur naar beneden drukte, merkte ik dat mijn buik hard werd, koud en stijf als een steen die je belet adem te halen. Op dat moment kon ik niets zeggen. Dan deed ik maar alsof ik sliep en wachtte gespannen af wat hij deed. Of hij weer opstond, naar mij toe kwam of naar de badkamer liep.

Ik wou dat het weer zo was als vroeger toen ik zelfs bij hem in bed sliep. Toen hij gewoon mijn vader was, verder niets. Opeens was hij dat niet meer, hij was nog slechts een walgelijke oude man die zichzelf bevredigde. En de jongens op school zeiden dat je daarbij aan naakte wijven moest denken. Waaraan vader had gedacht, begreep ik drie weken later.

Toen zaten we op zondag aan tafel en opeens zei hij tegen moeder: 'Zo meteen breng ik mijn beddengoed naar de andere kamer. We gaan nu van bed ruilen. Dit is zo geen doen.'

Moeder was het er natuurlijk niet mee eens. En hij begon tegen haar te schreeuwen: 'Waar maak je je nog druk om na al die jaren? Je denkt toch zeker niet dat jouw rimpelige achterwerk in mijn ogen nog aantrekkelijk is? Maak je maar geen zorgen. Ik heb liever een sappig stuk vlees. En zoiets wil ik niet elke nacht binnen handbereik hebben liggen. Ik wil niet degene zijn die het tweede lam offert. Als dat zo doorgaat hier, sta ik nergens voor in. En begin nou niet over Magdalena. Als het met haar op een gegeven moment echt slecht gaat, begin jij ook niets meer, ook al lig je er honderd keer naast.'

Die avond moest hij opnieuw bij mij op de kamer slapen. Moeder ging met Magdalena een beetje vroeger naar boven dan anders en deed de slaapkamerdeur van binnen op slot. De volgende dag pakte vader de sleutel van haar af en droeg hij zijn beddengoed naar de andere slaapkamer.

Het bed van Magdalena werd bij mij op de kamer gezet. Wekenlang heerste er in huis een gespannen sfeer. Toen begreep moeder eindelijk dat haar eerbaarheid niet in gevaar was en dat ik het kon bolwerken met Magdalena. De eerste paar nachten was ik wel bang. Ik was die eigenaardige ademhaling niet gewend. Magdalena lachte me uit. 'Zo haal ik altijd adem. Het valt je overdag alleen niet op.'

Na een paar weken vond ik het geweldig dat ze bij me sliep. Zij genoot er ook van. Meestal bracht ik haar na het avondeten naar boven. Ze liet zich door mij verzorgen alsof ik moeder was. Dragen kon ik haar niet, dat kreeg moeder ook allang niet meer voor elkaar. Als je echter heel langzaam achter haar liep, hoefde je haar alleen voldoende steun te geven. Zo kon ze zelfs de trap op. Alleen moest ze op elke trede even uitrusten.

Ik hield haar vast als ze haar tanden poetste. Dat wilde ze liever zelf doen. Ik moest haar wel wassen. In bad mocht ze niet meer. Vroeger zette moeder haar in bad en tilde haar er weer uit. Toen ze groter werd, had vader een stoel gekocht met een groot gat in de zitting en een teil eronder. Dat ging goed zo. Je moest alleen naderhand de badkamer dweilen.

Aanvankelijk was ik tamelijk onhandig. Toen boende ik haar even hard schoon als mezelf. Alleen was haar huid, in tegenstelling tot de mijne, overgevoelig van al dat liggen. Met het ruwe washandje deed ik haar pijn.

'Doe het maar liever met je handen', verzocht ze me. 'En dan de zeep afspoelen met de spons. En met de handdoek alleen deppen. Moeder heeft dat nooit begrepen maar misschien dacht ze ook wel dat ik zo in ieder geval mijn bijdrage aan de algemene boetedoening lever als ze bij het wassen mijn huid kapotschuurde.'

Na het wassen werd ze met zalf ingesmeerd om te voorkomen dat ze zou doorliggen. Dan de nachtpon aan en hup naar bed. Als er in de keuken niets meer te doen was, bleef ik bij haar. Voor het inslapen lagen we over van alles en nog wat te praten.

En in bed, met de deur dicht, kon ik op een andere manier

praten. Magdalena was de enige met wie ik echt vrijuit overal over kon praten. Niet over het jatten maar over die andere dingen, over mijn afschuw van vader en van mezelf. Dat ik nooit een vriendje wilde hebben.

Hoewel ze een jaar jonger was dan ik, keek zij daar anders tegenaan. 'Wacht maar af', zei ze. 'Als je nog een paar pondjes afgevallen bent, verdwijnt die afkeer van je eigen lijf vanzelf. En dat andere, dat kun je daar niet mee vergelijken. Bij een oude man staat me dat ook tegen. Waarom laat ik me door vader niet aanraken, denk je? Dat ontbreekt er nog maar net aan, dat hij aan mij zit te friemelen. Hij zou zeker bereid zijn me in bad te tillen en me er ook weer uit te tillen als jij hem dat zou vragen. Maar dan is mijn reactie: nee, dankjewel. Met een jongeman gaat dat heel anders. Dat merk ik bij de doktoren. Het maakt heel veel uit hoe iemand eruit ziet en hoe zijn handen aanvoelen. Het liefste heb ik studenten aan mijn bed. Ze laten dikwijls hele hordes studenten op me los. Voor hen ben ik een curiositeit, het medische wonder. Ik ben het halve hart met het inoperabele aneurysma van de aorta dat het tegen alle verwachting in al jaren volhoudt. Wie weet heeft dat ding in mijn buik allang de pompfunctie overgenomen.'

Ze lachte zachtjes. 'Dan staan die jongens daar maar zonder te weten waar en hoe ze de stethoscoop op mijn buik moeten zetten. Veel meer laten ze die arme kerels helaas niet doen. Ze mogen alleen luisteren hoe dat klinkt, een luchtballon met gaatjes erin.'

Ze hoopte dat zij wel een vriendje zou kunnen krijgen, later, als ze vijftien of zestien was. Of nog liever meteen, want ze dacht niet dat ze vijftien of zestien kon worden.

Na het vertrek van de chef duurde het bijna een uur voordat ze gekalmeerd was. Ze begreep niet hoe ze zich zo had kunnen laten meeslepen dat ze hem dat afschuwelijke verhaal had verteld, terwijl ze nota bene de zakdoekjes al in haar hand had. Seks met twee mannen! Dat had ze waarschijnlijk in de donkerste, de smerigste periode van haar leven gedaan. Dat was in elk geval in een flits even bij haar bovengekomen.

En toen had ze vader voor zich gezien – met zijn broek op zijn enkels en ontstoken in tomeloze woede. Bijna had ze ook dat uitgebraakt. Dat had ze nog net weten te voorkomen door die arts tot zondebok te maken.

Dat was onvergeeflijk. Die man had haar het leven gered zonder een tegenprestatie van haar te verwachten. Het was een zachtaardige, vriendelijke man. Nooit had hij haar aangeraakt op de manier zoals ze de chef had beschreven. Het was geen ouwe smeerlap maar een man in een witte doktersjas die zo dom was geweest om met een paar borrels op achter het stuur te gaan zitten.

Hij was hooguit begin vijftig. Een smal gezicht en een donkere, keurig geknipte volle baard. Als hij bij haar kwam, had hij meestal een injectiespuit in zijn hand. Hij had smalle, buitengewoon goed verzorgde handen en een warme, zachte stem. 'Hoe voelt u zich nu? U zult nu vlug in slaap vallen.'

De binnenkant van haar ellebogen was bezaaid met etterende zweren. Er was een canule in de rug van haar hand aangebracht. En daar spoot hij iets in. En meteen daarna volgde de duisternis, het einde van de verschrikkelijke pijn. De hoofdpijnen waren onverdraaglijk. Het bonsde, knaagde en stak alsof haar schedel in een bankschroef was vastgeklemd. Terwijl er alleen een verband omheen zat.

Schedelfracturen, zei de dokter later toen ze eindelijk zover was dat ze hem ernaar kon vragen. Onder andere, zei hij, ze had nog meer verwondingen. En die konden onmogelijk het gevolg zijn van dat botsinkje. Hij had niet hard gereden, hij had meteen op de rem getrapt en haar feitelijk alleen met de grille geschampt toen ze waggelend voor zijn auto belandde. Drie weken geleden toen ze opeens uit het niets, uit het donker in de berm van een provinciale weg opdook.

Drie weken buiten bewustzijn?

'Wees blij', zei hij. 'Het ergste hebt u doorgemaakt terwijl u sliep. Afkicken is vreselijk. Het hele lichaam komt in opstand.

Het hele zenuwstelsel is van de kaart. U hebt daar echter niets van gemerkt.'

Hij vroeg hoe ze heette. Ze had geen papieren bij zich, zei hij. Hij vroeg haar ook of ze wist wat er was voorgevallen. Dat wist ze niet. Alles was weg. Niet alleen die drie weken waar hij het over had, meer dan vijf maanden waren uit haar geheugen gewist.

Het laatste wat ze zich herinnerde was de derde zaterdag in mei, Magdalena's verjaardag! Een fles sekt! Bij de Aldi gekocht – niet gejat – om het te vieren. Drie dagen in de schuur verstopt. Onder de oude aardappelzakken vandaan gehaald nadat moeder en vader waren vertrokken om weer een avond door te brengen te midden van de groep wanhopige mensen die zich aan de hemel vastklampten omdat ze zich zonder hulp op de aarde niet staande konden houden.

De champagne was warm toen ze hem binnenbracht. Ze legde de fles in de koelkast. Daar bleef hij liggen tot even voor achten die avond. Om acht uur wilde Magdalena met een slokje op haar nieuwe levensjaar klinken. Een klein slokje maar. 'Daar krijg ik heus niets van', dacht ze. 'En misschien helpt het om ook dit jaar weer vol te maken.'

Dat geloofde geen mens, alleen Magdalena en zijzelf. Zijzelf natuurlijk ook, ze was er vast van overtuigd. De artsen in Eppendorf niet, zoals gewoonlijk. In april had Magdalena weer eens in het ziekenhuis gelegen. Ze had veel langer moeten blijven dan de geplande twee dagen. Wat daar de reden van was, wilde Magdalena niet zeggen.

'Ik hecht geen waarde aan al die flauwekul die ze altijd opdissen. Als het aan hen lag, was er van mij allang niets meer over. Die snappen niet hoe het werkt. Wat mij betreft steken ze mijn hart en mijn buikaorta in hun reet. En mijn nieren er achteraan. Ik heb niets anders nodig dan mijn wil. Dat is het, Cora! Een mens moet willen leven, dan blijft hij ook in leven. Het levende bewijs daarvoor ben ik toch al achttien jaar lang. En ik zal hun ook bewijzen dat een operatie tot de mogelijkheden behoort. Hoeveel geld hebben we inmiddels?'

Klokslag acht uur, zo wist Magdalena, was ze geboren.

'Tot dan blijf je toch bij me?'

'Ik blijf de hele avond bij je. Je denkt toch niet dat ik op jouw verjaardag wegga?'

'Maar ik wil dat je gaat. Minstens een van ons beiden moet echt feestvieren. Volgend jaar vieren we allebei flink feest. Dan geven we zo'n knalfuif dat alle huizen in de straat op hun grondvesten schudden. Nu moet je het nog een keertje op je eentje doen. Je hoeft immers niet zo lang weg te blijven als anders. Als je om elf uur thuiskomt, ben ik tevreden. We zullen nog wat champagne bewaren. En dan vertel je me hoe het was. Heb je met Horst afgesproken?'

'Nee. Ik heb hem vorige week gezegd dat ik vandaag niet kan. Hij vond dat geen punt. Zijn vader had hem al een paar keer gevraagd om de auto na te kijken. Dat kan hij nu mooi doen.'

'Wat stom. Och, misschien is hij er toch. Als je de auto wilt nakijken, duurt dat echt niet de hele avond en nacht. En als hij er niet is, dan maak je toch gewoon plezier met iemand anders. Een beetje afwisseling kan geen kwaad. Je zakt twee uurtjes gezellig door met een leuke vent, dat moet je me beloven. En dan kom je terug. En dan...'

Dat was op 16 mei! En opeens was het oktober. De dokter wist niet wat er in de tussentijd was voorgevallen. Hij glimlachte tegen haar terwijl hij haar vroeg haar vingers, tenen, armen en benen te bewegen. 'Het schiet u vast wel weer te binnen. Geef uw hoofd maar een poosje de tijd om zich te herstellen. En mocht u niets te binnen schieten, dan denk ik dat u niet direct iets belangrijks vergeten bent.'

'Ik moet naar huis', zei ze.

'Het zal nog wel een poosje duren voordat we dat kunnen overwegen.' Hij tilde haar linkervoet op, prikte met een naald in haar hak. Toen ze ineenkromp, zei hij: 'Prachtig.' En toen zei hij: 'Ga nu maar slapen. U hebt nog een heleboel rust nodig.'

Hij zei nooit veel als hij binnenkwam. De enige die verder nog kwam, was een verpleegster, een nors type dat ongeveer even oud was als hij, geen woord zei en niets deed als het niet per se nodig was. Ze bracht het eten, schudde haar kussen op, trok het laken recht en waste haar. En de dokter deed oefeningen met haar om te voorkomen dat haar armen en benen stijf werden van het liggen. Hij liet haar rekenen en gedichten opzeggen die ze op school had geleerd om vast te kunnen stellen of haar hersenen door het heroïnegebruik en de klappen waren aangetast. Hij stak naalden in de canule op de rug van haar hand, smeerde haar ontstoken armen met geneeskrachtige zalf in en verwisselde de fles onder het bed, een catheter.

En zij dacht aan Magdalena die haar nodig had. Ze bedacht dat ze zo vlug mogelijk naar huis moest. Magdalena wilde de artsen in Eppendorf laten zien wat er allemaal haalbaar was. Ze wilde zich in de Verenigde Staten laten opereren als ze genoeg geld bij elkaar hadden voor de vliegreis en het ziekenhuis. Het was nog lang niet genoeg. Er ontbrak nog een gigantisch bedrag dat zij bij elkaar moest zien te krijgen. Daar dacht ze aan tot de injectie haar gedachten uitwiste.

In het kleine kamertje bestond er geen dag en geen nacht. Er was geen raam, alleen een wandlampje. Als ze haar ogen opendeed, was het altijd aan. Telkens als de dokter kwam, probeerde ze meer te weten te komen. Veel wist hij echter niet te vertellen.

'Ik geloof niet dat het een ongeval was', zei hij op een keer. 'De omstandigheden doen niet aan een ongeluk denken. Een naakt meisje zonder papieren, volgepompt met heroïne.' Hij sprak over ernstige verwondingen in de schaamstreek en op andere plaatsen, verwondingen die je alleen bij bepaalde seksuele praktijken zag en die slechts één conclusie toelieten.

Hij had inmiddels een bepaald beeld. Een verslaafde hoer. Een gemakkelijke prooi voor een pervers type, een sadist, iemand die een ander pijn wilde doen, die zijn slachtoffer in bewusteloze toestand in de berm had geloosd, misschien in de veronderstelling haar te hebben vermoord.

'Ik had naar de politie moeten gaan,' zei hij, 'maar ik was bang dat me dat mijn rijbewijs zou kosten. En toen dacht ik dat u dat zelf maar moet beslissen als u daartoe in staat bent. De politie zou de zaak alleen kunnen beoordelen op basis van indrukken van buitenaf. Daarmee zou u zichzelf een bepaald etiket opplakken. En dat lijkt mij niet nodig. Ziet u, wat er ook gebeurd is, hoe u ook geleefd hebt, u bent er zonder blijvende schade vanaf gekomen. U bent nog heel jong, nog niet eens twintig. U kunt nog een keer alle schepen achter u verbranden en een nieuwe start maken. Het enige wat u daarvoor nodig hebt is de vaste wil om van de drugs af te blijven. Uw lichaam heeft dat gif niet meer nodig. Nu hoeft u zichzelf alleen nog psychisch te overtuigen. Een leven zonder heroïne is beter, neemt u dat van me aan. Het is vooral ook een stuk goedkoper. Dan kunt u ook met een eerzaam beroep in uw levensonderhoud voorzien.'

'Waar ben ik eigenlijk?' vroeg ze.

'In goede handen', zei hij glimlachend. 'Neem me niet kwalijk maar nu denk ik even aan mezelf.'

Natuurlijk nam ze hem dat niet kwalijk. Zo'n zachtaardige, begrijpende en vriendelijke man kon je niet kwalijk nemen dat hij eens een keer aan zichzelf dacht en terugschrok voor het risico dat hij als dank voor zijn hulp achteraf ook nog zijn rijbewijs zou kwijtraken. Het was bijna een heilige. Haar terugkeer naar het gewone leven had ze uitsluitend aan deze man te danken.

En nu had ze hem afgeschilderd als een beest. Omdat ze niet wilde erkennen wat ze was geweest: een stuk vuil dat door eigen schuld steeds verder in de goot was beland en zich uiteindelijk door iedereen liet pakken en alles met zich liet doen.

En de chef gaf maar niet op en zat net zo lang in die oude wonden te porren en te rakelen tot ze stuk voor stuk openbraken. Als hij met vader sprak… Dat was het laatste wat hij had gezegd voor hij wegging. Dat hij de volgende ochtend naar Buchholz moest. 'Het spijt me werkelijk, mevrouw Bender, maar ik kan uw vader niet met rust laten. Ik beloof u echter dat ik hem niet onnodig zal opwinden. Ik wil hem alleen maar vragen…'

Vader was op de hoogte van die perverse feesten. Vader was ook op de hoogte van andere perversiteiten.

De grootste van alle doodzonden! Het speelde geen rol meer of de Verlosser haar vergaf of dat ze in de hel moest branden, zoals moeder het vaak zo plastisch had beschreven. Tot in alle eeuwigheid zouden honderden duiveltjes haar vlees met roodgloeiende tangen van haar lijf trekken. Daar waren ze immers allang mee begonnen, die duiveltjes. En de chef was hun aanvoerder en liet hun zien waar ze die tangen het beste konden plaatsen.

Na het avondeten wachtte ze nog een paar uur voordat ze ervan overtuigd kon zijn dat er minder op haar werd gelet. 's Nachts kwamen ze minder vaak naar haar kijken. Even na twaalf uur pakte ze het pakje papieren zakdoekjes, trok van een van de zakdoekjes kleine snippertjes af, draaide daar bolletjes van en stopte die in haar neus.

Voorlopig kon ze nog door haar mond ademen. Van de resterende drie zakdoekjes maakte ze één grote klomp en ging aan het voeteneinde van het bed staan, met haar gezicht naar de muur. Toen ademde ze met kracht uit en stak de klomp in haar keel – zo diep als ze maar kon. En nog voor ze haar hand weer had laten zakken, stootte ze haar hoofd met grote snelheid naar voren, tegen de muur aan.

Rudolf Grovian vertrok al om zes uur 's morgens. Mechthild sliep nog toen hij het huis uit ging. Hij was ervan uitgegaan dat de rit vijf uur zou duren. Een slechte inschatting, want hij had geen rekening gehouden met alle wegwerkzaamheden op de A1. De eerste file vlak na het klaverblad bij Kamen kostte hem een halfuur, de tweede voor wegrestaurant Dammer Berge bijna een vol uur. Pas tegen halfeen was hij op de plaats van bestemming.

Buchholz in het Noord-Duitse heidegebied. Een kraakhelder stadje, veel groen, in het centrum was nauwelijks een gebouw te bekennen dat meer dan tien of vijftien jaar oud was. Cora Bender was in deze omgeving opgegroeid; dat sloeg als een tang op een varken. Toen hij die vergelijking maakte, zag hij haar gehavende gezicht voor zich.

Een poosje reed hij kriskras door de stad, keek een beetje rond en zocht op een stadsplattegrond de weg; toen stopte hij voor haar ouderlijk huis. Een aardig huisje, vermoedelijk uit het begin van de jaren zestig. Proper en netjes net als de rest van de buurt, een keurig verzorgd voortuintje, de ramen keurig gelapt met hagelwitte gordijnen ervoor. Het riep een hoofdschudden bij hem op.

Het exacte adres was hij dinsdagsavonds van Gereon Bender te weten gekomen. Hij had daar bij Margret Rosch naar willen informeren en haar in één moeite door nog een paar vragen willen stellen. De tante van Cora Bender was echter verrassend genoeg ondergedoken. Dus had hij genoegen moeten nemen met Cora's echtgenoot en was aan de weet gekomen dat Gereon Bender zijn schoonouders nooit had ontmoet.

'Die wilden al jaren niets meer met haar te maken hebben. Dat had me aan het denken moeten zetten. Daar moet toch een reden voor zijn. Mij heeft ze van meet af aan belogen. Maandenlang heeft ze me op de mouw gespeld dat Margret haar moeder was en dat haar vader kort voor haar veertiende verjaardag was gestorven. Toen we in ondertrouw gingen, bleek pas hoe de vork in de steel zat. Toen had ik haar de bons moeten geven. Vertel eens, hoe zit dat eigenlijk? Mij heeft ze ook verwond. Dan moet ik toch aangifte tegen haar doen wegens het toebrengen van lichamelijk letsel. Of telt dat niet als je getrouwd bent?'

Gereon Bender had nog meer gezegd. Hij had toegegeven dat het het laatste halfjaar in het huwelijk niet meer allemaal rozengeur en maneschijn was geweest. Er was nog een punt waarop hij zich belazerd en misleid voelde. 'Een beetje preuts is ze altijd wel geweest. Toch had ik wel gevoel dat ze er lol aan beleefde, dat ze dat alleen niet wilde tonen. Maar sinds Kerstmis…'

De radio op de slaapkamer en die speciale manier van vrijen met buitengewoon onaangename gevolgen. Gereon Bender geneerde zich wel een beetje, maar was vervolgens toch in detail getreden, had daarbij zelfs man en paard genoemd. Orale seks. 'En denkt u nu niet dat ik dat van haar eiste. Dat zou ik nooit hebben gedaan. Ik wilde haar eens een keertje echt verwennen. En toen heeft ze bijna mijn nek gebroken.'

De verdenking was bij Rudolf Grovian al tijdens het verhoor gerezen en nu vermoedde hij het opnieuw. Incest. Dat paste beter bij drugs en walging. En haar laatste uitbarsting paste ook in dat plaatje. Ze had het er nu werkelijk te dik opgelegd. Van de ene ellende in de andere geraakt. En laat u mijn vader met rust! Het is een oude man! Die ze tegenover haar eigen man had doodverklaard.

De kern van haar verhaal, dat ze inderdaad ooit had meegemaakt wat ze had beschreven kort voor ze in elkaar was gezakt, geloofde hij nog steeds. 'Ik hoorde haar ribben breken.' Zoiets zoog je niet uit je duim. In zijn mening dat Georg Frankenberg bij dat horrorscenario betrokken was geweest, stond hij echter alleen.

Wanneer Mechthild zich niet met hun dochter bezighield, koos ze graag partij voor de dader en bracht dan een hele litanie van excuses naar voren die in de opvatting culmineerden dat die mensen eigenlijk op vrije voeten moesten worden gesteld. In dit geval was ze het echter eens met het Openbaar Ministerie, Werner Hoß, de rechter-commissaris en de media.

Een onschuldige man die bovendien nog arts was, had dood gemoeten omdat het iemand in de bol was geslagen. Artsen waren in Mechthilds ogen onaantastbaar, niet onfeilbaar maar wel mensen aan wie je je leven in handen gaf, in wie je dus wel vertrouwen moest hebben om niet dood te gaan van angst als ze een mes pakten.

Cora Bender had een van die hoogstaande mannen van kant gemaakt van wie de pers beweerde dat zijn beroep alles voor hem was geweest. Dat kon nauwelijks genade vinden in Mechthilds ogen. Ze had het hele verhaal 's maandagsmorgens in de krant gelezen en ze had er dankbaar gebruik van gemaakt om elke discussie over de ophanden zijnde scheiding van hun dochter en schoonzoon te vermijden.

Hij had dat niet onmiddellijk door en was oprecht blij geweest dat Mechthild na al die jaren weer eens belangstelling toonde voor zijn werk en dat ze hem de kans gaf zijn gemoed te luchten. Dat had het echter niet gemakkelijker voor hem gemaakt.

Mechthild erkende weliswaar dat de jeugd van Cora Bender verzachtende omstandigheden opleverde maar toen hij uitgesproken was, zei ze: 'Ik zou niet graag in jouw schoenen staan, Rudi. Hoe is het je te moede als je zo'n arm schepsel de genadeslag moet geven?'

'Ik ben niet van plan haar de genadeslag te geven', protesteerde hij.

En Mechthild schonk hem een begrijpende glimlach. 'Wat ben je dan wel van plan, Rudi? Ze heeft voor het oog van wel honderd mensen een arts neergestoken. Daar kun je haar met de beste wil van de wereld toch geen schouderklopje voor geven.'

'Als ik kan bewijzen...'

'Rudi', viel Mechthild hem in de rede. 'Maak jezelf toch niets wijs. Je kunt bewijzen wat je wilt, in dit geval is de vraag uitsluitend of ze de gevangenis in gaat of naar een tbs-kliniek moet.'

Ze had gelijk, dat wist hij. Hij wist echter niet of hij ooit zou kunnen bewijzen dat er van enige relatie tussen Frankie en Cora sprake was geweest. Vijf jaar geleden was Cora Benders wereld ergens tussen mei en november ingestort of was er iets anders gebeurd wat voor haar een reden was om te liegen alsof het gedrukt stond, wat voor haar tante weer aanleiding was om er, nadat ze eigener beweging met informatie was gekomen, als een haas vandoor te gaan. Over Georg Frankenberg hadden ze tot nu toe uitsluitend positieve dingen gehoord. Een stille man, gereserveerd, tegenover vrouwen bijna verlegen.

En Gereon Bender zei: 'Ze liegt alles bij elkaar als dat toevallig zo in haar kraam te pas komt.' Natuurlijk loog ze als ze verder geen uitweg meer zag. Als er iemand tegen haar muur schopte, gooide ze van paniek alles wat haar door het hoofd schoot, in één grote pan, roerde eens goed en kwakte dan een pollepel chaos op het eerste het beste bord. En daar moest je dan iets bruikbaars uit zien te vissen en je bij elk brokje afvragen waar ze het vandaan had gehaald.

Inmiddels stond wel vast dat ze het merendeel van wat ze aan feitenmateriaal over het leven van Frankenberg had opgedist, aan het meer kon hebben opgevangen. Het merendeel, niet alles. De bijnamen Bokkie en Tijger had Winfried Meilhofer niet genoemd, omdat hij die namen nog nooit had gehoord. Tegenover hem had Georg Frankenberg het altijd alleen over Hans Böckel en Ottmar Denner gehad. En Meilhofer had ook niet gerept van de zilverkleurige Golf GTI met het kenteken waaruit bleek dat de wagen uit de regio Bonn kwam.

Die auto en de twee namen waren alles wat Rudolf Grovian nog in handen had om slachtoffer en dader met elkaar in verband te brengen. Terwijl die namen best aan de fantasie van Cora Bender konden zijn ontsproten. Dat het in zijn ogen logisch klonk, Hans Böckel dezelfde als Bokkie en 'Song of Tiger', dat bewees niets.

Als je echter van hersengymnastiek hield, kwam je op een aantrekkelijke variant uit. Hans dezelfde als Johnny, Guitar hetzelfde als gitaar. Winfried Meilhofer meende zich te herinneren dat Frankie ooit eens had gezegd dat Hans Böckel de gitarist van het trio was geweest. Misschien had Georg Frankenberg op 16 mei ook wel met een gebroken arm onder de hoede van zijn vader in bed gelegen. Het was best mogelijk dat Hans Böckel haar die dag was tegengekomen en dat ze via hem aan heroïne was gekomen.

Hij koesterde weinig hoop dat hij van haar vader iets substantieels te weten zou komen. Hij was ook niet van plan de man onder druk te zetten. 'Hebt u zich aan uw dochter vergrepen, meneer Rosch? Hebben we deze hele catastrofe aan u te wijten?' Daar moesten de deskundigen zich later maar mee bezighouden. Hij wilde alleen wat uitsluitsel zien te krijgen over de periode tussen mei en november. En de naam van het ziekenhuis zien te achterhalen waar ze vanwege dat hoofdletsel behandeld was.

Hij belde aan en de deur werd opengemaakt door een vrouw die zo te zien helemaal in deze stad thuishoorde, vlot en jeugdig, zodat hij onwillekeurig even moest slikken. De woorden van Cora Bender schoten hem door het hoofd. 'Moeder is vijfenzestig jaar.' De vrouw die had opengedaan, was hooguit midden veertig, modieus gekleed, een vlot, kort kapsel, onopvallende makeup. Ze had een theedoek in haar hand alsof hij haar had gestoord bij het afwassen.

Hij stelde zich voor zonder de reden van zijn bezoek en zijn beroep te vermelden en informeerde aarzelend: 'Mevrouw Rosch?'

Ze glimlachte. 'God beware me! Ik ben de buurvrouw, Grit Adigar.'

Er viel hem een steen van het hart, een heel kleintje maar. 'Ik zou de heer Rosch graag spreken, Wilhelm Rosch.'

'Die is er niet', verklaarde Grit Adigar.

'Wanneer komt hij terug?' vroeg hij.

Grit Adigar antwoordde niet maar informeerde in plaats daarvan: 'Waarover wilt u hem spreken?' En nog voordat hij uitleg kon geven, scheen ze het te begrijpen. Ze gluurde over zijn schouder naar de auto die langs de stoep geparkeerd stond en knikte in gedachten verzonken. 'Het gaat om Cora. U bent van de politie, hè?'

Weer kreeg hij niet de kans iets te zeggen. 'Margret zei al dat er waarschijnlijk iemand zou komen', verklaarde Grit Adigar. 'Komt u eerst maar binnen. Dit hoeven we niet aan de deur te bespreken.'

Ze deed een stap achteruit. En toen kwam alles in een ander daglicht te staan.

Achter de deur lag een smalle, halfdonkere gang; het behang op de muren was minstens zo oud als het huis. Links was een trap. Op de treden lag een versleten, gestreepte loper. Recht voor hem stond een deur op een kier en daar viel een smalle reep daglicht naar binnen. Achter die deur was de keuken. Rechts ernaast was nog een deur. Dat die ook openstond zag hij pas toen hij naderbij kwam.

De ruimte achter die deur moest de woonkamer zijn. Het raam

keek op uit straat. Van de hagelwitte vitrage was van binnen niets te zien. De gordijnen van dikke, donkerbruine stof waren dicht. Het vertrek was helemaal donker. In de open deur stond nog een vrouw.

Hij kromp ineen toen ze opeens een stap naar voren deed. Een gezicht als een spitsmuis. Grijs haar tot op haar middel. Het leek al weken niet te zijn gewassen. Zo rook ze ook, een zurige, muffe geur hing als een te ruime jas om de gestalte heen. Ze was langer dan de meeste vrouwen. Als ze rechtop zou hebben gestaan, zou ze waarschijnlijk een paar centimeter langer zijn geweest dan hij. Ze stond daar echter alsof ze een zware last op haar schouders droeg. Een verbleekte huishoudschort die ooit kleurig was geweest, slobberde om haar lijf.

In het voorbijgaan greep Grit Adigar de vrouw bij haar schouders. 'Dat hebben we niet afgesproken, Elsbeth! Eerst je bord leegeten, dan mag je daarna verder bidden.'

De vrouw reageerde niet, keek Rudolf Grovian met licht gebogen hoofd onderzoekend aan en informeerde: 'Zoekt hij de hoer?'

'Nee. Hij wil met Wilhelm praten. Ik regel het wel.'

Een zweem van een glimlach gleed na de woorden van Grit Adigar om de dunne lippen van de deerniswekkende gestalte en ging vergezeld van een kalm knikje. 'Het geduld van de Heer was op en hij heeft hem gestraft. Hij heeft hem zijn stem en zijn kracht ontnomen. Hij heeft hem aan zijn bed gekluisterd, hij zal nooit meer opstaan.'

Het was een wereld van verschil om Cora Bender over haar moeder te horen praten en daar zo zijn eigen voorstelling bij te maken en haar moeder nu in levenden lijve voor zich te zien en haar te horen spreken. Ondanks de zomerse temperaturen voelde Rudolf Grovian een rilling door zijn leden trekken. Het idee dat een kind dag in dag uit aan die zeverende stem blootgesteld was geweest, deed hem huiveren.

'Het is al goed, Elsbeth', zei Grit Adigar en ze greep haar steviger bij haar schouders en schoof het muffe hoopje mens voor zich uit de keuken in. 'Nu ga je aan tafel zitten en doet wat de Heer behaagt. Hij houdt van lege borden. Dat goeie eten in de vuilnisbak gooien, dat zou verspilling zijn. En hoe hij over verspilling denkt, weet je toch.'

Tegen Rudolf Grovian zei ze: 'Trekt u zich maar niets van haar aan. Vroeger was het al erg met haar, maar sinds maandag is ze helemaal de kluts kwijt. En mocht u zich afvragen over wie de goede Elsbeth het had toen ze over de hoer sprak, daarmee doelde ze niet op Cora. Ze doelde op Margret. In de ogen van Elsbeth is iedere vrouw die zich met een getrouwde man inlaat een hoer.'

En op zichzelf overbodige verklaring, vond hij. En als iemand hem ongevraagd iets uitlegde, spitste hij altijd zijn oren en vroeg hij zich af waar dat goed voor was.

Even later zaten ze met hun drieën aan een oude keukentafel. Op een kast tegen de muur stond een flink aantal ingelijste foto's. Op elk van die foto's stond Cora Bender, alleen, met haar zoontje, met haar man, met haar zoontje en haar man. Hun trouwfoto, een kiekje van Cora in het kraambed en een van hun nieuwe huis. Grit Adigar had zijn blik gevolgd en verklaarde weer ongevraagd: 'Margret heeft geregeld foto's opgestuurd. Dit is Wilhelms altaar. Urenlang kon hij hier zitten en naar die foto's kijken. Hij droomde ervan dat ze op een keer langs zou komen. Dat hij zijn kleinzoon in levenden lijve zou kunnen aanschouwen. Dat heeft ze echter nooit gedaan. En volgens mij wist hij dat hij haar nooit meer zou zien.'

Een prima inleiding, vond Rudolf Grovian, om vervolgens frontaal af te sturen op het punt waarover hij telkens opnieuw struikelde. Misschien kreeg hij in dat opzicht van een buurvrouw wel eerder iets te horen dan van Cora's ouders of van een tante die er de voorkeur aan had gegeven na haar vrijwillige verklaring te verdwijnen. 'Heeft Wilhelm Rosch zich aan zijn dochter vergrepen?'

Grit Adigar sperde haar ogen verontwaardigd open. 'Wilhelm? Hoe komt u erbij? Zoiets kan alleen een politieman bedenken. Hij zou zichzelf nog liever eigenhandig gecastreerd hebben. Cora was zijn oogappel. Hij ging er bijna aan kapot toen ze destijds uit huis ging. En toen Margret maandag…'

Ze bracht chronologisch verslag uit. Margret Rosch was hem twee dagen voor geweest. Ze was niet ondergedoken om te voorkomen dat ze verder zou worden ondervraagd. Alleen was ze met de beste bedoelingen in de nacht van zondag op maandag naar Buchholz gereden om haar broer voorzichtig te vertellen wat er was gebeurd. Die omzichtigheid had bij zo'n vreselijk bericht echter weinig uitgehaald. Wilhelm Rosch had een beroerte gekregen. Het ging heel slecht met hem. Margret was bij hem in het ziekenhuis.

Het was die maandag zo vlug gegaan, er was geen tijd geweest om alles uit te leggen. Margret Rosch had tot nu toe één keer naar Grit Adigar gebeld en verteld dat er nauwelijks nog hoop was dat Wilhelm het zou halen en dat er misschien iemand van de politie zou komen omdat Cora een ontzettende stommiteit had uitgehaald.

'Heeft ze zelfmoord proberen te plegen?' wilde Grit Adigar weten.

'Nee.'

Ze sloeg haar handen van pure opluchting voor haar gezicht en mompelde: 'Goddank. Ik dacht al dat ze het alweer had gedaan. Omdat Wilhelm zo…'

Alweer! Dat klonk in de oren van Rudolf Grovian als iemand die wist waar ze het over had, die gegarandeerd meer wist dan een tante die amper contact had gehad met haar familie; die hem net zo goed verder zou kunnen helpen als Cora Benders ouders. Die vooral ook bereid was om alles te vertellen wat ze wist.

Toch was Grit Adigar daar niet zonder meer toe bereid. Eerst wilde ze weten wat Cora had uitgehaald. Zoals zij het uitdrukte, met een zweem van een glimlach om de lippen, klonk het onschuldig. Die glimlach bevroor echter alras.

Hij besloot openhartig tegen haar te zijn, beschreef de situatie in enkele korte zinnen. Grit Adigar slikte meermaals heftig en had daarna een paar seconden nodig om haar zelfbeheersing terug te krijgen. 'God nog aan toe!'

Elsbeth Rosch keek op van haar bord waar ze tot dan toe apathisch naar had zitten kijken. Haar zachte stem had een scherpe bijklank. 'Gij zult zijn naam niet…'

'Hou je kop, Elsbeth', zei Grit Adigar kortaf. Ze ademde hoorbaar in en uit. 'Hoe heette die man?'

'Georg Frankenberg.'

Hij liet haar een foto zien. Bij het zien daarvan schudde ze ontkennend haar hoofd. En een zilverkleurige Golf met een kenteken uit de regio Bonn had ze nog nooit gezien.

'En hoe zit het met Hans Böckel, Ottmar Denner of met de bijnamen Frankie, Bokkie en Tijger?'

Ze haalde spijtig haar schouders op. 'Zeggen me evenmin iets.'

'Johnny Guitar?'

Grit Adigar glimlachte eventjes. 'Die naam zegt me wel degelijk iets. Daar kunt u echter beter met mijn jongste dochter over praten. Ik weet alleen dat Johnny een paar jaar geleden half Buchholz het hoofd op hol heeft gebracht. Mijn Melanie was geen uitzondering. Het was een muzikant. Dat spreekt jonge meisjes meer aan dan automonteur.'

Muzikant, dacht hij, dat was tenminste iets. Wat voor instrument hij bespeelde, wist Grit Adigar niet. En ze kon zich ook niet voorstellen dat Cora iets met Johnny had gehad. 'Ze had immers een vaste vriend, Horsti.' Die was Rudolf Grovian alweer bijna vergeten.

Grit Adigar schonk hem opnieuw een haast verontschuldigende glimlach. 'Behalve zijn voornaam weet ik helaas niets van hem af. Voor ons was het altijd gewoon Horsti. Voor Cora was hij de grote liefde. Toen ze hem leerde kennen, was ze zeventien. Al na drie maanden verkondigde ze dat ze op een dag met hem zou trouwen en er met hem vandoor zou gaan. Ze was helemaal weg van hem. Geen mens begreep daar iets van. Een klein, spichtig kereltje was het, het leek bijna een albino, lichte huid en strogeel haar, het enige wat eraan ontbrak waren rode ogen. Ik heb hem een paar keer eventjes gezien als hij op straat rondhing en op Cora wachtte. Mijn Melanie kan u er wel meer over vertellen. Helaas is ze momenteel in Denemarken. Volgende week komt ze pas terug. Ze heeft die twee echter vaak samen gezien en maakte zich vrolijk over Cora's verliefdheid. Tarzan de bonenstaak noemde ze hem.'

Het leek erop dat hij voor een verloren zaak streed. Een Tarzan de bonenstaak als vaste vriend. De volgende vraag: 'Kunt u iets meer vertellen over die zelfmoordpoging destijds, waarom heeft ze dat gedaan?'

Grit Adigar knikte langzaam, maar bond toch in. 'Ik weet alleen wat Cora me heeft verteld. Het is niet hier gebeurd. Ze zei dat ze zich voor een auto had gegooid. Ze heeft nooit gezegd waarom ze het heeft gedaan. Dat hoefde ze ook niet te doen. Dat lag voor de hand. Ze heeft Magdalena's dood nooit kunnen verwerken.'

10

Toen die naam viel, voelde Rudolf Grovian hoe er in zijn achterhoofd een belletje onaangenaam begon te rinkelen en bespeurde hij een tomeloze woede jegens Margret Rosch. De Verlosser en de boetende Magdalena! Grit Adigar sprak bijna een halfuur lang ononderbroken over het blauwe hoopje mens, de armoede en ellende, de zinken emmer, brandblaren op de handen, kapotte knieën, natte beddenlakens en een verdorde ziel.

Het was al een kwelling om het verhaal alleen al te moeten aanhoren. En voortdurend had hij het gevoel alsof hij zo meteen iets zou moeten begrijpen, een of ander verband zou moeten zien waarvan hij het bestaan tot nu toe niet eens had vermoed. Een verband dat hij ook helemaal niet wilde begrijpen omdat het te zeer de suggestie van waanzin in zich droeg. En zoals hij daar samen met de voor zich heen mompelende Elsbeth aan tafel zat, scheen het hem onmogelijk dat een kind dat bij haar onder de plak zat, zich ook maar enigszins normaal had kunnen ontwikkelen.

Hij zag geen enkel verband. Hij begreep slechts één ding: waarom Cora Bender tot nu toe met geen woord had gerept over haar zusje. Omdat er een loodzware schuld verbonden was met haar dood die door niets of niemand kon worden gedelgd. Al schuldig nog voordat ze was geboren. Alle kracht uit moeders buik gevreten.

Het crucifix van dat deerniswekkende mens had hij met liefde eigenhandig kapot kunnen slaan. Gezien de manier waarop ze daar boven haar bord hing, stond het voor hem vast dat de dood van Georg Frankenberg aan haar te wijten was – wellicht heel indirect – maar dat verminderde de last die op haar knokige schouders rustte met nog geen grammetje.

Grit Adigar beschreef een eigenzinnig, stil, in zichzelf gekeerd kind en een weerspannig jong meisje dat enerzijds ontroerend lief voor haar zieke zusje zorgde en anderzijds een klein beetje vrijheid voor zichzelf probeerde te veroveren. De zaterdagavonden met Horsti in de Aladin.

Een danstent die geen beste reputatie genoot. Het gerucht ging dat je daar jaren geleden niet alleen muziek, dans en drankjes aangeboden kreeg maar dat je er ook heel gemakkelijk aan drugs kon komen. Sinds ruim vier jaar bestond de Aladin niet meer. Het was nu nog slechts een keurig, aardig restaurant waar je uitstekend kon eten voor niet te veel geld.

'Was Cora aan drugs verslaafd?' vroeg hij.

'Niet zolang ze nog thuis woonde', verklaarde Grit Adigar resoluut. 'Daarvoor had ze een veel te groot verantwoordelijkheidsgevoel. En later, wilt u een eerlijk antwoord van me horen?'

Dat wilde hij uiteraard. Grit Adigar zei: 'Volgens mij niet. Ik vond altijd dat uit de binnenkant van haar armen veeleer het tegendeel sprak. Het moeten etterende wonden zijn geweest. Ik heb nooit iets met junkies te maken gehad maar ik zou wel eens willen zien dat iemand zijn naald in etterende zweren steekt. Dan gebruiken ze liever de aders op hun benen of zo, dat hoor je tenminste altijd. Ik heb haar er destijds op aangesproken. En zij zei: Ik geloof het ook niet, Grit, maar er is zoveel wat ik niet geloof, en toch is het zo. Het zou toch helemaal niet raar zijn als ik drugs zou zijn gaan spuiten. Na dat drama hier.'

Dat drama had zich volgens Grit Adigar vijf jaar geleden in augustus voltrokken. Ze was er zelf niet bij geweest want ze was die bewuste zaterdag bij kennissen op bezoek geweest en pas laat in de middag thuisgekomen. Wat dat betreft kon ze slechts vermoedens uitspreken, dat zei ze met klem. Het waren echter wel vermoedens die zeer waarschijnlijk op waarheid berustten.

In april hadden de artsen geconstateerd dat het met Magdalena nu echt afliep. Medio mei ging ze hard achteruit. Cora kwam het huis niet meer uit, niet eens om boodschappen te doen. Die taak moest Wilhelm op zich nemen. Dag en nacht zat Cora aan het bed van haar zusje.

In die periode had Grit Adigar Horsti een paar keer gezien toen hij op straat rondhing om in elk geval bij Cora in de buurt te zijn of haar een blik op haar grote liefde te gunnen.

Dat was in tegenspraak tot wat Margret Rosch over de beide telefoontjes van haar broer had verteld. Grit Adigar deed dat met enkele woorden als onzin af. 'Dan heeft Margret Wilhelm zeker verkeerd begrepen. Verkeerde vrienden! Zo heeft hij dat zeker niet gezegd. En als het al zo zou zijn, dan doelde hij daarmee gegarandeerd niet op Horsti, veeleer op Magdalena. Wilhelm kon niet met haar overweg – en zij niet met hem. Dat was wederzijds. Ze was niet gemakkelijk. Als iemand doodziek is, betekent dat immers niet dat hij geen eigen wil heeft. Magdalena was een zeer wilskrachtig type, neemt u dat maar van me aan.'

Grit Adigar glimlachte zwakjes en sprak verder over Magdalena's laatste maanden. Het duurde heel lang voordat Magdalena dood was. En zoals zo vaak het geval is bij mensen die doodgaan: kort voor het einde leven ze nog een keer op en schijnen ze zich te herstellen. In augustus waagde Cora het erop. Wilhelm en Elsbeth waren naar Hamburg. Cora veroorloofde zich een zaterdagavond met Horsti, haar geliefde. Ze bleef maar een paar uur weg. Toen ze thuiskwam, was haar zusje dood.

Grit Adigar stond op. 'Ik wil u iets laten zien, komt u maar even met me mee.' Elsbeth, die naar haar bord zat te staren, bleef in de keuken. Grit Adigar liep voor hem uit de gang in en de smalle trap op. Boven waren maar drie deuren. Een ervan deed ze voor hem open.

Het was een Spartaans ingerichte kamer. Twee bedden en een nachtkastje, meer stond er niet in. Op het nachtkastje stond een wekkertje waarvan de wijzer tussen vier en vijf uur was blijven staan. Naast de wekker lag een walkman met oordopjes met daarachter een stapel muziekcassettes. En voor die cassettes stond een foto in een zilveren lijstje.

Het was een amateuropname. Er stonden twee jonge meisjes op die naast elkaar op bed zaten. Bij beide meisjes reikte het haar tot het zilveren lijstje. Het ene meisje had witblond, de andere kastanjebruin haar.

Rudolf Grovian pakte de foto en keek ernaar. Hij richtte zijn aandacht met name op het door kastanjebruin haar omkranste gezicht van Cora. Zo lachend had ze hem nog niet aangekeken. Ze maakte een ernstige, bezorgde en liefdevolle indruk. Ze had haar arm om de schouders van haar zusje geslagen. En Magdalena…

'Twee buitengewoon knappe meisjes', zei hij.

'Knap waren ze allebei', zei Grit Adigar instemmend. 'In het geval van Magdalena is dat een understatement. Zij was het soort schoonheid dat mannen het hoofd op hol brengt. Ik heb wel eens gedacht dat moeder natuur al haar inwendige gebreken gecompenseerd heeft of er met die gebreken voor heeft gezorgd dat het omhulsel niet ook nog een man in het verderf stort.'

Ze zuchtte, haalde haar schouders op en lachte verlegen. 'Een mens krijgt rare gedachten als hij zoiets van zo nabij meemaakt. Zo moet Elsbeth er in haar jonge jaren hebben uitgezien. Geen wonder dat ze de kluts is kwijtgeraakt bij dit kind. Cora lijkt meer op Wilhelm. Magdalena leek als twee druppels water op haar moeder.'

'Het is helemaal niet te zien dat ze zo ziek is', constateerde hij.

Grit Adigar glimlachte opnieuw. 'Nee, helemaal niet, hè? Haar hartfunctie was dermate slecht dat haar hele lijf opzwol. Daar kwam nog bij dat haar nieren niet werkten. Terwijl ze leek te blaken van gezondheid. Alleen die blauwige kleur van haar huid wees erop dat er iets niet goed met haar was. Voor ik de ontspanner van het fototoestel mocht indrukken, was Cora een halfuur in de weer geweest met haar make-upspullen. Magdalena wilde niet op de foto. Ze was buitengewoon ijdel en stemde pas toe nadat Cora haar zo had opgekalefaterd. Het is de enige foto die er van haar bestaat. Ik heb hem begin april genomen, twee dagen voordat ze voor het laatst naar Eppendorf werd gebracht. Toen dachten we nog dat het beter met haar ging dan ooit tevoren. Ze was aangekomen. Haar gezicht was voller geworden en ze had ook niet meer van die spillebenen. Het was alleen maar vocht. Dat hebben we echter pas later gehoord.'

Hij zette de foto terug en draaide zich om. Boven het tweede bed hing een plank waarop naast elkaar een heleboel boeken stonden.

'Die boeken hebben we indertijd in de schuur gevonden', verklaarde Grit Adigar. 'Wilhelm heeft die boekenplank pas achteraf boven Cora's bed bevestigd en de boeken hier neergezet.'

Het was voor het merendeel medische vakliteratuur. Uit twee titels kon je opmaken dat deze boeken over psychologie gingen: het ene over godsdienstwaanzin en het andere over zelfgenezing met behulp van wilskracht. Dat zei een heleboel.

Grit Adigar maakte geen melding van het feit dat Wilhelm in de schuur nog een klein, flinterdun boekje had gevonden met alleen cijfers erin. Meer dan dertigduizend mark! Wilhelm had gevraagd: 'Hoe is ze in vredesnaam aan zo veel geld gekomen?'

'Sinds ze zestien was, heeft ze het grootste deel van haar zakgeld aan deze boeken uitgegeven', zei Grit Adigar. 'Ik heb haar ik weet niet hoe vaak 's avonds naar buiten zien komen en de schuur zien binnenglippen. Daar had ze modieuze kleren verstopt, lippenstift en zo; dingen die ze van Elsbeth niet mocht hebben en die zo belangrijk zijn voor jonge meisjes. En haar boeken. Als ze de stad in ging, kleedde ze zich eerst om en deed ze wat make-up op. Dus zou je hebben kunnen denken dat ze gezellig uitging. Meestal had ze echter een van die dikke pillen onder haar arm geklemd. En daar ga je niet mee dansen, die neem je niet mee naar de bioscoop of de ijssalon. Ze heeft er niet maar op los geleefd. Dat ze op zaterdagavond met Horsti uitging, valt haar nauwelijks te verwijten. Een klein beetje vrijheid had ze immers nodig, een paar uurtjes per week tijd voor zichzelf. De rest van de tijd was ze er voor haar zusje.'

Grit Adigar vertelde dat Cora destijds in een tijdschrift een artikel over harttransplantaties had gelezen, over de grote successen die men daarmee in de Verenigde Staten boekte; dat Cora dikwijls had gezegd dat ze zich had voorgenomen Magdalena daar een keer mee naartoe te nemen; dat ze niet kon of wilde begrijpen dat haar zusje daarmee nog niet gered was.

'Als ze uitsluitend die hartafwijking had gehad', zei Grit Adigar, 'dan zouden ze dat in Eppendorf met plezier hebben geregeld, al was het alleen maar om te laten zien dat ze het kunnen. Ik weet niet wat er bij haar allemaal mis was. Als u dat wilt weten, moet u maar eens met Margret praten. Die heeft destijds Magdalena's dossier uit het ziekenhuis gehaald, haar hele medische historie. Zolang Magdalena leefde, heeft niemand hier geweten hoe ze er voorstond. Wilhelm bemoeide zich er amper mee. Elsbeth was te stom om te snappen wat de artsen haar allemaal uitlegden. En Magdalena zelf wilde maar niet inzien hoe ernstig ze eraan toe was en hield haar mond. In april wilden de artsen haar in het ziekenhuis houden. Ze stond erop om hier te sterven. Thuis kreeg ze precies de verzorging die ze nodig had, schijnt ze te hebben gezegd. Alleen heeft ze haar mond hier niet opengedaan. En toen kwam Cora die bewuste nacht thuis… Toen Wilhelm de volgende ochtend ging kijken omdat ze maar niet naar beneden kwam, was Cora verdwenen.'

'Wanneer was dat precies?' wilde hij weten.

'Wacht even, de datum staat op de overlijdensverklaring. Die haal ik wel even, hij ligt in de slaapkamer.'

Bliksemsnel vloog ze de kamer uit, was twee tellen later al weer terug en overhandigde hem de overlijdensverklaring. 'Hart- en nierinsufficiëntie', las hij. De verklaring was ondertekend door een arts. De handtekening was onleesbaar; hij deed geen moeite om die te ontcijferen. Zijn ogen hadden de datum ontdekt: 16 mei, Magdalena's verjaardag. De overlijdensdatum van Cora Benders zusje was 16 augustus.

Tweemaal de zestiende. Je hoefde geen psycholoog te zijn om te snappen welke betekenis die datum in Cora Benders leven had en waarom ze het begin van haar romance met Johnny in haar eerste versie van wat er was gebeurd, naar de maand mei had verschoven. Wishful thinking. Vrij naar het motto: was het maar mei in plaats van augustus. Het meisje van wie het lijk op de Lüneburger Heide was gevonden, speelde dus geen rol. Ook Cora's bewering dat haar tante tegen hem had gelogen, kon hij verder negeren.

Van haar tante had hij vermoedelijk de waarheid gehoord, althans in bedekte termen. Wat had ze echter allemaal wel niet verzwegen! Hij was nog even woedend op Margret Rosch als voorheen. Dat iemand uit vrije wil aanbood om alle noodzakelijke inlichtingen te geven, zich zelfs opdrong, en vervolgens juist op het belangrijkste punt uit alle macht niet thuis gaf, dat was toch grenzeloos onbeschoft. Op zijn minst kon je dat als belemmering van het onderzoek betitelen, als het al geen misleiding was.

Daar moest hij echter met Margret Rosch zien uit te komen. Hij sneed het onderwerp aan dat hem het meest interesseerde: die verdachte zelfmoordpoging en de medische behandeling die daar op gevolgd was. Helaas wist Grit Adigar daar niet veel over te vertellen.

Iemand had haar gebeld, destijds in november, enkele dagen voordat Cora weer thuiskwam. Zijn naam had Grit Adigar in de eerste opwinding niet verstaan. Ze had er ook niet opnieuw naar gevraagd, was meteen naar de buren gelopen en had Wilhelm aan de telefoon gehaald. Wilhelm zou zeker weten hoe de man heette. Hij had langdurig met de man gesproken. Grit Adigar wist uitsluitend te vertellen hoe Cora eraan toe was toen ze thuiskwam. Daaruit concludeerde ze dat de behandelend arts een klungel was. Als je ook maar een greintje verantwoordelijkheidsgevoel bezat, stuurde je een patiënte zo niet naar huis.

Cora arriveerde per taxi. Aan het kenteken te zien was de wagen uit Hamburg of omgeving afkomstig. De chauffeur moest haar helpen uitstappen. Ze kon amper op haar benen staan. Verder bekommerde de chauffeur zich niet meer om haar en reed meteen weer weg.

Grit Adigar zei hoofdschuddend: 'Ze stond daar op straat en staarde naar het huis alsof ze het voor het eerst zag. Toen liep ze langzaam naar de voordeur. Dat zag ik vanachter het raam, ik liep naar buiten en sprak haar aan. Ze zag me niet eens. Elsbeth deed open. En, nou ja, Elsbeth is nou eenmaal niet goed snik, ze keek haar aan en zei: Cora is dood. Allebei mijn dochters zijn dood. Cora begon te gillen. Ik heb nog nooit iemand zo horen gillen. Als een gewond dier.'

Grit Adigar vertelde verder hoe Cora in elkaar zakte en met haar hoofd tegen de treden voor de voordeur bonkte, een heleboel keren achter elkaar. Hoe Wilhelm de gang in kwam lopen. Hoe ze Cora samen naar binnen sleepten. Hoe ze haar uitkleedden. Onder haar jurk kwam een volkomen uitgemergeld lijf tevoorschijn. Haar voorhoofd zat door het bonken onder het bloed en daarboven zat dat verse litteken, die snee in het bot. Goed genezen in die paar weken – in tegenstelling tot de binnenkant van haar armen. En terwijl ze Cora uitkleedden schreeuwde en jammerde ze. 'Het kan niet dat Magdalena dood is! We gaan met het vliegtuig naar Amerika!'

'Ik had het gevoel', zei Grit Adigar, 'dat ze het niet meer wist. Ze was die nacht vergeten. Helemaal vergeten. Ik denk dat zoiets wel eens vaker gebeurt als iemand een grote schok heeft gehad.'

De mogelijkheid dat Cora inderdaad pas in november had gehoord dat haar zusje dood was omdat ze in die bewuste nacht in augustus niet meer thuisgekomen was, was voor Grit Adigar zo te zien geen punt van overweging. Voor Rudolf Grovian wel.

Johnny Guitar, dacht hij, die half Buchholz het hoofd op hol had gebracht. Voor wie zij lucht was. Tot die bewuste avond. Drie maanden lang geduldig aan het bed van haar zusje gezeten. Dan durft ze het aan om een keertje weg te gaan, blij en opgelucht omdat het wat beter scheen te gaan met Magdalena. En dan gaat ze helemaal uit haar dak als Johnny voor het eerst notitie van haar neemt. Horsti wordt meedogenloos aan de dijk gezet, misschien ook is hij die avond niet in de Aladin. Ze stapt met kloppend hart in de zilverkleurige Golf met Johnny en diens kleine, dikke vriend. Wellicht samen met een ander meisje, misschien ook niet. Dat was op dit moment niet zo belangrijk.

De vraag was alleen nog of iemand voor de vervulling van haar droomwens kon besluiten om haar zieke zusje aan haar lot over te laten en niet meer terug naar huis te gaan. Nauwelijks voorstelbaar na alles wat Grit Adigar had verteld. Er was nog een andere kwestie waaraan hij tot nu toe te weinig aandacht had besteed. Kon ernstig hoofdletsel in een paar weken tijd genezen? Ook dat was maar moeilijk voorstelbaar.

Even later ging hij van Cora Benders ouderlijk huis naar het restaurant waar je uitstekend en voor niet te veel geld kon eten. Hij had pech. Van drie tot zes was het gesloten. Dus reed hij eerst naar het streekziekenhuis waar Wilhelm Rosch voor het laatste beetje leven in hem vocht, waar Margret Rosch bij hem waakte en het verplegend personeel zat te commanderen. Met Cora Benders vader kon hij niet spreken. En haar tante hield haar kiezen stijf op elkaar.

Wat had een meisje dat vijf jaar geleden aan hart- en nierinsufficiëntie was overleden in vredesnaam met de zaak-Frankenberg te maken? Absoluut niets! Als je werkelijk de poten onder Cora's stoel wilde wegzagen, dan hoefde je alleen de naam Magdalena maar te noemen. Als bezorgde tante had Margret Rosch de beslissing om het daarover te hebben, liever aan haar nichtje willen overlaten. Of hij zich dat – alstublieft – maar even wilde herinneren! Ze had tegen Cora gezegd: 'Zeg hun waarom je destijds in augustus van huis weggelopen bent.' Dat Cora dat niet had verteld, sprak voor zichzelf. Een schuldcomplex waar een naïeve rechercheur zich geen voorstelling van kon maken.

Dat van die 'naïeve rechercheur' slikte hij zonder protest. Margret Rosch gaf hem trouwens ook niet eens de tijd om haar terecht te wijzen. Ze verstond uitstekend de kunst om de aandacht van haar nalatigheid af te leiden en de naïeve rechercheur op een ander spoor te zetten. Ze had 's maandags – nog voordat ze tegenover Wilhelm maar met één woord had gerept over wat Cora voor krankzinnigs had uitgehaald – allereerst geprobeerd van Wilhelm te weten te komen hoe het ziekenhuis heette waar haar nichtje destijds was behandeld.

Wilhelm wist niets over een ziekenhuis. Alleen een arts! En die arts had Wilhelm zijn naam en een adres in Hamburg gegeven. Toen Wilhelm later echter een bedankbrief naar dat adres had gestuurd, was die per kerende post retour gekomen. Adres onbekend!

'Interessant, hè?' vroeg Margret Rosch op een wat gematigder toon. 'Wat had die kerel voor reden om een valse naam op te geven? Wat heeft hij met haar uitgespookt? Daar heb ik wel zo'n vermoeden van!'

Ze ademde uit en schudde haar hoofd. 'Weet u wat me het meest stoort, meneer Grovian? Dat ik Cora destijds niet heb gevraagd om het voor te doen toen ze met die troep bij mij in de keuken zat.'

'Met welke troep?'

Margret Rosch zuchtte en haalde verlegen haar schouders op. 'Heroïne. Ik heb u toch verteld dat ze dacht dat ze zich zo beroerd voelde omdat ze aan het afkicken was. Ze had op het station iets op de kop getikt en vroeg me of ik de spuit kon vullen. Die heb ik afgepakt. Ik dacht toen alleen dat ze er niet mee kon omgaan omdat die vent haar die rotzooi had ingespoten. Inmiddels geloof ik echter dat ze in dat geval toch minstens één keer had moeten zien, hoe je zo'n spuit vult. Daar had ze geen idee van. Doet u maar eens een poging als u me soms niet gelooft.'

Hij geloofde geen woord meer van wat ze vertelde. Noch het verhaal over die zogenaamde arts noch de rest. Margret Rosch had genoeg tijd gehad om het met Grit Adigar op een akkoordje te gooien. De aardige buurvrouw ploegde het akkertje voor, de nijvere tante zette het plantje erin. Wat ze daarmee beoogden, was hem echter een raadsel. Als verpleegkundige kon Margret Rosch nauwelijks zo naïef zijn om te denken dat hij serieus zou geloven dat een eerstejaars student geneeskunde Cora Benders schedelletsel had behandeld.

Er restte hem niets anders dan navraag te laten doen bij alle ziekenhuizen in Hamburg en omgeving. En niet te vergeten bij alle particuliere doktersprakijken. Een mooie klus voor iemand die graag telefoneerde tot zijn oren er zeer van deden.

Voor het opsporen van Horsti had hij te weinig informatie. Bovendien had hij trek. Na het gesprek met Margret Rosch deed hij opnieuw een poging om een uitstekende maaltijd voor niet te veel geld te bemachtigen. Het was even na zessen en de biefstuk was inderdaad copieus. Ook het garnituur liet niets te wensen over. Hij had tegen Mechthild gezegd dat het wel eens heel laat zou kunnen worden en dat ze met het eten maar niet op hem moest wachten.

Hij bleef ruim een uur in het gezellige, rustieke etablissement en probeerde zich voor te stellen hoe het er kon hebben uitgezien toen het nog de Aladin heette. De vriendelijke serveerster kon hem niet verder helpen. Ze woonde pas twee jaar in Buchholz en had nog nooit van Johnny, Bokkie en Tijger gehoord en evenmin van Frankie of Horsti.

Even voor achten aanvaardde hij de thuisreis, wel wat wijzer dan voorheen maar geen stap verder. Integendeel! Tijdens de rit naar huis belandde hij in weerwil van het late tijdstip tot vier keer toe in de file. Mede door alle wegwerkzaamheden kostte de rit hem alles bij elkaar ruim zeven en een half uur. Om halfvier 's nachts was hij thuis.

Mechthild sliep, op zijn hoofdkussen lag een briefje dat hij Werner Hoß per se nog even moest bellen. Ook voor per se was het echter al te laat. Zo zachtjes mogelijk kroop hij naast Mechthild in bed. Zijn ogen brandden van vermoeidheid, in zijn hoofd gonsde het verkeerslawaai nog na, zijn nek en schouders waren helemaal stijf. Binnen twee minuten sliep hij.

De volgende ochtend hoorde hij dat Cora Bender had gepoogd om op haar manier een einde aan het politieonderzoek te maken. Het bericht trof hem als een zweepslag. Als hij haar een geladen pistool had gegeven, zou hij zich niet half zo rot hebben gevoeld.

Een pakje papieren zakdoekjes! Waar de helft al uit was nota bene! Hoe had hij zich in vredesnaam ook maar een seconde lang kunnen inbeelden dat hij zelfs maar een flauw vermoeden had van wat er in haar omging?

Minutenlang zat hij achter zijn bureau zomaar naar het koffiezetapparaat te staren. Op de bodem van de koffiekan had zich weer een bruin laagje gevormd. Om halftien verliet hij zijn kantoor en kocht in een supermarkt een fles afwasmiddel en een schuursponsje. Vervolgens maakte hij niet alleen de koffiekan schoon maar poetste hij ook het koffiezetapparaat tot het er als nieuw bij stond. En hij zag het niet eens.

Hij zag alleen haar hand voor zich die het onschuldige pakje omklemd hield. Op een gegeven moment hoorde hij ook haar stem: 'U hebt geen idee wat er gebeurt als ik met u praat. Het komt allemaal weer tot leven.'

Inmiddels had hij daar wel een idee van. In ieder geval wist hij nu welke geest hij had opgeroepen. De boetende Magdalena.

Ze lag in een bed. Haar handen en voeten waren met een Zweedse band vastgemaakt. Ze had hoofdpijn en ze was nog volkomen versuft van de harde klap tegen de muur en een injectie met een kalmeringsmiddel. Ze wist nog dat ze haar die hadden toegediend. Ze was wild tekeergegaan, had om zich heen geslagen, getrapt, gebeten, geschreeuwd. Ze hadden haar nauwelijks kunnen overmeesteren.

Het was haar een beetje bijgebleven maar de indrukken waren te vaag om zich ermee bezig te houden. Sinds ze haar naar deze kamer hadden gebracht, lag ze stil op haar rug en bevond ze zich in een soort psychische schemertoestand. Ze voelde de band aan haar polsen en enkels wel, merkte ook dat haar ledematen helemaal stijf waren en dat ze een brede pleister op haar voorhoofd had, maar het kon haar allemaal niets schelen.

Ook toen ze geleidelijk wat helderder werd, was er geen plaats voor tranen. Haar hart klopte, ze ademde, was zelfs in staat om te denken. En desondanks had ze opgehouden te bestaan. Op een haar na had ze de eeuwigheid niet bereikt en nu was ze op de vreselijkste plek die er bestond. De laatste halte, een psychiatrische inrichting!

Haar bed was niet het enige in het vertrek maar de andere

bedden waren leeg. Niet onbeslapen want het beddengoed was gekreukt en daaruit bleek dat haar medepatiënten elders mochten rondlopen. Zij niet! Het vernederendst van alles was dat ze een luier omhad. Die kon ze duidelijk voelen.

Op een gegeven moment ging de deur open. Gehaast controleerde een paar handen of de Zweedse band nog goed vastzat. Een onverschillig gezicht keek op haar neer. 'Hoe voelt u zich?'

Ze voelde helemaal niks! Ze wilde zichzelf niet meer voelen en draaide haar hoofd weg. Ergens vandaan kwamen twee, drie tranen die wegdrupten in de kussensloop, twee, drie andere tranen liepen langs haar neus naar haar gesloten lippen. Ze likte ze met de punt van haar tong op.

Ze had dorst maar ze zou nog liever haar tong hebben afgebeten dan om een slok water te vragen. De droogte en de ruwe behandeling maakten dat haar keel zeer deed en haar neus ook. Helemaal stukgeschuurd, alles was stukgeschuurd.

Het was heel licht in de kamer, het was vroeg in de middag. Een van de zijraampjes van het getraliede raam stond op een kier. Van buitenaf drong het getjilp van mussen naar binnen. Het verende, soppende geluid van rubberen zolen verdween weer in de richting van de deur. Toen was ze opnieuw alleen – met haar gedachten, haar herinneringen, haar angst en haar schuldgevoel.

Iedere hartslag voelde ze en bij elk van die hartslagen hoopte ze dat dat domme ding er nu eindelijk de brui aan zou geven. Daar concentreerde ze zich op. Als je puur door je wilskracht in leven kon blijven zoals Magdalena dat achttien jaar lang had gedaan, waarom zou je dan niet puur door je wilskracht kunnen sterven? Het ging niet! Het ging almaar door.

Een tijd later ging de deur weer open. Buiten was het nog steeds licht. Iemand kwam met een dienblad binnen. Het avondeten. Alleen was het niet het laatste avondmaal voor een vrouw die in alle vrijheid haar beslissingen kon nemen, het was het eerste voor een zombie. Een drinkschuitje en een boterham waar iemand kaas op had gedaan en die daarna in blokjes was gesneden. Een hand greep haar bij haar kin, een tweede hand bracht de tuit van het drinkschuitje naar haar lippen. In een onwillige beweging wendde ze haar hoofd af. Het vocht droop op haar hoofdkussen. Er steeg een pepermuntgeur uit op. Een stem zei op onverschillige toon: 'Als u niet zelf gaat eten en drinken, krijgt u dwangvoeding. Doet u uw mond nu open of niet?'

Ze deed haar mond niet open. De dorst was inmiddels bijna ondraaglijk, haar keel was kurkdroog, haar tong opgezwollen.

Degene die met het dienblad was gekomen, vertrok weer. De deur viel in het slot. Maar niet voor lang, toen ging hij weer open. En deze keer kwam HIJ binnen.

Toen hij zich over haar heen boog, wist ze al meteen wie hij was. De deskundigheid hing als een aura om hem heen en fonkelde in zijn ogen, vloeide met elke ademtocht uit zijn neus. 'Ik heb de kennis en de macht! Ik ben degene die je van de eeuwige verdoemenis kan redden. Neem mij in vertrouwen en je zult je goed voelen.'

Er zat nog een laatste restje weerspannigheid in haar. En dat restje dacht: Je zit ernaast, stuk onbenul. Heb je een kaartspel meegebracht?

Zijn stem klonk vriendelijk. 'Wilt u niet eten?'

Ze wist niet of ze hem antwoord moest geven. Joost mocht weten wat hij uit haar antwoorden afleidde. Misschien liet hij haar nooit meer uit deze kamer, nooit meer uit de luiers, nooit meer uit zijn klauwen ontsnappen.

Toen besloot ze om toch maar een poging te wagen. Uitsluitend om hem te laten zien dat hij zijn tanden op haar zou stukbijten. Een verslaafde hoer, op straat verhard. In die omstandigheden verhardde iedereen. Het kwam er heel hees uit, haar keel wilde niet doen wat zij wou. 'Hartelijk dank, ik heb geen trek. Als u echter een sigaretje voor me zou hebben, doet u me echt een plezier.'

'Het spijt me', zei hij. 'Ik heb geen sigaretten bij me. Ik rook niet.'

'Wat toevallig', piepte ze. 'Hebben we toch iets gemeenschappelijks. Ik rook namelijk ook niet. Tien jaar geleden ben ik gestopt. Ik dacht alleen dat u in ieder geval een van mijn handen zou losmaken als ik een sigaret zou krijgen.'

'Wilt u dat een van uw handen wordt losgemaakt?'

'Eigenlijk niet. Ik lig hier zo heel gemakkelijk. Ik zou alleen graag eens mijn neus willen krabben.'

Ze had een ander woord dan 'neus' willen gebruiken, een ordinair woord. Reet! Dat was Magdalena's vieze woord en ze kreeg het maar niet over haar lippen.

'Als u zich verstandig gedraagt, zal ik ervoor zorgen dat ze die banden losmaken.'

'Heb ik dan nog niet bewezen hoe verstandig ik ben?' vroeg ze. 'Ik wilde de overheid een leuk sommetje besparen. Ze zouden de doodstraf weer moeten invoeren. Oog om oog, zo staat het in de bijbel. Het ene leven in ruil voor het andere.'

Daar ging hij niet op in. 'U hebt het zelf in de hand', zei hij rustig. 'Als u wat eet en drinkt en uw medicijnen neemt...'

Het kostte haar moeite om hem antwoord te geven. Ze raakte er uitgeput van. Nu ze echter eenmaal a had gezegd, wilde ze ook b zeggen. 'Wat hebt u dan voor moois voor me? Een beetje Vesperax?'

Het beeld flitste slechts even door haar hoofd. Een keurig gemanicuurde hand en een glas sinaasappelsap. Het beeld verdween onmiddellijk weer in de duisternis. En in die duisternis vroeg een wantrouwende vrouwenstem: 'Wat geef je haar daar?'

Een mannenstem, vertrouwd maar niet lief, zei op puur zakelijke toon: 'Vesperax. Dan werkt het het snelst.'

En de vrouw zei met een knorrige ondertoon: 'Maar ze is toch nog niet helemaal bij haar positieven. Is ze überhaupt in staat om te slikken?'

De man antwoordde enigszins verstoord: 'Daar probeer ik nu juist achter te komen en ik zou graag willen dat je nu je mond houdt. Ik weet niet of ze ons kan horen.'

Het was nog steeds donker. Ze voelde slechts dat iemand een hand onder haar nek schoof en hoorde zijn stem: 'Wilt u met uw ogen knipperen als u me hoort?'

Ze knipperde maar zag slechts mist voor zich. 'Goed', zei hij. 'Probeert u uw hoofd eens op te tillen. Ik zal u helpen.' En de koele rand van het glas beroerde haar lippen. 'Mooi opdrinken', zei hij. 'Doe maar rustig aan, probeert u het maar. U mag zo meteen verder slapen. U hebt nog een heleboel slaap nodig.'

Die slaap volgde meteen op het glas sinaasappelsap. Als een dief in de nacht, onherkenbaar vermomd, in de vorm van een asbak. Die stond op een laag tafeltje.

Ook dat was slechts een gedachteflits, groen, rood, blauw en geel belicht. Ze kon er de zin niet van ontdekken, het beeld was er gewoon onverhoeds. Misschien omdat de chef over een asbak had gesproken. Tegelijkertijd kreeg ze echter de metalige smaak van bloed in haar mond en hoorde ze een kreet van pijn, veeleer een soort gekrijs. 'Dat loeder heeft me gebeten.'

En een hand greep naar het tafeltje en dook met een zware glazen asbak voor haar gezicht op, kwam met een vaart neer – en toen niets meer. Nu was er alleen nog de gedachte eraan, haast een grijnslach in haar hersenen.

Pijnig je hersens toch zo niet met de vraag wie jou de schedel heeft ingeslagen. Dat weet je toch! Het was een van de laatste klanten die je op hun manier betaald hebben.

De deskundige stond nog over haar heen gebogen en observeerde de kleine, minuscule bewegingen met argusogen. 'Hebt u ervaring met Vesperax?' informeerde hij.

'Ik heb een heleboel ervaring', zei ze. 'Waar bent u het meest in geïnteresseerd?' Met haar kurkdroge keel had ze bij het spreken het gevoel alsof ze met naalden in haar keel aan het jongleren was. Ze zette echter door: 'In mijn ervaringen met een vrome moeder? In mijn ervaringen met een slappeling van een vader? Of in mijn ervaring met drugs?'

'Vesperax is geen drug', legde hij uit. 'Het is een slaapmiddel.'

'Weet ik toch', mompelde ze.

Toen ze dat zei, schoot het haar weer te binnen. Margret had haar Vesperax gegeven, op voorstel van haar vriend Achim Miek. Een arts en een verpleegkundige…

Nee! Nee, zo was het niet gegaan. Achim Miek had nooit een glas voor haar lippen gehouden en Margret had haar nooit sinaasappelsap gegeven! Twee pillen met een glas water had Margret haar gegeven. En die stem van daarnet, dat was ook niet de stem van Margret geweest.

Het moest die norse verpleegster zijn geweest. En die arts met zijn slanke handen en zijn keurig geknipte baard! Gek, tot nu toe had hij in haar herinnering nooit een glas in zijn handen gehad. Alleen injectiespuiten. En ze wist nog wat hij tegen haar had gezegd. Geperverteerde klanten!

Ze was moe, alleen nog maar moe. 'Weet ik allemaal', mompelde ze. 'En dat moet u me nu laten doen, slapen.'

De deskundige bleef nog een poosje naast haar staan. Ze keek verder niet meer naar hem om.

Toen ze haar ogen sloot, zag ze zichzelf bij het water staan. Het jochie zat op zijn hurken aan haar voeten en zwaaide met zijn rode vis. Met zijn smalle, witte ruggetje, zijn ronde, gladde schouderbladen, zijn tengere nek en zijn witblonde haar zag hij eruit als een meisje. Precies Magdalena toen ze nog maar een hoopje mens was dat van het ene vertrek naar het andere werd gedragen, toen ze haar nog met alle vuur en onschuld van een kind mocht haten.

Waarom was ze niet weggezwommen? Hij zou heus niet achter haar aan gekomen zijn. Voor hem was ze immers alleen maar de vrouw geweest die hem in het weekend yoghurt en appels gaf in plaats van kinderchocolade en wijngum. Dat hij haar mama had genoemd, betekende niets. Op zekere dag zou zijn onbewuste het begrip mama wellicht koppelen aan de smaak van Golden Delicious en een bebloed schilmesje. Op zekere dag zou zijn oma tegen hem zeggen: 'Laten we blij zijn dat ze weg is. Het was een sloerie. Wat we allemaal niet over haar te weten zijn gekomen sinds ze weg is…'

Op zeker moment hoorde ze stappen in de richting van de deur gaan. Het deed er niet toe. De deskundige zou wel terugkomen – als een demon die ze zelf uit de hel had opgeroepen.

De geesten die ik heb opgeroepen, daar kom ik nu niet meer vanaf.

'De tovenaarsleerling'. Dat gedicht had ze op school van buiten moeten leren. Het was een van de gedichten die de dokter haar voortdurend had laten opzeggen. Toen vond ze het nog een leuk gedicht. Nu vond ze het niet leuk meer. Er waren te veel geesten komen opdoemen.

En de geest die nu de deur achter zich dichtdeed, wilde maar niet rusten voordat ook het laatste beetje shit met geweld naar boven was gehaald. Een paar geperverteerde klanten die een verslaafd hoertje de schedel insloegen nadat ze hun pleziertje hadden beleefd. Dat was zijn werk, daar werd hij voor betaald.

Ze kon zich tegen hem verzetten – en daarmee alles op de lange baan schuiven. Er was echter geen ontkomen aan, ze had niet het recht om te zwijgen. Haar rechten had ze verspeeld toen ze dat mesje in het lijf van die man stak. En zij daar buiten wilden weten waarom. Dat zou ze zelf ook graag hebben geweten. Het liedje was geen gegronde reden. Dat ze daar ooit bang voor was geweest, was al bijna niet meer waar.

Op zeker moment viel ze in slaap, merkte niets van de vrouwen die de kamer binnenkwamen en wellicht naast haar bed stonden, misschien haar gezicht streelden, misschien ook haar haren, voor ze in hun eigen bed kropen. De volgende ochtend meende ze dat iemand haar over haar gezicht en haar haren had gestreeld. Dat moest vader geweest zijn die haar nog een keer in zijn armen wilde nemen en haar misschien een bord lauwwarme bonensoep wilde brengen omdat hij immers wist dat ze honger had als een wolf.

Toen ze wakker werd, waren de andere bedden al weer leeg. En zij voelde zich halfdood, herinnerde zich een chaotische droom kort voor het ontwaken, waarin ze snippertjes papier in haar neus stopte en met geweld een prop papier in haar keel duwde. Toen een klap tegen haar voorhoofd. En niet eens buiten bewustzijn geraakt. De paniek, de ademnood. Het rammelen van sleutels in het sleutelgat. De schelle stem van de bewaarster. 'In godsnaam!

Dat dacht ik al wel, dat de stoppen bij haar zouden doorslaan.'
Vreemde vingers in haar keel. Rode kringen voor haar ogen. Laatste halte, een psychiatrische inrichting. En dat had ze niet gedroomd.

Er werd ontbijt gebracht. Ze at er iets van toen ze haar linkerhand hadden losgemaakt. Even daarna werden de banden ook van haar rechterhand en haar enkels afgehaald. Ze moest opstaan, zich wassen en aankleden. Haar ledematen waren gevoelloos van het liggen, haar verstand was verdoofd van angst. Om negen uur had ze een afspraak bij de chef, zeiden ze tegen haar.

Iets in haar weigerde hem zo te noemen. De chef was nog steeds Rudolf Grovian, een afschuwelijke man die nooit zou kunnen bevatten wat hij haar had aangedaan. Tegen hem had ze echter in elk geval kunnen liegen. Ze geloofde dat elke poging daartoe bij een psychiater volstrekt kansloos zou zijn.

Professor Burthe, vertelden ze haar. Hij zag er ook uit als een professor, een kleine, onaanzienlijke gedaante. Een dwerg was het, dat moest hij ook zijn. Dwergen waren de enigen die in andermans hersenen konden doordringen, in elk hoekje konden kruipen, achter elke kronkel konden gluren. Hij deed even vriendelijk als 's avonds, straalde rust en gezag uit. Het goedmoedige opperwezen dat met zijn ogen diep in het hart van andere mensen kon doordringen. En hij hield zijn ogen goed open.

Er was bij haar geen sprake meer van weerspannigheid of verzet. Ze was die nacht klein geworden – met vader op de rand van haar bed en zijn radeloze poging om haar zijn liefde te tonen. Daarmee had hij een nietig, doorzichtig mensje van haar gemaakt dat in een gemakkelijke fauteuil mocht gaan zitten om lekker achterover te leunen terwijl hij haar innerlijk blootlegde.

De eerste vraag van de professor was hoe ze zich voelde.

'Klote', zei ze en ze haalde diep adem. Haar gewrichten deden zeer maar dat was niet zo erg. Vader had niet mogen komen. Ze had toch uitdrukkelijk gezegd dat Margret moest voorkomen dat hij kwam. Ze begon haar linkerpols met haar rechterhand te masseren, hield haar ogen daarop gericht en wachtte op de volgende vraag.

Hij deed zo lief dat ze het nauwelijks kon verdragen. Omdat het onecht was en onwaarachtig. Hij wilde met haar over de zin van het leven praten en over de vlucht voor straf.

'Ik was niet van plan mijn straf te ontlopen', zei ze. 'Ik wilde alleen niet gedwongen worden om aan te horen wat de chef van mijn vader te horen heeft gekregen.'

'Wat zou hij dan te horen kunnen hebben gekregen?'

Dat gaat jou geen flikker aan, dwerg, dacht ze. Dat ik… Vader was op een keer op onze slaapkamer en heeft in het nachtkastje gesnuffeld. Het was een simpel nachtkastje met bovenin een la en onderaan een klep. Achter die klep bewaarde Magdalena haar muziek. In de la lagen haar medicijnen. En de kaars! Een van de kaarsen die moeder voor het altaar had gekocht. Moeder kwam nooit in de kamer. Vader wel. En hij ontdekte de kaars. Hij zag ook dat ik die niet voor het bidden had gebruikt. De lont was namelijk nog nat en aan het uiteinde een beetje vies.

Ze zag vader bij de deur staan, heen en weer geslingerd tussen afschuw en teleurstelling. De kaars had hij in zijn hand. Hij strekte zijn hand naar haar uit. 'Wat is hier gaande? Wat doe je daarmee?'

Ze hoorde zichzelf antwoorden: 'Heb je daar geen vermoeden van? Je bent toch anders ook niet zo traag van begrip als het om de menselijke natuur gaat. Heb je me niet ooit eens verteld dat je als je ouder wordt, daar niet tegen opgewassen bent? Ik heb ook mijn eigen natuur. Maar ik geef de voorkeur aan de droge variant. Een kaars spuit niet en stinkt niet. Leg hem maar weer terug waar je hem hebt gevonden en hoepel op.'

Vader liet de kaars op de grond vallen en sloop met hangende schouders naar de trap. Hij huilde net als die nacht toen hij bij haar op bed zat en haar probeerde uit te leggen hoe hoog de nood was. Deze keer legde hij niets uit, hij mompelde slechts: 'Wat is er van jou geworden? Je bent nog erger dan een hoer.'

In de loop van de jaren waren de rollen omgekeerd. Het zou wel iets met volwassen worden te maken hebben, met begrip en inzicht. Er zijn dingen die je niet begrijpen wilt maar er zit gewoon niets anders op. Dat een vader een man is. Dat hij dezelfde behoeften heeft als alle andere mannen. Dat hij woedend en onredelijk wordt als hij niet aan zijn gerief kan komen. Ergens begreep ze hem wel.

Toen ik ouder werd, heb ik er ook dikwijls over nagedacht hoe het zou zijn om te worden bemind. Niet alleen platonisch, ook lichamelijk. Passie, hartstocht, tongkussen, orgasme en zulk gedoe. Toen ik groter werd, raakte ik gewend aan mijn borsten en aan de menstruatie. Ik had geen problemen meer met het gebruik van tampons. En soms dacht ik gewoon dat het weinig uitmaakte of ik nu een tampon inbreng of dat een man… Zo groot kan het verschil niet zijn, dacht ik. En als een man dat nu eenmaal nodig heeft!

Ik begreep echter ook het standpunt van moeder die er niets meer van wilde weten. Eigenlijk was moeder een beklagenswaardig schepsel. Ik bedoel, als een vrouw niet goed bij haar hoofd is, kan ze er toch eigenlijk niets aan doen. Moeder geloofde die onzin nou eenmaal. Dat je het uitsluitend mag doen wanneer je een kind wilt verwekken.

Zolang ze niet zwanger werd, vond ze alles prima, al gebeurde het drie keer op een dag. Toen kon ze zichzelf wijsmaken dat ze ontzettend haar best deed om de goede God een plezier te doen. Moeder heeft nooit begrepen dat tweeduizend jaar een verdomd lange periode is waarin er echt meer dan genoeg mensen zijn gemaakt.

Bovendien was het best mogelijk dat Margret het in haar brief van destijds bij het rechte eind had. Dat de Verlosser helemaal niets te maken had met al die verboden. Dat die afschuwelijke flauwekul pas later door zijn plaatsvervangers op aarde is verzonnen. En de mensen moesten dat maar geloven. Ze konden niet lezen en schrijven, dus wat konden ze anders?

Ik hoef me alleen maar voor te stellen hoe het in Buchholz was. Een handjevol boerderijen, en de grond was zo ontzettend schraal. Om het beetje vee dat ze hadden de winter door te laten komen, moesten ze vaak het stro van het dak afhalen. Vader heeft me ooit verteld dat een vet varken in die tijd honderd pond woog. Dat moet je je eens voorstellen: een varken van honderd pond was vet. Daar lachen we tegenwoordig om. En dan nog de pest en dertig jaar lang oorlog.

Ze waren arm, ze waren dom, ze wisten meestal niet hoe ze hun kinderen genoeg te eten konden geven. Als in die omstandigheden iemand preekte: het is zonde, het is slecht en leidt tot de verdoemenis om toe te geven aan de seksuele driften, dan keken ze naar hun kinderen en dachten, mens, hij heeft gelijk. Als we ons van gemeenschap onthouden, komen er geen monden meer bij die gevuld moeten worden.

En met name de vrouwen. De vloek van Eva. Die kregen immers niets als ze weeën hadden. Dat hoorde erbij. In smart zult gij...

Toen de verantwoordelijkheid moeder te veel werd, toen ze geen andere uitweg meer zag, is moeder in die armoe en die onnozelheid gevlucht. En daar is ze in blijven hangen. Toen hoefde ze zich niet meer bezig te houden met de baby die ze niet wilde krijgen – en die ze ook niet heeft gekregen. Dat het niet goed was om dat kind te aborteren, wist ze vroeger waarschijnlijk ook wel. Maar vroeger waren er ongetwijfeld een paar mensen geweest die het beter vonden dat ze als rechtschapen Duitse geen kind van de vijand op de wereld zou zetten. Die mensen heeft ze geloofd.

Moeder heeft altijd iemand nodig gehad die tegen haar zei wat goed en juist was. Toen ze nog jong was, geloofde ze in de Führer, een tijdje daarna geloofde ze in een overwinnaar, in zichzelf heeft ze nooit geloofd. Mij heeft ze een poosje geloofd als ik zei wat ze graag wilde horen. Met een paar bijbelspreuken kon je haar om de vinger winden.

Die moeite heeft vader zich nooit getroost. Als hij midden in de nacht en ook nog dronken thuiskwam, vertelde hij haar dat ze op de zaak nog iets te vieren hadden en dat hij zich niet altijd kon drukken. Moeder wist net zo goed als ik dat hij bij een andere vrouw was geweest.

Sinds ik hem op de badkamer had betrapt, ging hij dikwijls naar de hoeren. Daarna zoop hij zich een ongeluk omdat hij zich rot voelde. En de woede jegens zichzelf, de minachting die hij voor zichzelf voelde, reageerde hij op moeder af. Als hij haar wegjoeg bij het kruis en haar naar het fornuis joeg om zijn eten weer op te warmen, had ik met haar te doen. Dan kon ik niet anders. Dan zei ik: 'Laat maar moeder, ik doe het wel.'

Soms kon ik wel janken als ik haar de woonkamer weer binnen zag sluipen. Ik was pas een jaar of veertien, vijftien en voelde me zo oud. Alsof ik twee kinderen had die allebei groter en veel ouder waren dan ik. Dat veranderde echter niets aan het feit dat het kinderen waren, dat ik verantwoordelijk voor hen was, voor hen moest zorgen en hen moest opvoeden.

Aan moeder viel weinig op te voeden. Ze was een gehoorzaam meisje. Ze had niet eens vieze gedachten, alleen vies ondergoed. Maar vader was een wilde kwajongen tegen wie je niet streng genoeg kon praten. Toen ik nog maar vijftien was, zei ik al tegen hem: 'Hoeveel heeft die hoer je vandaag gekost? Honderd? Tweehonderd? Ik heb deze week driehonderd nodig. Alles is duurder geworden. En er wonen hier per slot van rekening nog meer mensen in huis die ook zo hun behoeften hebben.'

En dan keek vader me aan als ik hem zijn eten voorzette. Hij zei nooit iets, haalde alleen de bankbiljetten uit zijn portefeuille en schoof ze over tafel naar me toe. Hij verachtte me vanwege de woorden die ik gebruikte, dat wist ik wel. En ik verachtte hem, dat wist hij ook.

We waren vijanden geworden, zoals een moeder en haar zoon in de loop van de tijd vijanden worden. Omdat de zoon dingen doet waarvan moeder vindt dat hij daar nog maar een tijdje mee moet wachten. Omdat de zoon weet dat zijn moeder die dingen ook ooit heeft gedaan – of in mijn geval nog zal doen. Moeder is echter de sterkste van de twee. Zolang ze samen onder hetzelfde dak wonen, heeft ze veel macht over haar zoon. Hij houdt immers van haar en hij wil van ganser harte dat ze van hem houdt, dat ze trots op hem is. Ook al scheldt en tiert hij honderd keer tegen haar, ook al snauwt hij haar duizend keer toe, al gooit hij haar al zijn woede en zijn teleurstelling voor de voeten. Het is slechts vertwijfeling, eenzaamheid en de angst om door de enige mens die hem wat liefde kan geven, in de steek te worden gelaten.

Niet moeder, maar vader heb ik kapotgemaakt. Het was mijn schuld dat hij in moeders armen werd gedreven. Dat hij op zijn oude dag niet alleen het bed maar ook het kruis met haar deelde. Dat hij vergat dat hij een man was. Dat hij dat helemaal vergat alsof het bewijs daarvoor nu eindelijk bij hem was weggerot.

Ik heb me later dikwijls afgevraagd hoe ik het heb kunnen doen; voor geld met elke willekeurige man naar bed gaan. Ik weet waarom ik dat heb gedaan. Omdat ik geld nodig had. En op een bepaald moment had ik ook drugs nodig tegen de walging; en zodoende had ik nog meer geld nodig. Dat heeft het echter nooit helemaal kunnen verklaren. En het stomme is dat ik me die tijd niet kan herinneren.

Dat we in de auto van Horsti ooit hasj hebben gerookt, weet ik nog. Horsti had een stickie gedraaid en gaf me een trekje. En toen zei hij dat ik het niet goed had gedaan omdat ik de rook meteen weer had uitgeblazen. Dat is alles wat ik me nog herinner, de rest is verdwenen. Of dat een gevolg van mijn verslaving is of dat het iets met mijn hoofdletsel te maken heeft, weet ik niet.

De dokter dacht destijds dat dat allebei waar kon zijn maar dat ik het misschien ook had verdrongen. Omdat ik dingen had gedaan waarvan ik wist dat een normaal mens die niet doet. En ik wilde immers normaal zijn. Ik wilde niet hoeven nadenken over de mannen aan wie ik mezelf heb verkocht. Daarom heb ik ze allemaal achter de muur geschoven. Ik wilde niet dat ze in mijn gedachten een gezicht kregen en een lijf en handen die me aanraakten. Ik wilde hen niet voor me zien en ik wilde hen niet hoeven voelen als ik eraan terugdacht. Ik wilde er gewoon niet meer aan denken.

En toch heb ik me dikwijls afgevraagd of het oude of jonge mannen waren. Volgens mij moeten het in het begin voornamelijk oude mannen zijn geweest. Mannen als vader die thuis iets tekortkwamen, die dat wat ze nodig hadden, 's nachts op de badkamer of 's avonds op straat moesten zien te krijgen. Die verder niets wilden dan wat tederheid en het gevoel dat ze überhaupt nog een man waren. En soms heb ik me afgevraagd waarom ik dat mijn vader niet heb aangeboden.

'Je kunt bij me komen als je er niet buiten kunt. Wees eerlijk, jij hebt er ook best wel eens aan gedacht om bij mij te komen. Maak je geen zorgen. Je brengt geen lam naar de slachtbank. Ik ben nooit een lam geweest. Ik ben altijd de wolf geweest. Je kunt je niet voorstellen wat ik bij de Aldi en Woolworth allemaal bij elkaar heb gejat. Zoals ik in moeders buik ook alles bij elkaar heb gejat. Al haar kracht heb ik via de navelstreng uit haar weggezogen. Ik heb moeders hersenen laten verdorren en haar tot waanzin gedreven. Ik ben een weerwolf, 's nachts spring ik uit mijn kist en dan vreet ik onschuldige kinderen op. En oude mannen die zich niet kunnen verdedigen, trek ik het vel van hun lijf en ruk hun hart eruit. Ik ben de verpersoonlijking van het kwaad, de dochter van satan. En omdat jij mijn vader bent, moet jij satan wel zijn. Kom in mijn armen, ouwe duivel! Toen ik nog klein was, heb je dat tegen mij gezegd. Nu zeg ik het tegen jou.'

Gezegd heb ik het nooit. Op mijn manier heb ik echter wel geprobeerd vader mijn excuses aan te bieden. Misschien zag ik hem wel in elke man met wie ik in het begin nog op de normale manier naar bed ging. Misschien heb ik op enig moment echt begrepen dat mannen de prooi zijn van hun eigen verlangens. Niet iedereen is zo sterk als de Verlosser die celibatair kon leven. En die begrip kon opbrengen en kon vergeven – zelfs de hoer Magdalena.

11

Het uur was om. De professor had haar gevraagd hem over haar ervaringen met haar vrome moeder en haar slappeling van een vader te vertellen. En dat had ze ook gedaan. Om het maar zo snel mogelijk achter de rug te hebben, had ze ook de smerige kant van alles naar voren gebracht. Dat was niet gemakkelijk geweest. Ze had het echter voor elkaar gekregen, ze was tevreden over zichzelf en ze was er ook van overtuigd dat de professor alles onmiddellijk aan de officier van justitie zou doorbrieven.

Misschien zou er dan wel iemand op het idee komen om te veronderstellen dat Frankie een voormalige klant van haar was geweest. Dat was helemaal niet zo'n slechte verklaring! Ze had hem van het leven moeten beroven voordat hij haar herkende en alles aan haar man zou verraden.

Bij de gedachte aan Gereon was er eventjes iets van hartstocht door haar heen gegaan. Dat was in een mum van tijd weer over. De jaren met hem betekenden evenveel voor haar als de haarspelden en lippenstiften die ze bij Woolworth had gestolen en die ze op het schoolplein aan andere meisjes had verkocht of gegeven. Definitief voorbij, voor eeuwig en altijd. Gereon kreeg op z'n laatst in de rechtbank te horen wie degene was aan wie hij trouw gezworen had.

Tussen de middag kreeg ze aardappelpuree met een ondefinieerbaar groenteprakje. Het had veel te lang op het vuur gestaan. Het vlees was in blokjes gesneden en bestond grotendeels uit vet en zenen. Het dreef in een onappetijtelijke bruine jus. Het dessert bestond uit een beker vruchtenyoghurt.

Op het dienblad lag een witte plastic lepel. Die deed haar aan het meer denken en bracht het hele gebeuren weer in haar herinnering terug. Waarom had het kind niet om een bekertje yoghurt kunnen vragen? Met een plastic lepeltje zou ze Frankie hooguit in zijn gezicht hebben kunnen krabben.

Ze at een beetje puree. Die smaakte naar karton. Met de yoghurt ging ze voor het van tralies voorziene raam staan, keek naar de lucht en vroeg zich af waar de mensen uit die andere bedden aten en of men haar zo gevaarlijk vond dat ze niet samen met de anderen mocht eten. Zouden er nog meer andere mensen zijn of probeerden ze haar met die beslapen bedden maar iets wijs te maken? Misschien stelden ze haar daarmee wel op de proef om vast te kunnen stellen of ze nog wel bij haar verstand was. Zou de professor haar tijdens het volgende gesprek misschien vragen of ze goed met de mensen bij haar op de kamer overweg kon?

Ze dacht een poosje na over het antwoord dat ze zou kunnen geven. Vervolgens concentreerde ze zich goed op die verklaring met Frankie als klant. Als de professor niet uit zichzelf op dat idee kwam, moest ze hem er met zijn neus bovenop duwen.

Ten slotte vroeg ze zich af of Magdalena opgelucht had gereageerd toen ze boven aankwam en constateerde dat moeder er nog niet was. Of Magdalena sindsdien onverdroten 'heilig, heilig, heilig' riep en zich daar kapot bij verveelde. Of dat ze in een stil hoekje tegenover de Verlosser zou zitten. Van aangezicht tot aangezicht. Op een gegeven moment had Magdalena een plaatje in de bijbel aangewezen en gezegd: 'Stel je hem nou eens met een hip kapsel en een gladgeschoren kin voor. Dan ziet die vent er niet eens zo beroerd uit.'

Frankie zag er ook helemaal niet zo gek uit. Een knap gezicht had hij, mannelijk maar knap. Misschien zouden ze haar nauwelijks geloven als ze zou beweren dat hij een klant van haar was geweest. Zo iemand hoefde niet naar de hoeren te gaan. Zo iemand was ook niet pervers.

Ze zag hem nog duidelijk voor zich – zonder bloed. Dat ene moment toen hij overeind kwam en tegen dat liedje protesteerde. Misschien was hij daar wel evenzeer door getergd geweest als zij. Misschien was hij haar dankbaar geweest toen ze hem van die kwelling verloste. Zoals hij haar aangekeken had…

Tot even na twee uur bleef ze voor het raam staan. Ze stond daar maar, blij dat ze haar niet opnieuw op haar bed hadden vastgebonden. Het dienblad werd opgehaald. Ze kreeg een standje omdat ze de groenteprak en het vlees niet had aangeroerd. Ze glimlachte verontschuldigend en wees op haar keel. 'Slikken doet nog pijn. De yoghurt heb ik echter wel opgegeten en als er morgen soep is, eet ik twee porties, dat beloof ik u.' Toen was ze weer alleen.

Tot twee keer toe hoorde ze achter zich een geluid bij de deur. Ze draaide zich niet om, want ze wist ook zo wel waar dat geluid vandaan kwam. Een wakend oog. Even na twee uur werd er een sleutel omgedraaid. Ze dacht aan koffie met een plak droge cake in het ziekenhuis in Düren waar ze na de geboorte van haar kind een paar dagen had gelegen. Daar kwamen ze 's middags altijd met koffie en cake rond; en daar werd ook 's middags het avondeten al rondgedeeld omdat het personeel naar huis wilde.

De deur ging open en ze keerde zich om. En op hetzelfde moment besprong de angst haar als een woedende hond. De chef! Hij trok een neutraal, bijna zakelijk gezicht waarachter hij alles verborg wat hij van vader moest hebben gehoord.

Achter zijn uitgestreken gezicht verborg Rudolf Grovian slechts zijn eigen gevoelens. Mea culpa! Mechthild was dezelfde mening toegedaan. Hij was 's middags naar huis gegaan omdat hij het op kantoor niet uithield bij dat brandschone koffiezetapparaat met uitzicht op de stoel waarop zij had gezeten. Mechthild had niet op hem gerekend. Normaal gesproken kwam hij 's middags nooit thuis. Hij hoefde niet veel te zeggen. Ze vroeg uit zichzelf: 'Wat is er aan de hand, Rudi?'

En nadat hij het haar had uitgelegd en er ook bij had verteld wat volgens hem zijn eerstvolgende stap zou moeten zijn, zei ze: 'Rudi, je bent niet goed snik. Laat dat arme kind toch met rust. Jij kunt haar niet helpen, je maakt alleen nog maar meer kapot. Waar ze nu is, is ze in goede handen.'

'In goede handen, laat me niet lachen. Heb je enig idee hoe het er in de psychiatrie aan toegaat?'

'Nee, Rudi,' zei Mechthild terwijl ze een paar eieren voor hem in de pan brak, 'en dat wil ik ook helemaal niet weten. Ik heb namelijk al zo'n vermoeden hoe het er bij jullie aan toe gaat. Dat vind ik meer dan genoeg. Geen mens zegt er iets van als jij samen met Hoß een vent stevig aanpakt. Maar zo'n jonge vrouw! Rudi, denk er toch eens aan wat ze allemaal heeft meegemaakt.'

Daar dacht hij voortdurend aan. En hij was wettelijk verplicht om niet alleen een onderzoek tegen haar in te stellen maar ook alle feiten te verzamelen die als verzachtende omstandigheid zouden kunnen gelden. Dat legde hij Mechthild uit. En zij zei: 'Doe dat dan, Rudi, doe dat in godsnaam. En ga met alles wat je ontdekt naar de officier van justitie, maar niet naar haar. En al helemaal niet met de mededeling dat haar vader op sterven ligt. Waarom zou je haar in vredesnaam nog meer belasten?'

Zoals hij haar daar voor het raam zag staan, een hoopje ellende met een gezicht in alle kleuren van de regenboog. Op haar voorhoofd die pas aangebrachte brede pleister. Hij dacht aan de spullen in zijn jaszak en aan wat hij haar moest meedelen. En in zijn achterhoofd hoorde hij Mechthilds stem weer: 'Rudi, je bent niet goed snik.'

De deur werd achter zijn rug op slot gedaan. 'Het spijt me', begon hij en toen hij verder sprak was hij er helemaal op voorbereid dat ze hem zou aanvliegen. Hij dacht er al over na hoe hij zou kunnen voorkomen dat ze haar weer in een dwangbuis zouden stoppen. Ze kromp echter nog verder ineen, keek hem met vochtige ogen strak aan en haar onderlip trilde als die van een kind dat op het punt staat om in huilen uit te barsten en dat weet dat dat niet mag.

'Wilt u niet liever gaan zitten, mevrouw Bender?'

Ze schudde haar hoofd. 'Een beroerte', fluisterde ze. 'Hoe is het nu met hem? Zal hij het overleven?'

'De artsen hebben er alle vertrouwen in', loog hij. 'En Margret wijkt niet van zijn zijde.'

'Dat is fijn', mompelde ze. Toen ging ze toch op haar bed zitten. Hij liet haar enkele minuten met rust, zag hoe ze zich van de schrik herstelde, hoe ze nieuwe hoop putte. Haar schouders spanden zich. Ze hief haar hoofd en keek hem aan. 'U hebt dus wel met hem kunnen praten?'

'Nee.'

Er verspreidde zich een glimlach over haar gezicht. Opeens maakte ze een heel tevreden indruk. 'Goed!' zei ze. 'En ik wil niet met u praten. Ga weg!'

Hij bleef waar hij was, hoewel hij opeens vond dat weggaan de beste oplossing zou zijn. De psychiatrie was dan misschien afschuwelijk voor degenen die er geen gebruik van hoefden te maken maar professor Burthe genoot als psychiater een uitstekende reputatie. Hij zou er wel achter komen waarom Georg Frankenberg had moeten sterven. Hij zou gegarandeerd ook aan het licht brengen of en zo ja onder welke omstandigheden Cora Georg Frankenberg jaren geleden had leren kennen, of er toen heroïne in het spel was geweest of dat ze daar pas later mee in aanraking was gekomen. Wat hij zelf met haar van plan was, was in feite onzinnig. Voor de rechtbank gold dat niet als bewijs. Het was ook geen geschikte methode om vast te stellen welke relatie er tussen haar en Frankenberg bestond. En alleen om zelf zeker te weten of haar tante weer met een afleidingsmanoeuvre was gekomen...

Hij haalde diep adem. 'Ik begrijp dat u woedend op me bent, mevrouw Bender. Ik begrijp ook dat u niet meer met me wilt praten. Ik ben hier echter niet gekomen om met u te praten. Ik wilde u slechts verzoeken iets voor me te doen.'

Ze keek hem vragend, verbaasd aan – en nog steeds content. Hij stak zijn hand in zijn jaszak. Verdomme! Hij had de hele santenkraam bij zich en nu wilde hij het weten ook. Hij haalde een plastic zak uit zijn jaszak, liep ermee naar de tafel en stalde de spullen uit. Een spuit die nog in de verpakking zat, een hittebestendige lepel, een stompje kaars, een dik elastiek om je arm af te binden en een zakje poeder.

Ze liet haar ogen over de spullen gaan. Ze vertrok haar gezicht in grote afschuw. 'Wat moet dat? U mag de Amerikanen wel, hè? Die doen het niet slecht met hun gaskamers en gifspuiten, dat bespaart de staat een vermogen en Duitsland staat er economisch gezien momenteel beroerd voor. Wat moet ik dan voor u doen? Mezelf een dodelijk shot geven?'

'Zoveel zit er niet in dat zakje' zei hij.

Onverschillig haalde ze haar schouders op. 'Dus het is alleen maar bedoeld om me een beetje op te vrolijken? Dat is lief bedoeld maar desondanks bedank ik voor de eer. Weet u, ik krijg hier al meer dan genoeg chemische rotzooi. Ik ben benieuwd of ik van het spul wat ze me hier geven, later even gemakkelijk kan afkicken als van dat daar.'

'Hebt u daar dan zo gemakkelijk van kunnen afkicken?' Hij had zin om even fijntjes te lachen. Haar opmerking scheen er een klein beetje op te wijzen dat haar tante op dit punt gelijk had. 'Dan bent u wat dat betreft wel de uitzondering op de regel', voegde hij eraan toe. 'Voor anderen is het een ware verschrikking.'

'Het hele afkickproces heb ik slapend doorgemaakt', verklaarde ze botweg.

Hij knikte even. 'Bij een aardige dokter, neem ik aan. Een arts beschikt natuurlijk over de mogelijkheden om het afkicken te vergemakkelijken. Maar volgens alle verhalen die ik heb gehoord, laten de artsen de verslaafden door een hel gaan om hen er definitief van te bekeren. Nou ja, er zullen waarschijnlijk meerdere soorten hel bestaan. Daar praten we later nog wel eens over.'

'Ik praat helemaal niet meer met u', zei ze met klem. 'Nu niet en later ook niet.'

'Oké', zei hij. 'U hoeft niet te praten. U hoeft zich dit hier ook niet in te spuiten. U hoeft me enkel te laten zien dat u weet hoe u met deze spullen moet omgaan.'

Ze begon zachtjes en afkeurend te lachen. 'Aha, is het daarom begonnen? Hebt u Margret gesproken? Wat heeft ze u verteld? Dat ik destijds niet wist hoe je die troep met een spuit opzuigt?

Weet u, dat ligt heel anders als je niet weet waar je heen moet, als je bang bent om op straat te worden gezet omdat je sowieso al een hoop narigheid hebt en als je dan ook nog wordt betrapt bij het spuiten van heroïne. Dan ben je wel gedwongen iets te bedenken.'

Weer schoot ze even in de lach. 'Wat gebeurt er als ik u laat zien dat ik wel degelijk weet hoe je met dat spul omgaat? Laat u me dan eindelijk met rust?'

Toen hij knikte kwam ze van het bed af en liep naar de tafel. Ze stak haar rechterwijsvinger op alsof ze een kind aanspoorde om goed op te letten. 'Goed, dat is dan nu afgesproken. Ik laat het u zien en in ruil daarvoor laat u niet alleen mij met rust maar ook mijn vader. Ik wil dat u dat op uw erewoord belooft.'

Hij gaf haar een hand ter bevestiging van de afspraak. Hij verbaasde zich even over het feit dat ze met zulke slanke vingers zo'n stevige hand kon geven. Toen hij haar hand weer losliet, gaf hij haar een aansteker.

Ze zuchtte en bekeek de verpakte spuit en het stuk elastiek. 'Dat ding doe ik niet om mijn arm', zei ze. 'Dat vond ik destijds al zo'n rotgevoel. Het is toch wel genoeg als ik die injectiespuit vul. Dan injecteer ik het via de rug van mijn hand. In mijn armen zou dat sowieso nooit lukken. Is dat goed?'

Hij knikte bevestigend.

'Zo, laat me even nadenken. Het is alweer een poosje geleden.' Ze legde haar vinger tegen haar slaap en besloot toen: 'Eerst zetten we de kaars maar eens op de tafel vast, maar als er kaarsvet op tafel achterblijft, moet u het de mensen hier maar uitleggen. Dit was uw idee.'

'U hoeft de kaars niet op de tafel vast te zetten, mevrouw Bender', zei hij nog. Maar ze hield de aansteker al bij de lont, draaide het stompje kaars boven het tafelblad rond en liet er wat kaarsvet op druppelen.

'Zo is het wel veiliger,' zei ze, 'als je handen beven. En meestal is dat het geval. Dan staat die kaars in elk geval stevig. Dan kun je je op de lepel concentreren en mors je geen druppel van dat kostbare goedje. Zo, wat moet ik nu doen?'

Ze pakte het zakje, wreef het tussen haar vingers heen en weer en bekeek het witte poeder door het plastic heen. 'Wat is het? Dat is gegarandeerd geen heroïne! Die mag u me helemaal niet geven.'

Met haar tong in haar wang keek ze hem nadenkend aan. 'Dat zou u nooit doen. Zo stom bent u niet. U weet heel goed dat ik u meteen zou verlinken zodra u zich hebt omgedraaid. Wat hebt u erin gestopt? Bloem is het niet, dat is minder licht van kleur.'

Toen hij geen antwoord gaf, legde ze uit: 'Ik vraag het alleen maar om te weten hoe het oplost. Er mogen geen klontertjes inzitten, dan krijg ik het niet door de naald.'

Hij zweeg. Ze haalde onverschillig haar schouders op, trok het zakje voorzichtig open, rook er eerst aan, maakte een vinger nat en stak die in het zakje. Ze verloor hem geen moment uit het oog terwijl ze haar vinger langzaam naar haar mond bracht en er met het puntje van haar tong aan likte.

'Poedersuiker', stelde ze vast. 'Dat is niet eerlijk. Want ik was gek op zoetigheid. Hebt u misschien ook wat boter in uw zak? Dan maak ik een paar lekkere karamels voor ons. Daar genieten we meer van dan van deze onzin.'

Toen hij niet reageerde, zich opeens ontzettend dwaas en stom voelde en Margret Rosch vervloekte met haar ideeën die niets anders waren dan een rookgordijn, haalde ze haar schouders weer op. 'Nou, goed dan. Laten we het maar tot een goed einde zien te brengen.'

Ze schudde de inhoud van het zakje in de lepel, liep ermee naar de wastafel, draaide de kraan open en draaide er net zo lang aan tot de kraan druppelde. Toen hield ze de met suiker gevulde lepel onder de kraan en knikte bij elke druppel die erop neerviel. Het leek wel of ze de druppels telde. Tweemaal roerde ze de massa behoedzaam met haar vingertop door. Toen scheen ze tevreden te zijn over de consistentie, draaide de kraan dicht en liep weer naar de tafel. Ze lachte tegen hem toen ze de lepel boven de kaarsvlam hield. Hij deed zijn best een neutraal gezicht te trekken.

'Hier is het water tenminste schoon', zei ze. 'Vroeger haalden we het uit de closetpot. Wie weet wat voor rotzooi ik toen in mijn arm heb gespoten. Geen wonder dus dat het eruit ziet alsof de ratten eraan hebben geknaagd.'

Het was overduidelijk hoe onzeker ze was. Haar ogen flitsten heen en weer tussen hem en de lepel. Ten slotte trok ze de lepel weg uit de vlam. Lachte tegen hem en zei achteloos: 'Volgens mij is het nu warm genoeg. Ik hoef het per slot van rekening niet door te koken.'

Het kostte hem moeite niet te gaan grinniken. Toen ze de lepel met haar vrije hand pakte, greep hij haar bij haar arm. 'Dank u wel, mevrouw Bender, zo is het genoeg. De injectiespuit vullen is niet nodig.'

Hij wist niet of hij moest lachen of vloeken. Hij wist evenmin wat dit voor de zaak-Frankenberg betekende. Hij besefte alleen wel dat haar tante gelijk had. Cora Bender had echt geen flauw idee hoe je met heroïne moest omgaan. Ze had zichzelf nooit een shot gegeven. Hooguit kon ze dat iemand op tv hebben zien doen.

Rudolf Grovian blies de kaars uit, pakte de lepel van haar over en spoelde het suikerstroopje onder de stromende kraan weg. Toen stopte hij alles weer in de plastic zak en stopte die vervolgens weer in zijn jaszak.

'Zo', zei hij intussen. 'Weet u nog wat we hadden afgesproken? U zou me laten zien dat u weet wat u met die spullen moet doen en dan zou ik u verder met rust laten. Maar nu hebt u me laten zien dat u dat helemaal niet weet. Ik mag u dus nog een paar vragen stellen.'

Ze was dermate verbluft dat ze hem secondenlang slechts aanstaarde voordat ze hoofdschuddend en met van woede fonkelende ogen zei: 'Heb ik soms iets fout gedaan? Ja, ik weet het, ik had eerst die spuit moeten uitpakken. Dat zou ik heus nog wel hebben gedaan. Dat kan ik ook met één hand en met behulp van mijn tanden. Hoor eens, dat is echt een rotstreek die u me daar levert. Voordat ik het u kon laten zien, hebt u me bij mijn arm gepakt. En nu gaat u beweren dat ik er niets van kon.'

'Dat was het punt niet, mevrouw Bender.'

'Wat dan wel?'

'Waarom wilt u dat weten? U wilt toch niets meer te maken hebben met heroïne? Dan hoeft u het ook niet te weten.'

Die angst en dat schuldgevoel, zowel bij hemzelf als bij haar, konden hem aan de rug roesten. Hij voelde zich op dat ogenblik goed, verdomd goed zelfs. De eerste stap was gezet. Nu volgde de tweede. Dat ze met een nors gezicht op bed ging zitten en demonstratief naar het raam keek, nam hij niet zo serieus. Hij wist zeker dat hij haar aan het praten kon krijgen. Tot nog toe was het hem nog elke keer gelukt om haar aan het praten te krijgen en iets in haar los te maken, brokstukken uit haar muur te trappen. Er waren nog maar een paar schoppen nodig, voorzichtig en op de juiste plek.

'Met uw vader heb ik weliswaar niet kunnen praten', stak hij van wal. 'Bij uw moeder heb ik het zelfs niet eens geprobeerd. Uw buurvrouw heeft me echter een stuk verder geholpen.' Hij pauzeerde heel even voordat hij haar naam liet vallen: 'Grit Adigar. Die kent u zeker nog wel.'

Ze gaf geen antwoord, bleef naar het raam staren en zoog haar onderlip tussen haar tanden.

'Ze heeft me alles over Horsti en Johnny Guitar verteld', ging hij verder en hij mengde datgene wat Grit Adigar had verklaard met zijn eigen speculaties. 'Johnny was een vriend van Georg Frankenberg. En Horsti was een klein, spichtig kereltje met een lichtgekleurde huid en strogeel haar. U bent vanaf uw zeventiende met hem bevriend geweest. Uw buurvrouw heeft me ook over Magdalena verteld. Dat u erg veel van uw zusje hebt gehouden en alles voor haar hebt gedaan wat in uw vermogen lag. En dat u helemaal de kluts kwijt was toen Magdalena stierf.'

Hij verloor haar geen seconde uit het oog. Ze bleef maar naar het raam staren en op haar onderlip kauwen. Onder de brede pleister op haar voorhoofd en onder haar huid die alle kleuren van de regenboog had, was ze bleek weggetrokken. Bijna kreeg hij weer medelijden met haar, bijna. Bij medelijden was ze echter niet gebaat.

'Zo', zei hij nogmaals op een toon alsof hij met dat woord iets speciaals wilde benadrukken. 'Ik wil dat u één ding goed begrijpt, mevrouw Bender! Ik ben uw vader niet. Ik ben uw moeder niet. Ik ben uw tante niet en ook niet uw buurvrouw. Ik kan me indenken dat u destijds bij uw thuiskomst met vragen en verwijten bent overladen. Ik ben echter niet in Magdalena geïnteresseerd. Ik hoef niet te weten waarom u uw zusje uitgerekend op die avond alleen hebt gelaten. Dat doet voor mij absoluut niet ter zake. Begrijpt u dat?'

Ze reageerde niet en hij vervolgde: 'Ik wil slechts weten wat er die bewuste avond in de Aladin is gebeurd en wat er toen verder is voorgevallen. Hoe het verder met Horsti is gegaan, of u bij Johnny bent gebleven en wanneer en waar u Georg Frankenberg hebt ontmoet. Of en wanneer u met heroïne in aanraking bent gekomen en wie u dat spul heeft gegeven. En op de allereerste plaats wil ik weten hoe die arts heette die uw verwondingen heeft behandeld.'

Geen enkele reactie. Haar handen lagen werkeloos in haar schoot. Ze had zo hard op haar onderlip gebeten dat die nu waarschijnlijk bloedde.

'En ik adviseer u dringend niet meer tegen me te liegen, mevrouw Bender', zei hij op enigszins strenge toon alsof hij het tegen een kind had – en in zijn ogen was dat in zekere zin ook zo. 'U ziet wel dat ik er toch wel achter kom. Op de ene manier gaat het vlug, de andere manier kost wat meer tijd, maar uiteindelijk kom ik het aan de weet. Twee collega's van me hangen vanmiddag voortdurend aan de telefoon. Ze hebben een grote lijst naast zich liggen. Elke dokter, elk ziekenhuis in Hamburg en omgeving wordt door hen gebeld. U kunt ons een heleboel tijd en geld besparen als u me alles uit eigen beweging vertelt.'

Het gebeurde zo onverhoeds dat hij ineenkromp. Eerst kwam het er fluisterend uit, meteen daarna al op normale geluidssterkte en direct daarna schreeuwde ze het uit: 'Dat weet ik niet! Dat weet ik niet! Dat weet ik niet en ik wil het ook niet weten! Wanneer snapt u dat eindelijk eens? Die avond ben ik helemaal niet weggeweest. Ik laat mijn zusje toch niet alleen op haar verjaardag.'

In een sussend gebaar stak hij beide handen in de lucht. 'Rustig maar, mevrouw Bender, rustig maar. Ik heb het niet over uw zusjes verjaardag. Ik weet allang dat u die avond niet uit bent gegaan. Ik heb het over die nacht in augustus toen Magdalena gestorven is.'

Als een hond die het regenwater van zich afschudt, zo heftig schudde ze het hoofd. Ze snakte zowat naar adem. Er verstreek bijna een minuut voordat ze haar arm langzaam ophief en naar de deur wees. 'Ik zeg helemaal niets meer. Dat heb ik u al zo dikwijls gezegd. Nu zeg ik het u voor de laatste keer: maak dat u wegkomt. Rot op, man. U bent nog erger dan de pest. Denkt u nu serieus dat ik u nog iets zal vertellen? U zult het uit me moeten slaan. Wat ik u vertel, is allemaal shit en dan raak ik nooit meer van de stank af.'

Ze stond nog steeds heftig met haar hoofd te schudden en ze stampvoette nu ook. 'Nee! Afgelopen uit! Punt uit! Er valt hier niets meer te halen, anders legt u uiteindelijk mijn zusje nog bij me in bed. Opgerot! Anders krijs ik de hele tent bij elkaar en dan beweer ik gewoon dat u me drugs wilde geven en dat ik de heroïne in de wasbak heb geflikkerd. Ze zullen me zeker geloven. U hebt immers al die troep in uw jaszak. En dan zeg ik dat u met me naar bed wilde. En bewijs dan maar eens dat dat niet waar is. Als u nu niet onmiddellijk verdwijnt, zal ik u even hard kapotmaken als u mij kapotmaakt. Ik praat alleen nog met degene die hier de chef is. Hem heb ik vanmorgen alles verteld.'

'Alles?' vroeg hij op langgerekte toon zonder ook maar een seconde acht te slaan op haar dreigement. 'Hebt u hem echt alles verteld, mevrouw Bender?'

Er verstreken enkele seconden. Ze keek met een in zichzelf gekeerde blik langs hem heen naar de deur en kalmeerde een beetje. 'Ik heb hem alles verteld wat hij moet weten.'

'En wat hebt u allemaal voor hem verzwegen?'

Weer verstreken er enkele seconden. Ze slikte meerdere keren voor ze zichzelf voldoende in de hand had om antwoord te kunnen geven. 'Niets belangrijks.' De rest kwam er hortend en stotend uit. Ze vond het kennelijk moeilijk om daar überhaupt ook maar iets over te zeggen. 'Alleen wat voor u… niet ter zake doet. Dat ik een zusje heb gehad dat op haar achttiende aan hartfalen is overleden.'

Dat vervloekte geweifel. Zijn verstand wees met uitgestrekte arm naar de deur, zijn gevoel wilde zijn armen naar haar uitstrekken. Het is wel goed, meisje, het is allemaal in orde. Het was jouw schuld niet. Je hoeft je daar absoluut niet voor te rechtvaardigen. Niemand is bij zijn geboorte al schuldig.

In plaats daarvan zei hij: 'Uw zusje was doodziek, mevrouw Bender. Ze is in april uit het ziekenhuis gekomen om thuis te sterven. Alleen heeft ze dat tegen niemand gezegd.'

'Dat is niet waar.' Het kwam eruit alsof ze bijna geen lucht meer had.

'Toch is het zo', zei hij met klem. 'De artsen kunnen dat bevestigen. En als u hen niet gelooft, vraag het dan maar aan uw tante, die heeft het hele ziekenhuisdossier. Daar staat alles in, mevrouw Bender. Uw zusje zou hoe dan ook overleden zijn, ook als u die bewuste avond thuis was gebleven. U had dat nooit kunnen voorkomen.'

Er verscheen een zweem van een lachje rond haar mondhoeken. Ze begon te lachen of te snikken, hij wist niet of het het een of het ander was. 'Hou uw mond! U hebt geen idee waar u het over hebt.'

'Vertelt u me dat dan maar, mevrouw Bender. Vertelt u het me.'

Ze schudde haar hoofd, draaide het enkel heen en weer, van links naar rechts, van rechts naar links. Zo ver dat haar kin en haar neus telkens op één lijn kwamen met haar schouder. Verder deed ze niets.

Ik kan met niemand over Magdalena praten. Als ik dat zou doen, heel open en eerlijk zou vertellen hoe het leven met haar was, zou iedereen gegarandeerd denken dat ik haar heb gehaat; zozeer heb gehaat dat ik haar wel kon vermoorden. Vader dacht dat. Margret dacht dat. En Grit wist niet wat ze ervan moest denken.

Ik heb Magdalena niet vermoord. Ik kan haar helemaal niet hebben vermoord. Ze was immers mijn zusje en ik heb van haar gehouden. Niet altijd, dat geef ik toe. Niet van meet af aan. Maar dat ik haar in het begin niet mocht, was toch normaal. Elk ander kind zou hetzelfde gevoel hebben gehad als het in mijn schoenen had gestaan.

Magdalena heeft me mijn kinderjaren afgepakt. Magdalena heeft mijn moeder van me afgepakt en mijn vader de vrouw ontnomen die hij zo ontzettend hard nodig had. De vrolijke, levenslustige vrouw die ze vroeger schijnt te zijn geweest. Margret heeft me daar van alles over verteld. Een vrouw die carnaval vierde, die kon lachen en dansen en af en toe ook wel een glaasje lustte. Die geregeld en uit vrije wil met haar man naar bed ging. Die naar een kind verlangde. Een dolgelukkige moeder nadat haar oudste dochter was geboren.

Ik heb mijn moeder nooit zien lachen, ik zag haar alleen maar bidden, ik heb haar nooit gelukkig gezien, ze was alleen knettergek. En Magdalena werd gek van haar. Als Magdalena nooit zou hebben bestaan had ik nooit hoeven horen dat ik alle kracht uit moeders buik had gevreten. Dan had ik niet jarenlang mijn lippen en mijn knieën kapot hoeven bidden. Dan had ik niet op dezelfde kamer hoeven slapen als vader, had ik hem nooit hoeven zien masturberen. Dan had ik nooit hoeven horen dat ik voor hem niet meer was dan een lekker sappig boutje. Dan had ik nooit die walging gevoeld. Dan had ik niet jarenlang in mijn bed geplast. Dan had ik niet de zenuwen gehad vanwege mijn menstruatie. Dan had ik gewoon een moeder gehad die me alles uitlegde en die me hielp om zelf een oplossing te zoeken als ik in de problemen zou zijn geraakt. En misschien zou ik dan nooit in de problemen zijn gekomen.

Maar Magdalena heeft toch evenmin een moeder gehad als ik. Ik weet nog dat ze daar kort na haar vijftiende verjaardag een keer over gesproken heeft. Ze was weer eens twee dagen in Eppendorf geweest waar ze haar weer van top tot teen hadden onderzocht. Elektrocardiogram, bloedonderzoek; ze hadden allerlei onderzoeken gedaan en uiteindelijk leverde dat slechts een getal op. Dat was elke keer een verdomd laag getal. Deze keer was de uitslag vijf. Vijf maanden! Dat gaven de artsen haar nog.

Haar hart was te groot geworden, het was compleet versleten. De artsen bespraken dat heel openlijk met haar. Vroeger hadden ze dat met moeder ook proberen te doen maar dat had geen enkele zin. En vader was in die periode… Nou ja, wat er thuis gebeurde, interesseerde hem niet meer.

Toen Magdalena weer thuis was, lagen we op een avond samen in bed. Het was nog licht. Magdalena keek naar het plafond. 'Inmiddels maakt het me niet meer uit hoelang ik volgens hen nog heb', zei ze. 'Tot nu toe hebben ze het altijd nog bij het verkeerde einde gehad. En nu ook weer. Je zult zien dat ik met mijn rikketik nog oud en grijs word, en jij zult vermoedelijk de enige zijn die dat meemaakt. Het wil er bij mij echt niet in dat ons lieve moedertje en vader zuipschuit dan niet allang de geest hebben gegeven.'

Ze legde haar armen onder haar hoofd, trok ze meteen weer weg en vloekte: 'Klotezooi, een mens kan niet eens liggen zoals hij wil. Maar hoe dan ook: het duurt nog wel een poosje voordat ik zwart word. En je moet me één ding beloven, Cora. Dat je me niet laat wegrotten, dat je me niet bij de wurmen in de grond stopt. Zorg ervoor dat ik een mooi, schoon vuurtje krijg. Als het echt niet anders kan, dan moet je me maar naar een plekje ergens buitenaf slepen, een jerrycan benzine over me heen gooien en je inbeelden dat je met die zinken emmer in de woonkamer staat. Ik geef de voorkeur aan de hel voordat ik in de hemel met moeder om het hardst moet zingen. Ik huiver nu al bij de gedachte dat ik daarboven arriveer en zij bij de hemelpoort op me staat te wachten.'

Ze begon zachtjes te lachen. 'Kun jij je voorstellen hoe het daarboven toegaat nadat moeder haar plaatsje heeft ingenomen? De goede Petrus kan gegarandeerd met pensioen. Moeder wordt het hoofd van de receptie en zij zal wel bepalen wie binnen mag en wie niet. Op den duur mag er dan heel zeker geen mens meer in. Maar als ze zich gaat vervelen, kan ze gezellig bij Petrus gaan zitten, over de goeie ouwe tijd babbelen. Ik wed dat moeder daar meer van weet dan hij. Alleen weet ze niet wat er hier beneden nodig is.'

Een paar minuten zweeg ze en staarde naar het plafond alsof ze daardoorheen moeders fantasieën kon zien. Toen ging ze langzaam door: 'Intussen ben ik dolgelukkig dat ze dat niet weet. Als ze weer eens drie dagen lang geen tijd heeft gehad om zich te wassen, ben ik zelfs dankbaar als ze niet te dicht bij me in de buurt komt. Vroeger verlangde ik er echter vaak naar dat ze me eens in haar armen zou nemen in plaats van constant die onzinnige litanie op te dreunen. Vooral toen ik zo verschrikkelijk ziek was. Je kunt je niet voorstellen hoe beroerd het toen met me ging. Ik kotste alles uit. Ik dacht dat het aneurysma bij de eerstvolgende golf zou knappen. En wie deed er iets tegen? Wie wiste het zweet van mijn voorhoofd en nam daarmee meteen mijn haren mee? Een jonge leerling-verpleegster. Moeder die speciaal bij me was gebleven om me bij te staan, moed in te spreken en me god weet wat nog meer te geven, lag ondertussen op haar knieën zodat de zuster er nauwelijks bij kon. Ik hoopte wel eens dat de zuster haar een schop zou geven. Ik had haar zo hard nodig, Cora, en ze was er niet. Ze was voortdurend in mijn nabijheid. En nooit was ze er voor me. Maar wie vertel ik dit eigenlijk? Voor jou is ze er evenmin ooit geweest.'

Ze bewoog haar hoofd langzaam over het kussen, draaide haar gezicht opzij en keek me aan. 'Heb jij er ook wel eens naar verlangd dat ze je in haar armen zou nemen?'

'Eigenlijk niet', zei ik.

Magdalena zuchtte. 'Nou ja, jij had vader. En nu heb je een vriendje. Vertel eens iets over hem.'

En ik vertelde haar over een niet-bestaande jongen. Het was een geweldige knul, twee jaar ouder dan ik en hij had al eindexamen gedaan. Hij reed brommer en 's avonds zagen we elkaar bij de vijver in het stadspark. Zijn ouders waren rijk en heel modern. Ze hadden een fantastisch huis, een van de huizen in het bos langs de weg naar Dibbersen. Als je erlangs reed, zag je van die huizen alleen het dak. De inrichting was heel deftig en kostbaar. En zijn ouders hadden er natuurlijk niets op tegen als hij mij meenam. Integendeel, ze mochten me heel graag en ze vonden het altijd leuk als ze me zagen. Dan zeiden ze iets aardigs tegen me maar ze hielden ons nooit lang aan de praat omdat ze wisten dat we liever alleen waren. We gingen dan op zijn kamer boven naar muziek luisteren, we lagen elkaar op bed te strelen.

Elke avond vertelde ik haar dat soort verhalen. Elke avond bracht ik haar na het eten naar boven, hielp ik haar met uitkleden, ondersteunde haar bij het tandenpoetsen, waste haar, smeerde haar in met zalf, hielp haar naar bed en zei dan: 'Ik verheug me er al heel erg op om hem weer te zien.'

Ik had hem Thomas genoemd. Bij mij op school zat een jongen die zo heette en die ik erg aardig vond. Hij was niet zo wild en onbeschaafd als de rest van de jongens. Ik wist niet veel van hem af. Hij zat op het gymnasium, ik zag hem alleen in de pauze. Dan zat hij meestal in een hoekje op de grond een boek te lezen. Hij was niet geïnteresseerd in meisjes; en zij niet in hem. Hij droeg een bril.

Mijn Thomas uiteraard niet. Dat zou in Magdalena's ogen een foutje zijn geweest. Voor haar moesten de jongens lang zijn en sterk en knap, wild en teder tegelijk. Thomas was al het tweede vriendje dat ik had verzonnen.

Als Magdalena in bed lag, ging ik naar beneden en zei tegen moeder: 'Ik moet nu onder het oog van God aan zelfonderzoek doen.' Ik kon niet thuisblijven, dan zou Magdalena er algauw achtergekomen zijn dat ik loog.

Ik ging de stad in. In het centrum was altijd wel iets te doen. Er werd volop gebouwd. Dan nam ik een kijkje op het bouwterrein en stelde me voor dat ze ons op een goede dag zouden inmetselen. Dat ze gewoon een muur rondom ons huis zouden optrekken zodat we net zo geïsoleerd zouden zijn als de pestlijders waar vader me vroeger over had verteld. Soms fantaseerde ik ook dat ik een afspraakje met Thomas had. De echte, met zijn bril en een boek. Dat we ergens gingen zitten en allebei een boek lazen.

Ik had ook boeken – keurig betaalde boeken. Die had ik speciaal moeten bestellen en het waren vrij dure boeken. Geld had ik echter genoeg. Van de driehonderd mark die ik van vader wekelijks voor het huishouden eiste, had ik nog geen derde deel nodig en toch leefden we er een stuk beter van dan vroeger. En op het schoolplein verkocht ik geen haarspeldjes meer. Lippenstift en andere make-upspulletjes nog wel, maar voornamelijk parfum en andere dingen die veel geld opbrachten en die je gemakkelijk in je zak kon steken, één keer zelfs een walkman.

Voor Magdalena had ik er ook eentje op de kop getikt. Ze had hem in bed altijd bij zich. Ze liep geen enkel risico dat moeder haar daarmee zou betrappen. Moeder kwam nooit meer op onze kamer. Ze pendelde alleen nog heen en weer tussen het huisaltaar en haar bed en ze had al haar aardse verplichtingen op mij overgedragen.

Voor ik naar school ging, maakte ik het ontbijt voor iedereen en verzorgde ik Magdalena. Als ik na de middag thuiskwam, kookte ik. Ik deed de boodschappen, de was en hield het huis schoon. En elke vrije minuut bracht ik door met Magdalena tot ze 's avonds in bed lag en ik de hort op ging.

Een van de meisjes uit mijn klas nam regelmatig de nieuwste hits op cassette op. Daar gaf ik haar af en toe een kleinigheid voor. Anders zou Magdalena immers niets aan haar walkman hebben gehad. Ze hield van muziek. In de drie uur dat ik op pad was, luisterde ze de ene na de andere cassette af totdat ik thuiskwam.

Voordat ik het huis binnenging, maakte ik nog een ommetje naar de schuur. Daar lag onder de aardappelzakken inmiddels geen snoep meer. Wel een heleboel andere spullen, ook sigaretten en een aanstekertje. Dan stak ik een sigaret op en nam een paar trekjes. Vervolgens drukte ik de peuk zorgvuldig uit en stopte hem weer in het pakje. Op die manier kon ik met een sigaret een paar dagen toe.

Dat roken, daar vond ik niets aan. Ik werd er duizelig van en ook moest ik er vaak van hoesten. Maar Magdalena vond het gaaf als je rookte. En ze kon ruiken of ik het had gedaan. Een paar maanden later, na de periode met Thomas, hield ik ermee op. Ik vertelde haar dat mijn nieuwe vriendje een hekel had aan sigaretten en dat hij het niet kon uitstaan als een meisje rookte. Ik zei dat hij tegen mij had gezegd dat hij dan net zo goed een asbak kon kussen. En dat ik liever geen risico wilde lopen omdat hij er fantastisch uitzag en ik al een nat slipje kreeg als hij alleen mijn benen al aanraakte. Magdalena begreep dat.

Mijn nieuwe vriend – ik weet niet meer hoe ik hem genoemd heb, in de loop van de tijd passeerden zo veel namen de revue – maakte ik drie jaar ouder. Hij was vervolgens ook de eerste met wie ik naar bed ging. En Magdalena vroeg me haar te laten zien hoe het was.

Ik heb echt alles voor haar gedaan wat ik kon. Soms zei ze: 'Als ik oud genoeg ben om zelf een beslissing te nemen, laat ik me nog een keer opereren. Ik vind wel een dokter die dat wil doen.'

We waren van plan om samen naar de Verenigde Staten te vliegen, naar een van de grote hartklinieken. Telkens weer hebben we uitgerekend hoeveel geld we voor haar achttiende verjaardag zouden kunnen sparen wanneer we wekelijks honderd mark opzij zouden leggen. Ik had haar verteld dat ik dat van het huishoudgeld kon sparen. Dat het eigenlijk eens zoveel was, wilde ik haar niet zeggen om haar niet achterdochtig te maken. Ik wilde niet dat ze op haar vingers na zou kunnen tellen dat ik stal als de raven.

Ze was van mening dat we het met honderd mark per week niet zouden redden. En toen vertelde ik haar dat ik op het station een portefeuille had gevonden met duizend mark. En dat ik nu voortdurend goed oplette omdat veel mensen immers slordig met hun geld omgingen en het helemaal niet merkten als ze iets verloren.

Magdalena lachte. 'Je bent lief,' zei ze, 'maar je bent een uilskuiken. Je zou wel een bankoverval moeten plegen om zo veel geld bij elkaar te krijgen. Wie rekent er nou op dat iemand eens een keer iets verliest…'

Ik stond op het punt om haar te zeggen dat ik dat geld niet gevonden had en dat ik in de schuur veel meer had dan duizend mark. Ik had in een krant echter gelezen wat een operatie in de vs kostte en dat je dat allemaal zelf moest betalen. En zoveel had ik nog lang niet. Ik wist ook niet hoe ik aan zulke bedragen zou moeten komen.

Als ik had kunnen werken na schooltijd, zou het niet zo'n probleem zijn geweest. Maar iemand moest toch voor het huishouden en voor Magdalena zorgen. Moeder kreeg dat niet meer voor elkaar, al had ze het gewild. Ze was dikwijls zo in de war dat ze de soeppan voor de wasketel aanzag, Vader had een moderne wasmachine gekocht. Hoe die werkte, daar snapte ze echt geen sikkepit van. Ze wilde er ook niets mee van doen hebben. Volgens mij was ze er bang van. Ze dacht dat die het werk van de duivel was en sloot het water af. We moesten veertig dagen in de woestijn vasten. Dat kon ik haar echter uit het hoofd praten. Alleen moest je gewoon constant opletten dat ze geen stommiteiten uithaalde.

En Magdalena vond het ook beter als ik thuisbleef. 'Werken', zei ze. 'Wat voor werk zou je dan willen doen? Op jouw leeftijd kun je hooguit stage lopen. Drie jaar lang en dan verdien je praktisch niets. Als het je echt ernst is met dat plan en als je werkelijk het geld voor mijn operatie bij elkaar wilt sprokkelen, dan moeten we iets anders bedenken. Ik heb wel een idee. Er is iets waarvoor je beter wordt betaald naarmate je jonger bent, maar ik weet niet hoe jij daarover denkt.'

12

Toen Cora Bender vanuit de cel waar ze in voorarrest zat naar de psychiatrische inrichting werd overgeplaatst, zagen de justitiële autoriteiten zich gedwongen haar onmiddellijk een advocaat toe te voegen. Haar familie had tot nu toe geen enkel initiatief daartoe genomen.

Haar man en haar schoonouders schenen te zijn vergeten dat ze bestond. Haar tante, de gediplomeerde verpleegkundige, zat in Noord-Duitsland bij een stervende bejaarde man te waken voor wie niemand nog iets kon doen. Van haar moeder viel niets te verwachten.

Op de lijst van pro-Deoadvocaten bij de arrondissementsrechtbank in Keulen stond ook mr. Eberhard Brauning, die zeer gewaardeerd werd omdat hij zich bij de rechtbank zo coöperatief opstelde. Hij werd door zijn vrienden, onder meer door enkele rechters, Hardy genoemd. Hij was achtendertig jaar en ongehuwd. In zijn leven was er maar één vrouw belangrijk voor hem: Helene, zijn moeder bij wie hij in huis woonde.

Helene Brauning had jarenlang hetzelfde werk gedaan als professor Burthe. Ze was dikwijls als psychologisch getuige-deskundige opgetreden in rechtszaken en had slechts in twee gevallen niet kunnen voorkomen dat er gevangenisstraf werd opgelegd. Helene Brauning was gespecialiseerd in ernstige psychische stoornissen en had als zodanig niet uitsluitend voor justitie gewerkt. Ze was echter twee jaar geleden opgehouden met werken. Ze had het op den duur toch wel erg deprimerend gevonden dat ze haar cliënten niet beter kon maken en dat men hen in verzekerde bewaring moest houden.

In de ogen van Eberhard Brauning waren de psychiatrie en de psychologie een tweesnijdend zwaard. Hij was al van jongs af aan gefascineerd geweest door geestelijk gestoorde delinquenten, maar slechts door de theoretische kant van de zaak. In werkelijkheid gruwde hij van hen. Gelukkig waren zulke daders in de advocatuur van alledag een uitzondering.

Als een man zijn vrouw in dronken toestand of uit jaloezie vermoordde, vormde de verdediging voor hem geen probleem. Als een werknemer die tot dan toe van onbesproken gedrag was geweest een vrouwelijke collega na een uitgelaten bedrijfsfeest verkrachtte, nam hij diens verdediging met veel elan ter hand, ook al liepen hemzelf de rillingen over de rug.

Voor Eberhard Brauning was het noodzaak dat de dader in een te voorziene reflex had gehandeld en dat er een begrijpelijk motief aan zijn daad ten grondslag lag. Een open gesprek vond hij noodzakelijk; zijn cliënten hoefden wat hem betreft niet per se berouw over hun daad te hebben. Als dat wel het geval was vond hij dat heel prettig, maar ook voor ontkennende verdachten zette hij zich voor de volle honderd procent in.

En dat alles viel van de schepselen aan wie Helene zich haar halve leven had gewijd niet te verwachten. Ze leefden in een wereld waar hij niet in kon doordringen. Hun gedrag was goed voor een geanimeerd gesprek bij de open haard. Waar het echter zijn werk als advocaat betrof, gaf Eberhard Brauning de voorkeur aan gevallen waarin duidelijk was wat er was voorgevallen en waarin ook over de psychische gesteldheid van de cliënt geen enkele twijfel bestond.

De zaak-Frankenberg werd door de rechter-commissaris ook als zodanig beschreven. Een jonge vrouw had onder het oog van ruim tien ooggetuigen haar voormalige minnaar vermoord, ze had aanvankelijk ontkend dat ze de man kende en na wat aanmoediging door de rechercheurs die haar verhoorden uiteindelijk toch onthuld dat ze hem kende en wat het motief voor haar daad was geweest. Inmiddels had ze een zelfmoordpoging gedaan.

Het dossier van het Openbaar Ministerie was bijna compleet. Alleen het rapport van de psychologisch deskundige ontbrak nog. Dat kon ook nog wel een poos op zich laten wachten. Professor

Burthe had het razend druk. Een ondertekende bekentenis was er ook nog niet omdat de jonge vrouw haar aanvankelijke verklaring had herroepen en sindsdien weer halsstarrig ontkende haar slachtoffer te hebben gekend. Wat ze daarmee hoopte te bereiken, lag voor de hand. En dus was Eberhard Brauning de aangewezen persoon om haar ervan te overtuigen dat gevangenisstraf veruit te verkiezen was boven tbs.

Het feit dat Cora Bender een zelfmoordpoging had gedaan, was voor Eberhard Brauning een afdoende verklaring voor haar verblijf op de gesloten psychiatrische afdeling. Papieren zakdoekjes! Je moest er maar opkomen. Hij vond het een buitengewoon geraffineerde zet en ging helemaal op de persoonlijke indruk van de rechter-commissaris af die haar als gevoelloos betitelde. Hij begreep echter ook dat de rechter-commissaris geen enkel risico wilde lopen.

Eberhard Brauning vroeg het strafdossier op en kreeg vijf dagen na de dood van Georg Frankenberg een kopie van alle stukken. Dat was op donderdag. Vroeg in de avond begon hij het dossier te lezen; als eerste de getuigenverklaringen die kort na de moord waren afgelegd en die later nog waren aangevuld met bijzonderheden die niet onmiddellijk betrekking hadden op het feitelijke gebeuren.

Hij vond het gedrag van het slachtoffer al even zonneklaar als de brave huisvader die het proces-verbaal had opgemaakt. Aan het persoonsdossier met de personalia van Cora Bender was achteraf een notitie toegevoegd. Een zusje, Magdalena Rosch, dat vijf jaar geleden aan hart- en nierinsufficiëntie was overleden. Aan die notitie hechtte hij geen enkele betekenis.

Toen hij het afschrift van de geluidsbanden las, bekroop hem heel eventjes een onbehaaglijk gevoel. Cora Bender had zich ofwel tijdelijk in een toestand bevonden die je eufemistisch als verward zou kunnen omschrijven, of ze had tegenover de rechercheurs die haar verhoorden, een geweldige show opgevoerd. Hij gaf de voorkeur aan de laatste interpretatie en zou graag hebben gehoord wat zijn moeder ervan dacht. Helaas was Helene al naar bed toen hij het dossier aan de kant legde. Het was inmiddels ver na middernacht. Tijdens hun gezamenlijke ontbijt de volgende ochtend was er niet genoeg tijd om uitvoerig met elkaar te praten. Hij vermeldde alleen even dat hij een nieuwe, buitengewoon interessante zaak had. Weer iemand die ten onrechte dacht dat de psychiatrische inrichting een sanatorium was.

Eenmaal op kantoor regelde hij onmiddellijk een afspraak met zijn cliënte. Hij was vast van plan haar op niet mis te verstane wijze duidelijk te maken dat ze met een uitgebreide bekentenis op enige clementie van de rechters mocht hopen. Vrijdagmiddag werd om klokslag drie uur de deur voor hem van het slot gedaan en zag hij haar voor het eerst.

Ze stond bij het raam, gekleed in een simpel rokje en een blouse zonder enige franje, beide gekreukeld en vol vlekken. Een panty had ze niet aan. Aan haar blote voeten had ze schoenen met een halfhoge hak. Haar haren leken al dagenlang geen water en shampoo te hebben gezien. En haar gezicht toen ze zich langzaam naar de deur keerde en zich naar hem omdraaide...

Eberhard Brauning hield onwillekeurig zijn adem in en voelde de eerste twijfel aan zijn inschatting van de situatie opkomen. Wat maakte ze een afgestompte indruk! Haar ogen deden hem denken aan de glazen knoppen in het hoofd van een oude pluchen beer waar hij als kleine jongen erg aan gehecht was geweest. Het waren vrij grote knoppen. En als hij ze in het lamplicht hield, kon hij zich erin spiegelen. Alleen zichzelf, zijn kamer, de omgeving. Van zijn innerlijk strooien leven had de oude teddybeer nooit iets prijsgegeven.

Van onbehagen trok hij zijn schouders samen. De aktetas in zijn hand leek plotseling eens zo zwaar te zijn. Langzaam blies hij zijn ingehouden adem uit, slikte eens droog en zei op geforceerd rustige toon maar zeer nadrukkelijk: 'Goedendag, mevrouw Bender. Ik ben uw advocaat, Eberhard Brauning.' Het 'meester' liet hij weg. Die titel leek zo ongepast bij de aanblik van de glazen ogen in het geelgroenige gezicht.

Ze nam hem van top tot teen op zonder van enige emotie blijk te geven.

'Mijn advocaat', mompelde ze. Uit de toon waarop ze dat zei, viel niets op te maken.

'Ik heb van de rechtbank opdracht gekregen uw belangen te behartigen of, om het simpeler te zeggen, om u te verdedigen. U weet wat u ten laste wordt gelegd?'

Gezien de manier waarop ze daar stond, zou hij hebben gezworen dat ze dat niet wist. Ze beantwoordde zijn vraag ook niet. 'Het is hier nogal warm', constateerde ze en ze draaide zich weer naar het tralievenster. 'Terwijl het er buiten bewolkt uitziet. Het is geen weer om te zwemmen. Ik had nooit aan de kant moeten komen. Dan was ik allang alles vergeten en zou ik nu in alle rust met die man daarbeneden kunnen leven.'

Haar blouse bewoog mee met haar bibberige ademhaling. 'Daar hebben we het vanmorgen over gehad, de professor en ik. Dat ik bij de man in het meer wilde gaan wonen. Als het vrijdag was geweest, zou ik tegen hem hebben gezegd: Je vergist je, mijn beste, het is vandaag al maandag. Maar het is vandaag vrijdag, hè? Ik heb het de professor vanmorgen gevraagd. Hij zei dat het vandaag vrijdag is.'

Secondenlang zweeg ze, toen draaide ze haar hoofd weer in zijn richting en keek hem over haar schouder met een kritisch onderzoekende blik aan. 'Of heeft hij tegen me gelogen? Als u me een groot plezier wilt doen, zeg me dan dat hij me heeft voorgelogen. Die witteschortenmaffia is één grote beproeving. Als je denkt dat ze de waarheid spreken, vergissen ze zich. En als je denkt dat ze het mis hebben, spreken ze de waarheid. Zo iemand heeft me een keer verteld dat ik een verslaafd hoertje was, zo eentje die zich alleen met geperverteerde klanten afgaf.'

Ze haalde even haar schouders op en liet ze meteen weer zakken. 'Die had het helaas ook niet bij het verkeerde einde. Die geperverteerde types betalen gewoon meer. En ik moest een heleboel geld bij elkaar zien te krijgen voor dag X. Alles hing immers van mij af. En zij eiste dat ik het deed. Ze wilde dat ik met mijn lichaam haar hart zou betalen.'

Een licht weemoedig lachje maakte haar gezicht een fractie van een seconde lang levendig. Het was meteen weer voorbij. 'Alles zou ik voor haar hebben gedaan', verklaarde ze. Als het mogelijk zou zijn geweest, had ik mijn eigen hart uitgerukt om het aan haar te geven. Dat wist ze. Ze wist een heleboel van mensen die in de goot waren beland. Ze wist ook dat ik zover afgegleden was dat het er eigenlijk niet meer toe zou doen.'

Eberhard Brauning was als verlamd. Hij stond haar slechts aan te staren en probeerde datgene te plaatsen wat ze allemaal stond uit te kramen. Hart, zusje.

Ze stond in gedachten verzonken te knikken. 'Dat kon ik echter niet voor haar doen. Ik was immers pas zestien. Ik was nog nooit met iemand naar bed geweest. De hele nacht lang heb ik liggen huilen en heb ik haar gesmeekt iets anders te verzinnen. En weet u wat ze zei? Je moet ook niet neuken, sufferd. Met gewoon geslachtsverkeer valt niet veel te verdienen. Alleen met SM verdien je geld als water en daarbij hoef je je kut niet aan zo'n smeerlap te geven. Je hoeft die ouwe knarren alleen maar flink slaag te geven, met een zweep te slaan, in hun zak te knijpen en naalden in hun pik te steken. Dat vinden ze fijn. Maar ik was ook niet in staat om oude mannen te mishandelen. Alleen het idee al!'

Ze sloeg haar hand voor haar mond. Het bedachtzame knikken ging over in een al even bedachtzaam hoofdschudden. 'Ze zei dat ik daarbij gewoon aan vader moest denken. Aan hoe hij zich aan mij had staan opgeilen. Toen ik haar liet zien hoe hij aan mijn broekje voelde, had ze enkel willen voorkomen dat ik hysterisch werd, zei ze. Dat was de enige reden waarom ze had gezegd dat er geen kwaad in school. Maar om te kunnen constateren of ik in bed had geplast, was het niet nodig om me tussen mijn benen te grijpen. Eén blik op het laken was voldoende geweest. Toen ze dat zei, wist ik dat ze een loeder was. Maar iedereen probeert het op zijn eigen manier, niet dan? Zij wilde toch ook alleen maar leven.'

Eberhard Brauning wist zichzelf tot een instemmend knikje te bewegen en zei: 'Dat willen we immers allemaal.'

Ze knikte ook. 'Had ik het maar gedaan. Een heleboel mensen

willen dat immers echt. Je doet hun alleen een plezier als je hen vernedert en pijn doet. En op die manier had ik op een legale manier van haar af kunnen komen. Ik moest me toch op de een of andere manier van haar zien te ontdoen. Uit zichzelf zou ze nooit gestorven zijn. Na een operatie had ze echter op zichzelf verder kunnen leven. Dan zou ze mij niet meer nodig hebben. Waarom heb ik het niet gedaan toen het nog kon? Waarom kreeg ik het pas voor elkaar toen ze dood was? Wat denkt u, kwam dat door mijn kwade geweten? Wilde ik twee vliegen in een klap slaan? Me bij mijn vader verontschuldigen en tegelijkertijd kunnen zeggen: Hallo, jij daarboven, kijk eens naar beneden. Zie je wel dat ik het doe? Ik doe het voor jou.'

Ze keek hem aan en diep in die glazen ogen gloeide een vonk op. Het was geen leven wat daar gloeide, het was slechts pijn – als een vonk uit de hel.

'Ik heb het gedaan', zei ze met een diepe zucht. 'Niet op de manier die zij had voorgesteld. Dat zou ik nooit hebben gekund, mannen met een naald steken. Ik heb de zaak omgekeerd en hun mijn huid aangeboden. Dat kon ik echter ook niet aan. En om die smeerlapperij uit te kunnen houden, ben ik aan de drugs gegaan. Klinkt logisch, hè? Ik bedoel, het klinkt heel logisch. Maar de chef gelooft het niet. Gelooft u het wel?'

Eberhard Brauning had het liefst op de deur willen bonzen om te worden bevrijd. Weg van de blik van die ogen die nu nog heviger gloeiden, weg uit dit vertrek, indien mogelijk ook verlost worden van de verdediging van deze cliënte. Hij zag de notitie voor zich. Hart- en nierinsufficiëntie! Dat was vermoedelijk een vergissing geweest – niet de enige vergissing in deze zaak. En deze zaak had hij zich nog wel zelf op de hals gehaald.

Hij klopte niet op de deur, begon slechts in gedachten te fluiten. Een vrolijk deuntje! 'Ik heb vadertje Rijn in zijn bed gezien'. Hoe hij daarop kwam, wist hij niet. Hij werd vroeger als kind al rustig als hij in gedachten een liedje floot.

De bedden in het vertrek waren keurig opgemaakt. Alleen aan de slopen was te zien dat er iemand in had geslapen. Ze waren even vlekkerig en gekreukt als de kleren van Cora Bender.

Ze zweeg minstens een minuut lang. Het viel hem pas op toen ze zijn ogen volgde, begon te grijnzen en met een spottende ondertoon vroeg: 'Het ziet ernaar uit dat ik hier niet de enige ben, hè? Laat u zich door die bedden niet om de tuin leiden. Dat doen ze slechts om mij te misleiden. Tot nu toe heb ik behalve het verplegend personeel, de professor en de chef nog geen mens gezien. Ik vermoed dat ze willen testen of ik ze nog wel allemaal op een rijtje heb of dat ik met mensen begin te praten die helemaal niet bestaan.'

Hij was absoluut niet voorbereid op deze totale verandering. Haar stem en zelfs haar blik waren plotseling die van iemand die plezier heeft. Ze hadden haar een poets gebakken en hadden nog niet gemerkt dat ze alles allang doorhad. En dus kon ze lachen omdat de anderen zo dom waren.

Laconiek haalde ze haar schouders op en bond wat in: 'Maar misschien komt het ook omdat ik zoveel slaap. Ik hoef maar te gaan liggen en twee minuten later ben ik vertrokken. En zelfs als u een kanon naast me afschiet, word ik niet wakker. 's Morgens moeten ze me altijd wakker schudden. De professor vindt het een slecht teken dat ik zoveel en ook nog zo graag slaap. Hij heeft wel eens gelezen dat slaap het kleine broertje van de dood is.'

Ze lachte vrolijk. 'Onzin, kleine broertjes hebben me nooit geïnteresseerd. Jarenlang heb ik in dezelfde kamer geslapen als mijn grote broer. En ik was ook nog blij toen vader naar de kamer naast ons vertrok en de grote broer bij mij op de kamer kwam. Soms ben je zo stom dat het verboden zou moeten worden.'

Eberhard Brauning had al een zucht van verlichting geslaakt en zocht een goed begin voor de toespraak die hij tevoren voor haar had bedacht. Toen knipperde ze plotseling met haar ogen en haar stem klonk weer even verdoofd en apathisch als in het begin. 'Neemt u me niet kwalijk. U weet waarschijnlijk niet eens waar ik het over heb. Af en toe weet ik dat zelf ook niet. Mijn hoofd is niet altijd even helder. Ze stoppen me hier continu vol met troep. De professor beweert dat het alleen psychofarmaca zijn om mijn depressie tegen te gaan. Het is een stelletje leugenaars hier, dat zal ik u vertellen.'

Haar schouders spanden zich en ook haar stem verstrakte. 'Maar ik sla me er wel doorheen', verklaarde ze. 'Dat heb ik altijd al gedaan. Vroeger zei ik dikwijls dat ik automatisch twee stappen naar voren doe als iemand me een schop tegen mijn achterwerk geeft. Dat is daar de logische consequentie van of vindt u van niet?'

Dat laatste klonk alweer klaarwakker en bij de volgende zin kwam er een scherpe, spottende klank in haar stem. 'Trekt u nou toch niet zo'n bang gezicht. Ik ben niet gek. Ik doe alleen maar of ik gek ben. Hier is het handig als je gek bent. Dat heb ik algauw ontdekt. Je kunt de grootst mogelijke onzin uitkramen en als antwoord op elke vervelende vraag een hoop nonsens opdissen. Dat vinden ze leuk. Dat hebben ze nodig voor hun zelfbevestiging, per slot van rekening verdienen ze daar hun geld mee. Maar wij moeten als verstandige mensen met elkaar praten. U mag alleen niemand vertellen dat ik dat nog kan. Ik neem aan dat u als advocaat zwijgplicht hebt. Alleen heb ik u niet nodig. Het spijt me dat ik u voor niets heb laten komen.'

Eberhard Brauning wist niet meer waar hij het zoeken moest. Hij wist niet wat hij van haar gezwam moest vinden en evenmin hoe hij erop moest reageren. 'De rechtbank heeft mij aan u toegewezen om u te verdedigen', herhaalde hij zwakjes.

Ze haalde spijtig haar schouders op, haar geelgroene gezicht straalde arrogantie uit. 'En hoe komt de rechtbank erbij dat ik wil worden verdedigd? U kunt aan mij niets verdienen, beste man. Zegt u maar tegen de rechtbank dat ik u eruit heb gezet. U mag ook zeggen dat u van mening bent veranderd nadat u met mij hebt gesproken.'

'Dat is onmogelijk, mevrouw Bender', verklaarde hij. 'U moet een advocaat hebben en...' Verder kwam hij niet.

'Onzin', viel ze hem achteloos in de rede. 'Ik heb niemand nodig. In mijn eentje red ik het het beste. Ik ben namelijk nooit alleen. Kent u "De tovenaarsleerling"?'

Toen hij met een verbluft gezicht bevestigend knikte, legde ze uit: 'Ik heb de geesten niet opgeroepen. Dat heeft de chef gedaan. Die ploert heeft ze allemaal om de beurt uit de hel opgeroepen. Nu heeft hij me ook Magdalena nog op mijn dak gestuurd. Ik wist dat dat zou gebeuren als ik hem bij haar in de buurt zou laten komen. Daarom heb ik hem bij haar weggehouden. Maar toen heeft hij een gesprek gehad met Grit. En ik weet niet hoe ik weer van haar af kan komen. Van de anderen heb ik ook niet meer af kunnen komen. Johnny, Bokkie en Tijger. Ik weet niet hoe ik aan hen ben gekomen. En ik weet – verdomme nog aan toe – niet waar ik hen moet wegstoppen om te voorkomen dat ze mijn hele verstand aan gort trappen.

Ze stompte met haar vuist in haar hand, haalde diep adem en glimlachte weer. Het was geen arrogant lachje meer; het was nog slechts deerniswekkend. 'Met zo'n gezelschap ben je hier in goede handen, neemt u dat maar van me aan. Het was mijn ideaal absoluut niet om in het gekkenhuis te eindigen. Maar een mens heeft het niet voor het kiezen. En zo anders dan in de bajes is het hier nu ook weer niet. Misschien is het hier zelfs wel beter, ik krijg hier in elk geval geen mot met andere wijven. Ik slik braaf mijn pillen, ik eet mijn bordje leeg en vertel de professor wat hij wil horen. Maar daar moet het dan wel bij blijven. Als er nu ook nog iemand komt opdagen en me met zijn vragen aan mijn hoofd komt zeuren om bij de rechtbank een goed woordje voor me te kunnen doen, dan bedank ik daar feestelijk voor. Ik wil niet worden verdedigd. Dat kan ik op mijn eentje wel af.'

Het verging Eberhard Brauning precies eender als het Rudolf Grovian de eerste paar uur was vergaan. Hij zag niet hoe smal het richeltje was waar haar verstand op balanceerde. Hij voelde zich woedend worden, probeerde kalm te blijven en een zakelijk betoog te houden. 'Dat kan niet, mevrouw Bender. Voor een rechtbank kan iemand zich niet zelf verdedigen. Dat zou míj niet eens worden toegestaan als ik van een ernstig misdrijf werd beticht. Als de verdachte geen advocaat heeft gehad, is het vonnis niet rechtsgeldig en kan het te allen tijde worden aangevochten.'

Hij pauzeerde even en wachtte af of ze zou reageren. Toen ze bleef zwijgen, liep hij naar de tafel vlak bij hem en zette zijn aktetas erop. Hij deed hem echter niet onmiddellijk open maar trok alleen een van de stoelen naar zich toe terwijl hij zei: 'Zo liggen de feiten. Of we dat leuk vinden of niet, is totaal onbelangrijk. Ik ben u toegewezen als advocaat en ik mocht dat niet weigeren. Nu zou ik dat wel kunnen doen. Ik zou de rechter kunnen uitleggen dat mevrouw Bender niet wil meewerken en dat ik u zodoende niet kan vertegenwoordigen. Dat zou de rechter dan ook inzien. Hij zou me dan van mijn taak ontheffen en u een andere advocaat toewijzen. Die zou u dan natuurlijk ook kunnen afwijzen net als de derde en de vierde. Ik weet niet hoe vaak de rechter dat spelletje van u zou pikken voordat hij zijn geduld verliest. Misschien begrijpt u nu dat u maar één keuze hebt: mij of iemand anders.'

Waarom hij haar dat uitlegde, wist hij zelf niet. Het zou beslist eenvoudiger zijn geweest dat verhaal tegen de rechter af te steken. Alleen kon hij op dit moment niet onmiddellijk een reden bedenken om meteen weer spijt van zijn woorden te hebben. Hij had het gevoel dat ze hem voor de gek had gehouden en hij zou hebben gezworen dat ze met hem hetzelfde spelletje speelde als met de rechercheurs die haar hadden verhoord.

Johnny, Bokkie en Tijger! Daar leende hij zich niet voor! Ze speelde haar rol met verve, haast briljant zelfs. Maar hij had zijn hele leven – zolang hij zich kon heugen – bij Helene gewoond. En als hij iets van haar had geleerd, dan was het dit wel: iemand die zich kon verkneukelen omdat een paar sukkels braaf in de geintjes trapten die hij uithaalde, die wist precies wat hij deed.

Het was fascinerend om naar haar gezicht te kijken, de spot die haar lippen deed krullen en haar glazen ogen leven inblies. Het stond buiten kijf, ze dreef de spot met hem en had daar duidelijk pret om. Hij was ervan overtuigd dat Helene zijn indruk zou hebben bevestigd als ze erbij was geweest. Cora Bender verbeeldde zich dat ze iedereen bij de neus kon nemen.

'Dan zitten we dus allebei in hetzelfde schuitje, hè?' constateerde ze en ze kwam ook naar de tafel en ging op een van de stoelen zitten. 'Hoe gaan we nu verder? Het spijt me oprecht dat u de pineut bent. Als de zaak er echter zo voorstaat, geef ik toch maar de voorkeur aan u. Anders schepen ze me straks nog op met de een of andere ouwe knar. U ziet er in elk geval goed uit. Ik zal het u gemakkelijk maken en ervoor zorgen dat deze zaak niet te veel van u vergt. Ik ben schuldig. Daar valt niet aan te tornen. Ik ontken niet, ik beken alles maar ik ben niet van plan om verder nog iets te verklaren. Is dat genoeg?'

Eberhard Brauning ging nu eindelijk zitten, opende zijn tas, haalde het dossier eruit en legde het voor zich op tafel. 'Dat is genoeg om te worden veroordeeld', zei hij terwijl hij zijn hand op het dossier legde. 'Dit hier ziet er niet goed voor u uit.'

Ze grijnsde opnieuw. 'Dat ben ik gewend. Bij mij heeft nog nooit iets er goed voorgestaan. Stopt u het maar weer weg, ik weet wat er in staat. Heel nauwkeurig toegebrachte steekwonden! En nog zo het een en ander meer. Joost mag weten wat de chef verder allemaal nog heeft opgerakeld. En als de professor klaar met me is, wil hij ook gegarandeerd nog een fraai verslag schrijven voor de officier van justitie. Misschien is hij u ter wille en meldt hij enkele verzachtende omstandigheden.'

Met een diepe zucht voegde ze eraan toe: 'We zullen wel zien. Als we alles bij elkaar hebben moet u maar gaan nadenken over hoe u het gaat aanpakken. Dan moet u nog maar een keer hier komen en dan zullen we alles in alle rust bespreken. Misschien ben ik tegen die tijd ook een beetje wijzer. Op dit moment is dit tijdverspilling voor ons allebei.'

Ze wierp een verlangende blik naar het raam, haar stem kreeg een zware, melancholieke klank. En eventjes dacht Eberhard Brauning weer dat ze uitsluitend wilde bewijzen hoe capabel ze was.

'Ik moet namelijk een beetje op mijn woorden letten', legde ze uit. 'Hebt u wel eens het gevoel gehad dat u uw verstand met beide handen bij elkaar moest houden? Daar ben je behoorlijk druk mee, neemt u dat van me aan. Ik durf nauwelijks nog na te denken. Soms moet ik wel drie keer naar die tralies kijken om te beseffen dat ik niet thuis ben. Het is allemaal zo echt, alsof ik er middenin sta. Ik breng haar naar bed, sta met haar in de badkamer, voel hoe ze achter me zit in de keuken. Ik weet niet wat ik daarmee aan moet. Waarom moet ik dat allemaal nog een keer meemaken? Ik had er zo veel afstand van genomen en de deur heel stevig op slot gedaan. De chef heeft die deur ingetrapt. Hij had me niet mogen bedreigen. Toen is het begonnen.'

Verbaasd schudde ze haar hoofd en corrigeerde zichzelf: 'Nee, aan het meer is het al begonnen. Maar daar heb ik alleen frambozenlimonade geroken en dat kruisje gezien. En nu ruik ik zijn bloed en zie ik de drie grote kruisen. Het doet er niet toe waar ik naar kijk, ik zie ze overal. En aan dat kruis in het midden hangt iemand die zonder zonden is.'

Het stuitte hem tegen de borst dat hij haar monoloog moest onderbreken. Maar tegenover hem hoefde ze echt niet zo'n show te geven. Het was de hoogste tijd om haar dat aan het verstand te brengen. 'Wie heeft u bedreigd en waarmee?' informeerde hij.

Ze bleef naar het raam kijken. Haar gezicht had weer dezelfde apathische uitdrukking als in het begin. 'De chef', mompelde ze en ze zei daarna op iets luidere toon: 'Hij heet Rudolf Grovian. Een vasthoudende vent, dat mag u van me aannemen. Hij heeft me verteld dat hij het meisje met de gebroken ribben heeft gevonden.'

Haar blik richtte zich weer op hem en haar ogen waren weer van zuiver glas. 'Afschuwelijk, nietwaar?' Ze knikte heftig. 'Maar daar is niets aan te doen. Hij doet gewoon zijn werk. Ik weet dat ik niet het recht heb om me over hem te beklagen. Dat ben ik ook helemaal niet van plan. Maar hij heeft inmiddels al zo veel feiten verzameld, dan zou hij me nu toch met rust kunnen laten. En dat zal hij niet doen. Hij houdt niet op voordat hij me helemaal kapot heeft gemaakt. Ik ga hier kapot.'

Haar stem bezorgde hem koude rillingen. De laatste zin was nog slechts een hees gefluister. Ze sloeg met haar vuist op haar borst. Secondenlang kneep ze haar ogen tot spleetjes alsof ze hevige pijn had. Toen kreeg ze zichzelf weer onder controle.

'Ik kon hem wel wurgen. Ergens mag ik hem echter wel. De Verlosser heeft altijd gezegd: Heb uw vijanden lief. De chef was mijn eerste vijand. Terwijl ik me aanvankelijk zo sterk voelde. Daar lag die man te bloeden en hij was dood en ik voelde me geweldig. Ik voelde me een soort Goliath. Ik was Goliath. Ik was zo groot dat ik het mes op de hoge tafel kon zien en het kon pakken. En toen kwam die kleine David en zei dat hij mijn vader moest spreken. Toen ben ik helemaal overstuur geraakt. En het gekke was dat ik hoe langer hoe meer zag naarmate ik meer vertelde. Dat schilderij met die verfklodders en de groene steentjes op de vloer en de dikkerd met het meisje op de trap. En nu zie ik de drie kruisen. Ik weet dat ik een onschuldige man heb vermoord. En ik ben bang. Ik ben doodsbang voor de woede van zijn vader.'

Eberhard Brauning kon zich er niet toe zetten datgene te doen wat hij zich had voorgenomen: haar bij de les houden. Hij wou dat Helene in de buurt was om hem te zeggen hoe zij erover dacht en hoe hij zich moest opstellen.

Cora Bender perste haar lippen opeen en sloeg beide handen voor haar gezicht. Intussen fluisterde ze: 'Soms, 's nachts, als ik denk dat ik slaap, komt hij bij mijn bed. Ik zie hem niet, ik voel alleen dat hij er is. Hij buigt zich over me heen en zegt: Mijn zoon had geen schuld aan deze ramp. Hij heeft alles gedaan wat in zijn vermogen lag. Telkens als hij dat zegt, wil ik schreeuwen: Je liegt! Maar dat lukt niet. Ik krijg mijn mond niet open. Ik slaap immers.'

Na een eeuwigheid legde ze haar handen weer in haar schoot. Haar gezicht leek op de voorstelling die hij als kind van geesteszieken had gehad.

'Maakt u zich geen zorgen', mompelde ze uitgeput. 'Ik weet hoe dit klinkt, maar ik weet ook wie ik dit mag vertellen en wie niet. Bij de professor rep ik met geen woord over de Verlosser en de boetende Magdalena. Aanvankelijk wilde ik echt niets met haar te maken hebben. Maar toen waste ze zijn voeten en werd alles anders. Bent u een beetje bijbelvast?'

Bij het stellen van die vraag keek ze kritisch en zakelijk uit haar ogen, de blik van een deskundige die een leek iets aan het verstand probeert te brengen. Onwillekeurig trokken zijn schouders zich weer samen. 'Een heel klein beetje', zei hij.

'Mocht u er vragen over hebben,' ging ze verder, 'dan kunt u ze aan mij stellen. Ik ken hem woordelijk. Ik ken zelfs de stukken die nooit zijn geschreven. Ze waste hem uitsluitend de voeten om bij mij in het gevlij te komen. Hem wilde ze vernietigen en dat heeft ze ook voor elkaar gekregen. Ik heb dat gedaan. En ik weet niet waarom. Ik weet het werkelijk niet. Dat liedje kan nooit de enige reden zijn geweest.'

Ze begon met haar vingertoppen ritmisch op het tafelblad te trommelen. 'Het was zijn liedje. En dat had ik in mijn hoofd. Hoe het daar gekomen is? Ik moet hem toch hebben gekend, denkt u niet? Waarom herinner ik me hem dan niet? Denkt u dat hij echt een klant van me is geweest? Mijn klanten kan ik me ook niet herinneren. Alles wat sinds haar dood is gebeurd, is weg. Ik heb het zo diep weggestopt dat ik er niet meer bij kom. Ik heb mijn hele brein al overhoop gehaald en ik heb niets kunnen vinden. Misschien lag het hier achter.'

Ze tikte met een vinger tegen haar voorhoofd onder haar pony. 'En dan kan ik tot mijn dood blijven graven zonder iets te vinden. Eerst heeft hij me daar geslagen, dat weet ik nu weer. En toen nog een keer tegen de zijkant van mijn hoofd. Toen werd alles donker. Ze zullen wel gedacht hebben dat ik dood was. Ze hebben me het huis uit gezet. Wat denkt u, moet ik het de professor precies zo vertellen als ik het de chef heb verteld? Dat zou misschien wel goed zijn, dan rammelt mijn verhaal niet. Je moet zorgen dat je nooit in tegenstrijdigheden verwikkeld raakt, dan ben je er meteen gloeiend bij.'

'Wat hebt u de chef dan verteld?' informeerde Eberhard Brauning aarzelend.

'Nou ja, dat met die twee mannen terwijl Frankie op de bank zat. Staat dat niet in uw dossier?'

Hij schudde zijn hoofd.

'Vreemd', vond ze. 'Ik had niet gedacht dat hij zo slordig was.' Toen werd ze enthousiast. 'Ik heb gezegd dat het vrienden van Frankie waren en dat het meisje wilde dat ik hen allebei tegelijk met me tekeer liet gaan. Dat verhaal wil ik graag overeind houden en ik wil eigenlijk ook verklaren dat Frankie mijn pooier was.'

'Was hij dat dan?' vroeg Eberhard Brauning.

'Natuurlijk niet', zei ze. Het klonk bijna verontwaardigd. 'Maar er is ook geen mens die het tegendeel kan bewijzen. Dat had ik al eens bedacht maar nu...' Ze stopte met een verontschuldigende glimlach. 'Nou ja, op het moment loopt de boel nogal door elkaar als ik nadenk. Maar maakt u zich geen zorgen, ik krijg het wel weer op een rijtje.'

Vervolgens ging ze wat achterover zitten en knikte diep in gedachten. 'Nu hebben we toch nog alles besproken. Nou, dan was het bezoek voor u in elk geval de moeite waard en nu hoeft u niet meer terug te komen. Ik ga nu proberen erover na te denken. Misschien kunt u nu beter weggaan.'

Dat vond Eberhard Brauning ook. Hij kon zich inmiddels enigszins in de situatie verplaatsen – niet in haar en haar motief, uitsluitend in de rechercheurs die haar hadden verhoord. Nu moest hij eerst maar eens met Helene praten.

Het was een voortdurende struikelpartij over alle brokstukken, overeind krabbelen en verder ronddolen tussen de puinhopen die ooit een deel van haar hersenen waren geweest, keurig door een muur in twee helften verdeeld. Na het bezoek van de chef was het zo erg geworden dat ze zichzelf helemaal kwijt was. Af en toe vond ze een stukje van zichzelf terug maar dat was dan meestal een deel dat uit een andere tijd stamde.

Toen haar advocaat verscheen, kwamen uit de chaos een paar stukken van de Cora tevoorschijn die de ouwe na de geboorte van haar kind stevig van repliek had gediend, die hem had gedwongen haar de kantoorhoek, een fatsoenlijk salaris en uiteindelijk zelfs een huis te geven. Nu verdwenen die stukken alweer terwijl hij nog tegenover haar aan tafel zat.

En ze zat weer aan het bed van Magdalena en naast Frankie aan het meer. Ze legde haar gezicht in zijn bloed om het volgende ogenblik Johnny voor in de auto naar zich te zien glimlachen en tegelijkertijd wist ze heel goed dat het nooit zo kon zijn geweest. Het had even weinig met de werkelijkheid te maken als God de Vader die zich 's nachts over haar heen boog en over de onschuld van zijn zoon tegen haar sprak als ze meende te slapen.

Ze zou dringend iemand nodig hebben gehad die haar hielp de grootste brokstukken weg te ruimen. Dat had dan echter wel een bijzonder mens moeten zijn. Iemand met begrip en vol geloof, desnoods in geesten en verlangens die in beelden veranderden. Als echt niets meer hielp, moest je daar wel in geloven. Zo'n bijzonder mens kwam echter niet. Dus probeerde ze het in haar eentje. In elk geval wat orde in de chaos scheppen opdat alles er een beetje opgeruimder uitzag.

Dat de andere bedden niet waren bedoeld om haar om de tuin te leiden, merkte ze al kort na de dag waarop ze het gesprek met haar advocaat had gehad. Hoelang daarna zou ze niet hebben kunnen zeggen. Alle dagen waren eender. Dat was echter maar bijzaak. Ze had met de andere vrouwen niets te maken. In tegenstelling tot haar genoten zij nog een zekere mate van vrijheid. Zelf mocht ze de kamer alleen verlaten als ze weer voor een zitting naar de professor moest. De angst voor hem behoorde algauw tot het verleden. Ze kon prima met hem overweg en ze ontdekte al snel wat hij wilde horen. Uiteindelijk spraken ze zelfs over Magdalena omdat ze ervan uitging dat hij dat sowieso van de chef te horen zou krijgen.

En dat Magdalena dood was gegaan, was de schuld van Frankie. Zo had ze het per slot van rekening met haar advocaat besproken. De professor geloofde haar niet onmiddellijk, want Frankies vader was een collega van hem. Hij was ook hoogleraar. Er was toch geen enkele reden waarom een knappe jongen van goede familie als pooier moest werken, zei hij.

Iets dergelijks had ze ook al eens bedacht. Wat ze bedacht had, telde inmiddels echter niet meer. Het enige wat nu nog telde, was dat ze haar gedachten bij elkaar hield als een kudde angstige lammeren om te voorkomen dat ze er opeens vandoorgingen. Helaas was dat meestal het geval als de wolven haar achternazaten. Dat gebeurde echter niet in het gesprek over Frankie, de pooier. Toen wist ze de kudde met harde hand bijeen en de wolven op afstand te houden.

Waarom niet, wierp ze tegen. Frankie vond het gewoon tof om als souteneur op te treden voor iemand die naar zijn pijpen danste. Natuurlijk had hij daar nooit met zijn vader over gesproken. Niemand wist er iets van. Het was echter wel degelijk zo! Hij had haar die bewuste avond in augustus opgepikt. Hij eiste van haar dat ze met twee mannen tegelijk naar bed ging.

Hij had veel van haar geëist, te veel. En toen Magdalena dood was, toen ze hem bitter hard nodig had gehad, werd ze hem te lastig. Hij koos een nieuwe vriendin. En toen ze niet uit vrije wil vertrok, gaf hij zijn vrienden de opdracht haar een lesje te geven dat haar zou heugen. Hij liet haar in elkaar slaan terwijl hij toekeek. Zijn nieuwe vriendin ook.

Als haar advocaat het gesprek had kunnen horen, dan zou hij trots op haar zijn geweest. Hoewel de professor de deskundige was, kon je hem even gemakkelijk iets voorliegen als moeder. In niet meer dan drie zittingen wist ze hem ervan te overtuigen dat Frankie haar pooier was geweest, weidde over allerlei details uit, maakte het verhaal hier en daar mooier dan het was en diste alle gruwelen op die maar in een brein kunnen opkomen. De duiveltjes met hun roodgloeiende tangen stonden model voor geperverteerde klanten.

Als de professor genoeg had gehoord, liet hij haar naar haar kamer terugbrengen. En daar was ze een geesteszieke, daar mocht ze zich laten gaan en dat deed ze ook. Als er geen mens bij haar in de buurt was, deed het er niet toe waar ze stond en of ze zelf nog wel aanwezig was. Er waren voldoende andere mensen. Moeder en vader, Magdalena en Johnny, Bokkie en Tijger, Frankie en een dokter en de angst en de schaamte en het schuldgevoel.

Af en toe kwam iemand van het verplegend personeel binnen. Omdat ze hen hoorde binnenkomen, wist ze precies hoe ze zich te gedragen had. Ze sprak heel normaal met hen en beperkte zich daarbij tot gemeenplaatsen om maar geen fout te maken. Ze zei bijvoorbeeld: 'Wat schaft de pot vandaag? Het ruikt weer heerlijk!' Dan bekeek ze de prak en zei: 'Ik wou dat ik wat meer trek had. Maar ik heb nooit van mijn leven veel gegeten.'

Af en toe vroeg ze ook: 'Zou ik misschien eens een lekker sterke kop koffie kunnen krijgen? Ik ben altijd zo moe. Een kop koffie zou me echt goed doen.'

Zo moe als ze veinsde te zijn was ze helemaal niet want ze slikte de voorgeschreven medicijnen alleen 's avonds nog. Daarna viel ze meteen in slaap en hoefde zodoende niet met de andere vrouwen van gedachten te wisselen. Dan zou de kans bestaan dat iemand vroeg waarvoor ze hier was. Wat 's morgens op het dienblad lag, liet ze echter verdwijnen. Het verplegend personeel was nonchalant en zelf was ze bijzonder overtuigend.

Zonder medicijnen had ze de situatie bovendien beter in de hand, was ze in staat vader om vergeving te vragen en moeder enthousiaste verhalen te vertellen over het oog van God in de vrije natuur en Magdalena over gepassioneerde vrienden en de vliegreis naar Amerika. Alleen met Frankie en de andere jongemannen sprak ze geen woord. Als Frankie haar met zijn om vergeving vragende blik aankeek, werd haar keel dichtgesnoerd. Hij moest hebben geweten dat hij als offerlam was geboren om met zijn bloed haar zonden te delgen. Hoe was zijn blik anders te verklaren?

Als het erop aankwam was het misschien nog niet eens zo gek wat moeder had gepreekt. Als hij tweeduizend jaar geleden ten hemel was gestegen, wie of wat zou dan kunnen verhinderen dat hij naar de aarde terugkeerde om nog eenmaal te helpen, te verlossen? Om haar een paar minuten van absolute vrijheid te laten voelen. Misschien had hij maar één reden gehad om met die witblonde vrouw naar het meer te komen: haar duidelijk maken dat Magdalena een loeder was geweest. En misschien wilde hij dat ze vocht, niet voor haar uiterlijke vrijheid maar voor de innerlijke vrijheid, voor het gevoel door hem te zijn verlost.

Deze kant van de zaak zou ze graag met haar advocaat hebben besproken. Die zag ze echter vooralsnog niet terug. Alleen de chef kwam nog een keer en wilde met haar over koetjes en kalfjes praten. Ze schudde afwijzend haar hoofd en daar nam hij genoegen mee. Hij was ook niet in zijn hoedanigheid als politieman gekomen; hij kwam gewoon op bezoek.

En net als iedereen die bij een patiënt op bezoek komt, had hij iets voor haar meegebracht. Een tijdschrift, een fles shampoo en wat fruit. Drie appels. Golden Delicious. Geen mes. Hij was een beetje verlegen toen hij het zakje voor haar op tafel legde.

'Ik hoop', zei hij, 'dat u ze ook lekker vindt als ze niet in partjes gesneden zijn.'

Zijn verlegenheid maakte hem ongevaarlijk en gaf hem iets menselijks. De eerste vragen die hij stelde, versterkten die indruk nog. Of er al iemand op bezoek was geweest, wilde hij weten.

'Mijn advocaat is een keer hier geweest.'

Was er verder niemand op bezoek geweest?

Wie dan? Ze wist op wie hij doelde. Gereon! Dat was echter een afgesloten hoofdstuk. Het leek bijna of ze de jaren met hem slechts verzonnen had. Gezin, een baan, een kind, een huis, een prettig leven. Het was uit met die droom. Alles in haar leven eindigde op een dramatische manier, nooit was er sprake van een vervolg.

De chef had Margret weer gesproken en hij vertelde haar waarover ze hadden gepraat. Hij was weer dat hele eind naar Buchholz gereden om te informeren hoe het met vader was, omdat hij dacht dat ze daar wellicht benieuwd naar was. Natuurlijk wilde ze dat graag weten en ze was haast tot tranen toe geroerd dat een vijand zo veel edelmoedigheid en menselijke emotie aan de dag legde.

Margret was nog steeds bij vader. De chef bracht de groeten van haar over en vertelde hoe onthutst Margret reageerde toen ze hoorde dat ze niet meer in voorarrest zat maar dat ze naar de psychiatrische inrichting was gebracht. Hij herhaalde Margrets woorden letterlijk: 'Haal haar daar in godsnaam weg voordat ze echt haar verstand verliest. Hebt u wel enig idee wat u haar aandoet?'

Hij sprak daar heel open en eerlijk over en bekende dat hij daar helaas niets aan kon doen. Het hing uitsluitend van haar af; van de vraag of ze goed met professor Burthe meewerkte. Hij vroeg of ze de professor inmiddels over Magdalena had verteld.

'Ja, natuurlijk', verzekerde ze hem.

Rudolf Grovian schudde zijn hoofd. Haar glimlach sprak boekdelen. Voor hetzelfde geld had ze kunnen zeggen: 'Ik heb hem flink zitten voorliegen.' Op vaderlijke toon gaf hij haar een standje.

'Mevrouw Bender, u moet hem de waarheid vertellen om hem de kans te geven een goede indruk te krijgen. U benadeelt alleen zichzelf als u hem wat voorliegt. Uw toekomst hangt van zijn rapport af.'

Ze lachte zachtjes. 'Ik wil geen toekomst. Ik heb een even turbulent verleden als een honderdjarige. Doe Margret de hartelijke groeten van me. Ze vergist zich, het is hier toch een soort vakantie. Je wordt er niet bruin van maar verder klopt het allemaal. De service doet hier niet onder voor die in een goedkoop hotel. Iedereen is vriendelijk, niemand loopt te zeuren en niemand verwacht een fooi. Weet u, overdag heb ik zelfs een eenpersoonskamer. Ik zal u eens iets vertellen: als dit algemeen bekend wordt, zult u het nog druk krijgen. Dan zult u op een dag blij zijn als u me hier gezelschap mag houden. Hier hebt u alle rust, dat garandeer ik u. Af en toe een gesprek op niveau met een ontwikkelde man. Voor het overige kunt u zich helemaal met uw eigen gedachten bezighouden.'

'En welke gedachten komen er in u op, mevrouw Bender?'

Ze schokschouderde. 'Ach, van alles. Het liefst stel ik me voor dat niet ik degene ben die Frankie om zeep heeft geholpen maar zijn vrouw. En dat ik alleen heb geprobeerd het mes van haar af te pakken. Het zou me eerlijk gezegd liever zijn als de duiveltjes zich later om mijn zonden zouden hebben bekommerd. Ik ben Pilatus niet.'

Rudolf Grovian knikte. Hij had heibel thuis, de eerste stevige ruzie sinds tien, twaalf of vijftien jaar. Toen Mechthild begon te tieren, wist hij niet eens hoelang dat geleden was. Ze had een enorme scène gemaakt toen hij tijdens het ontbijt terloops had gevraagd of hij de reservefles shampoo uit de badkamer mocht meenemen en misschien nog een krant of ander leesvoer.

Mechthild had hem verbaasd en argwanend aangekeken. 'Wil je Hoß z'n haren wassen en hem iets voorlezen? Of wat wil je er anders mee doen? Rudi, je wilt toch niet...'

Natuurlijk wilde hij dat, hij moest dit doen. Tijdens zijn tweede bezoek in Buchholz was hij een heleboel aan de weet gekomen, veel meer dan hij had durven hopen. Het was echter nog steeds niet voldoende om het plaatje rond te krijgen. Er ontbraken nog enkele puzzelstukjes. En zij had die hele puinhoop in haar hoofd. Dat had hij Mechthild aan het verstand proberen te brengen.

Toen was het begonnen en het was geëindigd met: 'Ga maar, ga maar naar haar toe als je het niet kunt laten. Zodra je weg bent, zal ik eens opbellen dat ze je daar meteen houden.'

Toen was Mechthild de woonkamer binnengerend, had de appels van de fruitschaal gegrist en voor zijn neus op tafel gesmeten. 'Hier, neem die ook maar mee. Daar kun je de feitelijke toedracht mee reconstrueren.'

Mechthild ging van verkeerde veronderstellingen uit. Wat hij wilde reconstrueren, had niets met appels te maken, hoogstens met citroenen.

Hij begon een babbeltje, onschadelijk en onschuldig. Dat het nu echt een beetje beter ging met haar vader. Volgens de artsen had hij het ergste achter de rug. En Margret overwoog in de loop van de volgende week weer naar Keulen te komen. Toen vroeg hij of ze überhaupt met hem mocht praten. Privé-bezoek of niet, misschien had haar advocaat haar aangeraden te zwijgen.

Dat maakte haar opnieuw aan het lachen. 'Nee, die zag eruit

alsof hij zelf wel een goed advies kon gebruiken. Weet u, ergens deed hij me aan Horsti denken. Niet dat het zo'n spichtig kereltje was, maar hij was even verlegen en even gemakkelijk te imponeren.'

Eigenlijk had Rudolf Grovian nog een poosje over haar advocaat willen kletsen. Eberhard Brauning, de naam had hij van de officier van justitie gehoord; de naam zei hem echter niets. Hij zou graag weten of Eberhard Brauning zo'n go-getter was. Sommige pro-Deoadvocaten waren van die gedreven raadslieden die alles voor hun cliënten deden wat maar mogelijk was.

Mechthild vond dat Cora Bender zo'n gedreven raadsman nodig had, die er primair voor zorgde dat een bepaalde politieman wegbleef bij zijn cliënte. Omdat die bepaalde politieman bijna zelf zijn verstand begon te verliezen. Dat was misschien het goede van de heibel thuis, dat Mechthild zich uitsluitend zorgen maakte om hem. 'Je sloopt je uit, Rudi. Je raakt er hoe langer hoe meer bij betrokken. Moet je eens zien hoe je eruitziet! Mijn hemel, je bent geen vijfentwintig meer, je hebt je slaap nodig.'

En de laatste paar nachten had hij niet al te veel slaap gekregen. Er ging te veel in zijn hoofd om! Met liefde had hij een paar van die gedachten aan iemand anders doorgegeven. Aan haar advocaat bijvoorbeeld. Dat ze hem, de politieman, de toegang tot haar laatste reserves ontzegde, was te begrijpen. Hij was van meet af aan de agressor geweest. Maar een advocaat, een bekwame man die haar van meet af aan voorhield: Ik sta aan jouw kant.

Wat ze zojuist had gezegd, klonk niet naar bekwaamheid en suggestieve kracht. En Horsti was vandaag het tweede onderwerp. Hij ging er dankbaar op door, blij dat hij zich niet in allerlei bochten hoefde te wringen om haar zover te brengen.

Hij had dat hele eind naar Buchholz niet opnieuw afgelegd om met Margret te praten of om naar de toestand van haar vader te informeren. Er viel ook weinig meer te informeren. Wilhelm Rosch was dood. Margret was op zoek naar een verpleeghuis voor haar schoonzus. Je kon haar verzorging niet duurzaam aan de buurvrouw overlaten. Hij had het echter niet over zijn hart kunnen verkrijgen om haar dat te vertellen. Daar had professor Burthe hem niet speciaal op hoeven attenderen. 'Mevrouw Bender zou dat niet kunnen verwerken.' Natuurlijk niet! Horsti was goedgekeurd als onschuldig gespreksonderwerp.

Het had hem weinig moeite gekost om Horsti op te sporen, hij had alleen wat navraag moeten doen. Melanie, de dochter van Grit Adigar, die inmiddels uit Denemarken was thuisgekomen, had hem verder geholpen. Ze herinnerde zich dat Horsti's achternaam Cremer was en wist ook waar hij te vinden was. In Aschendorf, een dorpje in de buurt van Buchholz. Melanie wist nog meer te vertellen.

Ze hadden gedrieën in een lichte, modern ingerichte woonkamer gezeten terwijl Melanie Adigar een beroep op haar geheugen deed.

Ze had Cora één keer samen met Johnny Guitar in de Aladin gezien, op Magdalena's verjaardag. Op dat punt deed Grit Adigar een poging om haar dochter tegen te spreken. 'Je zult je wel vergissen. Die dag is ze gegarandeerd niet uitgegaan.'

Melanie zei met een verwijtende ondertoon in haar stem: 'Mama, ik weet toch wat ik heb gezien. Ik stond er ook van te kijken. Maar ik heb haar zelfs gesproken toen. Ze was alleen en…' Op enigszins jaloerse toon had ze verder gesproken. Johnny Guitar, een blonde adonis, een boeiende man. Ook Melanie zou hem niet hebben versmaad. Hoewel een flinke dosis terughoudendheid bij hem zeker aan te raden was! Hij sleepte immers altijd die kleine dikkerd met zich mee.

En Melanie had ooit meegemaakt hoe een meisje na een rendez-vous met dat tweetal was teruggekomen in de Aladin. Huilend! Het meisje was hem met een paar andere meisjes naar het toilet gesmeerd. Melanie was het groepje uit nieuwsgierigheid achterna gegaan en ze had tussen talloze snikken het volgende opgevangen: 'Wat een smeerlap! Hij deed helemaal niets. Hij liet hem gewoon zijn gang gaan. Die twee ga ik bij de politie aangeven.' Een andere stem adviseerde haar: 'Ik zou mijn mond maar houden als ik jou was. We hadden je gewaarschuwd en je bent uit vrije wil bij hen in de auto gestapt.'

Ze hielden allemaal hun mond. Toch was het voor Johnny moeilijker geworden, hij had minder succes dan voorheen. Het was wel zeker dat het nog slechts een kwestie van tijd was voordat hij een ander jachtterrein zou moeten zoeken. Dat ook Cora te horen had gekregen welk risico je met hem liep, viel te betwijfelen omdat Cora immers altijd met Horsti was.

Die bewuste avond niet. Johnny nam die gelegenheid prompt te baat. En Cora was smoorverliefd, volledig de kluts kwijt. Ze dansten en vrijden. Melanie hield hen in de gaten en was vastbesloten Cora te waarschuwen voordat ze zich door Johnny zou laten overhalen om een ritje te maken. De wonderen waren echter de wereld nog niet uit. Die avond had de kleine dikkerd ook eens een keer mazzel. Melanie zag hem ook dansen, bijna ononderbroken en steeds met hetzelfde meisje. Ze was voor het eerst in de Aladin, blond en een beetje mollig maar heel klein van stuk. Echt iets voor die kleine dikkerd.

'We zijn om halfelf weggegaan', zei Melanie Adigar. 'Toen danste hij nog steeds met haar. En Cora met Johnny. Ik had geen zin om de pret voor haar te bederven. Ik dacht dat er niet al te veel kon gebeuren omdat ze met hun vieren waren. Het was de laatste keer dat ik Cora heb gezien. Johnny en zijn vriend zijn daarna nooit meer komen opdagen.'

Horst Cremer had die informatie bevestigd en nog aangevuld. Het tweede weekend van mei had hij Cora voor het laatst gezien. Toen had ze tegen hem gezegd dat ze hem pas over twee weken weer kon zien. Een speciale reden had ze niet genoemd, hij wist zeker dat ze er met geen woord over had gerept dat het met haar zusje slechter ging dan normaal. Ze had echter maar hoogstzelden over haar zusje gepraat.

Op 16 mei bleef Horst Cremer thuis. Op 23 mei wachtte hij in de Aladin tevergeefs op Cora. Twee avonden lang hing hij in de buurt van haar ouderlijk huis rond in de hoop haar te zien en van haar te horen te krijgen waarom ze niet was gekomen. Ook tevergeefs. Omdat hij zo verlegen was en vanwege de vreselijke verhalen die ze over haar strenge vader had verteld, durfde hij niet aan te bellen.

De laatste zaterdag in mei had Horst Cremer zijn geluk nogmaals in de Aladin beproefd. Cora kwam niet opdagen. Hij vroeg aan deze en gene waar ze uithing en kreeg te horen dat ze hem op 16 mei met een ander had belazerd. Melanie Adigar was niet de enige die had gezien dat ze iets met Johnny was begonnen. Er waren een paar mensen die hadden gezien dat Cora later die avond bij Johnny en zijn kleine, dikke vriend in de auto was gestapt – samen met nog een meisje waarvan echter niemand wist wie ze was!

Rudolf Grovian had toen hij dit hoorde onmiddellijk aan het skelet moeten denken dat op het militaire oefenterrein was gevonden. Vanwege de uitspraak: als ze met hun vieren zijn, kan er immers niet veel gebeuren.

Wat voor auto het was geweest, viel niet meer te achterhalen. Melanie Adigar kon het zich niet precies herinneren. 'Ze hadden niet altijd dezelfde auto bij zich. Best mogelijk dat ze een keer met een zilverkleurige Golf zijn gekomen. Dan moet dat wel een auto van de dikkerd zijn geweest. Johnny was gek op luxe karretjes, Porsche of Jaguar. Ik heb hem een keer uit een Citroën Ami zien stappen. Geen idee wat voor type. Het was een lichtgroene, dat weet ik nog, met enorme spoilers, een oldtimer, echt een auto om de blits mee te maken. Toen dacht ik nog, die vent heeft vast een rijke pappie. Of zijn vader zit in de autoverhuur.

Ook Horst Cremer kon geen inlichtingen over de auto geven. Hij had niet over een bepaald merk horen praten. Ze zeiden gewoon dat ze bij Johnny was ingestapt. Horsti had aanvankelijk zijn verdriet weggedronken. Tot half juni werd hij heen en weer geslingerd tussen ontgoocheling en de hoop dat Cora bij hem terug zou komen. Johnny stond erom bekend dat hij alleen naar Buchholz kwam voor een snelle wip.

Horsti ging elk weekend naar de Aladin en bespiedde haar ouderlijk huis avond aan avond. Op een zondag eind juni zette hij alles op alles. Het volstond voor hem niet meer om op de hoek van de straat te blijven staan. Hij belde aan.

Tegen Rudolf Grovian had hij gezegd: 'Toen deed er zo'n oud wijf open, zo'n slonzig spook. Ik vroeg haar waar Cora was en ze zegt tegen me: In dit huis bestaat er geen Cora meer. Mijn dochter is verdwenen. Ik dacht nog: dat hoor ik niet goed.'

Dat had Rudolf Grovian ook gedacht. Verdwenen! Eind juni al? Terwijl haar tante en de buurvrouw ervan overtuigd waren dat Cora tot 16 augustus geduldig aan het bed van haar stervende zusje had gezeten!

Zowel Grit Adigar als Margret Rosch waren daar evenwel plotseling niet meer zo van overtuigd. Na de verklaring van haar dochter begon Grit Adigar terugtrekkende bewegingen te maken. Ze was immers tussen mei en augustus niet bij de buren geweest. En ergens was het wel raar nu ze er eens goed over nadacht. Alsof Wilhelm het opeens niet meer goedvond dat ze zomaar binnenwipte. Ze had er niets achter gezocht toen hij haar in de keuken afwimpelde. Ze had hem geloofd toen hij met een zorgelijk gezicht naar het plafond keek en mompelde: 'Cora zit continu boven.' Waarom zou Wilhelm hebben gelogen?

Dat vroeg Margret zich ook af. Als Cora, zoals Rudolf Grovian vermoedde, op 16 mei al was verdwenen, waarom had Wilhelm toen hij haar op 17 mei belde, dan alleen maar gesproken over verkeerde vrienden?

Wilhelm konden ze het niet meer vragen. Rudolf Grovian had zijn geluk bij Elsbeth Rosch beproefd. Onder vier ogen! Margret, die na het overlijden van haar broer haar intrek in het huis had genomen, ging onder protest de keuken uit. En hij kreeg te horen dat Magdalena zich tot volle schoonheid had ontwikkeld en nu aan de voeten van de Heer zat nadat elke smet en elke zondige gedachte uit haar aardse lichaam was weggerot.

Het had niet veel zin. Het eerste moment dacht hij dat Elsbeth zich haar oudste dochter niet meer herinnerde. Daarna vertelde ze hem echter over het satansgebroed dat hen allen om de tuin had geleid. Dat in de tempel der zonde rondhing in plaats van tot inkeer te komen. Dat het lijdende schepsel in het verderf had gestort omdat het te zeer verblind was door de begeerten des vlezes. Op welk moment het satansgebroed het ouderlijk huis de rug had toegekeerd, wist Elsbeth niet.

Dat gezwets van haar kon hij rustig vergeten. Dan leverden de beide andere verklaringen meer op. Helaas waren die voor de rechtbank van nul en gener waarde. Wat Horst Cremer naar voren kon brengen, had hij van horen zeggen, via via. Hij herinnerde zich niet eens meer wie hem destijds op de hoogte had gebracht van Cora's trouweloosheid. En Melanie Adigar had niet gezien of Cora die bewuste avond in mei alleen of samen met Johnny, de kleine dikkerd en het onbekende meisje uit de Aladin was vertrokken.

Dat hij haar jeugdvriendje had gesproken, scheen ze leuk te vinden. Haar stem klonk zwaar van melancholie: 'Hoe is het met hem? Wat doet hij tegenwoordig? Is hij getrouwd?'

Ze liet hem verslag uitbrengen, wilde weten of Horsti had geïnformeerd hoe het met haar was. Toen begon ze zelf te vertellen. Over de avonden in de Aladin, waar ze de ene keer hadden gedanst en de andere keer samen in een hoekje hadden gestaan. Horsti was dol op liedjes van Udo Lindenberg, niet zozeer op zijn rocknummers maar wel op zijn rustige ballads. *'In den dunklen, tiefen Gängen der Vergangenheit. Ein Hauch Erinnerung treibt durch das Meer der Zeit.'** En nu liep zij op de tast door die donkere gangen. Af en toe gutste de tijd als een koude golf over haar heen.

Rudolf Grovian haalde heel even zijn schouders op, hij liet haar maar praten en brak zich het hoofd over de vraag hoe hij de klip die Magdalena was, zou kunnen omzeilen en desondanks op 16 mei kon aansturen. Alleen over het gebeuren in de Aladin en de korte scène op het parkeerterrein wilde hij met haar praten,

---

* 'In de duistere, diepe gangen van het verleden. Een zweem van herinnering drijft op de zee van de tijd.'

over iets anders niet. Hij wilde haar in geen geval weer achter haar muur jagen zoals tijdens hun laatste gesprek toen hij een vol kwartier had zitten kijken hoe ze daar hoofdschuddend tegenover hem stond. Toen pas had hij begrepen dat ze zich in haar eigen wereldje had teruggetrokken.

Hij hoefde slechts te weten wat er verder was gebeurd tussen haar en Johnny. Er moest meer zijn voorgevallen. Het was de enige mogelijkheid: dat Johnny een en dezelfde was als Hans Böckel. Böckel versierde de meisjes, beleefde zelf zijn lol aan hen en zorgde dat zijn vrienden niets tekortkwamen. En als het haar precies zo was vergaan als dat meisje dat Melanie Adigar op het toilet had horen snikken, vielen de puzzelstukjes op hun plek.

Door haar grote liefde aan twee andere mannen uitgeleverd. Stel dat de dikkerd die avond ook een meisje bij zich had, dan was er altijd nog Georg Frankenberg. En al was Frankie nog zo'n gereserveerde en serieuze knaap geweest – menigeen zou zich hebben laten meeslepen. Dan hoefde hij uitsluitend nog te bewijzen dat Georg Frankenberg zijn arm niet op 16 mei maar pas kort daarna had gebroken.

Je hoefde niet veel fantasie te hebben om je voor te stellen hoe hij zijn arm had gebroken. Een paar slapeloze nachten waarin je je in gedachten voorstelde hoe een jongeman buiten zichzelf en doodop thuis komt. Hoe hij zijn vader een verhaal over een of twee dode meisjes vertelt. De jongeman is bang. Vader stelt hem gerust, stelt enkele gerichte vragen en krijgt te horen dat niemand zijn zoon in gezelschap van de meisjes heeft gezien. Bovendien is het heel ver weg gebeurd. Dus: maak je maar geen zorgen, jongen. Dat regelen we wel. Het doet ook helemaal geen pijn. Ik geef je van tevoren een verdovingsspuitje.

Rudolf Grovian was met zijn gedachten in Frankfurt, in de Aladin en op nog een paar plaatsen. Alleen was hij met zijn hoofd niet helemaal bij haar. Iets essentieels scheen hij niet te missen. Hij hoorde haar doorpraten over Horsti en die deed er voor hem niet toe.

Ze zuchtte. 'Ik hoop dat hij gelukkig getrouwd is. Heus, dat wens ik hem echt toe. Dat heeft hij verdiend. Hij heeft altijd geprobeerd het me naar de zin te maken. Voor mijn verjaardag heeft hij me een cassettebandje gegeven. Dat had hij zelf opgenomen. Van Queen. Die hadden we al, maar zijn opname was veel beter. Daar zat helemaal geen ruis in. "We Are The Champions" en "Bohemian Rhapsody". Magdalena was er dol op. Die week heeft ze nergens anders meer naar geluisterd. Ze was zo enthousiast over de stem van Freddy Mercury. Die is nu al zo lang dood. Mijn hemel, waarom is iedereen toch dood?'

Ze sperde van ontzetting haar ogen open en sloeg haar hand voor haar mond. 'Maar hem niet, hè? Hem heb ik gegarandeerd niet… Hij was ziek. Ik bedoel, ik heb wel eens gelezen dat hij heel ziek was.'

Rudolf Grovian had de aansluiting gemist. Hij dacht dat het nog steeds over Horst Cremer ging. Hij zag hoe ontdaan ze was en verklaarde haastig: 'Nee, maakt u zich maar geen zorgen, mevrouw Bender. Hij is kerngezond en binnenkort krijgt zijn vrouw een kind, daar kijkt hij al naar uit. Het gaat echt uitstekend met hem. Ik heb hem immers gesproken. Hij heeft een klein garagebedrijf.'

'U liegt', constateerde ze en ze beet hoofdschuddend op haar lip. En tegelijk met dat hoofdschudden ontstond het beeld in haar hersenen.

Ze vergat de chef, had nog uitsluitend oog voor het wekkertje op haar nachtkastje. Het was duidelijk te zien. De wijzers stonden op een paar minuten over elf.

Magdalena had haar niet de trap op horen komen want ze had de oordopjes van haar walkman in en ze had de muziek zo hard mogelijk gezet. Ze kwam met een verbaasde maar tevreden uitdrukking op haar gezicht overeind. 'Je bent echt precies op tijd. Was het niet leuk in de disco?'

Ze liep naar het bed, ging zitten, streek met haar hand een van de lange plukken haar naar achteren die in Magdalena's gezicht hingen en kuste haar op de wang. 'Nee, helemaal niet. Ik had geen zin om nog langer te blijven hangen. Ik wilde liever bij jou zijn.'

Vanuit de piepkleine oordopjes in Magdalena's hand drong de stem van Freddy Mercury vervormd tot haar door. 'Bohemian Rhapsody'. *Is this the real life?* Nee, dat was het niet. Het was een bouwwerk van leugens. 'Ik tippel al jarenlang voor je. Binnenkort hebben we genoeg geld bij elkaar.' Niet waar! Omdat het met diefstal niet zo vlug gaat. 'Ik heb het uitgemaakt met mijn vriend. Zijn gevraag begon me de keel uit te hangen. Maar ik heb alweer een nieuwe vriend. Hij heet Horst. Echt een stuk.' Onzin! Tarzan de bonenstaak, die door iedereen wordt uitgelachen. 'Ik wilde liever bij jou zijn.' Dat wilde ik niet!

Ik zou graag gebleven zijn. Johnny was er. Ik heb je nog nooit iets over hem verteld. Ik ben ook nu niet van plan je iets te vertellen. Johnny is alleen van mij. Stel je een man voor, jong, sterk en ontzettend knap, een plaatje gewoon. Hij lijkt op de aartsengel in moeders bijbel. En ik heb hem aangeraakt, zijn schouders, zijn gezicht. Ik had mijn armen om zijn middel geslagen en hij had zijn handen om mijn nek gelegd.

Haar hand lag nog op Magdalena's haar. Ze trok haar hand wat naar zich toe en streelde de gladde wangen. Met een vinger tekende ze de contouren van de lippen na. 'Moet je nog naar de wc voordat we gaan liggen?'

Magdalena schudde ontkennend het hoofd. Cora stond op. 'Dan ga ik de rest van de sekt halen.'

De fles was nog bijna vol. Om acht uur hadden ze elk maar een heel klein slokje gedronken. Magdalena had beweerd dat de sekt haar niet smaakte. Zelf had ze kalm aan gedaan omdat Magdalena erop stond dat ze nog naar de Aladin zou rijden. Nu was ze dankbaar dat Magdalena daar zo op had aangedrongen.

Toen ze met de fles en twee glazen de kamer weer binnenkwam, had Magdalena zich overeind gehesen en zat nu in de kussens. Magdalena glimlachte en keek haar onderzoekend aan. 'Je doet zo vreemd. Is er iets?'

'Nee, wat zou er moeten zijn?' Ik hunker. Ik heb zo lang

gehoopt dat hij een keer met me zou praten. Verder rekende ik nergens op. En nu heeft hij me zelfs aangeraakt. Gedanst hebben we. Hij was opgewonden, dat voelde ik tijdens het dansen. Toen ik weg moest, werd ik van binnen bijna verscheurd. Volgende week kent hij me niet meer. Ik had bij hem moeten blijven. Zo'n kans krijg je maar één keer. En ik kreeg alleen de kans omdat hij verder niemand had, omdat hij zich verveelde. En nu heb ik mijn enige kans verspeeld. Maar ik had jou immers beloofd dat ik niet te lang weg zou blijven.

Af en toe haat ik je! En nu haat ik je nog meer dan in het begin, ik haat je niet meer zoals een kind haat. Ik haat je als een vrouw van wie het leven wordt afgenomen. Als jij er niet was, zou ik vrij zijn. Dan hoefde ik niet al twee jaar lang met Horsti, die als een klit aan me hangt, in de Aladin te staan. Iedereen lacht me erom uit. Ik ben weer eens de schertsfiguur. Cora staat niet meer op het schoolplein te bidden. Nu staat ze met Tarzan de bonenstaak in de Aladin. Voor een echte vent heeft ze geen tijd. Ze heeft namelijk een zusje dat al het leven van haar wegvreet.

Vandaag zou ik echter bij iedereen de blits kunnen maken. Bij iedereen die belangrijk is. Melanie was er met haar kliek. Jij kent Melanie niet persoonlijk. Jij kent niemand persoonlijk, alleen jezelf. We hebben even met elkaar gesproken. Melanie informeerde waar Horsti was. 'Waar heb je je Tarzan de bonenstaak gelaten?'

'Die zit thuis een paar bananen krom te buigen', zei ik. Toen was ik van plan mijn drankje op te drinken en naar huis te gaan. Maar juist op dat moment kwamen ze binnen, Johnny en zijn vriend.

Misschien moest ik jou toch maar over hem vertellen. Alles, elk detail. Alleen om je te laten zien dat ik me door jou niet kapot laat maken, dat ik nog heel gewone gevoelens kan koesteren. Wil je het horen? Hoe ze binnenkwamen, aan een tafeltje gingen zitten, om zich heen keken. Hoe ze met elkaar zaten te praten. Ik kon me wel voorstellen waarover. Dat er geen moer te doen was, dat ze beter ergens anders heen konden gaan.

Maar toen zag de dikkerd een meisje. Hij ziet altijd een meisje. Alleen had hij tot nu toe nooit succes. Ik weet niet hoe vaak ik al heb gezien dat hij bij een meisje bot ving. Ik dacht dat het deze keer ook zo zou gaan. Hij stond op en liep naar haar toe. Hij sprak haar aan. En ze ging inderdaad met hem de dansvloer op.

Johnny zat in zijn eentje aan het tafeltje. Hij verveelde zich zichtbaar. Vandaag heb je pech, dacht ik. Toen keek hij naar mij. En toen lachte hij. Ik weet niet of ik teruggelachen heb. Op dat moment had ik het gevoel dat mijn gezicht sliep. En mijn hart was bijna vloeibaar.

Toen stond hij op. En toen kwam hij op me af. Weet je wat hij zei? 'Heb je je vaste vriendje thuisgelaten om een arme man ook 'ns een keer de kans te geven?'

Ik kon het niet geloven. Hij vroeg of ik zin had om met hem te dansen. En of ik zin had! Onder het dansen vertelde hij me dat hij me tot nu toe niet had durven aanspreken omdat ik Horsti altijd bij me had. Hij hield me zo stevig vast dat ik een paar keer aan de kaars moest denken. Die is niet zo dik als datgene wat ik voelde.

Ik voelde Johnny's lippen op mijn voorhoofd en wachtte op zijn kus. Hij vroeg echter alleen of ik zin had om ergens anders heen te gaan met hem en zijn vriend. Als hij alleen was geweest, had ik ter plekke ja gezegd. Dan had jij een beetje langer op me moeten wachten. Maar samen met die vriend van hem! Een meisje heeft me ooit gezegd: die twee, dat is altijd zoiets als twee voor de prijs van een. Ik kan me zo voorstellen hoe dat bedoeld was. En ik dacht niet dat het meisje dat met de dikkerd danste, ook mee zou willen, want ze had hem net pas leren kennen. Waarschijnlijk danste ze alleen maar met hem omdat ze dacht dat ze via hem Johnny makkelijker kon benaderen.

En toen zei ik gewoon: 'Ik zou best zin hebben maar ik kan niet. Ik kan niet te lang wegblijven. Mijn zusje is alleen thuis.'

Hij stond paf. 'Hoe oud is je zusje dan?'

'Achttien,' zei ik, 'vandaag geworden.'

Hij lachte. 'En waarom zit ze dan thuis? Waarom is ze niet met je meegekomen?'

'Ze voelde zich niet lekker.'

Hij wilde per se dat ik bij hem bleef, dat ik met hen mee zou gaan. Desnoods alleen met hem. Hij keek naar de dikkerd en het meisje en zei: 'Tijger is immers druk bezig. Hij heeft er vast niets op tegen als we hem hier een poosje alleen laten.'

Ik vond het wel geestig dat hij hem Tijger noemde, want hij zag er eerder uit als een klein roze biggetje.

Johnny vroeg: 'Kun je niet opbellen naar je ouders en zeggen dat ze nu van het feestje thuis moeten komen, dat zij vandaag eens een keer moeten babysitten?'

En ik zei: 'We hebben geen ouders meer.'

Hebben we immers ook niet. Hebben we nooit gehad. We hebben altijd alleen elkaar gehad. En omdat ik nu eenmaal de oudste en de sterkste ben, moet ik voor jou zorgen. Toen ben ik gegaan. Met bloedend hart. Het leek wel alsof ik zelf het hart uit mijn lijf rukte. Johnny wilde me vertellen hoe hij echt heette als ik zou blijven. Gesmeekt heeft hij. Nog een halfuurtje, nog één dans. Hij liep met me mee naar het parkeerterrein. En voordat ik in de auto stapte, kuste hij me eindelijk. Het was anders dan met Horsti. Hij dronk whisky-cola. Misschien was dat het. Superlekker. Ik had uren zo met hem kunnen blijven staan, terwijl het maar een paar seconden duurde.

Hij liet me weer los en zei: 'Zing maar een slaapliedje voor je zusje. En dan kom je weer terug, hè? Ik wacht op je.' Hij zwaaide me na toen ik wegreed. En ik dacht dat het misschien echt mogelijk zou zijn om weer terug te gaan als jij eenmaal sliep. Zing maar een slaapliedje voor je zusje…

13

Niet meer dan één seconde van onoplettendheid, en het was gebeurd. Amper had ze de naam Magdalena uitgesproken of ze zat alweer in een andere wereld. Rudolf Grovian zag hoe ze naar het bed liep en erop ging zitten, zijwaarts, met haar gezicht naar het kussen gekeerd. Met haar ene hand streek ze over het verkreukelde textiel. Uit haar steeds wisselende mimiek was duidelijk op te maken dat ze niet meer bij hem was.

Hij hoopte een paar woorden op te kunnen vangen, of in elk geval wat gemompel waaruit hij zou kunnen opmaken wat ze op dit moment doormaakte. Dat genoegen deed ze hem niet. En het van haar gezicht aflezen… Dat vertoonde een uitdrukking van afschuw en walging, hij zag haar herhaaldelijk moeilijke slikbewegingen maken. Het leek wel alsof ze dreigde te stikken.

Minuten verstreken. Hij durfde niet tegen haar te spreken. God mocht weten wat er in haar omging op het moment dat hij in haar gedachten zou inbreken. Toen kwam ze weer bij zinnen, totaal onverwacht. Haar ogen waren wijd opengesperd van angst. Ze streek met haar hand over haar voorhoofd. 'Ik ben naar huis gereden', zei ze duidelijk verstaanbaar.

Hij slaakte een zucht van verlichting en stemde onmiddellijk met haar in: 'Natuurlijk, mevrouw Bender.'

'Ik heb Magdalena niet in de steek gelaten.'

Vooral niet over Magdalena beginnen! Gezien zijn ervaringen tijdens hun laatste gesprek liet hij haar zusje met liefde aan professor Burthe over. 'Natuurlijk niet, mevrouw Bender. Maar we hebben het nu niet over Magdalena. We praten uitsluitend over Horsti. Hij heeft indertijd een paar keer naar u geïnformeerd toen u niet meer naar de Aladin kwam.'

Ze keek hem slechts aan, maakte een verwarde, onzekere indruk. Hij wist niet of ze hem überhaupt nog kon volgen en ging langzaam door. 'Dat was begin juni. Toen moet u nog thuis zijn geweest. Of was u in juni al weg?'

Natuurlijk was ze toen al weg! Daar zou hij zijn handen voor in het vuur hebben gestoken. Ze was in mei weggelopen, niet pas in augustus. En om een onverklaarbare reden had haar vader verteld… Of misschien vonden de anderen het beter haar aan het bed van Magdalena te laten zitten totdat ze zeker wisten wat er wel was gebeurd.

Inmiddels beheerste hij het spelletje even goed als zij, haar tante en de buurvrouw – gewoon een halve meter voorbij de waarheid gaan. Dat viel niet op. 'Horsti heeft ook een keer met uw vader gesproken. Uw vader heeft hem uitgelegd dat u niets meer van hem wilde weten. Dat Johnny nu uw vriendje was, heeft uw vader gezegd. En dat was in juni.'

Welke reactie hij van haar kant had verwacht, wist hij niet. Een reactie in elk geval. Die kwam ook. Ze boog haar hoofd en mompelde: 'Nee, ik ben naar huis gereden.'

Iets in de manier waarop ze dat zei, zette hem op scherp. Hij werd nog voorzichtiger.

'Dat is zeker zo. Maar u bent wel een keer met Johnny naar bed geweest?'

'Ja.'

'Weet u nog wanneer?'

'Ja. Nu weet ik het weer. Op Magdalena's verjaardag. Ik ben toen echter wel naar huis teruggegaan.'

Nietwaar, dacht hij en zei: 'Natuurlijk, mevrouw Bender. Daar twijfel ik geen moment aan. Kunt u zich die avond herinneren?'

'Heel goed. Het kwam zo-even allemaal bij me boven. Ik ben even voor elven naar huis gegaan.'

Op die manier kwam hij geen stap verder. Hij gooide het over een andere boeg. 'En waarom bent u naar huis gegaan?'

'Dat had ik Magdalena beloofd. Bovendien was ik bang dat Tijger mee zou gaan. Dat meisje zou nooit mee in de auto zijn gestapt. Ze kende hem immers nog maar net.'

Het meisje! Op dat moment kon hij wel zingen van geluk. Goed zo, doorgaan, vertel het me maar, heel langzaam en heel voorzichtig. 'Welk meisje, mevrouw Bender?'

'Weet ik niet.'

Oké, dat wist blijkbaar niemand. Geen wonder dat er in de regio Buchholz in de bewuste periode niemand als vermist was opgegeven. Joost mocht weten waar dat arme kind vandaan kwam. Terug naar de kern van de zaak.

'Was Frankie er ook bij?'

Ze keek naar haar handen, spreidde haar vingers en wreef over haar nagels. Haar gezichtsuitdrukking deed hem aan een koppig kind denken. 'Weet u dat niet, mevrouw Bender?'

'Jawel, dat weet ik wel. Hij was er niet bij. Ik heb hem nog nooit gezien.'

Hij haalde diep adem en besloot frontaal op het doel af te gaan. 'Jawel, mevrouw Bender. U hebt hem wel gezien. Eén keer, in die kelder. En dat was op die bewuste avond. Maar het was later dan elf uur. Dat weet ik heel zeker. Als u om elf uur naar huis bent gegaan, moet u later weer teruggegaan zijn. Ik begrijp heel goed dat u weer bent teruggegaan. Als ik in uw schoenen had gestaan, zou ik ook weer naar de Aladin zijn gereden. U was smoorverliefd op Johnny en wilde bij hem zijn. En u was immers een normaal meisje, nietwaar? U was niet gek. U zou wel stapelgek zijn geweest als u Johnny had laten schieten en… uzelf in huis had begraven.'

Het scheelde geen haar of hij had gezegd: '…aan het bed van uw zieke zusje was gaan zitten.' Dat had hij nog juist kunnen inslikken en met een vleugje opluchting ging hij door. 'U bent die avond laat met Johnny, de kleine dikke man en nog een meisje in de auto gestapt en jullie zijn weggereden, dat is door getuigen bevestigd. De man die al in de kelder aanwezig was toen u met de rest binnenkwam, moet Frankie zijn geweest.'

'Dat weet ik niet.' Het klonk alsof ze op het punt stond om te gaan huilen. Ze plukte aan haar nagels. 'Ik weet het werkelijk niet. Ik weet alleen dat ik om elf uur naar huis ben gegaan. En daarna was het oktober. Ik weet niet hoe dat kan.'

Ze strengelde haar vingers in elkaar en wrong haar handen alsof die haar enige houvast waren. In haar stem klonk een zweem van paniek door. Haar blik was één grote smeekbede om vertrouwen en begrip.

'Ik heb mijn zusje niet in de steek gelaten. Ik heb al het mogelijke voor haar gedaan. Alles uitsluitend voor haar. Alleen niet de hoer uithangen, dat niet. Ik wilde alleen met een man naar bed gaan van wie ik hield. En Johnny... Daar heb ik aan gedacht onder het dansen. Dat ik dat wilde – met hem. Al zou het maar één keertje zijn. Dat zou me niet hebben kunnen schelen. Dan had ik die ene keer toch beleefd, dat zou niemand meer van me kunnen afpakken. Zing maar een slaapliedje voor je zusje, zei hij, ik wacht hier op je. En toen dacht ik: als ze echt moe wordt, als ze slaapt, kan ik misschien nog een keer...'

Ze sperde haar ogen open en bezwoer hem: 'Maar ik deed wel voorzichtig. Ik deed altijd voorzichtig. Dat moet u van me aannemen. Ik heb haar bemind. Ik zou nooit iets hebben gedaan waar ze onder zou lijden. Ik heb altijd goed op haar gelet. Ik wist waar ik op moest letten. Als haar adem stokte, hield ik meteen op. En als ze te snel ademde, ging ik langzamaan doen. Ik hield altijd een hand op haar borst, zo kon ik haar hartslag voelen. Ik ben nooit boven op haar gaan liggen, nooit. Ik deed het meestal met mijn vingers. Slechts heel af en toe met de kaars, eerlijk waar. En met mijn tong... dat was me te... Ze vertelde daar heel enthousiaste verhalen over. Ik heb het een keer geprobeerd maar dat vond ik walgelijk en te gevaarlijk. Dan kon ik niet op haar ademhaling letten.'

Ze zoog haar onderlip naar binnen en haar schouders trilden hulpeloos. Haar stem klonk nog zwaar van de onderdrukte tranen. 'Ik weet dat het niet juist was. Ik had het niet mogen doen. Het was tegennatuurlijk. Om die reden zijn Sodom en Gomorra verwoest. Ik wilde het niet eens. Maar zij zei dat alleen vaders en broers het niet met elkaar mochten doen, zusjes wel. En ze had toch ook niets aan haar leven. Ze wilde zo dolgraag eens echt met een man naar bed, maar dat zou ze nooit... Ze had immers niemand dan mij. En ze had ook gevoel.'

Haar stem brak, tussen twee snikken door smeekte ze: 'Dit mag u niet aan de professor vertellen. Wilt u me dat beloven?'

'Natuurlijk, mevrouw Bender, dat beloof ik u.' Het was er al uit voordat hij goed en wel besefte wat ze hem zo-even had toevertrouwd. Hij kon het niet zo gauw bevatten. Ze sprak alweer verder toen hem duidelijk werd hoe haar woorden 'ik heb haar bemind' moesten worden opgevat. Woordelijk!

'Ze zei altijd dat een orgasme een fantastisch gevoel was. Terwijl ik zelf niet wist hoe dat voelde. Die avond wilde ik het weten. En uitgerekend toen moest ik naar huis. Ze merkte het en gaf maar niet op. Je doet zo vreemd, zei ze, er is iets. En toen zei ze dat ik de sekt maar alleen moest opdrinken: Het smaakt me niet en ik word er duizelig van.'

Het snikken verstomde. Ze huilde zonder tranen, hield haar blik strak op haar handen, op haar kronkelende, wringende vingers gericht. Hij wilde haar in zijn armen nemen of in elk geval een woord van troost zeggen. Hij was echter niet van plan haar van de wijs te brengen en liet haar doorstamelen.

'Ik ben bij haar gebleven. We hebben alles gedaan wat ze wilde. Ik heb haar nagels gelakt. We hebben naar muziek geluisterd. Ik weet niet wat er is gebeurd. Ik hoor haar alleen nog steeds zeggen: Dans voor me!'

Haar vingers lagen als tot een knoop ineengestrengeld in haar schoot. Hij hoorde de kootjes knakken en probeerde datgene wat hij zojuist had gehoord, een plek te geven. Hij was het spoor bijster! Haar halsstarrige ontkenning leek een bevestiging. Hij had het met zijn vermoedens bij het rechte eind. Ze was niet thuis toen haar zusje stierf. Ze had pas in november gehoord...

Haar stem trok hem onverhoeds uit zijn gedachten weg. Ze stootte de zinnen uit alsof ze geen lucht kreeg. 'Dans voor mij! Leef voor mij. Rook voor mij een sigaret. Ga voor mij tippelen. Zoek voor mij klanten die het meest betalen. En ga naar de disco, dan heb je zelf ook iets. Probeer een vriend te krijgen, ga met hem naar bed. En dan moet je me vertellen hoe het is geweest. Ik heb haar over de verlichting in de Aladin verteld, hoe de lichten flikkeren als de muziek harder klinkt. Rood en groen en geel en blauw.'

Een lichtorgel, dacht hij nog. Toen begon ze te gillen: 'Het was hetzelfde licht als in de kelder. Ik kan er niet heen. Hou me alsjeblieft vast. Help me. Ik kan dit niet aan. Doe iets. Doe toch iets. Ik wil de kelder niet in.' Ze sloeg met haar handen om zich heen, maaide door de lucht alsof ze houvast zocht.

Hij had professor Burthe moeten roepen. Dat schoot door hem heen maar hij liet die gedachte onmiddellijk weer varen. De professor was een drukbezet man. Of hij op dit moment tijd had om de kelder samen met haar te exploreren, viel te betwijfelen. Vermoedelijk zou hij een kalmerende injectie zinvoller vinden.

Rudolf Grovian achtte zichzelf prima in staat om de situatie onder controle te houden. Hij ging naast haar op bed zitten, pakte haar handen, hield ze vast, drukte erop en deed zijn uiterste best om zijn stem sussend te laten klinken, hoewel zijn hart bijna zijn keel uitvloog. Ze was volkomen buiten zichzelf. Haar blik vloog alle kanten op. Haar borst en schouders maakten stuipachtige bewegingen vanwege haar krampachtig hortende ademhaling.

'Rustig maar, mevrouw Bender, rustig maar. Ik ben bij u. Ik hou u vast. Voelt u mijn handen? Er kan echt niets gebeuren. We gaan samen naar beneden en dan gaan we daar een kijkje nemen. Ik breng u ook weer naar boven. Dat beloof ik u.'

Het klonk gestoord. Maar wat had hij anders moeten zeggen? Haar handen omklemden de zijne en beefden zo dat zijn armen ook begonnen te trillen. Ze kneep haar ogen samen.

'Vertelt u mij maar wat u ziet, mevrouw Bender. Wat ziet u in de kelder? Wie is daar beneden?'

Ze beschreef een in flikkerlicht gehulde ruimte. Links een bar, een heleboel flessen op een schap met een spiegel erachter. In de tegenovergelegen hoek een podium met daarop de muziekinstrumenten en de geluidsinstallatie. 'Song of Tiger'. En daar danste ze op. Danste in haar eentje midden in de ruimte. En rechts tegen de muur stond een bank met een laag tafeltje ervoor waar een asbak op stond.

'Song of Tiger'! Het was een wild nummer, het was een wilde dans. Toen gooide Frankie zijn drumstokken weg, liep naar de bank en ging naast het meisje zitten. Johnny stopte een bandje in de geluidsinstallatie en opnieuw daverde het lied door het vertrek. Tijger liep naar de bar. Hij had weer eens aan het kortste eind getrokken maar daar leek hij zich verder niets van aan te trekken,

Ze danste nog steeds. Niet meer alleen. Johnny hield haar in zijn armen en kuste haar. Het leek wel een droom. Dat was nog steeds het geval toen hij zijn handen onder haar rok liet glijden. Ze genoot van zijn aanrakingen. En deze keer niet voor Magdalena, uitsluitend voor zichzelf. Je kon niet altijd voor twee leven.

Op een zeker moment lagen ze op de vloer. Johnny kleedde haar uit. Alles was goed. Frankie zat op de bank en bekommerde zich niet om hen. Hij zat met het meisje te praten. Tijger sneed aan de bar een citroen in stukken, strooide wat wit poeder op de rug van zijn hand. Toen likte hij het af, sloeg een klein glaasje met een glasheldere vloeistof achterover en beet in de citroen. Dat herhaalde hij tot drie keer toe. Toen stak hij zijn hand in zijn broekzak en zei: 'Ik heb iets meegenomen voor ons. Een beetje coke. Nu wordt het gezellig.'

Rudolf Grovian luisterde, hield haar handen stevig vast en gaf haar af en toe een kneepje in de hoop dat ze het zou voelen. Ze lag nog steeds op de vloer. Frankie en het meisje keken toe hoe Johnny met haar vrijde. Tijger kwam aangeslenterd. Hij wilde ook zijn deel. 'Schuif eens een eindje op, Bokkie', zei hij.

Johnny deed geen poging om hem af te weren. En het meisje zei: 'Geef haar maar een snuif coke, dan wordt ze wat relaxter.'

Er volgden nog enkele verstaanbare zinnen. 'Wat doe je daar? Dat wil ik niet. Geen cocaïne! Doe die troep weer weg.' Vervolgens kraamde ze nog slechts stamelend iets uit, slechts onverstaanbaar gemompel. Toen draaide ze haar hoofd opeens met een ruk opzij. Haar stem klonk scherp, ademloos. 'Wat doe je daar? Hou daar onmiddellijk mee op. Ben je niet goed wijs? Laat haar los, verdomme. Je moet haar onmiddellijk loslaten.'

Toen ging er een schok door haar hele lichaam. Ze gilde. 'Nee! Hou op. Laat dat!' Het geschreeuw ging over in gekerm. Haar hoofd vloog zijn kant weer op, haar ogen had ze wijd opengesperd. Ze keek hem recht aan. Hij zou echter hebben gezworen dat ze niets zag.

'Niet slaan! Hou op, je slaat haar helemaal dood! Ophouden! Hou op, stelletje smeerlappen! Laat me los! Loslaten!'

Dat was hem al genoegzaam bekend. Niet in precies dezelfde bewoordingen maar zo ongeveer had hij zich dat voorgesteld. En desondanks was hij niet voorbereid op wat er nu gebeurde. Ze trok haar handen met een verbazingwekkende kracht weg, wrikte ze los en sprong overeind. Het ging zo razendsnel dat hij niet kon reageren. Haar rechterhand had ze tot een vuist gebald en daarmee stompte ze hem op zijn keel terwijl ze hijgde: 'Ik breek je nek, vuile ploert. Ik snij je keel open. Ik snij je je strot af.'

Ze somde exact de punten op die in het obductierapport stonden en stootte bij elke zin toe. Eenmaal, tweemaal, driemaal, voordat hij haar pols te pakken kreeg. En hij had zijn hand nog maar amper om haar rechterpols geklemd of ze sloeg met haar linkervuist op hem in. Het duurde enkele tellen voordat hij ook de linkerpols te pakken had en de kans kreeg om op te staan.

Hij hield haar op armlengte van zich af, schudde haar door elkaar en schreeuwde haar toe: 'Mevrouw Bender! Stop, mevrouw Bender.'

Twee seconden stond ze nog voor hem en keek hem nietbegrijpend aan. Ze mompelde iets wat hij niet begreep. Toen zakte ze in elkaar.

Professor Burthe deed geen enkele moeite om zijn woede te verhelen over het feit dat een rechercheur voor de tweede keer met zijn vragen bij een ernstig psychisch gestoord mens een collaps had veroorzaakt, terwijl hij nog wel was gewaarschuwd!

Hoofdschuddend informeerde hij: 'Hoe haalt u het in uw hoofd? Had ik u niet duidelijk te verstaan gegeven dat u mevrouw Bender niet als de eerste de beste crimineel kunt behandelen? Het is de laatste keer dat ik met u gepraat heb! Is het u niet duidelijk dat de suïcidepoging van mevrouw Bender slechts het gevolg van uw ondervragingsmethoden was?'

Rudolf Grovian had niet de moed zich te rechtvaardigen. Dat hij met geen woord over de dood van haar vader had gerept, hadden ze al vastgesteld. Cora Bender was, nog steeds buiten bewustzijn, in allerijl weggevoerd om te worden onderzocht. Hij had er alles voor willen geven als hij het laatste halfuur met haar had kunnen terugdraaien. Hij snapte zelf niet meer hoe hij zich had kunnen laten meeslepen tot deze flauwekul. 'Ik breng u ook weer naar boven.'

Wat een misvatting! Zo simpel was dat niet. Hij had zijn uiterste best gedaan, hij had haar minutenlang op haar wangen geklopt, haar bij haar naam geroepen, koud water op haar gezicht gespat voordat hij na veel innerlijke strijd had besloten haar aan de artsen over te laten. En voortdurend had hij moeten denken: als ze een mes in haar hand had gehad...

Hij was een beetje misselijk. Hij was echter ook tevreden. Die opsomming van haar: nek, keel, strot. Moord met voorbedachten rade? Nee, dat stond buiten kijf. Als ze niet toevallig een appeltje voor haar zoon had geschild, zou ze uitsluitend met haar vuisten op Georg Frankenberg zijn afgevlogen en datgene gedaan hebben dat men jaren geleden had verhinderd – in een situatie waarin elke klap noodweerexces zou zijn geweest.

Over dat nieuwe inzicht zou hij graag met professor Burthe hebben gesproken. Alleen kwam hij vooralsnog niet aan het woord. Hij kreeg een stortvloed van vaktermen over zich heen. Schizotypische persoonlijkheid, beperkte individualiteitsbeleving, bewuste tegenstelling tussen het ik en de buitenwereld, sociale isolatie, deels door overgevoeligheid, deels door onverschilligheid ingegeven. De prioriteit wordt gelegd bij de wereld van dromen, ideeën en principes.

Dat klonk allemaal heel indrukwekkend maar het interesseerde hem bar weinig. Wat hem door het hoofd schoot, was weliswaar de interpretatie van een leek, maar heel wat indrukwekkender. Na vijf jaar was het geen noodweer meer. Na vijf jaar was het uitgegroeid tot doodslag. Tenzij iemand kon bewijzen dat Cora Bender op het tijdstip van de moord niet aan het Otto Maiglermeer was geweest maar in die vermaledijde kelder. En hij kon dat niet bewijzen, hij niet. Dat was de taak van de professor.

Zonder een spier te vertrekken liet hij de strafpreek over zich heen komen. Professor Burthe kalmeerde en wilde weten wat Cora Bender kort voor ze het bewustzijn verloren had, had gezegd. Rudolf Grovian schetste de scène in de kelder en het gesprek dat eraan was voorafgegaan. Dat ze hem te lijf was gegaan, verzweeg hij. In een of twee zinnen suggereerde hij echter dat er van noodweer sprake was geweest. En dat ze niet alleen zichzelf maar ook het andere meisje had proberen te verdedigen.

Toen hij uitgesproken was, knikte professor Burthe even, maar niet als teken van instemming. Integendeel! Natuurlijk was Burthe op de hoogte van het gebeuren in de kelder, hij kende daar zelfs twee versies van. Die op het bandje waarop ze vertelde over de gebroken ribben en een versie met de pooier op de bank.

Er moest nog een derde versie bestaan waar Cora Bender niemand bij toeliet. Die derde versie kon wel eens de ware toedracht in de kelder omvatten, aldus Burthe. Vermoedelijk had daarbij slechts haar eigen libido als een boemerang gewerkt. Dientengevolge was het gebeuren in de kelder niet van belang. Het was slechts een fragment in het duistere deel van Cora's leven. En Cora Bender verdedigde dat hele gedeelte uit alle macht tegen iedereen die er vat op wilde krijgen, desnoods ten koste van haar geestelijke gezondheid. Alsof Rudolf Grovian dat niet allang wist.

Professor Burthe legde het onderscheid tussen waarheid en leugen omstandig uit en hij vertelde uitvoerig hoe Cora Bender met beide elementen omging. In stresssituaties vertelde ze aanvankelijk de waarheid. Zodra ze zich op de situatie had ingesteld en de druk een beetje afnam, keek ze hoe ze er beter van zou kunnen worden. Dat lukte alleen via leugens. De leugen veroorzaakte dan echter weer nieuwe spanning. De opwinding die ze dan aan de dag legde, kon wellicht op een leek zo overkomen dat deze dacht dat ze hem het ultieme geheim onthulde.

Dat was tijdens het verhoor gebeurd. Ze had met hem hetzelfde spelletje proberen te spelen. Maar hij, Burthe, was deskundig op zijn gebied. Hij liet zich niet bij de neus nemen. Niemand zou willen bestrijden dat Cora Bender jaren geleden slechte ervaringen met een man had gehad, waarschijnlijk zelfs met meerdere mannen. Niemand trok ook in twijfel dat ze daarbij zwaar mishandeld was. Met haar neiging tot zelfdestructie zou ze een zekere aantrekkingskracht hebben gehad op mannen die dezelfde neiging hadden.

Op dat moment protesteerde Rudolf Grovian voor het eerst. 'Als u daarmee wilt suggereren dat ze is gaan tippelen, dan spreek ik dat met klem tegen. Haar zusje verwachtte, eiste dat zelfs van haar als ik het goed heb begrepen. Daar kon ze zich echter niet toe brengen.'

Zijn gesprekspartner glimlachte. Het was een alwetende glimlach. 'Dat kon ze wel degelijk, meneer Grovian. Na de dood van haar zusje heeft ze de ernstigste vorm van straf gezocht die ze zich kon voorstellen. Geperverteerde klanten. Ze heeft enkele van die praktijken voor me beschreven. Ik ben wel het een en ander gewend maar zelfs ik kon het nauwelijks aanhoren. U zult moeten toegeven, meneer Grovian, dat geen vrouw zal toegeven zich met zulk soort dingen te hebben beziggehouden als dat niet waar is. De reden was gelegen in haar behoefte aan boetedoening in combinatie met haar onbewuste verlangen naar een incestueuze relatie met haar vader.'

'Dat is je reinste kolder', protesteerde Rudolf Grovian en hij hoorde hoe zwak zijn woorden klonken, alsof hij het in weerwil van zijn protest min of meer eens was met de mening van Burthe. Dat was echter niet het geval. Hij was dermate van zijn stuk gebracht dat hij geen woord meer kon uitbrengen. De stelligheid waarmee Burthe had gesproken. Alsof hij zelf had staan toekijken.

Dat was ook zo, uiteraard slechts in overdrachtelijke zin. Wat hij Rudolf Grovian uiteenzette was, zoals hij benadrukte, de innerlijke overtuiging van Cora Bender. Als geschoolde en oplettende waarnemer was Burthe in staat de stukjes waarheid uit de grote hoop leugens te vissen.

'Ik vrees', zei Rudolf Grovian droogjes, 'dat u in dit geval een stel leugens hebt opgevist. Ik heb geen idee waarom ze u zo veel nonsens vertelt, maar chronologisch gezien klopt er helemaal niets van. Ze was...'

Hij wilde uitleggen wat hij zojuist had ontdekt. Dat ze na Magdalena's verjaardag linea recta naar die kelder was gegaan en dat het vervolgens opeens oktober was. Met een handbeweging onderbrak professor Burthe hem. De factor tijd had hier niets mee te maken. Prostitutie evenmin. Er was geen enkele reden om zich zo op te winden.

Het enige waar hij zich druk om hoefde te maken, was de dood van Georg Frankenberg, het motief van Cora Bender en de mate waarin ze besefte wat ze had gedaan. Dat besefte ze niet. Cora Bender was ontoerekeningsvatbaar. Je kon haar niet voor haar daad ter verantwoording roepen. Daar aan het meer was de man en diens gedrag geen seconde van belang geweest. De vrouw was de oorzaak van alles geweest.

Op dat moment hoorde Rudolf Grovian haar in gedachten zeggen: 'Die man had gewoon pech omdat hij toevallig bovenop lag.' Desondanks schudde hij het hoofd. 'Ik weet niet hoe u daarbij komt, meneer Burthe. En u maakt een grote fout als u de kelder gewoon maar negeert. Ik heb het nu tweemaal meegemaakt! En ook ik ben een geschoolde en oplettende waarnemer. Mevrouw Bender is in een kelder door twee mannen verkracht en ze is toen bijna om het leven gebracht. Bij die gelegenheid is een tweede meisje gedood, hoogstwaarschijnlijk door Georg Frankenberg. Dat is de reden waarom hij dood moest.'

Inmiddels was professor Burthe volledig tot bedaren gekomen en hij leunde achterover in zijn fauteuil; hij keek hem onderzoekend en peinzend aan en wilde weten: 'Waaraan ontleent u die stellige overtuiging? Aan de woorden van mevrouw Bender? Of hebt u daar bewijzen voor?'

Nee, verdomme nog aan toe. Alles bij elkaar had hij niets anders dan haar woorden. Een paar woorden hier en een paar woorden daar. Horst Cremer, Melanie Adigar en Johnny Guitar! Het stond niet eens vast dat Hans Böckel en Johnny Guitar een en dezelfde persoon waren. En Böckel was zijn enige schakel naar Frankenberg. Je kon voor de rechtbank toch niet met 'Song of Tiger' als bewijsmateriaal aan komen zetten.

'U hebt met haar te doen', constateerde professor Burthe toen hij geen antwoord gaf. Dat klonk als een vonnis en bleef als een onomstotelijk feit in het vertrek staan. 'U koestert de wens haar te helpen en u probeert een rationele verklaring te vinden. U hebt toch een dochter, hè? Hoe oud is uw dochter, meneer Grovian?'

Toen er opnieuw geen antwoord volgde, knikte Burthe zelfingenomen en sprak op dat begripvolle toontje verder waar Rudolf Grovian witheet van werd. 'Ik heb niet alleen het laatste cassettebandje afgeluisterd en ik heb begrip voor uw betrokkenheid. Een jonge vrouw die niets anders wilde dan een doodnormaal leven, zo hulpeloos, zo radeloos. Kapotgemaakt door omstandigheden waartegen ze niets kon ondernemen smeekt ze om begrip. En dan staat ze geheel buiten zichzelf tegenover iemand anders. Stamelend smeekt ze om hulp en raakt buiten bewustzijn. U was als enige aanwezig toen dat gebeurde, nietwaar? Het hulpgeroep van Cora Bender was uitsluitend tot u gericht. En op dat ogenblik was u het substituut voor haar vader. En dat was precies wat u ook voelde. En een paar minuten geleden heeft dat hele tafereel zich herhaald. En een vader, meneer Grovian, wil geloven. Denkt u daar maar eens over na. En vraagt u zich eens af hoe u uw reactie zou beoordelen als het om een collega ging!'

Rudolf Grovian stond zich te verbijten en daarom klonken zijn woorden gesmoord: 'Ik ben hier niet om mezelf te laten analyseren. Ik heb uitsluitend geprobeerd enkele dingen op te helderen waar ik pas onlangs achtergekomen ben.'

Burthe knikte bedachtzaam. 'En kon mevrouw Bender die dingen bevestigen?'

'In zekere zin wel.'

Opnieuw knikte de professor bedachtzaam. Om welke nieuwe informatie het ging, vroeg hij niet. 'Ze zal tegenover u alles bevestigen, meneer Grovian. Alles wat een relatie kan leggen tussen haar en Georg Frankenberg. Ze is immers zelf naar een rationele verklaring op zoek. Zijn dood had op haar een bevrijdende uitwerking en nu is ze op zoek naar de reden daarvan. Ze doet krampachtige pogingen hem een plek in haar leven te geven en u een begrijpelijk motief te leveren. Om dat te bereiken zet ze hem zelfs als pooier op een bank.'

Rudolf Grovian wilde iets zeggen maar hij werd nogmaals met een handbeweging tot zwijgen gemaand. 'Ik zal u iets proberen uit te leggen. En ik hoop vurig dat u dan voorgoed zult begrijpen waar uw werk en uw betrokkenheid eindigen en de mijne beginnen. Vergeet u Georg Frankenberg en de kelder nu eens even. Het trauma van mevrouw Bender is niet de kelder, het heeft een naam, Magdalena.'

In de ogen van professor Burthe was het simpel. Hij beschouwde Georg Frankenberg als een toevallig slachtoffer. Volgens hem had het elke man kunnen overkomen die toevallig in gezelschap was van een vrouw die Cora Bender in enig opzicht aan haar zusje deed denken. De vrouw doden die haar leven had verwoest, dat zou Cora Bender niet opnieuw hebben klaargespeeld. In haar nood, en die was heel groot geweest, was ze de man aangevlogen. Met zijn dood had ze twee vliegen in één klap geslagen. Ze vervulde Magdalena's grootste wens, ze stuurde haar een knappe man. En als substituut voor Magdalena duwde de vrouw van Frankenberg haar hand weg en gaf haar daarmee te verstaan dat verdere hulp niet meer nodig was. Cora Bender was vrij. Ze voelde zich op dat ogenblik zo vrij dat zelfs de zekerheid van een levenslange gevangenisstraf voor haar niet meer schokkend was. Straf had ze naar haar mening inderdaad verdiend.

Rudolf Grovian hoorde het hele verhaal met een onbewogen gezicht aan. Een leven als een strafblad. Liegen, bedriegen, stelen, drugs spuiten. En als kroon op het werk een moord. Nee! Niet Georg Frankenberg. Die moest hij voorlopig maar eens vergeten. Het slachtoffer heette Magdalena!

Of Cora Bender haar zusje met voorbedachten rade had vermoord omdat ze had gevoeld dat Magdalena haar hele identiteit had verwoest – niet slechts haar eigen identiteit maar ook die van haar vader, en Cora Bender hield hartstochtelijk veel van haar vader – of dat het per ongeluk onder invloed van drugs was gebeurd, dat wist professor Burthe niet. De ribben die ze had horen breken, waren echter Magdalena's ribben geweest.

En Rudolf Grovian hoorde haar zeggen: 'Ik hield altijd mijn hand op haar borst…' Nu had hij er genoeg van. Die witteschortenmaffioso, dacht hij, had niet eens in de gaten hoe hij zich haar manier van denken eigen maakte. Als je een halfuur naar hem zit te luisteren, ga je vanzelf weer in Sinterklaas geloven.

Hij niet! Hij had feitenmateriaal verzameld. 'Ik wil u een voorstel doen', zei hij terwijl hij opstond. 'Dat u zich bij uw professie houdt en dat ik mijn eigen werk doe. Als u dit zo in uw rapport wilt zetten, kan ik uw betoog in drie zinnen weerleggen.'

Die drie zinnen wilde professor Burthe maar liever meteen horen. En Rudolf Grovian somde zijn feiten op. Punt een: op het moment waarop haar zusje stief, was Cora al drie maanden van huis weg. Toen lag ze namelijk met een ingeslagen schedel in een of ander ziekenhuis waaruit ze pas in november was ontslagen. Punt twee: prostitutie na de dood van haar zusje als boetedoening in combinatie met het onbewuste verlangen naar een incestueuze relatie met haar vader. Dat was prachtig geformuleerd. Zelf had hij het nooit zo mooi kunnen zeggen. Alleen had ze daar jammer genoeg geen tijd voor gehad; met een schedel die aan diggelen lag, kon echt niemand zich prostitueren. Afgezien daarvan was het geen onbewust verlangen geweest en al evenmin de vader van wie ze zo hartstochtelijk hield.

'U zou eens een bijbel moeten opslaan, meneer Burthe. Daar staat alles in. Op haar manier probeert ze ons voortdurend de waarheid te zeggen. Magdalena was de hoer.'

Glimlachend schudde hij zijn hoofd. 'Magdalena heeft het voorwerk gedaan en in de kelder hebben ze het karwei afgemaakt. Als u me niet gelooft, probeer het dan maar eens met een lichtorgel. Of draait u dat nummer maar eens voor haar af. 'Song of Tiger'. Ik durf te wedden dat dat de aanleiding was, en niet mevrouw Frankenberg. Ze heeft zelf gezegd dat het door dat nummer kwam. Zorg voor alle zekerheid maar dat er een verpleger in de buurt is als u die poging waagt, liefst een paar stevige kerels.'

Hij liep langzaam naar de deur en speelde zijn laatste troef uit. Punt drie: 'En vraagt u mevrouw Bender dan ook maar eens hoeveel druppels water een junkie uit een wc schept om zijn shot de nodige consistentie te geven.'

Professor Burthe fronste zijn wenkbrauwen. 'Wat moet ik…'

De hand van Rudolf Grovian lag al op de deurklink. 'U hebt me prima begrepen. Legt u maar eens een set instrumenten voor druggebruikers voor haar neer. En laat u de huid van mevrouw Bender maar eens onderzoeken. Centimeter voor centimeter. Als u ook maar één litteken vindt dat op vroegere SM-praktijken wijst, neem ik ontslag. Dat zal echter niet nodig zijn.'

Hij opende de deur, zette een stap in de richting van de brede gang en zei: 'Denk aan dat lied, professor. Helaas had ik niet de moed om het voor haar af te spelen. De eerstvolgende keer zal ik dat echter alsnog doen. Door mijn ondervragingsmethoden is mevrouw Bender hier beland; ik haal haar daarmee hier ook weer weg. Dat geef ik u op een briefje, meneer Burthe.'

Zelden was hij zo woedend geweest als bij het verlaten van de psychiatrische kliniek en tegelijkertijd voelde hij zich machteloos. Hij was zonder diploma van de middelbare school gekomen en hij had zich bij de politie intern opgewerkt. Hoe kon hij de mening van een hoogleraar weerleggen als het hard tegen hard zou gaan? Hij was niet in de positie om een second opinion aan te vragen.

Hij reed naar Hürth terug en zocht in het telefoonboek op waar Eberhard Brauning woonde. Hij kwam zijn naam tweemaal tegen, zowel het advocatenkantoor als zijn privé-adres. Hij draaide het nummer van het kantoor. Helaas kon mr. Brauning niet aan de telefoon komen. De vriendelijke dame die de telefoon opnam kon op zijn vroegst voor de volgende dag een afspraak vastleggen. Toen hij zei dat het dringend was, werd hij toch met de advocaat doorverbonden.

Eberhard Brauning schrok toen Rudolf Grovian zijn naam zei en vertelde waarover hij dringend met hem wilde spreken. Over de telefoon kwam de opmerking: 'O hemel, de chef.' Er volgde een zacht lachje en vervolgens werd de toon weer zakelijk. 'Ik was sowieso van plan de komende dagen een afspraak met u te maken. Er zijn enkele onduidelijkheden…'

Verder liet Rudolf Grovian hem niet komen. 'Enkele?' Hij veroorloofde zich een lachje, hoewel het huilen hem nader stond. Vervolgens ging hij op zeer voortvarende en resolute toon verder. 'Ik zou u zeer erkentelijk zijn wanneer u wat tijd voor me zou willen vrijmaken. Ik begrijp dat u druk bent maar ook mijn tijd is beperkt. De komende dagen heb ik geen tijd en er is veel haast bij.'

En of er haast bij was. Gezien wat Burthe had verteld, zat zijn werk er bijna op. Als dat verdomde rapport eenmaal bij het Openbaar Ministerie lag… De woorden van Burthe gonsden als een zwerm wespen in zijn hoofd na. Het had elke man kunnen overkomen die toevallig in gezelschap was van een vrouw…

Dat klopte waarschijnlijk niet helemaal. Hijzelf was in elk geval niet in gezelschap van een vrouw geweest toen ze op hem instak. En dat was precies wat er was gebeurd. Hij hoorde het haar nog opsommen. Nek, keel, strot. Het viel hem niet op dat zijn gesprekspartner aarzelde. Pas toen er een langgerekt 'Ja' in de hoorn klonk, was hij er met zijn hoofd weer helemaal bij. 'Ik zie hier in mijn agenda…' Wat Eberhard Brauning zag, zei hij verder niet maar in plaats daarvan volgde de vraag: 'Zou vanavond u schikken? Weet u waar ik woon?'

'Ja.'

'Goed. Vanavond om acht uur. Schikt u dat?'

'Kan het niet wat vroeger?' Het was nog niet eens vier uur en hij had geen idee hoe hij de middag door zou moeten komen. Hij zou zich nauwelijks ergens anders op kunnen concentreren zolang hem dit nog dwarszat. 'Zou het om zes uur kunnen? Of stoor ik u dan bij de avondmaaltijd?' Uiteindelijk kwamen ze op zeven uur uit.

Toen dat afgehandeld was, zette hij koffie. Terwijl hij zijn eerste kopje dronk, luisterde hij sommige stukken op de cassettebandjes nogmaals af. 'Ik wilde toch gewoon een normaal leven leiden! Begrijpt u dat?' En: 'Dat had Gereon niet met me mogen doen.' Orale seks, dacht hij. Magdalena's droom. Daarom ging ze door het lint toen haar man dat bij haar wilde doen. Op de een of andere manier viel alles op zijn plek.

Bij de tweede kop koffie maakte hij notities van haar beschrijving van de kelder, voor zover hij zich die nog kon herinneren. Hij had een uitstekend geheugen. Hij kreeg het allemaal perfect op papier. Het schap met de flessen erop, de spiegel daarachter. En voor het schap een kleine, dikke man die wit poeder op de rug van zijn hand strooide, het aflikte en in de citroen beet. Tequila, dacht hij. Tequila, cocaïne en schuif eens een eindje op, Bokkie. En toen werkte haar eigen libido als een boemerang! Wat een onzin! Hij had echter in elk geval nog de verklaring van Margret Rosch, nachtmerries in een periode toen alle herinneringen nog vers waren.

Hij vroeg zich af of ze inmiddels weer bij bewustzijn was en of ze de weg naar boven in haar eentje had kunnen vinden. Zou ze hem nu weer vervloeken omdat hij haar dit had aangedaan, omdat hij haar ondanks zijn belofte in de kelder had achtergelaten?

Werner Hoß kwam een paar nieuwtjes vertellen en verjoeg zijn sombere gedachten. Het was nog steeds onduidelijk waar Ottmar

Denner zich bevond en over Hans Böckel was nog steeds niet meer bekend dan zijn naam. De naspeuringen in de ziekenhuizen in Hamburg hadden tot nu toe geen succes gehad. Ute Frankenberg was echter uit het ziekenhuis ontslagen.

Fantastisch! Met haar moest hij absoluut gaan praten. Misschien had Frankie haar ooit verteld waar hij met zijn vrienden had gemusiceerd. Hij stak de cassettebandjes waarop het verhoor was vastgelegd in zijn zak en ging op weg naar Keulen.

Hij arriveerde vrijwel stipt op tijd. Eberhard Brauning woonde in een oud, uitermate goed onderhouden gebouw van vier verdiepingen. De buitengevel in Jugendstil zat strak in de verf. Hij had er geen oog voor. Nadat hij had aangebeld, werd de buitendeur elektronisch geopend.

Daarachter bevond zich een halfdonkere, aangenaam koele entree. Op de vloer lagen zwarte en witte tegels. En in gedachten hoorde hij haar zeggen: 'Het was een witte vloer met groene steentjes ertussen.' Dat huis moest toch te vinden zijn.

Er was een lift. Hij besloot de trap te nemen. De woning van Eberhard Brauning bevond zich op de tweede verdieping. Grote, oude vertrekken met hoge plafonds, hoge ramen, schitterend antiek en daartussenin een paar welig tierende groene planten. Alle deuren naar de hal stonden open. Alles was in het zachte licht van de vroege avond gedompeld.

Cora Benders advocaat stond hem bij de voordeur op te wachten. Een verlegen indruk maakte hij niet, hij kwam veeleer wat gespannen over. Hij ging hem door de ruime hal voor naar de woonkamer en zei ondertussen: 'Hopelijk hebt u er geen bezwaar tegen dat mijn moeder bij ons gesprek aanwezig is.'

Wat een blamage, dacht Rudolf Grovian en hij zei: 'Nee.' Hij zag haar meteen toen hij het vertrek betrad. Een chique oudere dame, begin zestig, een oplettend gezicht, zilvergrijs haar dat heel nauwgezet en precies was gekapt. Waarschijnlijk ging ze tweemaal per week naar de kapper. Zou Cora Bender de shampoo gebruiken?

Hij groette vriendelijk, kreeg een stevige hand en hij zag dat ze aan haar rechterhand een zware gouden ring had met daarin een robijn ter grootte van een vingernagel. En in gedachten zag hij slechts dat sprietige haar voor zich. Waarom zou ze het tot nu toe niet gewassen hebben? Had ze zichzelf zo compleet afgeschreven? Geperverteerde klanten! Ze moest toch weten dat ze met een dergelijke bewering de weg terug definitief voor zichzelf afsloot. Haar man was niet het type dat daarmee uit de voeten kon.

Vervolgens zat hij in een fauteuil met gestreepte kussens. Naast zich op een kniehoog tafeltje met gekrulde pootjes en een ingelegd gepolitoerd blad stond een vliesdun porseleinen kopje. De koffie had precies de juiste kleur en was cafeïnevrij. En hij wist niet waar hij moest beginnen.

Robin Hood, dacht hij in een opwelling van ironie, de wreker van de misdeelden, beschermer van weduwen en wezen. En van degenen die helemaal geen rechten meer hadden! Welaan, vooruit Robin, maak die vent duidelijk wat zijn cliënte nodig heeft. Een verstandige adviseur die haar niet dat etiket opplakt. Ze had een vrouw nodig om mee te praten. Een oudere man kan ze niet in vertrouwen nemen. Dan ziet ze misschien haar vader voor zich. Maar een vrouw… Toen zag hij in gedachten Elsbeth aan de keukentafel zitten en schudde zijn hoofd. Allemaal flauwekul.

Hij schonk de chique dame een glimlachje, hield zijn ogen op Eberhard Brauning gericht en stak van wal: 'Ik ben vandaag bij mevrouw Bender geweest. Ze vertelde dat ze inmiddels ook met u heeft gesproken. U bent een keer bij haar geweest?'

Toen Eberhard Brauning weifelend knikte, informeerde hij: 'Vindt u één gesprek voldoende?'

'Natuurlijk niet. Maar het dossier is nog niet compleet. Ik wacht nog op het psychologisch rapport.'

'Ik kan u wel vertellen wat daarin zal staan. Ontoerekeningsvatbaar! Georg Frankenberg was een toevallig slachtoffer. Het had iedereen kunnen overkomen.'

Eberhard Brauning keek hem met enigszins gefronste wenkbrauwen aan. Zijn hoop op een reactie was tevergeefs. Dus vroeg hij: 'Wat was uw indruk van mevrouw Bender?'

De chique dame op leeftijd hield hem scherp in de gaten. Dat viel hem op. Ook viel hem de blik op waarmee ze op het antwoord van haar zoon wachtte, en haar glimlach. Hij kon die niet plaatsen. Het leek wel alsof ze een binnenpretje had. Nog steeds had Eberhard Brauning geen antwoord gegeven.

Rudolf Grovian grijnsde. 'Nou, vooruit, meneer Brauning. U voert een dergelijk gesprek zeker toch niet voor het eerst. Wat was uw indruk van mevrouw Bender? Ze heeft u een heleboel onzin verkocht, nietwaar? Heeft ze u ook iets uit de bijbel verteld en over de boetende Magdalena?'

Eberhard Brauning was van nature achterdochtig en buitengewoon voorzichtig. En het was inderdaad niet de eerste keer dat hij een dergelijk gesprek voerde. Gewoonlijk draaide het erop uit dat zo'n politieman je op je gemoed probeerde te werken. Dat hij zei dat gevangenisstraf de enige oplossing was en dat die niet te krap mocht uitvallen. 'Bedenk goed wat er allemaal speelt.' Dat was zo'n standaardzin. En in het geval van Cora Bender speelde er een heleboel.

Wat voor 'onzin' ze hem had verkocht, wist hij nog precies. Daar had hij de afgelopen dagen ook vaak genoeg uitvoerig met Helene over gesproken. Niet alleen over de onzin maar ook over de goed verstaanbare uitlatingen over haar zusje. 'Ik moest me toch op de een of andere manier van haar zien te ontdoen.'

Helene was dezelfde mening toegedaan als hij. Ze had het onderzoeksdossier doorgelezen en gezegd: 'Hardy, ik kan zo uit mijn stoel niet beoordelen in welke geestesgesteldheid die vrouw zich bevindt. Ik kan je ook niet zeggen of ze haar slachtoffer heeft gekend. Je kunt niet volledig uitsluiten dat hij gewoon een van haar vroegere klanten was. Juist jongemannen uit een goed milieu voelen zich dikwijls aangetrokken tot het rosse leven. Het zal voor de politie echter niet gemakkelijk zijn om die relatie te bewijzen. En zelfs als hun dat lukt, dan is het voor jou veeleer een nadeel. Ik wil me niet met je werk bemoeien. Ik weet ook dat jij tbs een onbevredigende oplossing vindt. Misschien wil je je standpunt nog eens heroverwegen. In dit geval zou het de beste oplossing zijn. Voor die vrouw kun je sowieso niet veel doen. Probeer haar zover te krijgen dat ze met Burthe over de kruisen en de verschijning van God de Vader aan haar bed spreekt. Dat komt vreemder over dan de paniekreactie van een voormalig hoertje.' Helene had gelijk!

'Meneer Grovian', begon hij en hij toverde een alwetend lachje op zijn gezicht voordat hij op rustige, bedachtzame toon verderging: 'Ik ben niet van mening dat mevrouw Bender me een hoop onzin heeft verkocht. Ik kan me voorstellen dat u liever zou willen dat ze de gevangenis indraait, maar...' Hij wilde nog meer zeggen.

Rudolf Grovian viel hem met één enkel woord in de rede. Het kwam er heel stellig uit. 'Nee!' Na een korte pauze legde hij uit: 'Het liefst zou ik haar bij haar thuis op het terras zien zitten, aan het bed van haar zoontje en in de keuken achter het fornuis zien staan. Voor mijn part in dat hokje dat ze haar kantoor noemde. Daar voelde ze zich kiplekker. Toen was ze volwassen, capabel en tevreden. Bent u wel eens in dat hoekje wezen kijken? Dat zou u eens moeten doen! Er zit niet eens een raam in. In huize Bender was ze niet meer dan een welkome werkezel. En desondanks was ze daar vrij. Dat was voor haar de hemel op aarde. Dan vraag je je toch af hoe de hel er moet hebben uitgezien?'

Hij kon nauwelijks geloven dat hij dat zei. Het kwam er echter vlot achter elkaar uit. En het was de waarheid. Voor het eerst gaf hij voor zichzelf toe dat meneer de deskundige het niet met alles bij het verkeerde einde had gehad. Zijn kijk op hem klopte. Verdomme nog aan toe! Negentien jaar bij Elsbeth was straf genoeg. Als je 'levenslang' opgelegd kreeg, kon je na vijftien jaar gratie krijgen. Zo gezien had Cora Bender vier jaar te lang gezeten. Genade voor recht, in elk geval één keer.

'Wat weet u van de kinderjaren en de jeugd van Cora Bender af, meneer Brauning? Is u alleen datgene bekend wat in haar dossier te vinden is? Of heeft ze er met u over gesproken?'

Dat was niet het geval. Dus deed hij dat in haar plaats, hij trok een kwartier uit om de hele ellende te schetsen en haalde bij zijn laatste zinnen een van de cassettebandjes uit zijn zak. 'En toen is dit gebeurd!' zei hij. 'Ik weet honderd procent zeker dat het gebeurd is. Precies zoals ze het beschrijft. Ik kan het echter niet bewijzen, meneer Brauning, ik kan het niet bewijzen!'

Tegen de beklemming die hij bij die woorden ervoer, hielp slechts een vleugje ironie. Hij wees naar de muur links van de stoel waar hij in zat. 'U hebt daar een pracht van een stereo-installatie. Cassettedeck en alles wat een mens verder nog nodig heeft. Ik geef u nu de kans die u van mevrouw Bender niet hebt gekregen: bij het verhoor aanwezig zijn. U hebt een heleboel gemist. Je moet dit hebben gehoord. Op papier komt het niet over. Zet u de cassetterecorder maar aan. Ik heb het bandje al naar de juiste passage doorgespoeld.'

Via de grote luidsprekerboxen klonk het alsof ze naast de chique bejaarde dame op de bank zat. Haar stem kwam van die kant op hem af. Het snikken, de smeekbeden, het gestamel – en nog een keer dat: 'Help me!'

Hij zag hoe Eberhard Brauning enkele keren stevig slikte. Zo'n gevoel had hij ook maar hij loste het op met een slok koffie. Na enkele minuten verstomde de stem van Cora Bender. 'Zover had ik haar vandaag weer', zei hij zachtjes. 'Ze vloog me aan. Precies op de manier waarop ze Frankenberg te lijf is gegaan. Als ze een mes in haar hand had gehad, zat ik nu niet hier.'

Eberhard Brauning gaf geen antwoord, hij staarde naar de cassetterecorder alsof hij zat te wachten op wat er verder nog zou volgen. Er volgde niets meer. En Helene hulde zich in stilzwijgen, ze seinde niet eens met haar ogen. Hij zag zich gedwongen te erkennen: 'Ik begrijp niet goed wat u van mij wilt, meneer Grovian.'

Rudolf Grovian voelde zijn woede weer opkomen. Het lag op het puntje van zijn tong om te vragen: 'Wat doet u dan normaliter als pro-Deoadvocaat? Is het uw gewoonte om alleen maar een soort boegbeeld voor uw cliënten te zijn?' Hij wist zich te beheersen. 'Zorgt u voor een contra-expertise, een second opinion', zei hij op gebiedende toon en hij was een beetje verrast toen de chique dame op leeftijd zich opeens in het gesprek mengde. 'Meneer Burthe geniet een uitstekende reputatie.'

'Dat is best mogelijk,' zei hij, 'maar als Cora Bender begint te pochen, baat de beste reputatie niet. Ze heeft hem een vette kluif voorgehouden en hij heeft toegehapt. Prostitutie en geperverteerde hoerenlopers.' Toen hij verderging, viel het hem op hoe de gezichtsuitdrukking van Eberhard Brauning veranderde. Die knaap zou bij het pokeren geen enkel potje hebben gewonnen. 'Heeft ze u ook die kletspraat verkocht?' Hij kreeg geen antwoord, alleen die veelzeggende gezichtsuitdrukking. 'Nu moet u eens goed luisteren!' zei hij en hij schoot bijna in de lach. Nu moet u eens goed luisteren! Hij zag haar voor zich met haar dansende vinger, de woede in haar ogen. Laat mijn vader met rust!

Hij lachte niet maar zei het nogmaals, nu heel bewust: 'Nu moet u eens goed luisteren! Ik moet weten wat ze u heeft verteld. Woordelijk, ook als u denkt dat het onzin is. Ze geeft een heleboel aanwijzingen. Alleen moet je een en ander op de juiste manier interpreteren.'

Eberhard Brauning liep naar de stereo-installatie, nam het bandje uit de cassetterecorder, overhandigde het hem en zei voor de vorm. 'Ik heb een kopie van al die bandjes nodig. Ook van het bandje dat aan het meer werd afgespeeld.'

'Heeft ze met u over dat nummer gesproken?'

Eberhard Brauning gaf geen antwoord, ging weer omstandig zitten en fronste misprijzend zijn wenkbrauwen. 'Meneer Grovian, u zult toch van mij niet verwachten dat ik de tegenpartij iets over mijn gesprek met mevrouw Bender ga vertellen.'

'Verdomme nog aan toe! Ik ben de tegenpartij niet. Moet ik soms een knieval doen om u ertoe te bewegen uw mond open te doen? Weliswaar zit ik hier in mijn hoedanigheid als opsporingsambtenaar. Ik ben echter niet de tegenstander van Cora Bender.'

'Mevrouw Bender is een andere mening toegedaan.' Langzamerhand en helemaal alleen – Helene hielp hem immers niet, zat daar maar fijntjes te glimlachen – kwam Eberhard Brauning tot het inzicht dat het geen kwaad kon om enkele van Cora Benders ontboezemingen te onthullen.

Hij begon met David en Goliath, kwam via de drie kruisen met de man zonder zonden in het midden bij God de Vader die af en toe 's nachts naast haar bed verscheen, zich over haar heen boog en haar over de onschuld van zijn zoon vertelde.

Rudolf Grovian zat aandachtig te luisteren. Hij zag echter algauw in dat alle moeite die hij deed, hier slechts tijdverspilling was. 'Ja', zei hij op langgerekte toon, terwijl hij opstond en de chique oudere dame nog een haastige glimlach schonk. 'We komen allemaal wel eens in de verleiding om de weg van de minste weerstand te kiezen. En in een zaak als deze staan we er allemaal goed voor. Niemand veroordeelt dat arme kind. We sluiten haar gewoon op. En dan hoeft niemand zich meer af te vragen waarom ze het heeft gedaan. Zo dacht ik er eerst ook over. Daarna voelde ik echter de aandrang om de zaak grondig te onderzoeken. En nu zit ik er tot over mijn oren in. Ik vrees alleen dat u mij verder niets meer zult vertellen. Burthe was van mening dat het door mijn ondervragingsmethoden komt dat mevrouw Bender in de psychiatrie is beland. Voor een goede advocaat is zoiets een buitenkansje.'

Dat was het moment waarop Eberhard Brauning zich op zijn rol bezon of er liever gezegd met zijn neus op werd gedrukt. Pro-Deoadvocaat! Hij voelde zich niet erg op zijn gemak. Natuurlijk moest hij het nog in alle rust met Helene bespreken en nadenken welke mogelijkheden er überhaupt waren. Misschien moest je het echter toch niet helemaal aan de officier van justitie overlaten. Als een politieman zijn best deed voor deze vrouw, had ze wellicht toch nog best een goede kans.

Ingehouden schraapte hij zijn keel. 'Dit moet echt onder ons blijven, meneer Grovian. Heb ik kans op vrijspraak als ik een contra-expertise aanvraag?'

'Nee', zei Rudolf Grovian kalm. 'Dat hebt u niet. Een paar jaar gevangenis is echter minder erg dan een doodvonnis. En ik vrees dat het daar voor Cora Bender op neer zal komen. Ze heeft geen rechters meer nodig. Ze heeft haar eigen vonnis getekend. Momenteel is ze bezig ons daarvoor de motivatie te leveren. En misschien heeft ze bij de daaropvolgende tenuitvoerlegging meer geluk. Ik denk dat ze er in de gevangenis van zal afzien. Daar zitten namelijk de gewone misdadigers opgesloten. En om daar te komen, meneer Brauning, hoeft ze slechts toe te geven dat ze Georg Frankenberg daar aan het meer herkend heeft en wraak op hem wilde nemen.'

'Wraak waarvoor?' vroeg Eberhard Brauning. En Rudolf Grovian legde hem dat uit. Wat hij voorstelde, was allesbehalve legaal. Het kon hem de kop kosten. Dat interesseerde hem op dat moment echter niet.

Het liep tegen negenen toen hij afscheid nam. Het laatste uur bij de familie Brauning had hij zich meermalen over de grote interesse verbaasd die de oudere dame aan de dag legde, totdat Eberhard Brauning hem had uitgelegd welk beroep Helene had uitgeoefend. Geen slechte combinatie, vond hij en hij vroeg zich af of Cora Bender misschien bereid zou zijn om Helene Brauning voor een contra-expertise te accepteren.

Het was al rijkelijk laat om nog bij iemand langs te gaan, maar tot nu toe was Ute Frankenberg aan alle kanten ontzien. Niemand had haar met vragen lastiggevallen. Twee of drie antwoorden maar, meer wilde hij niet van haar.

Om tien over negen parkeerde hij zijn auto in de buurt van de woning van Frankenberg. Ze woonde in een modern flatgebouw. Winfried Meilhofer deed open. In de woonkamer zat een jonge vrouw. Hij kende haar niet persoonlijk. Evenals de vrouw van Frankenberg was ze afgelopen zaterdag niet in staat geweest een getuigenverklaring af te leggen. In de tussenliggende dagen had Werner Hoß haar verklaring opgenomen.

Haar naam was hem echter wel bekend. Alice Winger, de vriendin van Ute Frankenberg, die aan het meer bij Meilhofer had gezeten. Cora Bender had aan hun flirt een abrupt einde gemaakt. Het tweetal had elkaar inmiddels vermoedelijk beter leren kennen. Gezien de manier waarop ze met elkaar omgingen, waren ze inmiddels goed bevriend.

'Ik moet me verontschuldigen dat ik u zo laat nog stoor', stak hij van wal. 'Het kan echter geen uitstel lijden. Ik wilde mevrouw Frankenberg niet speciaal naar Hürth laten komen. Mijn vragen kan ze net zo goed hier beantwoorden.'

Vooralsnog kreeg hij haar niet te zien. 'Ute is even gaan rusten', deelde Alice Winger mee. 'Wat wilt u haar dan vragen?'

Niets belangrijks. Als inleidende vraag misschien wanneer en waar ze haar man had leren kennen. Dat kon Alice Winger hem ook wel vertellen. 'In december vorig jaar. In het Ludwigmuseum. Ik was erbij.'

De volgende vraag was of haar man ooit de naam van Cora Bender had laten vallen. Het gezicht van Alice Winger kreeg een gesloten uitdrukking. 'Dat kan ik me nauwelijks voorstellen.'

Wel, er waren nog een paar namen die in de loop van het onderzoek boven waren komen drijven. En: 'Ik zou mevrouw Frankenberg liever persoonlijk spreken. Het is slechts een formaliteit.'

'Ik ga haar even halen.' Alice Winger stond op en ging de kamer uit. Ze bleef een paar minuten weg. Intussen nam Winfried Meilhofer de gelegenheid te baat om te informeren: 'Zit er een beetje schot in het onderzoek?'

Hij knikte. Op de een of andere manier deed het hem goed dat uitgerekend de man die ernaast had gezeten ervan uitging dat er nog een onderzoek plaatsvond.

'Die aanblik zal ik nooit kunnen vergeten', zei Winfried Meilhofer zacht. 'Zoals ze naast Frankie zit en hem aankijkt. Ze was gelukkig. Dat zou ik misschien niet moeten zeggen maar ik had met haar te doen. Vreemd zoals een mens reageert. Ik had ontdaan moeten zijn. Ik was ook ontdaan. Vooral echter over Frankies reactie, over die van haar man en over mijn eigen reactie. Ik zou van mezelf nooit hebben gedacht dat ik ooit totaal verlamd zou zijn, niet in staat te bewegen. Ik had het kunnen verhinderen. Die eerste steek niet. Maar wel de tweede. En…'

Alice Winger viel hem in de rede. Ze was teruggekomen en zei: 'Ze komt zo. Pakt u haar alstublieft een beetje voorzichtig aan. Het is allemaal nog zo vers. Ze waren zo gelukkig met elkaar.'

'Ja natuurlijk.' Bijna schaamde hij zich. Dit was de andere kant van de zaak. De kant waar hij voor moest opkomen. Fatsoenlijke burgers wier leven in een fractie van een seconde door een waanzinnige actie was verwoest.

Er verstreken nog enkele minuten voordat Ute Frankenberg in de deuropening verscheen. Het eerste moment zag hij alleen haar roze badstof ochtendjas die tot op de grond kwam. Ze had zich er helemaal ingepakt, alsof ze het koud had. Boven de kraag uit zag hij een mollig, grauw gezicht, moe door een gebrek aan slaap, betraand. Op haar neus en ogen zaten rode adertjes. En haar gezicht was omkranst met witblond haar, dicht tegen het hoofd aan, in de nek bijeengehouden met een klemmetje. Meer was er niet van te zien.

Hij herhaalde zijn eerste vraag die Alice Winger al had beantwoord. Ute Frankenberg bevestigde het verhaal op zachte, nauwelijks verstaanbare toon. Hij begon over vroegere vrienden van haar man. Ze wist alleen te vertellen wat ze van Frankie had gehoord maar hij praatte daar niet graag over. Toen ze op een keer over het nummer was begonnen waar hij elke avond naar luisterde – hij beweerde dat hij niet in slaap kon komen als hij het niet had gehoord – had hij haar een paar oude foto's laten zien en had hij haar verteld dat het de grootste stommiteit was geweest die hij had kunnen uithalen.

De naam Cora had ze nooit uit zijn mond gehoord. Hij was echter nooit een rokkenjager geweest, in tegenstelling tot de beide anderen. Wat die allemaal uithaalden had hem vaak tegen de borst gestuit, had hij gezegd. Meisjes en cocaïne. Cocaïne en meisjes. En op een keer had hij gezegd dat hij altijd op haar had gewacht, dat zij de vrouw van zijn dromen was, precies de vrouw die hij nodig had om te kunnen genezen.

Het leek wel alsof Ute Frankenberg sterke kalmeringsmiddelen had gebruikt. Hij kon verder niets doen dan af en toe eens knikken, hoewel de verwijzing naar foto's hem welhaast had geëlektriseerd. Voorzichtig, dacht hij. Pakt u haar voorzichtig aan. Natuurlijk!

'Mevrouw Frankenberg, die oude foto's hebt u die nog?'

'Frankie wilde ze weggooien. Ik vond dat zonde. Ik heb ze…' Ze was op de bank gaan zitten, stond met een trage beweging op, liep naar een kast, bukte zich, deed een la open en pakte er een fotoalbum uit. 'Het zou kunnen dat ze hier in zitten.'

Dat was niet het geval. Ze moest eigenlijk naar de slaapkamer gaan, daar lag nog een album. Ze voelde zich echter niet in staat het te halen. Alice Winger deed dat voor haar. Vervolgens zat Ute Frankenberg weer op de bank met het fotoalbum op schoot en haar ogen op een foto ter grootte van een ansichtkaart gericht. Frankie! Ze streelde met haar vingertoppen het papier, barstte in tranen uit en was niet in staat verder te bladeren.

Rudolf Grovian deed zijn uiterste best om geduldig te wachten. Alice Winger nam het fotoalbum van haar over, zocht, en pakte er een foto uit. 'Bedoelt u deze foto?'

Ja, dat was de foto! Wat een opluchting, een pak van zijn hart. Nu hoefde hij niet te liegen, niet te manipuleren, niet te doen wat haar advocaat nog geen uur geleden had voorgesteld: 'Als de nood echt aan de man komt, maken we van Frankie een lieve maar verwende kwajongen uit een goed milieu die – voor mijn part onder invloed van alcohol en cocaïne – heeft toegelaten dat zijn vrienden vijf jaar geleden in augustus zijn meisje hebben aangerand. Het valt niet te bewijzen maar het tegendeel kan ook niet worden bewezen, mits we maar vasthouden aan 16 augustus. Toen was zijn arm weer helemaal genezen. Laten we maar gebruik maken van al die grootspraak. Ik zorg wel voor een vrouwelijke getuige die onder ede wil verklaren dat ze Cora Bender op 16 augustus 's avonds in de auto van Georg Frankenberg heeft zien stappen. Ik weet zeker dat de buurvrouw dat voor u zal willen doen mits u haar garandeert dat dat verder geen consequenties heeft. En dan moet u er bij mevrouw Bender inhameren dat ze tijdens het proces geen woord mag zeggen over de Verlosser en de boetende Magdalena en ook niets over pooiers en prostitutie. Wat wij nodig hebben, is een mooie liefdesgeschiedenis met dramatische afloop.'

En dat klopte precies! Het kiekje was slecht belicht. Met een beetje goede wil en haar beschrijving in het achterhoofd was er best iets op te onderscheiden. De muziekinstrumenten op het podium in de hoek. Twee mannen zelfs. Die ene achter het drumstel moest Frankie zijn. Hij hield zijn armen omhoog. Zijn gezicht was slechts een wazige vlek. Het gezicht van de andere man was al wat duidelijker te zien. Hij stond achter het keyboard. Een blonde dikzak met een dromerige gezichtsuitdrukking. Niet al te groot en met een stevig postuur.

'Wie is dat?'

Ute Frankenberg boog zich over zijn uitgestrekte hand heen. 'Dat moet Ottmar Denner zijn.'

Tijger, dacht hij. 'Heeft uw man ooit gezegd wat de bijnaam van Ottmar Denner was? Tijger?'

'Nee, nooit.'

'Ook geen andere bijnaam? Bokkie of Johnny Guitar?'

'Nee.'

Jammer! Doodjammer! 'Op deze foto zijn maar twee mannen te zien, mevrouw Frankenberg. Waar is de derde, Hans Böckel?'

Ja, waar zou die nou zijn? Die stond de foto te maken.

'Bueckler', zei ze werktuiglijk. 'Niet Böckel, hij heette Bueckler. Dat schrijf je met ue.'

Winfried Meilhofer bood mompelend zijn excuses aan. 'Dan heb ik de naam verkeerd verstaan.'

'Er moet echter ook nog een foto van Hans Bueckler zijn', mompelde Ute Frankenberg op een toon alsof ze tegen zichzelf sprak. Ze nam het fotoalbum weer op schoot, sloeg een bladzijde om, schudde haar hoofd, nog een bladzijde. 'Hier', zei ze en ze haalde de foto onder het schutblad vandaan en rekte hem die aan. Tegelijkertijd streek ze met haar andere hand over haar nek en maakte een snelle hoofdbeweging.

Rudolf Grovian stelde twee dingen tegelijkertijd vast. De man op de foto. De beschrijving die Melanie Adigar van Johnny gegeven had, klopte precies. Een blonde adonis. Alsof hij model had gestaan voor de Griekse godenbeelden. En het haar dat over de rug van Ute Frankenberg naar beneden viel. Nog steeds door het klemmetje bijeengehouden maar lang. Het viel tot op haar heupen.

Hij voelde een steek van onthutsing in zijn hart omdat hij zichzelf op hetzelfde moment voor het oude nachtkastje zag staan met de foto in het zilveren lijstje in zijn hand. Magdalena, dacht hij. Die vrouw was de oorzaak.

Verdomme! Die onbenul van een psychiater had gelijk! Maar dat kon niet. Wat hij in zijn hand had, was een bewijs. Hij concentreerde zich weer op het kiekje in zijn hand. Hans Bueckler stond in de kelder aan de bar met een glas in zijn hand. 'Weet u waar die foto's zijn gemaakt, mevrouw Frankenberg?'

Ze knikte. 'In de kelder waar ze altijd repeteerden.'

'Waar kan ik die kelder vinden?'

'Dat weet ik niet. Is die kelder van belang voor u?'

'Uiterst belangrijk.'

'Ik weet het echt niet. Misschien in het huis van Denners ouders of bij Hans Bueckler thuis. Ja, daar zal het wel zijn geweest. Ik weet niet waar hij woonde. Ergens in het noorden van Duitsland. Zijn vader deed iets in de muziek. Hij was impresario, geloof ik, maar dat weet ik niet zeker.'

'Ik moet die foto's meenemen, mevrouw Frankenberg. Indien mogelijk zou ik graag nog meer foto's meenemen die in de kelder zijn gemaakt. Hebt u misschien ook een foto van het huis?'

Die had ze niet maar er waren nog twee opnamen die in de kelder waren gemaakt. En die foto's waren ook scherper. Op een ervan stond de bank met het lage tafeltje ervoor. Frankie zat op de bank. En er was nog een foto van hem en Denner naast een rode sportwagen.

'Weet u van wie die auto was?'

Ze knikte slechts en bekeek de foto die hij in zijn hand hield. Tot antwoorden was ze niet in staat. Dat deed Winfried Meilhofer voor haar. 'Dat was de auto van Frankie. Hij had hem nog toen ik hem leerde kennen.'

Bij het afscheid voelde hij zich wat opgeluchter. Een beetje maar. Veel was het niet wat hij in handen had. In feite slechts de hoop dat hij een foto van Johnny op zak had. En een inwendig stemmetje zei hem dat hij beter ook een foto van Ute Frankenberg had kunnen meenemen. En dat hij haar die eigenlijk moest laten zien. Dat hij haar moest vragen: 'Wie is dat, mevrouw Bender?'

En in gedachten zag hij haar glimlachen, even intens, even ongerust en liefdevol als op de foto op haar kamer. En in gedachten hoorde hij haar met een weemoedige ondertoon zeggen: 'Dat is Magdalena.'

14

Haar haren waren nog vochtig. Ze had ze na het ontbijt gewassen en Margret had vergeten de föhn in te pakken. Het was na de middag, dat wist ze. Veel meer wist ze niet, alleen dat haar haren nog vochtig waren. Ze voelde de koelte in haar nek. Als er van buitenaf een briesje naar binnen waaide, voelde ze ook dat haar hoofd koel was. Voor het overige voelde ze echter niets.

Op zeker moment jeukte er iets aan haar rechterbeen, onder haar knieholte aan haar kuit – alsof er een insect zat. Dat was al een poos geleden. Ze had er lang over nagedacht of ze er haar hand naartoe zou brengen – krabben of het insect verjagen. Misschien was het een mug. Ze had geprobeerd zich op de plek te concentreren en te ontdekken of ze er uitsluitend door zich te concentreren achter kon komen wat het was of dat ze het op die manier op de vlucht kon jagen. Gekeken had ze niet en evenmin had ze haar handen naar die plek gebracht. Op een gegeven moment jeukte het niet meer. Een halfuur geleden. Dat wist ze zeker, ze had de seconden geteld.

Sinds ze was teruggekomen van de professor hield ze zich uitsluitend bezig met tellen. Ze was al een eind boven de tienduizend toen de jeuk aan haar been het tellen onderbrak zodat ze weer van voren af aan had moeten beginnen. Achttien! Zo oud was Magdalena geworden. Negentien – zo oud was zij destijds. Twintig – toen was ze langzaamaan beginnen te leven. Eenentwintig – toen had ze zich ingebeeld dat ze eenzelfde soort leven zou kunnen leiden als duizenden anderen, met een man die te dom was om gevaarlijk te kunnen worden. Dat was echter een vergissing geweest. Tweeëntwintig, drieëntwintig, vierentwintig... uit.

De professor had gezegd: 'Ik zie dat u uw haar hebt gewassen, mevrouw Bender.'

Toen was het nog nat, niet alleen vochtig. De professor was er blij mee. Hij had gevraagd hoe vaak ze het vroeger altijd waste. Elke dag toch zeker! Of ze die krullen van zichzelf had of dat ze krulspelden had gebruikt. En welke shampoo ze had gebruikt, het rook zo lekker fris.

'Het is ook heel goede shampoo', had ze geantwoord. 'De chef heeft die voor me meegebracht. Waar is hij? Heb ik hem vermoord?'

Ze wist nog dat ze op hem had ingestoken, met een mesje dat op de bar lag. Op de een of andere manier had ze het weten te bemachtigen. En op het moment waarop ze op hem instak, was hij niet de chef maar iemand die iets deed wat hij niet mocht doen. Daarna had ze nog een keer, een fractie van een seconde maar, zijn gezicht gezien. Ze had hem ook herkend maar ze had niet meer kunnen vaststellen of hij bloedde en of hij überhaupt nog in leven was. Meteen daarna was alles donker geworden.

En daarna een wit bed en een smal, bezorgd gezicht dat zich over haar heen boog. De keurig geknipte baard ontbrak. Die had hij afgeschoren, was haar eerste gedachte geweest. Hij heeft zich geschoren terwijl ik lag te slapen. Ze wachtte op het moment dat hij haar sinaasappelsap te drinken zou geven of haar armen en benen zou bewegen. Dat hij haar zou vragen een gedicht op te zeggen dat ze nog van vroeger kende, of iets in de canule zou spuiten die op de rug van haar hand zat. Of dat hij zou controleren of het verband om haar hoofd nog goed zat of dat hij haar in haar hiel zou prikken.

En die angst, die verschrikkelijke angst dat alles van voren af aan was begonnen, dat ze alles opnieuw zou moeten meemaken: thuiskomen. Moeders onverschillige stem toen ze opendeed. 'Cora is dood. Allebei mijn dochters zijn dood.'

En vader aan haar bed. 'Wat heb je gedaan, Cora?'

En Grit met haar angstig bezorgde gezicht, niet wetend of ze moest praten of zwijgen. Langzaam op de tast voorwaarts. Elke zin een hamerslag. 'Je hoeft je geen zorgen te maken. Margret heeft overal voor gezorgd. Op haar overlijdensverklaring staat dat ze aan hart- en nierinsufficiëntie is overleden. Margret heeft haar dossier in Eppendorf opgehaald en ons een lijk gebracht, van een verslaafd meisje, geloof ik. Margrets vriend heeft haar geholpen. Hij heeft ook de overlijdensverklaring getekend.'

Grit had haar hoofd geschud, tegelijkertijd haar schouders opgehaald en had verder gesproken: 'Het was een jonge vrouw. Margret heeft haar met de auto hierheen gebracht. Levensgevaarlijk, maar we hadden gewoon iets nodig voor de uitvaart. We hebben haar gecremeerd. Magdalena wilde dat zo. En volgens Margret was daarmee het leed geleden. Mocht iemand ooit domme vragen gaan stellen, dan zijn er geen antwoorden meer.'

Ze ging bijna dood aan die onmenselijke angst om dat allemaal opnieuw te moeten aanhoren. Ze schreeuwde, pakte de hand beet die haar pols voelde en klampte zich eraan vast. 'Ik wil niet naar huis. Stuur me alstublieft niet weg. Laat me hier blijven. Ik kan in het huishouden helpen. Ik doe alles wat u maar wilt als u me naar niet naar huis stuurt. Mijn zusje is dood. Ik heb Magdalena vermoord.'

Hoelang ze had geschreeuwd, gesmeekt en die hand omklemd had gehouden, wist ze niet. Het had een eeuwigheid geduurd voordat ze inzag dat ze zich vergist had. Hij had zich niet geschoren. Hij had nooit een baard gehad. Hij was de deskundige. En hem had ze het verteld. Ook al wendde hij de volgende ochtend honderdmaal voor dat hij het niet had gehoord. Ook al vroeg hij haar duizend keer met wat voor shampoo ze haar haren had gewassen. Hij had zijn doel bereikt. Het ultieme uit haar naar boven gehaald.

Vierduizend driehonderdzevenentwintig.

Vierduizend driehonderdachtentwintig.

Magdalena's botten in het stof te midden van verdord gras.

Vierduizend driehonderdnegenentwintig.

Vierduizend driehonderddertig.

Een onbekend lijk! Een skelet in de buurt van een militair oefenterrein op de Lüneburger Heide.

Vierduizend driehonderdeenendertig! Niet denken! Ze mocht

niet denken, wilde dat ook niet meer.

Grit had gezegd: 'Toen je vader die zondagochtend in mei bij mij voor de deur stond en zei: De meisjes zijn verdwenen, kon ik dat aanvankelijk niet geloven. Op dat moment dacht ik dat jij Magdalena waarschijnlijk naar Eppendorf had moeten brengen. We hebben stad en land afgebeld. Allemaal tevergeefs. 's Middags ontdekten we de auto op het parkeerterrein bij de Aladin. Daar hadden we geen verklaring voor en we wisten niet wat we moesten doen. Ik heb je vader voorgesteld om naar de politie te gaan. Dat weigerde hij categorisch. Ik had zo'n gevoel dat hij veronderstelde dat jij Magdalena…'

Grit had een diepe zucht geslaakt. 'Hoe hij op die gedachte kon komen, zal ik nooit van mijn leven begrijpen. Juist hij moest toch weten dat jij je voor haar desnoods zou hebben laten vierendelen. Ja, en toen hebben we in de buurt rondverteld dat het afliep met haar en dat jij niet van haar zijde week. Gelukkig maar dat Melanie dat weekend bij vrienden logeerde. Anders had ze haar mond misschien voorbijgepraat.'

Vervolgens was Grit over augustus begonnen. 'Ik vind het nog steeds niet juist wat Margret heeft gedaan. En ik verwijt het mezelf dat ik überhaupt iets heb gezegd toen ik in de krant las dat er een lijk was gevonden. Ik wilde er eerst niet met je vader over praten. Ik dacht dat hem dat onnodig zou opwinden. Dat was ook zo. Hij belde Margret onmiddellijk op. En weet je wat hij tegen haar zei? We hebben Magdalena gevonden. Ik zei: Wilhelm, dat is toch niet waar! Wij hebben helemaal niks. Ze hebben een lijk gevonden, een of ander lijk dat door niemand meer kan worden geïdentificeerd. Het kan onmogelijk Magdalena zijn. Dan had je immers kleren moeten vinden, in ieder geval haar nachtpon. Ze had immers altijd een nachthemd aan. Hij keek me zo raar aan en schudde zijn hoofd. En toen zei Margret: Wie dat dode meisje is, speelt helemaal geen rol. We moeten iets ondernemen. We hebben immers al veel te lang gewacht. En feitelijk had ze daar gelijk in. We konden niet tot in alle eeuwigheid blijven vertellen dat jij aan het bed van Magdalena zat. Dat ze nog in leven was, geloofden we immers ook niet.'

Vierduizend driehonderdtweeëndertig. En verder tot in alle eeuwigheid – met dat beeld voor ogen – half vergane botten in de modder. Met Magdalena's stem in haar oor: 'Ik wil de hel.' Dat lijk dat daar buiten had gelegen, was niet gecremeerd. Weggerot was ze, zwart geworden. Wormen had ze gekregen.

Bij achtduizend zevenhonderddrieënveertig hoorde ze de sleutel in het slot. Ze liet zich niet onderbreken en rekende er stellig op dat ze haar weer kwamen halen om haar voor de tweede keer naar de professor te brengen.

De zitting die ochtend was voor hem buitengewoon onverkwikkelijk verlopen. Hij wilde van haar weten waar ze de laatste keer met de chef over had gesproken. Wat een gemenerik! Dat wist hij immers allang. Ze was toch niet zo stom dat ze niet tussen de regels door kon horen wat hij allemaal al wist.

Hij vroeg of ze nog eens met hem over de kelder wilde praten. En over het feit dat pooiers normaliter geen gelovige mensen waren. Dat pooiers dikwijls een meisje lieten afranselen en dat soms ook zelf deden, maar dat ze daarbij niet amen! amen! amen! schreeuwden. Zij had echter wel heel vaak amen moeten zeggen. En ze had stellig ook dikwijls gewenst dat ze een normaal leven kon leiden. Samen met een jongeman.

Hij zei dat hij wist dat Magdalena voor haar een enorme belasting was geweest. En vervolgens wilde hij met haar over muziek praten. Vooral over de liedjes waar Magdalena graag naar luisterde. Of ze zich nog bepaalde titels kon herinneren, wilde hij weten.

Waar de chef was, wilde hij echter niet zeggen. Geen woord of hij nog in leven was. Toen gaf ze hem ook geen antwoord meer. En vervolgens draaide hij muziek. Hij liet haar de drums horen, de gitaar en de hoge, schrille tonen van een keyboard. 'Song of Tiger'!

En die schijnheilige hond vroeg hoe ze zich voelde. Waaraan ze op dat moment dacht. Ja, waaraan nou helemaal? Achttien!

Negentien! Twintig! Eenentwintig! Ze had haar kaken zo vast op elkaar moeten klemmen dat het kraakte. Maar het had gewerkt. Tweeëntwintig! Drieëntwintig! Vierentwintig!

Hij was zenuwachtig geworden. Dat was hem niet aan te zien maar ze had het gevoeld en ze had doorgeteld, door, almaar door.

Achtduizend zevenhonderdvierenveertig. De deur ging open. Een van de broeders kwam binnen, dezelfde die gisteravond twee keer bij haar was komen kijken. Bij een van die keren had hij het haar van haar voorhoofd gestreken en gevraagd: 'Hoe voelt u zich, mevrouwtje? Gaat het weer een beetje?'

Hij heette Mario, het was een aardige vent, altijd vriendelijk, altijd goedgehumeurd; hij had donker haar, net als vader vroeger. En hij was heel sterk, beresterk. Hij kon een volwassen man onder zijn arm klemmen en zonder problemen wegdragen hoewel de man spartelde en om zich heen schopte en met beide vuisten op Mario's rug beukte.

Dat had ze een keer gezien toen ze van de kamer van de professor terugging naar haar eigen kamer. En toen had ze gedacht dat vader misschien ook ooit zo was geweest. Even groot als Mario, even sterk als Mario. Toen hij jong was ook even knap als Mario. Ze had zich voorgesteld dat moeder verliefd op hem werd, hoe ze zich voor het eerst door hem liet kussen. Hoe ze voor het eerst met hem naar bed ging. Hoe ze daarvan genoot. En hoe ze samen met hem hun eerste kind verwekte. Hoe blij moeder was geweest dat ze op haar leeftijd nog zwanger was geraakt en hoe gelukkig ze was met de man die bij haar hoorde. En ze had zich voorgesteld dat zij in moeders plaats was en dat Mario vader was.

Gisteravond had ze daar ook over gefantaseerd, toen ze nog zo suf was van de medicijnen dat ze nauwelijks in staat was om te denken, toen ze alleen iets kon wensen: dat Mario haar uit bed haalde en dat hij haar in zijn armen meenam, ver, ver weg. Terug naar de kelder. Haar daar op de vloer legde. Midden in het vertrek stond als een soort Hercules. En dat hij iedereen, ieder van degenen die er nog waren, onder zijn arm klemde. Ze allemaal naar buiten droeg. En hen daar doodsloeg. Allemaal! En nadat hij iedereen had doodgeslagen, kwam hij terug, tilde haar weer van de vloer en zei: 'Nu is het voorbij, mevrouwtje. Nu is het achter de rug.' En dan liet hij haar slapen – tot in alle eeuwigheid.

Het was een zonde zoiets te wensen. Het hele leven was een zonde. De dood ook. Ze had haar zusje vermoord. En toen ze Magdalena dood voor zich zag liggen, was ze in paniek het huis uitgerend. Ze was naar de Aladin teruggereden waar Johnny op haar wachtte. Hij had haar geholpen het lijk naar de hei te brengen. Ze hadden Magdalena ergens neergelegd waar ze niet zo gauw zou worden gevonden. In de buurt van een militair oefenterrein, daar kwam niemand, ook de soldaten niet. Daar kon Magdalena verworden tot een stinkend, weerzinwekkend stuk vuil.

Zo was het waarschijnlijk gegaan, precies wist ze het niet, maar Grit dacht dat het zo was gegaan. Waarbij Grit ervan uitging dat Magdalena al dood was toen ze die nacht thuiskwam. Daar vergiste Grit zich in. En nu wist de professor het. En als ze niet telde, moest ze zich afvragen: waarom heb ik geen vuur gemaakt? Dat had ik haar beloofd. Hadden we geen benzine bij ons? In vaders auto lag altijd een volle jerrycan benzine. Maar vaders auto stond bij de Aladin. Die kon ze nooit hebben gebruikt. Dus moest iemand haar wel hebben geholpen. Ik kan niet alleen met haar zijn geweest. Als ik alleen was geweest, had ze haar vuur gekregen. Er moet iemand bij me zijn geweest die niet met vaders auto wilde gaan. Die in zijn auto geen volle jerrycan benzine had. Of die vuur te gevaarlijk vond. Die bang was dat iemand de vlammen zou zien. Johnny? Dat was de enige mogelijkheid.

Mario gaf haar met zijn rechteroog een samenzweerderige knipoog. Ze zag dat hij een dienblad in zijn hand had. Daar stond een kannetje van dik, wit porselein op en twee kopjes. Hij bracht het dienblad naar de tafel, zette het erop en legde zijn vinger op zijn lippen: 'Dit blijft onder ons', zei hij. 'Die heb ik zelf gezet. Het is echt lekkere koffie.'

Ze beet op haar lip en knipperde met haar ogen tegen de opkomende tranen.

'Toe', zei Mario. 'Dat kunt u beter niet doen. U wilt toch geen waterige koffie? Een kopje voor u en eentje voor uw bezoek.'

'Is de chef gekomen? Leeft hij nog?'

'Natuurlijk is hij nog in leven.' Mario schonk haar een brede glimlach. 'Maar die komt hier voorlopig niet meer opdagen, denk ik. De professor heeft hem stevig de mantel uitgeveegd.'

En ze stelde zich voor hoe de chef met een uitgeveegde mantel rondliep, terwijl Mario eraan toevoegde: 'Uw advocaat is er. Kom nu maar gauw aan tafel gezellig een kopje koffie met hem drinken.'

Hij keerde zich in de richting van de deur en riep: 'Kom maar binnen. Ze kan u ontvangen.' Haar gaf hij weer een knipoog en stak zijn duim omhoog alsof hij haar daarmee op de been kon krijgen. 'Ik blijf erbij. Goed? Ik let wel op dat er niets gebeurt.' Mario posteerde zich naast de deur met zijn handen op zijn rug, net een soldaat op wacht.

Als een kind met te korte beentjes sprong ze van het bed af toen haar advocaat binnenkwam. Ze herinnerde zich dat ze hem al eens had gezien en dat ze toen een poos met hem had zitten praten. Maar… 'Het spijt me, ik ben vergeten hoe u heet.'

'Dat geeft echt niets', zei hij. 'Ik moet ook alles opschrijven. Anders vergeet ik de helft. Brauning.'

Hij glimlachte haar toe toen hij zijn naam zei. In vergelijking met de glimlach van Mario viel die van hem nogal verkrampt uit. Hij voelde zich bij haar niet op zijn gemak, dat merkte ze wel.

'Bent u bang van me?'

'Nee, mevrouw Bender', zei hij. 'Waarom zou ik bang van u moeten zijn?'

Dat wist ze niet maar het was wel zo. 'Ik doe u niets, hoor', verzekerde ze hem. 'Ik doe niemand meer iets. Als Frankie me zou hebben verteld dat hij een mens is, zou ik hem ook niets hebben gedaan, denk ik. Maar dat heeft hij me niet verteld. Hij wilde dat ik het deed. De vorige keer ben ik u dat vergeten te zeggen.'

'Dat is geen punt, mevrouw Bender', zei haar advocaat. 'Daar kunnen we het later nog wel eens over hebben.'

'Nee', zei ze. 'Ik praat niet meer. Ik tel alleen nog maar. Dan kan er helemaal niets gebeuren.'

Net als bij zijn eerste bezoek had Eberhard Brauning zijn aktetas bij zich. Hij zette hem naast de tafel neer en ging zo op een van de stoelen zitten dat hij de deur en de broeder die ernaast stond, in de gaten kon houden. Een sterke vent! Bovenarmen als een worstelaar. Die aanblik had iets geruststellends.

'Ik heb hier wat spullen waarbij ik uw hulp nodig heb, mevrouw Bender', zei hij.

Helene had hem goed geïnstrueerd. Wat Rudolf Grovian had gezegd, de manier waarop hij voor Cora Bender was opgekomen maar vooral zijn bereidheid om desnoods zijn baan op het spel te zetten, hadden indruk op Helene gemaakt.

'Hij weet de zaken aantrekkelijk voor te stellen. Dat betekent uiteraard niet dat ik zijn voorstellen billijk. In godsnaam, Hardy, ik adviseer je dringend er afstand van te nemen. Wellicht zal al dat gemanipuleer niet eens nodig zijn. Weet je, Hardy, Burthe geniet werkelijk een uitstekende reputatie, er is niets ten nadele van de man te zeggen. Hij bijt zich alleen nogal snel vast in de theorie van Freud. En in een dergelijke complexe zaak is dat niet voldoende. Die Grovian zou het met zijn inschatting beslist wel eens bij het rechte eind kunnen hebben. Je moet de mening van een leek niet onderschatten en hij heeft toch wel het een en ander verzameld dat zijn opvattingen schraagt. Feit is ook dat hij weet hoe hij haar aan moet pakken. Hij weet haar aan het praten te krijgen. En dat is jou eveneens gelukt, Hardy. Dat is puur een kwestie van natuurlijk overwicht. De beslissing is echter aan jou. Ik wil me niet met jouw zaken bemoeien. Je moet slechts één ding ter harte nemen wanneer je met haar spreekt. Ga op een natuurlijke wijze met haar om. Doe een appèl op haar hulpvaardigheid en haar verantwoordelijkheidsgevoel.' Helene had gemakkelijk praten.

'Mag ik u een kopje koffie inschenken?' Ze vroeg niet eens waarmee ze hem kon helpen.

'Ja, heel graag', zei hij.

'Vindt u het vervelend als ik blijf staan? Ik heb de hele dag al gezeten. Een uur bij professor Burthe en de rest van de tijd op bed.'

Helene had gezegd: 'Geef haar niet de kans om van het onderwerp af te dwalen. Wanneer ze dat probeert – en dat zal ze gegarandeerd doen – breng haar dan meteen weer bij de les. En laat je niet provoceren, Hardy. Als ze een beetje helder in het hoofd is, zal ze dat doen. Je moet je een kind voorstellen dat helemaal op zichzelf is aangewezen. Als er dan plotseling iemand komt opdagen die beweert: 'Ik mag je en ik wil je helpen', ziet het kind zich genoodzaakt hem op de proef te stellen. Daar zul je hels van worden. Maak haar duidelijk waar de grenzen liggen. Blijf kalm maar wees duidelijk, Hardy. Een kind krijg je wel onder de duim.'

'Ik heb liever dat u gaat zitten', zei hij. Met Helenes instructie en voorspellingen in zijn achterhoofd was hij overal op voorbereid. Op een grijns, op protest, een uitdrukking van verveling of apathie op haar gezicht. Niets van dat alles.

Ze trok een stoel onder de tafel uit en ging zitten. Braaf zette ze haar voeten naast elkaar, legde de zoom van haar rok netjes over haar knieën en glimlachte. 'Ik weet nog steeds niet of het een mug was of een zenuwreflex. Ik had moeten kijken wat het was. Het was dom dat ik dat niet heb gedaan. Als het een mug is geweest, zit hij hier nog ergens. En dan komt hij vannacht terug. Ik had hem dood moeten slaan. Doodslaan! Gewoon doodslaan! Dan was het alleen zo'n rotmug geweest die me wilde steken. En alles wat steekt moet je doodslaan.'

Eberhard Brauning kon niet beoordelen of ze enigszins helder in het hoofd was, of ze de mening van Rudolf Grovian bevestigde en tussen de regels door haar doodswens tot uitdrukking bracht of dat ze hem slechts onzin vertelde. Hij klampte zich aan Helenes adviezen vast. 'Ik ben hier niet om met u over muggen te praten, mevrouw Bender. Ik heb een paar foto's bij me en ik wil dat u de mannen op die foto's bekijkt en me...'

Verder kwam hij niet. 'Ik wil geen mannen bekijken.' Punt uit! Aan haar gezichtsuitdrukking was duidelijk af te lezen dat ze niet slechts een punt maar een uitroepteken achter haar wil had gezet.

Het is maar een kind, dacht hij, een onbemind kind. Die gedachte was een soort bezweringsformule voor hem. 'Het is heel belangrijk, mevrouw Bender. U moet de foto's bekijken en me zeggen of u een van die mannen kent.'

'Nee!' Om dat woord kracht bij te zetten, schudde ze heftig nee. 'Er zit gegarandeerd een foto van Frankie bij en die wil ik niet zien. Ik hoef mijn geheugen niet op te frissen. Ik zie hem zo duidelijk voor me dat ik hem wel zou kunnen uittekenen.'

Opeens brak haar stem. Hij hoorde een soort droge snik. 'Ik zie hem met en zonder bloed voor me. Ik zie hem achter het drumstel zitten en ik zie hem aan het kruis hangen. En altijd hangt hij in het midden. Hij was de Verlosser. Nee! Nee, kijkt u me alstublieft niet zo aan. Ik ben niet gek. Ik heb het immers in zijn ogen gelezen. Maar ik ben Pilatus niet. Ik kan niet vragen om een kom water.'

Dit heeft helemaal geen zin, dacht Eberhard Brauning. Als er al een openbare rechtszitting komt – één zo'n uitbarsting en dat was het dan.

Ze sloeg haar handen voor haar gezicht en sprak met gesmoorde stem verder: 'Hij wilde niet sterven. Hij heeft zijn vader gesmeekt: laat deze kelk aan mij voorbijgaan. Hij had zo'n knappe vrouw. Waarom laat u mij niet sterven? Ik wil niet meer denken! Ik kan niet meer. Nu kan ik weer van voren af aan beginnen. Achttien, negentien, twintig, eenentwintig…'

Eberhard Brauning haalde diep en gelijkmatig adem, in en uit, in en uit, en wenste Helene en haar hernieuwde liefde voor haar beroep naar de hel. En Rudolf Grovian die haar zover had gekregen er meteen achteraan.

De broeder stond roerloos naast de deur en deed net alsof hij niets zag of hoorde. Hij stond daar als lijfwacht voor hem en niet als waakhond voor haar. Hij stond daar op bevel van de officier van justitie die deze taak graag zelf voor zijn rekening zou hebben genomen. Professor Burthe had hem dat uit het hoofd weten te praten en was er mordicus op tegen geweest dat iemand van justitie ook maar in de buurt van Cora Bender kwam. Dus was het lot op hem, haar advocaat gevallen. Er moest echter een onpartijdige getuige bij zijn. Liefst iemand op wie ze positief reageerde. Anders, aldus de professor, zou elke poging op niets uitlopen. Niemand kreeg op het moment een zinnig woord uit mevrouw Bender.

Hij had twintig foto's in zijn aktetas. Hij had geen idee wie er op stonden. Rudolf Grovian had de foto's kort na de middag bij hem op kantoor afgeleverd. Op het gerechtelijk laboratorium hadden enkele mensen 's nachts overgewerkt. Twintig hoofden van mannen, allemaal ongeveer even oud. Behalve het hoofd stond er niets op de foto. Op elk van de opnamen was de achtergrond zo vaag dat deze niet het geringste houvast bood.

Hij nam een slok koffie en zette het kopje weer neer. Ze was al bij vijfenveertig toen hij zich er eindelijk toe kon zetten haar in de rede te vallen. 'Hou daarmee op, mevrouw Bender. U gaat die foto's nu bekijken. Ik weet niet of er een foto van Frankie tussen zit. Als dat wel het geval is, zegt u dat tegen me. Dan leg ik die weg. U hoeft niet naar hem te kijken. Alleen naar de rest. U moet me zeggen of u iemand herkent. En de naam van die persoon noemen als u weet hoe hij heet.'

Ze stopte inderdaad met tellen. Daar had hij niet op gerekend en hij beschouwde het als een persoonlijk succes. Toen hij zich bukte om zijn aktetas te pakken, kwam de broeder hun kant op en bleef naast de tafel staan.

Het feit dat die man dichter in de buurt was, was enigszins een geruststelling voor Eberhard Brauning. Niet dat hij bang zou zijn geweest. Maar voor het geval dat. Want ze was zelfs Grovian aangevlogen. Hij haalde een envelop uit de tas en legde die op tafel. Het was een grote, bruine envelop. Hij knikte haar bemoedigend toe terwijl hij de foto's tevoorschijn haalde.

Ze staarde naar de foto's alsof het een kluwen giftige reptielen was. 'Waar hebt u die vandaan?' wilde ze weten.

'Meneer Grovian heeft ze vanmiddag gebracht.'

In haar ogen flikkerde belangstelling op. 'Hoe is het met hem?'

'Goed. Ik moest u de groeten van hem doen.'

'Is hij boos op me?'

'Nee, waarom zou hij?'

Ze boog zich over de tafel heen in zijn richting en fluisterde: 'Ik heb hem immers gestoken.'

'Nee, mevrouw Bender.' Hij schudde heftig nee. 'Dat is niet waar. U hebt met uw vuisten naar hem uitgehaald. Daar heeft hij begrip voor. Hij had u uit uw tent gelokt en u was erg zenuwachtig. Hij is echt niet boos op u. Hij wil dat u die foto's bekijkt. Hij heeft van hot naar haar moeten rennen om ze allemaal bij elkaar te krijgen. Er zit er zelfs een foto van zijn schoonzoon tussen, heeft hij me verteld.'

Ze ging weer achterover zitten. Ze zette een pruilmondje en sloeg haar armen over elkaar. 'Vooruit dan maar. Ik zal ze wel bekijken.'

Hij schoof het stapeltje naar haar toe. Ze boog zich weer naar voren en bekeek de eerste foto, schudde ontkennend het hoofd, en legde hem opzij. De tweede, de derde, de vierde, telkens schudde ze haar hoofd. 'Wie is de schoonzoon?' informeerde ze bij de vijfde foto.

'Dat weet ik niet, mevrouw Bender. Dat mag ik ook niet weten.'

'Jammer', mompelde ze. Bij het zien van de zesde foto schrok ze, fronste haar wenkbrauwen, legde een vinger op haar lippen en begon op haar nagel te bijten. 'Kan het die zijn? Die heb ik ooit gezien. Maar ik weet niet waar. Hoe hij heet, weet ik ook niet. Wat doen we nu met hem?'

'Die leggen we even apart', zei hij.

Ze bekeek de zevende en achtste foto. Bij de negende foto kneep ze haar ogen samen en eiste met schorre stem: 'Haal die snel weg! Dat is Frankie.'

Hij pakte de foto en stopte hem tussen de foto's die ze al had bekeken. Het duurde enkele minuten voordat ze in staat was door te gaan. De broeder legde een hand op haar schouder om haar wat te kalmeren. Ze keek naar hem op en knikte met samengeperste lippen. Vervolgens ging ze aan de slag met de tiende, elfde en twaalfde foto.

Bij nummer dertien zei ze: 'Die smeerlap wil ik echt niet kennen. En ik wil ook niet weten hoe hij heet.' Ze schoof de foto met een krachtige beweging zijn richting uit.

'Ik moet helaas wel weten hoe hij heet, mevrouw Bender', verklaarde hij.

'Tijger', zei ze kort en ze bestudeerde de veertiende foto uitvoerig. Bij de vijftiende verscheen er een glimlach op haar gezicht.

'Mijn hemel, wat een grote neus.'

'Kent u hem?'

'Nee, maar moet je die neus eens zien.'

Het ging boven verwachting. Ze was trots op zichzelf en rekende er niet meer op dat er nog iets dramatisch zou gebeuren. Bij de achttiende foto werd het echter kritiek.

Eberhard Brauning had het niet onmiddellijk in de gaten. Het viel de broeder op dat er iets niet klopte. Opnieuw legde hij zijn hand op haar schouder. Op dat moment zag Eberhard hoe ze naar de foto zat te staren.

'Kent u die man?' vroeg hij.

Ze reageerde niet. Hij kon haar gezichtsuitdrukking niet plaatsen. Weemoed? Hunkering? Verdriet? Of haat?

Onverhoeds sloeg ze met haar vuist op tafel. De beide kopjes rinkelden op hun schoteltjes. Uit haar kopje gutste koffie op tafel. Door de herrie heen schreeuwde ze met overslaande stem: 'Wat heb je met me gedaan? Ik heb het toch voor jou gedaan! Ik wilde niet dat ze dood zou gaan. Ik hoopte alleen dat ze ging slapen. Jij hebt gezegd dat ik moest zorgen dat ze ging slapen en dat ik dan naar je toe moest komen! Ben ik gekomen? Jij moet dat toch weten!'

Eberhard Brauning had niet de moed zijn vraag te herhalen, pakte een zakdoek en depte de plas koffie zo goed en zo kwaad als het ging op om te voorkomen dat de foto's werden besmeurd.

De broeder greep in, boog zich over haar heen en zei op sussende toon: 'Hé, mevrouwtje, maak u niet zo druk. Het is maar een foto. Die kan u niets doen. Ik ben er toch bij. Vertel me maar eens wie dat is. Dan zal ik ze beneden wel waarschuwen. Dan laten ze hem niet binnen als hij een keer op de stoep staat.'

Ze barstte in snikken uit. 'Hij weet overal binnen te komen. Het is de satan. Heb je al eens een afbeelding van Lucifer gezien, Mario? Hij wordt altijd afgebeeld met een lange staart, een klompvoet en hoorns. Als een bok met een riek beelden ze hem af. Maar zo kan hij er helemaal niet uitzien want hij was een van de engelen. En zo ziet hij er in het echt ook uit. Hij maakt alle meisjes gek, ze willen hem allemaal bezitten. Geen enkel meisje neemt de waarschuwingen ter harte. Ik heb er ook niet naar geluisterd. Zijn vriend noemde hem Bokkie. Ik had moeten weten wat dat betekent. Een mens heeft de vrije keuze tussen goed en kwaad. Ik heb voor het kwaad gekozen.'

Eberhard Brauning durfde de foto niet van haar af te pakken. Dat deed de verpleger. 'Bokkie', zei hij. 'Zo, dan leggen we die maar eens bij Tijger. Volgens mij hoort hij daar ook bij.'

Ze knikte.

De broeder ging door met de ondervraging. 'En deze? Hoort die er ook bij?'

Ze keek opnieuw naar de foto die als eerste opzij was gelegd en zij haalde haar schouders op. 'Ik heb zo het idee dat ik hem ooit bij de chef heb gezien. Daarom dacht ik dat het zijn schoonzoon was. Maar dat kan feitelijk niet. Of is zijn schoonzoon ook bij de politie?'

'Dat zullen we de chef vragen als hij de volgende keer komt', zei de broeder. Vervolgens wendde hij zich tot Eberhard Brauning: 'Was dat alles of hebt u me nog nodig?'

Eberhard stopte de foto's weer in de enveloppe. Hij mocht geen tekentje zetten op de foto's van Bokkie en Tijger. Ze moest Hans Bueckler en Ottmar Denner bij de rechter-commissaris opnieuw identificeren zodra ze daar toe in staat was. Hij schudde zijn hoofd. 'Nee, ik geloof dat u ons nu rustig alleen kunt laten.' Het klonk niet alsof hij dat echt geloofde.

De broeder ging weg. Eberhard dronk zijn inmiddels koud geworden koffie verder op. Haar kopje had ze tot nu toe niet aangeroerd.

Ze keek verlangend naar het raam. 'Zijn we klaar?'

'Nog niet helemaal.' Hij wist niet hoe het hij aan moest pakken.

Rudolf Grovian had gezegd: 'Als ze de mannen kan identificeren, zijn we een stuk verder. Dan moeten we nog weten in welk ziekenhuis ze opgenomen is geweest om te bewijzen dat haar eigen libido niet als een boemerang heeft gewerkt! In Hamburg zijn al onze pogingen spaak gelopen. Natuurlijk hebben we het niet aan elke dokter gevraagd. Welke arts het was, doet echter niet ter zake. Dat haar tante daar anders over denkt…' Toen was hij in de lach geschoten en maakte een toespeling op neurologie.

Ze was inmiddels grondig onderzocht. Ze hadden ook een röntgenfoto van haar schedel gemaakt. Het verslag van de neuroloog lag bij de officier van justitie. Het was uiterst onwaarschijnlijk dat die verwondingen door een huisarts waren behandeld.

De röntgenfoto gaf een waar spinnenweb te zien. En voor elk lijntje bestond er een vakterm. Voorhoofdsbeen, wandbeen, slaapbeen, lineaire en comminutieve impressiefractuur, sternumfractuur. Dat ze een epiduraal hematoom had gehad en nog zo het een en ander, was zeer waarschijnlijk.

Uiteraard was het onmogelijk vijf jaar na dato een exacte diagnose te stellen. Alleen al het feit dat ze aan die verwondingen geen lichamelijke handicap had overgehouden, bewees dat ze door een specialist was behandeld en dat ging niet zonder specialistische apparatuur. Het moest een ziekenhuis zijn geweest, daaraan viel niet te ontkomen. Eberhard Brauning ging druk aan de gang, zette zijn aktetas op zijn schoot en begon erin te rommelen zonder er iets uit te pakken. Helene had hem een langdurig college gegeven over Cora Benders motivatie om de politie op dit punt en over nog van alles en nog wat stevig voor te liegen.

Helene had gezegd: 'Maak haar duidelijk dat ze niets te verliezen heeft. Het verhaal dat ze een verslaafde prostituee is geweest, is bekend. Lok haar uit de tent met Grovians opvatting over verslaving. Als je het voor elkaar krijgt om ook het feit dat ze een hoer is geweest op een overtuigende manier in twijfel te trekken, heb je gewonnen, Hardy. Vervolgens kun je haar iets voor ogen houden waar ze wanhopig naar op zoek is: een normaal en fatsoenlijk leven.'

Dat probeerde hij zonder veel hoop dat het zou lukken. Ze luisterde in elk geval aandachtig. En soms leek het erop alsof ze door haar gezichtsuitdrukking bevestigde wat Helene had verteld. Toen hij weer zweeg, haalde ze haar schouders op en glimlachte alsof ze zich wilde verontschuldigen. 'Wat lief zoals u dat zegt. Ik wou dat u gelijk had.' Ze haalde diep adem en keek langs hem heen. 'Wat gebeurt er eigenlijk met iemand als hij denkt dat er een misdrijf is gepleegd en als hij alles doet om dat te verdoezelen?'

'Als dat niet bekend wordt, gebeurt er niets. Maar we moeten over het ziekenhuis praten, mevrouw Bender.'

'Nee', protesteerde ze en ze begon met de duim van haar rechterhand over een nagel van haar linkerhand te wrijven. 'Dat doen we later. Ik moet u nog iets vragen. U bent immers mijn advocaat. U mag er niet over praten. Stel dat er iemand begraven is die ergens is gevonden. Niemand wist hoe hij heette. Ze hebben de paar botten die nog over waren in de grond gestopt. Maar nou wil het geval dat die persoon gecremeerd wilde worden. En stel nu dat ik dat wist. Kan ik dan tegen de mensen die daarover gaan zeggen: Ik zou graag willen dat de laatste wens van die arme ziel wordt vervuld. Ik wil hem laten cremeren. Kan ik dat maken?'

'Als u de bewuste persoon hebt gekend, kunt u dat doen.'

'Dan zou ik echter zijn naam moeten noemen, hè?' Ze zat nog steeds over de nagel te wrijven en keek hem bewust niet aan.

Hij wist niet waar ze op uit was en oefende geduld. 'Ja, inderdaad.'

'En als ik dat niet mag zeggen?'

'Dan kunnen ze helaas niets doen.'

Eindelijk keek ze hem aan. Op haar gezicht was grote vastberadenheid te lezen. 'Maar ik moet het doen! Anders word ik gek. Bedenkt u er alstublieft iets op. U kent daar vast wel een trucje voor. Als u een goed idee krijgt, kom ik misschien ook ineens op een goed idee.'

Hij haalde diep adem. 'Mevrouw Bender, kunnen we dat een andere keer niet bespreken? Waar u over spreekt, is verschrikkelijk ingewikkeld. Ik moet eerst nakijken of er zo'n truc bestaat. Dat zal ik opzoeken, dat beloof ik u. Maar nu moet ik weten in welk ziekenhuis u destijds behandeld bent. Mocht u dat niet weten, vertel me dan in welke stad. Geeft u me een aanwijzing zodat ik kan bewijzen dat u geen verslaafde hoer bent geweest. Verslaafd bent u niet geweest, dat heeft meneer Grovian al bewezen. En meneer Grovian kan zich niet voorstellen dat u zich met geperverteerde klanten hebt afgegeven.'

Hij hoopte dat ze nog een keer zou willen meewerken nu hij de naam van Grovian opnieuw noemde. Tevergeefs, ze reageerde niet, ze keek hem slechts aan, afwachtend en uitdrukkingsloos. Hij vergat Helene. Ze kon met haar psychologisch gefundeerde instructies naar de pomp lopen. Hij was advocaat en als zodanig had hij andere argumenten.

'Wilt u hier nu echt tot uw dood zitten tellen om te voorkomen dat u moet nadenken? Zou het niet veel beter zijn om eens goed na te denken en zo uw hoofd helemaal vrij te maken? Een paar jaar gevangenisstraf – en meer dan een paar jaar wordt het niet, dat beloof ik u – dat overleeft u wel. In de gevangenis wordt niemand gek. Maar hier', hij tikte op tafel, 'wordt eens mens gek als hij het nog niet was. Wilt u dat?'

Ze gaf geen antwoord, ze keek hem alleen maar aan en kauwde op haar onderlip.

'Ik geloof nooit dat u dat wilt', verklaarde hij resoluut. Hij had zichzelf in vorm weten te praten, zijn stem klonk hoe langer hoe overtuigender. 'U hebt een man vermoord, mevrouw Bender, het was maar een man, het was de Verlosser niet. Dat woord wil ik van u niet meer horen. We zullen erachter proberen te komen waarom u dat hebt gedaan. We zullen bewijzen dat er een reden was die ieder normaal mens zal kunnen begrijpen. En dan, mevrouw Bender, bent u over een paar jaar helemaal vrij. Denkt u daar eens over na. U bent amper vierentwintig jaar. U kunt een nieuw begin…'

Er veranderde nauwelijks iets in haar gezichtsuitdrukking, alleen trok er een zweempje verbazing overheen, meer niet. 'Hij wist hoe oud ik was', zei ze en ze viel hem daarmee in de rede.

'Aha', zei hij, zonder een idee te hebben op wie ze doelde en weifelend of hij van haar kon verlangen dat ze weer ter zake kwam. De uitdrukking op haar gezicht getuigde van concentratie.

'Hoe kon hij dat weten, want ik had geen papieren bij me. Naakt op straat, zei hij, zwaargewond, vol heroïne gepompt en zonder papieren. En toen zei hij: U bent nog geen twintig. Zou hij mijn leeftijd hebben geschat? Aan mijn gezicht kon hij dat niet zien. Ik zag er afschuwelijk uit. Kijkt u maar eens op mijn rijbewijs. Ik moest destijds nieuwe papieren aanvragen. Ik had nog oude foto's. Maar daar namen ze op het gemeentehuis geen genoegen mee. Ze wilden niet eens geloven dat het foto's van mij waren. Omdat ik er zo oud uitzag. Hij kon het niet weten.'

Ze zweeg enkele seconden, streek met haar vingers over haar voorhoofd en zuchtte. 'Hoe hij heette, weet ik echt niet', zei ze toen eindelijk. 'Dat heeft hij me niet verteld. En ik weet niet hoe ik in de trein ben gekomen. Een conducteur zei tegen me dat ik nu moest uitstappen. Ik had een treinkaartje waarop stond waar ik heen moest. Iemand moet dat kaartje en het geld aan de taxichauffeur hebben gegeven. Grit zei dat ik per taxi kwam.'

Ze zuchtte opnieuw en haalde spijtig haar schouders op. 'Als u me helpt mijn zusje te cremeren zonder dat Margret en Achim bestraft worden voor dat document en die onbekende vrouw, zal ik u beschrijven hoe die dokter eruitzag. Meer kan ik niet doen. Belooft u me dat?'

Hij beloofde het en een halfuur later zei hij over de telefoon: 'Ik weet niet wat ik ervan moet denken, meneer Grovian. Ze houdt voet bij stuk. Alleen een arts en een verpleegster, maar die kwam maar zelden. Haar kamer was een klein hokje, zei ze. Geen raam, amper genoeg plaats voor een bed en enkele apparaten. Ik had het idee dat ze het over een berghok had.'

Vervolgens gaf hij het signalement van de man door. Vervolgens was het secondenlang stil aan de andere kant. 'Meneer Grovian?' informeerde hij, want hij twijfelde erover of er nog iemand aan de andere kant van de lijn was.

'Ja, ik ben er nog', klonk het. 'Ik ben alleen...' Weer een stilte die enkele seconden duurde. 'Mijn god,' zei Rudolf Grovian vervolgens totaal van de kaart, 'dat is toch uitgesloten. Dat is toch... hoeveel kilometer is dat wel niet? Minstens zevenhonderd. Dat kan toch niet.'

Ze zat naast hem in de auto, een halfuur al. Aan het begin van de reis had Rudolf Grovian haar op de confrontatie proberen voor te bereiden. Hij had haar uitgelegd waar ze heen gingen en met welk doel. In overleg met de officier van justitie, de rechter-commissaris, professor Burthe en Eberhard Brauning had hij alles woord voor woord met haar doorgenomen – minstens drie keer.

Onder normale omstandigheden zou het niet meer de geringste waarde hebben gehad. De omstandigheden waren echter allesbehalve normaal. Zelfs professor Burthe was die mening toegedaan; en hij had de rechter-commissaris en de officier ervan overtuigd dat ze er slechts met zweepslagen toe te bewegen zou zijn om iemand te beschuldigen. 'Dat was de man die de verwondingen aan mijn hoofd heeft behandeld.'

Rudolf Grovian had geen zweep nodig want hij was de chef. Aandachtig had ze naar hem geluisterd; ze had ook een keer ja geknikt toen hij haar vroeg of ze alles had begrepen en of ze dat voor hem wilde doen omdat het opsporen van de dokter hem zo veel tijd en moeite had gekost.

Neuroloog en traumatoloog. Hoofd van zijn privé-kliniek. Professor Johannes Frankenberg!

Hij had de naam voor haar geheim moeten houden. Het kostte hem weinig moeite zich in haar manier van denken in te leven. Als Frankie de Verlosser was, moest Johannes Frankenberg vanzelf de goede God zijn. En als zodanig kon hij destijds, toen ze nog niet goed bij bewustzijn was, dikwijls aan haar bed hebben gestaan.

De almachtige die bij haar – in de meest ware zin van het woord – een wonder had verricht en haar aan gruzelementen geslagen schedel zover had opgelapt dat haar hoofd weer functioneerde. Hoe vaak zou hij zich wel niet over haar heen hebben gebogen, met een lampje in haar roerloze oogleden hebben geschenen en haar hebben toegesproken? 'Mijn zoon heeft geen schuld aan deze ellende.' Misschien had hij zich verplicht gevoeld haar die boodschap op haar weg naar de eeuwigheid mee te geven. Met het feit dat het hem zou lukken haar er inderdaad door te slepen, had hij vermoedelijk geen rekening gehouden.

Helene Brauning had gezegd: 'Bij bewusteloze en comateuze patiënten weet je nooit wat ze nog registreren.'

En Cora Bender had gevraagd: 'Ik wil u werkelijk graag een plezier doen. Ik weet echter niet of ik dat wel kan. Wat moet ik tegen hem zeggen? Mijn God, begrijpt u dat niet? Hij is zo goed voor me geweest. En ik heb zijn enige zoon vermoord. Frankie had me toch niets gedaan.'

Dat was twee dagen geleden. Professor Burthe was niet erg geporteerd geweest van het idee om naar de kliniek te gaan. Eerst hadden ze een lang gesprek onder vier ogen gehad, de deskundige en de politieman die nooit eindexamen had gedaan.

De feiten lagen op tafel, hoewel ze strikt genomen uit niet meer dan enkele woorden bestonden. Het was echter een zeer nauwkeurig signalement. Dat kon hij hem op een briefje geven. En zelfs professor Burthe moest toegeven dat het onmogelijk alleen aan Cora Benders fantasie kon zijn ontsproten. Hij had ingestemd met een kort gesprek met haar.

Hij zag haar nog voor zich zoals ze van schrik ineenkromp toen hij binnenkwam. Hoe ze naar zijn keel staarde en begon te beven. Ze kalmeerde pas toen hij haar voor de tweede keer uitlegde waarom hij was gekomen. 'Ik wil de komende dagen een uitstapje met u maken, mevrouw Bender. Alleen wij samen. We gaan naar Frankfurt.'

Twee dagen geleden had ze dat begrepen. En toen hij haar een halfuur geleden had afgehaald… Ze zat recht voor zich uit naar de snelweg te kijken. Hij probeerde het opnieuw. 'Wel, mevrouw Bender, zoals ik al zei. U hoeft niet met meneer Frankenberg te praten. U kijkt even naar hem. Dan gaan we weer weg. En dan zegt u me of…'

Eindelijk reageerde ze en wierp hem een gepijnigde blik toe. 'Kunnen we niet ergens anders over praten? Ik heb toch al gezegd dat ik het doe. Ik kijk naar hem in uw aanwezigheid. Maar ik bedoel onderweg. Dit hoeft toch niet.'

Ze sprak traag. Hij was er vrij zeker van dat ze haar in de inrichting medicijnen hadden gegeven voordat ze haar aan hem toevertrouwden. Hij hoopte alleen dat ze niet in slaap zou vallen. En praten was een goede manier om wakker te blijven. Het hoefde niet per se over Frankenberg te gaan. 'Waar wilt u graag over praten?'

'Dat weet ik niet. Ik heb zo'n gevoel alsof mijn hoofd vol water zit, een emmer vol.'

'Daar weet ik wel iets op.'

Ze hadden de tijd. Ze hoefden er pas om één uur te zijn. Om één uur had Johannes Frankenberg een paar minuten tijd. Rudolf Grovian had zijn bezoek aangekondigd maar hij had niet gezegd dat er iemand met hem mee zou komen. Het was nu nog geen tien uur. Een koffiepauze zou haar gegarandeerd goeddoen.

Even later reed hij het terrein van een wegrestaurant op. Vervolgens ging hij met haar aan een tafeltje bij het raam zitten. Ze kieperde uit een suikerstrooier zo veel suiker in haar kopje dat hij haar hand vastpakte. 'U kunt nu beter niet meer roeren. Anders wordt uw koffie ondrinkbaar. U drinkt uw koffie toch altijd zonder suiker, of vergis ik me?'

Ze schudde haar hoofd en keek uit het raam. En profil leek haar gezicht nog bleker. 'Ik zou u iets willen vragen.'

'Ga uw gang.'

Ze haalde diep adem en nam een slok koffie. 'Dat meisje', begon ze aarzelend. 'U hebt me toch over dat dode meisje verteld dat in de buurt van het militaire oefenterrein is gevonden. Weet u wat ze daarna met dat meisje hebben gedaan?'

'Begraven', zei hij.

'Dat dacht ik al. Weet u ook waar?'

'Nee, maar daar kan ik wel achterkomen als u dat belangrijk vindt.'

'Dat vind ik heel erg belangrijk. Als u erachter kunt komen en het me zou kunnen zeggen, zou ik u heel erkentelijk zijn.'

Hij knikte slechts en had op dat moment alle mogelijke vermoedens over het waarom van haar vraag. Over de werkelijke reden kreeg hij niets te horen. Eberhard Brauning had weliswaar niet begrepen op wat voor document en welke onbekende vrouw haar woorden sloegen maar uiteraard had hij zijn belofte gestand gedaan. En Rudolf Grovian ging er nog steeds van uit dat Magdalena Rosch op 16 augustus was gestorven – aan hart- en nierinsufficiëntie.

Ze pakte haar kopje weer en wilde het naar haar mond brengen. Haar handen beefden zo erg dat de koffie over de rand gulpte en op tafel drupte. Ze zette het kopje met veel gerammel weer op het schoteltje. 'Ik kan het niet. Het kan ook helemaal niet. Denk toch eens na. Zo'n eind was het destijds niet. Het was in Hamburg en niet in Frankfurt. Ik heb de borden op de snelweg toen toch zelf gezien. We moeten omdraaien. Het was zo'n aardige man. Misschien heeft hij me inderdaad op straat gevonden. Het zou best kunnen dat ik een heel eind heb gelopen. Ik had tijd genoeg.'

'Ik geloof niet dat u nog in staat was om te lopen, mevrouw Bender', zei hij.

'U kunt zoveel geloven.' Ze maakte een afwijzend gebaar. 'U gelooft alleen leugens. Geen mens heeft u de waarheid gezegd, neemt u dat van me aan.' Ze keerde haar gezicht weer naar het raam en keek secondenlang zwijgend naar buiten. Vervolgens wilde ze – nog steeds met afgewend gezicht – weten: 'Wat gebeurt er met me als ik u nog een moord beken? Dan zijn het twee moorden. Welke straf krijg ik dan?'

'Voor een bekentenis alleen krijgt u helemaal geen straf', verklaarde hij. 'Dan moet u me eerst een tweede lijk bezorgen.'

Ze keek naar haar koffie en bracht het kopje weer naar haar mond. Haar handen beefden nog steeds hevig maar ze wist een slokje binnen te krijgen zonder koffie te morsen. Nadat ze haar kopje had neergezet, zei ze: 'U hebt toch al een lijk, dat meisje op de hei.'

Er trok een glimlachje over haar gezicht toen ze uitriep: 'Ik heb dat meisje vermoord. Ik heb dat gedaan.' Toen hij niet reageerde, verklaarde ze: 'Dit is een bekentenis. Ik wil dat u het ook als zodanig behandelt.'

Hij knikte. 'Dan moet ik meer details weten.'

'Dat weet ik. Ik heb tegen u gelogen over de verjaardag van Magdalena. Ik ben toch nog een keer naar de Aladin teruggegaan toen ze sliep. Johnny was er echter niet meer, alleen het meisje dat met Tijger had gedanst was er nog. Ze vertelde me dat de twee anderen ergens anders heen waren gegaan. Dat Johnny had gezegd dat het niet de moeite waard was om op zo'n gefrustreerde trut te blijven wachten. Toen werd ik zo woedend dat ik door het lint ging. Ik ben echter heel vriendelijk gebleven. Ik vroeg of ze zin had om ergens anders heen te gaan. En toen ben ik met haar naar de hei gereden. Ik heb haar geslagen en geschopt. Ik ben met beide voeten op haar borst gesprongen. Daarbij braken haar ribben. Toen ze dood was, heb ik haar uitgekleed om het te doen voorkomen dat het mannelijke daders waren. Haar spullen heb ik onderweg weggegooid. We kunnen maar beter teruggaan. Dan kunt u daar proces-verbaal van opmaken.'

'We gaan niet terug, mevrouw Bender', zei hij resoluut. 'Dat proces-verbaal kan ik ook op een later tijdstip opmaken. Na vijf jaar komt het niet op een of twee uurtjes aan.'

Haar lippen trilden zoals tijdens de avond toen ze was verhoord en toen hij nog dacht dat ze een show voor hem opvoerde. 'Ik wil daar echt niet heen. Daar ben ik niet toe in staat. Hij zal me zeker vragen waarom ik het heb gedaan. En mijn advocaat heeft gezegd dat ik niets meer over de Verlosser mag vertellen. En dan zal hij zeggen: jou had ik moeten laten creperen. Had hij het maar gedaan. Maar hij heeft me het leven gered.'

Hij greep over de tafel heen naar haar handen, hield ze vast en trok er net zo lang aan totdat ze hem eindelijk aankeek. 'Nu moet u goed naar me luisteren, mevrouw Bender. Meneer Frankenberg heeft uw leven gered en dat is te prijzen. Maar voordat hij uw leven kon redden, moet er iemand in gevaar zijn geweest. En hij wilde niet dat die iemand de gevangenis in ging. Voor een vreemde zou hij dat nooit hebben gedaan. Daar moet u nu aan denken. Alleen daaraan nog. Hebt u me begrepen?' Toen ze knikte, liet hij haar handen los.

'Maar moet ik voor dat dode meisje wel de gevangenis in?'

'Ja, natuurlijk', zei hij.

'En niet maar een paar jaar?'

'Nee, dat was een gemene moord. Daar krijgt u levenslang voor.'

Hij rekende de koffie af, pakte haar bij haar arm en leidde haar weer naar de auto. Ze leek wat opgemonterd. Toen ze verder reden, vertelde ze hem over haar leven met Gereon. Drie jaar in een zeepbel. Zeepbellen knappen gemakkelijk. Het jochie had het echter goed bij zijn grootouders, daar was ze van overtuigd.

Ze waren bijna een uur te vroeg op de plaats van bestemming. Hij parkeerde de auto op het parkeerterrein voor de kliniek. Het was een fraai, spierwit gepleisterd gebouw met twee verdiepingen. Hij hoopte op een teken van herkenning. Geen spoor daarvan. De officier van justitie was van mening: 'Als het inderdaad zo is gegaan, hebben ze haar vermoedelijk verdoofd voordat ze haar naar het station brachten. Dat valt helaas echter allemaal niet te bewijzen, zelfs niet als ze professor Frankenberg herkent. Daar hebben we dan een bekentenis van hem voor nodig en daar zou ik maar niet op rekenen als ik u was.'

Ze spiedde minutenlang door het raam van de auto en trok daarbij haar schouders samen. Ze voelde zich duidelijk niet op haar gemak. Vervolgens eiste ze dat hij proces-verbaal van haar bekentenis over de gemene moord op het meisje zou opmaken. Voor alle zekerheid. Je kon immers niet weten hoe het verder zou gaan. Misschien zou ze zich straks niet zo goed voelen. En dan wilde ze dat maar liever achter de rug hebben.

Hij deed haar dat genoegen. Hij krabbelde enkele zinnen in zijn notitieboekje en liet haar die ondertekenen. Ze ging wat gemakkelijker in haar stoel zitten.

'Hebben we nog veel tijd?'

'Nog bijna een uur.'

'Kunnen we even de benen strekken?'

Het parkeerterrein was door struiken omgeven, om het twee verdiepingen hoge gebouw stonden oude bomen. 'Het ziet er zo vredig uit', zei ze.

Hij liet haar uitstappen en sloot de auto af. Toen slenterde hij naast haar langs de struikjes in de richting van de kliniek. De privé-woning lag erachter. Die was hiervandaan niet te zien. Van zijn eerste bezoek herinnerde hij zich echter nog dat het huis in dezelfde stijl als de kliniek was gebouwd.

Hij had geen zin om de benen te strekken. Hij leidde haar langzaam naar het gebouw, wilde enkel nog maar dat het gauw achter de rug was. Ze liep weer iets te vertellen. Ze leek wel een kind dat zingend en fluitend de donkere kelder inloopt. En hij wist zo goed hoe ze zich voelde: schuldig vanaf haar kruin tot haar voetzolen.

Zijn eigen gevoelens probeerde hij uit te sluiten. Hij kon haar niet helpen. Hij niet, Brauning niet, de officier van justitie niet en ook een rechter niet. Misschien wist ze duizend plausibele redenen te vinden voor de dood van Georg Frankenberg. Magdalena kon echter niemand van haar schouders afnemen. Burthe zou het kunnen proberen, hij zou haar kunnen uitleggen dat het een ongeluk was geweest of dat ze een lijdend schepsel uit haar lijden had verlost.

Hij had ingezien dat hij zich op dit punt had vergist en wat ze hem had willen uitleggen. De dood van Magdalena! Het was hem zelfs duidelijk geworden van wie het skelet was dat ze vijf jaar geleden in augustus op de hei hadden gevonden. Maar met beide voeten op haar borst gesprongen, wat een onzin. Een beetje te zwaar op haar gedrukt tijdens het liefdesspel en bij de gedachte aan Johnny. Meer kon het niet zijn geweest.

En haar vader, die ze boven alles liefhad, hield zijn mond. Haar geschifte moeder begreep het niet. De buurvrouw werd niet meer binnengelaten. Het lijk had wellicht enkele maanden in de kamer op de bovenverdieping gelegen tot Margret eindelijk iets had ondernomen; het geraamte naar de hei bracht en voor een overlijdensverklaring zorgde. Zo simpel was het.

Voor de ingang van de privé-woning bevonden zich drie treden. Hij liep één stap voor haar uit en drukte op de bel. Na enkele seconden werd de deur opengedaan. Een aardige jonge vrouw, in een keurig wit schort keek hen vragend aan en wierp een sceptische blik over zijn schouder heen naar degene die hij bij zich had.

'Wat komt u doen?'

Hij toonde haar zijn legitimatiebewijs. 'We hebben om één uur een afspraak met professor Frankenberg. Helaas zijn we iets te vroeg.'

Dat gaf niet. Ze mochten in de salon wachten. Hij ging als eerste naar binnen en liep door de entree. Ze volgde hem angstig en met gebogen hoofd alsof er midden in de salon een schavot stond. Er stond echter alleen een bank tegen een van de muren. Daarnaast een enorme palm met bladeren in parapluvorm. En boven die bank hing een modern kunstwerk in een eenvoudige lijst. Rudolf Grovian was bij zijn eerste bezoek in een andere kamer gebracht en zag de verfklodders voor het eerst.

Ze stevende er onmiddellijk op af en bleef voor de bank staan.

Op haar gezicht was een mengeling van verbazing en verwarring te lezen. Haar blik ging naar beneden. Ze keek naar de vloer, stond weer op en raakte de muur naast de bank eventjes aan.

'Dit klopt niet', protesteerde ze op gedempte toon. 'Ze hebben de trap dichtgemetseld.' Met een onbeholpen gebaar wees ze naar de andere kant van het vertrek. 'Ze hebben alles verbouwd.' Met haar vinger wees ze naar de tegenoverliggende muur. 'Daar hebben we gestaan, Johnny en ik. Ik voelde me niet lekker omdat ik Magdalena…' Midden in de zin hield ze op, rilde en kokhalsde onverhoeds. Toen vervolgde ze haperend haar verhaal.

15

Ik heb haar nooit zo gehaat als op het moment waarop ze zich op bed uitrekte. En ik wist dat mijn vingers en de kaars deze keer niet zouden volstaan. Na afloop wilde ze meestal nog een tijdje praten en knuffelen. Wilde ik haar echt moe maken, dan moest ik het met mijn tong... Alleen al de gedachte maakte me misselijk.

Dat was het moment waarop ik begreep dat alles andersom in elkaar stak. Niet ik leefde voor haar. Zij leefde mijn leven. Vroeger noemde vader haar musje. En ze pikte als een musje de haverkorrels uit dat rotleven van me. En alleen wat er overbleef, liet ze voor mij over. Walging!

Misschien kwam het alleen door de sekt dat alles op zijn kop stond. Misschien kwam het door Johnny die ik had achtergelaten. Ik had het gevoel alsof ik inwendig verzengde terwijl ik haar moest kussen en strelen. Dat was precies wat Johnny bij mij zou hebben gedaan als ik bij hem was gebleven.

En toen begon ik te vertellen. De hele waarheid. Tot nu toe geen mannen behalve Tarzan de bonenstaak. Geen hartstochtelijke seks met toffe kerels. Alleen een paar lauwwarme kusjes die naar bier smaakten. En nu die ene, die andere man waar ik als een blok voor was gevallen.

Ze lag stil naar me te luisteren. Toen ik begon te huilen, sloeg ze haar armen om me heen. Ik voelde haar handen op mijn rug. Ze trok mijn T-shirt uit mijn rok, gleed er met haar handen onder en streelde mijn rug. Ik hoorde haar fluisteren: 'Het is goed. Het is allemaal in orde, schatje. Het spijt me. Ik ben een ontzettend zware belasting voor je. Dat weet ik. Maar niet lang meer, niet lang meer, schatje, dat beloof ik je.' Ze liet haar handen onder mijn armen naar voren glijden en legde ze op mijn borsten. Ik wilde niet dat ze me op die manier aanraakte. Ik wilde

Johnny's handen op die plaats voelen, Johnny's lieve woordjes horen, Johnny's kussen, Johnny's lijf voelen.

Of ik dat tegen haar heb gezegd, weet ik niet meer. Dat zal wel want opeens rukte ze zich van mij los en zei: 'Je krijgt hem, schat. Ga maar naar hem toe. En ik wil helemaal niet weten hoe het was.' En terwijl ze overeind kwam, zei ze: 'Weet je wat we nu gaan doen? We gaan naar Johnny.'

Ze zei altijd 'we' als ze mij bedoelde. Ik moest denken aan de leerling-verpleegster over wie ze me een keer had verteld. Hoezeer ze in de periode dat ze zo ziek was, had gehoopt dat moeder haar armen om haar heen zou slaan. En dat ze nooit iemand had. Alleen mij maar.

Het speet me dat ik zulke gemene dingen tegen haar had gezegd. Ze kon er immers niets aan doen. Maar ik kon er ook niets aan doen dat ik verliefd was geworden. Ik was negentien! Het is toch normaal dat je op je negentiende verliefd wordt op een man. Ik kon er toch niet de rest van mijn leven toe veroordeeld worden om mannen te verzinnen en mijn zusje te laten voelen hoe het was om door hen te worden bemind. Ik wilde nu, op dit moment weten hoe het was.

Ik wilde na afloop thuis kunnen komen en tegen mijn vader kunnen zeggen: 'Nu weet ik wat je al die jaren hebt moeten missen. Vergeef me, papa! Vergeef me al die afschuwelijke dingen die ik tegen je heb gezegd en al mijn afschuwelijke gedachten over jou. Vergeef me dat ik van je heb gewalgd. Ik geloof dat ik alleen van mezelf walgde. Maar dat is nu voorbij. Ik ben nu een vrouw, een echte vrouw. Ik ben met een man naar bed geweest. En het was fantastisch.'

Ik wilde toch alleen maar leven, heel normaal leven. Met een man van wie ik hield en die van mij hield. Met een vader die tevreden was en die op zijn oude dag gelukkig was.

Hij hoefde nooit meer over het sombere Buchholz te vertellen om de kleine kinderen te kunnen vergeten die hij in Polen had doodgeschoten. Als hij destijds op zijn eentje in Polen was geweest, zou hij dat beslist niet hebben gedaan. En ik wilde dat hij dit goed begreep: hij was daaraan evenmin schuldig als ik aan de gaten in Magdalena's hart. Ik wilde dat hij het zou vergeten.

Hij moest van nu af aan alleen aan de kinderen denken die ik misschien op een goede dag bij hem op schoot zou zetten om hem hun die oude verhalen over de spoorlijn te laten vertellen. Ik wilde dat hij trots op me was, dat hij zijn kinderen niet meer als een straf zou beschouwen, dat hij geen spijt meer zou hebben dat hij zich niet had beheerst en dat hij niet rustig had afgewacht, geen spijt dat Magdalena ooit geboren was.

Ze glimlachte naar me. Ik was een beetje duizelig van de sekt, mijn gedachten en gevoelens. Ik voelde me van binnen zo zwaar, zo ellendig. 'We' had ze gezegd. En dat betekende dat ik weer naar de Aladin moest gaan, dat ik haar met al haar ellende, gedachten en gevoelens alleen moest laten.

'Dat kan niet', zei ik. 'Jij bent immers jarig.'

'En dat is nou precies de reden waarom het wel gaat', protesteerde ze zachtjes. 'Het moet kunnen. Jij helpt mij uit bed en…'

Op dat moment begreep ik pas wat ze werkelijk bedoelde. 'Je bent gek', zei ik. Ze was die week amper uit bed geweest. Ze was niet eens beneden komen eten. En naar de badkamer ging ze ook nog maar zelden, drie keer per dag naar de wc. Ik had haar in bed gewassen en ze had in bed haar tanden gepoetst met een bak onder haar kin. Ze kon niet opstaan, ook niet als ik haar hielp. Dat was onmogelijk.

Zij was een andere mening toegedaan. En ze kon buitengewoon fel worden als ze haar zinnen ergens op had gezet. 'Doe toch niet zo moeilijk, Cora. Als ik je zeg dat het kan, dan kan het ook. Ik heb de hele week gerust, het gaat fantastisch met me. Weet je dat ik al weer wat ben aangekomen? Kijk maar eens naar mijn benen. Als ik niet uitkijk, word ik nog dik. Het gaat echt goed met me. Dat zeg ik niet zomaar. Ik stel zoiets toch niet voor als ik weet dat het onmogelijk is.'

Ze kneep haar ogen achterdochtig samen. 'Of gun je het me soms niet? Dat daarbuiten is jouw territorium, hè? Ik moet netjes in bed blijven.'

'Dat is niet waar.'

'Maar het lijkt er wel op. Of knijp je hem soms? Dat is nergens voor nodig. Ik weet precies wat ik aankan.' Ze lachte zachtjes. 'We hebben de tijd. We hoeven niet te heksen. Als het jouw Johnny ernst is, wacht hij wel. Dan is hij er ook om twaalf uur nog wel. Je moet me nu helpen aankleden, je moet mijn gezicht een kleurtje geven en mijn nagels lakken. Dat doen we als laatste. Dan kunnen ze in de auto drogen.'

'Het gaat niet', zei ik weer.

En Magdalena protesteerde opnieuw. 'En of het gaat. Als we naar Amerika willen, moet het ook. Dat is hetzelfde. Je moet me alleen de trap afhelpen. In de auto kan ik alweer zitten. In de disco kan ik ook zitten. Die paar stapjes over het parkeerterrein, dat lukt me gemakkelijk. Ik ga in een hoekje zitten kijken hoe jij met Johnny danst.'

Ze merkte dat ik niet wilde en zei: 'Nee! Ik wil niet naar je kijken. Dit is jouw avond. Ik ga gewoon bij zijn vriend zitten. Je zei toch dat hij een vriend bij zich had? Wat is dat voor jongen? Zijn vriend, bedoel ik?'

'Heel aardig', loog ik. 'Een vrolijk type. Hij noemt zichzelf Tijger.' Dat hij uitgerekend die avond voor het eerst een meisje aan de haak had geslagen, had ik tot dan toe niet gezegd. Ook nu verzweeg ik dat liever.

'Klinkt goed.' Magdalena lachte spottend. 'Heeft hij ook strepen en een lange staart?'

We lachten allebei. 'Weet ik niet', zei ik. 'Ik heb hem nog nooit zonder overhemd en broek gezien.'

Ze lachte nog steeds. 'Dat kan ik dan mooi eens bekijken als jij er met Johnny vandoor gaat.' Met haar hoofd schuin op haar schouder keek ze naar me op. 'Je zult zien dat het fantastisch wordt. Je zult het fijn vinden, dat weet ik zeker.'

Ik wilde nog steeds niet. Maar wat ze over Amerika had gezegd, daar had ze gelijk in. En toen dacht ik gewoon dat het misschien een goede test was, want nu bleven wij immers in de buurt.

Ze wilde mijn donkerblauwe satijnen blouse aantrekken en mijn witte rok waarvan de zoom in een punt toeliep. De rok was bijna doorzichtig en achter de punt waren haar benen vaag te zien. Ze was inderdaad aangekomen, haar benen waren slank maar niet dun meer.

Terwijl ik haar hielp zich aan te kleden, zei ze: 'Ik amuseer me wel totdat je terugkomt. Geniet ervan, schat. Dat ben ik ook van plan. Ik naar de disco. Weet je hoelang ik daarnaar al heb verlangd? Ik had nooit gedacht dat het er dit jaar nog van zou komen. Hemeltje, wat een verjaardag wordt dat!'

Voor haar nagels koos ze donkerrode nagellak uit zodat niet te zien zou zijn hoe blauw haar nagels waren. In de auto vroeg ze me hoeveel geld we echt bij elkaar hadden.

'Dertigduizend maar', zei ik. 'Niet negentigduizend. Het spijt me.'

Ze haalde haar schouders op. 'Dertig is ook een mooi sommetje. Hoe heb je dat dan bij elkaar weten te sprokkelen?'

Deze keer haalde ik mijn schouders op. 'Gespaard. Steeds alleen de goedkoopste spullen gekocht.'

Ze wierp me van opzij een zonderlinge blik toe maar zei niets. Ik reed langzaam en voorzichtig. Omdat ik sekt had gedronken, was ik bang dat we een ongeluk zouden krijgen. Bovendien maakte ik me zorgen over haar. Ik was ontzettend ongerust.

'Zet dat toch uit je hoofd', vond ze. 'Ik rijd hier echt niet voor het eerst rond. En volgens mij is het veel inspannender om dat hele eind naar het ziekenhuis te rijden. Maar tot nu toe heb ik dat nog steeds overleefd.' Ze lachte weer.

En toen vergat ik mijn zorgen inderdaad, toen we op het parkeerterrein uitstapten al. Er stonden minder auto's dan anders. Ik zag de zilverkleurige Golf staan en kreeg hartkloppingen. De paar meter naar de ingang leverden geen problemen op. Ik sloeg mijn arm om Magdalena's taille en we liepen heel langzaam. Bij de ingang bleef ze staan. 'Wacht even', zei ze. 'Laat me hier een paar tellen van genieten.'

Het was nogal winderig. Ik kon niet horen hoe haar ademhaling ging. 'Kun je niet meer?' vroeg ik.

'En of ik kan. Ik wil alleen even rondkijken. Laat me maar los. Anders denken ze binnen nog dat je een etalagepop met je meesleept.'

Ik liet haar los maar hield mijn handen bij haar in de buurt om haar meteen weer te kunnen ondersteunen als dat nodig was. Ze zette een stap en nog een en hield zich daarbij niet eens aan de muur vast. Toen draaide ze zich om en lachte: 'Zie je wel dat het prima gaat.'

Toen ik Johnny zag glimlachen, ging het met mij ook prima. Ze zaten met hun tweeën aan een tafeltje te praten. Het onbekende meisje was nergens meer te bekennen. Johnny was niet verbaasd dat ik teruggekomen was. En dat ik Magdalena had meegenomen...

Ik vond de manier waarop hij haar aanstaarde en naar haar glimlachte niet prettig. Hij reageerde op haar anders dan op mij. Ze viel bij hem in de smaak. Ze zou bij elke man in de smaak gevallen zijn. Nu ze zo mooi opgetut was, zag ze er fantastisch uit.

En zij zag net als ik dat het Johnny aan het denken zette. 'Om elk misverstand te voorkomen,' zei ze, 'ik ben alleen meegekomen om een tijger te bekijken. Ze hebben me verteld dat er hier eentje loslopt. Mag ik gaan zitten?'

Tijger grijnsde van oor tot oor, knikte enthousiast en schoof een stuk opzij op de bank. Magdalena hield zich met beide handen aan het tafelblad vast. 'Ik sta een beetje wiebelig op mijn benen', zei ze. 'Ik heb de hele dag in bed gelegen. Dat is niet slim. Dat is niet goed voor de doorbloeding.'

Ze ging naast hem zitten en ik ging naast Johnny zitten. Hij had begrepen dat hij bij haar geen poot aan de grond kreeg, sloeg zijn arm om mijn schouders en drukte me dicht tegen zich aan. 'Het is niet erg gelukt met dat slaapliedje, hè?' vroeg hij.

Magdalena had gehoord wat hij zei en ze lachte naar hem. 'Voor slaapliedjes ben ik een beetje te oud!'

Ik vond het pijnlijk. Ik wist niet dat ik haar dat had verteld. Johnny wilde dansen. Er werd een oud nummer van de Beach

Boys gedraaid. Hij nam me in zijn armen en zei: 'Jullie lijken voor geen meter op elkaar. Is dat echt je zusje?'

'Nee', zei ik. 'Mijn zusje ligt thuis te slapen. Ze is echt behoorlijk ziek. Dit is Magdalena. Ik heb haar buiten op de parkeerplaats getroffen. Ze vond dat we jullie een beetje in het ootje moesten nemen.'

'O', zei Johnny slechts.

Hoelang we hebben gedanst, weet ik niet meer. Het leek kort maar het moet zeker een halfuur zijn geweest. Toen we naar het tafeltje terugkwamen, zei Magdalena dat ze de muziek maar niks vond. 'Hebben ze hier niet iets van Queen?'

En toen zei Tijger: 'Hoezo Queen? Wil je eens een echt goeie band horen? Live?'

'Heb je die soms in je broekzak?' vroeg ze.

'En in mijn overhemd en in mijn schoenen,' zei hij, 'maar slechts een deel van de band. Ik speel keyboard.' Hij wees op Johnny. 'Basgitaar', zei hij. 'Het slagwerk hebben we in de kelder gelaten. Frankie had geen zin. Frankie heeft nooit zin. Hij is altijd bang dat zijn ouwelui onverwacht op de stoep staan.'

In één adem door vroeg hij: 'Mensen, wat zouden jullie ervan denken als we een verrassing voor jullie in petto hebben. Hier is geen moer te doen. Laten we terugrijden en ons eigen feestje bouwen. Laten we Frankie maar eens bij zijn boeken vandaan halen.'

Magdalena zag het onmiddellijk zitten. Ik dacht aan de sekt. Met drank op wilde ik liever niet zo'n eind rijden, Johnny zei dat we wel met hem mee konden rijden. Ze zouden ons na afloop ook weer naar onze auto terugbrengen.

Onderweg naar buiten leunde Magdalena op Tijger. Het viel amper op. Ze was langer dan hij en legde een arm op zijn schouder op een manier alsof ze hem al jaren kende. Hij vond dat wel leuk. We gingen allebei achterin zitten. Johnny ging voorin zitten.

Mijn hart bonsde in mijn keel, vanwege Magdalena. Ik vond het niet goed wat we deden, veel te riskant. Maar ik vond het tegelijkertijd opwindend en leuk, vanwege Johnny. Onder het rijden draaide hij zich naar me om. Hij zei niets en keek me alleen maar aan alsof we alleen waren, in een kamer of zoiets.

Ik heb amper opgelet waar we heen reden. Ik weet ook niet hoe het huis eruitzag. Ik weet alleen nog dat de Golf stopte en we beiden uitstapten. Allebei klapten ze hun stoel naar voren en staken ze hun hand achter in de auto. Johnny trok me regelrecht in zijn armen, Tijger hielp Magdalena uitstappen.

Hij ging heel sympathiek met haar om, echt liefdevol en zorgzaam. Terwijl ze met hem alleen aan het tafeltje had gezeten, had ze hem verteld dat ze met maagcatarre in bed had gelegen. En toen had hij gezegd dat ze dan bij hem in goede handen was. Dat hij medicijnen studeerde en Frankie ook. En dat Frankie een kanjer was. Die zou het zeker nog wel eens tot professor brengen, net als zijn ouweheer. Dat heeft ze me nog verteld voordat ze... Ik geloof dat ze het in de auto heeft gezegd. Ik weet het niet meer.

Ze waren eerder bij de voordeur dan wij. Of Tijger een sleutel had of aan moest bellen, daar heb ik niet op gelet. Ze waren allang binnen toen wij de deur bereikten. Bovendien had ik mijn ogen dicht. Johnny hield me vast, hield me wat achterover en kuste me. Op een gegeven moment mompelde hij: 'Kijk uit, opstapje.' Hij tilde me op en zette me pas in de hal weer neer – in die enorme, witte hal.

Hij drukte me tegen de muur en kuste me opnieuw. En over zijn schouder heen zag ik het schilderij met de trap ernaast. Tijger en Magdalena bevonden zich al op de trap. Ze ging in haar eentje naar beneden met één hand aan de leuning. Verdomme, dacht ik, dat redt ze niet. Ik mag haar niet alleen laten lopen. Waarom laat ze zich toch niet door hem helpen.

Ik geloof dat ik weet waarom. Ze moet Frankie hebben gezien, meteen toen ze binnenkwam. Misschien heeft hij de deur opengedaan. En hij was wel een paar maatjes beter dan dat roze biggetje.

Op de trap keerde ze zich om en riep: 'Komen jullie? Daar kunnen jullie beneden wel mee doorgaan. Daar is het vast een stuk gezelliger.' Ik hoorde het slagwerk beneden. En Johnny zei: 'Ze heeft gelijk. Laten we maar naar beneden gaan.'

Magdalena zat al op de bank toen wij de kelder in kwamen. En ze hield haar ogen voortdurend op de hoek gericht waar de muziekinstrumenten stonden. Frankie zat achter het drumstel. Hij drumde maar zo'n beetje en hij hield haar continu in het oog.

Tijger stond aan de bar en sneed een citroen in partjes. 'Eerst een slok vuurwater', hoorde ik hem zeggen. Hij keek naar Magdalena. 'Wil jij ook een glaasje?'

Ze knikte nee. 'Iets fris, als je dat hebt. Maar geen sterkedrank. Dan krijg ik weer last van mijn maag.'

Vervolgens speelden ze voor ons – meer voor Magdalena dan voor mij. Zij was de ster van de avond. Volgens mij zouden ze haar alledrie graag hebben gehad. Zij had echter uitsluitend oog voor Frankie. Ze moedigde me aan om te dansen. Dat deed ik.

Johnny zat de hele tijd naar me te lachen. Ik kreeg het er warm van. Het was ook warm daar beneden. En Magdalena zag er fantastisch uit in dat kleurige flikkerlicht. De donkerblauwe blouse paste perfect bij haar lichtblonde haar. En haar slanke benen onder die bijna doorzichtige punt... Dat haar huid blauw was, was niet te zien. Ze leek eerder bruin, alsof ze pas nog in de zon had gelegen.

Toen gooide Frankie zijn drumstokken in de lucht, stond op en liep naar de bank. Hij ging naast haar zitten. Tijger ging weer naar de bar en dronk nog een paar glaasjes. Johnny zette de stereo-installatie aan. Op het bandje stond ook muziek die de band had gemaakt. Hij kwam naar me toe, we dansten. En hoewel het nogal wilde muziek was, hield hij me in zijn armen en kleedde me langzaam uit.

Ik voelde zijn hand op mijn rug en zijn lippen op mijn hals. Op een gegeven moment lagen we op de vloer. Het was heel fijn maar ik kon er niet echt van genieten. Ik kon me gewoonweg niet voldoende op hem concentreren en had telkens de neiging om opzij te kijken.

Frankie had zijn arm op de rugleuning van de bank gelegd. Het leek of hij Magdalena vasthield. Ze zaten te praten maar omdat de muziek zo hard stond, kon ik niet verstaan waar ze over spraken. Ik zag alleen hoe ze elkaar aankeken – zij hem en hij haar. Op een gegeven moment kuste hij haar ook. Dat kon geen kwaad. Hij was heel teder en voorzichtig, dat zag ik wel. En toen hij haar blouse uittrok...

Natuurlijk zag hij de littekens. Hij streek er met zijn vinger overheen, heel zachtjes. En hij wilde weten hoe ze daaraan kwam. Op dat moment was er eventjes een pauze tussen twee nummers op het bandje. Ik kon hem woordelijk verstaan. Ook het antwoord van Magdalena verstond ik.

'Mijn ladder naar de hemel', zei ze.

Daarna heb ik haar een poosje niet in de gaten gehouden en Tijger evenmin. Hij stond aan de bar en nam daar vermoedelijk zijn eerste snuif cocaïne. Vervolgens kwam hij naar ons toe geslenterd, bleef naast ons staan en keek op ons neer. Dat vond ik niet prettig, ik zou liever alleen zijn geweest met Johnny. Dat wilde ik echter niet voorstellen. Ik kon Magdalena immers niet met twee mannen achterlaten.

Tijger had een spiegeltje en een rietje in zijn hand. Johnny richtte zich op en nam wat van het spul. Tijger riep naar de bank: 'En jij, Frankie?'

Frankie wilde niets, hij was met Magdalena aan het zoenen.

Vervolgens ging Tijger op zijn knieën naast mijn hoofd zitten. Hij streelde mijn borsten. Ik dacht dat Johnny hem wel weg zou jagen maar hij ondernam niets. Ik zei: 'Hou daarmee op. Laat dat. Hou je poten thuis. Dat wil ik niet', dat soort dingen.

Magdalena kreeg het in de gaten en riep: 'Stel je niet zo aan. Daar steekt toch geen kwaad in.' En tegen Tijger zei ze: 'Geef haar maar een snuif coke. Dan wordt ze wat relaxter. Ze is een beetje verkrampt.'

Hij stak me het spiegeltje toe maar ik wilde die troep niet. En Magdalena zei: 'Bederf de lol nou niet voor ons, schatje. Ik heb je al honderd keer gezegd dat het een te gek gevoel is. Neem nou iets, ontspan je en laat je verwennen.'

Ik wilde niets van dat verdomde spiegeltje nemen. Ik wilde alleen Johnny. Hij stak zijn vinger in mijn mond en doopte hem in het poeder. Vervolgens wreef hij me van onderen met die troep in.

'Haal dat weer weg', eiste ik.

'Dat was ik nou net van plan', zei hij en hij gleed langs me naar beneden.

Ik voelde zijn tong daar. Het was… Het was waanzin.

Magdalena trok zich niets van me aan. Frankie gaf haar ook niet de kans om naar me te kijken. Hij had haar half op zijn schoot getrokken, hield haar met beide armen vast, kuste en streelde haar. De uitdrukking op haar gezicht zal ik nooit vergeten. Ik denk dat ze zielsgelukkig was.

Dat was ik ook. Tijger deed niets meer, een poosje zat hij alleen op zijn knieën naast mijn hoofd toe te kijken. Toen deed hij zijn gulp open. Maar inmiddels kon het me niets meer schelen. Weerzinwekkend was het niet. Het was niet zo heel anders dan wanneer je op je duim zuigt. Op een gegeven moment dacht ik aan moeder. Wat zij er wel van zou zeggen als ze me zo zou kunnen zien. Op de vloer, met twee mannen tegelijk.

Het was fout. Er deugde niets van. Maar het was heerlijk. Ik had vuur in mijn buik, sekt in mijn hoofd, cocaïne in mijn bloed en Johnny overal.

Op een bepaald moment keek ik weer naar de bank. Veel was er niet te zien. Het been van Tijger benam me het uitzicht. Ik zag alleen de rug. Een naakte rug, breed en donker in het kleurige flikkerlicht. Het eerste moment begreep ik niet wat dat betekende. Magdalena lag niet meer met haar bovenlijf op zijn schoot. Ze lag onder hem. De blouse en de witte rok hingen opzij van de bank naar beneden.

Het ging allemaal zo vlug. Ik zag het echter in slowmotion. Frankie neukte haar, eerst langzaam, maar vervolgens sneller. Hij kuste haar weer. En toen hield hij plotseling op en kwam omhoog.

Hij knielde tussen haar benen en sloeg met zijn vuist op haar borst. Hij schreeuwde: 'Amen.'

Toen wierp hij zich op haar, kuste haar opnieuw en hield tegelijk haar neus dicht, kwam weer omhoog en sloeg weer op haar in, ditmaal met beide vuisten tegelijk. En daarbij schreeuwde hij: 'Amen! Vooruit, toe nou! Amen, amen! Amen!' En bij elk woord sloeg hij haar met zijn beide vuisten op haar borst.

Haar hoofd slingerde heen en weer op de bank. Haar rechterbeen hing naar beneden. Haar linkerbeen lag nog over de rugleuning geslagen. Toen gleed ook dat naar beneden.

Er was weer een korte pauze tussen twee nummers op het bandje. Een halve seconde misschien, terwijl hij haar opnieuw sloeg. En ik hoorde iets kraken of knappen. Ik wist dat het haar ribben waren. Ik kon echter niet bij haar komen. Ik was überhaupt niet in staat iets te doen, ik kon alleen maar denken. En ik dacht aan het mes op de bar en aan waar ik hem moest steken om te voorkomen dat hij haar vermoordde.

Johnny lag met zijn volle gewicht op me en drukte me op de vloer. Tijger hield mijn hoofd met beide handen vast. Met zijn penis in mijn mond kon ik niet eens schreeuwen. De muziek zette weer in en Frankie schreeuwde door het kabaal heen: 'Help me toch! Help me! Ze moet ademen! Ze ademt niet meer!' De waanzin stond in zijn ogen te lezen.

Johnny kreeg eindelijk in de gaten dat er iets niet in orde was en schreeuwde terug. 'Doe niet zo maf! Wat doe je daar, idioot?' Hij maakte echter geen aanstalten om me los te laten. Hij keek alleen naar de bank.

Frankie gaf hem geen antwoord meer, hij sloeg nog slechts als een bezetene met beide vuisten op Magdalena in.

En toen schreeuwde Tijger: 'Dat loeder heeft me gebeten.' Hij greep naar de asbak op de tafel naast zich. Ik zag hem op me afkomen. Het licht werd gebroken in het glas van de asbak. De muziek draaide maar door. 'Song of Tiger'! Toen werd het donker en stil.

Op de terugweg in de auto zat ze stilletjes in zichzelf te huilen. Af en toe schudde ze haar hoofd en begon dan heel eventjes harder te huilen. Rudolf Grovian liet haar met rust. Staande voor het schilderij had ze als in trance gesproken; stram en recht overeind, met gesloten ogen, haar handen tot vuisten gebald. Als bevroren, was hem door het hoofd gegaan. En nu ontdooide ze geleidelijk. Hopelijk begreep ze ook alles.

Voor hem leed het geen enkele twijfel. Magdalena had het zo gewild. Magdalena had geweten dat het afgelopen was. Geen schijn van kans dat ze nog aan de dialyse zou worden gelegd. Daar was haar hart te zwak voor. Hij vroeg zich af wat er zou zijn gebeurd als ze had geweigerd Magdalena's wens in vervulling te laten gaan. Geen sprake van! We blijven thuis! Dan zou Magdalena de dood vermoedelijk in haar armen hebben gezocht – en gevonden! Ook dan zou ze hebben gemeend schuldig aan Magdalena's dood te zijn.

Het was echter absoluut zijn taak niet meer om haar dat aan het verstand te brengen. En over hetgeen ze van Johannes Frankenberg hadden gehoord, moesten de rechters zich maar uitspreken. 'Mijn zoon had geen schuld aan deze ramp.'

Dat was absoluut zo. Hem schoten alleen de woorden van Grit Adigar over schoonheid en de voorzorg van moeder natuur te binnen. Helaas had moeder natuur geen rekening gehouden met Magdalena's wilskracht en toegelaten dat ze toch een man noodlottig was geworden. Rudolf Grovian kon het niet anders zien. Als ze hem de kans nog zou hebben gegeven, zou hij dat schepsel eens flink de waarheid hebben gezegd en nog zo het een en ander. In zijn ogen stond Magdalena op één lijn met die onverantwoordelijke idioten die een stuk snelweg uitkozen om hun leven als spookrijder te beëindigen en meteen een paar onschuldige mensen mee de dood in te jagen.

Georg Frankenberg was een serieuze jongeman geweest, die zich hooguit met twee van zijn vrienden in het weekend in zijn hobby uitleefde. En omdat zijn ouders dat niet prettig vonden, vierden ze hun passie in het huis van oma bot zonder dat zijn ouders daar iets van wisten.

Het huis stond in Hamburg-Wedel. In dat huis, dat al jaren leegstond, was Frankies moeder geboren. Ze overwogen het te verkopen maar hadden tot dan toe geen koper kunnen vinden die met de vraagprijs akkoord ging. Georg reed er in het weekend dikwijls heen om een oogje in het zeil te houden. Beweerde hij! Zijn moeder vermoedde echter al geruime tijd dat hij dat niet puur uit plichtsbesef deed.

Dan had je nog zijn vriend, die kleine dikzak uit Bonn, Ottmar Denner. Georgs moeder mocht hem niet. Georg had hem twee keer mee naar Frankfurt genomen. Ottmar Denner zag er niet uitgeslapen uit en hij had een genotzuchtige blik in zijn ogen. En die bewuste zaterdag in mei…

Mevrouw Frankenberg had haar zoon meermalen in zijn huis in Keulen proberen te bereiken, tevergeefs. Vroeg in de middag belde ze naar Hamburg. En wie had de telefoon opgenomen? Ottmar Denner!

Hij was meteen van wal gestoken: 'Hèhè, eindelijk, Bokkie! Ik dacht al dat je weer was doorgezakt. Ik zit al ruim een uur op een telefoontje van je te wachten. Maar nu moet je er wel even de sokken inzetten. En neem onderweg een fles vuurwater mee. Dat heeft Frankie weer eens vergeten. Coke kopen we vanavond wel. Dit wordt een hete nacht, jongen. Hé, Bokkie, waarom geef je geen antwoord?'

Zonder een woord te zeggen hing mevrouw Frankenberg op en stond erop om onmiddellijk naar Hamburg te gaan. 'Ik had wel in de gaten dat er iets niet in de haak was. Maar dit ging absoluut te ver. Je moet eens een hartig woordje met Georg spreken.'

Kort na twee uur 's nachts arriveerden ze. Inmiddels was Georg niet meer aanspreekbaar. De voordeur stond open. Georg zat in de kelder op de vloer met het bebloede hoofd van een naakt meisje op schoot en zei continu hetzelfde: 'Ze moet ademen. Ze hield ineens op met ademen.'

Johannes Frankenberg begreep niet waar zijn zoon op doelde. Het meisje dat hij op schoot had was zwaargewond en buiten bewustzijn maar ze leefde zonder enige twijfel. Nog wel! Dat er nog een tweede meisje moest zijn geweest, merkte zijn vrouw pas later, toen ze het stapeltje kleren zag. En pas drie dagen later was Georg in staat te verklaren dat Hans Bueckler en Ottmar Denner kort voordat zijn ouders arriveerden, het lijk van het tweede meisje uit het huis hadden weggehaald.

Denner en Bueckler hadden Cora ook mee willen nemen. Georg had daar niet mee ingestemd. En Georg had almaar bezworen: 'Ik heb Magdalena niet om het leven gebracht. Ze ademde opeens niet meer.'

Acuut hartfalen, dacht Rudolf Grovian, of wellicht is het aneurysma door de inspanning gescheurd. In elk geval was het een natuurlijke dood geweest – en voor Magdalena misschien zelfs een mooie dood. Frankie had haar gegeven wat ze wenste en alles gedaan wat in zijn vermogen lag.

Zoals Cora het had beschreven, klonk het naar pogingen om haar zusje te reanimeren. Rudolf Grovian dacht aan de jonge patiënte over wie Winfried Meilhofer had gesproken. Bij wie Frankie twee ribben had gebroken omdat hij zich niet bij haar dood kon neerleggen. Misschien had hij in haar opnieuw Magdalena gezien.

De Verlosser, dacht hij. Dat was hij geweest. Magdalena had hij uit haar lijden verlost, Cora van de last. Alleen van haar schuldgevoel had hij haar niet kunnen verlossen. Integendeel! Aan hem was ze voor de wet schuldig geworden.

Ze huilde nog steeds. Na ruim een uur keerde ze haar gezicht eindelijk in zijn richting en wilde weten: 'Hoe kan een mens zoiets vergeten?'

Hij haalde zijn schouders op. 'Mevrouw Bender, daar moet u met professor Burthe over praten. Vraagt u dat maar aan hem. Hij kan u dat zeker uitleggen.'

'Maar ik vraag het nu aan u. Hoe kan een mens zoiets vergeten?'

'Dat overkomt een heleboel mensen', zei hij na enkele seconden. 'Je hoort dat ook vaak na ongelukken. Dan herinneren sommige mensen zich alleen nog dat ze een kruispunt opgereden zijn. Wat er vervolgens is gebeurd, weten ze niet.'

'Een kruispunt op', mompelde ze. 'Of even voor elven naar huis.' Opnieuw schudde ze het hoofd. Toen ze vervolgens weer doorsprak, lag er een zweem van bitterheid in haar stem. 'Vijf jaar!'

Ze haalde trillend adem, stopte en herhaalde toen: 'Vijf jaar lang heb ik gedacht dat ik mijn zusje om het leven heb gebracht. Iedereen dacht dat. Mijn vader, Margret en Grit. Nee, die laatste niet. Ze heeft altijd gezegd: Daar acht ik jou niet toe in staat. Maar ze heeft ook gezegd: Ik geloof nooit dat jij drugs gespoten hebt. En dan hoefde ik alleen maar naar mijn armen te kijken en dan moest ik het wel geloven, of ik wilde of niet.'

Geheel onverwacht sloeg ze met haar linkerarm opzij. De arm viel met de binnenkant naar boven op het stuur.

'Kijk uit, mevrouw Bender!' schreeuwde hij. Zijn handen werden klam. De snelheidsmeter gaf honderdzestig aan. Links naast zich had hij de vangrail, rechts een colonne vrachtwagens.

Ze nam geen notitie van hem en liet haar arm gewoon op het stuur liggen. 'Waarom heeft hij dat gedaan?'

Hij remde langzaam. In één keer de rem intrappen kon niet, dan zou de achterligger op hun auto gebotst zijn. Vervolgens pakte hij haar arm en legde hem in haar schoot. 'Dat flikt u me niet nog eens. Of wilt u soms dat we er allebei aangaan?'

'Waarom heeft hij dat gedaan?' herhaalde ze.

'Dat weet u toch.'

'Nee!' bracht ze hortend uit. 'Dat weet ik niet. Om Frankie erbuiten te houden had hij mijn armen niet zo hoeven verprutsen. Zijn verhaal dat ik door hem aangereden was, was genoeg geweest. Ik zou zo blij zijn geweest als hij me gewoon had aangereden. En hij sprak ook over verwondingen aan mijn vagina. Die kan ik niet hebben gehad. Johnny heeft me geen pijn gedaan. Waarom heeft hij me zulke dingen verteld? Mijn hemel, dat hoor ik nog tot op de dag van vandaag. De omstandigheden en de aard van het letsel leiden slechts tot één conclusie! Waarom heeft hij dat gezegd?'

Ze was volledig buiten zichzelf. Hij had beslist liever gehad dat ze kalmeerde. De vluchtstrook kon hij niet op. De vrachtwagens reden pal achter elkaar. 'Dat weet u toch, mevrouw Bender.'

'Ja, dat weet ik. Maar ik wil van u horen of u het ook weet. Zeg het me! Vooruit! Zeg het me nu toch! Ik wil het één keer van een ander horen. Als ik het alleen denk, helpt het niet.'

Het stuitte hem tegen de borst. Hij had zijn gevoelens achter zich gelaten en was weer uitsluitend de politieman. Een voldane politieman die een goed stukje werk had geleverd. En als zodanig wilde hij haar niet nog meer woorden in de mond leggen en wilde hij haar niet met een kant-en-klare mening naar Burthe sturen.

Desondanks zei hij het toch: 'Hij wilde voorkomen dat u naar de politie zou gaan. Hij kon er geen staat op maken dat uw geheugenverlies blijvend zou zijn. Als u iets te binnen zou zijn geschoten van het gebeuren in de kelder, wie zou aan uw verhaal dan nog geloof hebben gehecht? Er was altijd nog een hiaat van bijna zes maanden. Dat u al die tijd bij hem in huis had gelegen, wisten alleen hij, zijn vrouw en hun zoon. En probeert u nu een beetje rustig te worden, mevrouw Bender. Als we terug zijn, moet u met professor Burthe alles maar bespreken. Ik zal ook met hem praten. En met de officier van justitie en de rechter-commissaris. Ik zal hun allemaal uitleggen wat we van meneer Frankenberg te horen hebben gekregen.'

Ze hadden een heleboel te horen gekregen. Allereerst over de eerste hulp in de kelder. Daarna over de urenlange rit in de nacht. Frankie achterin met haar hoofd op schoot, zijn vingertoppen op haar hals, elke paar seconden hevig opgewonden verkondigend: 'Ik voel haar pols nog.'

Hoe groot het risico was geweest dat ze de reis niet had overleefd, moesten deskundigen maar beoordelen. En wat er met haar zou zijn gebeurd als het minuscule vlammetje onderweg zou zijn uitgedoofd…

Misschien hadden ze dat wel gehoopt, niet Frankie, maar zijn ouders. In dat geval had Johannes Frankenberg de arm van zijn zoon niet hoeven breken. Weer een onbekend lijk, ergens langs de kant van de straat, naakt en zonder papieren. Nog zo'n arm kind als het meisje op de Lüneburger Heide. Of dat inderdaad het lijk van Magdalena was, die vraag moesten Ottmar Denner en Hans Bueckler beantwoorden, als ze konden worden opgespoord.

'Ik had haar nooit mee mogen nemen', onderbrak ze zijn gedachten. 'Ik wist dat het onverantwoord was om haar mee te nemen. Dat wist ik heel goed. Misschien kon het me toch niet schelen of ze zou sterven. Ik was smoorverliefd op Johnny, dat was alles. Dat komt ervan! Mijn moeder heeft altijd gezegd dat de begeerten des vlezes slechts ongeluk brengen.'

'Mevrouw Bender,' bracht hij haar in herinnering, 'uw moeder is gek. Dat is ze altijd geweest.'

'Nee,' mompelde ze, 'niet altijd. Margret heeft me ooit verteld...' Ze brak de zin af en vroeg: 'Wat gaat er met Margret gebeuren?'

Ze gaf hem niet de tijd om die vraag te beantwoorden. Haar stem kreeg een opgewonden klank. 'Hoor eens: kunnen we het niet als volgt regelen; ik heb Johnny immers verteld dat mijn zusje ziek thuis lag. Dat ik dat meisje op het parkeerterrein had getroffen. Als we dat verhaal nu eens gewoon volhielden? Geen mens kan het tegendeel bewijzen.'

'Mevrouw Bender, doet u mij een plezier en neem het advies van Margret ter harte. Denkt u nu eens aan uzelf. Ik ben niet de enige die heeft gehoord wat u hebt gezegd. En afgezien daarvan heeft meneer Frankenberg van zijn zoon te horen gekregen dat het meisje Magdalena heette. En zelf hebt u meneer Frankenberg indertijd gezegd dat u naar huis moest, naar uw zieke zusje.'

'Natuurlijk, dat bewijst toch juist dat ik thuis was', verklaarde ze. 'En Frankie kon niet beter weten. Als het meisje hem heeft verteld dat ze Magdalena heette en dat ze mijn zusje was, dan was dat gewoon een spelletje. Dat had ik met dat meisje zo afgesproken op het parkeerterrein. De artsen in Eppendorf zullen tegenover u bevestigen dat dat nooit mijn zieke zusje kan zijn geweest. Magdalena was veel te ziek om naar buiten te gaan. Dat gaat lukken. U hoeft er slechts mee akkoord te gaan.'

Hij schudde zijn hoofd. 'Het gaat niet lukken, mevrouw Bender. U kunt Margret niet buiten de hele zaak houden.'

'Maar ze heeft het voor mijn bestwil gedaan. Daar kunnen ze haar toch niet voor opsluiten. Wilt u me beloven dat u Margret niet arresteert?'

Dat kon hij haar met een gerust hart beloven. Margret was niet zijn verantwoordelijkheid. Dat was een zaak voor de collega's in Noord-Duitsland. Terwijl het de vraag was, wat haar te verwijten viel. Een begrafenis regelen was niet strafbaar. Een crematie, opeens schoot het hem weer te binnen.

Daar had Grit Adigar over gesproken. Het was allemaal volgens de voorschriften gegaan. Eerst een vuur. Vervolgens de zee. Een uitvaart in intieme kring. En Margret was de enige die wist wat zich in de urn had bevonden. As! Grit had de as in de Noordzee zien dwarrelen.

Hij vroeg zich af wie of wat ze naar het crematorium hadden gebracht en of een forensisch deskundige niet zoals te doen gebruikelijk een laatste blik in de kist had geworpen. Op dat moment schoot hem pardoes te binnen wat ze over de diefstal had gezegd die door Margret was begaan. Verdomme nog aan toe! De gedachte trof hem als een mokerslag maar het zou nu amper nog te bewijzen zijn dat er ergens een lijk weg was als dat vijf jaar geleden niemand was opgevallen.

Zijns ondanks moest hij glimlachen. Met een beetje slimheid en fantasie... Daar beschikte Margret zeker in voldoende mate over. Ze heeft gelijk, dacht hij. Het zou niet alleen kunnen lukken, het moest lukken. Met de ziektegeschiedenis van Magdalena. Met de verklaring van Grit Adigar. Met Hans Bueckler. En Achim Miek die de overlijdensverklaring had opgemaakt, zou nog liever zijn tong afbijten dan toegeven dat hij voor een leeg bed had gestaan en dat zijn vriendin eerst nog een lijk moest zien te bemachtigen.

Ze stond voor het raam naar het miezerige weer te staren. Het was een koude, natte dag. 's Morgens had het geregend. Het was inmiddels februari en het was haar laatste dag achter de tralies. Dat wist ze wel maar geloven kon ze het niet.

Toen Eberhard Brauning op bezoek was, had hij gezegd: 'Ik haal u vroeg in de middag af, mevrouw Bender. Hoe laat precies kan ik u helaas niet zeggen.'

Het kwam niet op een paar minuten aan. Ze had veel tijd, veel te veel tijd. De anderen hadden geen tijd. De professor had maar een kwartiertje tijd voor haar gehad, kort na de middag. Er was aardappelpuree met erwten in een bloempapje en een kippenpoot met een waterig vel en weinig vlees op het bot. Na het eten kwam Mario haar halen om naar de professor te gaan. Hij wilde haar nog iets zeggen en haar het allerbeste voor de toekomst wensen. Hij had bepleit dat ze uit de inrichting zou worden ontslagen om de rest van haar therapie ambulant af te ronden. Nu was ze niet belangrijk meer voor hem.

Ze was voor niemand nog belangrijk. Ook voor de rechters was ze dat niet geweest. De zaak Cora Bender was niet in een openbaar proces bij de strafkamer van de arrondissementsrechtbank in Keulen behandeld. Geen aanklacht wegens moord subsidiair doodslag. Geen vonnis: levenslang! Dat was wellicht enige genoegdoening geweest voor alles. Hoe zij erover dacht, interesseerde echter niemand.

Ze was niet verder gekomen dan het kantoor van de rechter-commissaris. Op basis van het psychologisch rapport had de officier van justitie voorgesteld van een openbaar proces af te zien. 'Ontoerekeningsvatbaar!' Daarmee zou ze sowieso niet tot gevangenisstraf worden veroordeeld.

Ze waren wel allemaal verhoord. Rudolf Grovian en Johannes Frankenberg. Zelfs Hans Bueckler! Ze hadden hem in Kiel opgesnord. Ze had hem niet onder ogen gekregen, dat was ook maar het beste.

Hans Bueckler verklaarde onder ede dat hij die nacht in mei vijf jaar geleden samen met Ottmar Denner het huis in Hamburg-Wedel overhaast had verlaten nadat ze tot de conclusie waren gekomen dat Georg Frankenberg een meisje om het leven had gebracht. Hans Bueckler had geen idee wie dat meisje was. Hij wist zich alleen nog te herinneren dat hij en Denner in een café twee meisjes hadden leren kennen die ten onrechte beweerden dat ze zusjes van elkaar waren. Wat er met het lijk en met het andere meisje was gebeurd, wist Hans Bueckler evenmin. Dat hij meineed pleegde, viel niet te bewijzen.

In het psychologische rapport kwam de scène in de kelder uitvoerig aan de orde en de zwarte ziel van Cora Bender nog uitvoeriger. Schuldig geboren. Negentien jaar celstraf in een middeleeuwse kerker. Uiteindelijk was een vader de misdadiger. Nee, niet haar vader, daar was geen sprake van. Frankies vader was de ware misdadiger. Dat stond echter niet in het rapport. Dat beweerde de pro-Deoadvocaat.

Eberhard Brauning was grandioos geweest. Met de voortvarende steun van Helene had hij voor de rechter-commissaris een pleidooi gevoerd alsof hij voor de grote strafkamer stond. Zijn belofte had hij echter niet gestand kunnen doen. Geen kortdurende celstraf, terug naar het gekkenhuis totdat de professor van mening was dat ze evenwichtig genoeg was om van nu af aan weer zelf te denken.

Het was vlugger gegaan dan verwacht. Een dag in februari. En ze stond voor het raam. En achter haar op bed lag het koffertje dat Margret haar een eeuwigheid geleden, in elk geval in een ander leven, bij de chef op kantoor had gebracht.

Ze dacht aan het huisje van Margret. Een plekje op de bank, meer had Margret niet te bieden, een douche die zo krap was dat je je knieën tegen de deur stootte als je op het toilet ging zitten. Het was een nieuwe start op de plaats waar ze ooit was beginnen te leven. Het was de bedoeling dat ze 's morgens het huis uitging en 's avonds weer terugkwam. Dan leek het bijna alsof ze gewoon naar haar werk was geweest. Het enige verschil was dat ze deze keer niet naar het café in de Herzogstraße ging maar naar een therapeutisch dagverblijf.

De professor was ervan overtuigd dat ze het zou redden omdat ze in Margret een voorbeeld had van een vrouw met revolutionaire opvattingen. Hij was er eveneens van overtuigd dat hij haar op het punt had gebracht waar ze vijf jaar geleden niet mocht komen. Dat klopte niet helemaal. De chef had haar zover gekregen. Maar ze had de professor maar niet tegengesproken om hem niet te krenken en om te voorkomen dat hij zijn mening over haar vorderingen weer zou herzien.

En Eberhard Brauning had gezegd: 'Mevrouw Bender, we mogen heel tevreden zijn.'

Ze was niet tevreden. Ze zag Frankies gezicht nog steeds voor zich. De manier waarop hij haar aankeek en haar hand losliet. En hoe hij even tevoren de hand van zijn vrouw had losgelaten, hoe hij had geroepen: 'Nee, Ute, nu is het genoeg geweest. Dat nummer niet. Doe me dat niet aan!' Ute had hem niets aangedaan.

Tijdens een van hun gesprekken had de professor gezegd dat Frankie de dood had gezocht. Over die zin had ze een hele poos lopen piekeren. Zonder resultaat. Het stond alleen maar vast dat Frankie van de dood had gehouden – ooit. En vervolgens had hij een vrouw gezocht die als twee druppels water op de dood leek.

Eberhard Brauning kwam even voor vier uur. Hij wilde haar koffer dragen. Dat weigerde ze, ze nam afscheid van Mario en volgde haar advocaat naar buiten.

Toen ze naast hem in de auto ging zitten, zei hij: 'Ik heb gisteren nog eens met uw man gesproken, mevrouw Bender. Het spijt me dat ik niets heb kunnen bereiken.'

Ze schokschouderde en keek recht voor zich uit. Gereon had hun echtscheiding aangevraagd, iets anders had ze niet verwacht. Hoewel ze tot op het laatst had gehoopt... Omdat ze toch eigenlijk tot aan het gebeuren aan het meer niets verkeerd had gedaan.

'Dat geeft niet', zei ze. 'Ik dacht ook alleen maar dat hij er misschien nog eens over had nagedacht. Maar als hij niet wil, is er niets aan te doen. Misschien is het ook maar beter zo. Afgelopen is afgelopen, nietwaar?'

Eberhard Brauning knikte en concentreerde zich op het verkeer. Ze vroeg: 'Moet ik erbij zijn? Dit kunt u toch zeker ook wel zonder mij regelen. Zegt u maar dat ik de hele dag in de dagbehandeling moet blijven. Dat ik alleen 's avonds weg mag. En zegt u maar tegen Gereon dat ik de inbouwkeuken wil hebben en de spulletjes die van mezelf zijn. En vraagt u hem of ik het kind af en toe mag zien. Dat hoeft niet zo vaak en ook niet zo lang. Eens per maand een of twee uur vind ik genoeg. Zolang ik nog bij Margret ben, kan Gereon immers 's avonds af en toe met hem op bezoek komen. Ik wil alleen zien of de kleine het goed maakt.'

Ze verwachtte geen antwoord. Ze keek ook niet of hij knikte. Na een paar seconden stilte wilde ze weten: 'Hoelang kan die therapie gaan duren? Een jaar, twee jaar?'

'Dat valt zo niet te zeggen, mevrouw Bender. Dat hangt van een heleboel factoren af. Voornamelijk van u natuurlijk.'

'Zoiets had ik al gedacht. Alles hangt altijd voornamelijk van mij alleen af.' Ze lachte zachtjes. 'Dan zal ik mijn best maar doen. Ik kan niet eeuwig bij Margret blijven. En het is niet de moeite waard om naar zelfstandige woonruimte op zoek te gaan. Ik moet zo snel mogelijk naar huis. Hebt u nog nieuws over mijn vader?'

Hij wist niet wat hij daarop moest antwoorden. Rudolf Grovian had het op zich genomen haar te vertellen dat haar vader dood was. 'Dat doe ik wel. Ik ben in haar ogen sowieso de zondebok.' Kort nadat ze samen in Frankfurt waren geweest, had Rudolf Grovian het haar verteld. Dat wist Eberhard Brauning zeker.

Ze keek strak voor zich op de weg. 'Dat dacht ik wel,' zei ze, 'dat Gereon niet op zijn beslissing om te scheiden zou terugkomen. En dan is het maar het beste dat ik daarheen ga waar ik nodig ben. Ik wil mijn vader gaan verplegen, dat heb ik me voorgenomen. Ik zal hem wassen en zijn haren kammen en hem eten geven, alles wat je moet doen voor een oude man die aan zijn bed gekluisterd is. Ik zal moeder ook terughalen. Dat zullen ze toch wel goedvinden, hè? Ze is niet gevaarlijk, ze doet geen mens iets aan. En dan zorg ik ervoor dat Magdalena haar vuur krijgt. Ik weet nog niet hoe ik dat in het vat moet gieten, maar op de een of andere manier krijg ik dat wel voor elkaar. Al moet ik haar midden in de nacht op het kerkhof uitgraven. Op de een of andere manier krijg ik dat voor elkaar.'

Een paar tellen zweeg ze, toen begon ze te glimlachen, wierp hem snel een blik toe en zei: 'Wees maar niet bang! Dat zeg ik zomaar. De chef heeft gezegd dat dat lijkschennis is of het verstoren van de rust van een overledene of zoiets. Ik ben niet van plan iemand te schenden of te storen. Ik ben ook niet vergeten waar mijn vader is. Ik zal nooit meer iets vergeten, vrees ik. Het is puur theoretisch. Ik stel me gewoon graag voor dat ik aan zijn bed zit en met hem praat. Ik zou hem alles nog graag hebben uitgelegd.'

Haar schouders spanden zich, haar stem kreeg een scherpe klank. 'Denkt u eraan, aan die inbouwkeuken. Die laat ik meteen naar Buchholz brengen. En aan mijn persoonlijke eigendommen. Geld hoef ik niet. Geld heb ik genoeg. Een huis heb ik ook. En een auto. Het is allemaal wel oud, maar het is er allemaal nog. En er moet toch iemand zorgen dat de boel niet helemaal verwaarloost. Kunt u zich voorstellen hoe de voortuin eruitziet? Die is altijd vaders trots en glorie geweest. De voortuin en de gordijnen. Hoe het er in huis uitzag, vond hij niet zo belangrijk. De gordijnen moesten echter schoon zijn. Meneer Grovian zei toen hij de laatste keer op bezoek was dat alles er netjes uitzag, maar dat is al lang geleden.'

Ze zuchtte. 'Hebt u nog iets van meneer Grovian gehoord?' Eberhard Brauning schudde zijn hoofd. En zij haalde haar schouders weer op. Afgelopen was afgelopen. Dat ging vlug.

Alleen vergeten, dat ging niet meer. Dat ging alleen met de laatste zonde. Ze zou wel zien. Als het ondraaglijk werd... Een therapeutisch dagverblijf. En 's nachts bij Margret in huis. Margret had dikwijls nachtdienst. En ze had een hoop medicijnen in het kleine kastje naast haar bed.